Stefan Großmann
Wir können warten oder Der Roman Ullstein

Stefan Großmann

Wir können warten
oder
Der Roman Ullstein

Herausgegeben von Erhard Schütz

vbb verlag für berlin-brandenburg

MEDIAS IN RES
Herausgegeben vom Deutschen Pressemuseum im Ullsteinhaus e. V.
Band 1

1. Auflage 2014

Binzstraße 19, D–13189 Berlin
www.verlagberlinbrandenburg.de

Lektorat: Torben Becker
Satz und Gestaltung: Ralph Gabriel, Wien
Umschlaggestaltung: Stephanie Raubach, Berlin
Umschlagabbildung: Kenan Temizan, Auf der Reise nach dem Süden, in: *Die Deutsche Elite*, Jg. 1925, S. 82
Druck: freiburger graphische betriebe, Freiburg
Printed in Germany

ISBN 978-3-945256-02-2

„Die Zeitung ist mächtiger als die Bücher ...“
Vorwort von Erhard Schütz

„Die Zeitungen der parlamentarischen Demokratie, unter denen die großen Berliner Zeitungen an erster Stelle standen, hatten eine zweifache Aufgabe. Es war an Ihnen, die Republik dem Volk in den Nachkriegsjahren nahezubringen und der Republik ihre Unterstützung zu verschaffen. Es war weiterhin an ihnen, die Massen über die Bedrohungen zu unterrichten, welchen die Republik ausgesetzt war, und sie immer wieder auf die Notwendigkeit hinzuweisen, diesen Bedrohungen ihre Unterstützung zu versagen.“[1]

Peter de Mendelssohn

Was Peter de Mendelssohn im Rückblick auf die Weimarer Republik anmahnte, das hatte den aus Wien stammenden Berliner Journalisten Stefan Großmann seinerzeit nicht nur ganz allgemein besorgt und umgetrieben, sondern speziell mit Blick auf das Haus Ullstein, dem er besonders verbunden gewesen war. Der Verlag Ullstein stand ja lange Zeit für den einzigartigen Aufstieg eines jüdisch-liberalen Medienkonzerns zum Garanten von Erfolg, Popularität und demokratischem Engagement gleichermaßen. Es war ein Aufstieg aus kleinsten Anfängen, der 1877 mit dem Kauf der *Berliner Zeitung* begann. Darauf folgte die Gründung der *Abendpost*, durch die Anzeigen der Versandhäuser eine sichere Bank, dann 1894 der Kauf der *Berliner Illustrirten Zeitung*, mit großem journalistischem Geschick ausgebaut, bei einer späteren Auflage von zwei Millionen eine „Goldmine“ (Hermann Ullstein). Dann die *Berliner Morgenpost*, über lange Zeit die auflagenstärkste Zeitung Deutschlands, und die populäre *B.Z. am Mittag* – Erfolg reihte sich an Erfolg. 1913 kaufte Ullstein die traditionsreiche *Vossische Zeitung*. Sie war fortan das politisch-kulturelle Renommierstück des Verlages, freilich auch ein kostspieliges Zuschussgeschäft: Dreißig Millionen Goldmark

1 Peter de Mendelssohn: Zeitungsstadt Berlin, überarbeitete und erweiterte Neuauflage, Frankfurt a. M./Berlin/Wien 1982, S. 374.

sollen es in zwanzig Jahren gewesen sein. Hinzu kamen erfolgreiche Zeitschriften wie *Die Dame*, *Das Blatt der Hausfrau*, *Die Koralle*, *Uhu*, der avantgardistische *Querschnitt*, die auflagenstarken Ullstein-Bücher, mit Erfolgsautoren wie Vicki Baum, Wilhelm Speyer oder Erich Maria Remarque, aber auch Bertolt Brecht oder Carl Zuckmayer. Die Schnittmusterbögen brachten den Verlag finanziell sicher über die Inflationsjahre, deren Geldscheine bei Ullstein gedruckt wurden. 1927 kam als äußerst einträglich *Die Grüne Post* hinzu.

Im amerikanischen Exil erinnerte sich Hermann Ullstein: „Ende 1928 stand das Unternehmen auf sicheren Füßen. Doch diese Phase währte nur kurz. Kaum ein Jahr darauf wurde die Welt von einer schrecklichen Wirtschaftskrise heimgesucht. In der Folge würde Deutschland der Demagogie zum Opfer fallen, und innerhalb weniger Jahre sollte unser Lebenswerk in den Abgrund gerissen werden."[2] Daran freilich, so sah es Hermann Ullstein, war man nicht unschuldig. „Tatsache ist: Die Presse hat versagt. Der Autor selbst schließt sich hier mit ein und nimmt einen Teil der Schuld auf sich." Er schränkt indes sofort ein: „Es ist allerdings fraglich, ob eine heftigere Gegenwehr viel geändert hätte. Zu viele Faktoren kamen Hitler entgegen: eine unglückliche Wirtschaftspolitik, die Verarmung des Volkes, ein seniles Staatsoberhaupt, die Angst vor dem Kommunismus, Rassenhass und der politisch verordnete Abscheu vor dem Erbfeind im Westen."[3]

In den Augen zeitgenössischer Beobachter hatte dabei das Haus Ullstein besonders gravierend versagt, weil es spätestens seit 1929 nur noch mit sich selbst beschäftigt war – im sogenannten Bruderzwist oder gar Bruderkrieg. Dazu muss man wissen, dass die fünf Söhne des Gründers Leopold Ullstein den Verlag mit verschiedenen Aufgabenschwerpunkten gemeinsam führten. Der Jurist Hans war unter anderem Chefredakteur der *Berliner Zeitung*, nebenher lange Jahre Stadtverordneter von Berlin. Louis Ferdinand, der eine kaufmännische Lehre gemacht hatte, galt als dominantes Organisationstalent und kaufmännischer Kopf. Franz, ebenfalls Jurist, galt als

[2] Hermann Ullstein: Das Haus Ullstein, Berlin 2013, S. 189. Es handelt sich um die Übersetzung von The Rise and Fall of the House of Ullstein, London o. J. [1943].

[3] Ullstein: Das Haus Ullstein, S. 193.

der ‚Politiker' der Familie; er sorgte unter anderem für die Expansion der Tageszeitungen, leitete die *Berliner Illustrirte Zeitung*, galt als Schutzherr des aufstrebenden Buchverlages und sah sich als die zentrale Machtinstanz in der Verlagsführung. Rudolf war ausgebildeter Druckereifachmann, unter seiner Ägide galt die technische Abteilung des Ullstein-Verlages als die beste in ganz Deutschland. Der jüngste, Hermann, leitete die sehr einträgliche Schnittmuster-Abteilung und die Zeitschriften; er war ein Virtuose der Werbung.

Die fünf Brüder hatten schon länger um Macht und Ausrichtung des Verlages konkurriert. Nun kamen noch deren insgesamt sieben Söhne hinzu, die auf Einfluss und Versorgung drängten. Die Situation eskalierte, als der mächtige Franz Ullstein ankündigte, die wesentlich jüngere Dr. Rosie Gräfenberg zu heiraten. Sie war ziemlich umtriebig und journalistisch versiert. So sorgten die Brüder sich, Franz könne durch sie noch mehr Einfluss nehmen. Vor allem Georg Bernhard, langjähriger Chefredakteur der beim Bildungsbürgertum einflussreichen *Vossischen Zeitung*, fürchtete, sie wolle seinen Posten. Er hatte starken politischen Ehrgeiz, war es gewohnt, Meinung zu machen, und war 1928 als Abgeordneter für die Deutsche Demokratische Partei in den Reichstag gewählt worden. Die Opponenten von Franz Ullstein und Rosie Gräfenberg verbreiteten das Gerücht, sie habe während des Krieges in Paris Doppelspionage betrieben, sei aus Frankreich ausgewiesen worden und habe ein ausschweifendes Liebesleben geführt, ja, führe es noch. Das alles erwies sich bald als unhaltbar, wurde aber weiterhin behauptet und in der Öffentlichkeit mit allerlei „Belegen" breitgetreten. Franz wurde von den Brüdern entmachtet und von der Geschäftsführung ausgeschlossen. Es folgten gerichtliche Auseinandersetzungen, an deren Ende Franz wieder eingesetzt, Georg Bernhard indessen entlassen wurde. Der Streit hatte eine desaströse Wirkung. Mit Bernhard, der sich in seinem Hass völlig verrannt hatte, fiel eine engagierte Stimme der Demokratie aus. Franz kam als gebrochener, müder Mann zurück. Und die Ullsteinpresse, allen voran die *Vossische Zeitung*, lavierte politisch immer offensichtlicher, in – zunehmend berechtigter – Sorge, Leser und Inserenten zu verlieren. Carl von Ossietzkys galliges Fazit im Januar 1932, bei Ullstein sei nun „das Ideal: ein ‚Völkischer Beobachter' mit der Genehmigung des Rabbinats", ist eine radikalistische Übertreibung; weniger bestreitbar jedoch ist seine Diagnose vom „Abstieg eines großen liberal-demokratischen Zeitungshauses [...] zur gelben Presse".[4] Sicher ist, dass Ullsteins Zeitungen zu einem Spielball der internen wie externen politischen Kräfte wurden. Zumal der Verlag durch die Weltwirtschaftskrise stark mitgenommen war, verhielten sich seine Zeitungen nun – bis auf wenige Ausnahmen – gegenüber der nationalistischen Rechten noch neutraler und wurden deutlich unpolitischer. Geholfen hat das bekanntlich weder dem Verlag noch der Republik.

Auf die kopfschüttelnden Fragen der informierten Öffentlichkeit nach den Energien hinter einem solchen, immer absurder werdenden Familienstreit, soll Julius Elbau, Nachfolger Bernhards, mit der Überlegung geantwortet haben, „der selbstzerstörerische Wahn" sei wahrscheinlich „nicht trotz, sondern wegen der politischen Gefahr entstanden: Gerade in verzweifelten Situationen gerieten Menschen auf seltsame Bahnen und stürzten sich in Nebenkämpfe, um wenigstens diese zu gewinnen, die Hauptgefahr verdrängten sie."[5] Der Verlag, der stets engsten Kontakt mit den wechselnden Regierungen gehalten hatte, geriet jetzt von dort aus unter Druck, schon bevor die Nazis an die Macht gebracht wurden. Dann ging alles sehr schnell. Es zeigte sich zum einen, dass unter den Beschäftigten des Verlagshauses, von den Redakteuren bis zu den Druckern, sich eine erhebliche Zahl Nazis befand, die nun lautstark hervortraten. Hermann Ullstein schätzte sie auf nahezu ein Drittel der Belegschaft. Zum anderen wurden durch Machenschaften von Hintermännern, teils auch durch offene Erpressung, die Brüder – gegen eine lächerliche Abfindung, von der sie zum Teil kaum etwas aus Deutschland mitnehmen konnten – faktisch enteignet. Die *Vossische Zeitung* stellte ihr Erscheinen am 31. März 1934 ein. Der „arisierte" Betrieb gehörte ab 1937 als *Deutscher Verlag* zum Zentralverlag der NSDAP.

Diese turbulente, journalistisch, wirtschaftlich und politisch krisengeschüttelte Zeit von 1928 bis 1933 ist Gegenstand von Stefan Großmanns Roman, den man zunächst einmal als Schlüsselroman

[4] Carl von Ossietzky: Der Fall Franz Höllering, in: *Die Weltbühne*, 5.1.1932, zit. n. Carl von Ossietzky: Sämtliche Schriften, hg. von Werner Boldt, Bd. VI: 1931–1933, Reinbek 1994, S. 285–291.

[5] So gibt es jedenfalls Sten Nadolny wieder: Ullsteinroman, München 2003, S. 426.

zum Brüderstreit im Hause Ullstein wie auch zu den parallel laufenden und in ihn hineinspielenden politischen Entwicklungen und zu deren Akteuren lesen kann. Insofern ist er ein aus der Zeit heraus entstandenes Dokument ihrer Beobachtung und Deutung. Da er aber nicht zuallererst an den schmutzigen Interna und Skandalen interessiert ist, sondern das verlegerische wie politische Intrigenspiel in einen übergreifenden Zusammenhang stellt, ist sein Roman darüber hinaus von anhaltender Aktualität, was Handlungsrahmen und -zwänge der Medien, hier konkret der Presse anbelangt: die starken Spannungen von Unterhaltung und Aufklärung, Profit und öffentlicher Verantwortung, journalistischer Unabhängigkeit und politischer Teilhabe und Einbindung. Schließlich und nicht zuletzt aber ist es ein Roman über eine persönliche Desillusion – und zunehmend verzweifelte Hoffnung.

Stefan Großmann war ja selbst in all das mehr oder weniger direkt eingebunden gewesen, nicht nur als ehemaliger Feuilletonchef der *Vossischen Zeitung*, der er bis 1919 war, sondern auch als professioneller Beobachter und Kritiker der Presse, in der Zeitschrift *Tage-Buch*, dem – neben der *Weltbühne* – wichtigsten linksliberalen Organ, das er 1920 gemeinsam mit Ernst Rowohlt gegründet hatte und das er zusammen mit Leopold Schwarzschild verantwortete. Zudem war er ein leidenschaftlicher Journalist von Anfang an. Überdies aber ein höchst engagierter Publizist, Romancier und Theatermann. Zweifellos gehörte er zu den interessantesten Figuren dieser an interessanten Figuren nicht gerade armen Zeit.

„Wenn einer, der […] durch allerlei Tode, Krankheiten und Leiden durchgegangen ist und das in einer Zeit großer Welterschütterungen und als Sohn verarmter Wiener Bürger, der mit siebzehn Jahren anfangen mußte, sein Brot zu verdienen, und als deutscher Schriftsteller und Journalist –, wenn so einer der Geschichte seines Lebens den Titel gibt ‚Ich war begeistert' und den Ton dabei nicht auf das Zeitwort legt und dies sein Leben einen reizenden Serpentinenweg nach oben nennt und eine Gelegenheit, sich die Welt anzuschauen, dann horchen wir auf: […] Sein Buch ist eine erzählende Lehre des Genusses, dieser schwersten Lebenskunst […].“[6] So charakterisierte Franz

[6] Franz Hessel: Stefan Großmann: Ich war begeistert, in: *Die literarische Welt*, Jg. 6 (1930), Nr. 48, S. 5.

Hessel Großmanns 1930 erschienene Autobiografie *Ich war begeistert*, die dieser unter dem Eindruck seiner sehr schweren Erkrankung geschrieben hatte. In der Neuauflage von 2011 dieses noch immer höchst beeindruckenden Lebensberichts kann man detailliert nachlesen, was hier nur angerissen und umrissen werden kann.

In der Tat wurde Stefan Großmann 1875 in Wien in eine jüdische Familie hineingeboren und wuchs unter prekären Verhältnissen auf; er musste sehr früh die Familie finanzieren helfen, kam aber dadurch, wie er schrieb, in Kontakt mit den „einfachen Menschen", Arbeitern zumal; er hat sich folglich früh der Sozialdemokratie zugewandt und war für sie journalistisch tätig, hat kurz vor der Matura die Schule verlassen, sich im Protest gegen die Mutter christlich taufen lassen, ging für zwei Jahre nach Paris, um wegen einer Erkrankung des Vaters zurückzukehren. Er hat 1906 die Wiener *Freie Volksbühne* federführend mitgegründet, hat selbst Dramen geschrieben – 1906 etwa *Der Vogel im Käfig* über die Situation Strafgefangener –, verließ, bereits magenkrank, zusammen mit seiner schwedischen Frau und den beiden Töchtern Wien in Richtung Berlin, wo er schon länger regelmäßig veröffentlicht hatte. 1913 nahm er das Angebot an, in die Redaktion der *Vossischen* einzutreten, zunächst als Korrespondent in Wien, dann als Leiter des Feuilletons in Berlin. Er blieb in dieser Stadt, der, wie er schrieb, „man ewig fremd bleibt"[7], bis zu seiner überstürzten Flucht vor den Nazis 1933. Seit 1920 war er im *Tage-Buch* ein scharfsinniger Beobachter und Kritiker der Politik, auch des Theaters, vor allem jedoch des Journalismus. So wie er 1919 im Roman *Die Partei* – im Ullstein-Verlag erschienen – den Egoisten und Fanatikern unter den Sozialisten seine Verachtung gezeigt hatte, so polemisierte er 1928 im Roman *Chefredakteur Roth führt Krieg*, erschienen im Wiener Paul Zsolnay Verlag, nun gegen einen egozentrischen Journalismus, gegen „Blatt-Fanatismus", der die eigene Zeitung über die Menschheit oder Nation stelle.[8]

Von Anfang an bekämpfte Großmann die Nazis scharf und bissig. Bereits 1923 schrieb der *Völkische Beobachter* über ihn: „Dieser freche

7 Stefan Großmann: Ich war begeistert, Neuausgabe, hg. von Alexander Kluy, mit einem Vorwort von Hermann Schlösser, Wien 2011, S. 194.

8 Stefan Großmann: Ein Journalist, in: *Das Tage-Buch*, Jg. 1 (1920), H. 13, S. 434–436.

Jude gehört [...] wegen Förderung französischer Interessen und Verhöhnung des um sein Dasein ringenden deutschen Volkes zum Tod durch den Strang verurteilt. Auch dann, wenn man sich sagen muß, daß selbst ein Strick noch zu schade für ihn ist."[9] Nachdem er *Mein Kampf* gelesen hatte, bezeichnete Großmann Hitler, den „Schwabinger Erlöser", als Fall für die Psychiatrie.[10] Dabei hat er aber nicht einfach nur die Nazis zu ‚entlarven' versucht, sondern auch schon 1923 sehr hellsichtig auf das Potenzial verwiesen, das ihnen durch die Fehler der anderen zugutekommen sollte, nämlich die Kriegsteilnehmer und mehr noch die Jugend zu vereinnahmen, die zu jung für den Krieg gewesen war und ihn an der „Heimatfront" erlebt hatte. „Die Demokratie und die Sozialdemokratie wird aus dem Aufblühen der Hitlerei lernen müssen, daß ihre Jugend das nationale Lied erlernt – oder sie wird nicht singen! [...] Aber national wird die nächste deutsche Generation sein. [...] Ich bin ja auch überzeugt, daß 90 % dieser jungen Menschen gute, abenteuerfreudige Jungens sind, vom besten Willen beseelt, zu selbstlosem Tun fähig. Das wird sie nicht hindern, wie in der Rätezeit, gemeinsam viehische Grausamkeiten zu begehen."[11]

Noch mehr als Politik und Theater galt Großmanns Leidenschaft dem Journalismus, nicht nur dem eigenen, sondern dem Journalismus generell, den er höchst aufmerksam beobachtete. Im *Tage-Buch* wie in der *Literarischen Welt* hat er immer wieder Journalisten porträtiert, Typen beschrieben und Tendenzen prägnant charakterisiert. Seine Vorstellung vom Journalismus war sehr selbstbewusst. So schrieb er 1927: „Wir, jawohl *wir* formen das geistige Antlitz der Nation. Die Zeit ist vorbei, da die Bücherschreiber allein über die Köpfe herrschten. Die Zeitung ist mächtiger als die Bücher, mächtiger als das Buch der Bücher geworden."[12] Das hielt ihn freilich nicht vom Verfassen eines Romans ab, der ein Jahr später vor einem falsch

[9] Zit. n. Stefan Großmann: Die Hitlerei, in: *Das Tage-Buch*, Jg. 4 (1923), H. 16, S. 550–554, hier S. 554.

[10] Stefan Großmann: Hitlers Memoiren, in: *Das Tage-Buch*, Jg. 6 (1925), H. 45, S. 1664–1668, hier S. 1668.

[11] Großmann: Hitlerei, S. 552 f.

[12] Stefan Großmann: Glück des Zeitungsschreibers, in: *Das Tage-Buch*, Jg. 7 (1927), H. 33, 1320–1325, hier S. 1320 f.

verstandenen Journalismus warnte. Neben journalistischer Egozentrik sah er dabei vor allem eine Gefahr in der „Irrmeinung, ein großer Betrieb könne Zeitungen erzeugen, wie die Konfektion Mäntel und Anzüge herstellt. Die eigentliche Gefahr des Journalismus in Deutschland ist diese zwangsweise *Uniformität der Zeitungen.* [...] Gute Zeitungen können nicht auf dem Fabrikswege hergestellt werden, nicht einmal wirksame schlechte. Jede Zeitung muß *ihr* Gesicht haben [...]."[13]

1927 zog sich Großmann, nun noch schwerer erkrankt, aber auch in Dissens mit Leopold Schwarzschild, aus der Leitung des *Tage-Buchs* zurück, um sein bisheriges Leben zu resümieren, eben in dem Band *Ich war begeistert*. Darin bezeichnete er sich als „ein[en] von der Herde abgeirrte[n] Sozialist[en]"[14]; als „schwärmerischen radikalen Sozialisten, aus dem sich der entsagende bürgerliche Humanist entpuppte", hat Bernhard Fetz ihn treffend charakterisiert.[15] Nicht ohne Stolz hielt Großmann selbst fest: „Ich habe mit meiner Feder eigentlich nie ‚gedient'. Ich war als Sozialist kein waschechter Genosse, und ich hatte in den fünf Jahren *Vossische Zeitung* unter dem Strich mein Reich verwaltet, in das ich mir von niemandem hineinreden ließ."[16] Und im Vorwort zum ersten Heft des *Tage-Buchs* findet sich die Passage: „Das *Tage-Buch* soll eine Zuflucht werden. Zuflucht der Sachverständigen, Zuflucht der Künstler, Zuflucht der Erneuerer, aber auch Zuflucht der Opfer einer veralteten Justizmaschine, Zuflucht vor dem ehrfurchtlosen Betasten durch einen nur neugierigen Journalismus."[17] Nicht verwunderlich, wenn an ihm immer wieder hoch gelobt wurde, dass er bei aller Leidenschaft, oder, wie er selbst sagte: Begeisterung, stets besonnen, umsichtig und vor allem standhaft war. Die Verschlechterung seines Gesundheitszustandes – inzwischen hatte er offenbar Magenkrebs –, aber wohl auch der energische Auftritt seiner beeindruckenden schwedischen Ehefrau

[13] Großmann: Glück, S. 1320 f.

[14] Großmann: ... begeistert, S. 282.

[15] Bernhard Fetz: Tagebuch einer Beziehung: Wien oder Berlin? Der Feuilletonist Stefan Großmann, in: Bernhard Fetz/Hermann Schlösser (Hg.): Wien – Berlin. Mit einem Dossier zu Stefan Großmann (= Profile. Magazin des Österreichischen Literaturarchivs, Bd. 7), Wien 2001, S. 185–200, hier S. 198.

[16] Großmann: ... begeistert, S. 269 f.

[17] Zit. n. Großmann: ... begeistert, S. 272.

bewirkte, dass die SA-Schergen, die ihn verschleppen wollten, erst einmal ohne ihn abzogen. Kaum noch zum Transport fähig, nahezu mittellos, entkam er umgehend nach Wien. Dort vollendete er noch das Manuskript seines letzten Romans, eher er am 3. Januar 1935 seinem Leiden erlag.

Begonnen hatte Stefan Großmann diesen Roman unter dem (Arbeits-)Titel *Roman Ullstein*. Am Ende sollte er den Titel tragen: *Wir können warten*. Dazwischen liegen die fast zeitunmittelbar geschilderten familiären, wirtschaftlichen und politischen Ereignisse, zunehmende Veränderungen und Verschärfungen der Situation, die Großmann dazu brachten, sein Konzept und den Tenor im Laufe des Schreibens zu verändern. Die offenbar von Anfang an intendierte Überblendung eines Schlüsselromans über die Vorgänge im und um das Haus Ullstein mit einer kritischen Zeitdiagnostik zu den problematischen Entwicklungen im Journalismus und in der Politik sowie deren beider Verflechtungen wurde allmählich überformt von der erkennbar immer verzweifelteren Suche und der Wunschkonstruktion eines glücklichen Auswegs aus der Katastrophe der zur Macht gelangten Nationalsozialisten und ihres Rassismus, dessen Radikalität und grausame Folgen noch gar nicht abzusehen waren.

Der Roman setzt daher zunächst eher geruhsam, mit dialogischen Szenen ein, die Großmanns Affinität zum Theater erkennen lassen, das denn auch im Roman neben dem Journalismus als einziges unter den Künsten und Medien eine Rolle spielt – keine bildende Kunst, keine Literatur, kein Film, kein Rundfunk. Darin wird zum einen das zentrale Thema der richtigen und der falschen, fahrlässigen und gefährlichen Auffassungen von Journalismus exponiert und werden zum anderen auch gleich die Akteure vorgestellt. Das sind im Kern natürlich die Brüder des – hier so genannten – Hauses Kronstein. Großmann erlaubte sich dabei eine kleine Abwandlung, indem er aus den fünf Ullstein-Brüdern sechs Kronsteins machte. Heinrich, der Älteste, entspricht als gewiefter Jurist Hans Ullstein, Philipp als technischer Leiter Rudolf, der sehr positiv gezeichnete Simon steht für Louis Ferdinand. August, der Inseratenleiter und der „weitaus Netteste, ein offener klarer Geschäftsmann", entspricht am ehesten Hermann Ullstein, Friedrich, der auf Freiersfüßen gehende Kronstein, stellt Franz Ullstein dar. Bleibt noch Emil Kronstein übrig, der im Roman eine zunehmend wichtigere Rolle einnimmt. Er wird einerseits gewissermaßen zur Verlängerung von Friedrich, der – aus Gründen melodramatischer Zuspitzung – im Roman sterben muss, während der reale Franz noch ins amerikanische Exil ging, wo er 1945 in New York starb. Wie Franz in der Realität ist im Roman Emil Schirmherr des Buchverlages. Zum anderen trägt er in seiner aufgeschlossenen Modernität Züge von Hermann Ullstein. Mit dieser derart synthetisierten und zugleich von realen Bezügen befreiten Figur des Emil Kronstein verbindet sich denn auch späterhin ein Gutteil des Wunschpotenzials im Roman.

Großmanns Roman ist eine Abrechnung mit den Akteuren und Kräften seiner Zeit. Folglich tauchen in den Gesprächen der Figuren immer wieder Namen aus der zeitgenössischen Politik auf, allen voran Adolf Hitler, Reichspräsident Hindenburg und dessen Sohn, aber auch der sozialdemokratische Reichspräsident Friedrich Ebert, Gustav Stresemann, Reichskanzler und bis zu seinem Tode 1929 nahezu ständiger Außenminister, Reichskanzler Hermann Müller, sein Nachfolger Heinrich Brüning, schließlich auch Rudolf Hilferding, der sowohl unter Stresemann als auch unter Müller Finanzminister war.

Auf der Ebene der Figuren des Romans hat Großmann mit Abänderungen, Verschiebungen, Zusammenfassungen oder Erweiterungen zu realen Akteuren gearbeitet. Relativ transparent ist das im Falle der Brüder Ullstein respektive Kronstein oder von Rosie Gräfenberg alias Evelyn Goldscheider, auch im Falle von Chefredakteur Klotz, für den Georg Bernhard Vorbild war. Zum Nazi Willi Krause gibt es ein reales Pendant einerseits im NS-Betriebszellenleiter bei Ullstein namens Clausner, andererseits aber auch in einem Redakteur namens Kappusch, der, wie Hermann Ullstein schrieb, seit 1923 Mitglied der NSDAP war. Zu einigen weiteren Figuren lassen sich ebenfalls Vorbilder finden. So gibt es zum Beispiel für den Redakteur Neuburger ein reales Vorbild, nämlich Ernst Wallenberg, der tatsächlich zunächst Zahnarzt war. Für Gymnasialdirektor Ebenstreit dürfte der Altphilologe und Leiter des Luisenstädtischen Gymnasiums Paul Hildebrandt Pate gestanden haben. Beim Anwalt Lübbenau, der im Roman die Übergabe an die Nazis vorbereitet, könnte es sich um eine Fusion handeln aus Max Amann, der den Eher-Verlag zum Zentralverlag der NSDAP ausgebaut hatte und unter anderem als Präsident der Reichspressekammer maßgeblich die Gleichschaltung der Presse betrieb, mit Max Winkler, der als Reichstreuhänder verschiedenster Auffanggesellschaften schon vor 1933 eine schillernde Figur war und ab 1933 an der Legalisierung der Enteignung der sozialdemokratischen und kommunistischen Presse, aber auch von Ullstein, maßgeblich beteiligt war. Vorbild für den Bankier Ison könnte Emil Georg von Stauß von der Deutschen Bank gewesen sein, der sich „in der Rolle des Steigbügelhalters des Teufels“[18] gefiel. Der strategische Kopf der Entmachtung der Kronsteins, Gottfried von Eysler, wiederum dürfte sich einer Synthese aus Otto Meissner – Staatssekretär im Büro des Reichspräsidenten von 1919 bis 1933 und danach Leiter der „Präsidialkanzlei des Führers“, ab 1937 und bis 1945 im Ministerrang –, mit Franz von Papen, Nachfolger Brünings als Reichskanzler und Vizekanzler unter Hitler, verdanken. Für Joachim von Schollwitz könnte man in Hans Schäffer ein Vorbild finden. Der war von 1929 bis 1932 Staatssekretär im Finanzministerium und ein scharfer Gegner der Brüningschen Politik. Er war im Bruderstreit der Ullsteins als Vermittler angerufen worden[19] und wechselte tatsächlich auch zu Ullstein, allerdings erst 1932. 1933 emigrierte er nach Schweden. Schäffer war freilich Jude, während von Schollwitz im Roman als ein konservativer preußischer Adliger fungiert. An seiner Figur wird besonders deutlich, dass Großmann während des Schreibens und angesichts der dramatischen politischen Veränderungen seinen Roman in verzweifelter Hoffnung immer stärker vom Schlüsselroman hin zu einem Roman wunschhafter Zukunftsperspektiven entwickelte. Dazu gehört, dass von Schollwitz zunächst als eher bedenkenloser soldatischer Nationalist fortgeschrittenerer Alters eingeführt wird, sich aber zunehmend wandelt. Nicht aus einer inneren Motivation heraus freilich, sondern weil sein Autor ihm zunehmend eine andere Kontur gab, besonders deutlich daran, dass er gegen Ende hin zu einem Achtunddreißigjährigen verjüngt wird, um einen angemesseneren Ehemann für die junge Jüdin Ruth Berger abgeben zu können.

Es gibt noch eine Reihe von Figuren, die wohl eher ohne explizite Vorbilder angelegt, jedoch für die Komposition des Romans wichtig sind. Zunächst wäre da vor allem Jost Winkelhagen, ein beson-

[18] Zit. n. Lothar Gall u. a. (Hg.): Die Deutsche Bank 1870–1995, München 1995, S. 282.

[19] Vgl. Hermann Ullstein: Das Haus Ullstein, S. 204.

ders widersprüchlich scheinender Typus. Denn er wird zunächst als jemand vorgestellt, der als Redner bei den Sozialisten auftritt und gar aus Protest gegen den Antisemitismus zum Judentum konvertiert, später aber plötzlich als „Gauführer" auftaucht und eine wichtige Rolle bei der Enteignung der Kronsteins spielt. Der Begriff „Gauführer" ist zwar etwas diffus – ein NSDAP-Gauleiter kann nicht gemeint sein, denn das war in Berlin Joseph Goebbels, und dies wäre als reales Vorbild für die Figur des Winkelhagen doch abwegig –, Winkelhagen ist jedoch deutlich als Nazi charakterisiert. Allerdings verachtet er den kleinen Nazi-Eiferer Krause und bietet sich Emil Kronstein, der sich wiederum von ihm fasziniert zeigt, als Gesprächspartner auf Augenhöhe an. Es dürfte aber gerade die vermeintliche Widersprüchlichkeit dieser Figur ein Beispiel für Großmanns scharfen analytischen Blick sein. Man könnte in Winkelhagen nämlich durchaus einen Vertreter desjenigen Typus sehen, den Ulrich Herbert in Werner Best[20] so eindringlich porträtiert und Michael Wildt am Beispiel des Reichssicherheitshauptamtes in der „Generation des Unbedingten" charakterisiert hat.[21] Denn Winkelhagen hat genau die Eigenschaften, die die beiden Historiker an den jungen Akademikern im nationalsozialistischen Machtapparat herauspräpariert haben: rationale Kühle – Winkelhagen spricht „mit einer merkwürdigen Kälte" –, dazu Ehrgeiz und Alertheit. In jedem Falle aber ist Winkelhagen ein Exempel für das Bild der Jugend, das Großmann 1923 gezeichnet hatte, für deren Widersprüchlichkeit, idealistische Begeisterungsfähigkeit und zugleich Fähigkeit zur Bestialität.

Auf der anderen Seite konturiert Großmann einige exemplarische Figuren des deutschen Judentums, in Emil Kronstein einen, der von den schneidigen jungen „Blonden" affiziert ist, in Ruth Berger und ihrer Mutter ein bescheidenes jüdisches Kleinbürgertum, wobei Ruth – möglicherweise inspiriert von Großmanns eigenen Töchtern, die sein ganzer Stolz waren – ähnlich wie Evelyn Goldscheider einen betont unprätentiösen Typus der emanzipierten jungen Frau darstellt, der seinerzeit gerne als „Girl" bezeichnet wurde.

[20] Ulrich Herbert: Best. Biographische Studien über Radikalismus, Weltanschauung und Vernunft 1903–1989, Bonn 1996.

[21] Michael Wildt: Generation des Unbedingten. Das Führungskorps des Reichssicherheitshauptamtes, Hamburg 2002.

Großmanns ganz besondere Zuwendung gehört aber dem Redakteur Winternitz, im Roman als „Nathan der Weise" tituliert. Er ist Vertreter einer älteren Generation des assimilierten, ebenso gebildeten wie bildungsstolzen Judentums. Darin mag er so etwas wie ein Selbstporträt Großmanns geworden sein. Winternitz freilich ist auch das erste Opfer des machtberauschten Mobs. Seine Beisetzung, Ende und Höhepunkt des Romans, gerät denn auch zur Vision einer erneuerten Symbiose deutschen und jüdischen Geistes. Es ist von Schollwitz, der Großmanns Hoffnung aussprechen darf. Was seine Liebesbeziehung zu Ruth Berger faktisch darstellt, das Zusammengehen von adligem preußischem Konservatismus mit einem aufgeklärten, liberalen Judentum, überwölbt er in seiner Grabrede programmatisch, indem er die Notwendigkeit einer deutsch-jüdischen Symbiose noch einmal emphatisch beschwört. Wie brutal wurde dies in den folgenden Jahren für immer zunichte gemacht! Und wie wurde damit zugleich die Hoffnung zerstört, man müsse nur und könne auf die Besinnung zur Vernunft warten, jene Hoffnung, die von Schollwitz im Schlusssatz des Romans ausspricht und die am Ende den ursprünglichen Arbeitstitel *Roman Ullstein* ersetzte: *Wir können warten.*

So präzise und analytisch klar Großmanns Roman die damaligen Verhältnisse festhielt – die antidemokratische Nationalisierung der Politik in der wirtschaftlichen Krise und die Reaktion der Presse darauf in einer unheiligen Allianz von Kommerzialisierung, Boulevardisierung und Entpolitisierung – so fatal trügerisch war die Hoffnung, die er seinem Roman zum Ende hin einschrieb. Umso tragischer, da sie in einer derart verzweifelten Lage nur allzu verständlich war. So ist Großmanns Roman in beidem ein ebenso beeindruckendes wie berührendes Dokument seiner Zeit!

Editorische Notiz

Stefan Großmanns letzter Roman ist angesichts der Zeit- und Lebensumstände, in denen er entstand, in keiner endgültigen Form überliefert. Das 472-seitige Typoskript stammt aus dem Nachlass Stefan Großmanns, der im Literaturarchiv der Österreichischen Nationalbibliothek in Wien unter der Signatur ÖLA 98/W191 aufbewahrt ist. Der Abdruck erfolgt mit freundlicher Genehmigung der Österreichischen Nationalbibliothek, Wien, nach dieser Vorlage. Es handelt sich dabei um eine Abschrift mit Schreibmaschine, die Großmann in Auftrag gegeben haben dürfte. Offenbar haben Krankheit und Tod eine endgültige Durchsicht und Korrektur verhindert. So weist das Typoskript neben Flüchtigkeitsfehlern wie Buchstabendrehern eine ganze Reihe von Widersprüchen auf, die im Kern auf die geänderte Perspektivierung des Romans zurückgehen. Es gibt aber auch allerlei Flüchtigkeiten, die indizieren, dass Großmann keine Zeit mehr blieb, den Text noch einmal gründlich durchzuarbeiten. Da sind zum Beispiel sich ändernde Altersangaben zu von Schollwitz, der Mutter von Ruth Berger oder der Schauspielerin Erna Scholz. Die Augenfarbe von Letzterer wechselt von braun zu blau. Bankier Ison hat eine Villa im Tiergarten, dann wohnt er auf dem Grundstück der Deutschen Bank. Von Schollwitz und Emil Kronstein werden zunächst Ehefrauen zugeschrieben, die sie später nicht mehr haben, hin und wieder gibt es widersprüchliche Angaben zum Bekanntschaftsverhältnis einiger Figuren. Schließlich wechseln im Verlauf des Textes Vornamen und Namen einiger Figuren. So trägt Erna Scholz zunächst den Vornamen Elga, von Schollwitz heißt statt Joachim zunächst Ludwig, von Eysler erscheint als von Eyseler, Winkelhagen anfänglich als Winkelhaber und wird vorübergehend vom Gauführer zum Gauleiter.

Da die vorliegende erste Publikation des Romans keine kritische Edition sein kann und die jeweilige Markierung der Fehler oder Ungereimtheiten den Lesefluss erheblich stören würde, haben wir uns dafür entschieden, alle offensichtlichen Fehler stillschweigend zu korrigieren. Bei den Namensvarianten wurden die gewählt, die am häufigsten waren oder sich am Ende „durchsetzten". Widersprüche in den Personenbeziehungen oder den Zeitangaben wurden an Ort und Stelle angemerkt.

Wir können warten
oder
Der Roman Ullstein

I.

Als Pastor Friedrich Wüst sich von dem Frühstückstisch erhob, auf dem nicht bloß Brötchen, kalter Kaffee, Milch und eine schlechte Buttersorte, sondern auch ein Stoß Zeitungen herumlagen, steckte er schnell den Brief in die Tasche, den er mit der ersten Post vom Kirchenvorsteher empfangen hatte. Er trat ans Fenster, sah in den schmutzigen Straßenapril, blickte zu den Ahornbäumen hinauf, auf denen die ersten Knospen rote Fäuste ballten und bemerkte auf dem Gehsteig seinen Studienfreund Gymnasialdirektor Ebenstreit, der mit schlecht sitzenden Galoschen verärgert durch den Straßenschmutz stapfte. Wüst riss, so schnell er konnte, das Fenster auf, beugte sich aus der Zimmerwärme in die frische Aprilluft hinaus und schrie: „Ebenstreit! Hallo! Ebenstreit!"

Endlich hatte der Gymnasialdirektor gehört, er drehte sich langsam um, entdeckte seinen alten Freund Wüst am Fenster, der ihn schon mit aufgeregten Gebärden einlud, durchs Haustor und bei ihm einzutreten.

In dem halbdunklen Vorzimmer legte Direktor Ebenstreit seinen Überrock, Hut und die Gummischuhe ab und nach diesem etwas umständlichen Enthüllungsprozess trat er stapfend in das Zimmer. Seine erste Frage war: „Deine Frau nicht da?"

„Nein. Ich möchte fast sagen, glücklicherweise ... Willst du eine Tasse Kaffee?"

„Aufrichtig gesagt, keinen kalten. Nein, danke, überhaupt keinen."

„Halte ich dich auf?", fragte Wüst.

„Ich muss um elf Uhr bei Kronstein in der Redaktion sein", erwiderte Ebenstreit, offen auf die Uhr sehend, „aber das bedeutet, dass ich eine Stunde für dich frei habe. Du siehst so ... so dramatisch aus. Was ist los? Hat deine Frau dich satt?"

„Aber Ulrich", antwortete Wüst.

„Ist sie dir auf eine fleischliche Versündigung gekommen?"

„Ulrich", sagte der Pastor etwas verdrossen, „dein Witz ist ... nun, wie wenn du ihn aus den Witzblattredaktionen des Kronstein'schen Verlages bezögest."

„Friedrich", antwortete der Gymnasialdirektor, indem er sich erhob, er war um einen Kopf größer als der Pastor, „auch dem Freunde sind Grenzen der Kritik gesetzt. Ich arbeite für die Brüder

Kronstein, weil dieses Nebeneinkommen mir mehr Geld erträgt als mein staatliches Amt. Aber ich bin immerhin Direktor des Luisenstädtischen Gymnasiums und ich ..."

Wüst zog ihn besänftigend aufs Sofa. „Ulrich, ich wollte nur in eine ernsthaftere Atmosphäre durchstoßen. Ich habe heute früh einen Brief meines Kirchenvorstandes erhalten mit Verhaltensmaßregeln für meine Sonntagspredigt. Da hast du den Wisch, lies ihn, ich kann darauf nur mit meinem Entlassungsgesuch antworten."

Ebenstreit lehnte sich ins Kanapee zurück, holte seine Brille aus der Brusttasche und sagte, während er mit Behagen las, gleichmütig: „Entlassungsgesuch? Auf keinen Fall! Die Leute haben es, das ist ja klar, darauf angelegt, dich zu provozieren, sie wollen dich los sein ... Eben deshalb bleibst du! Vorläufig ... Der deutsche Pfarrer ist kein Gossenkehrer, der von heut auf morgen auf die Straße gesetzt werden kann. Und schließlich hast du Frau und vier Kinder."

Wüst sprang vom Sofa auf. „Damit rechnen sie ja. Deshalb muten sie mir jede Gesinnungsverleugnung zu."

„Kann sein."

„Und eben deshalb werfe ich ihnen den ganzen Kram heute noch hin."

Ebenstreit wurde zornig: „Was nennst du Kram? Dein dir von Gott anvertrautes Amt?"

„Ach, Ulrich, wir sind unter uns. Wozu die Zicken?"

„Was sind Zicken?", fragte Ebenstreit. „Bist du Pfarrer geworden, wie einer Schneider wurde? So aus Zufall? Oder war auch dein Vater Pastor und du erwähltest das geistliche Studium? Soviel ich weiß, bist du, was du wurdest, aus Überzeugung geworden."

„Ach, Ulrich, das ist lange her. – Dieses Gespräch wollte ich jetzt mit dir nicht führen. Bist du denn heute noch Lehrer aus Überzeugung?"

„Jawohl. Ja, ja, und noch einmal ja ... Aber wenn du durchaus nicht Pfarrer bleiben und etwas aus Überzeugung werden willst, so wechsle deinen Beruf. Du sprichst sehr gut – werde Schauspieler!"

„Du bist bösartig, Ulrich."

„Oder werde Redakteur!"

Eine Stille entstand.

„Darum wollte ich dich heute bitten, Ulrich, bring mich zu Kronsteins."

„Zu Kronsteins? Redakteur aus Überzeugung? Fritz, lebst du in Berlin? Hast du eine Ahnung von der Wirklichkeit?"

„Du wirst mich nicht verwirren", antwortete Wüst mit merkwürdiger Bestimmtheit, „ich habe genau überlegt, was ich dir sagen will. Wir schreiben das Jahr 1928. Zehn Jahre nach dem Friedensschluss. Die Kronsteins wollen die Verständigung mit Frankreich. Sehr vernünftig. Führe mich zu den Kronsteins und ich werde sie davon überzeugen, dass ich der Mann bin, der ihrer Idee im Volk zum Sieg verhilft."

Ebenstreit überlegte. Dann kicherte er: „Siehst du, was für ein Narr du bist? Ich kann dich doch nicht zu allen sechs Brüdern Kronstein führen. Wenn der eine dich begünstigt, werden dich die anderen fünf entschieden ablehnen."

„Einer muss doch der Leiter des Unternehmens sein?"

„Warum denn einer? Zwei sind noch besser. Ich könnte dich zu Friedrich Kronstein führen, der ist sozusagen der politische Leiter aller Blätter, der geistige Kopf. Aber das könnte ein Grundfehler sein, denn der wirkliche Leiter, der wichtigste Mann im Hause ist Simon, das Finanzgenie, der Mann, der die Verbindung mit den Banken hat, der die Bilanzen aufstellt und korrigiert, der Mann, der die Papierpreise im Auge behält, die Telegrammspesen und die Löhne. Ein sehr anständiger Mann, mindestens solange das Geschäft gut geht."

„Führ mich zu Friedrich Kronstein."

Ebenstreit stand auf. „Kann sofort geschehen. Aber du begehst schon deinen ersten Fehler. Wenn du dem Simon Kronstein klar machst, dass du die Auflage seiner Blätter um 25 Prozent steigerst, hast du einen dauernden Freund im Hause. Wenn du dem Fritz klarmachst, dass du ihn auf den richtigen politischen Weg führst, werden deine 25 Prozent nie gezählt und nie festgestellt werden ... Aber bitte, wie du glaubst."

„Ich habe einen politischen Gedanken, den entwickle ich einem Politiker, nicht einem Finanzmann."

Ebenstreit schaute zum Fenster hinaus. „Die Frage ist nur, ob nicht alle sechs Finanzleute sind ... Im Grunde genommen kann ein Fabrikant, auch ein Zeitungsfabrikant, gar nichts anderes sein."

„Du hast ein Vergnügen daran, mich unsicher zu machen", erwiderte Wüst, „ich weiß das von früher, lieber Ulrich, du lässt mich gern im Netz der Probleme zappeln. Diesmal will ich aber nicht zappeln, ich will handeln."

Die Tür öffnete sich. Eine sympathische, beleibte Frau mit vollgestopftem Handnetz guckte herein.

„Guten Tag, Ulrich. Ihr seht beide aus, als hättet ihr gestritten. Ist Fritz schon entlassen?"

„Im Gegenteil, liebe Frau Pastor, sie werden sich hüten."

„Was habt ihr denn jetzt beraten?"

Der Pastor schwieg, deshalb fühlte sich auch der Gymnasialdirektor zum Schweigen gezwungen.

„Ich bin wohl nicht intelligent genug, eigeweiht zu werden?", sagte die Hausfrau mit etwas kläglichem Ton.

Das ärgerte Wüst so sehr, dass er sagte: „Jetzt müssen wir gehen." Und Frau Pastor, die erst eingetreten war, nachdem die beiden das Zimmer verlassen hatten, sah noch durch die Fensterscheiben, wie beide in eine Autodroschke stiegen.

„Sie können doch nicht Autodroschke fahren! Dabei fehlt mir das Geld für die Kohlenrechnung, die am Mittag kommt."

II.

Eine Weile saßen die beiden Freunde stumm nebeneinander in der Droschke. Plötzlich legte Gymnasialdirektor Ebenstreit seine breite Hand begütigend aufs Knie des Freundes.

„Fritz, wir sind fünf Minuten vor dem Kronsteinhause. Ich habe mich entschlossen, lieber zu spät zur Redaktionskonferenz zu kommen, als dich unvorbereitet in das Büro dieser sechs Geschäftsmänner zu führen. Wenn es dir recht ist, setzen wir uns wenigstens auf eine Viertelstunde in die Konditorei Jänicke gegenüber dem Kronsteinhaus und ich erkläre dir die Situation noch einmal. Außerdem komme ich da zu einem warmen Kaffee."

„Hältst du die Instruktion für nötig, Ulrich?"

„Ich kann dich nicht in eine Illusion hineinstapfen sehen."

„Bitte, gehen wir zu Jänicke. Aber ich fürchte, gegen Illusionen wirst du mich nicht schützen, das ist ein Geburtsfehler von mir, unheilbar."

„Der Berliner sagt: Es gibt so'ne und so'ne. Ich bitte dich: Lass den Seelsorger in der Droschke ... Der Journalist ist heute mehr Hühneraugenoperateur als Seelsorger."

Die Droschke hielt. Drüben erhob sich eine sechsstöckige trutzige Burg, ein massiger Bau, dem Größe ebenso mangelte wie Anmut, ein Hochhaus, aus klobigen Sandsteinstücken zusammengesetzt, ein Bau, der nicht schmutzig wurde und nie weiß war. Fabrikfenster, die viel Licht durchließen, an alten Fronten, und doch kein Lichtbau, der Sonne zugewandt. Eine protzige Einfuhr für mehrere Autos zu gleicher Zeit, dahinter zwei Portiers, die jeden Ankommenden, schon sortierend, auf einen Lift oder Paternoster verwiesen. Wüst war schon in die Ankunftshalle geflutscht, da fischte ihn Ebenstreit aus dem Gedränge.

„Oho. Zurück zu Jänicke."

Dann saßen die beiden in einem Lokal, das in seiner Geschmacklosigkeit dem Palast gegenüber entsprach. Es war hell und doch nicht sonnig. Sessel und Tische schienen Fabrikware, ja auch die kleinen gelblichen Sammetbänke an den Wänden schienen Fabrikerzeugnisse zu sein. Der Kaffee wurde hier in Hektolitern gekocht und war heiß und ohne Aroma – Fabrikflüssigkeit. Das Gebäck, Hörnchen oder Kuchen, schien gelb und trocken, es schmeckte wie Papier – Fabrikware. An den Wänden saßen Leute, die Zeitung lasen – Fabrikware.

Ach, die Menschen selbst, die meisten schon wieder rundlich und rot, die Kriegsjahre waren vergessen, hatten phlegmatische Gesichter und noch phlegmatischere Gesten, ach, auch sie schienen aus derselben Fabrik zu kommen.

Die Freunde fanden eine stille Ecke.

„Wir müssen vorsichtig sein", sagte Ebenstreit, „hier sitzen sehr viele Kronsteinleute herum."

Wüst, etwas erregt, hing noch am Faden des zuvor geführten Gesprächs. „Du findest also, ich sollte lieber zu Simon Kronstein gehen und Fritz links liegen lassen."

„Nein, ich finde noch gar nichts. Ich finde, man soll überlegen. Simon ist imstande, dich anzuhören und dann einen seiner Chefredakteure zu rufen und ihm deine ganze Weisheit einzutrichtern, ohne dich je wiederkommen zu lassen. Vielleicht hast du recht, vielleicht ist Fritz Kronstein der Bessere."

„Und die anderen nun?"

„Kommen für dich nicht in Betracht. Heinrich, der Älteste, ist der Jurist des Hauses. Er wird die Schlingen in deinen Vertrag legen, die Schlingen, die du nicht bemerkst. Der Zweite, Philipp, ist der technische Leiter, der geht dich überhaupt nichts an. Der Dritte, August, leitet den Inseratenteil, den wirst du gelegentlich schon kennen lernen. Der weitaus Netteste, ein offener, klarer Geschäftsmann. Wart mal, lass uns überlegen, was für Annoncengeschäfte sind in Frankreich zu holen? Die großen Bäder? Die berühmten Modehäuser? Nicht sehr viel."

„Du redest so erfahren. Haben sie denn von dir als Pädagogen schon Inserate verlangt?"

„Wie plump du die Sachen ausdrückst. Nie werden Kronsteins von einem Redakteur Inserate verlangen. Aber wenn ich über Landerziehungsheime schreibe, so muss ich es sechs Wochen vorher melden, damit alle Wanzen von Inseratenagenten auf dieses Gebiet losgelassen werden ... Deshalb ist August zuweilen mächtiger als Simon und Fritz. Und sein Wort schützt gut ... Ja, und dann ist noch Emil, der Jüngste, da, er sollte nur den Buchverlag und die illustrierten Blätter leiten, aber er ist aus der Art geschlagen, er ist der Décadent der Familie, der Lebemann für alle, der des Neuen, leider der entsetzlichste Knicker im ganzen Hause."

Wüst schwieg. Endlich sagte er: „Das ist ja alles ganz nützlich, aber nicht für mich. Wozu brauche ich dieses Wissen? Ich will den Volksmassen klar machen, dass die Franzosen nicht ihre Feinde sind, sonst gar nichts. Das habe ich mit Fritz zu besprechen und alles andere ist Ablenkung."

Ebenstreit fand erst nach einem Moment die Antwort: „Aber du musst doch wissen, dass die Brüder alle Geschäftsleute sind! Das Erste ist das Geschäft und das Letzte. Nutzt deine Idee dem Verlagsgeschäft, so bist du ein Genie. Schadet sie ihm, so bist du ein Idiot, der schnellstens weggejagt werden muss. Presse ist genauso ein Geschäft wie bedruckter Kattun oder Branntwein. Wer den größten Absatz erzielt, verdient die größte Stellung. Das musst du dir vor Augen halten. Der Abonnent und der Inserent, das ist der Käufer, um dessen Seele wir ringen. Es ist das Angenehme an den Kronsteins, dass sie in stillen Stunden zugeben, Zeitungsgeschäftsleute zu sein, und dass sie mit dem ganzen Unfug und Aufputz der falschen Ideale der Achtzigerjahre aufgeräumt haben. Sie wollen ihr großes Geschäft so anständig als möglich führen, aber es ist ein Handel mit dem Geist, und zwei alte Narren wie wir, Seelsorger, ob wir wollen oder nicht, sollen wissen, mit wem wir uns einlassen."

„Gut, Ulrich, ich danke dir", sagte Wüst, „aber wir können dieses Instrument doch benutzen. In meine Kirche gehen sonntags fünfzehnhundert Leute. Die Kronstein'sche ‚Morgenpost' lesen achthunderttausend Berliner."

„Jawohl, aber sie lesen das, was ihnen zusagt: einen dummen Roman, Gerichtsfälle, grelle Neuigkeiten, alte demokratische Politik."

„Ich kann die Leute doch zu was Besserem erziehen, allmählich wenigstens."

„Um Gottes willen, Fritz, sag das zu keinem Kronstein. Simon Kronstein pflegt darauf zu antworten: ‚Sind wir die Gouvernanten des Volkes?', und Simon erkennt an einem solchen Satz, dass du ein Schädling der Firma bist."

Ebenstreit erhob sich, Wüst holte seinen Schlapphut vom Ständer.

„Wenn wir Friedrich Kronstein noch ausführlich sprechen wollen, müssen wir gehen."

Gleich darauf standen sie in der Eingangshalle. Der Portier schätzte sie immerhin so ein, dass sie nicht den Paternoster, sondern einen der drei Lifte benutzen durften.

III.

Das Auffälligste an dem kleinen unauffälligen Doktor Friedrich Kronstein war seine Kurzsichtigkeit. Ohne Brille konnte man sich den mageren, gepflegten, mehr als sechzigjährigen Herrn überhaupt nicht vorstellen, und auch mit Brille schien ihm das Schauen noch immer Schwierigkeiten zu bereiten. Sah er einem ins Gesicht, so blinzelte er. Las er ein Schriftstück, so hielt er es dicht vor die Nase. Und trotzdem musste es in jedem Raum, in dem er amtierte – sein Leben war auch im Speisesaal ein Amtieren – halbdunkel sein. Er hatte eine Abneigung gegen Helligkeit.

Während er an einem dieser Tage vor einem Berg von Papieren am Schreibtisch saß, wurde ihm, wie an allen Tagen der letzten zwei Wochen, Fräulein Doktor Evelyn Goldscheider gemeldet. Er stand schnell auf und suchte, ihr entgegenzukommen, aber seine Kurzsichtigkeit war so groß, dass er zu fürchten schien, ihr auf diesem Begrüßungswege nicht zu begegnen. Endlich begegnete er ihr und ergriff ihre Hand. Der alte Herr führte sie mit Ritterlichkeit an die Lippen. Evelyn Goldscheider in schwarzem enganliegendem Kleid mit viereckigem Ausschnitt sah sich um, als suchte sie das Fenster, das hinter Vorhängen verborgen war. Sie war um einige Zentimeter größer als Kronstein, aber schlimmer als das war, dass sie von einem Licht- und Sonnenhunger besessen war, den er nicht begriff.

„Fehlt Ihnen schon wieder das grelle Sonnenlicht?", fragte er, sie anblinzelnd.

„Nein, dieses Dämmern kann für Ihre Augen nicht gut sein. Bei Darwin finden sie die Geschichte von der Anpassung des Grottenolms."

Das war eine Rohheit, denn sie erinnerte an jenes Reptil, das blind wurde, weil es sich der Finsternis anpasste.

„Ich habe leider Darwin nicht gelesen, liebe Evelyn", sagte Kronstein, während er zu seinem Schreibtisch segelte.

Evelyn Goldscheider schlenderte hinter ihm her. Jetzt stand sie hinter seinem Lehnsessel.

„Lassen Sie sich nur nicht stören. Mich interessiert hier alles rasend. Ich möchte nur in die Papiere hineingucken, die sie erledigen. Ich werde nicht einmal fragen."

Nie, dachte Kronstein, hat meine vor einem Jahr verstorbene Frau in achtundzwanzig Jahren das Bedürfnis gehabt, meine Arbeit kennen zu lernen. Er wollte etwas Ähnliches sagen, aber es schien ihm eine etwas zu deutliche Erklärung werden zu wollen und so verschluckte er sie. Er sagte bloß: „Nett, dass Sie das alles interessiert."

Er führte ein Schriftstück an die Nase, sie beugte sich etwas vor, er spürte das schwache Parfüm ihres Ausschnittes, sah die weiße Haut ihrer Schulter vor sich und las dennoch weiter, ohne sich stören zu lassen.

Die Tür wurde aufgerissen.

Ein großer, breiter Mann stürzte herein: „Stresemann hat seine Demission angeboten!" Jetzt erst bemerkte der Eindringling Evelyn Goldscheider, er verbeugte sich, grüßte kurz und sagte mit Betonung: „Pardon, wenn ich gestört habe", und lief wieder hinaus.

„Dummer Kerl", sagte Evelyn. „Geht Stresemann nun oder geht er nicht?"

Kronstein blickte in sein nächstes Papier und brummte: „Er wird schon nicht gehen, er droht gerne, aber Herr Doktor Klotz wird gehen, der Flegel. So stürzt man nicht herein und so läuft man nicht hinaus. Und das will unser Hausdiplomat sein, dieser plumpe Bursche."

Evelyn sagte sanft: „Gott, wenn einer mitten in der Arbeit ist, nehme ich es nicht so genau. Aber läuten Sie doch, bitte, und rufen Sie ihn noch einmal herein."

Kronstein lächelte mit bösen, dünnen Lippen. Ja, dieses nochmalige Herbeirufen war eine ärgerliche Demütigung für Klotz. Evelyn hatte Regierungseinfälle ...

Es dauerte eine längere Weile, bis Klotz wieder die Tür zu weit aufriss und hereinstürzte.

„Sie sind ja schrecklich aufgeregt, Klotz."

„Na hören Sie, Herr Doktor, wenn Stresemann geht."

„Dann geht er eben. Für mein Gefühl geht er ein Jahr zu spät. Und übrigens ist jeder ersetzlich."

Das waren deutliche Sätze, Evelyn hatte sich in den dunklen Bibliothekshintergrund verkrochen. Sie wäre am liebsten nicht dagewesen.

Plötzlich hörte sie herausgeschriene Sätze, die unzweifelhaft an sie gerichtet waren: „Das verdanke ich Ihnen, Fräulein Doktor Goldscheider. Sie haben gegen mich und meine Politik seit Wochen gewühlt."

Aus dem Dunkel der Bibliothek antwortete eine erschrockene Stimme: „Um Gottes willen, ich kann doch nichts dafür, dass Stresemann geht."

„Er geht ja nicht, wenn ihn die Linksmehrheit hält", schrie Klotz. „Freilich wenn sogar wir treulos werden."

„Mengen Sie mich doch nicht in den Streit", antwortet die erschrockene Stimme aus dem Dunkel, „der Doktor weiß wahrhaftig, wie ich über Treulosigkeit denke ... Aber natürlich, ein Mann kann auch verbraucht sein."

Schnell kam eine höhnische Antwort zurück: „Weiß das Doktor Kronstein wirklich? Ich glaubte, das müssen Sie ihm erst an allen Symptomen erklären."

Eine gefährliche Stille entstand. Kronstein raschelte in seinen Papieren.

„Hören Sie, Klotz", sagte der Chef hinter einem großen Aktenstück, „ich habe nicht die Absicht, Fräulein Doktor Goldscheider grob beflegeln, jawohl, beflegeln zu lassen. Ich bin um sechs Uhr abends wieder hier und bitte Sie, zur selben Zeit im Hause zu sein."

„Das kann ich nicht. Um sechs findet die Fraktionsberatung über Stresemann statt."

„Das wird auch ohne Sie gehen."

„Herr Doktor, wir leben von Stresemann!"

„Im Gegenteil, wir sterben an ihm. Aber wir sprechen uns um sechs ausführlich."

Klotz verließ das Zimmer, ohne zu grüßen. Diese parfümierte Evelyn grüßte er nicht, sie war schuld an allem.

Kronstein wollte nach Rock und Mantel klingeln. Da meldete der Diener: „Draußen ist Direktor Ebenstreit mit einem Pastor Wüst. Es sei dringend."

„Ein Pastor?"

Pastoren sah man gern im Hause Kronstein. Und Ebenstreit, Mitglied der Deutschen Volkspartei, kam in diesem Augenblick auch ganz zu recht.

„Lassen Sie die Herren eintreten, sagen Sie Ihnen, ich ließe bitten, obwohl ich keine Zeit habe."

Evelyn kam an den Lehnstuhl, sie streichelte die dünnen Haare an Kronsteins Schläfen und sagte: „Aber wir wollen uns nicht mehr aufregen, nichts ist so wichtig."

Kronstein hatte sich auf seinem Amtssitz hinter dem Schreibtisch zurechtgesetzt. Evelyn nahm jetzt vorn auf einem gelbseidenen Empfangssofa mit übergeschlagenen Beinen Platz, so saß sie ein bisschen im Licht.

Pastor Wüst trat ein, hinter ihm Gymnasialdirektor Ebenstreit.

Kronstein legte ein Aktenstück beiseite und stellte Evelyn Goldscheider vor.

Evelyn bemerkte einen schnellen Blick des Pastors auf ihre übergeschlagenen, seidig übersponnenen Beine, die Herren nahmen ihr gegenüber Platz. Kronstein saß wie ein Buddha im dämmrigen Hintergrund.

„Ich führe Herrn Pastor Friedrich Wüst hierher, weil ich denke, er wird dem Hause Kronstein noch etlichen Nutzen bringen. Er hat eine große Pfarre in Schöneberg. Aber er ist ein liberaler Theologe und möchte auch durch die Kronsteinblätter wirken."

„Können wir das nicht nächste Woche besprechen?", erwiderte Kronstein aus seinem Dämmerungssitz. „Heute ist nämlich ein aufgeregter Tag. Stresemann hat seine Demission gegeben."

Wüst, eben noch in das schmale, seidige Knie Evelyns vertieft, fuhr auf: „Ach, wird das schon im Abendblatt verlautbart?"

„Das glaub ich nicht, Stresemann demissioniert meistens einmal im Jahr ... Interessiert Sie die Sache besonders? Ich finde, seine Uhr ist längst abgelaufen."

„Das ist allerdings nicht meine Ansicht, ich glaube die Entwicklung Europas und der Welt hängt von der Verständigung Deutschlands mit Frankreich ab."

„Ach ja", erwiderte Kronstein in etwas gelangweiltem Ton, denn er dachte: Das sagt mir doch dieser unangenehme Klotz Tag für Tag. Und dabei sinken die Auflagen der Blätter. „Das ist ein weites Feld. Diskussionen darüber dauern mindestens drei Stunden. Nächste Woche stehe ich zur Verfügung, Herr Pastor."

Da Kronstein sich von seinem Sitz erhoben hatte, fühlte Ebenstreit sich verpflichtet einzugreifen: „Verzeihen Sie, Herr Doktor, die Sache ist für Pastor Wüst eiliger. Er ist, wie Sie wohl wissen werden, ein öffentlicher Vorkämpfer der Verständigung mit Frankreich, und nun rückt ihm sein chauvinistischer Kirchenvorstand zu Leibe."

Kronstein sah sich den Pastor genauer an. „Aber Sie sind doch noch im Amt?" Ein davongejagter Pfarrer war für ihn halb entwertet. „Selbstverständlich!“, antwortete Ebenstreit. „Wir werden den Kampf denen nicht leicht machen.“

„Handelt es sich darum, dass wir uns an diesem Streit beteiligen?“, fragte Kronstein mit dünner Stimme. Er liebte es nicht, in solchen Fällen Stellung zu nehmen. Es gab Abonnenten unter den Kirchlichen und Abonnenten unter den Liberalen, Stellungnahme bedeutete gewöhnlich Abonnentenverlust. „Wir trachten, in solchen Fällen objektiv zu berichten.“

Ebenstreit fühlte die schlechte Position des Freundes. Er vermittelte: „Pastor Wüst hat einen so außerordentlich großen Anhang, nicht nur in Schöneberg, sondern in ganz Berlin. Ich darf sagen, er ist unser beliebtester Kanzelredner. Man wird sich hüten, gegen ihn vorzugehen.“

Außerordentlich großer Anhang? Beliebtester Kanzelredner? Kronsteins Gesicht hellte sich auf.

„Nun“, sagte er mit heiterer Stimme, „es wird sich eine Tribüne für Pastor Wüst in diesem Hause finden. Wenn nicht die ‚Morgenpost‘, die jetzt über achthunderttausend Auflage hat, so gelegentlich die ‚Mittagspost‘, die auch zweihunderttausend erreicht oder das ‚Intelligenzblatt‘, das zwar wesentlich weniger Leser hat, dafür aber die Gebildeten, die Entscheidenden ... Aber wie gesagt, darüber sprechen wir ausführlich nächste Woche.“

Wüst kehrte einen kurzen Augenblick zu den zarten Knien Evelyns zurück, dann hörte er Ebenstreits Verabschiedung, er fühlte Kronsteins kalte glatte Hand in der seinen, er drückte Evelyns angenehme Hand.

„Halt!“, rief Kronstein ihm nach. „Ich bitte Herrn Pastor Wüst, im Sekretariat Adresse und Telefonnummer anzugeben.“

„Gutes Zeichen“, brummte Ebenstreit, während sie über die Treppe gingen.

Evelyn saß noch immer mit ihren schöngedrechselten Beinen auf dem kleinen gelblichen Kanapee.

Kronstein näherte sich ihr: „Majestät sind nicht zufrieden?“

„Nein“, antwortete Evelyn. „Fritz, Sie sind trotz ihrer großen Erfahrung der bösen Welt nicht gewachsen. Sie sind zu gerade, zu einfach. Wenn Sie diesen unhöflichen Mann, den der liebe Gott selbst Klotz genannt hat, loswerden wollen, so brauchen Sie doch erst recht jemanden, der die französisch-deutsche Annäherung fördert, dann kommt Ihnen doch dieser Pastor wie gerufen. Wenn Sie ihn engagieren und sich für ihn einsetzen, kann doch Herr Klotz nicht herumgehen und schreien: ‚Ich bin ein Opfer meiner Gesinnung, man segelt hinüber in die deutschnationale Politik.' Mit diesem braven Pastor im Hause ist die Operation Klotz doch viel leichter."

Der alte Mann lehnte sich sanft an die Schulter des Fräulein Doktor. „Ich bewundere Sie, Evelyn, und ich will ihr Schüler werden."

Er beugte sein kahles, schmales, nur an den Seiten hoch seidig behaartes Haupt über ihre beiden Hände, die ihn fast zu erwarten schienen. Sie hielt seinen Kopf in ihren Händen gebettet und sah zu ihm hinab.

Sie liebte ihn nicht, wie hätte sie den vierundsechzigjährigen, alten Herrn lieben sollen, aber sie fühlte etwas Gütiges, wenn er sich so auf ihre Handflächen herunterbeugte. Ein Kuss auf seinen alten blutlosen Mund lockte sie nicht, aber auf seine durchscheinende Schläfe, ja sogar auf seine müden, kurzsichtigen Augen hätte sie ihn küssen können ...

Und diese Welt von Interessen und Idealen, von vielen hundert in diesem dämmrigen Raum beherrschten Menschen, interessierte sie, und außerdem dachte sie, wenn sie Fritz Kronstein richtig führte, müsste sie ihm Millionen ersparen und Millionen einbringen können. Diese Stelle hinter seinem Arbeitssessel war die richtige für sie und, davon war sie überzeugt, es war auch das Richtige für ihn.

„Wollen wir essen gehen?", sagte Kronstein, sich aufrichtend.

„Ja, gleich. Nur muss diese Sache des Pastor Wüst jetzt schnell in Ordnung gebracht werden."

„Jetzt? Schnell?", Fritz Kronstein war kein Freund allzu schneller Entschlüsse.

„Ich bin auch fürs Überschlafen von Entscheidungen, Lieber. Aber manchmal muss man im Handumdrehen handeln. Wenn Sie abends mit Klotz verhandeln, so haben Sie eine viel angenehmere Position, wenn er bereits weiß, dass Sie Pastor Wüst genommen haben."

Einen Augenblick schoss es Kronstein durch den Kopf: Kennt sie diesen Pastor? Ist das ein abgekartetes Spiel? Warum will sie diesen Pastor hineinschieben?

Evelyn sah das Misstrauen in seinen blinzelnden Augen und sagte lachend: „Ich habe diesen frommen Pastor nie in meinem Leben gesehen. Ich finde nur, Sie können ihn heute Nachmittag in Ihrem Schachspiel verwenden."

Kronstein fuhr sich über die Stirn: Sein Schachspiel ... Menschen verwenden ... Woher sprach diese junge Frau, Kunstgeschichtlerin von Beruf, seinen Dialekt? Gewiss, sie hatte schon einiges erlebt, und es fiel ihr gar nicht ein, ihre Erlebnisse zu verbergen. Immerhin, es war merkwürdig, wie oft sie aussprach, was er noch nicht immer zu Ende gedacht hatte ... Er läutete dem Schlussredakteur der „Mittagspost".

Ein junger, artiger, eleganter Mensch, der die Ehre dieser Berufung zum obersten Chef sichtlich zu schätzen wusste, stand vorgeneigt vor dem gelbseidenen Kanapee, aus dem sich Fritz Kronstein, als wäre er in einem pikanten Separee ertappt, mit einem schnellen Ruck erhob: „Ja, ich möchte noch eine Nachricht in die ‚Mittagspost' hineingeben. Nicht zu fett, aber doch auch nicht so klein, dass man sie übersehen könnte. Also ... der Verlag Kronstein hat Herrn Pastor Wüst, den allbeliebten Kanzelredner und mutigen Vorkämpfer der deutsch-französischen Verständigung, für seine Blätter engagiert ... Das ist alles. Danke. Mehr wünsche ich nicht."

Der Redakteur lief in die Setzerei.

Evelyn setzte ihr Pariser Hütchen auf.

„Ja, wir können gehen. Nur muss ich doch dem Pastor Wüst auch noch ein Wort zukommen lassen."

Einer lautlosen, grauen Sekretärin wurde ein Rohrpostbrief für Wüst diktiert. Er sollte sich um sieben Uhr abends einfinden.

Als Fritz Kronstein ins Auto stieg, fragte er Evelyn: „Wollen wir im Adlon essen?"

„Ja", antwortete sie fröhlich. Dort würden sie von aller Welt gesehen, von Diplomaten, Industriellen, Zeitungsleuten, Schauspielerinnen. Es war nett von ihm, dass ihn das Gerede nicht störte. Adlon, dachte sie, das war fast schon eine Verlobungsanzeige.

Der alte Herr saß im Auto zurückgelehnt, gewohnt, sich möglichst nicht sehen zu lassen. Er freute sich über den Schachzug gegen Klotz. Sein Gesicht mochte er sehen, als der die Nachrichten in der „Mittagspost" las ... Unzweifelhaft macht Evelyn mich lebendig, sie regt aktive Kräfte in mir an, dachte er, ich kann sie hinter meinem Lehnstuhl im Arbeitszimmer brauchen. Mindestens eine geistige Ehe kann das werden. Und schließlich, was bleibt dem Alter anderes übrig als das Glück des Geistes?

Sie wusste nicht, warum er plötzlich ihre Hand küsste, aber bei Tisch im klappernden, vollbesetzten Speisesaal des Hotel Adlon war sie heiterer und gesprächiger als je.

IV.

Noch während des Essens überfiel den alten Herrn eine große Müdigkeit. „Sie sind mir nicht böse, Evelyn, wenn ich bitte, bald aufzubrechen. Ich habe um fünf Uhr Aufsichtsratssitzung, nur die Brüder, aber das kann heute recht lebendig werden. Dann diese Auseinandersetzung mit Klotz, bei der ich Sie gern dabei hätte …"

„Nein, ich will seinen Hass nicht kübelweise spüren, ich hole Sie später ab."

„Ja, dann hab ich Ihren Pastor Wüst bestellt, dann ist wohl noch eine Besprechung der Chefredakteure. Vor acht, halb neun werde ich nicht frei sein. Und was tun Sie inzwischen, Evelyn?" Er hätte gern ein sehr detailliertes Nachmittagsprogramm gehört, aber sie antwortete bloß: „Ich werde mich nicht langweilen. Wahrscheinlich gehe ich zur Schneiderin und dann in die Bibliothek des Kupferstichkabinetts."

„Soll ich Ihnen den Wagen schicken?" Es hätte ihm wohl getan, wenn sie ja gesagt hätte, aber sie lehnte ab.

„Es lohnt sich nicht. Ich bin ja nur ein paar Minuten von Ihrem Büro entfernt. Nein, ich hole Sie schon rechtzeitig ab."

Die halbe Stunde Schlaf brachte dem alten Mann nicht genug Erholung. Zu Hause auf einem breiten Sofa ruhend, hatte ihn plötzlich der Gedanke überfallen: Wie wär's, wenn ich Evelyn überwachen ließe? Er kannte Evelyn Goldscheider erst seit einigen Wochen, in einem Sanatorium im Schwarzwald hatte er sie kennen gelernt, er war damals bloß überarbeitet und auffrischungsbedürftig, sie hatte eine schwere Rippenfellentzündung hinter sich. Sie lagerten vormittags auf der Sonnenveranda in Liegestühlen nebeneinander, abends plauderten sie mit dem Chefarzt am Kamin. Was wusste denn Kronstein von ihr? Sie hatte in Paris, London und New York gelebt, von einer kleinen Rente ihres Vaters, der ein angesehenes, uraltes Lokalblättchen in Frankfurt am Main besaß. Viel konnte der alte Goldscheider der Tochter nicht schicken, sie war allerdings ein Zeitungskind von früh auf und schrieb für allerlei französische und amerikanische Blätter, aber das konnte nicht sehr viel einbringen, und sie lebte doch auf sehr großem Fuß. Immer mit Begleitmamsell. Etwas stimmte da nicht. Aber Frauen bringen es zustande, sehr großartig aufzutreten und dabei mit 300 Mark auszukommen. In dem Sanatorium bewohnte sie ein sonnendurchflutetes Zimmer mit großem Balkon und Bad, aber der Chefarzt hatte ihm verraten, sie habe Artikel in amerikanischen Blättern über das Sanatorium untergebracht und zahle deshalb nur den halben Pensionspreis. Dennoch – sollte er sie nicht acht Tage lang ein bisschen überwachen lassen? Vielleicht gab es da doch einen geheimen Unterstützer? War wirklich gar kein junger Mann hinter dieser pikanten Frau her? Er wälzte sich auf dem breiten Sofa, er schämte sich vor sich selbst. Nein, es war nicht sehr kavalierhaft, nicht so nobel, wie er ihr gegenüber sein wollte, an einen Privatdetektiv auch nur zu denken. Er schüttelte den Gedanken endgültig ab und jetzt konnte er schlafen.

Als er erwachte, war es höchste Zeit wegzufahren. Die Brüder warteten schon.

Er trat in das Sitzungszimmer mit den sechs schwarzen Lederfauteuils, das zwischen seinem und Simons Büro untergebracht war.

Die Sonne schien in das sachliche Gemach.

„Kann man denn nicht die Rollos ein wenig herunterlassen?“, fragte Fritz blinzelnd.

„Musst du immer im Dunkeln munkeln?“, antwortete Simon, während er schon die Holzbrettchen herunterfallen ließ. „Wir haben doch wahrhaftig das Licht nicht zu scheuen.“

Endlich saßen alle sechs Brüder um den länglichen Tisch.

„Ich muss vor Beginn der Tagesordnung eine Beschwerde vorbringen“, sagte Simon, „und zwar gegen die diktatorischen Usancen, die Fritz einbürgern will.“ Seine Stimme klang jetzt weitaus weniger humorvoll als eine halbe Minute zuvor.

„Diktatorisch?“, brummte Fritz, ohne aufzusehen.

„Jawohl, diktatorisch. Wir haben alle zu unserem größten Erstaunen heute unter den letzten Nachrichten der ‚Mittagspost‘ gelesen, dass Herr Pastor Wüst zu uns engagiert ist. Bisher war es üblich, solche Anstellungen vorher im Aufsichtsrat zu beraten. Es gibt unter uns einige, vielleicht sogar die Mehrheit, die gegen die Fortsetzung der Liebeserklärung an Frankreich sind.“

„Stimmt. Vor allem protestiere ich“, rief August, der leider der kleinste unter den Brüdern war und deshalb am lautesten zu sprechen pflegte. „Das Inseratengeschäft leidet schrecklich unter dieser charakterlosen Franzosenpolitik, den Gewinn dieser Politik des Herrn Klotz und dieses neugewonnenen Pfarrers hat die Konkurrenz, die ‚Berliner Zeitung' und die ‚Tageszeitung'. Die ganze rheinische Industrie ist gegen uns und inseriert drüben. Das möchte ich Fritz doch einmal sehr deutlich gesagt haben."

Fritz klopfte mit dem Bleistift auf den Tisch: „Wünscht dazu noch jemand das Wort?" Seine Gelassenheit war fast beleidigend.

Jetzt meldete sich Emil, der Jüngste, ein bartloser, langer Mensch mit grämlichem Gesicht: „Ich frage mich, ob es opportun ist, den Einfluss von Klotz noch zu verstärken. Hauspolitisch gesehen halte ich das Engagement dieses Pfarrers für einen Fehler. Allerdings bin ich überhaupt gegen Pfarrer-Redakteure. Ich muss sagen, unsere Redakteure sind schon fromm genug."

Er lächelte selbst über seinen Witz, die Brüder lachten sogar hell heraus. Emil brachte doch immer etwas Geist in die Debatte.

Nachdem sich das Gelächter gelegt hatte, sagte Fritz: „Ich glaube, nie die fromme Gesinnung unserer Redaktion gefordert zu haben. Der Berliner will keine frommen Sprüche lesen und ich habe immer nur auf den Geschmack und die Bedürfnisse unseres Berliner Lesepublikums geachtet ... Was den Vorwurf Simons anlangt, den er mit so brüderlicher Liebe vorgebracht hat ..."

„Ach was, Liebe", schrie Simon, „ich will, dass keine Dummheiten gemacht werden."

„Was Simons aufgeregten Vorwurf anlangt, so ist es richtig, dass ich die Nachricht in die ‚Mittagspost' so spät gegeben habe, dass ich den Aufsichtsrat nicht mehr verständigen konnte. Aber Simon wird mir vielleicht zutrauen, dass ich nicht ohne reifliche Überlegung diese Expressveröffentlichung vorgenommen habe. Soweit sollte ich wenigstens von meinen Brüdern gekannt werden, dass ich eher zu bedächtig als vorschnell handle."

„Du könntest ja unter einem suggestiven Einfluss stehen", platzte Simon hervor und die anderen Brüder erschraken über den Vorstoß.

„Allerdings, ich stehe", antwortete Fritz etwas spitz, „unter dem suggestiven Einfluss der Vernunft. Ich hoffe, dass Simon mir das gestattet ... Wir haben heute über Stresemanns Demission zu beraten. Ich muss sagen, ich schließe mich Augusts Argumenten an, ich bin froh, dass er endlich gehen will. Er ist übrigens noch nicht gegangen. Aber wir werden jetzt die unerquicklichen Debatten mit Klotz haben, es ist möglich, dass er seine Entlassung nimmt.

Da will ich ihm nicht das billige Argument in die Hand geben, wir seien plötzlich Gegner der deutsch-französischen Verständigung. Durch das Engagement von Pastor Wüst nehme ich ihm vor aller Welt einen Trumpf aus der Hand, und was den Priester anlangt, so kommt er uns nicht teuer und für seine richtige Einführung und Stellung werde ich schon sorgen."

Keiner der Brüder wagte ein Wort. Jeder Satz Fritzens hatte überzeugt. Mit diesem Pastor an der Seite könnte die Hinausbeförderung Klotzens, die alle wünschten, viel leichter durchgeführt werden. Man musste zugeben, dass Fritz sich wieder als der große Vertragsstratege erwiesen hatte. Es war nicht nötig, ihm das breit zu sagen, sein Selbstbewusstsein war schon genug ausgebildet. Aber ihm zu opponieren war unmöglich.

Simon, der auch seine taktlose Anspielung von vorher schon bereute, raffte sich zu einer Erklärung auf: „Die Mitteilung Fritzens stellt die Sache Wüst in ein neues Licht. Ich glaube, wir können jetzt in die Tagesordnung eintreten."

Friedrich Kronstein dachte: Evelyn, wie schade, dass du diese fünf Minuten nicht mitgemacht hast! Am liebsten hätte er sie jetzt ans Telefon gerufen, das hätte auch das Gute gehabt, dass er sich versichert hätte, sie sitze wirklich in der Bibliothek des Kupferstichkabinetts über ihrer Arbeit und nicht etwa Zigaretten rauchend mit übergeschlagenen Beinen im Heime eines dieser geschniegelten Fexe, die sie im Adlon so ehrerbietig und vielleicht doch mit Zwinkern begrüßt hatten. Aber es war unmöglich. Er musste übrigens Simon noch für seine dreiste Anspielung auf „suggestive Einflüsse" einen Klaps geben. Das konnte er nicht so hingehen lassen.

Schon klopfte Simon ans Glas: „Wie werden wir uns zu Stresemanns Abgang stellen?"

„Ach Kinder", sagte Emil, der Jüngste, wieder in seiner Rolle als Enfant terrible, „machen wir uns nicht zu mausig? Ist uns allen Herr Stresemann und gar Herr Müller, der Klosettdeckelreisende, nicht ganz schnuppe? Unsere Bilanz wird dieses Jahr noch mieser aussehen als im Vorjahr, und das trifft uns härter als der Abgang des Herrn Stresemüller."

Die Brüder lächelten, wie sie es gewohnt waren, bei Emils Bonmots zu lächeln, diesmal sprach er in seinem Zynismus aus ihren Herzen.

„Ja“, sagte August, etwas asthmatisch in seiner Rundlichkeit, „ich kann heute schon ankündigen, dass das Inseratengeschäft um 45 Prozent zurückgegangen ist.“

„Und ich“, fügte Simon erregt hinzu, „bereite darauf vor, dass die Abonnement- und Verkaufsgelder gleichfalls um etwa 50 Prozent gesunken sind. Wir müssen Einschränkungen vornehmen. Wenn es gewünscht wird, kann ich die Zahlen holen lassen.“ Nein, es wurde vorläufig nicht gewünscht.

Zum allgemeinen Staunen nahm Heinrich, der Älteste, das Wort. Sein dürres Gesicht sah pergamenten, gelb-schmutzig aus, und eine dunkelgrüne Brille verstärkte das Gespenstische des Antlitzes. Seine dünne Stimme ritzte im Ohr: „Die wichtigste Einschränkung scheint mir ... glaube ich, die sofortige Entlassung des Herrn Klotz zu sein. Er missbraucht uns. Er ist der verschwenderischste Idealist, glaube ich, auf unsere Kosten. Ich schätze, dass die Politik dieses Günstlings – verzeih, Fritz, wenn ich dich kränke – uns in diesen zehn Jahren mehr als zwanzig Millionen gekostet hat.“

„Ich muss unterbrechen“, Fritzens Stimme zitterte, denn der Angriff des ältesten Bruders kam ganz unerwartet, „ich habe keine Günstlinge.“

„Sagen wir, Favoriten“, brummte Emil halblaut, ein Gekicher belohnte ihn.

„In Geschäftssachen gibt es keine Favoriten. Und wenn nach Heinrichs Meinung Klotz uns zwanzig Millionen gekostet hat, so hätte er seine warnende Stimme ja schon nach den ersten zehn Millionen erheben können. Er hat bis heute nicht den Mund aufgemacht. Es ist billig, heute die Vergangenheit zu kritisieren. Wir waren bis zum Kriege wie ganz Deutschland kaisertreu und bürgerlich. Wenn ich nicht irre, war Heinrich sogar 1913 zur Kieler Woche eingeladen und war sehr glücklich über diese Einladung. Im Kriege haben wir wie ganz Deutschland an Hindenburg und Ludendorff geglaubt und dementsprechend die Blätter geführt. Da alle hindenburggläubig waren, sind die Auflagen unserer Blätter eher gestiegen als gefallen. Nach der Revolution von 1918 schien es, dass die Sozialdemokraten die Massen hinter sich haben. Damals haben wir Klotz engagiert, ich erinnere mich nicht, dass Heinrich meinem damaligen Vorschlag auch nur leise opponiert hätte. Wir nahmen neue hunderttausende Leser aus den Reihen der Sozialdemokraten, und soviel ich weiß, herrschte damals Befriedigung über das Engagement von Klotz, der sonst gewiss Chefredakteur des ‚Vorwärts' geworden wäre. Ihm haben wir die Verbindung mit Ebert, mit Müller, mit Hilferding zu danken, und ich glaube, auch Simon wird nur anständigerweise zugeben, dass diese Kontakte uns finanziell nicht geschadet haben. Eine anmaßende Weiterregierung hätte der bürgerlichen Presse Schwierigkeiten machen können, eine gemäßigte hat unsere Firma gestärkt. Auch die Verständigung mit Stresemann hat uns anfangs nicht geschadet. Wenn er nicht den Versöhnungsfimmel mit Frankreich, noch dazu viel zu früh, in einem psychologisch falschen Augenblick gehabt und mit Devotion immer wiederholt hätte, wäre gerade er, der nicht umsonst lange Syndikus der sächsischen Industrie war, für uns sehr brauchbar gewesen. Aber er ließ nicht ab von seinem Steckenpferd, und dieses Nachlaufen hinter den Franzosen hat nicht nur uns, es hat die Republik Millionen ihrer Anhänger gekostet. Ich gebe zu, schon damals hätten wir Klotz an die Kandare nehmen müssen, aber weder Heinrich noch Simon noch Emil, die heute die Weisheit mit dem Löffel gefressen haben, rührten sich bis heute."

Lärm entstand.

„Weil du jeden lächerlich gemacht hast, der dir entgegentreten wollte", schrie Simon.

„Lächerlich, lieber Bruder, kann man sich immer nur selber machen." In lautem Ton fuhr Fritz fort: „Die Frage ist heute: Sollen wir Klotz brüsk entlassen? Er hat in diesen zehn Jahren unser Geschäft bis in die letzte Falte kennen gelernt, er hat uns auf seine Weise fleißig zu dienen gesucht. Es ist nicht gut, einen Mitarbeiter, mit dem man so vertraut verbunden war, Hals über Kopf aufs Pflaster zu setzen. Das passt mir nicht, und ich gebe zu denken, ob es unsere Tradition" – er warf einen schnellen Blick auf eine vergrößerte Photographie, die einen bärtigen Rundkopf, den Vater der sechs Brüder, den Begründer des Kronstein-Verlages darstellte – „wie gesagt, ob derlei den Traditionen unseres Hauses entspricht. Ich würde mich für die schwierigere, aber gefahrlosere Lösung entscheiden, nämlich für die allmähliche Kaltstellung oder vielleicht, wenn sich die Gelegenheit ergibt, für die Versetzung auf einen Posten, wo er politisch nicht schaden kann. Zum Beispiel wäre es möglich, ihm die Leitung des Buchverlages, immer unter gewissen Kautelen, anzuvertrauen. Schließlich wissen wir alle, der Mann arbeitet wie ein Ross. Ich bitte sich zu äußern, und zwar angesichts der Wichtigkeit der Sache bitte ich alle Anwesenden der Reihe nach um die Kundgebung ihrer Meinung. Wenn ich schon ein Diktator genannt werde, so will ich wenigstens meinen Brüdern gegenüber ein toleranter Diktator sein."

Fritz schwieg. Die Situation war wieder einmal so von ihm gestaltet worden, dass eigentlich keiner ein Wort hinzuzufügen hatte. Es wäre töricht gewesen, Klotz Hals über Kopf auf die Straße zu setzen.

Ein Getuschel und Hinüberneigen von einem Bruder zum anderen begann. Plötzlich trat ein Diener ein und überreichte Fritz einen Zettel.

„Klotz bittet, unserer Beratung beiwohnen zu dürfen. Stresemann hat seine Demission zurückgezogen."

„Nein, nein, nein", schrie Simon, „das fehlt noch, dass wir Brüder nicht mehr ungestört beraten können!"

„Auch ich bin gegen die Zulassung von Klotz, er kann doch nicht Richter in eigener Sache sein", sagte Heinrich.

Emil zuckte die Achseln: „Wäre ganz lustig, zu hören, wie er sich zu seiner eigenen Entlassung stellt."

Nur einer hatte geschwiegen: Philipp, der Elegant unter den Brüdern, der technische Leiter, in dessen Rayon die Frage freilich nicht gehörte. Er benutzte die allgemeine Erregung, um lautlos zu verschwinden. Philipp, der sich für sein „graues Leben" unter den Maschinen, wie er sagte, abends zu entschädigen pflegte, wurde in einer Operettentheatergarderobe erwartet.

„Bitte, auf die Plätze ... Philipp ist natürlich entwischt", stellte Fritz ärgerlich fest, „ich glaube, die Anwesenden sind alle einer Meinung." Er läutete dem Diener: „Sagen Sie Herrn Klotz, wir bedauerten sehr, aber wir beraten noch Internes des Verlages. Ich werde den Herrn Chefredakteur sofort nach Schluss der Sitzung zu mir bitten." Schon wollte Fritz die Frage, ob man denn Stresemann noch länger stützen sollte, zur Diskussion stellen, als die Tür aufgerissen wurde und Klotz plötzlich unter den fünf Brüdern stand. Der große, breitschultrige Mann hatte einen Sessel ergriffen, den Emil ihm sanft aus der Hand wand.

„Das ist für politische Diskussionen nicht förderlich", sagte Emil lächelnd. Aber niemand erwiderte sein Lächeln. Die Brüder schwiegen beklommen. Klotz war wie ein Rasender eingedrungen, die blonden Haare flogen um seine Stirn, er war leichenblass und seine

Hand, die den Stützpunkt des Sessels verloren hatte, fuchtelte wild durch die Luft, immer wieder auf Fritz deutend: „Hat er mich schon verraten? ... Ist er schon deutschnational? ... Hat ihn die glatte Frankfurter Hexe schon genügend aufgeputscht?"

Fritz stand auf. Er sah dem erregten Klotz mit einer Beharrlichkeit ins Gesicht, die keiner je an ihm wahrgenommen hatte, und er sagte gelassen: „Sie pflegen doch sonst nicht zu trinken, Klotz?"

Klotz, noch wilder, wollte sich über den Tisch hinüberwälzen: „Sie verdienen ein paar Maulschellen ... Jawohl", schrie er den anderen Brüdern zu, „ein paar hinter die Ohren verdient er trotz seiner Senilität. Ich werde das sofort erklären."

„Sie werden gar nichts erklären, Klotz", sagte Fritz, an ihn herantretend, „sondern den Raum sofort verlassen. Was Sie jetzt begehen, ist bereits das Verbrechen des Hausfriedensbruches und die Bedrohung mit Gewalttätigkeiten. Ich habe dem Diener schon geläutet. Zwingen Sie mich nicht, Sie hinauswerfen zu lassen."

Gott sei Dank, die Diener waren eingetreten, die Brüder atmeten auf. Hatte Fritz so viel Courage nötig?

Klotz sah sich unter den Brüdern um: „Ist denn keiner da, der das Unrecht einsieht, das mir geschieht?"

Niemand antwortete.

Endlich sagte Heinrich, der Beleibteste unter den fünf, der gelegentlich selbst zu Exzessen der Gewalttätigkeit neigte: „Klotz, seien Sie vernünftig, wir beraten gerade darüber, dass Ihnen kein Unrecht widerfahren soll."

Die unverbindliche Erklärung, von keinem der zwei führenden Brüder abgegeben – Simon und Fritz waren in ein geflüstertes Gespräch vertieft – schien Klotz zu beruhigen, er drehte sich langsam um und verließ hinter den Dienern das Beratungszimmer.

„Der Mann ist fast unzurechnungsfähig, das wird eine angenehme Verhandlung sein", sagte Fritz. Will jemand mir diese Auseinandersetzung abnehmen? Du vielleicht, Simon? Sei du doch mal Diktator."

„Danke."

„Oder du, Emil? Du liebst doch dramatische Szenen?"

„Ich kann mich beherrschen ... Na, aufrichtig gesagt, Fritz du hast den Mann so groß werden lassen, nun bemühe dich auch selbst, ihn wieder klein zu kriegen."

Man hatte keine Lust, weiter zu beraten. Es war sieben geworden, und überhaupt stand ja der allgemeine Entschluss fest: Kronsteins mussten Klotz loswerden. Wie, das überließ man gerne Fritz. Das Geschäft war unangenehm genug.

„Halt", rief Emil, den Ausgang verstellend, „wollen wir irgendetwas protokollarisch festhalten?"

„Ach nee", sagte Simon, „nichts Schriftliches in so heikler Sache. Wir ermächtigen Fritz, Klotz auf die klügste und – bitte sehr – auf die wenigst kostspielige Weise loszuwerden. Das weiß er nun. Kein schriftliches Protokoll."

Die Brüder bummelten fast vergnügt aus dem Beratungszimmer. Als Fritz in sein Büro eintrat, fragte er den Diener: „Hat sich niemand bei mir gemeldet?" Er hoffte, Evelyn einen Augenblick sprechen und vor der Unterredung mit Klotz wieder wegschicken zu können. Der Mann war ja wirklich nicht ganz zurechnungsfähig, und gerade diese zarte, sanfte Frau brachte ihn zur Raserei.

„Doch", antwortete der Diener, „Herr Pastor Wüst wartet schon eine Weile."

„Lassen Sie ihn rein, und wenn Fräulein Doktor Goldscheider kommt, schicken Sie sie auch sofort zu mir. Jeder andere muss warten, auch Herr Chefredakteur Klotz."

Der Diener nickte nur. Er hatte den Hinauswurf aus dem Beratungszimmer mitgemacht und wusste, dass der Herr Chefredakteur erledigt war.

Fritz saß auf seinem Buddhasitz, von einer grünen Bürolampe kaum beleuchtet, und sagte gutgelaunt:

„Na, Herr Pastor, arbeiten wir prompt?"

Aber dieser weltferne Pastor hatte die „Mittagspost" noch gar nicht gelesen und die letzten Nachrichten mussten ihm erst unter die Nase gehalten werden.

„Ja, wir haben uns, meine Brüder und ich, mit Rücksicht auf die Demission Stresemanns schnell entschlossen. Na, was wollen Sie eigentlich mit uns anfangen?"

„Am liebsten", antwortete Wüst, stotternd vor Erregung, „würde ich mit Hilfe der Kronsteinblätter in Berlin und dann im Reich einen Versammlungssturm zugunsten der deutsch-französischen Verständigung eröffnen."

„Schöne Idee." Erst nach einer Pause setzte Fritz hinzu: „Aber besser für eine große Partei, für die Demokraten, fürs Zentrum oder für die Sozialisten. Wir sind spezialisiert auf das gedruckte, nicht auf das gesprochene Wort."

„Vom gesprochenen Wort geht eine heilige Wirkung aus", antwortete der Pastor, „das gedruckte Wort ist zu oft entweiht worden. Sie würden die Macht Ihrer Zeitung erhöhen, wenn Sie sich des gesprochenen Wortes bedienten. Mein Name, das darf ich Ihnen ohne Ruhmredigkeit sagen, würde die größten Versammlungssäle füllen."

Fritz Kronstein dachte: Wo steckt Evelyn? Es ist halb acht und sie hat sich noch nicht gemeldet.

„Haben Sie gehört, dass die englische Labour-Partei enorme Erfolge erreicht hat, ohne über eine einzige Zeitung zu verfügen?"

„So? Wirklich? Ja, das mag sein. Dafür gibt es englische Zeitungen mit riesigen Auflagen, die keiner Partei dienen."

In diesem Augenblick trat Evelyn ein. Als Erstes entzündete sie den großen Lüster: „Ich muss die Menschen sehen, mit denen ich rede."

„Fräulein Doktor Goldscheider hat lange in England gelebt", sagte Fritz, der plötzlich in hellem Lichte saß, „sie kann die Frage besser entscheiden als ich ... Wir beraten gerade darüber, Fräulein Doktor, was wirksamer ist, das gesprochene oder das gedruckte Wort."

„Natürlich das gesprochene", sagte Evelyn, indem sie sich Wüst gegenüber auf dem gelbseidenen Kanapee, wieder mit übergeschlagenen Beinen, niederließ. Er konnte nicht anders, als wieder einen Blick auf ihre schönen Knie zu werfen. „Der Herr Pfarrer hat ganz recht", plapperte Evelyn. „Christus hat keine Zeitung zur Verfügung gehabt, Lassalle hatte die Zeitungen gegen sich. Hitler, obwohl er nur über Schmierblätter verfügt, hat überfüllte Zirkusräume."

„Wie aber", rief Wüst aus, „müsste erst die systematische Vereinigung beider Kräfte wirken? Starkes Wort und starke Schrift. Wir bekämen das ganze Land in unsere Hände."

„Um Gottes willen", rief Kronstein lachend, „muss ich denn Kaiser werden?"

„Warum nicht?", sagte Evelyn lachend. „Sie würden das sehr gut besorgen, besser als Wilhelm und besser als Müller. Man muss allerdings den Mut haben, regieren zu wollen."

„Mir genügt das Kronsteinhaus", sagte Fritz etwas müde, „und deshalb bin ich gegen Versammlungspläne, das ist die Sache anderer."

„Ja, Herr Pastor, da hören Sie es", Evelyn war heute gut aufgezogen, „wir müssen uns bescheiden. Den Mächtigen fehlt der Wille zur Macht. Sie haben höchstens den Willen zum Gelde."

Kronstein schwieg. Solche Reden aus der Bohemezeit Evelyns ärgerten ihn. Wenn er daran dachte, dass Frau Evelyn Kronstein solche Reden losließ, nun, da fragte er sich doch, ob Evelyn je Frau Friedrich Kronstein werden könne.

Wüst sandte aus blauen Augen einen Dankesblick zu Evelyn – so, es war klar, sie war seine Bundesgenossin.

„Ich möchte wissen, was ich hier im Hause mit Ihnen anfangen kann", sagte Kronstein.

„Wir stehen knapp vor dem Osterfest. Wenn Sie wünschen, Herr Kronstein, schreibe ich Ihnen eine Osterpredigt an die Leser, und zwar in Ihr volkstümliches Blatt."

„Nee, das möchte ich, aufrichtig gesagt, nicht. Vor Predigten in der Zeitung habe ich eine gewisse Angst. Nein, Sie sollen bei uns Politiker sein, nicht Pfarrer ... Aber ich will Ihnen was sagen: Wir wollen Sie etwas verweltlichen. Sie sollen mal drei Monate lang Berlin kennen lernen. Heut einen Boxkampf, morgen ein Gefängnis, übermorgen Reinhardt hinter den Kulissen, das nächste Mal einen Nachmittag in Wannsee. Ja, Sie sollen uns Berlin entdecken. Aufschrift: Wie ein deutscher Pastor Deutschland sieht ... Etwas viel Deutsch im Titel, aber das ist ja im Augenblick gerade erwünscht."

„Gute Idee!", rief Evelyn. „Sehen Sie, Herr Pastor, das ist ein Zeitungsgenie. Aus jeder Begabung des Mitarbeiters die besondere Fähigkeit hervorholen ... Sie werden hier was lernen, Herr Pastor, mehr als in der Kirche, und ich ..."

„Alles will ich gar nicht lernen", sagte Wüst, von dem Vorschlag erfreut und zugleich erschreckt, „und manches darf ich mir in meinem Gewande gar nicht ansehen, zum Beispiel die Mädchen hinter der Bühne Reinhardts. Ich fühle mich auch als Beschreiber nicht ganz sicher."

„Ach was, Unschuld vom Lande", rief Evelyn, „hinter den Kulissen werden Sie tief traurig werden. Nichts Freudloseres als so ein armes gedrücktes Berliner Vergnügungsmädchen."

„Na", Kronsteins Stimme hatte einen abschließenden Ton, „das sind Details, die Sie mit Klotz beraten können. Was die Form anlangt, könnten wir Ihnen ja für die ersten Sachen einen Mitarbeiter zur Seite stellen. Im großen Ganzen passt Ihnen der Plan?"

„Oh, ich finde ihn sehr anregend."

„Na also. Und am Gelde wird die Sache auch nicht scheitern. Wir bieten Ihnen vorläufig einen Mitarbeitervertrag mit monatlich" – er wollte sagen 400 Mark, sah sich Gesicht und Haltung des demütig wartenden Pastors nochmals an und sagte – „mit monatlich 350 Mark an. Ist Ihnen das recht?"

„Vollkommen, vollkommen", murmelte Wüst.

„Wenn Sie besondere Extraspesen haben bei diesen Entdeckungsreisen, können Sie sie natürlich in Rechnung stellen, versteht sich, in Grenzen."

Kronstein verließ den Buddhasitz, schritt auf Wüst zu und schlug in seine Rechte: „Also, auf gute Zusammenarbeit! Und kommen Sie von Zeit zu Zeit zu mir, sprechen Sie sich aus ... Klotz ist leider etwas launenhaft. Gerade heute habe ich wieder eine verzwickte Debatte mit ihm. Ich muss Sie leider bitten, Fräulein Doktor ..."

„Ich gehe schon", sagte Evelyn ein bisschen gekränkt, „ich gehe mit Herrn Pastor Wüst. Vielleicht begleite ich ihn auf seinen Entdeckungsreisen, ich bin ja so schrecklich neugierig auf die ganze Welt."

Plötzlich fiel es Fritz ein: „Sehe ich Sie heute gar nicht mehr?"

„Schwerlich", antwortete Evelyn. Sie hatte sich nachmittags überlegt, sie wollte die Entthronung von Klotz mitmachen. Das war Kronstein ihr eigentlich schuldig. Und nun warf er sie vor der Exekution hinaus.

„Sie können mich nachts anrufen, Herr Doktor, ich bin mit Freunden im Restaurant des Deutschen Theaters, es steht unter D – Deutsches Theater." Ehe er noch einen Satz sagen konnte, war sie futsch und davon. Wüst musste sich beeilen, sie auf der Treppe einzuholen.

Der alte Herr war verdrießlich. Mit wem saß sie wieder stundenlang in diesem Bohemelokal? Hockte der blauäugige Pastor am Ende bei ihr? Es war etwas Böses in ihrem jähen Abschied. Während er dastand und nachdachte und sich ärgerte, stieß ein Telefonist auf ihn zu: „Herr Chefredakteur Klotz lässt sich entschuldigen. Er hatte im Reichstag eine Ohnmacht und der Arzt hat ihm geraten, zu Bett zu gehen."

Da stand er nun ganz unnötig, von allen im Stich gelassen. Die Redaktionen brauchten ihn nicht, da hätte er höchstens in der Arbeit gestört, die Konferenz der Chefredakteure war sinnlos ohne Klotz. Und Evelyn war davongelaufen. Er nahm Hut und Stock, fuhr mit dem Lift hinunter und sein Wagen brachte ihn ins Restaurant des Deutschen Theaters. Das war ein Keller-Lokal, ganz leer und unbeleuchtet. Er rief den Kellner, der ihm erklärte: „Oh, vor elf geht's hier nicht los."

Als er eine halbe Stunde allein, wenigstens im Halbdunkel, ohne die bestellte Flasche Wein anzurühren, dagesessen hatte, fuhr er nach Hause.

Er verbrachte eine miserable Nacht – trotz einiger Schlafmittel. Mitten in der Nacht hörte er entfernt das Telefon klingeln.

V.

Um halb zwölf Uhr nachts war das Kellerrestaurant des Deutschen Theaters gepfropft voll. Kleine Gesellschaften saßen in offenen Logen und Nischen, aus dem Theater waren Zuschauer gekommen, Damen in großen Toiletten, Herren im Smoking, in anderen Abteilen saßen sehr einfach gekleidete Männer, Maler, Schauspieler, bestenfalls Journalisten und ihre Damen, meistens Schauspielerinnen oder Frauen, die gern aufgetreten wären. Die dritte Sorte Gäste war die verachtete, es waren wohlhabende und wohlbeleibte Bürger mit ihren Gattinnen, die das Treiben der Künstler beobachteten oder gern von ihnen beachtet und gar hinübergezogen werden wollten.

Als Evelyn mit Pfarrer Wüst eintrat, waren nur noch zwei Plätze in einer Nische frei. Ein sehr blondes Mädchen und ihr jüdischer Begleiter saßen da und tranken Sekt. Zum Glück kannte Evelyn beide.

„Dürfen wir, Herr Doktor?“, fragte sie und stellte Pfarrer Wüst vor.

„Ein wirklicher Pfarrer?“, sagte das hellblonde Mädchen, „oder willst du uns verulken?“

„Nein, ein wirklicher, Herr Pastor Wüst von der Gertrudskirche in Schöneberg.“

Sofort erhob sich der jüdische Herr und verbeugte sich: „Rechtsanwalt Sinzheimer, und darf ich auch Fräulein Erna Scholz vorstellen? Sie kennen sie wohl vom Deutschen Theater?“

„Kurt, mach jetzt keine großen Erziehungsfragen, weil einmal ein Pfarrer bei uns sitzt. Hoffentlich ein katholischer“, setzte Erna hinzu. Sie sah sich den großen, trotz seiner Jugend würdigen Herrn genau an.

„Nein, ein evangelischer“, antwortete Evelyn.

„Schade“, Erna seufzte lachend, „ein katholischer wäre mir lieber gewesen.“

„Darf ich fragen, warum?“, Wüst blickte dem blonden Fräulein Scholz mit „Kinderaugen“, wie sie später oft erzählte, ins Gesicht, sie war neunzehn oder zwanzig Jahre. Sehr schöne blaue, langbewimperte Augen zu dem hellblonden Lockenkopf, angehauchter Pfirsichteint der Wangen, samtig und rosig, dazu merkwürdig volle, lebensfrohe Lippen.

„Das kann ich Ihnen erklären“, antwortete Erna mehr sachlich als frech, „es ist das Zölibat, das uns die katholischen Geistlichen interessant macht.“ Und sie drehte sich zu Evelyn und fragte laut und ungehemmt: „Hast du schon einmal mit einem katholischen Pfarrer geschlafen?“

Evelyn musste über die Ungeniertheit der Frage hell auflachen, Sinzheimer blickte etwas verängstigt um sich und Pastor Wüst wäre am liebsten auf der Stelle aufgestanden. Unglücklicherweise errötete er bis in den Haaransatz.

„Kinder“, schrie Erna, „ich würde am liebsten das ganze Lokal zusammenrufen. Dein Pfarrer, Evelyn, errötet ja wie ein Schuljunge. Ist das nett!“

„Er ist nicht mein Pfarrer“, Evelyn versuchte so ernst wie möglich zu bleiben, „Herr Pfarrer Wüst ist nebenbei auch Redakteur bei Kronsteins. Er soll euren Betrieb wahrheitsgetreu beschreiben.“

„Oh weh“, sagte das blonde Mädchen. „Presse? Dann könnt ihr doch nicht bei uns sitzen bleiben.“

„Erna!“ Es war Sinzheimer, der diesen warnenden Ruf wagte.

„Na ja“, rief Erna, „das endet immer böse. Wenn ich mit einem Pressemann schlafe, ist er gerecht und verreißt mich fürchterlich, um seine Unabhängigkeit zu zeigen, und wenn ich nicht mit ihm schlafe, ist er ungerecht und verreißt mich erst recht.“

Die drei anderen versuchten Erna zu erklären, dass Wüst kein Theaterkritiker sei und werden wolle, aber Erna, die schon ein bisschen viel getrunken hatte, war nicht zu beruhigen: „Presse ist Presse. Das schadet uns immer ... Dabei finde ich deinen Pfarrer mit den Kinderaugen nett. Schade, dass er kein Kathole ist.“

Evelyn flüsterte ihr ins Ohr: „Er ist es ... fast.“

Doch Erna hatte schon ein bisschen zu viel getrunken, um diskret zu antworten. „Du willst ihn mir andrehen.“

Wüst versenkte sich in ein Gespräch mit Rechtsanwalt Sinzheimer: „Welche Rollen spielt Fräulein Scholz?“

„Sie hat heute das Gretchen gespielt!“

„Ist es möglich? Bei dieser realistischen Ausdrucksweise?“, flüsterte Wüst. „Aber wenn man genauer hinsieht, erkennt man die Züge des keuschen Gretchens.“

„Sie dürfen nicht ungerecht sein, Herr Pastor“, auch Sinzheimer redete leise ins Ohr seines Nachbarn, „die große Nervenleistung verlangt Entspannung. Nach der Kerkerszene muss sie die erste Flasche Sekt haben und nach der Vorstellung die zweite. Sie werden diesen Zustand der Ermattung vielleicht nach Ihren großen Kanzelreden schon erlebt haben."

Taktloser Jude, dachte Wüst und sagte laut: „Ich bin abstinent."

Erna hatte das Wort aufgefangen: „Abstinent? Aber nicht heute, nicht bei uns. Da, trinken Sie sofort mein Sektglas leer." Sie schob Sinzheimer mit einem Ruck beiseite, saß jetzt neben Wüst und hielt ihm das Glas an den Mund.

„Ex!", befahl sie.

Er sah zu Evelyn hinüber, als mache er sie für all das verantwortlich, dann trank er das Glas leer.

„Bravo!", sagte Erna, die unzweifelhaft eine jähe Sympathie für den großen Kinderaugen-Mann gefasst hatte. „Und jetzt trinken wir Brüderschaft." Sie hatte ihren runden nackten Arm um seinen Hals gelegt.

Wüst blickte verzweifelt im Lokal um sich. Schon sahen die Bürger durch Zwicker, Brillen und Lorgnons auf die ausgelassene berühmte Erna, die heute Abend einen Pfarrer eingefangen hatte.

„Fräulein Doktor", rief er Evelyn zu, „setzen Sie sich doch zu mir ..."

Sinzheimer beeilte sich, Platz zu machen.

„Ich bin verloren", flüsterte Wüst Evelyn zu, „wenn zufällig jemand von meiner Gemeinde hier vorbeikommt. Ich beschwöre Sie, gehen wir."

„Aber gefällt Ihnen denn Erna gar nicht? Das ist doch das deutsche Mädchen, wie es im Buche steht."

„Genug getuschelt!", schrie Erna. „Jetzt trinken wir Brüderschaft." Während sie dem Pastor einen langen, atemberaubenden Kuss gab, tippte jemand Evelyn auf die Schulter.

Es war Wendel, der magere, dünne Parlamentsstenograph von Kronstein.

„Sie sind in lustiger Gesellschaft, entschuldigen Sie die Störung ... Sehenswert der angeheiterte Pfarrer ..."

„Er ist gar nicht angeheitert, er ist ganz nüchtern."

Mit einem Blick auf das sich umarmende Paar zischelte Wendel: „Umso schlimmer ... Aber, was ich sagen wollte: Klotz hat im Reichstag einen Ohnmachtsanfall gehabt."

„Ah!"

„Nu, gerade zu Herzen geht Ihnen der Anfall nicht?"

„Was wissen Sie von meinem Herzen? ... Ist er im Büro?“

„Nicht daran zu denken. Er wird acht bis vierzehn Tage liegen und dann auf Urlaub gehen müssen.“

Plötzlich hörte sie die betrunkene Stimme von Erna wieder: „Also noch einen Kuss, Pfarrer ... Hast du denn keinen Vornamen?“

„Friedrich.“

„Na schön, Fritz, noch einen langen Kuss.“

Da wurde Evelyn ärgerlich. Der Wendel, der Kronstein-Schwätzer, würde das am nächsten Tag in allen Redaktionen und auch der Reichstagsgalerie erzählen. Sie stieß Erna scharf in die Rippen.

„Au“, schrie das Gretchen. „Bist du verrückt, Evelyn?“

„Ich nicht, aber du“, zischelte ihr Evelyn ins Ohr, „musst du denn alles coram publico tun? Nimm ihn dir nach Hause, wenn er dir gefällt. Aber ruiniere den Mann nicht vor aller Welt.“

Erna hörte hauptsächlich: „Nimm ihn dir nach Hause.“ Sie schrie wie eine Besessene: „Zahlen! Zahlen!“ Als endlich der Kellner kam, sagte sie zu Sinzheimer: „Na, wie lange willst du ihn warten lassen?“

Dann sagte sie: „Ich muss einen Moment an die frische Luft.“ Im Vorbeigehen stieß sie an das Bein des Pastors. Aber dieser Esel verstand nicht. Sie musste den Portier hinunterschicken: „Herr Pfarrer, sie werden oben am Telefon verlangt.“

Wüst erschrak furchtbar. Wer konnte ihn jetzt anrufen? Eigentlich nur der Vorsteher der Kirchengemeinde.

Aber droben im Foyer erwartete ihn Erna: „Deine Sachen sind schon im Wagen. Wenn es dir recht ist, trinkst du bei mir einen Mokka.“

Evelyn und Sinzheimer saßen plötzlich etwas wortarm in der Nische.

„Ich will nur noch telefonieren“, sagte Evelyn, „dann gehen wir.“

Bei Fritz Kronstein meldete sich lange niemand. Endlich sagte eine mürrische Stimme: „Der Herr Doktor schläft schon seit halb zehn.“

„Bestellen Sie ihm, Doktor Sinzheimer und ich hätten bis nach Mitternacht auf ihn gewartet.“

„Ich bereue, den ahnungslosen Pastor Wüst hierhergeführt zu haben“, sagte Evelyn, als sie allein neben Sinzheimer saß, „übrigens habe ich Erna noch nie so gesehen, eine Berliner Mänade ... So schamlos war sie vor drei Monaten nicht.“

Sinzheimer nahm Erna Scholz in Schutz. Dieser noch gar nicht alte Mann – er konnte fünfunddreißig, aber auch zweiundfünfzig sein – hatte eine Verteidigersanftmut, die ihn in allen Lagen des Lebens begleitete. In Berlin, wo jedermann zum schnellen und vorschnellen Aburteilen bereit war, stellte er ein Phänomen dar. Er versuchte, jedermann zu erklären und zu entschuldigen. Seine leise Stimme wurde nie zu einem bösen oder harten Urteil missbraucht.

„Überlegen Sie, Erna Scholz ist mit siebzehn Jahren in den Berliner Wirbel gestoßen worden. Sie hatte für ihre Mutter zu sorgen und ihre Karriere durchzusetzen. Wahrscheinlich sind ihr in der Berliner Theaterwelt nicht gerade edelste Erzieher erstanden, obwohl ich darüber nichts Genaues weiß. Ich habe sie nur einmal in einem Prozess gegen einen Opernsänger vertreten, der sich nicht gerade wie ein Gentleman gegen die damals Siebzehn- oder Achtzehnjährige benommen hat ... Nein, ich möchte wegen ein paar aufgeschnappter Redensarten nicht den Stab über sie brechen. Halten Sie sich doch lieber an ihre Leistungen. Sie hat heute Gretchen mit einer Reinheit und Naivität gespielt, die nur ein im Grunde unbeschädigtes Geschöpf aufbringen kann."

Evelyn war bezwungen. Sie reichte Sinzheimer die Hand und sagte: „Immer haben Sie recht und immer sind Sie der Verteidiger der Menschen. Sie möchte man zum Beichtvater wählen, weil man weiß, Sie verweigern keinem die Absolution."

„Sagen Sie das nicht", antwortete Sinzheimer, „ich kann auch sehr hart sein. Der Opernsänger, von dem ich Ihnen erzählte, hat meine Unerbittlichkeit zu spüren bekommen. Wenn er nicht im letzten Moment eingelenkt hätte, ich hätte ihn seelenruhig vernichtet."

„Wenn!", lächelte Evelyn, plötzlich wurde ihr kleines Gesicht ganz ernst und sie sagte: „Ich möchte Sie um einen Rat fragen."

„Bitte ..."

„Sie kennen doch Doktor Fritz Kronstein?"

„Ich habe ihn einige Male vertreten, er hat sich immer als sehr honoriger, kluger, angenehm kühler Kopf erwiesen."

„Kühl?", wiederholte Evelyn. „Das kann ich nicht einmal sagen ... mir gegenüber weniger. Ich will Sie als Freund um einen Rat fragen. Wenn mir Doktor Kronstein einen Heiratsantrag machte, sollte ich ihn annehmen? Noch hat er es nicht getan, aber wenn ich es wollte, könnte ich es wohl schnell erreichen."

Sinzheimer überlegte: „Das hätten Sie eigentlich den Pastor fragen sollen, nicht einen Rechtsanwalt, noch dazu einen alten Junggesellen ... Wenn Sie die Antwort vom Standpunkt des persönlichen Glücks beantwortet haben wollen, so muss ich Ihnen das Selbstverständliche sagen: Ein normales Eheglück wird das nicht, er ist, verzeihen Sie, ein alter Mann. Leidenschaften wird er nicht befriedigen."

„Ach", sagte Evelyn, „ich bin froh, wenn ich von Leidenschaft in Ruhe gelassen werde."

„Aufrichtig gesagt, betrogen möchte ich den guten Fritz Kronstein nicht wissen."

„Ach, Doktor, ich denke nicht daran."

„Er würde daran kaputt gehen, andererseits ist er mindestens fünfunddreißig Jahre älter als Sie ... Sie könnten seine Tochter sein."

„Ja", sagte Evelyn, „so etwas möchte ich ihm am liebsten sein. Mich interessiert seine Arbeit, ich hätte ein schönes Wirkungsfeld und er kann ein bisschen Jugend um sich brauchen. Es ist eine schöne, rein geistige Beziehung."

„Das höre ich im Allgemeinen nicht gerne. Aber Sie sind beide ungewöhnliche Menschen, und Sie könnten als seine Frau schon sehr viel Gutes stiften. Die Kronsteinblätter, damit sage ich Ihnen nichts Neues, sind sehr charakterlos. Wenn Sie ihnen ein Gesinnungselement einimpfen könnten, wäre das ein Segen für ganz Deutschland."

Evelyn sah den grauhaarigen, abgearbeiteten Mann an, er hatte gerade seine Brille abgenommen, um sie zu putzen, jetzt sah er noch viel müder aus als vorher. Der gute Sinzheimer stellte sich die „Einimpfung" von Gesinnungen leichter vor, als es möglich war. Aber eine Auffrischung der Redaktionen, eine Öffnung der Tore für junge Talente, das traute sie sich zu.

„Eigentlich", sagte sie, „raten Sie mir zu einem Ja."

„Wenn Sie dieses Ja mit einem Quantum Resignation aussprechen, dann gewiss. Freilich, wenn ich Sie so vor mir sehe, jung, schlank, mit funkelnden Augen und schönen Armen, dann muss ich hinzufügen: Sie hätten doch ein Anrecht auf ein jugendlicheres Glück."

„Ach", sagte sie mit ein bisschen gespieltem Widerwillen, „ich habe von Älteren mehr Glück erfahren als von Jüngeren."

Sinzheimer erschrak aufrichtig über dieses Geständnis. „Na dann … können Sie viel Nutzen als Frau Doktor Kronstein stiften … Aber eines muss ich Ihnen noch sagen: Sie werden in der Familie einen schweren Stand haben. Fünf Brüder werden Sie vielleicht nicht sehr brüderlich aufnehmen."

„Mit denen werde ich schon fertig", antwortete Evelyn, „im schlimmsten Fall werde ich eben am Sederabend nicht teilnehmen und zur Neujahrsgans nicht geladen werden."

„Nehmen Sie das nicht zu leicht, da spielen auch große wirtschaftliche Interessen und Erwägungen eine Rolle und das ergibt oft langwierige Kämpfe." Evelyn erinnerte sich späterhin oft dieser sanften und doch sehr bestimmten Warnung.

„Ich nehme ihnen ja nichts von ihrem Gelde."

„Das sagen Sie nur allen Brüdern ganz deutlich, vor allem das", Sinzheimers Gesicht war ganz ernst, „und wenn wider Erwarten ein Krieg der Brüder gegen Sie losgeht, dann kommen Sie in meine Kanzlei. Ich kann sagen, ich kenne die Brüder, alle sechse."

Sinzheimer brachte Evelyn in seinem Wagen zu ihrer Pension. „Überlegen Sie sich's doch noch mal", sagte er am Haustor, „ein junger, fröhlicher Mensch wäre doch besser für Sie." Er küsste ihr ergeben die Hand.

Als Evelyn im Bett lag, hörte sie Sinzheimers letztes Wort immer wieder. Es war schon heller Morgen, als sie beschloss, noch am selben Tag nach Italien zu fahren. Sie wollte sich die Sache drunten im Süden reiflich überlegen.

VI.

Schon im Lift bereute Wüst zutiefst seine Schwäche und Nachgiebigkeit, beides war eine Folge seines unbeherrschten, sinnlichen Temperamentes. Als ihn im Vorzimmer ein schnippisches Stubenmädchen mit „Guten Abend, Herr Pastor" begrüßte, griff er sich an das Beffchen. Er hätte doch vorsichtigerweise Zivil anlegen sollen, als er zu Kronsteins, in dieses Haus der Sünde, ging.

Dann wurde er in ein rosa beleuchtetes Gemach eingelassen, in dem er erst einen großen Spiegel und dann im Hintergrund ein breites Bett mit seidener Daunendecke und gestickten weißen Kissen entdeckte.

Aus dem Nebenzimmer hörte er Erna trällern. Plötzlich trat sie ein. Wüst blickte sofort zur Seite, nein, das wollte er nicht sehen, das war ja die Sünde selbst, er hatte zu lange allein in dem Schlafzimmer gesessen, sein Gewissen war erwacht.

An der Gangtür klingelte es.

Das schnippische Stubenmädchen erschien und meldete: „Herr Studiosus Winkelhagen ist da."

„Werfen sie ihn raus. Um Mitternacht empfange ich keine Besuche."

„Mich wirft man nicht raus", sagte eine angenehme Stimme an der Tür, „ganz abgesehen davon, liebes Fräulein Scholz, dass man einen Übergang vom Himmel zur Hölle braucht. Ich war vier Monate jede Nacht hier, du kannst nicht verlangen, dass ich plötzlich in einem trostlosen Hotelzimmer Ruhe finde." Plötzlich gewahrte er Wüst: „Oh Verzeihung, Herr Pastor Wüst, ich störe."

„Sie kennen mich?"

„Von Ihren Versammlungen ... Aber ich bitte Sie, nicht beunruhigt zu sein, ich begreife ja gut, dass man dieser schönen blonden Teufelin unterliegt."

„Ich unterliege nicht", sagte Wüst, sich aufrichtend, „ich bin in dieses Abenteuer von, wie ich jetzt glaube, böswilligen Geistern gelockt worden, aber ich finde den Weg ins Freie, so wahr ich Friedrich Wüst heiße."

„Siehst du", schrie Erna mit verzerrtem Gesicht, „was du mit deinen täppischen Nachtbesuchen anrichtest. Du hast die glückliche Stunde zweier Menschen gestört."

„Das tut mir leid", sagte Studiosus Winkelhagen mit einem Lächeln, von dem schwer festzustellen war, ob es bedauernd oder höhnisch gemeint war. Im Konversationston fügte er hinzu: „Ich habe eine interessante Exkursion hinter mir, Herr Pfarrer, und ich wollte Ihnen schon lange davon erzählen."

Das grazile Stubenmädchen schenkte auf einen Wink Ernas drei Sektgläser voll. Winkelhagen leerte das seine auf einen Ruck.

„Na", sagte Erna, Wüst mit dem Glase zuwinkend, „sollen wir zurückbleiben?" Sie hatte ihr Glas schon wieder leer hingestellt, Wüst platzierte sein volles Glas daneben.

„Sie wollten etwas erzählen, Herr Winkelhagen", sagte Wüst, froh über seinen Sieg, denn eigentlich schmachtete er nach dem Sekt.

„Ja, hören Sie, Herr Pastor."

„Bitte unterlassen Sie die Berufsbezeichnung."

„Schön", sagte der Student zuvorkommend und liebenswürdig, wie er von Anfang an gewesen, „also ein Erlebnis. Sie wissen, es gibt hier in Fürstenwalde, eine Stunde von Berlin, ein arisches Landerziehungsheim. Deutsche Lehrer, deutsche Jugend. Dort habe ich drei Monate unterrichtet ... bis mich Fräulein Scholz daran zu hindern begann. Die Schüler, zwölfjährige, aber auch achtzehnjährige Jungen hingen leidenschaftlich an mir. Freilich, ich unterrichtete Geographie und Musik, beides Gegenstände, in denen man junge Leute leicht mitreißen kann. Das Komische an der Sache ist, dass auch die Lehrer der Schulgemeinde meine besten Freunde wurden. Es sind bis auf einen naive, kindliche, aber wahrhaft idealistische Seelen. Na, denken Sie, als Fräulein Scholz, angeblich wegen des Gretchen-Studiums, bei dem ich ihr am Anfang manchen Wink geben konnte, mich in der letzten Woche nicht mehr verlassen wollte, ich vermute den wirklichen Grund, will ihn aber nicht sagen, da ging ich nach Fürstenwalde zurück, und denken Sie, ich wurde mit Jubel empfangen! Die Schüler verlangten einstimmig meine sofortige Wiedereinstellung und auch die Lehrer, bis auf den einen bösartigen Mathematikprofessor, erklärten sich für meine sofortige Rückkehr in den Anstaltskörper."

„Sehr schön", sagte Wüst, „sehr christlich. Aber warum sollte gerade ich das hören?"

„Ja", mischte sich Erna ein, sie hatte ihren Spitzenmantel abgeworfen und saß in einem hellblauen Seidenhemd da, das ihre schmalen jungen Schultern enthüllte, „was geht Wüst das an? Geh zum Teufel mit deinen langweiligen Geschichten, wir wollen einen Mokka trinken."

„Sind Ihnen meine Geschichten langweilig, Herr Pastor, verzeihen Sie, Herr Wüst?"

„Sag Fritz wie ich." Dabei näherte sie sich, auf dem Sessel rutschend, dem Entfernten.

„Keineswegs, ich finde Ihre Erzählungen sehr interessant."

„Dabei habe ich Rindvieh das Wichtigste vergessen, Herr Pastor, ich bin nämlich Jude. Und als ich wiederkam, machte ich Lehrer wie Schüler auf diesen ‚Makel' aufmerksam."

„Er lügt wieder", rief Erna, „er ist ja kein Jude."

„Bitte achten Sie nicht auf die Reden von Fräulein Scholz. Ich bin im vorigen Jahr, am 18. Mai, zum Judentum übergetreten, und zwar aus Protest gegen die überhandnehmenden Hetzreden und Verleumdungen der Juden. Eben deshalb wollte ich Sie schon lange sprechen, Herr Pastor. Könnte man nicht eine große Bewegung einleiten, die allen wahren Christen und Deutschen rät, zum Judentum überzutreten? Gott ist schließlich Gott für uns alle, Jehova ist unser aller Vater, aber wir müssen die Menschen schützen. Sie wären der Mann, diesen Massenübertritt zu leiten."

Wüst sah den Studenten an, es war ein schöner blonder Jüngling – „mir zu blond" hatte Erna kürzlich gesagt –, so stellte man sich den Idealdeutschen vor, nicht wie Goethe, der sah romanischer aus, nicht wie Kleist, der sah preußisch-slawisch aus, auch nicht wie der rothaarige Schiller mit seiner gebogenen Nase – nein, dieser Winkelhagen sah wie ein Jungsiegfried in heutigen Kleidern aus, und trotzdem, sein Vorschlag war vollkommen töricht. Nicht zweihundert Menschen von sechzig oder siebzig Millionen würden mitgehen.

„Lass uns mit deinen blöden Einfällen in Ruhe", rief Erna, „deshalb dringst du um Mitternacht bei mir ein?"

„Nein, deshalb nicht ... Ich wollte Herrn Pastor Wüst warnen. Wer sich an dich verliert, ist verloren. Es ist schade um ihn."

„Nun ist es aber genug", Erna zog im Zorn ihren Spitzenmantel wieder über die Schulter. Sie war plötzlich ganz nüchtern. Sie ging zweimal mit großen Schritten durch das weite Zimmer, dann blieb sie vor dem Studenten stehen.

„Geh", befahl sie streng.

„Und Sie können sich anschließen, Herr Pastor. Sie haben es nicht einmal versucht, mich zu verteidigen." Mit einem Male führte sie die große Szene einer Lady Milford auf.

Theater, dachte Wüst und erhob sich.

„Die Fürstenwalder Sache interessiert mich", sagte er zu Winkelhagen, um seinen Aufbruch ein wenig zu verdecken.

„Mich gar nicht", sagte Erna, zum Abschied bereit.

Die beiden traten aus der Tür, die hinter ihnen zugeschmettert wurde.

„Sie dürfen meine Anwesenheit bei Fräulein Scholz nicht missverstehen", flüsterte Wüst auf der Treppe. Das schnippische Stubenmädchen, das sie hinunterbegleitete, schien zu horchen.

„Nee, Sie sind ein Opfer", antwortete Winkelhagen, „das dachte ich gleich." Schon am Haustor verabschiedete sich der Student.

„Wollten Sie mir nicht Näheres über die Fürstenwalder Sache erzählen?", fragte Wüst. „Und über die geplante Übertritt-Bewegung?"

„Es ist schon zu spät", antwortete der Student. Er sah zur Haustür hinüber. Gott sei Dank, das Stubenmädchen wartete noch. „Ich komme mal auf ihre Redaktion."

„Auf Wiedersehen, Herr Pastor", sagte Winkelhagen, „und meine Verehrung für Sie ist heute noch gestiegen." Plötzlich war er wie vom Erdboden verschwunden. Wüst schritt mit wüstem Schädel zur Schöneberger Hauptstraße.

VII.

Am nächsten Morgen stellte die Berliner Post unter Millionen Briefen die folgenden zwei zu. Der eine Brief war wie in zierlichen Lettern gestochen:

Lieber Doktor. Herr Doktor Sinzheimer und ich haben bis über Mitternacht im Restaurant des Deutschen Theaters auf Sie gewartet. Ich war traurig, dass Sie nicht nur nicht kamen, sondern es nicht einmal der Mühe wert fanden, mir zu telefonieren. Aber ich bin eben nur ein kleiner Epidosist in Ihrem großen Ensemble. Deshalb habe ich beschlossen, mich in der nächsten Zeit im Kronsteinhause nicht zu melden. Ich spüre zu viele und zu mächtige Hass-Ströme auf mich gerichtet. Dazu kommt, dass ich jetzt mit meiner Arbeit über Boticelli endlich fertig werden will, da heißt es, fleißig in der Bibliothek sitzen. Gönnen wir uns beide ein oder zwei Wochen Isolierung. Inzwischen wird in Ihrem und in meinem Kopf vieles klar werden.

Herzlichst

Ihre

Evelyn G.

PS: Vielleicht macht meine Arbeit einen kleinen Ausflug nach Rom nötig. Seien Sie nicht beunruhigt, wenn ich für einige Zeit aus Berlin verschwinde. Wenn ich fern von Ihnen bin, fühle ich erst, wie nah ich Ihnen bin.

Immer die Ihre E.

Der andere Brief war in großen ausschweifenden Buchstaben geschrieben:

Verehrter lieber Pfarrer mit den Kinderaugen. Verzeihen Sie den gestrigen Abend. Nach den großen Anstrengungen des „Gretchen“, in denen ich mich ganz ausgebe, kann es geschehen, dass ich nachher ein Glas Sekt zu schnell trinke und dann überschreite ich, ohne es zu wollen, die Grenzen der Bürgerlichkeit. Heute ist der Katzenjammer da und die Reue und die Angst, Sie vielleicht kaum gewonnen und schon verloren zu haben. Ich bin

sehr arm an wirklichen Freunden. Winkelhagen ist leider ganz verlottert. Zum Glück studiere ich jetzt die Maria Magdalena von Hebbel und lebe in dieser Arbeit. Nächsten Mittwoch ist Premiere. Sie müssen mich sehen, ich will gerne – wohin? – ein Billett für Sie hinterlegen. Aber ich muss Sie im Zuschauerraum wissen, das gibt mir Kraft und es sind ohnehin sechs Tage bis zum Mittwoch …
Mit Dank und Gruß und mit der Hoffnung auf Ihre Nachsicht

Ihre Erna Scholz

PS: Soll ich auch ein zweites Billett für Ihre Frau Gemahlin besorgen?

VIII.

Als Friedrich Kronstein um elf Uhr in sein Büro trat, meldete ihm Frau Riebuhr, die graue Sekretärin, Herr Staatssekretär Freiherr von Schollwitz vom Reichsfinanzministerium habe seinen Besuch für zwölf Uhr angekündigt, man möge ihm abtelefonieren, wenn Herr Doktor Kronstein etwa verhindert sei. Die Nachricht verstimmte ihn, er liebte solche Überfälle nicht, Schollwitz war der wichtigste Mann der letzten Ministerien, was konnte er wollen? Verdammt, dass er gerade heute Klotz nicht hier hatte. Auch mit Evelyn konnte er nicht beraten. Zwar an Boticelli und gar an die Romreise glaubte er nicht, sie wollte ihn nur zappeln lassen. Nun mochte sie selber zappeln. Er, Fritz Kronstein, würde sie nicht rufen.

Er durchquerte das Beratungszimmer und klopfte bei seinem Bruder Simon an.

„Herein", rief der Bruder fast freudig, „gut, dass du kommst."

„Es hat sich Staatssekretär Schollwitz bei mir angemeldet. Hast du eine Ahnung, was er wollen kann?"

„Man sagt, das Ministerium schwankt noch immer."

„Wir werden es nicht retten", sagte Fritz Kronstein, „das wissen sie auch, besonders während Klotz krank ist."

„Ist er denn krank? Ich glaube, seine Krankheit bist du", brummte Simon, „übrigens will ich Heinrich und Emil herunterrufen lassen, beide sind so leicht gekränkt."

„Dann ruf auch August, er ist ja neuerdings auch sehr empfindlich."

„Das schlechte Geschäft, Fritz", Simon sagte das ehrlich entschuldigend, „noch eine solche Bilanz und der Bruderkrieg bricht aus."

„Bruderkrieg? Das Wort fällt heute zum ersten Mal." Fritz erschrak davor.

„Verluste unter Brüdern sind auch Verluste", Simon wurde melancholisch. Heinrich, der Älteste, trat mit greisenhaft abgemagertem Gesicht ein. Seine erste Frage war: „Etwas Unangenehmes?"

„Das wissen wir noch nicht, Staatsekretär Schollwitz hat sich angesagt."

„Klar!", rief August aufgeregt, wie jetzt immer. „Das ist die Annoncensteuer. Damit geht deine sozialistische Regierung schon seit Wochen schwanger, Fritz."

„Warum meine sozialistische Regierung? Wozu diese ärgerlichen Witze?“

„Ich dachte nur“, August blies den Zigarrendampf in die Luft, „ich dachte, du hast gute Beziehungen zum Kabinett.“

„Die illustrierten Blätter sind erledigt, wenn eine Inseratensteuer kommt“, Emil, der Jüngste, hatte plötzlich alle Heiterkeit verloren, er redete so nüchtern wie irgendein Kronstein.

„Habt ihr eine Idee, wie man Schollwitz ablenkt?“

Simon sagte mit ausgestreckten Armen, fast begütigend: „Noch wissen wir gar nicht, was er will.“

Fritz saß da mit gesenktem Kopf, es arbeitete in ihm.

Simon stieß ihn an: „Na, was brütest du da aus?“

„Ich habe eine Idee“, sagte Fritz stockend, „aber das lässt sich noch nicht sagen.“

August erwiderte sofort gereizt: „Wir können ja gehen, Emil und ich. Vielleicht weihst du Heinrich und Simon ein.“

Fritz widersprach nicht, der älteste Bruder und Simon, der Geschäftsführer, genügten.

Ehe Emil verdrossen das Zimmer verließ, blieb er vor Fritz stehen: „Du solltest Fräulein Doktor Goldscheider sagen, dass sie sich nicht abends in betrunkener Gesellschaft öffentlich zeigen soll, noch dazu mit diesem wüsten Pastor Wüst.“

Friedrich wurde blass.

„Ich habe dir auch nie Vorschriften gemacht, Emil, obwohl Anlass genug vorlag, übrigens war Fräulein Goldscheider gestern mit Doktor Sinzheimer im Restaurant des Deutschen Theaters.“

„Der ist eine berühmte spanische Wand.“

„Halt den Mund, verdammter Schwätzer.“ Fritz konnte sich nicht länger beherrschen.

„Das ist der Dank für eine Warnung“, Emil wandte sich an die Brüder. „Es gab nämlich eine richtige Skandalszene. Redakteur Wendel erzählt sie eben in allen Redaktionen.“

Fritz schnellte empor, auf sein Zimmer zugehend. Diesen Wendel wollte er sofort hören. Simon wollte ihn am Ärmel festhalten: „Wir wollten doch über Schollwitz beraten.“

„Das hat Zeit“, und Fritz trat in sein Büro, verkroch sich in die Dämmerung seines Buddhasitzes.

Nach einer Pause der Betretenheit unter den zurückgebliebenen

Brüdern sagte Heinrich verdrossen: „Die Manieren Fritzens werden immer unerträglicher." Emil war wieder eingetreten. Simon bemerkte ihn und sagte: „Du könntest auch deine Klatschgeschichten für dich behalten."

„Klatsch? Die Frau macht uns alle lächerlich. Gestern hat sie Herrn Wendel erzählt: ‚Der Kerl, der Klotz, kehrt mir nicht mehr zurück. Dafür werde ich sorgen.'"

„Unerhört!", rief Heinrich. „Emil hat ganz recht, wenn er losgeht."

„Kinder", begütigte Simon, „wir haben alle schon einmal ein Faible für ein Frauenzimmer gehabt."

„Ja", sagte August breit, „aber ins Geschäft durfte keine dreinreden."

Belämmert verließen sie alle nacheinander das Beratungszimmer. Simon klopfte einen Augenblick bei Fritz an. Der saß noch allein mit kurzsichtigen Augen über seinen Akten.

„Ich habe Emil energisch zurechtgewiesen", sagte Simon. „Das wollte ich dir ausdrücklich sagen. Der Lausejunge" – als Jüngster wurde er noch immer wie ein Unerwachsener gewertet – „hat es nötig, unsereinen zu belehren. Er entschuldigte sich übrigens mit einer etwas fatalen Äußerung von Fräulein Goldscheider, sie soll vor versammeltem Publikum gesagt haben, sie werde dafür sorgen, dass Klotz unser Haus nicht mehr betrete. Das fände ich allerdings, wenn es wahr wäre, etwas stark."

Fritz schaute nicht aus den Akten auf. „Das alles wird ja festgestellt werden."

Redakteur Wendel ließ bitten, ob er jetzt eintreten dürfe. Er grüßte beide Chefs fast untertänig. Simon wollte das Zimmer verlassen, doch Fritz sagte, immer ohne den Blick aus den Akten zu erheben: „Bleib doch, Simon, du solltest die Aussage des Herrn Wendel mithören." Simon versuchte die Situation weniger eisig zu gestalten, er ließ sich in einen Lederfauteuil sinken, steckte sich eine Zigarre an und fragte Wendel, mit hingehaltener Zigarrentasche: „Rauchen Sie nicht?"

„Nein, danke ... Wenigstens nicht vor dem Speisen."

„Waren Sie gestern Abend im Restaurant des Deutschen Theaters?", fragte Fritz im strengen Verhörton, ohne Wendel auch nur einen Platz zum Sitzen angeboten zu haben.

„Allerdings."

„Möchten Sie uns erzählen, was Sie da sahen?"

Wendel fühlte sich, einsam im Raum stehend, höchst unbehaglich. „Ist das ein Verhör?“, fragte er gereizt.

„Das ist nebensächlich, Verhör oder Klatsch, wie Sie wollen“, erwiderte Fritz Kronstein. „Sie waren doch in den Redaktionen heute schon sehr gesprächig.“

„Da muss ich meinem Bruder zustimmen“, sagte Simon in seinem wohlwollenden Ton: „Sie sollen doch uns nochmal erzählen, was Sie schon den ganzen Vormittag zum Besten gegeben haben.“

„Bitte“, antwortete Redakteur Wendel nervös, denn er hatte nach allem, was man im Hause munkelte, auf Simons Hilfe gehofft. „Also ich sah Herrn Pastor Wüst in etwas angeheitertem Zustand neben der Schauspielerin Erna Scholz.“

„Und Sie fühlten sich verpflichtet, Ihren neuengagierten Kollegen gleich in aller Leute Mund zu bringen?“, aus der Dämmerung drang Fritzens Stimme schneidend herüber.

„Und sonst war niemand da?“, fragte Simon ohne Gefühlsaufwand.

„Doch!“, stammelte Wendel. „Es war noch Syndikus Doktor Sinzheimer mit Fräulein Doktor Goldscheider da.“

„Waren die auch besoffen?“, fragte Simon geradezu.

„Aber bitte, das habe ich nie behauptet. Im Gegenteil, sie führten hochgeistige, ich möchte sagen, um Mitternacht langweilige Gespräche. Fräulein Doktor schien dann dafür zu sorgen, dass die Scholz, die allein einen Affen hatte, denn ich glaube, auch Pastor Wüst war so ziemlich nüchtern, nach Hause fuhr. Dann wurde Fräulein Doktor Goldscheider von Rechtsanwalt Sinzheimer zu ihrer Pension gebracht.“

Fritz Kronstein auf seinem Buddhasitz warf eine Akte auf den Tisch, dass die Papiere aufflogen: „Ein elenderer Klatsch und Quatsch ist mir noch nicht vorgekommen.“

„Pardon“, mischte sich noch einmal Simon ein, „das alles ist doch wirklich so unberuflich, damit können Sie doch heute Vormittag nicht in den Redaktionen paradiert haben.“

Wendel wand sich: „Gott, ich habe ja auch niemanden angeklagt ... Es ereignete sich allerdings noch etwas.“

Fritz zitterte oben in seinem Dunkel: „Na, was denn? Machen Sie sich doch nicht so wichtig.“

„Die Scholz hat Herrn Pastor Wüst vor allen Leuten ... wie soll ich nur sagen ... abgeküsst.“

Fritz atmete auf. Das alles hatte also gar keinen Zusammenhang mit Evelyn.

„Hören Sie mal, Herr Wendel", Simon pflanzte sich breit vor dem schmächtigen Redakteur auf, „das alles ist sehr wenig sympathisch, ich meine Ihre Erzählung. Es ist ja denkbar, dass Sie noch nie abgeküsst worden sind, das halte ich sogar für sehr möglich. Aber mir hätte das, besonders nach einer guten Flasche Wein, auch passieren können, ich meine, in früheren Jahren. Es ist nicht gerade vornehm, derlei Weinstubenzwischenfälle aufzubauschen."

„Wieso aufbauschen?"

Fritzens Stimme fuhr dazwischen: „Nu machen Sie sich nicht noch mausig, Wendel. Uns wurde Ihre Erzählung etwas sensationeller berichtet. Quasi nicht im Stil des ‚Intelligenzblattes', sondern mehr im pikanten Stil der ‚Mittagspost'. Ich werde jetzt Ihre Aussage meiner Sekretärin diktieren, schon damit Sie nicht wieder aus dem Stil fallen."

Fräulein Riebuhr, die graue Sekretärin, wurde gerufen und Fritz diktierte.

„Fehlt nur noch eine Wendung", sagte Simon, „wieso hat denn Fräulein Doktor Goldscheider sich über Klotz und seinen angeblichen Abgang geäußert?"

O Gott, dachte Wendel, im Raume einsam und doch an die Wand gedrückt, ich bin verloren. Jetzt fliege ich aus dem Hause, die Stellung ist nicht mehr haltbar, das wird mir der Doktor nie verzeihen. Er schwieg.

„Wollen Sie sich zu diesem Punkte nicht äußern?", fragte Fritz Kronstein scharf.

Wendel stotterte: „Das muss ein Missverständnis sein ... Ich hatte dem Fräulein Doktor von der Ohnmacht des Herrn Klotz erzählt und da sagte sie: ‚Hoffentlich wird er nicht monatelang zu seiner Erholung brauchen.' So ähnlich sagte sie, für den Wortlaut kann ich nicht bürgen."

„Haben Sie mitgeschrieben, Fräulein Riebuhr?", tönte es vom Buddhasitz.

„Gewiss, Herr Doktor."

Fritz stieg zu seinem Bruder hinunter. „Da hast du den ganzen elenden Klatsch ... Was tun Sie denn noch hier, Herr Wendel? Seien Sie doch froh, dass wir Sie nicht mindestens in eine andere Abteilung oder in die Provinz versetzen. Sie haben sich heute keine Ehren geholt."

Wendel war vollkommen geknickt. Er verbeugte sich. „Ich würde es sehr bedauern, wenn ich irgendjemand gekränkt hätte und ich bin zu jeder Genugtuung bereit."

Unterschreiben Sie das Protokoll bei Fräulein Riebuhr und setzen Sie Ihre abgeschmackten Erzählungen in den Redaktionen fort. Leute wie Sie leben ja vom Klatsch."

Wendel wankte hinaus.

Eigentlich war Fritz jetzt in bester Laune. Evelyn war vollkommen rehabilitiert. Er drückte Simon dankbar die Hand: „Du könntest dir Emil unter vier Augen vornehmen, ich schicke dir eine Abschrift von Fräulein Riebuhrs Protokoll."

Als Fritz allein war, ging er mit leichten Schritten auf und ab, die Hände auf dem Rücken. Plötzlich stand er vor dem Telefonapparat still, hob die Muschel ab und ließ sich mit Evelyn verbinden. Er hatte Glück an diesem Vormittag, die Stimme war schon da.

„Gut, dass Sie anrufen, Doktor, in einer halben Stunde geht mein Zug nach Mailand. So kann ich Ihnen noch Adieu sagen, lieber, lieber Freund."

Fritzens Knie bebten: „Das ist nicht Ihr Ernst, Evelyn ... Jetzt, wo ich Sie so dringend brauche."

„Mich? Mich braucht höchstens der alte Boticelli und vielleicht in Frankfurt mein Papa."

„Evelyn, ich beschwöre Sie, bleiben Sie hier."

Mit ihrer klirrenden, hohen Stimme antwortete sie klar: „Nein, mein Bester ... Ich könnte mich zu sehr gewöhnen. Ich muss an meine Arbeit denken."

Stockend fragte Fritz: „Reisen Sie ... ganz allein?"

„Um Gottes willen", lachte sie, „wen sollte ich und wer sollte mich denn mitnehmen?"

Fritz wollte nicht lyrisch werden, ein Sechziger darf nicht zu viele Gefühle zeigen, er sagte sachlich: „In zehn Minuten ist Staatssekretär Schollwitz hier ... Sie sollten da hinter meinem Fauteuil stehen."

„Schollwitz? Den hätte ich gerne gesehen, er ist mit Papa befreundet. Was will er denn von ihnen? Er ist der klügste Mann der Regierung."

„Ich weiß nicht, was er im Schilde führt … Jedenfalls hätte ich mit Ihnen gern alles durchgesprochen."

„Soll ich Ihnen einen Rat geben, Fritz? Nehmen Sie ihn in Ihren Aufsichtsrat."

Er konnte nicht gleich antworten. Gerade diesen Vorschlag hatte er seinen Brüdern machen wollen. Nicht Aufsichtsrat, das war Familiensache, aber Vorstand der Kronstein A. G. Das hatte er geplant.

Und jetzt plauderte dieses geniale Kind diesen halb geborenen Vorschlag schnell ins Telefon.

„Wie lange wollen Sie wegbleiben, Evelyn?"

„Ungefähr vierzehn Tage. Vielleicht drei Wochen."

„Genügt nicht eine Woche?"

„Nein, keinesfalls, ich bleibe drei Tage in Mailand, dann fahre ich nach Rom … Aber ich mache Ihnen einen Vorschlag: Kommen Sie mir nach, Fritz. Ich zeige Ihnen Rom, wie Sie es noch nicht gesehen haben. Es wird Ihnen gut tun."

„Wenn ich kann … Danke … Vielleicht … Ihre Adresse erhalte ich telegraphisch, bitte. Seien Sie glücklich, Evelyn."

Er hängte ab und ging zu Fräulein Riebuhr hinüber, damit sie am Anhalter Bahnhof sofort einen Korb voll Obst und einen Blumenstrauß besorgte.

„Was für Blumen?", fragte das graue Fräulein.

„Die schönsten und die haltbarsten, sie müssen bis Mailand blühen, Sie werden schon das Richtige treffen."

IX.

Um elf Uhr achtundfünfzig Minuten erschien Staatssekretär Joachim Freiherr von Schollwitz im Sekretariat des Doktor Friedrich Kronstein und sandte seine Visitenkarte dem Chef des Hauses zu. Unbegreiflicherweise musste er im Zimmer des Fräulein Riebuhr mehrere Minuten, jawohl, volle sechs Minuten, eine elektronische Uhr ging an der Wand, warten. Er nutzte diesen sicheren Augenblick des Alleinseins, um sich im Spiegel zu betrachten. Der Scheitel lag tadellos glatt, die Scheitellinie war wir mit dem Lineal gezogen, die Fältchen und Krähenfüße um die Augen übersah er. Er trug im Gegensatz zu allen Herren im Finanzministerium einen buschigen, schwarzen oder schwarz gefärbten Schnurrbart, der seinem vollen Gesicht einen Schimmer von Gutmütigkeit gab. Seit dem Umsturz hatte er Einglas durch Kneifer vertauscht.

Fräulein Riebuhr weckte ihn aus der Spiegelung.

Er trat mit leichten Lackschuhen bei Kronstein ein, der ihn auf das gelbe Kanapee einlud.

Kronstein bot Zigaretten an. Das geschah so selten, dass Fritz sich schon als Weltmann fühlte, wenn er dergleichen Artigkeiten vollzog.

Schollwitz bediente sich dankend: „Sie sieht man nie und nirgends“, sagte der Staatssekretär, „ein Fehler in diesen Zeiten, wenn ich mir diese Bemerkung erlauben darf.“

„Das sagt mir auch eine Freundin, das heißt eine befreundete Dame“, antwortete Kronstein. Der Ausdruck Freundin war in Berlin anrüchig geworden, er bedeutete beinahe Mätresse, deshalb korrigierte er sofort: „Ja, eine junge Dame, die Sie auch kennen. Fräulein Doktor Goldscheider.“

Es tat wohl, wenigstens ihren Namen auszusprechen. Gerade in diesem Augenblick musste sie auf dem Anhalter Bahnhof einsteigen.

„Fräulein Doktor Goldscheider?“, wiederholte Schollwitz, als wüsste er nicht Bescheid.

„Ja, Evelyn Goldscheider.“ O, wie wohl es ihm tat, ihren Vornamen laut sagen zu dürfen.

„Ach, die kleine Evelyn. Ja, die kenne ich, seit sie ein Kind war. Ihr Vater gibt die Monatsberichte über den Hypotheken- und Rentenmarkt heraus, ein großer Gelehrter, der leider wie Sie, Herr Doktor, an der Zurückgezogenheitskrankheit leidet, sonst hätte der alte Goldscheider längst eine Professur haben müssen. Allerdings gab es auch konfessionelle Hindernisse, aber die hätten sich in diesem Falle überwinden lassen."

„Diese ... konfessionellen Hindernisse, deshalb bleibe auch ich am liebsten zu Hause."

Schollwitz überhörte die Empfindlichkeit, er dachte: Jetzt muss es zwölf Uhr zehn sein, ich muss das Tempo beschleunigen.

„Sie werden sich gefragt haben, verehrter Herr Doktor, was mich zu Ihnen führt."

„Wir Brüder, wir beraten alles gemeinsam, ich bin nur der gelegentliche Sprecher, wir waren uns so ziemlich einig. Wir dachten, sie kommen, um uns schonend auf die Inseratensteuer aufmerksam zu machen, die wir übrigens alle volkswirtschaftlich für einen Missgriff halten."

„Inseratensteuer? Gewiss ein Fehler. Aber es stehen wichtigere Dinge auf dem Spielplan, da wollte ich Sie als Pressefürsten um Rat fragen."

Das Wort Pressefürst ärgerte Fritz Kronstein und schmeichelte ihm gar nicht.

„Ich muss das Wort Pressefürst, so freundlich es gemeint ist, zurückweisen. Die gesunde Presse, nämlich jene, die gekauft und gelesen wird, kann sich keinen Fürsten erlauben. Es gibt ja auch keinen Stiefelfürsten. Wir müssen den anständig gearbeiteten, möglichst billigen Massenstiefel erzeugen, der gekauft wird. Da ist kein Platz für fürstliche Launen."

„Sehr geistreich", sagte Schollwitz, „und dennoch falsch. Zeitungen sind keine Stiefel. Sie erzeugen doch täglich in Millionen – ich darf wohl sagen: Millionen – Köpfen bestimmte Meinungen."

„Auch nicht ganz richtig", antwortete Kronstein, „unser Erfolg beruht darauf, dass wir ein Minimum von Politik in unsere Blätter streuen, und meistens formulieren wir bloß die Meinungen, die in breiten Bevölkerungskreisen schon bestehen. Meine Aufgabe ist es nicht, sagen wir, Vorkämpfer für neue, möglicherweise sehr richtige Ideen zu sein. In einer Volksküche kann ich nicht neue Gerichte servieren, das kann ich höchstens probeweise im Restaurant des Gourmands wagen."

„Wenn aber der Volksgeschmack sich ändert?“

„Oh bitte, das geschieht zwar nicht von heut auf morgen, aber dann widersetzen wir uns auch nicht.“

„Nun“, sagte Schollwitz, seinen seidengefütterten Rock zurückschlagend, „ich sage Ihnen heute, der Volksgeschmack hat die Republik satt. Die Deutschen sind der sozialdemokratischen und der weltversöhnenden Reden müde. Ganz aufrichtig: Wir brauchen eine starke nationale Rechtsregierung, und Sie, Herr Doktor Kronstein, sollen bei diesem Werk mithelfen.“

Etwas erschrocken fragte Kronstein: „Ich?“

„Sie und Ihr Konzern ... Sie sprachen vorhin von der auch meiner Meinung nach verfehlten Inseratensteuer. Das ist ja alles nur Flickwerk. Nein, wir müssen endlich einmal den Franzosen und der ganzen Welt sagen: Wir zahlen nicht einen Pfennig mehr! Die Reparationssklaverei muss ein Ende haben.“

„Das ruft ja Herr Hitler täglich in seinen Zirkusversammlungen.“

„Was Herr Hitler ruft, weiß ich nicht. Aber wenn die Sozialisten weiterhin antinationale Politik betreiben, sind sie in kurzer Zeit erledigt. Das deutsche Volk will das nicht länger mitmachen.“

„Was will das deutsche Wolk? Wieder ein Riesenheer? Kanonen? Panzerkreuzer? Flugzeuge?“

„Warum nicht? Wir können nicht ewig von den Franzosen abhängig bleiben.“

Kronstein lächelte ganz schwach: „Panzerkreuzer kriegen sie doch auch von den Sozialdemokraten und Flugzeuge wahrscheinlich auch. Warum muss denn alles in Deutschland unter Trompetenstößen geschehen? Wenn Sie das alles in der Stille machen, wird niemand widersprechen.“

„Vieles lässt sich nicht mehr in der Stille machen und der Widerstand unter den Sozialisten wächst, der Typus Severing wird alt. Außerdem wollen wir gar nicht länger unser gutes Recht auf Landesverteidigung heimlich flüstern. Die Zeit ist reif für eine nationale Regierung, die Sozialdemokraten, soweit sie nicht mitmachen, sind am Ende. Das ist übrigens seit kurzem auch die Anschauung, zu der sich die höchste Stelle des Reiches durchgerungen hat.“

Kronstein stutzte, überlegte, dann fragte er: „Weshalb kommen Sie zu mir? Unsere Zeitung pflegt nicht von heute auf morgen umzufallen.“

„Von heute auf morgen umfallen ist immer falsch. Auch ich musste mich langsam durchringen. Vor zwei Jahren war ich noch Demokrat. Und die besten Leute des jetzigen Kabinetts marschieren mit uns ... Aber ich hörte, Herr Chefredakteur Klotz verlässt ihr Haus. Das wäre der Augenblick zur Selbstprüfung. Ich garantiere Ihnen, die intransigenten Sozialdemokraten sind in drei Monaten erledigt."

Kronstein kehrte zu den Fakten zurück: „Der Weggang von Klotz ist noch nicht definitiv beschlossen."

„Noch nicht definitiv", wiederholte Schollwitz, „nun, mir genügt vorläufig auch eine provisorische Veränderung."

Etwas störrisch geworden, denn er liebte es nicht, festgelegt zu werden, erklärte Kronstein: „Auch eine provisorische Veränderung ist nicht beschlossen."

Da erhob sich Schollwitz: „Vielleicht hat man mich falsch unterrichtet. Ich dachte, einem Realpolitiker, wie Sie es sind, Herr Doktor, wäre ein rechtzeitig geschlossener Kontakt nach rechts erwünscht, für die Stunde der Umkehr."

Kronstein sah sich um, als hörte er jetzt Evelyns Flüstern, er fühlte den Blick der fernen Freundin und sagte so liebenswürdig, wie er eben konnte: „Wir hatten sogar die Hoffnung, Sie, Herr Staatssekretär, für unseren Vorstand zu gewinnen."

Die unerwartet umgeworfene Schlinge saß Schollwitz um den Hals. Er verneigte sich kurz: „Höchst ehrenvoll, Herr Doktor, und sehr erwägenswert. Aber wir müssten uns erst politisch besser kennen lernen. Ich bedauere, Sie so selten zu sehen. Kommen Sie doch zu unseren Donnerstagen in den Herrenklub."

Ich?, dachte Fritz, der Sohn des alten Samuel Kronstein? Nebbich.

„Es wird sich bald eine noch bessere Gelegenheit ergeben, Herr Staatssekretär. Vielleicht speisen Sie einmal mit Fräulein Doktor Goldscheider bei mir."

„Ich freue mich, Evelyn wiederzusehen. Ist sie denn in Berlin? Man trifft sie ja am ehesten im Schlafwaggon."

„Sie ist in Italien, aber so viel ich höre, wird sie bald zurück sein."

Schollwitz empfahl sich. Fritz Kronstein schritt wieder nachdenklich durch den breiten Raum. Ach, warum war Evelyn jetzt nicht da? Und wie dumm von Klotz, jetzt zu streiken, denn an die Krankheit glaubte Kronstein nicht. Hatte er gar niemanden in diesem vielstöckigen, weiten Hause? Daneben wartete vielleicht sein

Bruder, nun wegen dieser läppischen Inseratensteuer, an der sie auch nicht sterben würden. Er trat in das angrenzende Zimmerchen von Fräulein Riebuhr: „Haben Sie die Blumen besorgt?"

„Ja, ein sehr schönes Arrangement."

„Was für Blumen denn?"

Die ganz unerwartete Frage brachte die graue Sekretärin in Verlegenheit – seit wann interessierten ihn denn Blumen? – sie hatte die Sache telefonisch pünktlich geordnet, der Strauß kostete 32 Mark, teuer genug, ob Lilien oder Nelken verwendet wurden, konnte sie nicht sagen.

„Na, in der Botanik sind Sie nicht zu Hause", half ihr Kronstein freundlich aus der Patsche. Offenbar wollte er was.

„Hören Sie. Erstens möchte ich, dass Sie sich vorsichtig erkundigen, ob Herr Klotz krank ist. Und dann rufen Sie mir sofort den Pastor Wüst, wenn er im Hause ist."

Ja, Wüst war im Hause, im Zimmer des pädagogischen Mitarbeiters Ebenstreit. Flugs wurde er ins Chefzimmer expediert.

Fritz saß schon wieder auf seinem Buddhasitz. Ein Sonnenstrahl fiel auf das kleine gelbseidene Kanapee und Fritz Kronstein hörte das Sausen eines Schnellzuges. Dieser Wüst war der Letzte, der Evelyn gesehen, der Rechtsanwalt war vernünftigerweise schwer zu erreichen, vielleicht wusste der Pastor etwas über die Gründe dieser plötzlichen Abreise.

„Fräulein Doktor hat Berlin verlassen?" Wüst war ganz erstaunt über die Mitteilung: „Mir gegenüber hat sie kein Wort gesagt. Allerdings, wenn ich zurückdenke, war sie gestern ungewöhnlich einsilbig."

„Na, dafür waren Sie ja umso besser gelaunt, wie man hört."

Wüst errötete und, was noch schlimmer war, er fühlte sein Erröten.

„Ja, in diesem angenehmen Hause erfährt man alles und mit 50 Prozent Zulage", sagte Fritz Kronstein, zu kurzsichtig, um das Erröten wahrzunehmen, „nehmen Sie's nicht tragisch, seien Sie nur vorsichtiger, besonders in diesen verdammten Bohemelokalen ... Fräulein Doktor Goldscheider war einsilbig, sagten Sie. Schien sie Ihnen verstimmt?"

„Jawohl, verstimmt. Sie schien die ganze Zeit auf etwas zu warten." Wüst fühlte instinktiv, dass diese Feststellung vom peinlichen Thema seines eigenen Zustandes wegführte.

„Danke, das ist mir sehr interessant ... Und ihre Arbeit, Herr Pfarrer, wie geht es damit?" Kronstein hatte sich längst wieder über seine Papiere gebeugt und sein Gemurmel war fast unverständlich. „Sie lassen sich doch durch Klotzens Krankheit nicht abhalten? Melden Sie sich mal bei seinem Stellvertreter, dem ... Dingsda." Er konnte sich die meisten Redakteursnamen nicht merken."

Die Tür des Beratungszimmers öffnete sich, Simon Kronstein guckte herein.

„Schollwitz schon fort?"

„Ja, komm nur rein, Herr Pastor Wüst wollte soeben gehen."

Simon setzte sich auf das kleine gelbe Kanapee, dass es krachte. „Fritz, das wird schlecht enden. Die Brüder sind wütend! Wir warten gespannt auf das Ergebnis der Besprechung mit Schollwitz. Und du, statt uns ein Wort zu sagen, holst dir diesen abgestumpften Pastor, um dich mit ihm zu unterhalten. Das muss doch böses Blut machen. Eines Tages wirst du den Bruderkrieg im Hause haben."

„Du hast dieses böse Wort schon einmal gesagt, Simon, ich habe es mir gemerkt. Wenn ihr aber glaubt, ich habe nur euer Geschäftsführer und euer Moneymaker zu sein, so irrt ihr. Ich bitte dich, das allen Brüdern anzukündigen: In meinem Leben stehen entscheidende Veränderungen bevor. Ich will heute nicht mehr sagen ... Was übrigens Schollwitz anlangt, er kommt in den Vorstand, sobald ich ihm pfeife. Und von der Inseratensteuer ist er abgerückt. Es können wichtigere Dinge geschehen ... Fräulein Riebuhr, Hut und Stock."

Er konnte es nicht sehen, dass Simon sich auf dem gelbseidenen Kanapee breit machte, gerade an der Stelle und von demselben Sonnenstrahl beschienen, der am Tag zuvor Evelyn verschönt hatte. Wenn es nicht zu dumm gewesen wäre, am liebsten wäre er jetzt zum Anhalter Bahnhof gefahren. Ist es schon einmal in Preußen geschehen, dass ein Zug mit einstündiger Verspätung vom Anfangspunkt abgefahren war? Leise brummte er dem Chauffeur zu: „Nach Hause."

X.

Erna Scholz lebte mit ihrer Mutter in einer schrecklichen, fürstlichen Wohnung in der Budapester Straße, ganz nahe dem Kurfürstendamm. Sie war erst einundzwanzig Jahre, und ihre Mama, etwa doppelt so alt, fühlte sich oft mehr als Schwester und Ratgeberin denn als elterliche Autorität. Gertrud Scholz, Witwe eines Danziger Likörfabrikanten, wäre selbst vor mehr als zwanzig Jahren gerne Schauspielerin geworden, aber Papa und Mama hatten sie, sowie der Wunsch laut wurde, sogleich verheiratet, und Scholz, der vor fünf Jahren plötzlich gestorben war, ließ sie ohne einen Groschen zurück. Die Witwe, eine damals noch begehrte Frau, zog nach Berlin und hoffte, dort eine zweite Ehe eingehen zu können. Ein wohlhabender, breitschultriger Mann – das, was man in Deutschland stattlich nennt – hatte sich schon in Danzig gefunden, aber in Berlin stellte sich heraus, dass Herr Opernsänger Erich Fassbender ein Auge auf das sechzehnjährige Mädchen und nicht auf die erst sechsunddreißigjährige Mutter geworfen hatte. Herr Fassbender fiel eines Nachmittags, als Muttern beim Zahnarzt war, Erna zu Füßen, wie es sich für einen Opernsänger gehört, und eine Minute später riss er sie mit stürmischer Gewalt auf ein Sofa. Zum Glück läutete es, Mama war da, sah die erhitzten Gesichter und verbot dem Opernsänger das Haus. Er zog ab, aber aus einem Blick – oder war es gar ein Kopfnicken? – schloss er, dass Erna ihm nicht zürnte. Zudem schien sie eine ganz hübsche Stimme zu haben und Fassbender war bereit, sie auszubilden. Die Not erzeugte närrische Zusammenhänge. Der Opernsänger, von der Pracht und Sieghaftigkeit der Stimme Ernas überzeugt, erklärte sich bereit, für jede Unterrichtstunde, die er der Sechzehnjährigen erteilte, 5 Mark Honorar zu zahlen, eine Bagatelle, die Erna aus ihren Primadonneneinkünften in drei Jahren zurückzahlen würde. Die Einzige, die mit diesem Unterrichtsvertrag anfangs nicht einverstanden war, schien Frau Fassbender zu sein, aber der Opernsänger, der damals die höchsten Konzert- und Opernhonorare einheimste, fand sanfte Mittel, auch seine Gattin zu besänftigen. Am Ende schloss sich Erna sogar innig an Frau Fassbender an, und die Einzige, die schweigend, aber doch duldend abseits blieb, war Mama Scholz. Berlin, das große, bot auch ihr Ablenkungen und Ernas Vorschuss auf die Primadonnenhonorare stieg. Damals konnte sie die Fünfzimmerwohnung in der Budapester Straße mieten, und vielleicht wäre sie heute wirklich ein Stern am Opernhimmel, neben Fassbender flimmernd, wenn nicht eines Tages der Student Jost Winkelhagen in ihrem Leben aufgetaucht wäre. Auch Winkelhagen wollte singen lernen, er war der Siebzehnjährigen einmal bei Fassbender begegnet und hatte sie nach Hause begleitet.*

Auf dem Wege sagte Jost: „Fräulein Scholz, Ihre Stimme ist eine Sprechstimme. Sie sind ein Genie, das merkt man auf den ersten Blick, aber Sie gehören zu Reinhardt. Ihr Talent liegt im Schauspiel."

Es kann nicht festgestellt werden, inwieweit der Hass gegen Fassbender, den Winkelhagen nur „das Fass" zu nennen pflegte, der Anstoß zu dieser Eingebung war oder wirkliche Einsicht. Genug, Max Reinhardt sah die hellblonde Erna Scholz aus Danzig, begeisterte sich für ihre Helligkeit mit aller Inbrunst, die dunkelhaarige Österreicher für nordische Mädchen aufbringen, stiftete ihr einen Freiplatz in seiner Schule und verschaffte ihr bei Freunden ein zwei Jahre dauerndes Stipendium von 200 Mark monatlich, das Erna von Fassbender frei machte.

Mutter Scholz war über diese Befreiung glücklich und Studiosus Winkelhagen hieß manchmal Fremden gegenüber, besonders im Sommer an der Ostsee, „Ernas Bräutigam". Er hatte die Absicht, so schnell als möglich Gymnasiallehrer zu werden, aber er war auch Führer in der Jugendbewegung. Reinhardt, der ihn wiederholt gesehen, riet dem schönen, schlanken Menschen, zur Bühne zu gehen, und überdies betätigte Winkelhagen sich als Redner in der sozialistischen Partei. Der Sommer in Göhren an der Ostsee zeigte ihn als Segler und Schwimmer kühnster Art und schließlich eroberte er vollends das Herz von Mama Scholz, indem er Fassbender, der die Keckheit hatte, Erna nachzufahren, auf öffentlicher Promenade geohrfeigt hatte. „Nach seinen schnöden Bemerkungen", sagte Winkelhagen, „war ich das Ihrer Ehre schuldig." „Das Fass" wusste für die Züchtigung keine andere Rache, als dass er Mama Scholz auf Rückzahlung der bezahlten „Unterrichtsstunden" verklagte, ein Ansinnen, das Winkelhagen bloß belustigte. „Im Notfall", sagte er

* Hier zeigen sich leichte Unterschiede in den Altersangaben, wie auch im weiteren Verlauf die Beziehung Ernas zu dem Opernsänger Fassbender anders als in Kapitel V. unproblematisch geschildert wird.

zu Erna, „musst du beschwören, dass er dich mit unsittlichen Angeboten nicht bloß verfolgt hat, sondern ..." Erna hatte gar keine Lust, in den Skandalprozess verwickelt zu werden und schrieb Fassbender hinter Winkelhagens Rücken einen Brief, dass sie sich keineswegs zu einer Anklägerin gegen einen Mann hergeben werde, dem sie nicht nur fortwirkende Belehrung, sondern auch unvergessliche Stunden verdanke. Als Winkelhagen von diesem Brief Ernas erfuhr, betrank er sich das erste Mal in seinem Leben, leider nicht das letzte Mal. Er beschloss, sich von Mutter Scholz samt Tochter zurückzuziehen, aber als nach einigen Wochen energisch durchgekämpften Fernseins Mutter Scholz eines Morgens in seiner dürftigen Kammer erschien, um ihm mitzuteilen, Erna verkomme geradezu ohne ihn als Stütze und Ratgeber, die Verhältnisse in der Theaterschule seien verderblich, die allgemeine Zuchtlosigkeit grenzenlos, das Stipendium laufe unregelmäßig ein und sei überhaut unsicher geworden, dies alles habe eigentlich er verschuldet, da wollte er anfangs grob werden. Als aber Mutter Scholz andeutete, sie habe Erna auf Selbstmordgedanken ertappt, da riss er sich aus dem Bette und war zwanzig Minuten später bei „Fräulein Scholz", wie er sie in der ersten Minute noch förmlich begrüßte. Aber die braun bewimperten, veilchenblauen Augen, das kronblonde Haar und der üppig blühende Mund Ernas, auch ihre kindlichen Schultern, brachten Jost um alle vorgesetzte Vernunft, er bot ihr an, zu Reinhardt zu gehen und zu erwirken, dass sie noch in diesem Frühjahr debütiere. Er kam wirklich nach drei Stunden zurück, ein blaues Heft siegreich in der Hand schwenkend. Es war nur eine kleine Rolle, aber keine unbedeutende, im neuen Drama einer Dichterin aus fürstlichem Hause, einer ebenso einflussreichen wie bedeutenden Dame. „Das spielst du in vierzehn Tagen, Erna", schwor er ein über das andere Mal. Erna sah in das dünne Heft, rümpfte die Nase und sagte: „Fünf Seiten – auch eine Rolle", ganz nach Art alter Komödianten. „So seid ihr", schrie Jost, „jetzt werde ich dir einmal das Stück erzählen und dann wirst du deine Rolle sehen." Er setzte sich hin und erzählte, während ihm die blonden Strähnen über die Augen und die Schläfen fielen. Dann ging er ans Klavier, schlug Schuberts „Tod und das Mädchen" an und sagte: „Das ist das Stück zu dieser Musik, und du, Erna, bist das Mädchen von Schubert." In solchen Augenblicken fühlte Erna, dass Winkelhagen unwiderstehlich war. Merkwürdig, das Edle in ihm weckte ihre weiblichen Regungen. Am liebsten wäre sie auf den von der Dichtung und Musik Berauschten zugegangen und hätte ihm ins Ohr geflüstert: „Komm, fahren wir sofort nach Göhren." Er drückte sie einen Augenblick an sich, dann fragte er: „Darf ich heute Abend die Rolle mit dir durchnehmen?" Ob er durfte! Er war es ja, der die Gestalt gesehen und geschaffen hatte ...

Sie war wirklich vierzehn Tage später eine berühmte Schauspielerin. Ihr Erfolg war unbeschreiblich. Das konnte nur Berlin in seiner schönen, zerstörten Vergangenheit. Die Wellen des Ruhms trugen einen Unbekannten in einigen Stunden ganz hoch, und wenn man an sich arbeitete, dann blieb man oben. Nur den Faulen wurde Berlin schnell untreu. Aber mit Winkelhagens Hilfe arbeitete Erna unverdrossen und im Theater glaubte der Meister an sie und vertraute ihr immer größere Aufgaben an. Als Erna plötzlich das Käthchen von Heilbronn spielen sollte, hatte Jost für eine Vortragstournee der Partei fest zugesagt. Er konnte nicht zurück. „Es ist gut, dass du einmal schwimmst", schrieb Winkelhagen, aber sie war gar nicht allein, der Meister selbst arbeitete jetzt mit ihr, nicht nur auf der Bühne, sondern auch abends in ihrer Wohnung, und Frau Scholz war aus lauter Glückseligkeit nie zu sehen. Oft verließ der Meister erst am Morgen das Haus. Aber das „Käthchen" war ihr rauschendster Erfolg in Berlin. Reinhardt schloss, um sie nicht zu verlieren, einen langjährigen Vertrag mit ihr, und die hohe Gage begann schon am Tage der Unterfertigung. Winkelhagen, der in Heilbronn die ‚Berliner Zeitung' gelesen hatte, telegrafierte „Glückwunsch zu freiheitsbringendem Sieg". Er blieb zwölf Tage länger weg, als verabredet war. Als er endlich erschien, merkwürdigerweise unerwartet am Bühneneingang nach der Vorstellung, roch er nach Cognac.

Er fragte: „Bist du heute Abend frei?"

Sie antwortete gereizt: „Warum sollte ich nicht frei sein?"

Er sagte nebenher: „Ich dachte nur. Vielleicht studierst du wieder was mit dem Meister."

Der tückische Vorwurf ärgerte sie so sehr, dass sie kein Wort mehr sprach. Ein Laufjunge der Direktion brachte ihr einen Zettel. Sie las ihn und sagte: „Du hast wieder einmal richtig geraten. In der Direktion ist eine Besprechung. Willst du im Restaurant warten?"

Er wartete bis vier Uhr früh. Dann verschwand er. Anderentags erhielt Erna einen Brief aus Fürstenwalde, worin ihr Jost mitteilte, er habe im Landerziehungsheim eine Lehrerstelle angenommen. Hier harrte er zwei Jahre aus.* Eines Tages fiel ihm eine illustrierte Zeitung mit einem großen Bilde Ernas als Jungfrau von Orleans in die Hände, er zahlte seine Rechnung in der Gaststube und fuhr noch abends nach Berlin. Sie spielte nicht, sie ging auch zu Hause nicht ans Telefon, Mama Scholz war in einem böhmischen Bade. Als er vor ihrer Wohnung in der Budapester Straße stand, sah er hinter den Holzjalousien Licht, er warf ein Steinchen in die Höhe, noch eines, ein größeres, und schließlich fand er einen großen Stein, der dröhnend an die Hölzer schlug. Jetzt wurde die Jalousie in die Höhe gezogen, das Fenster geöffnet, ein Herr in Frack und steifer Brust trat in den Rahmen: „Was sind denn das für Sitten?", rief der Fremde hinunter.

„Rufen Sie doch Fräulein Scholz ans Fenster", antwortete Winkelhagen.

Sie war schon da, in einem grünen, schillernden Abendkleid, das Straßenlicht färbte ihr Blond noch heller.

„Wer ist denn da?"

„Nur ich", rief Winkelhagen, „ich konnte Sie weder im Theater noch durchs Telefon erreichen. Wollte Sie nur sehen."

„Merkwürdige Art", sagte der Herr im Frack und schloss das Fenster, ohne dass Erna ihn gehindert hätte.

Winkelhagen kehrte nicht nach Fürstenwalde zurück, er trieb sich allabendlich in der Nähe der Gedächtniskirche herum, und wenn er Geld hatte, roch er nach Cognac oder Whiskey.

Die sechs Tage, die Erna noch von der Erstaufführung der „Maria Magdalena" trennten, vergingen in einer Verzweiflung, die der jungen Schauspielerin bisher unbekannt war. Der Meister war zur Erholung nach Italien gefahren und die Regie war einem nicht mehr ganz jungen Germanisten anvertraut, der der Schauspielerin Vorlesungen hielt, statt sie lebendig zu führen. Diese Beredsamkeit brachte Erna um keinen Schritt weiter, die Figur wollte in ihrer Phantasie nicht entstehen. Sollte sie Winkelhagen in einem Café auflesen und mit ihm die Rolle durchgehen? Sie entschloss sich eines Abends, durch das Café des Westens zu gehen, sie sah Jost an einem Tisch mit drei

* Hier wie im Folgenden gibt es einige zeitliche Unstimmigkeiten im Verhältnis Ernas zu Winkelhagen und Wüst, die so belassen wurden, da ihre Auflösung einen zu tiefen Eingriff in den Text bedeutet hätte.

Leuten sitzen und diskutieren, er bemerkte sie, sprang auf und grüßte erblassend, aber sie schwebte an ihm vorbei, als sähe sie jemand anderen, und rauschte durch die Drehtür. Am nächsten Tag erhielt sie einen langen, wirren Liebesbrief von Jost, aber damit war ihr nicht geholfen. Winkelhagen hatte einen Zeitungsausschnitt beigelegt, der eine Ankündigung einer Predigt über Hebbel enthielt. An diesem Tage – bloß vier Tage trennten sie noch von der Premiere – entschloss sie sich um die erste Abendstunde, mit Mama in die Gertrudskirche zu gehen. Pastor Wüst sprach über das Thema: „Darüber kommt kein Mann hinweg". Die Kirche war übervoll, Wüst stand auf der Kanzel und sprach schon, als Mutter und Tochter Scholz eintraten. Erna hatte bloß ein Spitzentuch um den Kopf gelegt, das sie sinken ließ, als sie vor der Kanzel standen. Wüst hatte im Sinne, die Frage, ob ein Mann über die Vergangenheit einer Frau hinwegkäme, sehr tolerant zu beantworten. Die Liebe kommt über alles hinweg, wollte er sagen. Aber da fiel ein letzter Sonnenstrahl auf ein korngoldgläzendes Haupt, er erkannte Erna im Gedränge und eine andere Rede als er wollte drang ihm über seine Lippen. Ob ein Mann über die Sünde einer Frau hinwegkäme, sei im Jahrhundert der Selbstverantwortung jedes Einzelnen keine Frage mehr. Das Richterliche stehe dem Mann nicht mehr zu. Aber ob die junge Frau selbst über ihre Sünde hinwegkäme, dass sei die Frage von heute. Ein junges Weib, das sich entwürdigt, habe den strengsten Richter in sich. Maria Magdalena hätte heute vielleicht nicht mehr den Mut, sich zu Füßen des Edelsten zu lagern oder gar seine Füße zu berühren. Nicht der Mann leide am schwersten an der Vergangenheit seiner Frau, sondern sie selbst, und weil sie leidet, deshalb gebührt ihr Milde, Verständnis, Erklärung ihrer selbst. Unchristlich sei es, ein junges Weib wegen ihrer Vergangenheit ihren Selbstvorwürfen zu überlassen. Viele Tode, auch der Selbstmord Klaras bei Hebbel, seien nur Beweise unzureichender Güte der Männer …

Erna hielt sich an der Mutter fest. Sie hatte die Augen geschlossen, sie schaute zu dem Kanzelredner nicht auf, sie sah ihre von den Männern gehetzte Klara vor sich, sie sah ihre Mitspieler, sie sah sich selbst nach der Szene des Deutschen Theaters. Plötzlich hatte sie die Rolle ganz ergriffen. „Gehen wir", flüsterte sie der Mutter noch vor Ende der Predigt zu. Draußen im dämmernden Licht sagte die Mutter: „Er spricht recht einfach, deshalb hören die Leute auf ihn." Erna wollte dem Pfarrer eine Karte schicken, auf der nur stand: „Ich danke ...“, aber nach einiger Überlegung fand sie es theatralisch. Sie rief eine Droschke, fuhr nach Hause und lernte die ganze Nacht.

Wüst hatte auf den Brief, der die Einladung zur Premiere enthielt, nicht geantwortet. Am Abend nach der Predigt hatte Winkelhagen endlich den Mut aufgebracht, wieder bei Erna vorzusprechen. Das Unerwartete geschah, er wurde sofort vorgelassen und die Freundin empfing ihn herzlich und froh wie in vergangenen Tagen. Nach dem Essen händigte sie ihm zwei Parkettsitze ein: „Ich bitte dich, geh mit Wüst. Ich brauche euch im Parkett.“ Jost sah die beiden Eintrittskarten zögernd an und wollte sie nicht in die Brieftasche stecken. „Glaubst du, dass er nicht kommen wird?“, fragte Erna mit erzwungener Ruhe. Winkelhagen druckste, er wusste, dass Wüst im Kronsteinhause Verdrießlichkeiten wegen des Abends im Theater-Restaurant erlebt hatte, der Kaffeehausklatsch hatte die Auseinandersetzung noch vergrößert und aus einem kurzen, zufälligen Straßengespräch wusste er auch, dass Pfarrer Wüst entschlossen war, der hellblonden Versuchung aus dem Wege zu gehen. Aber sollte er Erna kränken, und war bei ihrer Entschiedenheit nicht zu fürchten, dass sie sich dann erst recht auf den Pfarrer kaprizieren werde? „Ich will ihn morgen im Kronsteinhaus aufsuchen“, sagte Jost endlich. Von diesem Moment an widmete sich Erna der Rolle. „Willst du mich abhören?“, fragte sie, aber diese ihm zugedachte Funktion des Einflüsterers bewies ihm nur, dass ein anderer ihr bei Erschaffung der Figur geholfen hatte. Wer denn? Der Meister war in Italien, der sandige Schwätzer von Regisseur kam nicht in Frage, Wüst war geflüchtet. Während Jost Erna abhörte, murmelte er wiederholt: „Grandios ... erschütternd.“ In einer Pause konnte er sich nicht zurückhalten zu fragen: „Mit wem hast du das einstudiert?“ Sie sah ihn gar nicht böse an, wie er gefürchtet hatte, sondern lächelte vielsinnig und sagte: „Mit dem Lenker der Seelen.“ Abgeschmackte Redensart, dachte Winkelhagen, ist sie vielleicht fromm geworden? Und wer lenkt jetzt ihre Seele? Er empfahl sich bald, wurde nicht eine Sekunde zurückgehalten – wie hätte sie sich vor einem halben Jahr über diesen frostigen Abgang des Freundes gekränkt! – und am nächsten Vormittag war er Punkt zwölf bei Wüst im Kronsteinhause.

Auf der Treppe stieß Winkelhagen auf Redakteur Wendel: „Ist Pastor Wüst im Hause?“

„Pastor Wüst“, flüsterte ihm Wendel ins Ohr, „ist seit Klotzens Krankheit immer hier. Ich vermute, er ist sein Erbe.“

Im dritten Stock hing schon an einer der sechzig Redakteurskabinen dieses Korridors ein kleiner bedruckter Zettel: „Dr. Wüst“. Als Jost eintrat, empfing ihn zu seinem Erstaunen eine Sekretärin. Ja, auch das hatte er schon, eine eigene Sekretärin, noch dazu ein blankes, frisches Mädchen in kurzem blauen Rock und blütenweißer Seidenbluse, eine sehr sichere junge Dame, die sich fühlte: Fräulein Berger.

„Herr Redakteur Wüst ist gerade bei Doktor Kronstein. Aber wenn Sie Platz nehmen wollen, er wird in etwa zehn Minuten hier sein.“

Also er war schon so hochgestiegen, dass man auf ihn warten musste, dachte Winkelhagen. Und warum nannte man ihn hier „Herr Redakteur“? War der Pfarrer nicht ein mehr imponierender Titel?

„Da ist wohl keine Verwechslung“, sagte Jost bescheiden von seinem Wartestühlchen, „ich suche Herrn Pastor Wüst.“

„Hier ist er Redakteur“, antwortete das sichere Fräulein schnell.

Noch zwei Leute traten ein, fragten nach Wüst und mussten warten. Endlich kam Wüst selbst. Er ging langsam auf Winkelhagen zu, nicht so freudig wie auf einen angenehmen Besuch. Ehe Jost noch ein Wort sagen konnte, geleitete ihn Wüst in sein Büro. Es war größer als alle Redaktionskabinen, die Jost im Hause gesehen hatte, sehr hell, und ein dunkelroter, großer Teppich gab dem Raum Wärme.

„Sie lächeln über den Teppich, den hier nur die führenden Redakteure kriegen. Es scheint, ich bin hier zu Großem ausersehen ... Nun aber, was bringen Sie? Was wollen Sie? Haben Sie eine Arbeit mitgebracht?“

Winkelhagen verneinte. Ach, er war aus aller Arbeit herausgerissen. Nein, er kam nur ganz privat, um Wüst zu fragen, ob er ein Billett zu Ernas Premiere wünsche.

Wüst senkte den Kopf. Er erinnerte sich an den Augenblick, da Ernas helles Haupt im Gedränge der Kirche aufgetaucht war und wie er unter dem Eindruck dieses goldenen Kopfes seine ganze Predigt umgedreht hatte. Was hatte er denn getan, als Erna zuliebe die Hebbel'sche Figur erklärt und verklärt? Aber sollte er nun im Parkett die Blicke aller Klatscher und Tratscher auf sich lenken, der

Vorfall im Theater-Restaurant war ja sogar in eines dieser gemeinen Wochenblätter gelangt, die ganz Berlin verachtete und las ... Andererseits brannte er darauf zu kommen und auch die neidische Neugier schmeichelte ihm, ohne dass er es wusste.

„Sie überlegen lange."

„Ja", antwortete Wüst zögernd, „ich sprach unlängst von der Kanzel über den Charakter der Klara und Fräulein Scholz hörte mir fast bis zum Ende zu. Ich möchte und ich möchte nicht. Ich hatte ihretwegen hier Verdruss und wäre über den Vorfall, an dem allerdings meine Schwäche schuld war, fast gestolpert. Zum Glück ist man hier nicht kleinlich. Die Gefahr liegt nahe, dass sich derlei wiederholt, ich gestehe, infolge meiner Schwäche ... Nein, ich komme lieber nicht, entschuldigen Sie mich bei Fräulein Scholz, ich bin jetzt in wichtige politische Arbeit vertieft, ich darf mir solche Ausflüge, so schön sie wären, nicht gestatten."

Winkelhagen verstand den Instinkt, der den Pfarrer wegtrieb, trotzdem hatte er im Innern ein Gefühl von Verachtung. Ein schönes Menschenkind, eine Eva selbst, in ihrer rosigen Blondheit, bot sich dem Manne an und er konnte an seine politische Laufbahn denken. Jost sagte: „Mancher wäre glücklich über das Billett."

Da sprang Wüst hinter dem Schreibtisch hervor, packte Winkelhagen an der Schulter und schrie: „Esel! So geben Sie es doch endlich her!"

Das sichere Fräulein Berger im Sekretariat hatte gewiss den Schrei gehört, sie sah sich Winkelhagen, als er an ihr vorbeikam, sehr genau an. Später wollte sie die beiden anderen Bittsteller anmelden, aber als sie eintrat, lag Wüst mit dem Kopf auf seinem Schreibtisch und hörte sie nicht einmal. Sie schlich still hinaus und es verging eine lange Zeit, ehe Wüst sich so weit gesammelt hatte, um ihr wegen der beiden anderen Wartenden zu läuten, die schnell abgefertigt wurden.

In den Momenten des Alleinseins hatte Wüst erwogen und beschlossen, die Frage seines Premierenbesuchs mit einem der Brüder Kronstein zu beraten. Als der Geeignetste schien ihm der Jüngste, Emil. Bei ihm ließ er sich sogleich telefonisch anmelden.

Emil Kronstein ging auf Fritz Wüst mit ausgestreckten Händen zu: „Womit kann ich Ihnen dienen, Herr Pfarrer?"

Wüst, über so viel Freundlichkeit erstaunt, fühlte sich erst recht zur Vorsicht bewogen.

„Ich lebe mich nicht gerade schnell in die Atmosphäre des Hauses ein", sagte Wüst einleitend, nachdem er sich auf eine Einladung Emil Kronsteins niedergelassen hatte.

„Soll ich Ihnen einen Führer durch die Intrigen und Schleichwege unseres Hauses geben?", antwortete Emil. „Also passen Sie mal auf: Erste Anweisung: Überschätzen Sie meinen Bruder Fritz nicht. Es sieht nur so aus, als wäre er der Kapitän. Seine Qualität besteht darin, dass er sich die guten Einfälle aller Mitarbeiter aneignet und nach einigen Tagen für sein eigenes Gewächs hält. Ich weiß, Sie sind auch ein Freund der Franzosenkriecherei, die hier betrieben wird. Nun, ich will Ihnen nur sagen, diese Periode geht zu Ende. Ich bin gewiss kein Franzosenfresser, ich verehre die Literatur der Franzosen, ich begreife, dass meine Frau und meine Freundin sich allher bestlich in Paris einkleiden wollen, man isst nirgends so gut wie im Restaurant de la Reserve in Beaulieu, ich möchte auf die französischen Genüsse nicht verzichten – dennoch sage ich Ihnen als Zeitungsverleger, wir haben uns aufs falsche Pferd gesetzt, als wir die nationale Bewegung ignorierten, und es ist fünf Minuten vor zwölf, um gerade noch rechtzeitig einzusteigen. Wenn Sie, wie ich annehme, hergekommen sind, um meine Grundeinstellung – wie gesagt nicht als Privatmann, sondern als Erzeuger eines Volksnahrungsmittels – kennen zu lernen, so freue ich mich, Ihnen meine Meinung rundheraus sagen zu können. Das hindert mich nicht, Ende September für einige Wochen nach Paris zu gehen. Aber, wie gesagt, man muss unterscheiden können: Ich liebe, sagen wir, Paul Valéry (Emil wusste, was letzte literarische Mode in Paris war), aber es wäre sinnlos vom Verlag Kronstein, Valéry in einer Volksausgabe herauszugeben. Ich persönlich kann keine fünf Seiten von Ludwig Ganghofer lesen, aber es wäre richtig, ihn ganz, sogar mit materiellen Opfern, für unsere billige Bibliothek zu erwecken. Er wird es wieder herausbringen. Ich hoffe, dass Sie in meinem Sinne hier wirken werden, wir haben sozusagen kein Recht auf Verwirklichung unserer persönlichen Liebhabereien oder Ideale, mein Bruder Fritz hat sich leider auf die andere Theorie festgerannt, das kostet uns ein Heidengeld, aber ... Nun, Zahlen wirken auch auf Fritz. Ich sehe, Sie werden nachdenklich, das freut mich. Sie können sich meinen Standpunkt ein paar Tage überlegen und dann, bitte Herr Pfarrer, kommen Sie wieder zu mir ..."

Wüst sah zu Boden, auch dieser Teppich war weinrot. Er war durch Emil Kronsteins Redefluss gehindert worden, sein eigenes Anliegen vorzubringen.

Emil Kronstein schien etwas zu wittern: „Wollen Sie noch etwas? Bitte, sprechen Sie rundheraus, finanzielle Fragen erledigt allerdings mein Bruder Simon ..."

„Nichts Finanzielles", erwiderte Wüst, „ich wollte Ihren Rat erbitten in einer Sache, die Menschenkenntnis erfordert."

„Bitte, mit Vergnügen", sagte Emil geschmeichelt, sich aufmerksam zu Wüst beugend.

„Sie wissen, Herr Kronstein, ich hatte am ersten Tage meiner Arbeit im Hause eine fatale Affäre. Ich war im Theater-Restaurant in Gesellschaft einer Künstlerin gesehen worden und daraus entstand eine abscheuliche Klatschgeschichte."

„Aber, Herr Wüst, das hat Ihnen doch nicht geschadet. Bei mir gewiss nicht, und ich glaube, das ganze Haus hat Sie um das Verhältnis zu Erna Scholz beneidet."

„Es ist kein Verhältnis", stammelte Wüst, „ich sah sie an diesem Abend zum ersten Male."

„Sehr ritterlich, lieber Wüst, aber wenn schon ... wenn es schon anders wäre. Was mich betrifft, so gratuliere ich Ihnen zu diesem Erfolg. Aufrichtig gesagt, ich gäbe ein Vermögen darum, eine hellblonde und dabei anmutige Schönheit wie Erna Scholz zu erobern. Aber ich weiß, mit materiellen Mitteln ist da nichts zu machen. Sie imponieren dem jungen Geschöpf, Ihr Name, Ihre Sprache, Ihr Beruf ... Ich meine, nicht als Redakteur."

„Ich glaube nicht, dass Fräulein Scholz bis vor wenigen Tagen von meinem geistlichen Amt Kenntnis gehabt hat."

„Na scheen, dann weiß sie es jetzt ... Wenn Sie glauben, dass dieser Privaterfolg Ihnen hier schadet, so kann ich Sie beruhigen. Sie werden beneidet, sicher, aber niemand nimmt Ihnen einen solchen Glücksfall übel."

Emil war aufgestanden.

Es war Wüst ganz unmöglich, noch ein Wort über die Sache zu verlieren. Da fiel Emil etwas ein und er hielt den schon Abgehenden zurück: „Mittwoch spielt die Scholz diese eigentlich schon etwas überlebte Maria Magdalena. Wäre eigentlich pikant, Sie einmal ein Theaterreferat schreiben zu lassen. Kommen Sie vielleicht deshalb?"

„Nein, nein“, beteuerte Wüst, „das läge mir gar nicht, obwohl ich mich auch mit dem Hebbel'schen Werk in jüngster Zeit beschäftigt habe.“

„Selbstverständlich ... Sicher haben Sie mit Fräulein Scholz die Rolle studiert.“

Emils schmales Gesicht war zugespitzt vor Neugier, Wüst konnte dieses schnüffelnde Gesicht nicht ansehen.

„Nein, ich habe Fräulein Scholz nicht gesehen oder richtiger nicht gesprochen. Die Rolle hat sie wohl mit dem Regisseur studiert.“

Emil gab dem Mitarbeiter einen freundschaftlichen Klaps auf den Rücken. Nicht ein Wort glaubte er diesem vorsichtigen Pfaffen. „Glücklicher Regisseur“, sagte er, noch einmal den Rücken des anderen mit unverschämter Vertraulichkeit tätschelnd.

Der arme Wüst wankte in sein Büro hinauf, er läutete seiner Sekretärin: „Fräulein Berger, schreiben Sie sofort einen Rohrpostbrief an die Schauspielerin des Deutschen Theaters Fräulein Erna Scholz. Schreiben Sie: Sehr geehrtes Fräulein! Herr Redakteur Wüst ist leider durch eine zwingende berufliche Veranstaltung verhindert, Ihrer Mittwochpremiere beizuwohnen und bittet Sie um Entschuldigung, wenn er das ihm übermittelte Billett anbei zurückschickt. Er hofft, eine der nächsten Wiederholungen sehen zu können und sendet Ihnen die besten Wünsche. Mit hochachtungsvoller Verehrung im Auftrag ... Unterschreiben Sie es als Sekretärin.“

Aber ich bin ja keine Verehrerin dieser Männerfresserin, dachte Fräulein Berger, doch sie war als Sekretärin Schweigen gewohnt und im Übrigen freute sie sich von Herzen über die Absage.

Kein Mensch in Berlin außer Fräulein Berger ahnte, warum die Premiere von „Maria Magdalena“ Mittwoch abgesagt und auf Sonnabend verlegt wurde.

XI.

Wer dachte an Theater und Premierenverschiebung in diesen Tagen? Die höchste Stelle des Reiches, wie Staatssekretär von Schollwitz es ehrfurchtsvoll ausdrückte, hatte, für die Optimisten unerwartet, den Glauben an die Macht der demokratischen Parteien verloren und das Reichsministerium mit seinem gutmütig unentschlossenen sozialdemokratischen Führer schnell weggeschickt. An seine Stelle hatte er einen glattrasierten, wortkargen, religiös und militärisch gesinnten Diplomaten bestellt, der die Aufgabe hatte, die energischsten nationalen Elemente neben den kompromissbereiten Demokraten und Zentrumsleuten zu sammeln.* Die „höchste Stelle", so tuschelte man im Kronsteinhause, war des parlamentarischen Geschwätzes müde, der Reichstag sollte schnell aufgelöst werden, und ein Bedürfnis, die eben Neugewählten lange schwatzen zu lassen, bestand nicht.

Die Lösung zog sich einige Tage hin, und die Brüder Kronstein hielten an jedem Mittag eine gemeinsame Beratung ab. Schollwitz war einmal im Auftrag des neuen Reichskanzlers erschienen und, da Friedrich Kronstein gerade nicht im Hause war, von Simon, der ein Neuling in politischen Verhandlungen war, weitaus freundlicher und entgegenkommender begrüßt als von Fritz. Klotz schmollte noch immer im Ausland, es war nötig, an seine Stelle einen anderen führenden Redakteur zu berufen.

Überraschenderweise schlug Emil Wüst vor. Er war seit dem Antrittsbesuch des Pfarrers überzeugt, dass er diesem naiven Gemüt imponierte und ihn in der Hand hatte. Der Vorschlag wurde nach drei Minuten abgelehnt. Nach fünf Jahren vielleicht, meinten die Brüder, würde sich über Wüst reden lassen. August schlug einen Chefredakteur vor, der vor Jahr und Tag aus dem Annoncengeschäft hervorgegangen war, dem sehr geschickten Leiter der „Morgenpost", der innerhalb eines Jahres die Inserateneinnahmen des Blattes, das seine Auflage der Millionen anzunähern begann, verdreifacht hatte. „Dann sind wir also noch nicht am verhungern", rief Fritz seinem

* Hermann Müller wurde am 30. März 1930 als Reichskanzler von Heinrich Brüning abgelöst. Hier zeigt sich eine Eigentümlichkeit des Romans besonders deutlich, dass er nämlich zunehmend von der historischen Chronologie abweicht und Ereignisse der Jahre zwischen 1928 und 1933 rafft.

dicken Bruder August zu. Dieser, aufgeregt wie so viele korpulente Leute, parierte die Bemerkung: „Wir stünden ja gar nicht schlecht, wenn dein ‚Intelligenzblatt' uns nicht den Gewinn wegfräße." Es war Simon, der einen Vermittlungsvorschlag machte. Zum „Chef des gesamten Tagesdienstes", so war der Titel, sollte Redakteur Neuburger, ein ehemaliger Zahnarzt, ernannt werden. Neuburger war politisch neutral, das heißt er hatte keine Meinung, er war ein Techniker ersten Ranges, will sagen: Er witterte aus jeder Nachricht den Grad der kleinen oder größeren Lettern, in denen sie zu setzen war, und außerdem war er ein erprobter Auslagenarrangeur für die erste Seite mit dem richtigen Flair, welche Balken-Überschrift die Leser gebieterisch anzog. Ihn interessierten in erster Linie Morde, Erdbeben, Sportsensationen. Politisch war ihm die Bekämpfung der Kommunisten Herzenssache, die Ablehnung des Antisemitismus verstand sich ihm von selbst. Es war ausgeschlossen, dass er jemals dem Verlag opponierte, insofern stand er auch im Gegensatz zum Kollegen Klotz, dem er eine „allzu selbstherrliche Redaktionsführung" vorwarf. Der Vorschlag Neuburger fand Anklang. Simon, Heinrich, August, Philipp, zuletzt auch Emil stimmten für ihn, bloß Fritz zauderte noch. Er schlug vor, Neuburger hereinzurufen, um ihn ein wenig zu examinieren. Diesem Wunsch stimmte Emil zu, den die einstimmige Ablehnung seines Kandidaten noch ärgerte und der überhaupt solche Verlegenheitssituationen der Redakteure genoss. „Wir wollen ihm ein bisschen auf den Zahl fühlen", sagte er anspielend unter dem Gelächter der Brüder.

Neuburger, ein kleiner dicker Mann, unelegant, Glatzkopf, Glotzaugen, Brille, hatte sich einen eigenen Plan zurechtgelegt, der ihn beinahe die Stelle gekostet hätte. Zum Glück schnupperte er rechtzeitig den Widerstand, den sein schlauer Einfall allenthalben weckte und er verleugnete ihn rechtzeitig und gründlich.

Fritz Kronstein nahm den Zahnarzt ins Verhör: „Sie sind jetzt acht Jahre in unserem Hause", sagte er beinahe feierlich, „und wir erwägen, Sie an eine besonders verantwortliche Stelle zu setzen. Dass Sie die ‚Morgenpost' und die ‚Mittagspost' mit unseren bewährten, gut eingearbeiteten Kräften auf der bisherigen Höhe halten und sogar noch höher hinaufführen können, daran zweifeln wir bei Ihrem Fleiß und Ihrem Geschick keinen Augenblick. Sorgen haben wir nur um unser Schmerzenskind, das ‚Intelligenzblatt', das sich an die gebildete Leserschaft wendet, das politisch von größtem Einfluss ist und das uns aber leider Gottes immer noch Jahr für Jahr eine große Stange Geld kostet. Nach welchen Grundsätzen würden Sie denn das ‚Intelligenzblatt' führen? Haben Sie darüber schon einmal nachgedacht?"

„Gewiss, das Defizit des ‚Intelligenzblattes' hat mich schon manche Stunde gekostet. Vor allem würde ich das Blatt unterhaltender machen. Eine Zeitung muss heutzutage Heiterkeit verbreiten. Ich würde es mit humoristischen Illustrationen versuchen."

„Falsch", sagte Philipp, froh, seine Sachverständigkeit unter Beweis stellen zu können, „darauf sind unsere Maschinen nicht eingerichtet."

„Einfache Strichzeichnungen", wagte Neuburger zu erwidern.

„Nein, auch die Klischees von Strichzeichnungen halten die Maschinen auf. Zehn Minuten späteres Erscheinen und die Auflage des Abendblattes sinkt um weitere zwanzigtausend. Wir haben der Teufelsschnelligkeit der ‚Berliner Zeitung' zuvorzukommen."

„Philipp hat recht", sagte Fritz abschließend, „wie stellen Sie sich die politische Haltung des ‚Intelligenzblattes' vor?"

„Nach meinen Erfahrungen darf man die Richtung eines Blattes niemals hastig ändern. Ich würde trachten, uns Klotz zu erhalten, ihn aber vor idealistischen Extratouren zurückhalten."

„Da irren Sie gründlich, lieber Neuburger", sagte Simon.

Der Zahnarzt sah sich irritiert nach Simon um, der fast hinter ihm saß: „Wieso? Klotz hat sehr gesunde Anschauungen, nur äußert er sie zuweilen in paradoxer Form."

„Nee, nee", wiederholte Simon, „da trauen Sie sich viel zu viel zu, lieber Neuburger, Sie sind nicht der Mann, Klotz vor irgendeiner Äußerung zurückzuhalten. Das gäbe nur Stunk und Streit in Permanenz."

„Ich stimme Simon vollkommen zu", sagte Fritz, „gegen Klotz kämen Sie nicht auf."

Jetzt erst erkannte Neuburger den Fehler seiner Taktik. Er sah ein, dass Klotz schon gefallen war. Nun schwenkte er gründlich um: „Auch daran habe ich schon gedacht. Ich wollte nur erst mal ... aus Kollegialität ... Aufrichtig gesagt, dann muss es ganz ohne Klotz gehen! Für diesen Fall würde ich Herrn Wüst heranziehen, allerdings unter strengster Kontrolle. Ich möchte das ‚Intelligenzblatt' am liebsten entpolitisieren."

Gott sei Dank, nun las er auf allen Gesichtern, dass er das erlösende Wort gesagt hatte. Entpolitisieren, das war es, was das Geschäft erforderte! Sofort wagte er sich einen Schritt weiter: „Wir sollten uns auch im ‚Intelligenzblatt' nicht immer auf eine Seite festlegen. Unser Leserkreis muss endlich auch auf gebildete konservative Schichten Rücksicht nehmen."

„Das deckt sich nicht ganz mit Ihren Anfangsausführungen", stellte Fritz Kronstein fest, „aber es ist richtig, ein führender Redakteur muss Elastizität beweisen ... Wir danken."

Neuburger wurde aus der Konferenz dankend hinausgeschickt.

„Eine ideale Lösung ist es nicht", resümierte Fritz, „aber wir können es provisorisch versuchen."

Fritz wurde in sein Büro gerufen, eine Telefonverbindung aus Rom war da. Er hörte die sanfte Stimme Evelyns und berichtete ihr über die Bestellung Neuburgers.

„Den Zahnarzt? Warum habt ihr nicht den Mut, einmal einen jungen, frischen Menschen an eine große Aufgabe zu lassen? Immer nur diese Routiniers!"

Fritz erwiderte: „Ja, meine Liebe, das kommt davon, wenn Sie in Italien spazieren gehen ... Haben Sie übrigens irgendwelchen Anschluss gefunden? Oder sind Sie ganz allein den ganzen Tag?"

„In Rom trifft man immer Bekannte", war die lakonische Antwort.

Fritz wollte fragen: „Wen denn? Berliner?", aber er war gewohnt, Fragen, die ihm am Herzen lagen, zu verschlucken.

Eine lange Pause entstand. Er konnte vor Erregung nicht sprechen.

„Ich glaube, die Verbindung funktioniert nicht. Wollten Sie nicht herkommen? Wenn Sie zu lange zögern, treffen Sie mich erst in Syrakus. Ich will die schönen Tage genießen. Telegrafieren Sie heute, wie Sie sich entschlossen haben."

Jetzt brach der Kontakt wirklich ab. Fritz hörte nur mehr ein dunkles Brummen in der Muschel. Einen langen Augenblick blieb er an dem Apparat stehen, horchte noch einmal, ob kein Wort zu vernehmen war. Die Muschel blieb stumm. Dann ging er kurz entschlossen zu Fräulein Riebuhr hinüber und sagte: „Fragen Sie mal im Reisebüro an, ob es noch Schlafkabinen erster Klasse für den Abendexpress nach Rom gibt."

„Bitte", antwortete die graue Sekretärin ohne Erstaunen, „ich werde es in der Villa melden."

Ohne seinen Brüdern ein Wort zu sagen, reiste Fritz Kronstein abends ab. Die Ministerkrise überließ er der Weisheit des Herrn Neuburger. Soll sich mal gleich erproben, dachte er nicht ganz ohne Schadenfreude.

Am nächsten Tag erschien nicht nur Schollwitz zur vertraulichen Information, sondern auch der Pressechef der neuen Regierung Brüning, ein sehr gebildeter, kluger Generalstabsoffizier ... Er wollte sich vorstellen. Die Brüder wurden rasch zusammengerufen. Als Fritz sich nicht meldete, ging Simon selbst zu Fräulein Riebuhr hinunter und erfuhr, dass dieser am Abend zuvor nach Rom gefahren war.

„Wissen Sie, warum? So Hals über Kopf, ohne uns zu verständigen. Haben Sie einen Anhaltspunkt?"

Nein, Fräulein Riebuhr wusste nichts. In achtundzwanzig Dienstjahren hatte sie noch nie ohne Anweisung des Chefs eine Vermutung geäußert. Diesmal stand sie persönlich auf Seiten der Brüder, sie verstand die jähe Abreise Friedrichs nicht, aber sie hütete ihre Zunge. Wenn Herr Doktor Kronstein gewünscht hätte, dass sie Erklärungen für ihn abgäbe, dann hätte er es ihr gesagt.

Als Simon in das Beratungszimmer zurückkehrte und die Romreise Friedrichs bekanntgab, entstand ein Sturm der Entrüstung. „In dieser Situation!", sagte Heinrich eisig. „Das ist ja, wie wenn ein Kapitän das Schiff verlässt."

„Er hat noch nie ein Schiff im Sturm gesehen", murmelte Emil dem neben ihm sitzenden Simon zu, „im Sturm aus einem Schiff steigen ist nämlich keine Kleinigkeit, und gar bei Friedrichs Kurzsichtigkeit."

Aber Simon war im Moment nicht zu Witzen geneigt. „Lass das", sagte er, „die Geschichte mit Fritz wird immer schwieriger. Ich wette darauf, er ist der Goldscheider nachgereist. Kannst du das nicht schnell irgendwo feststellen?"

„Nichts leichter als das", Emil flog aus dem Zimmer. Nach zwei Minuten war er zurück. „Natürlich", flüsterte er Simon zu, „Fräulein Doktor Goldscheider ist seit vier Tagen in Rom."

„Bist du ganz sicher?", sagte Simon leise.

„Absolut, die Pension hat mir ihre römische Adresse genannt. Hotel Odescalchi."

„Gut, dann will ich die Sache bekanntgeben." Mit erhobener Stimme sagte Simon, die Runde der Brüder überblickend: „Friedrich hat es für gut befunden, ohne uns zu verständigen, einer uns allen bekannten Dame nach Rom nachzureisen. In diesem Augenblick, in dem Deutschlands und damit unser Schicksal entschieden wird! Ich beantrage, ihm sofort folgendes Telegramm zu senden: „Doktor Friedrich Kronstein, Roma, Hotel Odescalchi. Empfinden plötzliche, nicht vereinbarte Abreise als ausgesprochene Pflichtverletzung, erwarten sofortige Rückkehr. Brüder Kronstein."

August bat um die Einfügung: „Abreise aus nicht zwingenden Gründen."

Und Emil schlug vor, die Depesche nicht mit Brüder Kronstein zu zeichnen, sondern mit: Heinrich, Simon, August, Philipp, Emil Kronstein. Die kleine Verteuerung falle nicht ins Gewicht, der Aufmarsch aller Namen wirke niederschmetternd.

Beide Vorschläge wurden einstimmig angenommen.

Den Pressechef und Schollwitz sollte Simon, von Neuburger attachiert, empfangen.

Schollwitz begrüßte Simon mit freundschaftlicher Jovialität, den glatzköpfigen kleinen Redakteur, der ihn aus scharfen Brillengläsern anstarrte, sah er, trotzdem Simon ihn vorgestellt hatte, überhaupt nicht. Es war nicht beabsichtigte Arroganz, die ihn zu diesem Übersehen des körperlich kleinen Mannes veranlasste, vielmehr war er gewohnt, Begleitpersonen und Adjutanten nicht zu beachten, er hatte keine Zeit für unwichtige Leute. Diese vollkommene Ignoranz ärgerte Neuburger und er wagte die allerdings etwas taktlose Frage, ob der Herr Staatssekretär im Namen des abgetretenen oder des neu ernannten Kabinetts erscheine. Simon Kronstein sah den Neuernannten verzweifelt an. Wie konnte der kleine Zahnarzt eine so hohnvolle Frage stellen? Schollwitz hätte am liebsten herausgespuckt, was er dachte, nämlich die Beschimpfung: unverschämter Journalist, aber er hatte sich in der Hand, er beugte sich nach vorne und fragte höflich: „Mit wem habe ich das Vergnügen? Ich habe bei der Vorstellung Ihren werten Namen überhört." Simon griff ein: „Das ist unser neuer Chef vom Dienst, Herr Doktor Neuburger."

„Oh", antwortete Schollwitz, als hätte er eine geradezu beglückende Neuigkeit erfahren, „also der Nachfolger von Herrn Klotz ... Das freut mich außerordentlich ... Ich komme natürlich als Mitglied der neuen Regierung, aber es liegt mir daran festzustellen, dass ich eigentlich als Freund des Hauses Kronstein und in keinerlei amtlicher Funktion gekommen bin. Die neue Regierung hat, wie ich vertraulich mitteilen möchte, nicht nur Neuwahlen beschlossen, sondern, um die maßlose Agitation der extremem Parteien zu verhindern, eine Pressereform im Verordnungswege beschlossen, die dem Kabinett eine schnelle Richtigstellung und Genugtuung ermöglicht. Die Verordnung wird, denke ich, die Blätter des Hauses Kronstein nicht berühren."

„Oh weh!" Neuburger konnte diesen unwillkürlichen Ausruf, der auch nicht ganz jargonfrei klang, nicht unterdrücken, „das fängt schön an."

Simon war ganz der gleichen Meinung wie der Zahnarzt, trotzdem empfand er den ungenierten Stoßseufzer als Unerzogenheit. Als Mann von Welt hätte Neuburger schweigen und lieber noch einige Informationen aus dem Staatsekretär herauslocken sollen.

Schollwitz lächelte über das ungekünstelte „Oh weh", er liebte Naturlaute, dann sagte er, aufstehend und sich verbeugend: „Wenn, was ich für ausgeschlossen halte, jemals eine Intervention beim Kanzler nötig werden sollte, so stehe ich mit Vergnügen zur Verfügung." Das schien ihm der wirkungsvollste Abgang.

„Er redet, als säße er schon im Vorstand", sagte Simon zu Neuburger.

„Soll er denn je zu uns kommen?", fragte Neuburger mit gespitzten Ohren.

„Ob er soll, wissen wir noch nicht, aber er will."

In der Konferenz der Brüder, die sogleich abgehalten wurde, kratzte sich Simon mit einem Finger die Glatze: „Ich weiß nicht, ob Neuburger nicht ein Fehlgriff war. Er wird die Manieren eines Zahnarztes nicht los, und zwar eines billigen. Im Gespräch mit Schollwitz hat er keine Figur gemacht."

Die Brüder und bald auch die Redakteure nannten den neuen Chef vom Dienst nur mehr den Zahnarzt.

Neuburger watschelte mittags, wenn die „Mittagspost" fertig war, nach Hause, auch eine schlechte Gewohnheit, weil erfahrungsgemäß mittags sehr wichtige Nachrichten eintrafen. Aber er brauchte sowohl die Stunde des Nachdenkens als auch die Stunde des Nachmittagsschlafes. An diesem Tag voller Schwierigkeiten telegrafierte auch er privat an Friedrich Kronstein: „Infolge Regierungswechsel und Zensurbeschränkungen wünschen wir alle schnelle Erholung und baldige Rückkehr. Ergebenst Neuburger."

XII.

Als Fritz Kronstein auf dem Bahnhof in Rom den Namen des Hotels Odescalchi nannte, wusste kein Chauffeur Bescheid. Erst ein Bahnhofsdelegierter von Cook gab Bescheid, dass das Hotel auf dem Wege nach Frascati, fast schon in Frascati lag, ein weißer Palazzo mit grünen Jalousien, in einem Ölbaumwäldchen gelegen, etwas abseits von der Straße. Fast hätte der Chauffeur das Haus im Grau-Grünen übersehen.

Das Entree des Hotels Odescalchi war dunkel und schmal. Der Portier, wahrscheinlich der frühere Hauswächter des Palastes, der erst vor einigen Jahren in ein Hotel umgewandelt worden war, sprach schlecht Deutsch und Fritz Kronstein kein Wort Italienisch. Seine erste Frage „Wohnt hier Fräulein Doktor Goldscheider?“ wurde nicht verstanden. Nein, im Hotel praktiziere kein Doktor, aber in Frascati, zehn Minuten von hier, lebe ein Arzt, der sogar Deutsch spreche. Kronstein wollte schon weiterfahren, als ihm einfiel, den Namen Evelyn Goldscheider auf einen Zettel zu schreiben und dem Portier unter die Nase zu halten. Ja, Signorina Evelyn Goldscheider wohne hier, nach längeren Verständigungen konnte auch festgestellt werden, dass sie mit einigen Herren vom Deutschen Archäologischen Institut einen Tagesausflug gemacht habe und erst abends zurückkehren werde.

Während Fritz Kronstein seinen Namen ins Fremdenbuch eintrug, erinnerte sich der Portier an die beiden Telegramme, die für ihn eingetroffen waren. Kronstein las zuerst die Depesche Neuburgers und erschrak. Herr Gott, was für Dummheiten werden die Brüder jetzt in Berlin machen, und der kleine bescheidene Zahnarzt wird sie nicht zu hindern vermögen ... Dann riss er das zweite Telegramm auf, und als er den Aufmarsch der unterzeichneten Brüder entzifferte, fiel ihm Simons Wort ein: „der Bruderkrieg“, ja, er war nun da, und dies war die Kriegserklärung. Unschlüssig stand er im Dunkeln, mit dem Rücken gegen die sonnenhelle Straße. Was sollte er tun? Die lange Fahrt, die schlechte Schlafwagennacht steckte ihm in den Nerven. Es war erst fünf Uhr nachmittags. Bis zu Evelyns Rückkehr konnten noch einige Stunden vergehen. Er hinterließ einen Zettel für Signorina Evelyn Goldscheider, sie möge ihn wecken lassen, wenn sie käme, er müsse ein wenig ausruhen.

Das Zimmer, das ihm zugewiesen worden war, lag nach der Straße. Er ließ zwar die Holzjalousien und die Fenster schließen, sodass es bis auf ein paar nicht zu bannende Strahlen dunkel war, aber der Lärm vorübersausender Autos und kreischender Hupen drang von der Straße herauf, und sogar das endlose Geschwätz des Portiers mit dem Zahlkellner konnte Fritz Kronstein hören.

Im Pyjama lag der alte Herr, zart, klein, schmächtig, in einem Riesenbett, das für drei, nicht für einen, bestimmt zu sein schien. Er schloss die Augen, aber die Namen der alliierten Brüder Heinrich, Simon, August, Philipp und Emil tanzten auf der dunklen Wand, und die Bitte Neuburgers, heimzukehren, quälte Fritz Kronstein noch mehr. Sollte er nicht wirklich sofort umkehren? Hatten die Brüder nicht recht? Evelyn, schon wieder von einem Gefolge unbekannter Männer umringt – natürlich Fachgenossen – brauchte ihn nicht, sie fühlte sich wohl in den Albaner Bergen, er sah sie im Walde frühstücken, und die Herren Archäologen delektierten sich, während Evelyn auf einem Baumstumpf saß, an ihren reizend gedrechselten Beinen. Wie lächerlich von ihm, einem telefonischen Pfiff der Unentbehrlichen sogleich zu gehorchen. Was musste sich jetzt eine so anhängliche Person wie Fräulein Riebuhr denken? Und welche Wolken von Klatsch zogen jetzt durch das Kronsteinhaus? Sein Kopf war bleiern schwer. Er nahm zwei Schlaftabletten und schlief fest ein.

Um ein Viertel nach neun klopfte jemand einmal und dann noch einmal an seine Tür. Da niemand antwortete, trat Evelyn ein. Es war stockfinster und sie musste das Licht andrehen. Jetzt erst bemerkte sie, dass Fritz in einem weiß-grün gestreiften Pyjama im Bett lag und schlief. Er hatte sich auf die rechte Seite gedreht, bis zum Halse zugedeckt, und sie dachte, in das schlafende, kaum atmende Gesicht sehend: Oh Gott, wie nahe ist ein alter Mann, der schläft, dem Tode. Sie sah mit einer Art Rührung die wenigen seidigen, weißgrauen Haare an seiner Schläfe, dann dachte sie: Wie mager sein Gesicht und wohl auch sein Körper ist. Wenn er viel wiegt, ist er vier- oder fünfundfünfzig Kilo schwer. Sein blutloser Mund war zusammengepresst. Nichts schreckte sie physisch so sehr von ihm ab wie dieser dünnlippige, graue Mund. Als sie auf seine geschlossenen Lider blickte, schlug er plötzlich die Augen auf. Er war sofort voller Freude, als wäre sie schon im Traum bei ihm gewesen, er streckte ihr seine alte Hand entgegen und holte sich ihre kleine junge warme Hand, die er an die Lippen führte.

„Bist du da?“, plötzlich sagte er Du zu ihr. Er wusste mit einem Schlage, dass er nichts auf dieser Erde besaß außer dieser zarten Freundin, die da an seinem Bette saß. Sie brachte die einzige Zärtlichkeit auf, die sie ihm gerne erwies, sie streichelte wie in Gedanken zart die silbernen Seidenhaare an seiner Schläfe.

„Wie lange bleibst du?“, sie erwiderte sein Du ohne Mühe.

Er lächelte schief: „Eigentlich sollte ich schon wieder in Berlin sein“, und schob ihr die beiden geöffneten Telegramme zu, die auf dem Nachtkästchen lagen.

„Gesindel“, sagte sie leise, „du entschuldigst, ich muss es sagen, wenn es auch deine Brüder sind.“ Dann sagte sie fröhlich: „Ich gehe hinunter und bestelle ein Abendessen für uns auf der Terrasse. Willst du Fisch oder Braten?“

„Wähle selber.“

„Und den hellsten Frascati?“

„Bitte nur alles, was dir Freude macht.“

Sein Ton war so sanft und glücklich, sie konnte nicht anders, sie musste ihm rasch einen flüchtigen Kuss auf die Wange geben.

An der äußersten Ecke der Terrasse, von der man auf einen kleinen See sah, hatte sie decken lassen. Die deutschen Archäologen sah man von dort aus nicht, drei Herren saßen zufällig am entgegengesetzten Ende der Terrasse.

„Ich bin wunderbar ausgeruht“, sagte Fritz, als er neben Evelyn Platz nahm.

„Ich hoffe, dass du gerne Artischocken isst, hier gibt es die herrlichsten.“

„Ich habe seit vielen Jahren nicht so einen Hunger gehabt. Artischocken, und was noch?“

„Kleine Kalbsfilets mit Fisolensalat.“

„Und dann?“

„Du bist ja verfressen“, sagte sie belustigt. „Crêpe suzette. Die bekommt man hier besser als in Paris.“

„Und zu trinken?“

„Nur Frascati. Vor dem italienischen Asti habe ich Angst.“

„Wir können ja französischen Sekt trinken“, sagte Fritz.

„Die Sache wird festlich“, antwortete sie strahlend.

„Willst du nicht deine deutschen Bekannten an unseren Tisch laden?"

„Nein", antwortete Evelyn rasch, „ich finde es festlicher, wenn wir allein bleiben."

„Zum Sekt musst du sie rufen", sagte Fritz, „ich will eine Rede halten."

„Gut, aber fangen wir endlich an."

Fritz fand alles köstlich, Artischocken, Fisolensalat, Kalbsfilet, Crêpe suzette, den goldenen Frascati. Auch Evelyn aß mit Lust.

Als der Kellner zwei in Eis gekühlte Flaschen Mumm brachte, räusperte sich Fritz, als träfe er schon Vorbereitungen zu seiner Rede.

„Willst du wirklich eine Rede halten?", fragte Evelyn ungläubig.

„Kind", antwortete Fritz strahlend, „eine Verlobung muss doch gefeiert werden."

„Verlobung?", antwortete Evelyn belustigt und frech. „Ich dachte, wir heiraten gleich." In diesem Augenblick wäre sie am liebsten über die Terrasse getanzt. Die Stunde, auf die sie gewartet hatte, war da!

Sie sprang auf, glitt im Walzerschritt, vielleicht ein ganz klein wenig beschwipst, über die Terrasse und blieb vor dem Tisch der deutschen Archäologen stehen: „Meine Herren", sagte sie komisch-gravitätisch, „Herr Doktor Friedrich Kronstein und ich bitten Sie zu einem Glas Champagner an unseren Tisch. Wir haben Ihnen die letzte Neuigkeit aus Deutschland mitzuteilen."

Um halb drei Uhr nachts gab Fritz Kronstein dem verschlafenen Portier ein Eiltelegramm nach Berlin zur Aufgabe: „Erbitte freundlichst achttägigen Urlaub, habe mich soeben hier mit Doktor Evelyn Goldscheider verlobt. Grüße Fritz."

Evelyn wurde am nächsten Tage erst gegen elf Uhr wach, sie war eine Vielschläferin und glaubte an die regenerierende Kraft des Schlafes. Deshalb zögerte sie, bei Fritz anzuklopfen. Aber als sie es endlich tat, scholl ihr ein mehrstimmiges „Herein" entgegen. Der deutsche Arzt aus Frascati trat ihr entgegen und Friedrich, der in seinem weißgrünen Pyjama schmächtig und arm an einen Berg Kissen gelehnt im Bette saß, rief ihr herzlich zu: „Ängstige dich nicht Evelyn, es ist nichts Schlimmes." Der Arzt trat ihr mit heiterer Drohung entgegen: „Wir sind gestern, höre ich, sehr ausgelassen gewesen. Heute meldet sich die Galle. Aber der unangenehme Gallenkrampf ist vorbei, ich hoffe, dass die Galle wieder in Ruhe ist. Freilich, gnädigstes Fräulein, wir müssen uns vor Exzessen hüten."

Evelyn wurde böse. Was dachte dieser deutsche Arzt von ihr, der Doktorin phil. Evelyn Goldscheider, der Schülerin Wölfflins und Bodes: „Exzesse?", wiederholte sie scharf. „Wer hat denn exzediert? Wir haben gut zu Abend gegessen und dann aus besonderem Anlass ein Glas Sekt getrunken. Fünf Personen nicht einmal zwei Flaschen." Es lag ihr daran, die Anwesenheit mehrerer Leute ausdrücklich festzustellen.

„Ich habe weder Neigung noch Recht, Ihnen Vorwürfe zu machen, Fräulein ...", der Arzt stotterte, weil ihm der Name entfallen war.

„Doktor Evelyn Goldscheider."

„Wie gesagt, Fräulein Doktor, ich wollte nur betonen, dass Herr Doktor Kronstein Diät halten muss. Sekt und Frascati sind Gift für ihn. Er ist in den Jahren, wo man den Gesetzen der inneren Organe und der Drüsen streng gehorchen muss."

Der mahnende Satz, die Betonung seines Alters, insbesondere die überflüssige Erwähnung der Drüsen ärgerte sie so, dass sie blass wurde.

Der Arzt bemerkte ihr Erbleichen und fragte: „Sind Sie selbst ganz wohl, Gnädigste?"

„Ich vertrage zwei Glas Sekt. Höchstens euren italienischen Asti nicht, aber dem bin ich ausgewichen. Verfälscht ihr vielleicht auch den Frascati hier?" Mindestens ihren Wein wollte sie herabsetzen.

„Ich weiß es nicht", erwiderte der Arzt, „ich bin nur ein paar Monate im Jahr hier unten. Mein ständiger Wohnsitz ist Badenweiler am Rhein ... Es tut mir leid, dass ich Sie offenbar in schlechte Laune versetzt habe, aber als Arzt bin ich verpflichtet, den Angehörigen eines Patienten reinen Wein einzuschenken. Können Sie, Fräulein Doktor, im Notfall eine Injektion geben? Ich hoffe, dass der Anfall nicht wiederkehrt, aber diese Anfälle, so ungefährlich sie sind, sind leider sehr schmerzhaft, und ich bin vielleicht nicht rasch genug erreichbar."

Er öffnete ein Etui, in dem eine blitzblanke, gefüllte Spritze lag. „Das ist eine sterilisierte, mit der richtigen Dosis gefüllten Morphiumspritze. Sie brauchen nur in den nackten Arm zu stechen, den Sie vorher mit einem in reinen Alkohol getauchten Wattebausch gereinigt haben."

Der Arzt sah ihr ängstliches, beinahe entsetztes Gesicht. „Das alles sieht schwieriger aus, als es ist. Auch zu dem subkutanen Stich ist keine besondere Kraftanstrengung nötig."

Fritz Kronstein rief aus seinen Kissen: „Schrecken Sie das arme Kind nicht. Sie haben versprochen, um halb vier wiederzukommen. Bis dahin wird doch Ihre Ladung langen. Ich fühle mich übrigens ausgezeichnet."

Der Doktor packte seine Instrumente ein: „Gut, ich bin am frühen Nachmittag wieder hier. Wenn es nötig sein sollte, geben wir Ihnen dann eine Spritze, die bis zur Nacht wirkt. Aber, wie gesagt, ich glaube, der Anfall wird sich nicht wiederholen. Ich brauche Ihnen nicht zu sagen, dass Sie keinen Tropfen Wein trinken dürfen, und am liebsten wäre es mir, wenn Sie vorläufig nichts äßen. Um vier Uhr werde ich Ihnen ein unschädliches Diner bestellen. Ich habe die Ehre, mich allseits zu empfehlen."

Er schritt etwas hochnäsig hinaus, dieser, wie Evelyn fand, „nicht sehr taktvolle" Arzt.

Kaum hatte sich Evelyn auf den Sessel beim Bett gesetzt, da schlief Fritz ein. Oh Gott, dachte sie, soll ich jetzt und vielleicht zwanzig Jahre Krankenpflegerin spielen? Das Zimmer war fast verdunkelt, man konnte nicht einmal lesen, bloß das Etui mit der silbrigen Spritze lag wahrnehmbar auf dem Tisch. Sie saß da und alle Fröhlichkeit des vorherigen Abends war verflogen. Um ein Uhr kamen die Herren vom Archäologischen Institut, sie hatten verabredet, in die grüne Campagna hinauszufahren. Sollte sie absagen? Wie, wenn der schmerzvolle Anfall wiederkam? Dieser anmaßende Tölpel von Doktor hätte doch eine richtig Krankenschwester an das Bett setzen können. Das gab es doch wohl in Rom.

Es klopfte, der Zimmerkellner brachte ein Telegramm für Doktor Kronstein. Durfte sie es öffnen? Sie riss es ohne weiteres auf, vielleicht war es eine freundliche Begrüßung der Brüder. Aber es kam bloß von der guten grauen Riebuhr: „Entbiete zur freudigen Mitteilung ergebenste Glückwünsche. Ihre getreue Hilfsarbeiterin Gertrud Riebuhr."

Freudige Mitteilung? Derlei sagte man zur Anzeige von der Geburt eines Kindes. Wer hatte der dummen alten Schachtel eine Mitteilung gemacht? Evelyn stand auf und nun war sie entschlossen, mit den drei Kollegen die Fahrt in die Campagna zu machen.

Sie bestellte beim Kellner Proviant für ein Picknick und fragte den Portier, ob er eine Krankenschwester für Doktor Kronstein besorgen könne. Ja, sie könne in wenigen Minuten da sein. Aber es müsse eine Pflegerin sein, die auch eine Injektion verabreichen konnte.

Als Fritz gegen drei Uhr erwachte, von einem qualvollen Anfall geweckt, fand er eine Nonne mit großer Haube neben sich. „Ich weiß alles?", sagte die heilige Schwester, „ich gebe Ihnen sofort eine beruhigende Spritze."

„Sie wissen alles", flüsterte der Kranke, „dann sagen Sie mir, wo Evelyn ist."

Darüber war die Nonne jedoch nicht informiert worden.

Als Evelyn spät nachts in ihr Zimmer trat, fand sie es durchduftet von einem großen Obstkorb voll mit Orangen, Grapefruits, Bananen und einem prachtvollen Strauß blühender Kamelien.

XIII.

Das Pariser Büro des Kronsteinverlages, drei enge Pariser Zimmer in einer Gasse hinter der Börse, hatte zwei Telefonzellen, und Wendel musste als Telefonkorrespondent, von Zelle zu Zelle springend, anstrengende Dienste besorgen.* Ein erstes Telefonat nach Berlin war durch Abonnement für sechs Uhr dreißig in der Früh festgelegt, da musste der arme Wendel, der von Berlin aus einen bequemen, am Spätvormittag beginnenden Dienst gewohnt war, die Pariser Morgenzeitung schon durchgearbeitet haben, um den ersten Stoß Nachrichten nach Berlin zu blasen, die zweite Nachrichtenexpedition erfolgte um halb zwölf, damit sie für die „Mittagspost" noch rechtzeitig kam, und dann begann der Nachmittagsdienst, der sich zuweilen, besonders an ereignisreichen Tagen, bis in die späte Nacht hinzog. Seit Neuburger kommandierte, waren alle wichtigen Sport-, Kriminal-, Film- und Theaternachrichten noch nachts durchzugeben. Wendels Arbeitstag war sechzehn- bis achtzehnstündig, dazu kam, dass eine Sparvorschrift ihm die Zahl der Mitarbeiter beschnitt, große Prozesse oder Parlamentssitzungen musste er selbst mitmachen, das war er seinem Ehrgeiz schuldig. Dabei war er kein kunstvoller Schreiber.

Eines Nachmittags, er döste ein wenig auf seinem Redaktionssofa, platzte die deutsche Telefonistin in seine Erholungsstunde: „Herr Wendel, sofort ans Telefon, Herr Klotz ist in Paris." Dem überarbeiteten Wendel blieb nicht viel Zeit zum Überlegen, welche Taktik er gegenüber dem beurlaubten, aber keineswegs definitiv entlassenen Chefredakteur einschlagen sollte, denn Klotz selbst saß eine halbe Stunde später neben ihm. Sie wollten einander gründlich aushorchen und sich beraten. Sie konnten es mit gutem Gewissen tun, denn beide fühlten sich als Opfer desselben Feindes.

„Na, wie bewährt sich der Zahnarzt?", fragte Klotz, den eine Woche an der Küste so braun gebrannt hatte, dass sein Blond fast weiß aussah, und die französische Küche, besonders das Weißbrot, hatte sein Gesicht noch runder gemacht. Saß er auf dem Sofa, so wölbte sich sein schwer in die Kleider gepresster Bauch nach vorn.

* Hier springt der Roman in seiner inneren Logik, denn Wendel arbeitete zuvor in Berlin als Redakteur und Parlamentsstenograf.

Wendel antwortete in kläglichem Tone: „Ach, schrecklich. Politische Berichte will er überhaupt nicht, aber jedes nackte Girl von einer neuen Revue muss fotografiert werden, meistens für das Archiv. Das Wichtigste sind ihm Boxkämpfe, da will er sogar Vorschauen, Prognosen und Interviews, dabei ist mir das Boxen vollkommen piepe und ein Box-Mitarbeiter wird mir nicht bewilligt. Aber ich habe Aussicht, zur ‚Berliner Zeitung' überzugehen. Ich mache diese Rackerei nicht mehr lange mit."

„Falsch, lieber Kollege Wendel, ganz falsch. Harren Sie aus! Ich gebe dem Regime des Zahnarztes mitsamt seinem Protektor keine zwei Monate mehr. Wissen Sie, dass Fritz mit seiner Braut – ja wirklich, der alte Esel hat sich richtig verlobt – in Rom ist? Er soll dort erkrankt sein. Überanstrengung in der Verlobungszeit, hahaha", der Bauch des lachenden Klotz warf beinahe das Tischchen um, das vor dem Sofa stand.

Wendel bemühte sich mitzulachen, aber er gehörte zu den mageren Naturen, die es höchstens zu einem Kichern bringen. Immerhin, dass Fritz Kronstein der „raffinierten Hochstaplerin", wie Klotz sie nannte, glatt aufgesessen war, entlockte Wendel ein stoßweises Kichern.

„Ja, wer regiert denn im Kronsteinhause?"

Klotz lachte, dass ihm die Tränen über die Backen liefen: „Wahrscheinlich ... der Zahnarzt."

Wendels Nachmittagstelefonate verhinderten jedes ungestörte Gespräch. Sie beschlossen, sich abends in einem deutschen Bierlokal in der Rue d'Hauteville zu treffen.

„Das Bier hier ist ausgezeichnet", sagte Klotz, „das haben die Franzosen nach dem Krieg gelernt, wahrscheinlich in Straßburg, ihr Helles ist so gut wie das Pilsner und sie sind ja auch Biertrinker geworden, was wahrscheinlich die Verständigung erleichtert. Zwischen Weingenießern und Biertrinkern entstehen sehr schnell Reibereien und Missverständnisse, Biertrinker begreifen sich gegenseitig", und er bestellt ein drittes Halbes vom Fass.

Jetzt wurde Klotz zutraulicher. „Ich komme aus Berlin. Da staunste, Wendel, was? So viel Schnellzugsgeschwindigkeit hätten Sie dem dicken Klotz nicht zugetraut? Ich habe mit Simon gesprochen, aber er spielte den neuen Herrn des Hauses. Dann ging ich zu Emil, der selber Kronprinzenehrgeiz in sich trägt und absolut dafür ist, den senilen Doktor abzusägen. Das Wichtigste aber war mein Gespräch mit Heinrich, der gar nicht so uralt ist, wie er aussieht. Er will für seine beiden Söhne Erich und Bernhard Platz machen und wiederholte immer wieder: ‚Der Augenblick ist da, die junge Generation ranzulassen.' Darauf habe ich mir die beiden Jungens kommen lassen, sie machen zwar einen etwas dekadenten Eindruck, aber sie geben sich ehrlich für das, was die Kronsteins in guten Zeiten immer waren, für Leute, die anständig Geld verdienen wollen. Ob das mit deutsch-nationaler oder sozialistischer Politik geschieht, ist ihnen eigentlich schnuppe. Das ist ein gesunder Verlegerstandpunkt, sagte ich ihnen. Im Augenblick, erklärte ich ihnen, können sie mit schwarz-weiß-roter Politik, ich gebe es zu, bessere Geschäfte machen, aber wer bürgt ihnen dafür, dass sie sich damit nicht ihr eigenes Grab schaufeln? Mit Hindenburg und Hitler können Kronsteins auf die Dauer nicht konkurrieren. Das schienen sie auch allmählich einzusehen. Heinrich und Philipp Kronstein sind vom Betriebsrat zu oft geärgert worden, sie wiederholen immer wieder: ‚Das Bündnis mit den Sozialisten bringt uns um, das Bürgertum will wieder ran.' Ich versuchte ihnen das auszureden, aber da blieben sie eigensinnig. Schließlich versprach ich ihnen für den Fall meiner Rückkehr eine streng bürgerliche Politik."

„Für den Fall Ihrer Rückkehr?", unterbrach Wendel. „Also ist daran in nächster Zeit zu denken?"

„Wenn wir den Doktor mit seinem Evelynchen herausoperieren, dann sicher, dann kommen Sie in drei Wochen mit mir nach Berlin zurück."

Nun trank auch Wendel sein viertes Halbes und Klotz bestellte das sechste. Er rückte näher an Kollege Wendel heran: „Es kann doch nicht so schwer sein, hier in Paris einiges über Fräulein Goldscheider, Gott weiß woher sie ihr Doktordiplom hat, wenn es überhaupt existiert, herauszubekommen. Sie hat eine Prachtwohnung am Parc Monceau gehabt, die der alte Goldscheider mit seinem kleinen Frankfurter Blättchen nicht hat bezahlen können. Ihre Kleider bezieht sie heute noch von Lanvin. Ich frage Sie, Wendel, wer hat das alles bezahlt? Sie soll hier sehr frei gelebt haben. Es kann doch nicht schwer sein, eine Liste der Liebhaber zu bekommen. Wenn ich heute mit dieser zu den Brüdern komme, lassen sie den Doktor und der Doktor sein Evelynchen auf der Stelle fliegen. Schließlich ist ein

Mann, der solche Dummheiten macht und so ein Frauenzimmer heiraten will, doch nicht mehr genug urteilsfähig und gewiss nicht in der Lage, den größten deutschen Verlag zu leiten ... Denken Sie mal nach, Wendel, wer uns da mit Material helfen kann. Auf ein paar tausend Mark kommt es natürlich nicht an. Auch für Sie kann da was abfallen. Ich möchte vorläufig im Hintergrund bleiben, aber den großen, entscheidenden Schlag würde ich selber führen. Sie müssen sich doch schon ein bisschen eingelebt haben in Paris. Wer könnte uns denn gegen diese Schwindlerin helfen? Aber ich möchte nicht einen rachsüchtigen Liebhaber von gestern haben, sondern ... Am liebsten wäre mir eine Behörde, ein Amt, die Deutsche Botschaft oder dergleichen. Leicht ist das natürlich nicht, aber ich bleibe acht Tage hier, und wenn Sie Geld brauchen, hier sind achttausend Francs, immerhin etwas für den Anfang."

Sie waren so ziemlich die letzten Gäste im Restaurant. Die Kellner schauten gierig zu, als Klotz Wendel die acht Tausendfrancnoten in die Tasche stopfte.

„Ich habe eine Idee", sagte Wendel, „aber ich will sie noch überprüfen. Wir haben etwas getrunken und darunter leidet die Urteilskraft. Morgen Nachmittag komme ich zu Ihnen ins Hotel."

„Claridge, Zimmer 312", sagte Klotz, „ich schreibe es Ihnen auf einen Zettel. Ich erwarte Sie um fünf Uhr."

Auf der Straße sagte Wendel: „Es gibt da einen Zeitungsmann, für den Evelynchen gearbeitet hat."

Klotz rieb sich die Hände: „In der Gegend müssen Sie suchen."

Als Wendel am nächsten Nachmittag im Hotel Claridge nach Klotz fragte, wies ihn der Portier in die Halle zum Nachmittagstee. Wendel, der diesen lärmenden, bunten, musikdurchtobten Betrieb nie gesehen hatte, irrte durch die Tischreihen der Halle, dann durch die verspiegelten Seitengänge, in denen Schmuck, Kleider und Lederwaren unter gleißenden Lichtern ausgestellt waren, er wurde schon von den Damen und Dämchen des Fünfuhrtees belächelt, weil er sich nirgendwo niederzulassen traute. Endlich entdeckte er Klotz in einem Seitengang in einem eindringlichen Gespräch mit einem etwas närrisch frisierten, weißhaarigen Alten, der seine aufgeregten Haare und einen pechschwarzen Kinnbart offenbar à la Rochefort zur Schau trug, Aufsehen wünschend und Aufsehen weckend. Endlich erblickte Klotz den umherirrenden Wendel und winkte ihn hinter dem Rücken des theatralisch frisierten Franzosen mit vergrößerten Augen weg. Eine kleine Handbewegung von Klotz sagte: „Da, neben uns, nimm an einem der kleinen Tischchen Platz." Wendel, der an diesem Tage die ganze Telefonarbeit einem armen Teufel von Externisten gegen dreißig Francs Tagesspesen überlassen hatte, saß so, dass er die Gespräche der beiden Nachbarn hören, aber leider nicht verstehen konnte. Klotz sprach und verstand das Französisch leidlich, für Wendel redete der Pariser viel zu schnell. Aber er sah wenigstens, dass der französische Herr, der mit weißen Gamaschen Eleganz zu markieren trachtete, Klotz ein Papier überreichte, auf dem eine längere Liste aufgezeichnet war. Als Klotz dieses Papier in die Brusttasche steckte, klopfte er sofort etwas tumultuös ans Glas und erbat die Rechnung. Dann sah Wendel ganz deutlich, wie Klotz dem Franzosen eine Fünfhundertfrancnote überreichte. Der Franzose erhob sich bald darauf, Wendel hörte, dass die beiden eine weitere Zusammenkunft „à demain, après-midi, je vous téléphonerai" vereinbarten.

Klotz strahlte: „Kennen Sie den Mann nicht? Das ist eigentlich eine Schande für einen Pariser Korrespondenten. Merken Sie sich das Gesicht, das ist Monsieur André Gérard, der Herausgeber der ‚Semaine des intimités'." Offen gestanden, Wendel kannte nicht einmal den Namen des auffrisierten Gecken und auch die ‚Woche der Intimitäten' war ihm ganz unbekannt. Aber er hütete sich, seine Unwissenheit einzugestehen, blickte dem alten Pseudo-Elegant mit den weißen Gamaschen interessiert nach und sagte, um seine Altpariser Orientiertheit zu beweisen: „Er sieht wie Henri Rochefort aus."

„Stimmt. Wenn er das gehört hätte, würden Sie sein Herz für immer gewonnen haben." Sie bestellten zwei Bock, die sie hier nicht gleich bekommen konnten, weil man im Claridge nicht gerne Bier servierte, und Klotz fragte, auf seine Brieftasche in der Brust klopfend: „Wissen Sie, was mir dieser nicht allseits verehrte Kollege gegeben hat? Eine Liste von Evelynchens französischen Anbetern! Übrigens nicht teuer. Er scheint einen enormen Hass auf unsere kleine Kronsteinkönigin zu haben, wahrscheinlich weil der eitle Geck zu den wenigen Parisern gehörte, die bei unserem Lynchen abgeblitzt sind. Ich habe die Liste fast umsonst bekommen. Um mir nichts schenken zu lassen, ersetzte ich ihm die Fahrtspesen der letzten Tage. Ich musste ihm das Geld aufdrängen, er wollte nicht einmal die paar hundert Francs nehmen. Um die Verlässlichkeit seiner Informationen zu beweisen, hat er zu jedem der siebzehn – Wendel, siebzehn!!!! – Liebhaber eine Adresse dazugeschrieben, wo ich mir noch nähere Details holen kann. Aber ich muss schon übermorgen zurück nach Berlin, ich werde diese hochwichtige Recherche Ihnen überlassen."

„Mir? Mein Französisch ist für so delikate Gespräche zu mangelhaft."

„Tun Sie mal nicht so, Wendel, schließlich muss der Kronsteinkorrespondent in Paris Französisch können."

„Für die Politik reicht es auch, aber für affaires d'amour, da hab ich zu wenig Übung."

„Mit Geld geht alles. Nehmen Sie sich einen jungen Studenten mit. Vor allem brauche ich, solange ich hier bin, noch eine Bestätigung des Concierge am Parc Monceau, wo Evelynchen gewohnt hat. Der ist für Geld und gute Worte gewiss zu verschaffen. Haben Sie von den achttausend Francs schon etwas ausgegeben?"

„Allerdings", antwortete Wendel, dem etwas unbehaglich zumute war, „etwa dreitausend sind schon fort."

„Donnerwetter! Dreitausend! Und wofür?"

„Ich sagte Ihnen doch, die Goldscheider hat hier für eine Wochenschrift gearbeitet. Da habe ich einen Mittelsmann hingeschickt."

„Wie heißt die Wochenschrift?"

„Das werde ich abends erfahren", sagte Wendel erblassend.

„Mensch, Wendel, das kann ich Ihnen jetzt schon sagen. Das ist ja die Zeitschrift des André Gérard, die ‚Semaine des intimités'. Wie ärgerlich, jetzt begreife ich, warum Gérard kein Geld nehmen wollte. Wir bezahlen den Mann von zwei Seiten. Sehr verdrießlich. Das entwertet mir die Liste beinahe. Nun, Sie gehen morgen zum Concierge. Der Hausmeister weiß hier alles. Und er sagt es auch. Überzahlen Sie mir den einfachen Mann nicht. 200 Francs sind fürs Erste reichlich viel. Dazu kommen dann noch die tatsächlichen Spesen. Da kann ich morgen noch 4.000 Francs von Ihnen zurückkriegen. Am Parc Monceau werden Sie Ihr Meisterstück liefern, davon bin ich überzeugt. Ich gebe Ihnen heute noch eine Abschrift der Liste und Sie kreuzen mir morgen an, wen der Concierge bestätigt. Wenn er mehr als diese siebzehn angibt, erhöht sich sein Honorar um 20 Francs pro Name ... Wendel, wenn ich mit einer beglaubigten Liste der Vergangenheit dieser Hochstaplerin zurückkehre, schmeißen die fünf Brüder Fritz hinaus. Diesen Ballast können sich die Kronsteins nicht bieten lassen!“ Klotz und Wendel tranken nur mehr ein Bock und trennten sich gutgelaunt und zuversichtlich. Das heißt, Wendel tat nur heiter, er war nicht ganz froh und auch nicht ganz zuversichtlich.

In der Drehtür begegnete ihm ein Berliner Gesicht, das schnell an ihm vorüberhuschte. War es möglich, dass Emil Kronstein zufällig in Paris war? Als Wendel sich noch einmal schnell durch die Drehtür gleiten ließ, war das bekannte Gesicht schon in dem Gedränge der seitlichen Spiegelsäle verschwunden. Schade, dachte er, man hätte den jüngsten und gewitztesten Bruder um Rat fragen können. Einen Moment lang schoss es ihm durch den Kopf, beim Portier zu fragen, ob Herr Emil Kronstein im Claridge wohne, aber als er schon vor der Nische des Auskunft gebenden Angestellten stand, schreckte er vor dieser, wie er es empfand, Spionage wieder zurück. Wenn einer seiner Chefs in Paris war und seine Anwesenheit nicht als rein privat verheimlichen wollte, so pflegte er sich im Pariser Büro zu melden. Wer sich nicht meldete, wollte eben nicht da sein.

Am Platz des Parc Monceau, Haus Nummer 14, gab es gar keinen Concierge, sondern nur eine aus dem Leim gegangene Witwe, die in der Portierloge die Dienste des Concierge versah. Wendel ging dreimal durch den vornehmen, mit hohen Spiegeln geschmückten Hausflur und wieder zurück, ehe er den Mut fand, durch die offene Tür bei der wachsamen Hausmeisterin einzutreten. Er hatte auf dem Wege überlegt, wie er sich am besten bei der fetten Person einführen und sie von Anfang günstig stimmen konnte, und er hatte beschlossen, mit einem ostentativ in der Hand getragenen Hundertfrancschein einzutreten. Bei der erstbesten Gelegenheit wollte er ihn auf den Tisch der Concierge legen, unglücklicherweise war in der kleinen halbdunklen Loge, wenigstens im Vordergrund, kein Tisch zu sehen. Die dicke Hausmeisterin saß in einem breiten Großvaterstuhl, aus dem das Rosshaar quoll, eine gelbe Katze im Schoß. Ich kann doch das Geld nicht auf den Rücken der Katze legen, dachte Wendel. Plötzlich hatte er den rettenden Einfall. Er begrüßte die dicke Frau und sagte: „Ich komme im Auftrag von Monsieur Gérard, er schickt Ihnen 100 Francs und bittet Sie um einige Auskünfte über Mademoiselle Goldscheider, eine Deutsche, die hier gewohnt hat.“ Die Hausmeisterin steckte den Geldschein mit aller Selbstverständlichkeit in ein altes Lederportemonnaie und sagte höflich: „Ich habe ja schon gestern Herrn Gérard alles gesagt, was ihn und die Sureté interessiert." Wendel horchte auf. Die Sureté, das ist ja die Polizeibehörde. Eine Angabe für die Sureté musste doch verlässlich sein. „Ja", antwortete Wendel in seinem schlechten Französisch, „wir wollen diese Angaben nur überprüfen." Überprüfen? Das Wort war sichtlich schlecht gewählt. Wer hatte das Recht, den Mitteilungen von Madame zu misstrauen und darum zu überprüfen? Wendel griff in die Brust, holte die Brieftasche, den zweiten Hundertfrancschein und die Abschrift der Liebhaberliste heraus. Unzweifelhaft wirkte der Hundertfrancschein beruhigend. „Ich möchte nur wissen, ob die Herren, die ich Ihnen jetzt nennen werde, bei Mademoiselle Goldscheider verkehrt haben. Bitte, hören Sie." Die Hausmeisterin setzte sich in Positur, jagte sogar die Katze aus ihrem Schoß und drehte Wendel das rechte Ohr zu: „Monsieur le Colonel Bruneau", begann Wendel.

„Ja, kam alle vierzehn Tage, gewöhnlich mit einer großen Aktentasche. Schrieb auch viele Briefe an Mademoiselle Docteur."

„Docteur Emile Baloton."

„Ein ungarischer Arzt. Der war eine Zeitlang täglich da, dann blieb er plötzlich weg."

„Monsieur Erich Hirschberger."

„Das war der dicke Deutsche aus Frankfurt. Der brachte Delikatessen und Wein. Das war wohl der eigentliche Souteneur der Dame. Ein dicker Fünfziger. Wenn er da war, musste ich alle Besuche abweisen."

„Le peintre Conte Scapinelli."

„Der hat sie gemalt, sicher nackt, denn das Bild war immer verhüllt, wenn ich aufräumen wollte."

„Le peintre Alphonse Hartu."

„Das war der Freund des Italieners. Ich glaube, die malten sie um die Wette. Wenn ich läutete und die zwei da waren, wurde nie geöffnet. Das war gewiss eine ‚Orgie'."

Sie wusste zu jedem der siebzehn Namen einen abscheulichen Kommentar.

„Kam denn nie eine Frau?", fragte Wendel.

„Gut, dass Sie mich erinnern", antwortete die dicke Frau, „natürlich, da hatte sie eine Freundin, Madame Gross, die war mit dem Colonel Bruneau liiert, im Augenblick sitzt sie noch in Saint-Lazare."

„Warum denn?"

„Wer das wüsste. Die Verhandlung war geheim. Colonel Bruneau wurde damals pensioniert und wir erwarteten täglich die Verhaftung von Mademoiselle Goldscheider. Aber sie hatte wohl Wind bekommen und fuhr plötzlich nach Deutschland zurück. Als die Sureté kam, war Mademoiselle Goldscheider schon längst über die Grenze."

Wendel stenographierte jedes Wort mit.

„Haben Sie die Dame einmal in einer verfänglichen Situation gesehen?"

„Einmal? Täglich. Sie ging doch zu Hause in seidenen Hosen herum, schamlos, vor allen Herren."

Wendel stenographierte wild.

„Und das alles haben Sie der Polizei gemeldet?"

„Was heißt das, gemeldet? Wir sind doch selber die Polizei. Wir machen doch pünktlich unsere Rapports."

„Und warum haben die Behörden sich nicht früher eingemischt?"

„Mein lieber Herr, da fragen Sie eine einfache Frau zu viel. Da müssen Sie einmal selber auf die Präfektur gehen. Monsieur Gérard wird Sie schon führen, er kennt alle Herren bis hinauf zum Polizeipräsidenten. Wenn Sie so höflich gegen die Herren sind wie gegen mich, können Sie dort alles ganz genau hören. Monsieur Gérard wird Sie schon führen."

Für diesen Rat drückte Wendel der Dicken noch fünfzig Francs in die Hand.

Am Nachmittag stand er wieder in der geschwätzerfüllten Halle des Claridge neben Klotz. Er las ihm die stenographischen Berichte vor.

„Herrgott", sagte Klotz, „in mir steigt ein fürchterlicher Verdacht auf. Für eine große Kurtisane habe ich Evelynchen nie gehalten, dazu fehlt ihr das feurige Blut, die Natur und die Kühnheit, ganz abgesehen davon, dass diese dummen, viel zu mageren Weibchen ja nur auf Décadents und Greise wirken. Ich muss heute noch mit Gérard sprechen, diese Zeitungsschreibereien für einen Mann, der zugegebenermaßen im Dienst der Polizei stand! ... Der Stunk wird immer entsetzlicher. Kommen Sie abends mit mir, ich treffe Gérard im Deutschen Bierhaus."

„Ist das vorsichtig?", fragte Wendel. „Im Deutschen Bierhaus, wo alles Sie kennt und wo auch Gérard nicht ganz unbekannt sein dürfte?"

„Lieber Freund, ich habe keine Zeit, vorsichtig zu sein. Morgen Abend muss ich zurück. Und an meinen guten Namen wagt sich kein Klatsch heran."

Wendel schützte am nächsten Tag Redaktionsgeschäfte vor. Tatsächlich hatte ja die Krise in Berlin sich verschärft. Zum Glück fand sich ein wichtiger Herr des Verlages ein, der zufällig in Paris weilte, ein entscheidender Mann, der dem Gespräch mit Klotz, neugierig, wie er war, gerne beiwohnte.

Zu der Konferenz der Brüder, die zwei Tage später im Kronsteinhause stattfand, waren ausnahmsweise oder zum ersten Male die Söhne Heinrichs, Erich und Bernhard, als Vertreter der jungen Generation und Neuburger für die Gesamtredaktion des Verlages hinzugezogen worden. Dagegen war Fräulein Riebuhr, die sonst das stenographische Protokoll führte, gebeten worden, der vertraulichen Beratung fernzubleiben. An ihrem Platz saß Fräulein Berger, der seit kurzem neben den Geschäften von Wüst die wichtigeren Korrespondenzen von Simon Kronstein übertragen wurden. Irgendwie war, vielleicht aus Neuburgers Büro, das Gerücht durch alle Teile des Hauses – vom langen Korridor der Redaktionen der dritten Etage bis in die Inseratenabteilung im ersten Stock – durchgetuschelt worden, dass ein großes Ereignis im Hause bevorstehe. Als die massige Figur Klotzens nach langer Zeit wieder im Hause auftauchte und als man Klotz im Beratungszimmer verschwinden sah, wurde es den Redakteuren schwer, ihrer Arbeit, besonders in dem Nebentrakt, der die Sitzungssäle beherbergte, nachzugehen. Vom Hauptsekretariat wurde geradezu ein Postendienst eingerichtet, der jede aus dem Beratungszimmer dringende Nachricht sofort in die einzelnen Redaktionen und auch in die Setzersäle an die dort arbeitenden Schriftleiter weitergeben sollte.

Simon führte in der Sitzung sehr würdevoll den Vorsitz. Er hatte Fräulein Berger neben sich, der er von Zeit zu Zeit einen Befehl zu stenographischer Fixierung zuflüsterte. Zuerst begrüßte er die Vertreter der jungen Generation, Erich und Bernhard, die in ihrer Blässe, Magerkeit und Unfroheit einen unjungen Eindruck machten. Etwas von dem pergamenttrockenen Wesen ihres greisen Vaters schien schon auf diese Jugend übertragen. Für die Begrüßung dankten sie nur stumm, indem sie sich erhoben und verneigten. Dann begrüßte Simon etwas umständlich den von seiner Krankheit auferstandenen

Klotz, den er einige, den Verlag betreffende Personalnachrichten von höchster Wichtigkeit vorzubringen gebeten hatte, und schließlich begrüßte Simon ziemlich überflüssigerweise Neuburger, „den wir heute zum ersten Male in unserer Mitte sehen".

Die Sache begann sogleich dramatisch, weil ein Telefonanruf Fräulein Berger wegrief, die dann Simon ins Ohr sagte, dass das „Intelligenzblatt" und die „Mittagspost" soeben von der neuen Regierung auf zehn Tage glatt verboten worden seien, und zwar wegen Verbreitung alarmierender Gerüchte. „Herr Doktor Neuburger", befahl Simon, „dürfen wir Sie bitten, Herrn Staatssekretär Freiherr von Schollwitz anzurufen und ihn um nähere Begründungen zu bitten." Der Zahnarzt verschwand. Indes hatte August, hochrot im Gesicht, sich erhoben, der dicke Mann atmete asthmatisch: „Ich schätze den Schaden, den uns die Regierung heute zufügt, auf glatt eine halbe Million. Es gehen uns die Inserate für zehn Tage und der Straßenverkauf der ‚Mittagspost' verloren, abgesehen von der Erschütterung des Inseratengeschäftes überhaupt, denn wer wird eine Anzeige aufgeben wollen, wenn er nicht sicher ist, dass das Blatt überhaupt erscheint? Das ist bereits die Diktatur, das läuft auf die systematische Vernichtung der Presse hinaus." Alle warteten auf Neuburgers Rückkehr, die Beratung artete in eine formlose, aufgeregte Unterhaltung aus und der Zahnarzt kam noch immer nicht zurück.

Emil ging zu ihm in die Zelle und erfuhr, dass Neuburger noch immer keine Verbindung mit Schollwitz habe herstellen können, der Staatssekretär sei immer noch bei einer Besprechung, in der er nicht gestört werden durfte. Simon hatte Klotz in eine Fensternische gezogen und nach dieser Beratung nahm Klotz das Wort: „Vielleicht versuche ich es auf einem anderen Wege, Schollwitz zu erreichen." Er verließ dröhnenden Schrittes das Beratungszimmer und kehrte nach einigen Augenblicken zurück. „Schollwitz wird um zwei Uhr hier sein, bis dahin hofft er, mindestens eine Milderung der Maßregel zu erreichen." Im Gefühl dieses Triumphes konnte er sich nicht enthalten hinzuzufügen: „Ich denke, wir können den Kollegen Neuburger aus der Telefonzelle zurückrufen, er verliert seine Zeit mit unnötigem Warten." Als Neuburger eintrat, bemerkte er auf einigen Gesichtern ein höhnisches Lächeln, besonders Erich und Bernhard, die junge Generation, konnten ihre etwas verächtliche Einschätzung Neuburgers nicht verbergen. Heinrich sagte mit unerbitterlicher Trockenheit: „Die Behandlung des Staatssekretärs Schollwitz scheint in letzter Zeit nicht gerade mit besonderem Geschick und Takt geschehen zu sein." Der Zahnarzt spürte die ihm zugedachte Ohrfeige, er dachte nach, wie er erwidern sollte, aber darüber verging so viel Zeit, dass er nicht mehr zur Antwort kam, denn inzwischen hatte Klotz unter allgemeiner Spannung das Wort zu seiner wichtigen persönlichen Information genommen. Er bat vor allem um ehrenwörtliche Verschwiegenheit für die leider notwendigen Enthüllungen, die er mit Widerstreben mache, aber als unerlässlichen Schritt im Interesse des Verlages, dem er zwölf Jahre gedient und mit dem er sich in Gedeih und Verderb verbunden fühle. „Ich enthülle in diesem Kreise kein Geheimnis, wenn ich feststelle, dass zwischen dem bisherigen politischen Leiter des Verlages, Herrn Doktor Friedrich Kronstein, und mir ein Bruch eingetreten ist, der keineswegs in politischen Doktrinen seine Ursache hat, sondern in der Wühlarbeit einer jungen Dame, der es gelungen ist, den alternden Doktor vollkommen gefügig zu machen. Doktor Kronstein mag als Intellekt noch leidlich intakt sein, obwohl es Augenblicke gegeben hat, wo ich, offen gestanden, daran gezweifelt habe, sein Willenszentrum scheint jedoch unzweifelhaft gelitten zu haben, er ist jener jungen Dame geradezu hörig geworden. Nun hat es mich interessiert, den Werdegang dieser so unheilvollen Persönlichkeit kennen zu lernen. Sie behauptet, Doktor phil. zu sein, ich habe leider nicht feststellen können, an welcher Universität sie promoviert hat, aber da mir die Grundlagen zu einer strikten Anzweiflung fehlen, gehe ich über diesen Punkt hinweg. Sie hat nach ihrer behaupteten Promovierung in Rom, in London und am längsten in Paris gelebt, überall auf großem Fuß, obwohl ihr Vater ein armer kleiner Zeitungsmann in Frankfurt am Main ist. Nun, die Einnahmequellen junger Frauen sind schwer kontrollierbar. Ich kann mir zwar schon vorstellen, dass ein mageres, für mein Gefühl reizloses Geschöpf große Verheerungen in der Männerwelt anrichten kann, aber die Verbindung von Literatur, Politik und Erotik scheint noch immer wirksam und ergiebig zu sein, wenigstens ist in meiner Hand die Liste von nicht weniger als siebzehn, jawohl, siebzehn Männern, die sich allein in Paris, wo die Dame in dem vornehmsten und teuersten Viertel am Parc Monceau eine sechs Zimmer große Wohnung innehatte, der Gunst der jedenfalls erfahrenen Egerin erfreuen durften. Diese Liste, die mir von einer empörten, aber in langer Beobachtung erprobten Mitbewohnerin des Hauses ausgehändigt wurde, hat natürlich keinen Anspruch auf Vollständigkeit, wohl aber auf Richtigkeit, denn ein Angestellter der Pariser Polizei, die in Paris sehr aufmerksam über das Leben der politisch Verdächtigen zu wachen pflegt, wie gesagt, ein Funktionär der Pariser Polizei hat mir diese Liste Name für Name bestätigt. Ich würde diese peinlichen Tatsachen nicht vorbringen, obwohl sie für den bisherigen Chef des Hauses von Belang sein sollten, aber es gibt etwas, was der Franzose „nostalgie de la boue", zu Deutsch die Sehnsucht nach dem Dreck nennt, und gegen diese Verwirrung ist mit logischen Argumenten nicht anzukämpfen. Aber ein anderes, wichtigeres Moment kommt für mich und für Sie in Frage. In der Liste der siebzehn befinden sich ein französischer Offizier, der inzwischen als Landesverräter vor einem französischen Gericht abgeurteilt wurde, und eine ungarische Abenteurerin, die zurzeit noch wegen Spionage in Frankreich hinter vergitterten Fenstern sitzt. Andere Leute der Siebzehnerliste haben Paris etwas plötzlich verlassen. Nun, meine Herren, und ich bitte Sie, auf diesen Punkt besonders zu achten, will und kann ich nicht behaupten, dass die in Frage kommende Dame gleichfalls Spionage betrieben und sich auf diese Weise die Mittel für ihren kostspieligen Aufenthalt in Paris verschafft hat. Richtig ist, dass auch sie etwas plötzlich Frankreich den, wie man mir versichert, schönen Rücken zugewendet hat. Nein, ich behaupte nicht, dass Mademoiselle Goldscheider Spionin war, mir genügt, dass sie dessen in weiten Kreisen verdächtig war, und schon ein solcher Verdacht ist für die Braut, vielleicht schon morgen für die Gattin des Chefs des Hauses Kronstein absolut untragbar ... Das ist der Tatbestand, den ich Ihnen nicht verheimlichen durfte. Die Konsequenzen haben Sie daraus zu ziehen. Dass mein Tatsachenmaterial eher schwerwiegender ist als das, was ich hier vorbrachte, wird Ihnen Herr Emil Kronstein, der der niederschmetternden Unterhaltung mit einem Organ der Pariser Sureté beigewohnt hat, bestätigen. Ich bitte Sie, mir zu gestatten, die Sitzung zu verlassen, da ich Ihre Beratung nicht stören möchte. Zu jeder Orientierung bin ich bereit, ich verlasse mein Zimmer nicht, ehe Sie nicht mit sich ins Reine gekommen sind."

Auf die lautlos angehörte Rede folgte ein langes, beklommenes Schweigen.

Der Erste, der die Sprache fand, war August, der Dicke: „Und doch bin ich für die Entfernung von Klotz, der Mann und seine Politik kostet uns, wie das heutige Verbot beweist, Millionen."

Alle Brüder und die junge Generation schrien August nieder. Jetzt stand der Fall Klotz nicht zur Diskussion, er war ja noch immer beurlaubt. Die Frage war: Was sollte mit Fritz und dieser „untragbaren" Braut geschehen? Es war Simon, der das erste Wort der Besinnung aussprach: „Was Klotz vorgebracht hat, wäre, seine Richtigkeit vorausgesetzt, niederschmetternd. Wenn die Deutschnationalen mit diesem Material operieren, ist der Verlag erledigt. Andererseits darf mir Emil nicht böse sein, wenn ich ihn als Untersuchungsrichter nicht unbedingt gelten lasse, er ist eine Künstlernatur. Ich schlage vor, dass wir einen angesehenen, mit den französischen Polizeiverhältnissen vertrauten Anwalt heute noch oder morgen nach Paris schicken. Ich schlage Doktor Sinzheimer vor."

Da mischte sich die junge Generation ein, Erich und Bernhard: „Um Gottes willen, nicht diesen Leisetreter." Sie nannten einen anderen, forschen Anwalt, der gerade in Mode war.

„Das kostet 100.000 Mark", sagte August, „ich kenne Honorarnoten von ihm."

Wieder war es Simon, dessen behutsame, tastende Denkart jener Friedrichs am meisten ähnelte: „Wie wär's, wenn wir Schollwitz einweihten und nach Paris entsendeten?" Schollwitz, der oft in Paris amtlich verhandelt hatte, ein tadelloses Französisch sprach und alle Minister und Deputierten von Rang kannte.

„Die Sache wird uns 30.000 Mark kosten, schätze ich. Das ist der Mann aber wert, und in den Vorstand wollten wir ihn längst nehmen. Mehr als 30.000 kostet er nicht, Beamte sind bescheidener als Anwälte, schon aus Gewohnheit. Ist der Vorschlag angenommen?"

Ja, es gab keine Opposition. Fräulein Berger notierte auf Simons Wink die Einstimmigkeit.

Um zwei Uhr, pünktlich wie immer, meldete sich Schollwitz in Simons Sekretariat. Er stellte sich Fräulein Berger höflich vor, erstens weil er prinzipiell mit jungen, flotten Sekretärinnen artig umging, dann aber auch, weil ihm das blanke Mädel mit ihren schimmernden Augen in ihrer blütenweißen Seidenbluse und dem blauen Kurzrock, der um ihre zarten Knochen schlug, ganz besonders gefiel. Für solche frischen, sprühenden Jüdinnen hatte er stets ein Faible.

Sofort war Simon Kronstein zur Stelle. Die beiden verhandelten, um ungestört zu sein, im Konferenzzimmer der Brüder, weil in Simons Büro jede Weile ein Angestellter oder Redakteur, der um Bescheid bat, ohne Anmeldung einzutreten pflegte. Fräulein Berger wurde als Zerberus vor das Beratungszimmer gesetzt, um jede Störung zu vermeiden. Das hatte auch das Gute, dass man sie im Notfall für schriftliche Festlegungen zur Hand hatte.

Simon, der seine demokratische Gesinnung mit diplomatischer Schlauheit zu vereinigen versuchte, sprach zuerst über das, wie er meinte, „unerhörte Verbot", das den Verlag, wenn nicht gerade jetzt er, Simon, die Zügel in der Hand hätte, zwangsweise ins radikale Fahrwasser triebe. Und dabei sei doch unter dem apolitischen System Neuburgers, der von Beruf, wie Simon es ausdrückte, eigentlich Naturwissenschaftler sei, jede Entgleisung ausgeschlossen.

„Glauben Sie, Verehrtester", antwortete Schollwitz, der heute nach langer Zeit wieder sein Monokel trug, „glauben Sie wirklich, dass dieser – entschuldigen Sie das offene Wort – anmaßende Zahnarzt die richtige Hand zur Führung der einflussreichsten Blätter Berlins hat? Er ist ein unüberlegter Nachrichtenjäger, und in diesen gärenden Zeiten kann die Veröffentlichung einer wahren, aber erregenden Nachricht störender wirken als ein langer Leitartikel, den heutzutage sowieso niemand mehr liest. Neuburger hat im ‚Intelligenzblatt' die Meldung gebracht, dass unser Auswärtiges Amt bereit sei, einen Handelsvertrag mit Polen zu schließen. Fällt uns gar nicht ein. Wir müssen anstandshalber mit den Polen verhandeln, aber wir denken doch an keine Verträge mit den Pollacken, so lange Danzig nicht wieder deutsches Land ist. Eine solche Meldung grenzt an Landesverrat, und die Zeiten sind vorüber, in denen Landesverräter geduldet werden."

„Um Gottes willen, Neuburger ist doch kein Landesverräter."

„Ich sagte, seine Arbeit grenzt an Landesverrat. Aber an ein schärferes Zupacken in national wichtigen Belangen wird sich der Verlag gewöhnen müssen. Übrigens ist das Verbot auf Grund meiner Vorstellungen auf drei Tage beschränkt worden."

„Danke", sagte Simon aufatmend, „ich freue mich, dass Ihr Einfluss in der Wilhelmstraße unverändert geblieben ist."

„Das wird, denke ich, auch so bleiben, wenn ich aus der Regierung ausscheide. Es wird Ihnen bekannt sein, dass Ihr Herr Bruder Friedrich, dessen politischen Scharfblick ich immer geschätzt habe, mir angetragen hat, in den Vorstand Ihrer Gesellschaft einzutreten. Bis heute sagte ich Nein. Heute ..."

„Das ist ja vortrefflich ... Darf ich fragen, was Sie zu einer Sinnesänderung bewogen hat?"

„Offen gegen offen", schnarrte Schollwitz, er verfiel heute immer wieder in den Ton von 1914, „ich erfülle damit nicht bloß einen Wunsch von Ihnen, sondern auch einen Wunsch der höchsten Stelle. Es wäre dem Kanzler und auch der ihm übergeordneten Instanz lieb, wenn einer der großen Zeitungsverlage Politik in national verlässlichem Sinne triebe. Die Aufgabe erscheint den entscheidenden Stellen so wichtig, dass ich, diese Mission zu erfüllen, mich sogar zur Disposition stellen ließ. Ich brauche Ihnen nicht zu sagen, dass unangenehme Überraschungen wie das heutige Verbot sich dann nicht mehr ereignen würden."

„Natürlich nicht", antwortete Simon, „die Frage ist nur, mit wieviel tausend Lesern und Inseraten wir die Wandlung und Wendung bezahlen müssten."

„Herr Kronstein", Schollwitz wurde geradezu feierlich, „verkennen Sie die Wichtigkeit des Augenblickes nicht. Natürlich würde ich als Verlagsleiter oder wie Sie die Stelle nennen wollen, Realpolitik treiben. An dem Charakter der ‚Morgenpost', die demokratisch bleiben muss, wenn sie Ihr Geschäft nicht zerstören soll, würde nicht das Geringste geändert werden. Sie haben klugerweise immer nur die Politik der aufbauenden Demokratie, nicht der zersetzenden betrieben. Dabei bliebe es. Für die ‚Mittagspost' würde ich Ihnen den gesamten Nachrichten- und Neuigkeitendienst der Regierung zur Verfügung stellen. Ich garantiere Ihnen, dass diese beiderseits erwünschte Lancierung von wichtigen Nachrichten sich ersprießlicher auswirken wird als das etwas täppische Eingreifen des Herrn Neuberger."

„Neuburger", korrigierte Simon.

„Ach, bei dem Mann kommt es auf einen Buchstaben nicht an. Wir wünschen ihn nicht."

Einen Augenblick schoss Simon die Erinnerung an die dumme Frage des Zahnarztes durch den Kopf, der Schollwitz bei der ersten Begegnung interpelliert hatte, ob er im Auftrage der abgetretenen oder der neuen Regierung käme.

„Neuburger ist ein harmloser Mann", sagte Simon lachend, „Sie tun ihm Unrecht. Übrigens war er ursprünglich Zahnarzt und ist also rücksichtsvolle Behandlungen gewohnt."

„Dacht ich's doch", rief Schollwitz, „Zahnärzte habe ich nie leiden mögen. Nein, Herr Kronstein, weder Wurzelbehandlung noch Betäubungsversuche sind in der Politik am Platze." Er belächelte den eigenen Scherz, sodass zwei goldene Eckzähne zum Vorschein kamen."

„Und doch haben auch Sie dem Zahnarzt nicht ausweichen können", sagte Simon unwillkürlich.

„Aber ich habe mir den meinen sorgfältig ausgesucht ... Für das ‚Intelligenzblatt', das werden Sie mir zugeben, ist Herr Neuburger zu primitiv."

„Wir haben ja noch Herrn Klotz im Hause."

„Gottbewahre!", erwiderte Schollwitz. „Diesen würdelosen Pazifisten!"

„Auch Klotz beurteilen Sie ungerecht, Herr Staatsekretär. Er hat uns soeben einen unschätzbaren Dienst erwiesen und ich würde wünschen, dass Sie ihn in dieser Sache noch verwendeten." Die Kampfeslust gegen Fritz und Evelyn ließ Simon alle diplomatische Vorsicht vergessen, er musste dem Staatssekretär die Enthüllungen Klotzens brühwarm erzählen. „Darf ich nun meinen Bruder rufen?"

Schollwitz wurde vergnügt: „Siebzehn Amants ... Alle Achtung, das hätte ich der kleinen Evelyn nicht zugetraut ... Hoffentlich stehe ich nicht auf der Liste, ich bin nämlich drei- oder viermal in der kleinen Wohnung am Parc Monceau gewesen."

„Kleine Wohnung? Sechs Zimmer, das ist doch in Paris keine kleine Wohnung."

„Aber vier davon hatte ihr doch diese pikante Ungarin Frau Gross abgemietet. Der würde ich die siebzehn Liebhaber viel eher zugetraut haben." Er sah plötzlich Evelyn in ihrem schwarzen Atlas-Pyjama, mit vielleicht etwas zu deutlich herausgearbeitetem Popo vor sich, aber sie verschwand neben Frau Gross aus Budapest, deren Schlafanzug sich eng an die leicht üppige Figur fest anschloss und die den Aufenthalt im letzten halbdunklen Zimmer auf einem breiten Lotterbett liebte, auf dem gewöhnlich noch rechts und links ein Bewunderer Platz fand. Neben dieser lebensgierigen, in Ungarn geschulten Liebeskünstlerin wirkte Evelyn schülerinnenhaft, schmal und viel zu intellektuell.

„Ich empfehle gewissenhafteste Prüfung dieser Anwürfe. Aufrichtig gesagt, mir kam Evelyn Goldscheider immer etwas blutarm vor, zu geistig für einen, geschweige siebzehn. Aber man kann sich täuschen. Jedenfalls war es schon damals merkwürdig, dass sie mit dieser etwas fleischigen Frau Gross zusammenhauste. Ich dachte, sie wollte bei Frau Gross Unterrichtsstunden nehmen, aber Frau Gross, hahaha, war doch mehr für Fortgeschrittene."

Emil, wurde von Fräulein Berger hereingeholt. Schollwitz wandte, bis sie die Tür hinter sich schloss, kein Auge von ihr.

„Sehen Sie, diese lebensfrohe Sekretärin – Fräulein Berger, wenn ich richtig gehört habe – hätte mehr Begabung zur Erziehung durch Frau Gross gehabt als diese eminent intellektuelle Evelyn Goldscheider. Diesem schweigsamen Fräulein Berger in ihrer gut ausgeschnittenen Bluse mit den durchsichtigen Ärmeln würde ich siebzehn Anbeter eher zutrauen als der kleinen fleißigen Kunsthistorikerin."

Emil, der Evelyn keineswegs reizlos fand, widersprach. „Und überdies liegen ja die Versicherungen an Eidesstatt von Monsieur Gérard und seinem Chef, dem Leiter der Fremdenpolizei für den Rayon des Parc Monceau vor."

„Auf Gérard gebe ich gar nichts", erwiderte Schollwitz brüsk, „sein Gutachten kostet dreihundert Francs. Hoffentlich haben Sie nicht mehr für ihn ausgelegt."

Emil erschrak. Klotz hatte mindestens das Zehnfache für Gérards Mitteilungen bezahlt. „Ich war bloß Zeuge der ergötzlichen Unterhaltung", sagte Emil, „ich werde mich hüten, mich auf so glattem Boden in Geldgeschäfte einzulassen."

„Sehr vernünftig, Herr Kronstein, nur die kostenlose Wahrheit ist zuverlässig, besonders in Paris. Und wer war der Funktionär, der die Siebzehnerliste bestätigte?"

„Gérard hat ihn uns gebracht, er ist Kommissar des Quartier du Parc Monceau."

„Haben Sie den schmieren müssen?"

„Ich pflege nicht zu schmieren, niemanden auf der Welt", erwiderte Emil indigniert. „Der übrigens nicht untergeordnete Funktionär ist ein Freund von Gérard und plauderte mit uns im Deutschen Bierhaus in der Rue d'Hauteville."

Schollwitz schnitt eine Grimasse: „Ein Freund Gérards? Das muss doch Geld gekostet haben."

„Am besten“, vermittelte Simon, „wäre es, wir fragen Klotz, der die Verrechnung übernommen hatte.“

Ja, dieses Verhör war Schollwitz erwünscht. Er war überzeugt, Klotz in zehn Minuten killen zu können.

Klotz ließ sich breit in einem Fauteuil nieder und wiederholte auf Schollwitzens zentrale Frage: „Die Geldabwicklung habe ich unserem Pariser Vertreter überlassen, Herrn Wendel.“

„Rufen Sie doch bitte Fräulein Berger herein“, bat Schollwitz, längst schon der Herren Kronstein müde, „wir wollen ihr ein Telegramm an den Pariser Korrespondenten aufgeben.“

Als Fräulein Berger frisch und durch ihre Zuziehung geschmeichelt mit ihrem Diktierheft in der Hand eintrat, riss Schollwitz sofort das Wort an sich: „Wir vertrauen Ihnen eine Aufgabe von höchster Wichtigkeit an, Fräulein Berger, dabei rechnen wir nicht nur auf Ihre selbstverständliche Amtsverschwiegenheit, sondern im Notfall auf Ihre strikte Weigerung, sich über diese Sache jemals zu äußern. Kein Mensch kann gezwungen werden, sich zu erinnern.“

Fräulein Berger blickte auf und sandte erst Schollwitz, dann dem sie fortwährend beobachtenden Simon je einen Blick tiefster Verbundenheit zu, dabei sagte sie, mehr zu Simon als zu dem Staatssekretär: „Sie können mir unbedingt vertrauen, glaube ich.“

Das Telegramm, das Schollwitz diktierte, lautete: „Welche Summen sind an Gérard und seinen Freund ausbezahlt worden? Erbitte abends telefonisch Bescheid. Simon.“

Klotz dachte: Ungefähr hätte ich das ohne Telegrammspesen angeben können. Aber ihn hatte ja Herr Baron Schollwitz nicht zu fragen geruht, und er war nicht geneigt, die Untersuchungsarbeit des Fremden zu fördern. Die ganze Methode des Staatssekretärs imponierte ihm nicht, er empfand sie als unlautere Konkurrenz. Wie dumm von Simon Kronstein, die Regierung in den Familienkonflikt einzuweihen. Er hörte noch, dass Schollwitz sagte: „Wenn Ihnen daran liegt, bin ich bereit, für drei bis fünf Tage nach Paris zu fahren. Ich bin überzeugt, dass ich die Sache rasch und vollkommen klären werde.“

Simon hielt ihm die offene Hand hin: „Einverstanden.“

Jetzt hielt es der Bruder für taktvoll, sich zu entfernen, und Klotz folgte ihm nach.

Simon schrieb einen Scheck über 20.000 Mark aus: „Wird das genügen?“

„Reichlich", antwortete Schollwitz, „nur um eine Kleinigkeit muss ich Sie noch bitten. Sie müssen mir eine Schreiberin mitgeben, ich will die Ergebnisse in Paris gleich festlegen."

Simon hätte jetzt am liebsten das graue Fräulein Riebuhr empfohlen, die sich all die Tage ohnedies arbeitslos durch die Büros schwätzte, aber es blieb ihm nichts anderes übrig, als das nun schon einmal eingeweihte Fräulein Berger vorzuschlagen.

„Wenn es meinem Ruf nicht schadet", witzelte der Staatssekretär.

Als Simon Fräulein Berger mitteilte, sie müsse am nächsten Tag mit Staatssekretär von Schollwitz nach Paris fahren, zeigte sie kein Symptom von Freude.

„Macht Ihnen denn die Reise keinen Spaß?", fragte Simon erstaunt.

Fräulein Berger sah den Chef keck mit schimmernden Augen an, dann wagte sie den Herzschuss und sagte mit der heiteren Courage, die so viele an ihr bewunderten: „Ich dachte, Herr Kronstein, Sie würden mir einmal Paris zeigen."

Es verschlug Simon die Sprache. Seine Hand tastete nach dem runden Arm, der durch die dünne Seide weiß schimmerte, und er stieß schwer das lustig gemeinte Wort aus: „Sie Spitzbube."

XIV.

Im Hause Kronstein gab es nicht nur Telefonverbindungen von Zimmer zu Zimmer und Rohrpostleitungen, die jede Sendung durch Luftdruck direkt in die Setzerei beförderten, auch die Warmluftheizungen durch alle Stockwerke verbreiteten immer die zur Arbeit notwendige Temperatur. Das Erstaunlichste aber war der Weg und die Schnelligkeit, wodurch jede Betriebsneuigkeit und sogar jedes Gerücht durch die sechs Stockwerke des umfangreichen Gebäudes flog. Gegen zwölf Uhr hatte die Konferenz mit Schollwitz begonnen, um ein Uhr war seine Pariser Reise in Begleitung des Fräulein Berger festgelegt worden, um zwei Uhr wussten sämtliche Redakteure und Diener, ja sogar ein großer Teil der auf die „Mittagspost" wartenden Kolporteure, dass der „Chef", Doktor Fritz Kronstein, aus dem Hause fliegen werde, weil seine Braut, Fräulein Doktor Evelyn Goldscheider, Spionin in französischen Diensten gewesen sei.

Als Emil Kronstein in des Redakteurs und Pfarrers Wüst Büro eintrat, fragte er ihn mit größter Selbstverständlichkeit: „Na, was sagen Sie dazu?"

Aber gerade das Zimmer von Wüst war, besonders wenn Fräulein Berger im Vorzimmer fehlte, wie abgesperrt gegen alle Flüsterstimmen des Hauses.

„Was meinen Sie?", fragte Wüst, aus seiner Schreibtischarbeit aufblickend.

„Na, die Enthüllungen über die schöne Evelyn."

„Enthüllungen? Was für Enthüllungen?"

„Das ganze Haus ist in Aufruhr. Evelyn Goldscheider war Spionin in französischen Diensten."

Wüst schlug auf den Tisch: „Wer hat denn das ausgebrütet? Ich kenne die Goldscheider sechs Jahre. Ich bin zu gleicher Zeit mit ihr in Paris gewesen, wir sind Freunde."*

„Dann sind Sie vielleicht gar der Achtzehnte. Im Ernst geredet, wir haben eine authentische Liste von siebzehn Liebhabern, die sie in Paris beglückt hat."

„Dummes Zeug", rief Wüst.

* Von dieser Bekanntschaft war allerdings bislang keine Rede.

Emil klopfte auf den Schreibtisch: „Nicht gleich unhöflich werden. Theoretisch stehe ich auf Ihrem Standpunkt. Wir haben gar kein Recht, die Vergangenheit der schönen Evelyn zu durchschnüffeln. Hätte sie sich vielleicht für den alten Doktor Friedrich Kronstein rein erhalten sollen? Aber siebzehn finde ich doch ein bisschen viel. Und darunter französische Militärs, das schickt sich nicht für eine Frankfurter Pazifistin. Das Schlimmste an der Sache ist, dass sie offenbar infolge von Dalles den französischen Nachrichtendienst mit deutschen Meldungen versehen hat."

Plötzlich stand Wüst ganz hart vor dem jüngsten Kronstein: „Sie sollten sich schämen, derlei Erbärmlichkeiten zu verbreiten."

Emil erschrak vor dieser Attacke. So nahe am Leibe fühlte er Nebenmenschen nicht gern. „Ich verbreite nichts", sagte er unsicher, „ich gebe wieder, was Klotz heute im Aufsichtsrat mit authentischen Belegen dargelegt hat." Erst in diesem Augenblick erkannte er, dass seine Neugier in Paris missbraucht worden war. Wie wenig Lust hatte er an der Jagd auf Evelyn, er hoffte, dass seine allerdings schweigende Mitwirkung zu niemandes Ohr je dringen würde.

„Mit amtlichen Belegen? Die will ich sehen!" Wüst drängte Emil Kronstein aus dem Weg und flog über den langen Korridor zu Klotz.

„Wollen sie nicht anklopfen oder sich vorher melden lassen?", fragte Klotz, der Gewitternähe spürte.

„Gerne bei nächster Gelegenheit. Im Moment will ich Sie fragen, welche amtlichen Belege Sie für die angebliche Spionage von Fräulein Goldscheider haben?"

„Ich bin Ihnen keine Aufklärung schuldig, Herr Wüst, aber wenn Sie Ihre Anfrage in höflicher Form vorbringen, will ich Ihnen trotzdem antworten." Eben war ihm eingefallen, dass Wüst vier Jahre als Pastor der deutsch-evangelischen Gemeinde in Paris gewirkt hatte und vielleicht Bescheid wusste oder wenigstens zu benutzen war. „Setzen Sie sich, lieber Wüst, wir sind beide keine Franzosenfresser wie die nationalen Idioten hier im Hause, wir sollten uns nicht unnötig befehden."

„Sehr schön und sehr gut, aber im Augenblick möchte ich Ihre amtlichen Belege kennen."

„Die kann ich Ihnen leider jetzt nicht zeigen, ich habe sie dem Staatssekretär von Schollwitz ausgehändigt, der wird sie morgen in Paris prüfen. Aber ich kann Ihnen sagen, dass ein hochgestellter

Beamter der Pariser Polizei mir die Angaben vor zwei Vertrauensleuten bestätigt hat. Es muss in dem Hause am Parc Monceau toll zugegangen sein."

„Unsinn", rief Wüst, „ich war unzählige Male am Parc Monceau. Die einzige Dummheit, die Fräulein Goldscheider beging, war, dass sie zu Hause immer im Pyjama herumging."

„Auch vor Colonel Bruneau."

„Den kannte sie kaum, das war ein Bekannter der Madame Gross."

„Jedenfalls unvorsichtig, mit dieser ungarischen Dame zusammen zu hausen."

„Wenn man in Paris allein ist und wenig Geld hat", sagte Wüst entschuldigend, „ebenso können Sie es mir als unvorsichtig ankreiden, dass ich diese vielverlästerte Wohnung betreten habe."

„Das war es wohl auch", plötzlich hatte Klotz richterliche Strenge im Ton.

„Ich habe moralische Ansteckung nie gefürchtet."

„Leider", sagte Klotz, „das hat Ihre Stellung oft erschwert. In Paris und hier."

Nun blieb Wüst nichts anderes übrig als zu schweigen. Klotz hatte recht, seine Anspielung auf den blamablen Vorfall im Restaurant des Deutschen Theaters saß. Kein Mensch und besonders kein geistiger Führer hatte das Recht, das Urteil der Nebenmenschen öffentlich herauszufordern.

Klotz geleitete den Beschämten an die Tür. „In vier, fünf Tagen ist Schollwitz hier und dann wird das endgültige Urteil nicht schwanken. Ich werde der letze sein, der etwa begangenes Unrecht nicht einbekennt. Aber ich fürchte allerdings ... Wir müssen uns übrigens einmal aussprechen, Wüst. Wenn es mit rechten Dingen zuginge, müssten Sie hier mein Waffenbruder sein."

„Im Allgemeinen gewiss, nur ihre Jagd auf die arme Goldscheider hat mich stutzig gemacht."

„Na, wir sprechen uns bald ausführlich." Klotz fand einen fast herzlichen Ton. „Heute ist Dienstag. Spätestens Sonnabend wollen wir uns gründlich aussprechen."

Emil Kronstein wartete in Wüsts Büro auf dessen Rückkehr: „Na, hat Klotz Sie überzeugt?"

„Vorläufig hat er mich auf Sonnabend vertröstet", antwortete Wüst.

„Ich verstehe Ihre Erregung sehr gut, Wüst. Sie sind, ob Sie es wollen oder nicht, eine erotische Natur wie ich. Die graziöse Evelyn tut Ihnen leid. Mir auch. Es ist grausam, was Klotz da unternimmt, aber eigentlich ist Evelyn ein Opfer meines Bruders Fritz, der hat den Krieg gewollt, nun ist er da mit allen seinen ..."

„Gemeinheiten", ergänzte Wüst.

„Ich fürchte, lieber Wüst, Sie machen sich hier im Hause unmöglich, ehe Sie noch recht warm geworden sind. Ein Politiker kann doch nicht ausschließlich moralisch regieren."

„Wenn ich das nicht darf und kann, dann verzichte ich auf die herkömmliche Politik", rief Wüst.

„Viele Bundesgenossen werden Sie in diesem Hause nicht finden."

„Dann pfeife ich auf das Haus Kronstein."

Emil drehte sich ängstlich um. Wenn das jemand gehört hätte. Gerade in diesem Moment trat Fräulein Berger ein.

„Ich wollte darum bitten, mich für drei, vier Tage zu dispensieren." Sie blickte bescheiden zu beiden, als sie ihr Anliegen vorbrachte. „Der Verlag hat mich beauftragt, Herrn Staatssekretär von Schollwitz nach Paris zu begleiten."

„So", sagte Wüst mit gerunzelter Stirn, „Sie beteiligen sich also auch an dieser gemeinen Hetze?"

„Herr Redakteur", antwortete Fräulein Berger vor Zorn errötend, „ich habe meine Pflicht zu tun und nicht zu fragen."

„Na schön", schrie Wüst, „so kundschaften Sie auch die siebzehn Liebhaber aus, wenn Sie die nämlich finden, was ich bezweifle. Eine edle Beschäftigung für eine junge Dame von heute."

„Ich habe zu stenographieren und zu tippen, sonst gar nichts. Die Vergangenheit des Fräulein Goldscheider interessiert mich nicht. Privat tut die Dame mir sogar leid." Damit verließ sie das Zimmer.

„Warum hauen Sie auf das arme Mädel los? Sie steht sicher auf Evelyns Seite. Wenn man ihr Leben durchsuchte, kämen vielleicht auch siebzehn Beziehungen heraus."

„Schweigen Sie", schrie Wüst, er fand heute nicht heraus aus dem aufgeregten Ton, „Fräulein Berger ernährt ihre Mutter, bei der sie wohnt. Muss denn hier jede Frau beschmutzt werden?"

Fräulein Berger trat noch einmal ein, es war möglich, dass sie die letzten Sätze gehört hatte.

„Herr Pfarrer“, sagte sie mit dem sanftesten Blick ihrer runden, schimmernden Augen, „draußen steht Herr Winkelhagen, der schon seit einer Stunde auf Sie wartet. Er hat einen Brief vom Deutschen Theater.“ Aus Diskretion sagte sie „Deutsches Theater“, obwohl sie die Handschrift von Erna Scholz auf den ersten Blick erkannt hatte.

„Herein mit ihm!“

„Darf ich hierbleiben?“, fragte Emil Kronstein.

Wüst sagte gerne Ja, denn er wünschte gar keine Unterhaltung unter vier Augen mit dem Studenten.

Winkelhagen geriet in äußerste Verlegenheit, als er einen Dritten im Zimmer gewahrte.

„Das ist Herr Emil Kronstein, der jüngste meiner Chefs“, stellte Wüst vor, „Sie wollten mir einen Brief geben?“

Wüst riss den Umschlag auf, las einen ganz kurzen, in Erregung hingeschleuderten Brief Ernas und erwiderte „mit unchristlicher Heftigkeit“, wie Winkelhagen später erzählte: „Nein, bedauere, ich komme nicht.“

Winkelhagen blieb wie angewurzelt auf seinem Platz stehen, er nahm auch den Brief, den Wüst zurückreichte, nicht an, er tat, als hätte er die Geste Wüsts nicht gesehen, und starrte zu Boden. „Haben Sie denn den Brief gelesen?“, stammelte er.

„Ja, und ich habe Ihnen ja auch klar meine Antwort gesagt.“

„Die Premiere ist Ihretwegen schon einmal abgesetzt worden. Fräulein Scholz wird auch Sonnabend nicht spielen, wenn Sie nicht kommen.“

„Wichtigkeit!“, erwiderte Wüst. „Dann wird eben eine andere Komödie aufgeführt werden.“

„So schwer hat sich Fräulein Scholz nicht an Ihnen versündigt“, sagte Winkelhagen leise.

„Es handelt sich um gar keine Versündigung, sonder darum, dass ich diese Theaterluft nicht einatmen will und damit basta.“

Winkelhagen stand wie eine Stemmfigur da. Weggehen? Aber das war ihm unmöglich. Dableiben? Wie konnte er das?

„Herr Pfarrer“, sagte er nachdenklich, „vielleicht steht ja mehr als eine Vorstellung auf dem Spiel, vielleicht sogar ein Menschenleben.“

Wüst hatte sich hinter seinem Schreibtisch verschanzt und eine Zeitung vorgenommen.

Jetzt hielt es Emil nicht länger aus, passiv zu bleiben, er ging auf Winkelhagen zu und sagte: „Gehen Sie nur, ich werde mit Herrn Wüst reden."

Zögernd wich der Student zurück. An der Tür sagte er: „Darf ich bitten, die Nummer Bismarck 1283 anzurufen?"

„Bismarck 1283 ... Ich telefoniere spätestens in einer Stunde", erwiderte Emil, „beruhigen Sie Fräulein Scholz ... Es wird schon werden. Ich bürge dafür, ich, Emil Kronstein." Er sagte sich die Nummer 1283 zehn- oder zwölfmal auf, das Gefühl, dass er diese Zahl seinem Gedächtnis für lange Zeit einverleiben müsse, verließ ihn nicht, und es tat ihm wohl, dass Wüst sich in einen Berg Zeitungen vertiefen konnte, statt ununterbrochen zu memorieren: 1283 ... 1283.

Als Wüst endlich aus den Zeitungen auf- und zu Emil hinüberblickte, fing der jüngste Kronstein an: „Ich verstehe Sie nicht, Wüst, manchmal kommen Sie mir wirklich wie ein verirrter Katholik oder nicht einmal wie ein verirrter vor. Was soll es Ihrem Seelenheil schaden, wenn Sie sich diese vorzügliche junge Schauspielerin als Klara anschauen?"

Wüst warf ihm Ernas Brief zu.

„Und wenn schon? Und wenn Sie schon nach der Vorstellung in ihrer Wohnung ein Glas Sekt mit ihr trinken? Was soll diese Genussfeindschaft, diese unnatürliche Askese? Eine der schönsten, vom Leben noch nicht geduckten Künstlerinnen bietet Ihnen eine schöne Stunde an. Es ist mir unerfindlich, wie man da den Spröden oder den Frommen oder den Sittlichen spielen kann. Wenn das ein katholischer Pfaffe tut, meinetwegen, aber Sie sind doch Protestant, Sie haben doch der Lebensfreude nicht abgeschworen."

Nichts wäre natürlicher gewesen, als wenn Wüst jetzt an die Tatsache seiner Ehe erinnert hätte, aber der Gedanke an seine hausfrauliche, ihm längst entwöhnte Gattin kam Wüst gar nicht. Hingegen sagte er mit der Bestimmtheit eines Mathematikers: „Ich will mich jetzt durch nichts ablenken lassen, ich gehöre der Politik und kann mich nicht auf kleine Abenteuer einlassen, das liegt mir nicht."

Kleine Abenteuer. Ja, war denn der Mann ganz blind? Erna Scholz, das Käthchen von Heilbronn, die Jungfrau von Orleans, morgen Hebbels Klara – das war doch kein kleines Abenteuer! Hunderttausend Berliner hätten ihn beneidet. Nun, sagte sich Emil, dem Manne fehlte die Leidenschaft des Blutes. Übrigens desto besser.

„Wollen Sie wirklich, dass die morgige Premiere noch einmal abgesagt wird? Sie verderben fünfzehnhundert Leuten einen schönen Abend. Kommen Sie wenigstens ins Theater, wir sitzen in einer Loge, meinetwegen ich vorne, Sie hinten, und zum Abendessen sagen Sie nach der Vorstellung ab. Das werde ich Ihnen schon arrangieren."

Einen Augenblick wollte Wüst die verdächtige Vormundschaft vollkommen ablehnen, ihm kamen alle Erinnerungen an die wochenlange Unerträglichkeit nach dem ersten Zusammentreffen mit Erna, vor allem die Erinnerung an die nicht zu bändigende Unruhe, an seine innere Zerrissenheit während dieser überwundenen Tage, und so tat er die Versuchung von sich und sagte: „Gut. Wie Sie wollen, wir gehen in eine Loge und dann nach Hause."

Ganz genau so hatte es Emil Kronstein nicht vorgeschlagen, er dachte: In die Loge setzen wir uns zusammen, dann kannst du, langweiliger Patron, schlafen gehen.

Fünf Minuten später rief er die Nummer Bismarck 1283 an. Die Stimme des schönen, blondesten Mädchens meldete sich bloß mit dem Vornamen, sie hatte wohl Wüst erwartet, und Emil Kronstein konnte berichten, dass es ihm gelungen war, die allerdings schweren Hindernisse Wüstens zu überwinden, sie wisse doch, sie stünden jetzt in einer nationalen Krise und die Stimme von Wüst sei im Redaktionschor nicht mehr zu entbehren. Hoffentlich werde er auch nach der Vorstellung frei sein.

„Dank, von ganzem Herzen Dank", antwortete Erna Scholz, „und ich bitte Sie, zu dem kleinen Imbiss nach der Vorstellung mitzukommen."

„Doch kein großer Rummel?", fragte Emil.

„Nein, nein, fürchten Sie nichts, und auch Herr Wüst soll nichts fürchten. Nur vier oder fünf Leute."

„Danke ergebenst", erwiderte Emil, „je weniger, je wärmer, wenn ich so sagen darf."

Erna wurde plötzlich ungeduldig: „Also auf morgen, Herr Doktor."

Emil trat auf die Friedrichstraße. Ein Zeitungsständer war umringt von Käufern. Es war, wie Emil sofort feststellte, kein Kolporteur der „Mittagspost", sondern ein Zeitungsverkäufer, der ein Skandalblatt nicht einmal ausrief, sondern ohne Geschrei reißend absetzte. Emil sah auf die erste Seite. Da stand in fürchterlich suggestiven Lettern:

Die Spionin des Hauses Kronstein.
Fritz Kronstein muss zurücktreten.
Die Orgien vom Pariser Parc Monceau.

Emil scheute sich, das Blatt auf offener Straße zu lesen. Ein Bekannter hätte es sehen und ihn dabei grüßen können. Das ist nun auch Presse, sagte er sich, und damit kann man auch Geschäfte machen. Er trat in ein menschenleeres Haustor und sah sich das unangenehme Blatt, es hieß „Fackel", näher an. Alles, was Klotz ein paar Stunden zuvor unter dem Siegel der Verschwiegenheit dem Aufsichtsrat mitgeteilt hatte, war hier schwarz auf weiß zu lesen, nur noch ergänzt durch Enthüllungen über „die Compagnonin Evelyns", Frau Gross, die auch in einem nicht gerade dezenten Badekostüm abgebildet war. Der erste Gedanke Emils war: Wer hat dieses Bubenstück veranlasst? Sein zweiter Gedanke war: Klotz. Es war für den kriminalistisch Denkenden verdächtig, dass der Artikel mit einem unvermittelten Angriff auf Klotz schloss. Offenbar sollte auf diese Art die Spur des Enthüllers verschleiert werden. Zum ersten Mal empfand er starke Teilnahme für die so frech verlästerte Evelyn. Der Einzige, dem er den Überfall gönnte, war sein „hochnäsiger" Bruder Fritz. Seine Stellung war durch diese Bombe in die Luft geschleudert. An sein Verbleiben war schon jetzt nicht mehr zu denken. Es tat nicht gut, dachte er, Klotz zum Feind zu haben. Diesen nicht gerade wählerischen Gegner musste man vorsichtig torpedieren.

Gerade als Emil Kronstein aus dem Hause trat, stieß er auf Klotz.

„Na, was sagen Sie?", Klotz hing sich an Emils Arm.

„Sehr unangenehm. Das verschafft der Goldscheider viel Sympathie."

„Will ich nicht sagen", überlegte Klotz, ohne seine dicke Zigarre aus dem Mund zu nehmen. „Spionin ist Spionin. Für den Verlag ist sie jetzt auf jeden Fall untragbar."

In diesem Augenblick hätte Emil Kronstein schwören können, dass die Enthüllung von Klotz bis ins Detail inspiriert war. Er hütete sich jedoch, seine Meinung in dieser Richtung zu äußern und sagte nur, indem er sich langsam aus Klotzens Arm löste, vorgeblich, um eine Zigarette anzuzünden: „Wissen Sie, von einem solchen Skandalblatt mit Dreck beschmissen zu werden, das hebt die Sympathien für die Überfallenen, insbesondere für eine Frau."

Klotz sah ein, dass er sich mit dem Schmutzblatt nicht solidarisch erklären durfte: „Na, was sagen Sie denn zu dem Angriff auf mich?"

Emil antwortete so ahnungslos wie möglich: „Sie sind auch angegriffen?"

„Na hören Sie, der ganze letzte Absatz."

„Ach", antwortete Emil kühl, „das hätten die Leute in die fette Inschrift auf die erste Seite setzen müssen. Wer liest denn solches Geschmier zu Ende!"

„Richtig", erwiderte Klotz mit etwas erzwungener Lustigkeit, „das ist eine Kränkung durch die Herren Sudler. Ich werde verlangen, dass die Herren mich das nächste Mal schon auf der ersten Seite verleumden."

Emil ging auf den scherzhaften Ton ein: „Kann noch geschehen. Das alles sind ja Fragen des Geldes oder der journalistischen Beziehungen."

Klotz hatte genug: „Ich gehe zu Kempinski. Kommen Sie mit?"

„Leider muss ich nach Hause", Emil hatte nicht das geringste Bedürfnis, sich heute irgendwo mit Klotz öffentlich zu zeigen.

Um sechs Uhr abends stürzte Evelyn in Pfarrer Wüsts Redaktionszimmer. Er war im schwarzen Gehrock schon für das Theater hergerichtet und erschrak über ihr Aussehen: „Was ist denn los, um Gottes willen?"

„Sie sind imstande, nichts zu wissen, der einzige Unwissende in Berlin? Also hören Sie, Fritz hat auf dem Bahnsteig in Dresden die ‚Fackel' gekauft. Er bekam einen schweren Gallenkrampf und ich musste ihn im Sanitätswagen nach Hause befördern."

„Was ist die ‚Fackel'?"

„Wüst, Sie werden ewig ein reines Kind bleiben. Da, lesen Sie", und sie schob ihm das zerknitterte Blatt auf den Schreibtisch.

„Niederträchtig", murmelte Wüst, „das ist dasselbe Zeug, das Klotz heute Vormittag den Kronsteins unter dem Siegel tiefster Verschwiegenheit erzählt hat."

„Klotz", flüsterte Evelyn fast ohnmächtig, „das dachte ich im ersten Augenblick."

„Aber diese Gemeinheit geht nicht von ihm aus“, versuchte Wüst zu begütigen, „diese Schmutzwelle kommt aus Paris.“

„Sicher war Klotz in Paris.“

„Allerdings, das war er. Aber er selbst wollte die Gerüchte überprüfen lassen und zwar durch Staatssekretär von Schollwitz, der heute nach Paris gereist ist.“

Evelyn atmete auf: „Schollwitz?“, nun, der würde sie nicht verkaufen und verraten. „Wie kommt denn Schollwitz dazu?“

„Ich glaube, Simon Kronstein will ihn zum Vorsitzenden des Aufsichtsrates oder des Vorstandes machen, ich kenne mich da nicht so aus.“

Plötzlich überfiel Evelyn ein Weinkrampf. Sie fiel in einen Fauteuil und es schüttelte sie. Schreien und Weinen und misslingende Sprechversuche – erbarmungswürdig schien Wüst der in Krämpfen zuckende, nicht zu beruhigende Körper.

Die Tür öffnete sich, Emil trat in Frack und weißer Krawatte ein. Er erkannte Evelyn nicht gleich. Zum ersten Male sah er sie in der Nähe, er konnte das herzzerreißende Schluchzen nicht hören und fragte Wüst: „Ich glaube wir müssen einen Arzt holen ... Das arme Kind.“

Sofort sprang Evelyn auf: „Keinen Arzt! Und ich werde mich gegen Sie und die ganze Brüderbande schon zu wehren wissen.“ Nun kam der Weinkrampf wieder: „Wenn nur Fritz das alles überlebt. Schonen Sie Ihren Bruder, nicht mich.“

Emil hatte die zerknitterte „Fackel“ auf dem Schreibtisch Wüsts bemerkt. Er näherte sich der immer noch wild schluchzenden Evelyn und wiederholte drei- oder viermal: „Fräulein Goldscheider, wir stehen dieser niederträchtigen Publikation ganz fern.“

Evelyn, so wild sie schluchzte, war bei voller Besinnung: „Aber euer Klotz hat doch das alles angerichtet ... Ihr Klotz ... Jawohl, Ihr niederträchtiger Klotz.“

Emil konnte nichts erwidern. Ein Streit mit einer Hysterischen war sinnlos. Und was sollte er auf die Anklage gegen Klotz erwidern, den er selbst ja auch für den Anstifter der „Dummheit“ hielt?

„Wir müssen ins Theater, Wüst, wir kommen sonst zu spät.“

Da Wüst zu zögern schien, schrie Evelyn wie eine Besessene: „Natürlich müssen Sie ins Theater, Wüst ...“ Und dann rief sie zu einem unsichtbaren Zuschauerkreis: „Und das war einmal ein Christ!“

Wüst zog schweigend den Überrock aus und legte den Hut in den Schrank.

„Sie müssen allein gehen, Herr Kronstein, ich kann Fräulein Doktor heute nicht allein lassen."

Emil empfahl sich. Es kann nicht gesagt werden, ob er diesen Zwischenfall als freundlichen Wink des Zufalls ansah.

Im Deutschen Theater verursachte das verspätete Erscheinen von Emil Kronstein eine kleine Störung. Die erste Reihe der Parkettloge 8 war besetzt und Emil musste erst mit Hilfe eines Sitzanweisers den unberechtigten Platzeinnehmer hinausweisen, um sich auf den von ihm erworbenen Fauteuil niederzulassen. Die Leute im Parkett drehten sich nach dem Zuspätkommenden um, sogar auf der Bühne wurde sein Kommen bemerkt. „Sssst, Ruhe", zischten die Enthusiasten, und plötzlich hörte Emil die Stimme Philipps: „Wer stört? Natürlich mein Bruder Emil." Der Vorfall gestattete Emil, sich die ihm zugedrehten Gesichter im Parkett anzusehen. In der zweiten Reihe entdeckte er seine Neffen Erich und Bernhard, ein paar Reihen dahinter saß sein Bruder Philipp mit einer schönen, fremden, etwas auffälligen Dame, deren tiefer Rückenausschnitt die Blicke aller Nachbarn auf sich zog. Gott weiß, wo Philipp das wieder aufgegabelt hatte, dachte Emil. In der zweiten Reihe saß Simon, der sonst kein Theaterfreund war und den namentlich Tragödien zum Einschlafen ermunterten. Sogar Heinrich war in einer Loge mit seiner dürren, spitzen Gattin erschienen, die mit ihrem altväterlichen Haarkrönchen wie eine Handarbeitslehrerin, nicht wie eine mächtige Verlegerfrau aussah.

Nach dem ersten Akt trafen sich die Brüder im großen Spiegelsalon, der als Foyer diente. Die Herren in Frack, die Damen in Abendkleidern, drängten zu der langen Bank, auf der volle Biergläser und heiße Würstel verkauft wurden. Das Gedränge war so ungezähmt, dass einige Damen, denen die Kleider abgetreten wurden, aufschrien und Herren, die mit Biergläsern und Wursttellern zurückdrängten, Beschimpfungen austeilen und erdulden mussten. In einer Ecke hörte man eine Ohrfeige klatschen.

„Entsetzlich", sagte Emil zu Simon, die beide im Gefühle ihrer Frackwürde beiseite standen, „versteht man diese Berliner? Eben waren sie noch toll vor Kunstbegeisterung und schon sind sie mitten im wildesten Bierkampf drin."

„Hast du die ‚Fackel' gesehen?", flüsterte Simon dem jüngsten Bruder hinter der vorgehaltenen Hand zu.

„Das ist Klotz' Geschoss", zischelte Emil.

„Nein, so dumm ist Klotz nicht", flüsterte Simon.

Die junge Generation, Erich und Bernhard, näherte sich den Onkeln.

„Onkel Fritz ist nach dieser ‚Fackel' erledigt", sagte Bernhard gleichmütig, sein blasses, ledernes Gesicht verzog sich nicht.

„Kinder", sagte Heinrich, der mit seiner dürren Gattin herangetreten war, „redet kein Wort über die Affäre ... Ihr seht doch, alles begafft und belacht uns. Am besten ist es, wenn wir uns im Saal verteilen."

„Sehr richtig." Es war Simon, der diese Taktik bekräftigte. In der Tat standen die Leute mit Biergläsern in der Hand rund um die Brüder Kronstein und suchten mindestens durch Beobachtung, wenn nicht durch Lauschen, zu ergründen, was die mächtigen, im Augenblick so schwer attackierten Verleger sagten und was für Gesichter sie machten, sorgenvolle wie Heinrich oder heitere wie Emil.

Ein Rechtsanwalt, der wegen seiner Zwischenaktbemerkungen schon einmal aus dem Theater gewiesen worden war, scherzte, direkt vor Simon stehend: „Das ist das richtige Stück für den Kronsteinverlag. Nur hätte man es bearbeiten sollen. Über siebzehn Vorgänger – darüber kommt kein Mann hinweg."

Simon, schon durch die bedrängende Nähe des Spötters gereizt, sagte zu Emil ziemlich laut: „Wie groß muss ein Honorar sein, das den Mund eines Berliner Rechtsanwalts zum Schweigen bringt?!"

Um einen Zusammenstoß zu vermeiden, hängte er sich in Emils Arm und drängte die Treppe hinunter in den Theatersaal.

Emil, sonst der Schlagfertigste von allen, war heute merkwürdig einsilbig. Die Scholz als Klara schlug ihn ganz in Bann. Sie war wie eine Arbeiterin am Sonntag kostümiert, ein ganz einfaches, den jungen, eben erblühten Körper fest umschließendes Kleid gab ihr, fand Emil, mehr erotische Anziehungskraft als eine ausgeschnittene Robe. Sie hatte das raue Schwarz des schlichten Kleides bloß durch einen weißen Halskragen belebt und man sah nur ein ganz kleines Dreieck blühenden Fleisches unter dem freien Hals. Die Ärmel lagen eng um ihren Arm und auch sie waren mit weißen Manschetten aufgeputzt.

„Wenigstens eine kleine alte Goldbrosche hätte sie auf der Brust tragen sollen“, sagte Philipp zu Emil.

„Die kannst du ihr ja schenken“, sagte Emil, „ich glaube übrigens, die Scholz hat durch die Schmucklosigkeit andeuten wollen, dass sie für Gold nichts übrig hat. Die muss man wohl auf anderem Wege erobern.“

Philipp nahm den Arm seiner den Brüdern unbekannten Freundin und sagte zu Emil: „Ich habe nicht die Absicht, dir ins Gehege zu kommen. Dir oder Wüst, der doch als ihr Eigentümer oder Pächter gilt.“

Emil, der selbst sonst zu frechen Zynismen neigte, brummte Philipp zornig zu: „Du redest wie ein Schmutzfink der ‚Fackel‘.“

„Nanana, nur nicht gleich so grob. Hast du vielleicht dem Wüst die Scholz abgenommen?“

„Mit dir kann man über solche Dinge nicht sprechen. Die Scholz nimmt man nicht ab.“

„So?“, erwiderte Philipp. „Gerade heute hat mir der Theaterkritiker der ‚Mittagspost‘ erzählt, dass der Herr des Deutschen Theaters ihr monatlich 400 Mark bezahlt. Damit kann sie nicht auskommen, selbst wenn sie noch eine Pfarrerzulage erhält.“

„Adieu“, Emil wandte sich von seinem Bruder mit einem Ruck ab: „Du redest über alle Frauen wie über deine Weiber.“

Die schöne Begleiterin kniff Philipp in den Arm. War es schon verletzend, dass ihr der Bruder nicht einmal vorgestellt worden war, so konnte sie diese Beschimpfung, die ganz laut neben ihr gesagt wurde, nicht hinnehmen.

„Lässt du mich beleidigen?“, fragte die aufgedonnerte Schöne.

„Mach keinen Kokolores“, erwiderte Philipp phlegmatisch, „niemand hat an dich gedacht. Und übrigens bist du gerade so Künstlerin wie Fräulein Scholz, auch wenn du Operette singst. Das Genre ist Nebensache. Nur, dass wahrscheinlich deine Beine besser sind.“

Die Operettensängerin verschluckte ihre Antwort. Er wird es büßen, dachte sie, übermorgen brauche ich 4.000 Mark.

Als sie einige Minuten nebeneinander standen, ohne dass das Gesicht der Operettendame sich aufheiterte und ohne dass ein Wort zwischen ihnen gefallen war, fragte Philipp unvermittelt: „Wie viel brauchst du denn schon wieder? Solche Gekränktheiten sind doch bei dir immer Einleitungen.“

Die Sängerin gab ihm einen Stoß, unbekümmert um die Zuschauer der Szene, dass er fast gefallen wäre: „Gemeiner Kerl", sagte sie, „ich gehe jetzt, wehe dir, wenn du dich noch einmal bei mir blicken lässt."

Im nächsten Akt saß Philipp schlecht gelaunt neben einem leeren Parkettsitz. Er schaute zornig zu Emils Loge hinüber und dachte: An allem ist dieser taktlose Schwärmer schuld. Nach dem Fallen des zweiten Vorhanges stand er von seinem Sitz auf, nahm den Hausschlüssel aus der Hosentasche und pfiff schrill und andauernd. Emil, der jede Publikumsregung mit leidenden Nerven abhorchte, brauchte eine Weile, bis er den wilden Pfeifer als seinen Bruder agnoszierte, er riss die Logentür auf, lief zu Philipp hinunter und schrie: „Willst du öffentlich ein paar Maulschellen? Wie kannst du uns als Verleger durch solche Demonstrationen bloßstellen? Was hast du denn gegen die Scholz?"

„Jeder hat das Recht, begeistert oder enttäuscht zu sein. Ich finde deine Pfarrersbraut affektiert."

Emil überlegte kurz: „Finde Sie, wie du willst, aber wenn du noch einmal den Hausschlüssel hervorziehst, sind dir Ohrfeigen sicher, vorsichtshalber bleibe ich neben dir." Er stellte sich auf den leeren Sitzplatz und applaudierte wie ein Besessener, dass es Philipp in den Ohren dröhnte. Endlich schien Erna oben auf der Bühne seine Demonstrationen zu bemerken und ihm deutlich ein klein wenig zuzunicken. Emils Applaus weckte die Begeisterung der anderen noch einmal und die Scholz musste sich ein Dutzendmal vor dem Vorhang verneigen.

Als Emil den Blick von der Bühne wegwandte und zu Philipp sagen wollte: „Eigentlich ist der ganz große Erfolg deinem einsamen Hausschlüssel zu danken", da gewahrte er, dass sein Bruder den Sitz und, wie sich bald herausstellte, das Haus verlassen hatte.

Nach dem Schluss der Vorstellung ließ Emil seinen blinkenden großen Wagen vor den Bühnenausgang fahren. Es tat ihm wohl, dass er im Gedränge der wartenden Enthusiasten den Studenten Winkelhagen entdeckte.

„Fräulein Scholz besitzt doch keinen Wagen?", fragte er den Studenten etwas unsicher. „Dann wollen Sie vielleicht die Güte haben, ihr zu melden, dass mein Auto sie hier erwartet."

Winkelhagen erwiderte mürrisch: „Ich pflege nicht, in die Garderoben der Künstlerinnen zu schleichen. Der Portier wird Ihre Botschaft besser übermitteln können."

Das ist ein Feind, fühlte Emil Kronstein, er schickte den Bühnenportier in die Garderobe von Erna Scholz und setzte sich im Auto auf den Führersitz. Winkelhagen stand ein paar Schritte daneben, aber die beiden wechselten kein Wort mehr. Die Lichter im Hause und die Bogenlampen auf der Straße wurden gelöscht. Allmählich hatten die meisten Darsteller, Garderobenfrauen und Bühnenarbeiter das Theater verlassen, auch der Schwarm der Enthusiasten hatte sich gelichtet. In einer dunklen Tornische stand noch immer Winkelhagen, zeitweilig von Emils grellen Autoblendlichtern beleuchtet.

Plötzlich war Erna Scholz an dem geschlossenen Mercedes.

„Steigen Sie schnell ein, Verehrteste, und nehmen Sie doch Herrn Winkelhagen mit, der sich im Dunkel der Tornische verbirgt."

„Winkelhagen", rief Erna mit ihrer hellen, gebieterischen Stimme. Da saß der Student schon neben ihr im Wagen.

Emil musste den schweren Mercedes aus der engen Seitenstraße herauslotsen. Er konnte auf seinem Vordersitz trotz eifrigen Bemühens nicht verstehen, was die beiden hinter ihm im Grunde des Wagens flüsterten.

Nur einmal hörte er die Frage Ernas: „Also war Wüst gar nicht im Theater?" Die Antwort Winkelhagens verschlang der Lärm der hupenden Autos, vielleicht hatte der Student mit den Schultern gezuckt.

Emil Kronstein hielt vor dem Hause in der Budapester Straße, sprang ab, riss die Tür auf, zog den Hut wie ein Berufschauffeur seine Kappe und half Erna Scholz beim Aussteigen.

„Sollen wir wirklich hinaufkommen?", fragte Emil fast demütig.

„Sie werden mich doch jetzt nicht allein lassen", antwortete Erna und hatte gerade noch Zeit, den davonschleichenden Winkelhagen wie einen schlecht dressierten Hund mit einem Befehlsruf zurück zu dirigieren.

Als die drei im Lift hinauffuhren fragte Erna: „Winkelhagen, wollten Sie sich wirklich drücken? Ich finde, es genügt, dass Herr Wüst sich mutlos gedrückt hat."

Fünf Minuten lang, bis man sich an den geschmückten Tisch setzte, redete man von Wüst, der durch den Fackelartikel im letzten

Augenblick zurückgehalten worden war, dann begannen Erna und Winkelhagen hastig und Emil zuletzt und widerstrebend zu trinken.

„Sie fangen mit Sekt an?", fragte Emil beinahe ängstlich.

„Nach einer Premiere kann ich nicht Wasser trinken." Erna war schon beim dritten Sektglas, Winkelhagen hielt mit und nur Emil, nüchtern wie alle Kronsteins, hatte nicht einmal das erste Glas geleert.

„Ist Wüst feige?", fragte Erna, schon gut gelaunt.

Der Student lachte höhnisch: „Nee, er ist ein Mann, der an seine Karriere denkt."

„Das wäre keine Sünde", sagte Erna. „Herr Kronstein, schenken Sie sich doch auch ein. Apropos, wer war denn der ekelhafte Kerl mit dem Hausschlüssel, den Sie gebändigt haben?"

„Ein armer Frauenknecht. Er musste pfeifen, weil seine Freundin böse geworden ist."

„Die Conellie? Das ist doch sozusagen meine Kollegin, die fescheste Soubrette vom Operettentheater. Die kann mir doch nicht böse sein, die hat doch viel schönere Beine als ich."

„Bein und Kopf sind selten Freunde", sagte Winkelhagen so tiefsinnig, wie er nach dem dritten Glas zu werden pflegte.

„Falsch", sagte Erna, „mein Kopf freut sich an so schönen Beinen. Warum sollte sie mich hassen? Und übrigens ist es nicht weit her mit meiner Kopfarbeit. Ohne eine Zettelpredigt von Wüst hätte ich die Klara nie spielen können. Er hat mir erst ein Licht aufgesteckt."

„Sie waren ein Genie", rief Winkelhagen mit fliegenden Strähnen, „ehe Sie Wüst kannten, und Sie werden es sein, wenn Sie ihn längst vergessen haben werden." Er dachte an die Zeit, da Erna von ihm inspiriert worden war. Wer hatte die „Jungfrau von Orleans" mit ihr studiert und wer das „Käthchen von Heilbronn"? Doch er wollte nicht deutlicher werden.

„Ja", antwortete Erna, „wenn man sehr jung ist, dann folgt man jedem Feuergeist. Ihr Wohl, Winkelhagen, im Grunde verdanke ich Ihnen alles."

Der Student stürzte das Glas in einem Zug hinunter. „Feige war ich nie", sagte er jetzt, „und die einzige Karriere, die ich machen wollte, war die Ihre."

Aber Erna hörte ihm schon nicht mehr zu, sie war schon bei ihrer neuen Rolle. „Wissen Sie, Herr Kronstein, was meine neueste Rolle ist? Die Kameliendame. Ich freue mich rasend darauf. Diesmal will ich nicht im schwarzen Arbeiterinnenkleid kommen, sondern in feinsten belgischen Spitzen. Dazu brauche ich einen Mann von Geschmack. Sie sind ein Genie, Winkelhagen, aber zu einer großen Schneiderin können Sie mich nicht führen."

„Auch Wüst nicht", sagte Winkelhagen.

„Wer redet von Wüst? Er war heute nicht da und es ist doch ganz gut gegangen. Nur der Kritiker der ‚Mittagspost' wird mich verreißen. Er war mit seiner hässlichen, dicken Frau im Theater, und die Kritikerfrauen hassen mich. Man müsste den Rezensenten verbieten, mit ihren Weibern ins Theater zu gehen. Auf dem Umweg über den Mann rächen sie sich für ihre eigene Hässlichkeit ..." Lachend fragte Erna: „Sind Sie verheiratet, Herr Kronstein?"

„Nein, und es besteht auch keine Aussicht."

„Gott sei Dank!", sagte die Scholz übermütig. „Dann könnten Sie mir doch bei der Kameliendame helfen."

Emil reagierte sofort mit Kronstein'schem Misstrauen: „Gern", antwortete er trocken, nicht gerade begeistert.

Erna hatte etwas anderes erwartet. Plötzlich fiel ihr eine böse Antwort ein: „Ich möchte einmal eine junge Person spielen, die achtzehn Liebhaber gehabt hat."

„Achtzehn?"

„Ja, noch einen mehr, als in dem Klatschblatt steht. Und der neunzehnte, Armand, der berühmte Armand, wird zum Schicksal der Kameliendame. An dem stirbt sie. Ich glaube, die Berliner würden das jetzt verstehen. Aber dazu brauche ich Toiletten ... Toiletten ... Die zahlt mir der Meister nicht."

Emil fand das etwas plump, er dachte sogleich an Flucht. Erna war gerade aufgestanden. In diesem unbeobachteten Moment sagte er zu Winkelhagen: „Es ist schon halb zwei. Ich habe morgen um neun Uhr eine Sitzung."

Als Erna gleich wieder erschien, sagte der Student verräterisch: „Herr Kronstein hat morgen um neun Uhr eine wichtige Sitzung."

„Ach, Sie wollen gehen, Herr Kronstein? Sitzung? Arbeit? Natürlich, das konnte ich erwarten. Deutsche Männer haben immer Sitzungen." Sie war nicht mehr dazu zu bewegen, Platz zu nehmen. „Trinken Sie aus und ich begleite Sie zum Lift."

„Ich habe keine Sitzung", beteuerte Winkelhagen, „ich gehöre zu den wenigen Deutschen, die noch nie eine Sitzung gehabt haben."

„Sie irren, lieber Freund, auch Sie sind ein Sitzungsdeutscher. Damals, als Sie in Ihr Landerziehungsheim flüchteten, hatten Sie täglich Sitzungen ... Nein, nein, gute Nacht, lieber Kronstein, und nehmen Sie die Beruhigung mit, ich werde die Kameliendame nicht spielen. Der Spaß käme mich – mich! – zu teuer. Gute Nacht und kommen Sie gut nach Hause."

Mit einem Schlag war sie entsetzlich nüchtern.

„Habe ich sie verletzt?", fragte Emil auf der Straße den Studenten.

„Verletzt? So nahe stehen Sie ihr nicht und ich fürchte oder hoffe, Sie werden ihr auch nie so nahe stehen. Ehrlich gesagt, ich glaube, sie braucht Geld, weil das Deutsche Theater sie schändlich bezahlt, aber da können Sie ihr auch nicht helfen."

„Doch, doch", sagte Emil Kronstein nach einer Pause, „ich werde eine Reportage über die Entlohnungen im Deutschen Theater veranlassen."

„Ausgezeichnet!", Winkelhagen musste sich an der nächsten Ecke verabschieden.

Es kam Emil Kronstein vor, als hörte er in der stillen Großstadtnacht aus weiter Entfernung ein unbändiges Gelächter. Er sah sich lange nach allen Seiten um, aber er sah weit und breit keinen Lacher und er entdeckte auch nicht die Herkunft des Gelächters. Wahrscheinlich war das alles Einbildung gewesen.

XV.

Wüst saß nun schon zwei Stunden auf einem harten Redakteurssessel neben der Ottomane, auf die sich die noch immer schluchzende Evelyn geworfen hatte. Einige Male hatte er ihre Hand ergriffen, doch die fühlte sich eiskalt und abgestorben an, so legte er ihre Hand behutsam auf das Kissen neben das verweinte, verschwollene Gesicht der nicht zu Besänftigenden. Immer wieder rechnete ihm die Verzweifelte vor: „Von den siebzehn, die mir angedichtet werden, kenne ich vierzehn überhaupt nicht. Mit dem Colonel Bruneau habe ich keine zehn Worte geredet, er empfand mich immer nur als Störung." Wieder kamen ihr die Tränen: „Der Arzt, der auf der Liste steht, dieser Doktor Baloton, sprach überhaupt nur Ungarisch. Vielleicht war er ein Freund der Gross, ich habe ihn nur als ihren Hausarzt gekannt, und gar der arme dicke Onkel Hirschberger, ein Freund von Papa, der uns Westfälischen Schinken und Frankfurter Würste brachte, wenn Papa fürchtete, dass wir am verhungern waren. Der Conte Scapinelli hat mich leider, zusammen mit der Gross, gemalt. Das ist das Einzige, was ich heute bereue. Er hat gewiss das Bild an Gérard oder Klotz verkauft. Es wird wahrscheinlich noch irgendwie publiziert werden und es wird Fritz furchtbar kränken, denn wir hatten beide, die Gross und ich, nicht viel an. Wenn Fritz das Bild sieht, wird er sehr leiden. Er ist ja ein Bürger und soll ein Bürger bleiben. Armer Fritz!" Sie fiel wieder in nicht zu bändigende Weinkrämpfe. „An diesem Bild geht er zugrunde und ich mit ihm."

Wüst wusste keinen Trost und keine Antwort. Eigentlich dachte er: Wie konnte eine gebildete anständige Frau sich nackt oder beinahe nackt malen lassen?

Evelyn sah unter einem Tränenschleier zu ihm hinüber: „Das können Sie auch nicht verstehen. Eine Kunsthistorikerin findet an einem Aktbild nichts Schlimmes, obwohl ich heute ein Vermögen dafür gäbe, wenn ich es mit einer großen Schere zerschneiden könnte."

Wüst konnte sich nicht zurückhalten zu sagen: „Das Schlimmste ist die Nachbarschaft dieser Frau Gross. Die war doch keine Kunsthistorikerin."

Was keinem Trostwort gelungen, das erreichte diese Bemerkung Wüsts. Evelyn sprang auf, die Tränen waren weg, sie schrie rasend über „diese unsagbar dumme Bemerkung": „Wissen Sie, wie viel vornehme und unberührte Frauen in der Vergangenheit und heute noch in Paris und London und Wien sich von großen Malern nackt malen lassen? Was bleibt denn zuletzt von der Schönheit mancher Frau als eben ihr Bild?! Lebten wir in einer freien Welt oder in einem mutigen Zeitalter, so stieße sich kein Gebildeter am Akt einer schönen Frau. Gegen das Bild des Scapinelli lässt sich nur sagen, dass er ein italienischer Patzer war, dem wir junge Gänse vorschnell aufgesessen sind. Er hat von Anfang an ein schmähliches Geschäft im Auge gehabt und ich blöde Gans glaubte seinem Kunstgeschwätz. Das werfe ich mir heute vor, und deshalb kann ich mich vor dem armen Fritz verteidigen. Ich büße die Urteilslosigkeit meiner zwanzig Jahre ... Aber wir sitzen da und schwätzen, indes Fritz wahrscheinlich Höllenqualen leidet. Kommen Sie, wir fahren sofort zu ihm."

Evelyns Anfall war vorbei. Sie ließ eine Autodroschke kommen und Wüst musste sie zu Fritz Kronsteins Villa begleiten. Der Pfarrer, glücklich, sie wieder aktiv und frisch und rotwangig zu sehen, folgte ihr gehorsam.

Fritz Kronsteins Villa lag im neuen Westen. Hellgrüner Rasen und schmale hohe Pappeln umgaben das einstöckige weiße Haus. Die grünen Holzfenster waren fest geschlossen, das Tor war versperrt. Die Lautlosigkeit eines unbewohnten Schlösschens, das ein paar Jahre zuvor in einer stillen Nebenstraße des Westends gebaut worden war, wirkte in der Abenddämmerung wie unbewohnt und ausgestorben. Bloß ein paar Hunde bellten aus dämmriger Ferne.

Als Evelyn am Tor läuten wollte, entdeckte sie ein großes, offenbar in der Kronsteindruckerei hergestelltes Plakat: „Es wird gebeten, nicht zu läuten." Aber an dieses schwere Eichentor zu klopfen, war sinnlos. Eine Zeitlang standen die beiden unentschlossen vor dem Parkgitter. Dann trat Evelyn durch die schmiedeeiserne Gartentür und winkte ihrem Begleiter. Sie näherten sich dem Hauswart, der Evelyn kannte und sie aus seinem Kellerfenster begrüßte.

„Ich darf niemand einlassen. Der Herr Doktor ist sehr krank."

„Das weiß ich, ist die Krankenschwester bei ihm?"

„Ja, und Herr Doktor Sinzheimer, den hat Herr Doktor rufen lassen."

„Bitte, dann rufen Sie mir Herrn Rechtsanwalt Sinzheimer für einen Augenblick in den Garten."

Der Hauswart flüsterte, Evelyn wagte kein lautes Wort und Wüst wäre am liebsten wieder in die Redaktion zurückgefahren.

„Gott sei Dank", begrüßte sie Sinzheimer, „ich telefoniere schon seit einer Stunde in ihre Pension. Dem Doktor geht es etwas besser, er hat nach Ihnen verlangt."

Noch nie hatte Evelyn ein so warmes Gefühl dankbarer Zusammengehörigkeit mit dem alten Herrn als in diesem Moment.

„Er hat nach mir gefragt?" Ihre Stimme war voller Freude.

„Ich habe Redakteur Wüst mitgenommen", sagte sie, „er hat mir über den heutigen Abend geholfen."

„Wir kennen uns, Herr Wüst", Sinzheimer erinnerte sich an den Abend im Restaurant des Deutschen Theaters. „Waren Sie heute nicht im Theater?"

Wüst antwortete schroff: „Nein."

„Kommen Sie", drängte Sinzheimer an der schon geöffneten Eichentür.

„Soll ich Wüst mitnehmen?", fragte Evelyn.

„Ich würde raten, Herrn Pfarrer Wüst später zu rufen, ich werde ihm inzwischen Gesellschaft leisten."

Evelyn trat in das totenstille Haus. Der Diener führte sie durch abgestorbene Räume in das große verdunkelte Schlafzimmer des Doktors. Eine mit Seide abgeblendete schwache Nachtlampe ließ das Bett und die weißen Kissen des Kranken ahnen.

„Gut, dass du da bist", hörte sie Fritz flüstern.

„Hast du Schmerzen, Lieber?"

„Jetzt – keine", antwortete Fritz. „Wir haben dich gesucht. Wo warst du denn?"

„Wüst hat mir warten geholfen."

„Wüst?" Es schien, als wisse der Kranke nicht, wen sie meine. „Wer ist Wüst?"

Evelyn erschrak. War Fritz nicht bei Bewusstsein?

Plötzlich sagte er: „Ach ja, der Pfarrer, den du mir in die Redaktion empfohlen hast. Er ist ein alter Freund von dir?"

Sie konnte nicht antworten. War er am Ende schon wieder eifersüchtig? Sollte die Frage heißen: „Einer von deinen siebzehn?"

Im Dunkeln hörte Fritz plötzlich ihr Weinen.

„Evelyn, ich beschwöre dich, keine Tränen. Ich darf mich nicht aufregen und du auch nicht ... Hast du etwas beschlossen?"

Wieder hörte er schluchzende Töne, dann vernahm er ihre sanfteste Stimme: „Vielleicht wäre es das Beste für dich, wenn ich von dir ginge … Wir sind deinen Brüdern, diesen bösen Raubeinen, nicht gewachsen, ich nicht und du nicht."

Fritz musste alle Kraft zusammennehmen, um ihr zu antworten: „Ich glaube, Evelyn, wir sollten niemandem Unrecht tun, meinen Brüdern nicht und auch nicht Klotz. Diese Büberei geht von anderen Leuten aus. Rechtsanwalt Sinzheimer fährt morgen in meinem Auftrag nach Paris, bald werden wir alles genau wissen. Ich habe einen besseren Vorschlag, Evelyn, wir kündigen morgen in allen drei Blättern unsere Vermählung an. Das wird alle bösen Mäuler sofort zum Schweigen bringen. Es ist alles vorbereitet. Auf dem Schreibtisch liegt der Entwurf der Anzeige. Du musst ihn dir nur ansehen, ich dachte, das ist unsere wirksamste Antwort."

Seine Stimme erstarb vor Schwäche. Sie konnte nicht reden vor Ergriffenheit. Plötzlich hörte sie einen schrecklichen Schrei: „Oh … oh, oh."

Wieder hatte ihn ein Gallenkrampf heimgesucht. Aus dem Nebenzimmer stürzte eine Krankenschwester herein, sie drehte das grelle Oberlicht auf, holte Fritzens abgemagerten Kinderarm unter der Decke hervor, legte ihn zurecht, und im nächsten Augenblick stach sie mit der vorbereiteten, im Lichte glitzernden Spritze in seinen Unterarm. Fritz wimmerte noch eine Weile, dann hörte auch dieses leise Klagen auf und er sagte mit sanftem Lächeln: „Es ist vorbei … Danke, Schwester."

Die Schwester winkte Evelyn zu, sie möge das Zimmer verlassen, Fritz Kronstein schloss schon die Augen.

Sinzheimer stand mit Wüst an der Tür. „Sie waren vier Jahre in Paris stationiert, Sie kennen die Wohnung am Parc Monceau. Das alles ist doch hochwichtig und Sie halten unter uns Männern das ganze Geschwätz für gemeine Erfindung. Das kann für die Prozessführung sehr wichtig sein. Kennen Sie auch diesen Monsieur Gérard und sein Wochenblatt?"

„Nein, der Mann ist nicht in meine Nähe gekommen."

„Und diese Frau Gross? Die haben Sie gesehen?"

„Flüchtig, gesprochen nie. Aufrichtig gesagt, Evelyns Herzensgüte und wohl auch ihre Geldnot haben sie vielleicht nicht genug wählerisch gemacht. Einen sehr guten Ruf hatte diese ungarische Dame nicht. Ich habe Fräulein Doktor Goldscheider mehrmals geraten, die Wohnung zu wechseln."

„Halten Sie es für möglich, dass Madame Gross Spionin war?"

Dieser Frage stand Wüst vollkommen ratlos gegenüber: „Ich habe nie eine Spionin gesehen", stammelte er, „wenigstens nicht mit Bewusstsein. Frau Gross hatte etwas, ich möchte sagen, Aufreizendes, aber eben deshalb würde ich sie vielleicht für lasterhaft, aber nicht für eine Landesverräterin halten."

Das Gespräch verstummte, Evelyn stand neben den Herren. „Er schläft", sagte sie. Dann sprang sie sogleich in das Gespräch der beiden. „Ich werde Ihnen sogleich alles erklären. Die Quelle aller Wissenschaft ist in Paris die Concierge, die gewöhnlich die Vertraute der Polizei ist. Wahrscheinlich hat Herr Gérard, dieser gefärbte Ehrenmann, die Portierfrau ausgeholt, bezahlt und zugleich informiert. Die Concierge ist ja sehr willig, wenn sie bezahlt wird. Die Schwierigkeit ist Herr Gérard, der ja nicht nur Polizeiorgan, sondern auch Zeitungsmann ist. Fragt sich, wie viel Klotz für ihn ausgelegt hat. Und wie heißt denn jetzt der Pariser Korrespondent der Kronsteinblätter?"

„Wendel."

„Wendel? Dieser arme, dumme Stenograph? Das verbilligt die Sache, da ist der Rückweg mit fünftausend Francs höchstens zu bestreiten."

„Sie kennen die Tarife", sagte Sinzheimer fast feindlich.

„Wenn man ein paar Jahre unter Pariser Zeitungsleuten gelebt hat! Die französischen Redakteure sind nicht so tugendhaft wie die deutschen, und die deutschen werden erst in Paris korrupt."

Wüst und Sinzheimer erschraken vor diesem Zynismus.

„In der Verhandlung", sagte der Rechtsanwalt, „wünsche ich Sie mir unschuldsvoller und ahnungsloser. Sie haben noch nie gehört, dass man für eine Zeile im redaktionellen Teil mehr zahlen muss als für eine halbe Inseratenseite."

„Ist es denn nicht so?", fragte Evelyn mit reiner Kinderstimme.

„Sehr gut", sagte Sinzheimer, „je weltfremder, je glaubwürdiger."

Wüst erschrak ehrlich. Manchmal kam es ihm vor, als wenn er ewig Pastor in Treuenbrietzen geblieben wäre und diese abgefeimten Großstädter, junge und alte, sich immer wieder über ihn lustig machten.

Plötzlich hörte Evelyn auf zu spaßen: „Ihr beiden", sie nahm den Pfarrer und den Anwalt am Arm und zog sie nah an sich, „Ihr müsst jetzt über mein Schicksal entscheiden. Doktor Kronstein will morgen früh unsere Vermählungsanzeige veröffentlichen. Soll ich? Soll ich nicht? Seid ihr zwei weiser als ich und ratet mir das Klügste."

Sinzheimer überlegte hörbar: „Nein ... nein ... Bringen Sie die Brüder nicht in Tollwut ... In drei Tagen komme ich aus Paris zurück, dann ist Schollwitz da, sie haben dann alle für sich. Gönnen Sie den Brüdern Zeit. Eine überraschende Veröffentlichung morgen früh bringt die Besiegten in Raserei ... Nein, nein, nein. Es kommt nicht auf drei Tage an. Ich will es dem Doktor gern als meinen Rat servieren."

„Und Sie Wüst?", fragte Evelyn. „Was meinen Sie?"

„Man muss den Arzt fragen", erklärte Wüst, „schließlich handelt es sich um einen kranken Mann."

„Gut", antwortete Evelyn, „der Arzt soll das entscheidende Wort sagen. Aber welcher?"

Sinzheimer wollte noch am selben Tag eine Kapazität heranschaffen, einen Mann, der zu keinen der Parteien gehörte. Aber dem berühmten Professor Rübner fiel es nicht ein, eine Abendgesellschaft um dieser Kleinigkeit willen zu verlassen: „Wie geht es dem Herrn Doktor Kronstein?"

„Er schläft nach einer starken Morphiumspritze."

„Na, Herrgott, dann lassen Sie den alten Herrn vor allem schlafen."

So geschah es. Rechtsanwalt Sinzheimer fuhr an die Bahn, wo ihm ein Schlafwagen reserviert war, Wüst musste nach Hause, er war in der letzten Zeit ziemlich zeitungsmüde geworden und genoss jetzt die Ruhe seines philiströsen Pfarrerheims, in das er am liebsten ganz zurückkehren wollte. Evelyn wurde in das Kronstein'sche Auto gesetzt und fuhr in ihre Pension und dachte: Wenn ich ein Mann wäre, heute tränke ich mir einen Rausch an. Sie erkundigte sich noch bei der Krankenschwester, die ihr mit beherrschter Feindseligkeit antwortete: „Sicher wird Herr Doktor die ganze Nacht durchschlafen. Der Kranke hat nichts nötiger als Ruhe, keine Aufregung, nur Ruhe."

Als Fritz Kronstein um sieben Uhr früh erwachte, bat er die Schwester, ihm das „Intelligenzblatt" ans Bett zu bringen.

„Ungern“, antwortete die Schwester, „Sie dürfen sich nicht aufregen.“

„Ich blättere es bloß durch.“ Fritz hoffte, die Vermählungsanzeige zu finden, stattdessen fand er unter den Personalnachrichten folgende Anzeige:

> Herr Generaldirektor Doktor Friedrich Kronstein ist an einem Gallen- und Leberleiden nicht unbedenklich erkrankt. Für die Zeit seiner Unpässlichkeit hat der Aufsichtsrat Herrn Direktor Simon Kronstein die Führung der Geschäfte übertragen. Dem Kranken sind aus allen Schichten der Bevölkerung Beweise inniger Teilnahme zugekommen.

Die erste Folge dieser Veröffentlichung war ein neuer, ungemein schmerzvoller Gallenkrampf. Um acht Uhr früh erschien Evelyn, sie brachte Professor Rübner, den am Vortage Angerufenen, mit. Er fand den Kranken, dem die Schwester eine Pantoponspritze gegeben hatte, in einer Art Entrücktheit vor, seine Stimme war fast erloschen, die Augen hielt er in dem ohnehin abgedämpften Zimmer geschlossen.

„Gönnen wir ihm die Betäubung“, sagte der Professor, ein wohlbeleibter, großer Mann, „Galle und Leber müssen vor allem zur Ruhe kommen, vielleicht geht ein Stein ab, im Notfall müssen wir ihn operieren, aber das tun wir nur ungern bei einem Patienten über sechzig. Wo ist denn der Rechtsanwalt Sinzheimer, mit dem ich gestern sprach?“

„Nach Paris gereist“, antwortete Evelyn.

„Wie dumm!“, antwortete der berühmte Professor. „Mit wem kann ich denn verhandeln? Ist Simon Kronstein da?“

„Die Brüder sind augenblicklich im schlechten Einvernehmen. Können Sie mir nicht Ihre Anweisungen geben?“ Evelyn zitterte, so derb-juristisch schien der Arzt die Frage zu erwägen.

„Genau genommen: Nein. Sie gehören juristisch noch nicht zu dem engen Familienkreis, der hier in Ermangelung der Entschlussfähigkeit des Patienten selbst zu entscheiden hätte.“

Evelyn stammelte: „Ich bin ... seine Verlobte.“

Rübner schien die Antwort zu überhören. Endlich sagte er: „Ich möchte in dem Familienstreit nicht Stellung nehmen. Jedenfalls steht Ihnen das Recht nicht zu, über die Eventualität einer Operation an Doktor Kronstein zu entscheiden."

„Nein", sagte Evelyn tonlos, „aber eine Entscheidung seiner Brüder würde Fritz gewiss noch weniger anerkennen."

„Das ist das Malheur in solchen Fällen. Der arme Kranke muss alles büßen."

„Wird denn Fritz nicht zu sich kommen?", Evelyns Stimme versagte fast.

„Das wollen wir hoffen", erwiderte die Berühmtheit, „aber über seine Krankheit rede ich ungern mit dem Patienten. Ist denn kein Frieden mit den Brüdern herzustellen?"

„Schwerlich, das Erste, was sie nach dem Anfall taten, war, ihn, ohne ihn zu fragen, vor allen seiner Stelle zu entkleiden."

„Ein großes Unternehmen braucht einen Leiter", antwortete der Professor unverkennbar feierlich.

„Wird denn die Krankheit lange dauern?"

„Ich bin ein Arzt, kein Prophet ... Ein alter Mann braucht in solchen Fällen vor allem Ruhe. Am liebsten würde ich ihn, wenn die Attacke vorübergeht, mit einer Krankenschwester nach dem Süden schicken."

Evelyn fühlte die unbesiegbare Feindschaft des berühmten Arztes, sie brach wieder, wie am Vortage, in ein heftiges Schluchzen aus.

„Sehen Sie, verehrtestes Fräulein Doktor, das ist Gift für unseren Kranken. Gehen wir in den Garten. Wenn er jetzt nicht schliefe, hätte er gewiss wieder einen Anfall."

Im Vorzimmer nahm der Professor Hut und Stock.

„Ich liebe so verwickelte Verhältnisse nicht. Eine Kleinigkeit, aber eine charakteristische: Wem soll ich meine Note schicken?"

„Herr Doktor Kronstein ist doch nicht entmündigt, natürlich ihm."

„Richtig, Fräulein Doktor, er ist noch nicht entmündigt."

„Noch nicht?", wiederholte Evelyn. „Denkt man denn daran?"

„Ich bin kein Jurist und ich habe Doktor Kronstein noch nicht untersucht. Mit einem müssen Sie als akademisch gebildete Frau sich abfinden: Ein Riesenunternehmen kann auf die Dauer nur von einem gesunden Menschen geleitet werden. Ich empfehle mich jetzt. Wenn es nötig ist, bitte ich um telefonischen Anruf. Und wenn Sie meinen Rat als Mensch hören wollen, beraten Sie sich mit Simon Kronstein."

Evelyn wollte höflich Dank sagen, aber plötzlich schwankte der Boden unter ihren Füßen, die Wände drehten sich und sie lag auf den steinernen Stufen vor der Eichentür. Als sie zu sich kam, überreichte ihr der Professor ein Rezept. „Sie brauchen selbst eine Nervenstärkung, vor allem etwas Brom und dann ein Phosphorpräparat, das Sie regelmäßig nehmen müssen." Sie hielt das Rezept noch in der Hand, als sie wahrnahm, dass das Auto des berühmten Arztes schon im Abrollen war.

XVI.

Telefonisch war die Sitzung des Aufsichtsrates für zehn Uhr Vormittag zusammengetrommelt worden. Die fünf Brüder waren schlecht gelaunt, das lag wohl auch an der frühen Stunde. Der Einzige, der um diese Stunde schon ganz lebendig und aktiv schien, war Simon. Er war eine morgendliche Natur und pflegte seit Jahren, eine Karlsbader Kur im Zoo um sieben Uhr früh zu machen, um halb neun sah er schon die erste Post im Kronsteinhause durch und hatte um zehn das Dringendste erledigt. Heinrich, der Älteste, war ein Hypochonder, er stieg zögernd und seufzend in den neuen Tag. Masseur und Gymnast mussten ihm helfen, den Korpus in Bewegung zu setzen. Auf Anraten des Hausarztes frühstückte er mit seinen Söhnen und seiner dürren Frau ausgiebig, dann fuhr sie Mama „ins Geschäft", wo sie meistens erst gegen halb elf Uhr anzutreffen waren. Schon die unwissend neugierigen Fragen von Mama erzeugten in Bernhard und Erich boshafte Antwort-Stimmung, bei der es blieb. Die Sitzung um zehn Uhr fand die drei zwar am Platze, weil Heinrich immer eine Überrumpelung fürchtete, aber missgestimmt und unwillig. August war wohl längst im Hause, aber gerade zwischen neun und elf war der Andrang seiner Inseratenleute am stärksten. „So eine Aufsichtsratssitzung kostet den Verlag ein Vermögen", pflegte er zu klagen, meistens nannte er eine ganz übertriebene Summe, die den Brüdern die Wichtigkeit und Produktivität seiner leitenden Tätigkeit in einer viel vergrößerten Zahl beibringen sollte. Emil war an diesem Morgen überraschend pünktlich zur Stelle, jetzt erst freute er sich des frühen Fortgehens von Erna Scholz. Ehe er noch in das Beratungszimmer eintrat, konnte er Neuburger schnell beiseite nehmen und ihm womöglich noch heute eine Reportage über die Gagenverhältnisse im Deutschen Theater und über die Kosten der Theatertoiletten der großen, zu Unrecht beneideten Stars nahelegen. Solche Anregungen führte Neuburger durch einen seiner jungen Berichterstatter mit Freuden schnell aus. Da konnte er seine amerikanische Fähigkeit besser zeigen als in politischen Untersuchungen. Philipp war vor zwölf Uhr nie im Hause. Die Maschinen begannen erst um ein Uhr zu klappern und zu dröhnen. Keine Macht der Erde hätte ihn je vor zwölf Uhr ins Kronsteinhaus gebracht, am allerwenigsten dieses „Geschwätz", wie er es nannte, der Brüderschaft.

Simon präsidierte gravitätisch. Zuweilen redete er seine Brüder mit „meine Herren" an. „Ich weiß nicht", sagte er am Beginn der heutigen Sitzung, „ob unsere gestern beschlossene Veröffentlichung über Fritzens Erkrankung nicht eine Übereilung und deshalb ein Fehler war." „Oho", rief August dazwischen. „Es ist mir nämlich bereits ein Protest vom Anwalt Fritzens zugegangen, der nicht ganz ohne Berechtigung darauf hinweist, dass er als Vorsitzender des Aufsichtsrates vorher hätte wenigstens befragt werden müssen."

„Während er im Morphiumrausch lag", schrie August. „Lächerlich!"

„Ganz lächerlich ist der Protest nicht, weil Fritz wiederholt im Krankheitsfalle durch seinen vertretungsberechtigten Anwalt Justizrat Sinzheimer seine Stellung hat festlegen lassen. Es liegt also ein Präjudiz vor. Wir haben Grund, und ich berufe mich da auf unseren Anwalt Doktor Runge, nur streng legal vorzugehen."

„Hätten wir vielleicht auch unsere neue ‚Tante' Fräulein Goldscheider vorher befragen sollen?", fragte Bernhard ironisch, unter beifälligem Kopfnicken seines Vaters.

„Das wäre gar nicht dumm gewesen, lieber Bernhard", antwortete Emil etwas herablassend, „verkennen wir nicht, dass die ‚Fackel' die Dame mit einem Schlage populär gemacht hat. Ich würde ein friedliches Arrangement mit ihr begrüßen."

Simon wurde ans Telefon gerufen. Er warf den Hörer empört in die Gabel. „Das kann ja nett werden."

Die Brüder sahen ihn fragend an.

„Hindenburg empfängt heute Hitler."

Der Erste, der nach einer Pause der Empörung das Wort fand, war August. Er schlug mit der Hand auf den Tisch: „Seit einem Vierteljahr verlange ich, dass wir mit den Nationalen in engere Verbindung treten. Es war blödsinnig von Fritz, die Augen vor den Tatsachen zu schließen. Ich spüre es ja täglich im Umgang mit der Kundschaft. Deutschland will eine nationale Regierung. Wir sind nicht für die paar pazifistischen Juden da."

Simon unterbrach schroff: „Kinder, wir sind keine Volksversammlung. Die antisemitischen Redensarten Augusts stehen einem Kronstein nicht zu."

Emil meldete sich zu Wort. „Wir sollten nicht ungerecht gegen August sein, aus dem die Stimme des Volkes spricht. Unsere Aufgabe ist es, die Meinung der Massen rechtzeitig herauszuhören. Gerade im Interesse der Juden liegt es, keine philosemitische und auch keine antinationale Politik zu treiben."

Simon fasste diese Sätze geradezu als Kandidatenrede auf dem verwaisten Sitz des kranken Vorsitzenden auf. Er sagte: „Schade, dass Freiherr von Schollwitz heute in Paris ist. Man müsste wissen, ob Hindenburg nachgibt oder festbleibt. Schließlich haben wir ihn auch mit unseren Blättern gewählt."

„Dir zu Liebe wird er sich mit Hitler verfeinden", schrie August.

„Du tätest gut, dich auf dein Ressort zu beschränken", sagte Simon verärgert, „von Inseraten verstehst du was."

„Wir müssen wohl auf den Brief von Fritzens Anwalt antworten." Simon lenkte die Versammlung zurück. „Ich habe bisher nur den ersten Teil erwähnt. Im zweiten Teil sendet er uns die Anzeige seiner Vermählung mit Evelyn Goldscheider und verlangt die Veröffentlichung schon morgen, eventuell im Inseratenteil."

Heinrichs Pergamentgesicht rötete sich: „Ich bin der Älteste. Das dulde ich nicht! Wir brauchen auch nicht jedes Inserat zu bringen. Ich schlage vor, gar nicht zu antworten und die Anzeige in den Papierkorb zu werfen."

Inserat? Die Sache ging August an. „Natürlich kann uns niemand zwingen, das zu veröffentlichen."

Wieder wurde Simon ans Telefon gerufen. Professor Rübner war am anderen Ende. Die Brüder stritten immer noch über die Anzeige.

Endlich konnte sich Simon verständlich machen. „Der Zustand von Fritz ist nicht unbedenklich. Vielleicht ist heute noch ein operativer Eingriff nötig. Natürlich übernehmen wir die Kosten."

„Wieso natürlich?", fragte Heinrich. „Er hat doch sein Privatvermögen, und Rübners Rechnungen sind berühmt."

„Sollen wir Fräulein Goldscheider zahlen lassen?", Simon war wieder die Stimme der Vernunft.

„Wenn sie will, würde ich sie nicht hindern." Heinrich hatte manchmal schon die Narrheit des unbelehrbaren Greises.

Emil meldete sich wieder: „Simon hat natürlich recht. Am liebsten würde ich ihr sogar eine Abfertigung im Namen der Familie anbieten."

„Nobel auf unsere Kosten", sagte August, „das warst du immer gern."

„Kinder“, vermittelte Simon in seinem väterlichen Tone, „wenn wir die Goldscheider durch einen Kompromiss loswerden könnten, kämen wir am billigsten davon. Wahrscheinlich will sie gar nichts anderes. Ein Romeo ist der arme Fritz doch nicht mehr. Willst du mit ihr verhandeln, Emil?“

„Ich finde, das kommt dir zu, Simon, du machst das besser, du hast einen milderen Ton als ich.“

„Bitte, dann schließe ich die Sitzung oder vielmehr, ich vertage sie auf morgen.“

„Elf Uhr“, rief Heinrich, „früher kann ich nicht.“

„Bedauere – zehn Uhr. Es kann dich ja einer deiner Söhne vertreten.“

„Jetzt komme ich justament. Mich wirst du nicht so leicht ausschiffen.“

Die schartige Greisenstimme Heinrichs behielt das letzte Wort.

XVII.

Jemand klopfte an Fräulein Bergers Schlafwagentür. Ihre Kabine war noch nicht für die Nacht zurecht gemacht, sie saß in der Ecke und las, der Störung gegenwärtig, zum Schlafe bereit, Rilkes Geschichten vom lieben Gott.

„Wer ist da?", antwortete Fräulein Berger, den Rilke beiseite legend. Es war aber bloß ein Kellner vom Speisewagen.

„Herr Baron Schollwitz lässt sagen, er hat für die Dame einen Platz zum Abendessen reserviert. Tisch 12, Nummer 2."

Fräulein Berger trat vor den Spiegel ihrer Kabine, den sie überragte, sie musste einen Schritt zurücktreten und den Kopf senken, um ihr kastanienbraunes, natürlich gewelltes Haar zu kämmen, sodass es die kleinen Ohren zur Hälfte überdeckte, dann knüpfte sie ein orangerotes Seidentüchlein über die weiße Bluse, warf einen Blick auf die gepflegten länglichen Hände und trat schwankend auf den Korridor. Der Kellner des Speisewagens wies sie nach rechts: „Dritter Wagen."

Schon in den spiegelnden Fenstern der aufgeschlagenen Türen entdeckte sie Schollwitz, der sich sofort erhob, um sie zu begrüßen. Er setzte sich erst, als sie, ebenso hochgewachsen wie er, sich ihm gegenüber auf den schmalen Sitz gezwängt hatte. Für solch ehrfurchtsvolles Warten hatte sie wie alle Mädchen, die aus der Armut kommen, dankbares Verständnis.

„Essen Sie das Menü?"

„Ist es nicht zu viel? Denken Sie an meine Linie."

An ihre Linie dachte Schollwitz sehr gerne. Schon als sie sich zu ihrem Sitz durchgedrängt hatte, war er in ihre lange Bein- und ihre sanft gerundete Hüftlinie vertieft.

„Sie müssen wohl mithalten, Fräulein Berger, oder wir müssen den Speisewagen wieder verlassen. Die Esser à la carte kommen erst nach dem zweiten Menü dran und das wäre zu spät für uns. Übrigens verträgt Ihre Linie eine kleine Sünde. Sie sind eine wirkliche, nämlich eine große Frau. Ich hoffe, Sie werden in Paris noch schlimmer sündigen. Ich werde Sie in ein paar kleine Schlemmerrestaurants führen, wo Sie sicher noch nicht waren."

„Ich war noch nie in Paris."

„Noch nicht in Paris? Das macht mich geradezu glücklich. Ich führe Sie gern über die Boulevards und auf das linke Ufer."

„Werden wir denn nicht rasend zu tun haben?", fragte Fräulein Berger lächelnd.

„Nein, meine Verehrteste, rasend hat Schollwitz noch nie gearbeitet. Ich halte es auch für falsch. In diesem Falle wäre ein Plus an Arbeit ganz deplatziert. Wir haben festzustellen, ob Fräulein Goldscheider Spionin war oder nicht. Natürlich war sie es nicht. Ich hätte es den Brüdern schon in Berlin beweisen können. Die Goldscheider war im vorigen Jahr wieder vier Monate in Paris. Wenn sie eine Spionin gewesen wäre, hätte man sie doch im vorigen Jahr festgenommen. Da saß Colonel Bruneau schon im Kittchen und Frau Gross hatte ihren Salon wieder nach Budapest verlegt. Was noch nur verdächtig war aus der Clique, saß damals in Untersuchungshaft. Die Goldscheider kam sorglos und man ließ sie ungeschoren, weil sie zwar etwas zu neugierig, aber harmlos ist. Ich kenne auch ihren Vater, das ist ein sehr sachkundiger Frankfurter Finanzjournalist, mehr Gelehrter als Publizist, der, man sollte es nicht glauben, noch nie einen Pfennig Geld angenommen hat. Haben die Juden ein Vorbild der Rechtschaffenheit in der Bibel? Wissen Sie Bescheid? Der alte Goldscheider war sein Lebtag rein und selbstlos wie ... ich glaube wie Moses. Ja, wie Moses sieht er auch aus, ein Greis, Kopf und Gesicht voll weißer Haare und umbuschte Augen, groß und klar, wie man sie so schön, so mächtig, nur bei Juden sieht. Rembrandt hätte seine Freude an ihm gehabt."

Fräulein Berger war glücklich. Im letzten Jahr war „Saujud" das Lieblingswort der Deutschen geworden, man hörte es in Berlin in Straßenbahnen, Cafés, im Theater und auf der Straße, und da saß ein pommerscher Freiherr, Staatssekretär von Schollwitz, und redete von einem alten Juden wie von dem Adel der Welt.

„Wie heißen Sie denn mit Ihrem Vornamen, Fräulein Berger? Das muss man doch wissen, wenn eine Dame einem gefällt."

Das war schon eine Vertraulichkeit, die sie am Vortage noch zurückgewiesen hätte. Heute antwortete sie einfach: „Ruth".

Er musste das Besteck, mit dem er sein Schnitzel bearbeiten wollte, weglegen: „Ruth, das ist doch der ideale Name für Sie, Sie haben ja auch die Hautfarbe und die Mandelaugen von Ruth, der Ährenleserin." Er schenkte ihr ein grünes Rheinweinglas voll und sagte: „Ihr Wohl, Fräulein Ruth, mögen Sie viele Ähren auf Ihren Äckern finden und binden."

Ruth trank dem Schönredner freudig zu. Der geschniegelte Staatssekretär hatte heute wirklich seine charmante Stunde. Wie dumm, dachte sie, dass manche Leute dem preußischen Adel den Zauber der Persönlichkeit absprechen wollen. Dieser Schollwitz, wahrscheinlich schon an die fünfzig, den oberflächliche Beobachter für das Urbild des arroganten schnarrenden Junkers halten mochten, war doch ein richtiger Homme a Femmes.*

„Ruth", hörte sie ihn noch einmal leise entzückt murmeln.

Sie war gut gelaunt, aß mit Appetit und fragte beim Eis: „Dass Sie einen Vornamen haben, wagt man kaum zu fragen. Die Leute sagen nur Schollwitz, und es sitzt Ihnen wie angegossen, wie von einem guten Schneider zugeschnitten, dann kommt für Feiertage noch der altangesehene Freiherr von Schollwitz auf Schloss ..."

„Schollenstein", ergänzte er.

„Und für die Arbeit sind Sie der Herr Staatssekretär, das ist auch nicht schlecht. Wozu brauchen Sie noch einen Vornamen?"

„Doch, doch, und bitte, merken Sie sich ihn, ich heiße Joachim." Der nicht mehr junge Mann hatte jetzt den bittenden Ausdruck eines Gymnasiasten.

„Joachim ... Ich habe noch nie einen Joachim gekannt", sie zeigte ihm lachend ihre blanken Zähne.

„Begreife ich, ich mache auch von dem Joachim wenig Gebrauch, zu Hause nannte man mich Jost." Wenn ein Mann von seinen Eltern spricht, gewinnt er immer. Ruth sagte freundlich: „Jost finde ich sehr schön. Warum schreiben Sie sich nicht Jost von Schollwitz?"

„Nee, nee, das wäre fürs politische Leben zu vertraulich ... Etwas Hübsches muss man geheim halten. Wer weiß denn von Ihnen, dass Sie Ruth heißen? Im ganzen Kronsteinhaus heißen Sie bloß Fräulein Berger."

„Herr Simon Kronstein kennt meinen vollen Namen. Auf den Umschlag jeder Weihnachtsremuneration schreibt er persönlich: ‚Für Fräulein Ruth Berger'."

Das war auch ein Geständnis, das die Laune des gut gestimmten Schollwitz nicht erhöhte.

„So, sind Sie also ein Liebling des alten ..."

* Später ist Schollwitz erst 38 Jahre alt, ein Indiz für die veränderte Funktion und Bewertung der Figur des Freiherrn von Schollwitz.

Fast hätte er ohne böse Absicht die Wendung gebraucht: „des alten Juden", aber er hatte zum Glück seine Zunge im Zügel, er sagte nur: „der Liebling des alten Simon Kronstein, ich konnte es mir denken. Er hat Sie wohl aus den zweitausend Bürodamen herausgefischt?"

Fräulein Berger spürte plötzlich die Ader von Feindseligkeit, deren Abwesenheit ihr vorher bei Erwähnung des alten Goldscheider so wohlgetan.

„Sie lieben wohl die Brüder Kronstein nicht sehr?"

Schollwitz lachte herzlich: „Ach Gott, geliebt hat noch niemand einen Kronstein. Lieben kann man, wenn es schon ein Mann sein soll, einen weltfernen und zugleich weltnahen Idealisten wie den alten Goldscheider. Der hat auch etwas Pittoreskes, das ein richtiger Jude nicht verleugnen soll. Aber diese modernisierten Brüder Kronstein lieben selber nur eine Sache auf der Welt: ihr Geld. Wer ihnen da bei der Zusammenscharrung hilft, der ist ihr Freund. Wer sie Geld kostet, der ist ihr Feind. Auch die kleine Evelyn, die übrigens als die Tochter ihres Vaters sicher trotz abgeschmackter Allüren eine anständige Seele ist, wird den kranken Doktor Kronstein kaum aus Liebe gewählt haben, vielleicht hat er ihr leid getan, vielleicht ist sie, das glaube ich am ehesten, ehrgeizig und will einen großen freisinnigen Zeitungskonzern aus den Wolken oder vielmehr aus ihrem Salon leiten, vielleicht hat sie die Armut satt, das könnte ich auch begreifen. Armut ist auf die Dauer nur für die erträglich, die niemals in das Land der Reichen schauen. Die kleine Evelyn war zu lange in Paris, in Rom, in London, dann hält man so ein kleines möbliertes Zimmer in der Kochstraße nicht mehr aus."

Auf dem Gesicht der schönen Ruth standen Wolken. Gott weiß, auch sie hatte zu lange in die Villen, Gärten und Bibliotheken der Reichen gesehen, und die Pfennigsucherei der alten Mutter war kaum mehr zu ertragen.

Schollwitz las in diesem sanft geneigten Antlitz. Ein sehr gutes Gefühl für die schöne Jüdin, die sich vor kleinen Abenteuern bewahrt hatte, hielt ihn zurück, jetzt ihre lange adelige Hand, die auf dem weißen Tischtuch lag, zu ergreifen, vielleicht auch die diplomatische Erwägung: Es werden in Paris noch sichere Momente kommen. Nur wer warten kann, siegt. Er schaute auf ihren gebeugten Hals, der ihn an die harte Rundung seines Lieblingspferdes erinnerte.

„Fräulein Ruth." Sie blickte erstaunt auf, außer ihrer Mutter sprach seit Jahren nie ein Mensch ihren Vornamen aus. „Ich wollte Sie nicht traurig machen. Eine Kraft wie die Ihre wird sich schon ihr Haus bauen, daran zweifle ich nicht, und sogar ohne jede Mitwirkung des Herrn Simon Kronstein."

So gut er dem schönen Mädchen gesinnt war, das von Simon eigenhändig beschriftete Weihnachtskuvert wurmte ihn noch immer. Das hätte sie nicht gleich sagen oder vielmehr sie hätte die Zulage nicht annehmen dürfen. Für die Kronsteins hatte sie Fräulein Berger zu bleiben, eine von hunderten, ein für allemal.

Sie trennten sich auf dem Schlafwagen-Korridor. Ruth, etwas wortlos geworden, sperrte die Kabine ab, prüfte die Tür, die zum angrenzenden Abteil führte, sodass er es vernahm und sie fragte: „Wünschen Sie noch etwas, Fräulein Ruth? Ich schicke ihnen den Diener." Der Schlafwagenkontrolleur klopfte, brachte zwei Orangen und eine Flasche Mineralwasser und verschwand. Fünf Minuten später lagen beide Kabinen im Finstern.

Ruth dachte weniger an Schollwitz als an den weißhaarigen, weißbärtigen Papa Goldscheider in Frankfurt und an die Schufterei der Siebzehnerliste. Wenn der alte Mann das Klatschblatt sieht, dachte sie, stirbt er vielleicht, aber das war nach dem Schema der alten Frau Berger gedacht. Ihre Mama hätte sich zu Tode gegrämt. Papa Goldscheider, das erfuhr Ruth später, hatte die „Fackel", die man ihm niederträchtigerweise zugeschickt hatte, schnell beiseitegelegt. Das war ja Klatsch und also ging es ihn nichts an. Trotzdem er die „Fackel" dreimal zugesandt erhalten, hat er niemals auch nur die fetten Aufschriften, geschweige denn den infamen Text gelesen.

Zum Frühstück erwartete Schollwitz Ruth Berger zwei lange Stunden im Speisesaal. Er war vom Gute seines Vaters her ein Frühaufsteher und sie war eine Langschläferin an allen Feiertagen, und heute, da sie Paris zum ersten Mal sehen sollte, war ein großer Feiertag. Nun saßen sie nach dem Tee nebeneinander im aufgeräumten Coupé und schauten durch das große Fenster. Ruth hatte göttlich geschlafen und sah frisch und strahlend aus.

„Mittag sind wir in Paris", sagte Schollwitz. „Sie steigen in einem kleinen Hotel neben dem Platz Vendôme ab und wir essen um drei Uhr im Ritz. Dazu müssen Sie sich gut anziehen, Damen behalten den Hut auf, auch zum Reiseanzug, der mittags zulässig ist. Nur abends brauchen Sie ein großes Abendkleid. Bis drei Uhr kann ich die ganze Affäre Goldscheider glatt erledigen. Wissen Sie, was ich tue? Ich kündige mich für ein Uhr im Ministerium an und hole mir dort Klarheit. Es ist mein Prinzip, überall gleich zur höchsten Instanz zu gehen. Aber da brauche ich Sie nicht. Gehen Sie inzwischen ins Louxembourg und sehen Sie sich die Impressionisten an. Um drei Uhr treffen wir uns im Ritz, dorthin fährt Sie jedes Taxi."

Etwas kindlich fragte das große Mädchen: „Und wo steigen Sie ab?"

„Ich", antwortete Schollwitz, „ich muss mir das noch gut überlegen."

Jung, frisch, in der Laune eines Menschen, dem alles gelingt, trat der Staatssekretär zehn Minuten vor drei in den kleinen, säulengeschmückten Speisesaal des Ritz ein. Ruth Berger kam, wie er es gewünscht hatte, fünf Minuten später. Sie trug ein schlichtes braunes Reisekleid mit einem Stoffhut, der schief und fröhlich auf ihrem Kastanienhaar saß.

„Nett, dass Sie so pünktlich sind, Fräulein Ruth."

„Nett, dass Sie schon da sind, Baron. Es gibt nichts Schrecklicheres für eine junge Person, in einem fremden Restaurant auf einen Herrn warten zu müssen."

„Wir sind aber beide riesig nett", sagte Schollwitz gut gelaunt, „wenn es Ihnen recht ist, bestelle ich, ohne Sie zu fragen.

Ruth dachte: Wie angenehm, mit einem Weltmann zu tun zu haben. Nie hätte sie sich auf dieser Speisekarte zurechtgefunden.

Während beide eine köstliche, nach Rotwein und Schnecken duftende Suppe aus breiten Tassen schlürften, fragte sie: „Wie war's im Ministerium?"

„Wie ich dachte. Eigentlich könnten wir abends zurückreisen. Ich habe sogar die Polizeiakte über die Goldscheider gesehen. Dieser Halunke von Journalist, Herr Gérard, hat aufgrund einer Aussage der Portierfrau eine Anzeige gegen die Goldscheider erstattet, aber das Ministerium hat die Sache genau untersucht und einfach ad acta gelegt. Es liegt also nicht einmal der Schatten eines Verdachts vor. Auch die andere, diese Budapester Frau Gross, hat nicht mit Nachrichten gehandelt, sondern flott mit ihren ungarischen Reizen. Die Sache ist nach den Akten wasserklar. Ich brauche niemanden mehr zu fragen, der Minister, der das Bild der kleinen Evelyn gesehen hat, ist übrigens bereit, Kavalier, der er ist, auf eine amtliche Anfrage unverblümte Antwort zu geben. Eine Madame Dreyfus" – er sagte es und schüttelte sich – „um keinen Preis der Welt."

Ruths weiß-pfirsichfarbenes Gesicht leuchtete vor Freude. Es war weniger die Genugtuung für die Verleumdete als der Stolz auf die schnelle, gründliche Arbeit des Staatssekretärs.

„Da muss man doch Berlin sofort verständigen", sagte sie.

„Gut", Schollwitz winkte einem Pagen, „ein Telegrammformular."

Und er schrieb auf das Blankett: „Kronsteinhaus Berlin. Warne vor Zustimmung zu Fackelgeschwätz. Amtliche Erkundigungen für Evelyn sehr günstig. Schollwitz."

„Ist es so Recht?", fragte er Ruth.

„Wenn wir wirklich noch zwei Tage hier bleiben wollen", sagte Ruth, „würde ich hinzufügen: Nähere Information folgt brieflich."

„Vorzüglich", sagte Schollwitz, „da könnten wir aber ruhig noch eine Woche hier bleiben und uns pro forma informieren lassen."

„Nein, ich habe Herrn Pastor Wüst versprochen, in drei Tagen zurückzukommen."

„Pastor Wüst?", fragte Schollwitz etwas herabgestimmt. „Wer ist denn das?"

„Noch ein Chef von mir", antwortete Ruth.

Bei einem für Ruth ausgesuchten süßen Sauternes sagte Schollwitz: „Diese Berliner Chefs sind ein Unfug. Das muss anders werden."

Ruth war nie schöner als am Ende dieser Mahlzeit. Ihre glühenden Mandelaugen strahlten.

„Nun, und wo wohnen Sie, Baron? Haben Sie sich entschlossen?"

„Verzeihen Sie, liebes Fräulein Berger, ich wohne ein Stockwerk unter Ihnen. Ursprünglich hatte ich mein Gepäck ins Hotel Meurice in der Rue de rivoli dirigiert, aber dann fand ich das doch zu unpraktisch. Wir wollen doch abends in die Oper oder in ein Theater gehen, es wäre zu ungeschickt. Nun trennt uns ein Stockwerk, das genügt. Ich würde nur schnell wieder ins Meurice übersiedeln, wenn Sie es verlangen."

„Warum sollte ich so langweilig sein? Es ist angenehm, Sie in der unbekannten Stadt in der Nähe zu wissen."

„Bravo", antwortete er, „Sie haben es nicht nötig, zimperlich zu sein. Und ich werde Sie nicht stören. Vor elf Uhr Vormittag wird niemand Sie wecken. Können Sie um elf Uhr fertig sein?"

„Na, hören Sie, in Berlin muss ich um acht Uhr dreißig am Schreibtisch sitzen."

Ihr Zutrauen tat ihm wohl. Ein kleines Mädel hätte einen Überfall gefürchtet. Aber eine große schöne Frau ist ohne Angst.

„Ich habe Sie noch gar nicht gefragt, wie Ihnen die Bilder im Louxembourg gefallen haben. Einige Dinge hängen dort, die man sonst nirgends in der Welt sieht."

Ruth stockte, endlich gestand sie: „Sie werden mich sehr verachten, aber ich war gar nicht drin. Ich wusste ja gar nicht, dass die Galerie in einem Park liegt. Da setzte ich mich auf eine Bank, die Sonne schien so warm, und viele süß gekleidete Kinder mit nackten Beinchen spielten rings um mich herum. Da blieb ich in der Sonne sitzen und kam ins Nachdenken. Nein, ehrlich gesagt, ich habe nicht einmal nachgedacht. Ich bin seit Jahren an einem gewöhnlichen Wochentag nicht in einem Kinderpark gewesen, so sah ich nur den kleinen Mädchen beim Schnurspringen und Ballspielen zu, und plötzlich war es halb drei. Eine Kunsthistorikerin", sagte sie lächelnd, „bin ich leider auch nicht. Aber ich weiß jetzt ganz genau, wie man ein dreijähriges Mädchen hübsch anzieht und welche Kinderwagen die praktischsten sind. Muss ich mich sehr schämen?"

Es sah nicht aus, als ob das große, schöne Mädchen sich wirklich anklagte.

„Die Sonne hat Ihnen gut getan", sagte Schollwitz mit merkwürdig heiserer Stimme, „die Impressionisten kann ich Ihnen noch immer zeigen."

„Ja, das ist es auch. Zu schönen Bildern brauche ich einen Führer, der mir sagt: Hallo, das ist schön, das sehen Sie sich an. Zu reizenden Kindern, wie ich sie heute sah, kann ich den Führer abgeben und Ihnen sagen: Sehen Sie sich diese Kleinen an. Es kommt in Paris noch dazu, dass die sechsjährigen Mädchen schon putzig kleine Modedamen sind."

Sie lachten. Da ging ein etwas kurzbeiniger Herr an ihrem Tisch langsam vorbei, sah das heitere Paar und grüßte mit tief gezogenem Hut.

„Ein Bekannter von Ihnen? Ein Minister?", fragte sie gut gelaunt.

„Das war ein Deutscher", antwortete Schollwitz, „er hatte eine Zigarre in der Hand."

Der Vorübergehende schien bemerkt zu haben, dass man von ihm redete. Am Ausgang des Ritz legte er seine Havanna weg, drehte sich um und ging auf die beiden zu.

„Justizrat Sinzheimer, Berlin“, sagte er, sich vor Ruth verneigend. „Ich glaube, ich hatte schon die Ehre in Berlin.“ Dann begrüßte er den Staatssekretär.

„Schollwitz“, antwortete dieser zwar höflich, aber doch etwas verdrossen. Er war nie entzückt davon, von einem Berliner in Paris begrüßt zu werden. Seit seinen Studentenjahren pflegte Schollwitz in jedem Jahr mindestens einmal an die Seine zu fahren, aber er wich den Deutschen aus, die in Paris besonders tolle Tage verleben wollten. Am liebsten wohnte er, aus alter Jugendgewohnheit, drüben auf dem Rive Gauche, die schönen alten Gassen rund um das Haus, wo Rodin wohnte und wo später sein Museum entstand, war sein Lieblingsviertel. Und nun kam dieser Urberliner und sprach mit ihm, als wäre er ein alter Freund, verdammt, vielleicht war er es sogar.

„Was führt Sie nach Paris?“, fragte Sinzheimer.

„Ich bin vom Verlag hergeschickt“, antwortete Ruth.

„Endlich eine vernünftige Idee der Kronsteins. Wenn sie ins Ausland statt der lärmenden Zeitungsmacher schöne junge Mädchen entsendeten, wären wir beliebter, als wir sind.“

Schollwitzens Gesicht wurde düster. Wer gab diesem Herrn das Recht, von Ruths Schönheit zu reden. Er wurde böse und mischte sich ein: „Fräulein Berger legt die Protokolle in der Affäre des Falles Goldscheider fest.“

„Oh, darf ich mich einen Augenblick setzen, Herr Staatssekretär, wir sind in derselben Sache hier. Ich vertrete nämlich Fritz Kronstein und bin im Begriffe, die Strafanzeige gegen die Erpresser zu erstatten, die sich aus der kleinen Kunsthistorikerin einen fetten Braten machen wollen. Sind wir, weil Sie vermutlich die Gegenseite, nämlich die Brüder vertreten, zur Feindschaft verpflichtet?“

„Feindschaft?“, sagte Schollwitz. „Wieso? Ich bin kein Feind der kleinen Evelyn. Sie ist, aufrichtig gesagt, ein kleiner Snob und in vielen Dingen viel zu neugierig. Aber der Kampf, den übrigens auch die Brüder gegen sie entfesselt haben, diese scheußlichen Ausgrabungen über ihre siebzehn Verehrer, das bringt doch nur alle anständigen Leute auf ihre Seite. Wer möchte eine Liste seiner vergangenen Erlebnisse gedruckt vor sich sehen?“

„Da muss ich widersprechen. Beispielsweise kenne ich Fräulein Berger seit – na sagen wir – sechs Jahren, aber eine Liste könnte und wollte ihr gewiss niemand andichten."

Ruth lehnte dankend ab: „Sagen Sie das nicht so laut, das könnte mir schaden."

Ungeschickterweise antwortete Sinzheimer: „Bei wem?"

„Na, bei mir gewiss nicht", erwiderte der Staatssekretär, „ich bin froh, dass es noch wählerische und stolze Frauen gibt. Ich hasse diese Allerweltserlebnisse der neuen Berlinerinnen."

Sinzheimer fürchtete einen herannahenden Angriff gegen Berlin. Er lenkte ab: „Was machen die Herrschaften, wenn ich fragen darf, abends?"

Ruth verteidigte ihre Freiheit: „Heute werde ich wohl zu tippen haben."

„Arbeit!", sagte Sinzheimer wirklich hochachtungsvoll, er war nicht der Mann, vom guten Wege abzulenken. „Morgen Vormittag kaufe ich mir diesen Edelmann, Herrn Gérard."

Die bescheidene Art des Anwalts, der sich sofort auf Ruths Ausflucht hin zurückgezogen hatte, gefiel Schollwitz. Außerdem war es wohl nützlich, die Sache wie Sinzheimer auch von der anderen Seite her zu sehen: „Speisen wir morgen Mittag zusammen, Herr Doktor?"*

Sinzheimer dankte und sie vereinbarten nach dem Vorschlag von Schollwitz ein Dejeuner im Coq d'or: „Kennen Sie das nicht? Ein kleines Lokal in der Rue Montmartre. Dort pflegte Jaurès zu essen, er war kein Prasser, aber er verstand sich auf Essen und Trinken." Sinzheimer sagte zu und verschwand. „Ein Vergnügen", sagte Schollwitz später zu Ruth, „mit einem Berliner Anwalt zu sprechen, der nur das Nötige sagt."

Nachmittags zeigte Schollwitz der erstaunten Ruth den schönsten Platz der Welt. Das war nicht der Place de la Concorde, so hinreißend seine Weite wirkte, auch nicht das Rondeau des Place Vendôme, nein, das war der abgelegene, wunderbar stille, viereckige Place des Vosges, den ein einziger einheitlicher Bau, einstöckig, mit langen, zum Erdboden reichenden Fenstern zu umgrenzen schien.

* Das sich ändernde Verhältnis von Schollwitz zu Sinzheimer unterstreicht einmal mehr die zunehmende positive Beurteilung von Schollwitz.

„Wenn Sie diesen Platz sehen, vergessen Sie ihn Ihr Leben lang nicht. Das ist die ausgebaute Gesetzmäßigkeit, das ist das wirkliche Frankreich mit seiner Vergötterung des Gleichmaßes." Ruth stand auf dem weiten, im Zentrum mit alten Bäumen besetzten Platz und sah nach allen Seiten.

„Jetzt stellen Sie sich noch vor", sagte Schollwitz, „hier wohnte der französische Dichter Victor Hugo."

Wie ein kleines Schulmädchen schwieg sie neben diesem Führer, ihre Augen hingen an ihm.

„Und jetzt trinken wir bei Rumpelmeyer eine Tasse Schokolade und dann legen Sie sich bis abends eine Stunde schlafen. Wir gehen in die Oper und Sie müssen aussehen, dass kein Auge von Ihnen wegsehen kann.

Als sie ins Zimmer trat, waren einige große und kleine Schachteln da, die für sie abgegeben worden waren. Sie öffnete sie: Ein dunkelblaues, fast schwarzes Taftkleid, Schuhe in derselben Farbe und ein herrlich glatt anzufühlender Pyjama aus schwerer grüner Seide.

Woher hatte er nur die Maße?, dachte Ruth, während es in ihr sang. Sie probierte alles zugleich. Die Sachen saßen fehlerlos. Als sie zuletzt in dem hellgrünen Pyjama vor dem Spiegel stand, machte sie „festliche Beleuchtung". Sie zündete sämtliche Glühlampen des großen Zimmers an, die Birnen der Krone, die Nachtlampe, die Tischbeleuchtung. Einen Moment lang erwog sie: „Soll ich jetzt Jost telefonisch herrufen?" Aber sie wies sich selbst schnell zurecht, sie nahm nur die Muschel des Telefons, ließ sich mit dem Zimmer des Barons verbinden und sagte, während ihr vor Freude die Tränen über die Wangen liefen: „Danke, danke, lieber – Jost."

Sie wunderte sich gleich danach über sich selber, dass sie „Jost" gesagt hatte. Aber sie war zufrieden damit. Nun war es gesagt, und sie hatte ihm, das hörte sie an seinem langen Schweigen, eine Freude gemacht. Dazu sind wir auch da auf Erden.

Der arme Jaurès war längst zu Staub geworden und im Coq d'or, Rue Montmartre, isst man noch immer seine Lieblingsgerichte. Die besten Speiselokale in Paris sind nicht geräumig, sogar winkelig und etwas lichtarm, ohne viele Spiegel und die kleinen Tische müssen, wenn man zu den ledernen Polsterbänken gelangen will, erst weggerückt und wieder angeschoben werden.

„Ich danke Ihnen sehr, Herr Baron, der Platz ist sehr angenehm", sagte Sinzheimer, „ich bin im Umgang mit Kellnern so furchtbar ungeschickt. Nie hätte ich uns diesen angenehm isolierten Tisch zu erobern vermocht, auch nicht mit Trinkgeldern. Es gibt Menschen, die bei Kellnern keine Autorität besitzen."

Nicht nur bei Kellnern, dachte Schollwitz, aber er sagte: „Ach, das ist Übungssache. Dabei wünsche ich mir, nie in ein Restaurant gehen zu müssen. Sie beide müssen einmal bei mir frühstücken, da serviert mein alter Balthasar und meine Veronika kocht. Der Coq d'or, so delikat er heute ist, muss sich da verstecken. Prosit, auf das erste Frühstück bei mir in Berlin."

Sinzheimer, der nur ein hohes Stück Rinderfilet mit Pommes frites bestellt hatte, das freilich von Saft strotzte, trank einen bescheidenen Tischwein, einen leichten Chablis, und fühlte sich unsagbar wohl. Am angenehmsten fand er die vollendete Artigkeit, mit der Schollwitz die Kronstein'sche Sekretärin bediente. Der Staatssekretär verdeutschte ihr die Speisekarte, er ließ ihr unbekannte Vorgerichte zeigen, schließlich wählte er für sie und, was Sinzheimer am fürsorglichsten fand, Schollwitz drängte Ruth Berger keinen Wein auf, sondern ließ ihr das gewählte Mineralwasser. Für eine arbeitende Frau ist ein Wein zu Mittag keine Erleichterung, sondern eine Erschwerung.

Unwillkürlich kamen sie auf den Fall Goldscheider zu sprechen.

„Ich habe kein Recht, eine Meinung dazu abzugeben", sagte Ruth, „aber ich glaube auch, das Unrecht, das einen Menschen trifft, ist nicht bloß Zufall. Ich habe Fräulein Doktor Goldscheider durch die Büros des Kronsteinhauses gehen sehen. Wenn sie irgendwo ein Wort hörte, das ihre Neugier wachrief, steckte sie sofort ihre Nase hinein. Nie hätte sie so viel abscheuliche Feindschaft auf sich konzentriert, wenn sie sich nicht um so viele Dinge gekümmert hätte, die sie nichts angingen."

„Sie sind härter, als ich vermutet habe", sagte Schollwitz, „aber Sie haben ganz recht. Die kleine Goldscheider ist eben, was man sich nur ungern vorstellt, in fast allen Lebenslagen eine Journalistin. Das ist etwas Schreckliches. Das ist jemand, der sich für die Angelegenheit der Rubriken aller Zeitungen interessiert und über jede Sache und jeden Menschen eine Meinung hat, und zwar eine viel zu heftige, Kunst und Gerichtsstätte und das neueste Auto und Politik, so eine Zeitungsnase steckt überall drin. Diese Allerweltsorientiertheit tut schon dem männlichen Geist nicht gut, aber die Frauen, die sich keine Beschränkungen auferlegen, werden unerträgliche Schwätzerinnen. Da lob ich mir, wenn ich ein großes Gegenbeispiel nennen darf, die zarte feine Johanna von Bismarck, die alles Wissen der Welt durch ihren Otto erfuhr und doch Frau genug war, nicht alle Wege mit ihm zu gehen. Sie haben ganz recht, Fräulein Berger, nie wäre Evelyn Goldscheider in den tiefsten Zeitungsdreck gezogen worden, wenn sie nicht unnötigerweise im Sumpfgebiet spazieren ginge."

Rechtsanwalt Sinzheimer musste die Vielgeschmähte verteidigen: „Jeder kann hinterrücks überfallen werden. Solange es Zeitungspiraten wie diesen Monsieur Gérard gibt und Edelmänner, die sich solcher Werkzeuge bedienen, ist keine Frau, besonders keine selbstständige, ihrer Ehre sicher. Ich habe hier in der Tasche den Abzug eines neuen Angriffs auf die arme Evelyn, der nie erscheinen wird, wenn ich morgen 4.000 Francs bezahle."

„Das werden Sie doch nicht tun", sagte Ruth.

Sinzheimer wiegte den Kopf: „Ich möchte nicht ... Wenn aber eine Berliner Seite für das Erscheinen des Skandalartikels bares Geld bezahlt, was tue ich dann? Geben Sie mir einen Rat, Herr Staatssekretär."

„Nicht einen Pfennig an den Schweinehund zahlen!", sagte Schollwitz. „Und gar sich hinauflizitieren lassen!"

„Und wenn in dem Artikel neben dreißig Lügen zwei lebensgefährliche Wahrheiten ausgebacken sind?"

„Auch dann nicht."

„Ich würde Ihnen den Abzug gern zeigen", sagte Sinzheimer schüchtern.

„Ich sähe ihn gerne, aber es tut mir leid, ich darf mir das nicht anschauen. Ich weiß heute, dass Fräulein Goldscheider infam verleumdet wird, wenigstens in der Hauptsache, aber ich habe kein Recht, mich als Ihr Berater zu betätigen."

Der Rechtsanwalt schwieg. So war es immer. Privatim waren sie vollkommene Kavaliere, diese Schollwitze. Als Staatsmänner oder als Funktionäre wussten sie rechtzeitig zu schweigen.

Der Staatssekretär wusste in Ruths Gesicht zu lesen. Sie schälte einen Apfel, als ginge sie das alles nichts an.

„Was würden Sie tun?", fragte Schollwitz etwas irritiert.

Ruth schälte den Apfel ruhig zu Ende, dann sagte sie: „Ich würde den Moment abwarten, in dem ich mich unbedingt auf die Seite der verleumdeten Frau stellen kann."

„Ich höre nur das Wort: unbedingt auf die Seite der verleumdeten Frau", sagte Sinzheimer erregt.

Ich höre vor allem das Wort „abwarten", dachte Schollwitz.

„Wir sehen uns am ersten Tag in Berlin wieder", der Staatssekretär reichte Sinzheimer die Hand, „halten Sie sich für das Frühstück frei."

Nachdem sie ihren großen, schwarzen Strohhut aufgesetzt hatte, bat Ruth beide Herren, auf ihr unüberlegtes Wort nicht zu achten: „Ich mag die Goldscheider nicht. Wäre eine andere Frau im Spiel, spräche ich vielleicht anders."

Der Portier übergab Schollwitz ein Telegramm: „Empfehlen Reserve in Angelegenheit Evelyn. Zwingende Gründe zur Vertagung endgültiger Entscheidungen vorliegend. Simon Kronstein."

Schollwitz zeigte Ruth auf der Treppe das Telegramm: „Sehen Sie, wie weise Sie sind, Fräulein Ruth. Ich hatte schon heute Mittag Lust, das ganze Kartenspiel hinzuwerfen."

Ruth blieb nachdenklich stehen: „Hätten Sie es doch getan! Ich wäre darüber froh geworden."

„Nein", antwortete Schollwitz, „abwarten ist immer das Klügste."

„Oder das Bequemste."

Der Abschied auf der Treppe fiel kälter aus, als beide ein paar Stunden zuvor gehofft hatten.

Am nächsten Vormittag traf Sinzheimer Monsieur Gérard in einem Boulevardcafé. Nach einigen Sätzen hatte Gérard sein Honorar auf die Hälfte herabgesetzt.

„Ich würde Ihnen den Betrag vielleicht gezahlt haben", gestand Sinzheimer, „aber ich habe gestern einen hohen Staatsbeamten getroffen, der mich beschworen hat, nicht einen Sou an Sie zu zahlen."

Gérard starrte nicht länger auf seine weißen Gamaschen, es riss ihn in die Höhe, er entfernte sich, kam aber noch einmal an das Caféhaustischchen und sagte: „Ich bin zu lange Zeitungsverleger, um mich einschüchtern zu lassen. Es ist möglich, dass wir beide uns ins Fleisch schneiden. Aber ohne Courage lässt sich mein Beruf nicht führen."

Sinzheimer griff zu seinem Hut: „Ich kann die Ehre einer jungen Frau nicht erkaufen."

Der zahnarme Mund Gérards verbreitete sich zu einem widerwärtigen Lächeln: „Gerade für eine Dame muss man Opfer bringen."

„Adieu."

Noch am Nachmittag konnte der Anwalt in den direkten Zug Paris – Berlin einsteigen und am nächsten Vormittag saß er bereits im düsteren Krankenzimmer Fritz Kronsteins. Er zeigte dem Bettlägerigen den Abzug des neuen Verleumdungsartikels und setzte hinzu: „Ich hätte ihn billig verhindern können. Wahrscheinlich für 1.000 oder 1.500 Francs. Aber ein Instinkt sagte mir nein, und übrigens riet mir Staatssekretär Schollwitz ab."

„Ist der in Paris?"

„Ich glaube, im Auftrag des Verlages."

Fritz Kronstein richtete sich im Bett auf, zündete die Nachtlampe an und las die neuen Beschimpfungen. „Was sagen Sie dazu? Soll man das Fräulein Goldscheider überhaupt zeigen?"

„Ich habe geschwankt, ob ich das Zeug Ihnen vor Augen bringen soll, erst als man mir sagte, es gehe Ihnen besser, war ich dazu entschlossen. Aber dem Fräulein Doktor können wir das Lügenmaterial nicht vorenthalten. Seitdem ich weiß, dass auch Schollwitz von der Tatsache der Fälschung ganz überzeugt ist, bin ich erst recht für die gründlichste Information aller Beteiligten."

Fritz Kronstein teilte das Material systematisch ein. Da waren A die Spionagelügen, die hätte er am liebsten plakatiert, der Schwindel war vor aller Welt erweislich, und B die Lügen über das Privatleben der Evelyn Goldscheider, das ging doch keinen Menschen etwas an, selbst wenn nur vier Fünftel erlogen waren.

Der Justizrat erschrak, er fühlte hinter Kronsteins Einteilungen einen Zweifel an Evelyn, der ihm um beider Beteiligung willen leid tat.

„Ich habe doch kein Recht, die Jugendjahre einer Studentin, einer jungen, freien Frau zu durchstöbern, sie hatte doch mindestens damals das Recht, ihr Leben auf ihre Art einzurichten."

„Darf ich fragen", Sinzheimer tastete behutsam vor, „haben Sie diese Dinge mit Fräulein Evelyn besprochen?"

„Nein", antwortete Fritz Kronstein, „der Arzt hat mir jedes aufregende Gespräch untersagt. Ich habe Evelyn deshalb gestern und vorgestern nicht gesehen. Aber ..."

Sinzheimer erriet den unausgesprochenen Satz: „... ich würde die Dinge gerne mit ihr besprechen." Der Justizrat fragte nicht, ob denn Evelyn an den beiden Tagen sich nicht selbst gemeldet habe, er fürchtete eine Antwort, die dem Gefragten schwer gefallen wäre.

Indes hatte Fritz vom Bett aus dem Diener geläutet und ihm die Anweisung gegeben zu fragen, ob Justizrat Sinzheimer am Abend mit Fräulein Doktor Goldscheider sprechen könne. Der Diener kehrte nach drei Minuten zurück, die Dame erwarte den Herrn Justizrat um sieben Uhr in ihrer Wohnung.

„Ich habe vorher noch etwas Wichtiges mit Ihnen zu beraten", sagte Kronstein mit seiner leisesten Stimme. „Mein Bruder Simon war gestern Nachmittag bei mir und bot mir verschiedene Lösungen der bestehenden Konflikte an. Als er mir antrug, die Verlobung mit Evelyn aufzuheben, fragte ich ihn, ob er aus meinem Hause geworfen werden wolle. Er hatte die Unverschämtheit, mir zu antworten: ‚Dann müssen wir diesen Weg über die Goldscheider gehen.' Leider bekam ich wieder einen Anfall, Professor Rübner wurde gerufen und vor meinen Ohren befragt, ob er einen operativen Eingriff für nötig halte. Der Mann, den meine Brüder gewiss schon bezahlt haben, antwortete: ‚Wenn jeder Exzess und jede heftige Aufregung vermieden werden könnte, wäre im Süden in drei, vier Monaten Heilung wahrscheinlich.' Sie können sich nicht ausmalen, wie der Kerl das Wort Exzess ausgesprochen hat. Als ob ich jetzt durch Orgien zerrüttet würde. Ich konnte nicht anders, ich musste auch den Professor etwas unhöflich entfernen."

„Wenn es Sie erleichtert, werfen Sie hinaus, wen Sie wollen", sagte Sinzheimer lachend, „obwohl die Ehrverletzung durch ein schiefes Lächeln strafgerichtlich schwer nachweisbar und nicht verfolgungsreif ist. Aber man kann nicht sagen, dass ihre Brüder Sie in diesen zwei Tagen schonungsvoll behandelt haben."

„Das ist noch gar nichts", flüsterte Kronstein, „um acht Uhr schickten sie mir meinen Bruder Heinrich mit seinem Rechtsanwalt und fragten, welchen Betrag ich für den sofortigen Austritt aus dem Verlag verlange, und als ich auch Heinrich, trotzdem er der Älteste ist, hinauswerfen lassen wollte, sagte mir sein Rechtsanwalt, übrigens auch ein Verwandter von uns, Justizrat Wiener, meine Arbeitsunfähigkeit würde zu einem zwangsweisen Ausscheiden aus dem Aufsichtsrat durch die Gerichte ermächtigen. Da warf ich dann beide hinaus. Heinrich konnte sich gar nicht fassen, ich glaube, er ist das erste Mal in seinem Leben an die Luft gesetzt worden. Aber dann schlief ich famos die ganze Nacht."

Das Telefon schnarrte (Fritz duldete kein schrilles Signal in seinem Hause), die Kanzlei Schollwitz fragte an, ob der Herr Staatssekretär morgen Nachmittag vorsprechen dürfe. Fritz sah den Justizrat an, Sinzheimer nickte heftig: „Ja, gewiss, der Herr Staatssekretär werde mit Vergnügen um fünf Uhr erwartet."

XVIII.

Als Schollwitz am Tage nach dem Frühstück mit Sinzheimer gleichzeitig mit dem Tee und den Brioches der „Matin“ ans Bett gebracht wurde, wurde sein Gesicht grau vor Zorn. Aus einer Berliner Depesche der französischen Zeitung musste er erfahren, dass er in seiner Abwesenheit ohne vorherige Anfrage und ohne jede Mitteilung von Gründen in Pension geschickt worden war. Nun, freilich, es war bloß eine Zeitungsnachricht, und sie konnte kombiniert oder gar erlogen sein. Aber du lieber Gott, auf die deutsche Treue in der Reichskanzlei war seit dem Zusammenschmelzen der alten Parteien und dem jähen Anschwellen der extrem-nationalen Bewegung kein eiserner Verlass mehr. Jedenfalls stand im Augenblick des Staatssekretärs ganze politische und damit seine ganze innere Existenz auf dem Spiele. Es erquickte und besänftigte ihn, als ihm als erste Folgerung einfiel: „Ich muss das alles sofort mit Ruth besprechen.“ Sie war im Nu am Telefon, und als sie mehr noch aus seiner bedrückten Stimme als aus der mitgeteilten Tatsache erkannte, dass ihn irgendetwas Schweres getroffen, das vielleicht ihren Aufenthalt jäh abbrechen oder verstören würde, da sagte sie mit ihrem schönsten dunkel schimmernden Alt: „Kommen Sie zu mir herauf!“ Im selben Augenblick fiel dem großen schönen Mädchen ein, dass sie noch immer in dem neuen seidenschweren, hellgrünen Pyjama durch das zum Glück aufgeräumte Zimmer herumspazierte, aber sie bereute die Einladung nicht, geschweige denn, dass sie sie zurückgenommen hätte. Schon klopfte es mit hartem Knöchel an ihrer Tür und der Staatssekretär trat gleich darauf ein. Das Licht des Pariser Morgens durchzitterte das große Zimmer. Schollwitz stand in der schrägen, durch das geöffnete Fenster strömenden Sonnenlichtsäule, in der hundertausende Stäubchen blitzten, noch mehr war er geblendet von dem goldstrahlenden Grün ihres Morgenanzuges, ein Gefühl zauberhafter Unwirklichkeit durchströmte ihn, er tastete nach der weißen länglichen Hand Ruths und küsste sie – nicht wie man eine Hand küsst, sondern wie man das nackte Stück eines geliebten Körpers mit Zärtlichkeit bedeckt.

„Wie gut, dass ich Sie noch angetroffen habe und Ihnen einen Teil meiner Sorgen aufhalsen kann“ – komisch, in diesem Augenblick hefteten sich seine Augen sogleich an ihren hohen, weißen Hals –

„ich habe seit vielen Jahren mich nie mit einem Menschen über meine Angelegenheiten beraten, am wenigsten hätte ich mir eine junge Dame als Ratgeberin vorstellen können und nun spüre ich, dass ich nur handeln kann, wenn Sie mir beistehen. Da, lesen Sie den ‚Matin', ich halte die Nachricht für richtig. Danach bin ich gestern in Berlin von meinen Kollegen hinterrücks ausgeschifft worden. Ich darf mich nicht beklagen, denn ich galt rechts und links als unsicherer Kantonist, ich war immer bemüht, ein vielleicht veraltetes staatsmännisches Überlegenheitsgefühl zu bewahren, ich war sozial von meinem Vater her und doch nicht Sozialist, und ich war national von Bismarck her und darum ein Nationalist. Vielleicht bin ich also veraltet, stecken geblieben, mein Ziel war immer der anständige Kompromiss, das passt in diese hysterische Zeit nicht mehr, ich hätte alles auf rechts oder links setzen müssen, jetzt sitze ich vielleicht verdientermaßen zwischen den Stühlen. Jedenfalls, das ist im Augenblick das Bitterste ...", er war nicht imstande, den Satz laut zu Ende zu sagen.

„Jedenfalls", vollendete sie mit einer vorgesetzten Ruhe, „jedenfalls müssen wir noch heute nach Berlin zurück."

„Wir? Ich! Sie könnten doch noch ein paar Tage hierbleiben und die Sonne von Paris genießen."

„Glauben Sie wirklich, dass ich das könnte? In der Minute, in der Sie Paris verlassen, ist es nicht mehr für mich da. Es kommt gewiss wieder zurück, aber jetzt ginge ich ganz verwirrt herum. Soll ich mir jetzt Bilder ansehen im Louvre oder allein in einem Theater sitzen oder eine Speisekarte entziffern, die mich nicht mehr interessiert? Nein, bestellen Sie sofort zwei Schlafwagen, möglichst in demselben Wagen wie auf der Herfahrt."

Sie setzte sich nieder, um selbst den Portier anzurufen. Wenn sie sich so niederließ, mit langen Beinen und langem Rumpf, dann kam das Ebenmaß ihres Körpers noch mehr zur Geltung, das schimmernde Hellgrün des seidenen Anzuges gab ihrem kastanienbraunen Haar rötlichen Schimmer. Ihre Bewegungen, lässig, vielleicht ein bisschen müde, hatten doch Schnellkraft und Frische, es war leichte Fröhlichkeit in ihrem schlanken Mädchenkörper und keine Regung verriet Melancholie oder gar Schwere des Wesens.

„Jetzt freue ich mich schon auf unsere Heimreise", sagte sie, die Schranktür froh aufreißend, die Kleider hervorholend. „Und wir haben so viel zu reden, vielleicht durchschwätzen wir die halbe Nacht. Ihr Schicksal entscheidet sich heute, das ist für das ganze Haus Kronstein wichtig und also auch für mich."

Sie redeten sich von Paris bis Köln alles Schwere vom Herzen, dann gingen sie erleichtert und müde in ihre entfernten Kabinen. In aller Früh saßen sie in Leipzig schon wieder im Speisewagen zum Morgenkaffee und ein Verkäufer brachte Schollwitz einen Stoß Berliner Zeitungen.

„Verzeihen Sie", sagte Schollwitz, „aber ich muss einen Blick in meine Nekrologe tun. Vor allem möchte ich erfahren, woran ich gestorben bin." Aber trotzdem er eine halbe Stunde in dem Papierberg suchte, konnte er Ruth keine genügende Erklärung geben. Einige Zeitungen, darunter auch das Kronstein'sche „Intelligenzblatt", meldeten, dass Freiherr von Schollweitz aus seinem Posten im Reichsfinanzministerium scheide, weil die höchste Stelle des Reiches ihn offenbar gerade in diesen Zeitläufen für eine besonders wichtige Aufgabe bereitstellen wolle. Das war offenbar Neuburgers stärkster Versuch, Schollwitz günstig und versöhnlich zu stimmen. Die sozialistischen Blätter nannten den Staatssekretär einen Handlanger der herrschenden Klasse, der den neu hinaufdrängenden Schichten lästig geworden sei und im Wege gestanden habe, die wenig gelesenen gemäßigten nationalen Blätter beklagten das plötzliche Fortschicken erprobter Fachmänner und die extremen Nationalisten verzeichneten seinen Fall mit Genugtuung. Deutschland brauche jetzt Männer von unbeirrbarem Charakter, die sich auf keine Art von Zinsknechtschaft gegenüber dem Ausland mehr einließen. In allen Blättern wurde angedeutet, dass der Reichspräsident oder vielmehr seine nächsten Berater dank der Aufklärung durch Hitler und seine Freunde sich endlich zu einer Kursänderung entschlossen hätten.

„Die Zeit der Leisetreter ist vorbei", las Schollwitz laut, er setzte lachend hinzu: „Ich muss zu Hause noch ein Paar alte Röhrenstiefel haben."

Als der Zug durch die südlichen Vororte von Berlin fuhr, brachte Schollwitz die Frage vor, die er schon in Paris stellen wollte: „Würden Sie mein Büro leiten, Fräulein Berger, wenn ich vorläufig Privatmann oder der Leiter des Kronsteinverlages werden sollte?"

Ruth überlegte errötend. Natürlich wollte sie liebend gerne, aber sie fürchtete die üble Nachrede, und außerdem, der Staatssekretär sollte es bedenken, sie heiße Ruth Berger, und damit wüsste jedermann, dass sie Jüdin sei. Es könne ihm und ihr schaden. Mindestens die erste Zeit wollte sie in ihrem alten Büro bleiben.

„Bei Simon?"

Der Ton, mit dem er den Vornamen aussprach, verletzte sie.

„Ja, bei Simon Kronstein", versetzte sie ruhig.

„Und den Pastor Dingsda, den zweiten Chef, werden Sie wohl auch nicht im Stich lassen."

„Nein, auch ihn nicht."

Schon fuhr der Zug im Anhalter Bahnhof ein, die Waggontüren wurden aufgerissen, die Gepäckträger drangen ein, eine gebeugte, alte Dame umarmte Ruth. Schollwitz stand eine Weile wortlos daneben, es kam zu keinem richtigen Abschiedswort. Erst als er mit seinem Diener und einem Gepäckträger an ihr, die an der Seite ihrer Mutter stand, ohne sich umzudrehen oder gar stehen zu bleiben, vorüberging, sagte er: „Auf Wiedersehen, morgen rufe ich an."

Mutter Berger, mager, durch ihre Vorgebeugtheit etwas kleiner als die Tochter, aber auch ein gut profiliertes, weißes altersschönes Gesicht, sah sich den großen, breiten, pommerschen Adeligen aufmerksam an. Doch sie fragte nichts.

„Das ist wahrscheinlich unser neuer Verlagsdirektor."

„Soo?", fragte die Mutter. „Ein Christ?"

„Ja, ich glaube, es beginnt eine neue Ära."

„Wenn das nur gut für dich ist", antwortete die Mutter.

Eine Stunde später saß Ruth Berger schon wieder am gewohnten Arbeitsplatz, in ihrer Lieblingstracht: dunkelblauer fußfreier Rock, blütenweiße Seidenbluse. Es dauerte nicht lange, und Simon Kronstein trat ein, die Hände in den Hosentaschen, wie er es im Bewusstsein, das keiner ihn korrigieren konnte, gewohnt war. Er paffte seine Morgenzigarre, blieb vor der Barriere, die Ruths Arbeitsplatz begrenzte, stehen, nahm sogar seine Zigarre aus dem Mund, betrachtete die schon in Arbeit Vertiefte mit einem langen, wohlwollenden Blick und sagte: „Ich muss Sie leider stören, Fräulein Berger, Sie müssen mit mir kommen und mir berichten." Simon Kronstein öffnete die Tür, ließ sie höflich vorausgehen, sie spürte seinen Blick auf ihrem Hals, Nacken und Rücken, und sein schwerer Tritt, mit leichtem Keuchen verbunden, trieb sie zu schnellerem Marsch über den langen Korridor. Von allen Arbeitspulten sahen Kolleginnen, Beamte,

Redakteure auf, sie ging vorbei wie eine vorwärts Getriebene und zuweilen schien sie die Wolke von Gezischel und Gemurmel undeutlich zu hören, die hinter Chef und Angestellter in die Luft aufflog.

„Nehmen Sie Platz", sagte Simon, während er sich selbst in seinen alten Lederfauteuil fallen ließ. „Schade, dass Sie nicht rauchen. Ich kann Ihnen also nichts anbieten. Nun sagen Sie mir vor allem: Wie hat sich Schollwitz aufgeführt?"

Ruth schaute erstaunt empor. Was für eine Frage?

„Sehr liebenswürdig, sehr sachlich."

„Das freut mich. Ich gebe Sie niemandem gern mit, Fräulein Berger. Sie sind mir nicht hässlich genug, und nun gar noch Paris."

Sein Mund lachte breit über das ganze Gesicht. Das war nun seine Art, der Schönheit zu huldigen.

„Haben Sie was in Paris gesehen?"

„Ach Gott, an dem einen und einen halben Tag. Ich war an einem freien Vormittag im Garten des Louxembourg und durfte einmal mit dem Herrn Staatssekretär, damit ich vom Reichtum der Welt wenigstens etwas rieche, im Ritz frühstücken."

„So? So? Und in den Folies Bergères waren Sie nicht? Und im Montmartre in den Tanzlokalen?"

„Nein, der Herr Staatssekretär war von der Affäre Goldscheider sehr okkupiert."

„Natürlich. Und wann hat er seinen Hinauswurf aus dem Kabinett erfahren?"

Das Wort Hinauswurf verdross Ruth, ihr Gesicht bekam einen versperrten Ausdruck, sie schwieg. Nach einer Überlegungspause sagte sie als gute Verbündete: „Er hielt es eigentlich für ein Zeitungsmanöver, jedenfalls glaubt er nicht an seine plötzliche Entbehrlichkeit."

Simon zuckte die Achseln: „Auch möglich. Wir werden jetzt alle aus dem Vorzimmer des alten Herrn regiert. Wer kann wissen, welcher Berater gerade das entscheidende Wort sagt? Ein Volk, das von einem vierundachtzigjährigen Mann beherrscht wird, muss mit Überraschungen rechnen."

Ruth sah den wohlgenährten Simon Kronstein an. Ist denn der Unterschied zwischen vierundsechzig und vierundachtzig so groß, dachte sie mit der Härte ihrer fünfundzwanzig Jahre.

„Wie alt war Abraham", sagte Simon, „als ihm Isaak geboren wurde? Es gibt oder es gab wenigstens wirklich Wunder ... Mein Bruder Fritz, der etwas älter ist als ich, will ja auch noch heiraten. Das Alter ist jugendwahnsinnig geworden und die Jugend, schauen Sie nur meine Neffen an, ist steinalt ... Nun sagen Sie mir aber, wieso ist Schollwitz in das Goldscheider-Lager übergegangen?"

„Ist er das? Ich weiß das nicht." Es fiel ihr nicht ein, sich aushorchen zu lassen.

„Ich habe den Eindruck, die Freunde der Goldscheider haben ihn in Paris gekapert."

Das Gespräch verdross die Sekretärin. War sie etwa als Geheimberichterstatterin der Brüder ausgeschickt worden?

„Herr Kronstein", sagte sie in abschließendem Ton, in einer Stellung, als wolle sie sogleich aufstehen, „in einer halben Stunde habe ich den Bericht des Herrn Staatssekretärs abgetippt und Sie haben ihn in Händen, ein Vorbericht von mir könnte leicht ein falsches Bild geben."

„Recht haben Sie, Fräulein Berger", Simon schien die Audienz selbst zu beenden, „in einer Vertrauensstellung kann man nicht korrekt genug sein. Meine Fragen habe ich nicht als Chef, sondern – wie soll ich sagen – als Ihr alter guter Bekannter gestellt. Übrigens habe ich hier im Hause den Vorsitz des Aufsichtsrates übernommen. Wahrscheinlich werde ich Sie zu mir herübernehmen, und da war es mir jetzt doppelt angenehm, wieder einen Beweis Ihrer zuverlässigen Korrektheit zu erhalten. Ich hätte Ihnen persönlich noch etwas zu sagen, aber vielleicht warte ich damit, bis Sie sich hier häuslich eingerichtet haben.

Häuslich eingerichtet? Sie erschrak über den kleinen Scherz und stand unwillkürlich auf.

„Na, Sie brauchen nicht gleich zu erschrecken ... Ich habe nichts Böses im Sinne. Wir haben es nicht leicht, wir Chefs des Hauses Kronstein ... Mit vierhundert weiblichen Angestellten. So wenig wie ich Sie mit Fräulein Goldscheider vergleiche, so wenig möchte ich mit meinem Bruder Fritz verwechselt werden ... Bringen Sie mir den Bericht von Schollwitz sofort, wenn Sie ihn fertig haben."

Der pfiffige Chef. Schon war er wieder Chef, nichts als Chef.

Aber Ruth Berger war darüber froh und verließ mit leichten Schritten das Chefzimmer.

XIX.

Wo anders konnte Evelyn Goldscheider wohnen als in einem funkelnagelneuen Appartementhaus im Westen Berlins? In einer weiß getünchten Wohnung mit eingebauten Schränken, elektrischer Küche, Dachgarten und glitzernden Stahlmöbeln. Sie hauste in zwei Zimmern, von denen eines als Ess-, Studier- und Bücherzimmer, das andere, wenn man die breite Couch umdrehte, als Schlaf- und sonst als Gesellschaftszimmer diente. Eine Magd wollte sie nicht haben, das bisschen Reinemachen und Geschirrwaschen besorgte am Morgen eine Bedienerin. Wichtig war nur, dass der Portier alle telefonischen Anrufe aufnotierte. Wehe wenn der schwerfällige, zur Liftbewachung ausersehene alte Mechaniker einen Namen oder eine Nummer falsch aufnotierte. Im Übrigen wollte Fräulein Doktor ungestört studieren und von niemandem kontrolliert werden. Das war ein Dauerwunsch schon aus ihrer Gymnasiastenzeit. Papa Goldscheider, der Zurückgezogene, Vertrauensvolle, hatte sie nie gestört, und so wollte sie es immer haben. Mit Frau Gross hatte sie sich damals in Paris zerkracht, weil die Ungarin Beruf, Herkunft und Lebensgeschichte jedes Gastes wissen wollte.

Nun lag Evelyn – liegen war ihr immer angenehmer als sitzen – auf ihrer Couch und wartete auf Justizrat Sinzheimer. Der Gute kam sechs Minuten später und entschuldigte sich deshalb zehn Minuten lang. Endlich setzte er sich, wie es sich für einen alten Freund gehörte, an den Rand der Couch, auf der Evelyn lag.

„Was?“, schrie Evelyn nach den ersten berichtenden Sätzen Sinzheimers auf: „Sie haben mit diesem Schuft Gérard gesprochen?“

„Liebes Kind“, antwortete der Justizrat, „es ist ja geradezu mein tägliches Geschäft, mit Schuften zu sprechen.“

„Aber mit Gérard? Diesem doppelten Spion.“

„Könnten Sie mir das beweisen?“

„Zehnmal, wenn Sie wollen. Er hat ja nur deshalb das Verhältnis mit Frau Gross gehabt. Übrigens hat er kein Geheimnis daraus gemacht, dass er in den Diensten der Pariser Sureté steht. Davon hat er ja gelebt.“

„Moment, nicht so rasch!“ Sinzheimer suchte Ordnung in die Äußerungen Evelyns zu bringen: „Für sein Vaterland darf man spionieren, es gibt sogar Leute, die das für ehrenwert halten. Wieso hat er denn für Deutschland spioniert?“

„Na, eben mit Hilfe seiner Freundin, Frau Gross. Die hat doch seine Nachrichten nach Berlin weitergegeben."

Der Justizrat hielt Evelyns aufgeregte Hand sanft in der seinen fest: „Sagen Sie, liebes Fräulein Goldscheider, warum sind Sie denn aus diesem fatalen und gefährlichen Milieu nicht ausgezogen? Warum sind Sie denn bei diesem Gesindel geblieben?"

„Eine echte Sinzheimerfrage", Evelyn verdrehte die Augen zu einem unsichtbaren Auditorium, das ihr recht geben sollte, „sehr einfach, weil ich dieses ungarisch-französische Gesindel interessanter fand als unsere deutschen Philister. Ich wollte mich einmal umsehen in dieser Spitzbubenwelt."

„Der Spaß war nicht ganz ungefährlich."

„Das erhöhte seinen Reiz. Übrigens hat auch die arme, später zu Grunde gerichtete Gross nicht spioniert, ihr hat dieser schwarz gefärbte Colonel Bruneau aus ganz unpolitischen Gründen geschmeckt. Sinzheimer, Sie haben doch Gérard nichts gezahlt? Wenn man nämlich diesem Gérard 1.000 Francs gibt, wird man ihn nie mehr los. Dann kommt er immer wieder."

„Ich werde heute noch Doktor Fritz Kronstein ausführlich berichten. Wenn er glaubt, dem Erpresser müsse der Mund gestopft werden, so werde ich es tun."

„Sprechen Sie heute noch mit Fritz? Wie geht es ihm? Kam noch ein Anfall? Leidet er? Der Ärmste! Was sagen die Ärzte?"

Sinzheimer unterbrach die überstürzenden Fragen: „Warum haben Sie ihn denn in den zwei Tagen nicht besucht? Er hat sich sicher nach Ihnen gesehnt."

„Nein", antwortete Evelyn mit tragischer Entschlossenheit, „ich will ihn jetzt nicht an mich binden. Wenn er die Leitung des Verlages verliert, so will ich nicht daran schuld sein. Er soll mir später keinen Vorwurf machen können! Lieber ziehe ich mich zurück. Das habe ich auch seinem Bruder Emil gesagt."

„Haben Sie denn Emil Kronstein gesprochen?"

Es wurde ihr schwer, die Frage zu beantworten. Sie schüttelte die Unannehmlichkeit der Frage durch eine Gegenfrage ab: „Warum hätte ich denn nicht mit ihm reden sollen?"

„Weil er kaum als Freund, nicht als der Bruder Ihres Verlobten gekommen ist."

„Das wollte ich auch mit meinen eigenen Ohren hören. Übrigens ist er keineswegs ein Feind von Fritz. Er ist der jüngste der Brüder und steht meiner Generation am nächsten. Außerdem ist er ein offener Kopf, ich gehöre nun einmal zu den Leuten, die sich auch von ihren Feinden ein selbstständiges Urteil bilden wollen. Er versicherte übrigens, auch nicht mein Feind zu sein und ich glaube ihm."

„Liebe Evelyn", sagte der Justizrat sanft, „vielleicht sind Sie zu gutgläubig ... Sagen Sie mir klar, was Emil Kronstein von Ihnen wollte."

„Ich kann zwar solche Verhöre nicht leiden, aber ich habe keinen Grund, irgendetwas zu verheimlichen."

„Nun?"

„Er legte mir offen dar, wie groß der Widerstand aller Brüder, ja des ganzen Hauses gegen eine Verheiratung des Doktors mit mir sei. Sie fürchten meinen Einfluss, besonders seit Klotz geflogen ist, und weil sie diese Erneuerung fürchten, würden sie den Doktor mit allen Mitteln schachmatt setzen. Er gab zu, dass das grausam und auch gegen mich ungerecht ist, aber er wusste mich zu überzeugen, dass Fritz und ich in diesem Kampf auf Tod und Leben besiegt würden. Er will mir spätestens Montag Vergleichsvorschläge machen. Allerdings wünscht er, dass der Verlag die unfruchtbare Linksstellung aufgibt, der die Brüder den Rückgang des Geschäftes zuschreiben."

„Das alles haben Sie ruhig mit angehört?"

„Es ist meine Art, alles ruhig anzuhören, damit entscheide ich mich ja noch nicht."

„Es gibt ein Anhören, das der Gegner missversteht. Vielleicht hat Emil Kronstein während ihres Schweigens gedacht, er habe Sie schon überzeugt und gewonnen."

„Mein lieber Sinzheimer", Evelyn holte weit aus, „erinnern Sie sich, was ich Ihnen damals im Restaurant des Deutschen Theaters sagte? Was mich zu Fritz zieht, sind geistige Gründe."

Sinzheimers Unbehagen zwang ihn zu schweigen.

Jetzt wurde Evelyn zum Advokaten: „Mein Bündnis mit Fritz ist, wie ich Ihnen schon vor Monaten sagte, ein rein geistiges. Ich dachte, ich werde dem Doktor die Jugend oder wenigstens Elemente der neuen Generation zur Mitarbeit zuführen. Ich wollte seinen Wirkungskreis mit ihm teilen. Diesen Plan und diese Hoffnung hat mir Emil Kronstein zerrissen. Das Einzige, was ich für Fritz noch tun kann, ist – abzudampfen. Ich schade ihm nur und ich will nicht als Vamp gelten, an dem er zu Grunde geht, die Rolle passt mir nicht."

„Schön, das verstehe ich und ich hätte es vor drei Wochen nicht besser verstanden. Wissen Sie, ob der von Ihnen bezauberte Mann nicht erst recht zugrunde geht, wenn Sie, wie Sie sagen, abdampfen?"

Evelyn, fassungslos, unfähig zu einer Antwort, brach in Tränen aus: „Aber Sie selbst, lieber Freund, haben doch zur Verlobung geraten."

„Allerdings – unter der Voraussetzung, dass Sie bei dem Mann, der an Ihnen, ich glaube, nicht nur an ihrem Geist, hängt, mit etwas Treue ausharren ... Was bietet Ihnen denn Emil Kronstein, wenn Sie den armen Doktor im Stich lassen? Ich würde alles verstehen, wenn der jüngste Bruder sich in Sie verliebt hätte."

„Sie sind älteste Romanschule. Warum denn immer dieses dumme Liebesmotiv hineinmischen? Sicher habe ich ihm besser gefallen, als er dachte, man konstruiert sich unbekannte Feinde immer falsch. Auch ich hatte von Emil Kronstein ein Zerrbild im Kopf, aber warum denn immer diese Kleinmädchen-Einstellung, Liebe, Bezauberung etc. etc. Wir haben uns nur als vernünftige Menschen nüchtern verständigt. Zwei, drei Jahre einer Weltreise können für meine Entwicklung nützlicher sein, als dieser qualvolle Kampf, den ich Fritz aufbürde, der ihm das Leben und mich alle Heiterkeit kosten kann."

„Das ist allerdings eine gesunde, nüchterne Auffassung. Schade, dass Sie sich erst jetzt dazu durchgerungen haben. Wünschen Sie, dass ich den Doktor in diesem Sinne beeinflusse?"

„Geben Sie es ihm löffelweise ein. Ich möchte jeden Krankheitsrückfall verhüten."

„Wird geschehen ... Er wird, wenn es zu Ihrem Besten geschieht, auch für die geplante Weltreise sorgen."

„Nein!", sagte Evelyn. „Das will ich nicht. Er soll mir nichts geben, wenn ich gehe."

„Aber ...", antwortete der Justizrat nachdenklich. Plötzlich fiel ihm ein: „Und der Kampf gegen die Skandalblätter? Gegen Gérard? Das können Sie doch nicht abblasen. Nach dem, was mir Schollwitz gesagt hat, können wir den Spionage-Verdacht öffentlich glatt widerlegen."

Evelyn wurde nicht so froh, wie es Sinzheimer erwartet hatte. „Ach", sagte sie, „die Brüder sehen ein und geben zu, dass sie an mir gesündigt haben, sie werden das, wenn wir es wollen, auch in ihren

Blättern öffentlich erklären. Um eine sogenannte Rehabilitierung ist mir nicht bange."

„Das ist das Erste, was Fritz von Simon, Heinrich und Emil verlangt. Öffentliche Entschuldigung."

„Ja, darauf wollen wir bestehen. So lange halte ich schon aus, auch mit den Nerven."

Sinzheimer fand seine Anwesenheit bereits überflüssig. Das Telefon klingelte, sie ging an den Nebenanschluss im anstoßenden Zimmer, nicht ohne die dicke Tür hinter sich geschlossen zu haben. Der Justizrat war nicht der Mann, ein Gespräch im Nebenraum zu belauschen. Als Evelyn nach längerer Zeit erschien, war er zum Aufbruch bereit.

„Sie sind mir doch nicht böse, lieber, alter Freund", sagte Evelyn im Vorzimmer, den Ärmel seines Überziehers verlegen streichelnd.

„Böse? Böse? Wie soll ich Ihnen böse sein, der kleinen Evelyn, der Tochter ihres Vaters? Die Abwicklung der Sache macht mir nur keine Freude ... Machen wir uns nichts vor: Die Brüder haben im letzten Augenblick gesiegt und ich bin auf Seiten des armen Doktors."

Sie schämte sich zu antworten, aber sie blieb in dem kleinen Vorzimmer stehen, längst nachdem der Justizrat fortgegangen war, und sie horchte auf seine bedächtigen Schritte auf der Treppe. Wenn er doch zurückgekommen wäre und ihr das Versprechen abgenommen hätte, mit Fritz niemals wieder zusammenzukommen! Die Haustür fiel unten krachend ins Schloss.

XX.

In seiner Junggesellenwohnung, die ein Teil der großen Wohnung seines verstorbenen Vaters im alten Charlottenburg war, telefonierte Schollwitz selbst mit der Reichskanzlei. Er wünschte den alten Staatssekretär von Eysler zu sprechen.

„In welcher Angelegenheit?", ließ Herr von Eysler fragen.

Schollwitz antwortete grob: „In der Angelegenheit meines Hinauswurfs." Darauf kam Eysler sogleich persönlich ans Telefon, entschuldigte sich, man hätte ihm einen falschen Namen genannt, natürlich stehe er jederzeit zur Verfügung, vielleicht könnten sie zusammen zu Abend essen bei Borchardt in der Französischen Straße. „Nein", antwortete Schollwitz mit klarer Deutlichkeit, er sei die Nacht durchgefahren und müsse früh ins Bett. Ob er nicht auf der Stelle kommen dürfe? Oh gewiss, im Augenblick finde zwar eine Besprechung beim Sohne des Herrn Reichspräsidenten statt, aber das dauere erfahrungsgemäß nicht lange. In einer halben Stunde erwarte er Herrn von Schollwitz.

Schollwitz zog einen schwarzen Anzug an, etwas Feierlichkeit war man ja auch dem Vorzimmer schuldig, dann ging er nochmals ans Telefon und diesmal telefonierte er mit Ruth. Er werde jetzt in der Wilhelmstraße seine Todesursache erfahren und hätte gern nachher mit ihr beraten, was nun zu tun sei. Wo er sie denn sprechen könne. In einem Café war das unmöglich. Eher ginge es abends in einem kleinen Zimmer bei Borchardt, aber auch dort hatten die Wände Ohren oder wenigstens Augen. Die Wohnung von Ruth war ihnen auch verschlossen, Mama hätte das nicht verstanden und Ruth hätte, auch ohne gefragt zu werden, Antworten geben müssen. „Warum denn nicht das Einfachste", fragte Schollwitz, „bei mir?" In der Sophienstraße 12, der menschenleersten Straße in der Gegend am Knie, in einem einstöckigen Hause, das im Augenblick bloß er und sein Portier bewohne, abgesehen von seinem alten Balthasar, den sie früher oder später kennen lernen müsse. „Ja", sagte Ruth zögernd, „ich muss nur über einen Grund für Mama nachdenken."

„Wie wär's einfach mit der Wahrheit?", scherzte Schollwitz derb.

„Die Wahrheit ist für eine zarte alte Dame ein bisschen beunruhigend", antwortete Ruth, „aber machen Sie sich darüber keine Sorgen, ich bin kein Kind mehr, auch nicht für meine Mutter, es wird mir schon das Richtige einfallen. Ich habe ja zwei Stunden Zeit. Viel Glück fürs Vorzimmer."

Das Gespräch hatte ihn gestärkt. Der Herr Staatssekretär der Reichskanzlei Doktor Gottfried von Eysler erwartete Schollwitz schon, er ging mit ausgestreckten Händen voll Herzlichkeit auf den Heimgekehrten zu.

„Na, warum habt ihr mich fliegen lassen?", fragte Schollwitz aus seinem Lehnstuhl.

„Wir? Sie fliegen lassen? Soviel ich weiß, ist bis heute kein Dekret unterzeichnet."

„Na schön, also warum wollt ihr mich in die Wüste schicken?"

Eysler rückte seinen Sessel näher an den Besucher heran. „Das alles wollen wir doch erst mal durchsprechen, lieber Schollwitz. Ich habe von unserem alten Herrn den Auftrag, alles in Frieden und Einvernehmen mit Ihnen zu ordnen." Der Herr Staatssekretär der Reichskanzlei fuhr sich mit beiden Händen über den musterhaften, glatt geölten Scheitel. Schollwitz dachte: So folgsam soll ich liegen wie dieser schnurgerade geteilte, fest anliegende Scheitel, aber ich hätte verdammt viel Lust, die Frisur der Tadellosigkeit in Unordnung zu bringen.

„Der alte Herr glaubt, wir müssen den Schreiern Gelegenheit geben, sich zur Verantwortlichkeit durchzuringen. Es wird ihm nicht leicht, sich mit diesen heiseren Versammlungsrednern zu unterhalten, aber er ist Preuße und das Pflichtgefühl geht ihm über alles."

Schollwitz wurde ungeduldig: „Das dürfen Sie als bekannt voraussetzen, lieber Herr von Eysler. Sagen Sie mir: Wer soll gehen? Warum bin ich unter den Todeskandidaten und aus welchem Grunde wurde ich während meiner halbdienstlichen Abwesenheit ausgesucht?"

Gottfried von Eysler hatte ein rötliches, rundes, fett ausgepolstertes Gesicht, seine Augen waren klein im Rundgebirge seiner vollen Wangen, sein Hals schien den Kragen zu sprengen, er scheute jeden Affekt und war bemüht, das Unangenehmste mit lächelnd-wohlwollender Miene vorzubringen.

„Todeskandidaten? Was sind das für Worte, Schollwitz? Und übrigens, wer von uns ist heute nicht Todeskandidat? Wenn der pathetische Anstreicher zur Regierung kommt, sind wir alle erledigt. Tatsache ist, dass Sie bei dem Anstreicher unbeliebt sind. Nun will der alte Herr, sein Sohn und wir alle Sie rechtzeitig in Sicherheit bringen. Sie sprachen von Ihrer halbdienstlichen Abwesenheit. Das wäre eine politisch hochwichtige Position. Der größte deutsche Zeitungsverlag ... Wenn wir jetzt ein bisschen nachdrücken, können Sie die ganze Kronsteinkiste in die Hand bekommen. Das ist eine schöne Aufgabe für Sie, politisch und übrigens auch finanziell rentabler als unsere schmählichen Beamtenbezüge. Wenn Sie mir heute Ja sagen, das heißt nicht mir, sondern dem alten Herrn, werden wir das sehr schnell deichseln. Ich höre, die Brüder Kronstein leben wie Katz und Hund im Verlag. Eine Skandalgeschichte zehrt an den Leuten. Da wird eine starke, befehlende, vom Staat geschützte Hand sehr schnell und energisch eingreifen können. Natürlich nur, wenn Sie wollen, Schollwitz. Zwang ist es nicht, aber ich denke, Sie werden sich nicht sträuben. Ein Königsmacher ist mehr als ein König, und mit diesem Instrument sind Sie der stärkste Königsmacher im Reich. Na, ist denn das ein so unbilliger Vorschlag?" Er schlug dem Kollegen freundschaftlich an den Schenkel, eine Begünstigung, die Wilhelm II. erfunden und die sich in der preußischen Luft erhalten hatte.

Schollwitz empfand den freundschaftlichen Schenkelschlag mit Unwillen. Zu oft hatte er selbst diese famose Vertraulichkeit gegenüber Leuten geübt, die er loswerden wollte.

„Ich kann heute nicht zusagen", Schollwitz erhob sich, „ich muss das genau überlegen. Eigentlich liegt mir das tintenschmierende Gewerbe nicht, aber ich gebe zu, dass die Sache auch einiges für sich hat. Aber sagen Sie, wenn der pathetische Anstreicher mich nicht mag und wenn Hitler nach des alten Herrn Willen doch zur Regierung kommt, dann kann er mich ja auch mit einem Schlage erledigen."

„Nicht unrichtig, lieber Schollwitz. Nur wenn er die Wahl hat zwischen Simon oder Fritz Kronstein und dem Freiherrn Joachim von Schollwitz, dann haben Sie doch einige Atouts mehr in der Hand, das werden Sie mir doch zugeben. Und wir, das heißt der alte Herr und wir um ihn, sind vorläufig auch noch da ... Überlegen Sie bitte nicht zu lang. Es gibt Neider, die auf Ihre Absage warten."

Sie trennten sich mit einem festen, freundschaftlichen Händedruck. „Ja, wir müssen zueinander halten", sagte Eysler zuletzt mit einem Griff nach dem engen Kragen. Die Unterhaltung hatte ihn schon etwas stark echauffiert.

Als Schollwitz in seine Wohnung eintrat, sah er im Vorzimmer Ruths Regenmantel und Hut. „Sie warten?", sagte er mit Selbstvorwurf. „Ich war zu neugierig, wahrscheinlich kam ich zu früh", antwortete Ruth.

Das Zimmer lag in der Dämmerung. Er konnte das Gesicht Ruths nicht sehen, aber er drehte das Licht vorerst nicht an, er hatte es nötig, sich zu sammeln. Auf der Heimfahrt im Auto hatte er beschlossen, das Gespräch und das Angebot vorläufig nicht zu erzählen. Ruth hatte sich zwei Tage zuvor geweigert, von Simon Kronstein wegzugehen, er erinnerte sich wieder knirschend an das von ihm eigenhändig geschriebene Weihnachtskuvert. In dem Kampf zwischen Fritz und den Brüdern stand er auch mehr in der Mitte als auf einer Seite. Nein, es wäre töricht und auch für Ruth schwierig, wenn sie jetzt entscheiden sollte. So saß er ihr im Dunkeln gegenüber und beide konnten ihre Gesichter nicht sehen und erkennen.

„Wenn ich Sie schon nicht sehe, will ich wenigstens Ihre Wohnung anschauen", sagte Ruth, „es ist so bedrückend, in einem unbekannten Raum zu sitzen." Schollwitz drehte einige Wandlampen an. Die Möbel die hier standen waren schwarz und schwer und voll Schnitzereien. Sehr gediegene Arbeiten aus der Mitte des vorigen Jahrhunderts, in ihrem Schwergewicht angenehmer als der fertige kunstgewerbliche Pofel, der in heutigen Wohnungen herumstand. An den Wänden hingen einige alte gute Bilder, ein schöner Menzel, der das Flötenkonzert wiederholte, sehr anständige Seebilder in schwarzem Rahmen, ein Bismarckkopf von Lenbach. Nur gerade sehr heiter war es hier nicht. Man sah, es war eine ererbte Wohnung und der Erblasser konnte kein froher Geist gewesen sein.

„Wollen Sie mir noch ein anderes Zimmer zeigen?", fragte Ruth.

„Heute nicht, liebes Fräulein Berger, und übrigens sieht es überall so aus wie hier, anständig-altväterlich, ein bisschen zu schwer, wie mein Vater und wie ich es wahrscheinlich auch bin." Seine Stimme klang unfroh. „Wollen Sie ein Glas Portwein?", fragte er vor der schweren Kredenz.

Sie antwortete leichter, als ihr eigentlich zumute war: „Gern, wenn Sie mir endlich erzählen, was in der Wilhelmstraße los war."

Das volle, rotbraune Glas stand lange unberührt, denn Schollwitz erzählte nicht, er redete herum. Er beschimpfte Eysler, der im Begriffe sei, seinen faulen Frieden mit dem Anstreicher zu machen und offenbar auch den alten Herrn in seinen Handel mitzog. Die ganze Wilhelmstraße wisse von dieser Schwenkung. Eysler selber, viel zu freiheitsgewohnt, um unter dem Anstreicher zu dienen, strebe nur eines an, als Botschafter nach Washington zu gehen. Die Situation sei auch für Schollwitz selber schwer. „Ich kann unter dem Anstreicher nicht bleiben. Ja, wenn ein energischer kluger General käme, diente ich mit Wonne." Aber unter dem nationalen Proleten werde auch er sich eine Pensionisten-Handarbeit suchen müssen. Es sei ihm allerhand angeboten, aber nicht das Richtige.

„Und die Leitung des Kronsteinhauses?", fragte Ruth geradezu.

Das habe auch seinen Haken. Wenn der Anstreicher komme, sei er auch dort sofort wieder aufs Pflaster gesetzt. Und den weisen Salomo unter den raufenden Brüdern zu spielen, dazu habe er auch keine Lust. Mit einem Wort, alles schwanke um ihn herum. Alles, sie ja auch, die sich von Simon Kronstein nicht trennen könne.

„Und wenn ich mich trenne?", fragte Ruth, auf den Teppich schauend. Schollwitz marschierte in die äußerste Ecke des halbdunklen Zimmers. „Ich kann Ihnen heute nicht einmal raten ... Ich bin in schmählicher Unentschlossenheit. Wir müssten nach Paris fahren, damit ich wieder zu mir selber finde."

Das grelle Licht einer Bogenlampe fiel von der Straße aus auf Ruth. Sie drehte ihren Sessel um, damit ihr Kopf in den Schatten fiel. Seit sie ein erwachsenes Mädchen war, traf sie in Deutschland immer wieder auf Männer, die im entscheidenden Moment unsicher wurden. Jost, der in Paris so heiter und fest und unerschütterlich schien, hier in Berlin war er plötzlich einer von den grüblerischen Deutschen, mit sich selber uneinig, von innerer Unsicherheit heimgesucht. Sie sagte nichts, aber Schollwitz, der sie jetzt scharf ins Auge fasste, sah, wie ein paar Tränen ihren lang bewimperten Lidern enttropften.

„O Gott, ist das alles schwer!", sagte er von weit drüben.

Sie trocknete mit einem kleinen weißen Tüchlein die Augen und erhob sich schwer.

Schollwitz stampfte auf, als er mit sich allein war. Es dauerte einige Augenblicke, bis er die Fenster aufriss, um Ruth wenigstens noch auf der Straße zu sehen und vielleicht mit einem Ruf einzuholen. Aber er hatte wohl zu spät Umschau gehalten. Ruth war verschwunden.

Balthasar, der lautlose alte Diener, legte ein paar Abendzeitungen auf den Schreibtisch. Durchs Zimmer wandernd, hob Schollwitz ein Blatt vor Augen. Es war ein Sensationsblatt, das jeden Abend eine fette Nachricht, echt oder erfunden, in dicken Lettern auf der ersten Seite auftischte. Während er noch nachdachte, ob und wie er eingreifen solle, meldete der Diener Fräulein Doktor Goldscheider an. Sie stürzte wie eine Irre auf Schollwitz zu: „Sie waren ein Freund von Papa? Sie wissen, woher ich komme. Ich habe erfahren, dass Sie die Beweise meiner Unschuld in Händen haben. Helfen Sie mir, das darf nicht zwei Stunden auf mir sitzen." Sie wies auf die „Abendzeitung".

Schollwitz hatte eine Abneigung gegen wild erregte Frauen. Bei ihrem Wort „Beweise meiner Unschuld" konnte er ein Lächeln schwer verbeißen.

„Ich könnte vor Gericht bestätigen, dass Sie keine Spionin waren", sagte der Staatssekretär gelassen, „und meine Weisheit stammt aus der besten Quelle, nämlich von denen, die es wissen müssen ... Die Liebhaberliste ist läppisch, darüber ging ich an Ihrer Stelle mit Verachtung hinweg."

„Es handelt sich nicht um mich, Fritz Kronstein liegt halbtot zu Bett, ich bin verpflichtet, ihm seine Gesundheit und Widerstandsfähigkeit wiederzugeben. Ich appelliere an Ihre Ritterlichkeit, rufen Sie die Herren von der ‚Abendzeitung' an und sagen Sie ihnen, was Sie wissen."

Schollwitz wand sich: „Will ich tun ... obwohl ich dazu keine Lust habe und nicht ermächtigt bin. Wer kann denn dieses Gesindel von der ‚Abendzeitung' informiert haben? Die Brüder Kronstein nicht. Die habe ich schon von Paris aus gewarnt ... Na, warten Sie mal. Ich will mir die Burschen vornehmen."

Balthasar musste ihn mit der Redaktion der „Abendzeitung" verbinden. Ehe er noch dem Redakteur am Telefon genau auseinandersetzen konnte, dass die Zeitung einem französischen Erpresser aufgesessen sei, musste er die spitze Antwort des Redakteurs hinnehmen: „Herr Staatssekretär, Ihre Ritterlichkeit in hohen Ehren, aber unsere Information stammt aus der Gegend, aus der Ihr Reise-Auftrag kam."

„Das ist unmöglich ... Die Brüder Kronstein sind von mir korrekt informiert."

„Wir sehen einer gerichtlichen Austragung ruhig entgegen ... Schließlich besteht das Haus Kronstein heute nicht mehr aus den sechs Brüdern der alten Generation."

Schollwitz biss sich auf die Lippen. Sollte einer von den jungen Herren, Erich oder Bernhard, das Gift verbreitet haben? Diesen blutleeren bösen Burschen, dekadent und ohne moralischen Halt, wie sie waren, konnte man alles zutrauen.

„Wollen Sie damit sagen, dass die Söhne oder ein Sohn von Heinrich Kronstein hinter der Infamie steht?"

„Die Tonart bitten wir uns aus", erwiderte der Redakteur scharf, „ich müsste abhängen, wenn Sie solche Ausdrücke nochmals gebrauchen. Wir haben von unzweifelhaft unterrichteter Seite eine präzise Information erhalten, wir haben uns an ein Mitglied der beteiligten Familie gewendet und zwar an ein noch nicht verkalktes und haben das Ergebnis dieser exakten Untersuchung veröffentlicht. Vor Gericht werden wir, wenn es notwendig ist, unsere Quelle nennen ... Sie sehen, ein Grund zu Beschimpfungen liegt nicht vor."

Evelyn, die während des Gesprächs am zweiten Hörrohr lauschte, machte Notizen und schrie: „Da steckt einer von Heinrichs Söhnen dahinter."

Schollwitz winkte der Aufgeregten und Unbeherrschten, sie möge schweigen. Halt das Maul!, hätte er am liebsten gerufen, die Leute von der „Abendzeitung" können ja hören, dass ein Zeuge, noch dazu ein weiblicher, am zweiten Rohr horchte. Er hängte ab.

„Sie verkennen, Fräulein Goldscheider, vollkommen meine Rolle. Ich bin nicht Ihr Anwalt und ich lasse mich auch nicht in eine Position drängen, die ich nicht selber wähle. Ihre Aufgeregtheit schadet der Sache nur. Überlassen Sie doch den Kampf dem ausgezeichneten Justizrat Sinzheimer und den leitenden Herren des Verlages, ich meine, allen sechs Brüdern. Undiszipliniertheit kann nur Unheil hervorrufen."

Evelyn wurde rasend: „Jeder von euch hat nur Belehrungen für mich. Keiner hat den Mut, einer infam verleumdeten Frau beizustehen ... Aber ich konnte es mir ja denken. Sie glauben, Sie müssen den Staatsmann spielen, das heißt, es sich mit keiner Seite verderben. Nun, die Lauen werden ausgespien werden, das Bibelwort ist richtig. Ausgespien."

Merkwürdigerweise wurde Schollwitz nicht zornig. Die Wucht der Beschimpfung ließ ihn eher zurücktreten. Hinter der Rasenden sah er unwillkürlich eine Sanfte, Bestimmte, Strenge, die ihn vorher gewarnt hatte, das bloß Bequeme zu tun.

„Ich fahre noch heute ins Kronsteinhaus", sagte Schollwitz, für Evelyn ganz unerwartet, „aber eben deshalb muss ich mich empfehlen."

Evelyn schaute dem großen, fremden Mann zu, während er sich zum Ausgehen bereit machte. Hatte sie ihm Unrecht getan? War ihr Anfall eine Dummheit gewesen? Hatte sie einen wichtigen Helfer, ja Retter verloren? Sie trottete die Treppe hinter ihm herunter, er schien sie nicht mehr zu bemerken. Nur am Haustor sagte er, den Hut ziehend, vollendet artig: „Ich bitte mich Ihrem verehrten Herrn Vater zu empfehlen." Das war nur eine Höflichkeit und in diesem Augenblick doch viel mehr.

Die Brüder saßen noch beisammen im rauchgefüllten Beratungszimmer. Eine halbe Stunde zuvor war die „Morgenpost" für acht Tage verboten worden, angeblich, weil sie den bevorstehenden Rücktritt des katholisch-sozialistischen Kabinetts angekündigt hatte. Als Neuburger in der Reichskanzlei nach den Gründen der harten Verfügung fragte, antwortete ihm Staatssekretär von Eysler eiskalt: „Wir haben diese Quertreibereien satt. Selbst wenn das Kabinett abgehen sollte, haben Sie zu warten, bis wir es offiziell bekanntgeben."

So spricht man in der Konfektionsbranche mit einem Kommis, den man loswerden will, hatte Neuburger später gesagt. Aber Heinrich Kronstein, böse, gelblich, mit faltenreichem Gesicht, antwortete ihm: „Warum lassen Sie sich behandeln wie ein Kommis? Hätten Sie ihm doch männlich geantwortet. Aber dazu langt es leider auch nicht, die Herren Redakteure sind erst mutig, wenn die Minister rausgegangen sind."

Ehe Schollwitz in das Konferenzzimmer der Brüder eintrat, rief jemand auf dem Korridor: „Herr Staatssekretär ...!" Er erkannte Ruths Stimme, sie traten in das leere Vorzimmer von Simons Büro und Ruth berichtete knapp und klar über das Morgenpostverbot und die Panik der Brüder. „Wenn Sie die Leitung übernehmen wollen, so zögern Sie nicht. Im Moment werden Ihnen alle zustimmen."

„Und Sie?"

„Ach, ich bin Nebensache."

„Sie gehen von Simon zu mir über."

„Ich diene Ihnen beiden vielleicht besser, wenn ich bleibe, wo ich bin."

„Machen Sie mich jetzt nicht traurig, Ruth."

„Ich werde alles tun, um Ihre Arbeit zu erleichtern, aber ich bin wirklich nicht wichtig."

Er trat einen Schritt hinter die weit aufgelassene Tür und zog Ruth nach, sodass sie beide wie hinter einem Paravent standen. „Sie sind für mich das Wichtigste, Ruth." Einen Augenblick durchfuhr ihn der Wille, Ruth an sich zu ziehen und zu küssen, aber er besann sich sogleich und wusste, ohne dass Ruth erst Widerstand leisten musste, dass man ein Wesen wie dieses großgesinnte Mädchen nicht versteckt hinter einer Comptoirtür küssen konnte, so drückte er nur ihre lange, warme Hand und sagte: „Ich nehme bei Kronsteins an und ich bin froh darüber."

Mit einem angenehmen Gefühl der Unbesiegbarkeit trat Schollwitz in das Brüderzimmer. Er spürte, dass er durch seinen Eintritt ein Gespräch über sich zerrissen hatte. Simon, der immer noch am schnellsten zurückfand, wollte ihn verblüffen: „Wir haben gerade beraten, ob Sie nicht sofort bei uns eintreten sollten. Mein Bruder Fritz ist, soviel ich zuletzt hörte, gleichfalls für Ihren schnellen Eintritt, und so wären wir alle in einem wichtigen Punkt einig, und das halte ich für ein gutes Omen."

Statt wenigstens einen Augenblick zu schweigen, mischte sich Heinrich mit seinem verkniffenen Greisengesicht ein: „Allerdings war unsere Diskussion noch nicht ganz beendet, als Sie eintraten, Herr Staatssekretär." Die Söhne, Erich und Bernhard, starrten den eben Eingetretenen beinahe frech, jedenfalls sehr ungeniert an.

Simon bekam einen roten Kopf. Das fehlte noch, dass Heinrich in seiner Bösartigkeit vor den Ohren von Schollwitz eine Unterhaltung fortsetzte, durch die der Verlag in die Gefahr kam, den Staatssekretär sofort zu verlieren.

„Den Vorsitz, lieber Bruder, führe ich", sagte Simon mit unverhohlener Schroffheit. „Wenn du in einer wichtigen, in einer Lebensfrage des Verlages das Wort wünschst, muss ich dich bitten, mir dies vorher mitzuteilen."

Heinrich knurrte etwas vor sich hin, aber er war, trotzdem sein Sohn erwartungsvoll auf ihn schaute, nicht mutig genug, dem jüngeren Bruder direkt entgegenzutreten, besonders da Schollwitz durch Handaufheben ums Wort bat.

„Meine sehr verehrten Herren Kronstein", sagte der Staatssekretär in heiterster Laune, „ich bin ganz der Meinung des ältesten Mitglieds. Ich bin etwas unerwartet und ohne nochmalige Anmeldung in Ihre vertrauliche Beratung hineingeplumpst, und es ist an mir, deshalb um Entschuldigung zu bitten. Jedoch – Herrn Simon Kronstein war ich für abends angekündigt und die Situation, glaube ich, erfordert schnelle Maßnahmen. Nicht so sehr meine Person steht in Frage. Schollwitz oder ein anderer, das ist Nebensache. Aber das Verhältnis des Verlages zu der Regierung, zu der heutigen und wahrscheinlich noch mehr zu der vorbereiteten, morgigen, ja zu der höchsten Stelle des Reiches ist auf ein blindes Geleise geraten und ich fürchte, die Situation kann, wenn nicht von hier aus ein mutiger Schritt – sie werden vielleicht sagen: nach rechts – erfolgt, noch bedrohlicher werden. Geben Sie sich, meine Herren, keinem Zweifel hin, die Zeiten haben sich in Deutschland für die Zeitungen wie für die Parlamente gründlich geändert."

„Sehr richtig", schrie August, „das sag ich doch seit drei Monaten."

„Jawohl, seit Monaten weht eine Luft, die weder der Presse noch dem Parlamentarismus günstig ist. Sie haben die Wahl, dagegen zu kämpfen und eventuell ehrenvoll zu sterben – diese Verbote könnten ja als Todesanzeichen gedeutet werden – oder sich als Realisten mit den Tatsachen abzufinden und einen Weg zu suchen, der Ihnen vielleicht einen Teil Ihrer politischen Macht nimmt, Ihnen aber dafür, was ich für möglich halte, wenigstens Ihre materielle Sicherheit garantiert."

Schollwitz sprach jetzt ganz leise, er fühlte, dass er den innersten Nerv der Institution berührte und dass auch die weniger aufnahmefähigen unter den Brüdern, Heinrich und seine vertrockneten Söhne, ihm an den Lippen hingen.

„Ich habe im Ausland und heute in der Wilhelmstraße unsere – ich darf wohl sagen ‚unsere' – Situation genau untersucht. Der Brüderstreit, der durch die Unüberlegtheit eines oder des anderen Herrn – nun auch in die breite deutsche Öffentlichkeit gelangt ist, kann leicht zum Anlass genommen werden, verhängnisvolle Schritte gegen den Verlag zu unternehmen. Auf die Gefahr hin, Unangenehmes zu sagen, muss ich feststellen, dass der hier nicht anwesende Doktor Fritz Kronstein die taktisch vorteilhaftere Position gewonnen hat. Es wurde mir heute von einem arroganten Redakteur der ‚Abendzeitung' versichert, dass das, wie ich nochmals betone, ganz unhaltbare Spionagemärchen von einem jungen Teilnehmer dieser Konferenz ausgesprengt worden ist."

Heinrich rief mit verzerrtem Gesicht dazwischen: „Sind wir hier in der Belehrungsstunde?" Erich, der dem Papa assistieren wollte, kreischte: „Das ist ja wie in der Unterprima." Bernhard, blass vor Wut, konnte nicht sprechen.

„Mir liegt jede anmaßende Kritik fern", fuhr Schollwitz unaufgeregt fort, „ich war nur und bin der Meinung, dass wir zu Tode froh sein sollten, wenn wir diese hässliche Affäre rasch im Kompromisswege aus der Welt schaffen."

„Mit unserem Gelde", schrie Heinrich unbeherrscht.

Emil sah, dass Schollwitz bis aufs Blut gereizt war, er stellte sich deshalb in der Mitte des Zimmers auf und rief: „Jede Silbe goldrichtig, die der Herr Staatssekretär gesagt hat. In dieser Zeit des Zeitungssterbens eine solche und schwer kompromittierende Klatschgeschichte inszenieren – das ist unverzeihlich, und was den Bubenstreich in der ‚Abendzeitung' betrifft, so würde ich wünschen, dass seine jugendlichen Verräter wenigstens aus ihrer oder ihres Vaters Tasche die Kosten dieser unbeschreiblichen Dummheit bezahlen." Dabei sah er Erich und Bernhard provozierend ins Gesicht, ein Augenblick peinlicher Stille trat ein, Heinrich rückte seinen Sessel vom Konferenztisch weg und ging mit dröhnenden Schritten, auf seinen schweren Stock gestützt, auf Emil zu, Schollwitzens breite Figur schob sich vor den jüngsten Kronstein. Vergebens schwang Simon ununterbrochen eine schwach klingende Glocke, indessen war lautlos Ruth Berger eingetreten und hatte dem Vorsitzenden etwas ins Ohr geflüstert, denn Simon rief mit hoher, sich überschlagender Stimme: „Soeben ist auch die ‚Mittagspost' verboten worden und zwar gleich für zehn Tage."

Sofort wurde es mäuschenstill.

Heinrich packte seine Söhne am Handgelenk und sagte noch immer bebend: „Wir verlassen die Konferenz."

Simon rief den dreien nach: „Lass doch diese Geschichten. Zehn Tage Verbot der ‚Mittagspost' ... Siehst du denn nicht ein, Heinrich, dass wir verloren sind, wenn wir nicht sofort eingreifen."

Nein, nein, nein, nach diesen Beschimpfungen seiner Söhne wollte er nicht länger bleiben. Er zischte zu Simon: „Solche Szenen wären unter Fritz unmöglich gewesen."

Die übrig gebliebenen Brüder, Simon, August, Philipp und Emil, diktierten Ruth Berger ein Sitzungsprotokoll, das mit den Worten schloss: „Die Sitzung wurde abgebrochen, nachdem Heinrich Kronstein sie vorzeitig verlassen hat."

Simon zog sich mit Emil und Schollwitz in sein Büro zurück, das er sogar – das geschah nur in den seltensten Fällen – von innen absperrte. „Auch die Zeiten des Familienparlaments sind vorbei", sagte er fast wehmütig, „Heinrich ist unmöglich. Zuerst hat er Fritz hinausgedrängelt, jetzt will er mit mir raufen. Und die vertrockneten Jungens sind ganz unbrauchbar. Übrigens haben sie gar kein Recht, an den Aufsichtsratssitzungen teilzunehmen."

Plötzlich fiel ihm ein, Emil zu fragen: „Könntest du nicht August und Philipp hereinholen?" Aber August war für die Morgenblätter unabkömmlich und Philipp hatte längst seinen Mercedes bestiegen und nahm bei Gott weiß welcher Theaterdame seinen Tee. „Beide werden für Sie stimmen", sagte Simon, „übrigens auch Fritz, wenn erst diese leidige Goldscheider-Sache beigelegt sein wird."

Schollwitz antwortete sehr ernst: „Sie wissen, ohne Ermächtigungsgesetz wird es auch hier nicht gehen. Zu Deutsch: Ich kann weder von dem Zorn des einen noch von der Frivolität oder Schwäche eines anderen abhängig sein. Soll ich den Verlag aus aller Gefahr herauslotsen, dann brauche ich entsprechende Vollmachten."

Lieber hätte Simon Kronstein von hohen Geldforderungen gehört. Die Rettung des größten Verlages „der Welt", hieß es früher in protzigen Prospekten, dürfte schon etwas kosten. Aber diese Machtforderungen über das ganze Haus, das war fast unerträglich. Eine innere Stimme meldete sich in Simon ganz deutlich: „Wie, wenn er die Zeitungen direkt judenfeindlich leitet?" Im nächsten Moment sprach die Kaufmannsstimme in ihm: „Wenn es die einzige Möglichkeit ist, die Zeitungen wieder gewinnbringend zu machen." Aber die andere, die erste Stimme antwortete ihm: „Vor pöbelhaften Ausschreitungen gegen die Juden muss du dich schützen." Simon sah das etwas breite, aber gutmütige, besonders durch große klare Augen gewinnende Gesicht des Freiherrn an und die besänftigende Stimme sprach in ihm: „Sieht so ein neidischer Hetzer aus? Nein, ich kann ihm vertrauen."

Endlich fand Simon den Mut, die Frage der Fragen zu stellen: „Wie hoch wären denn Ihre materiellen Ansprüche?" Aber als fürchtete er, sie zu vernehmen, setzte er rasch hinzu: „Vielleicht machen wir beide je einen Vertragsentwurf ... Ich muss dann freilich noch vor der Perfektionierung die Zustimmung meiner Brüder einholen." Über diesen letzten Satz, der Schollwitz verdross, freute sich Simon ehrlich. So soll es sein, dachte er, das war, so lange alles in Ordnung war, der Sinn des Familienbesitzes. Man konnte sich hinter den Brüdern verkriechen.

„Wir hätten eine leichtere Position, wenn wir der nächsten Sitzung zwei Erfolge vorlegen könnten. Erstens die Aufhebung dieser schrecklichen Verbote und zweitens den freiwilligen Rücktritt von Fritz auf Grund einer, wie Emil schon andeutete, vollkommenen Verständigung mit der Goldscheider. Dabei spielen 60 bis 70 Tausend Mark keine Rolle. Bringen wir diese zwei Erfolge in die nächste Sitzung, so stecken wir auch Heinrich mit seinen dummen Jungen in die Tasche."

Schollwitz war zufrieden. Verträge entwerfen war schon im Ministerium seine besondere Spezialität. Er wollte den Kronsteins einen Vertrag mit einer verlockenden Fassade und mit einigen schwer bemerkbaren Hintertreppen und Versenkungen vorlegen. Er drückte dem sympathischen, im Grunde aufrichtigen Simon Kronstein fest und lang die Hand. Der Mann will Geld verdienen, dachte Schollwitz dabei, das ist sein gutes Recht und dabei will ich auch gern helfen. Ich will andere Dinge und dabei soll er mich nicht stören ...

Noch während des langen Händedrucks sagte der Baron, wie ihn Simon mit Vorliebe nannte: „Eine Sekretärin brauche ich ... Schon morgen früh. Können Sie mir dieses Fräulein ... geben, na, wie heißt sie gleich ... die in Paris für mich arbeitete?"

„Fräulein Berger ... ungern. Sie ist nämlich meine Hauptsekretärin geworden."

„Ich hoffte nur", erwiderte Schollwitz möglichst gleichmütig, „weil sie die Goldscheidergeschichte genau kennt, und da möchte ich nicht noch jemanden einweihen."

„Na schön, sollen Sie auch haben ... leihweise. Für die Goldscheider ist mir nix zu teuer. Aber bitte – wieder unbeschadet retour an mich."

Schollwitz konnte zu diesem Börsenwitz nur lächeln. Ja, er konnte sagen: „Ich werde Sie nicht berauben."

Simon sperrte die Tür auf. Der Staatssekretär kam an dem Tisch von Ruth Berger vorbei.

„Gute Nacht, Herr Kronstein, gute Nacht, Fräulein Berger."

Es tat ihm wohl, dass sein letztes Wort im Hause ein lauter Gruß an Ruth gewesen.

Draußen leuchtete schon die lärmende, grelle Nacht der Friedrichstadt.

Aber Schollwitz ging gemäßigten Schrittes, die Hände auf dem Rücken, den Tag bedenkend, den Vertrag bauend, der Mitarbeit Ruths sicher, mit sich zufrieden, durch viele ausgestorbene, menschenleere Nebenstraßen dem Westen und seinem alten Heim in der Sophienstraße zu.

Berlin war für ihn gar nicht da. Ein Plan erfüllte ihn, der noch dazu mit den Gedanken an dieses große, selbstbewusste, schöne Mädchen verbunden war. Für die Püppchen hatte er nie ein Auge gehabt.

Professor Rübner, gegen dessen Behandlungen Fritz Kronstein nichts einzuwenden hatte, gerade weil er ihn nicht gerufen und nicht bezahlt hatte, hatte dem Leidenden dauernde Bettruhe verordnet, wenig Besuche, gar keine Aufregung und, immer wieder kam er auf das verdammte Wort zurück, nicht die geringsten Exzesse. Es lag in den Gewohnheiten des sechsundsechzigjährigen Mannes, täglich sein Quantum Arbeit zu verrichten, das war so seit vierzig Jahren. Korrespondenzmappen kamen zur Unterfertigung, Telefonanrufe und Gespräche waren nötig, Empfang der wichtigsten, zuletzt von Fräulein Riebuhr gesiebten, Besuche. Das hörte, obwohl seine Enthebung vom Vorsitz des Aufsichtsrates der Kronstein A. G. publiziert worden war, noch nicht auf, denn die Leute von der Branche, die seit so langer Zeit mit ihm gearbeitet hatten, wollten an seinen Rücktritt nicht glauben. Dazu gab es noch unerwartete Verbündete, welche die Spionage-Kampagne und besonders die Rufmordversuche gegen die wehrlose Evelyn empörend fanden. Besonders Frauen zeigten sehr offen ihre Sympathie, und schließlich meldeten sich auch die Brüder im Bewusstsein ihrer strategisch ungünstigen Situation, zuerst Simon und dann Emil. Auch Philipp stand eigentlich auf Friedrichs Seite, aber er hatte nicht Zeit genug, sich mit dem Bruder in Kontakt zu setzen, er ließ ihm nur gelegentlich durch Emil seine Sympathie ausdrücken.

Der Erste, den Fritz Kronstein im Laufe des Vormittags empfangen konnte, war Justizrat Sinzheimer. Der leise, durch Erfahrung behutsam gewordene Anwalt berichtete zuerst über den exaltierten Gemütszustand Evelyns, der es ratsam machte, sie vorerst fernzuhalten.

Aus seinen Kissen heraus flüsterte Fritz: „Hat sie den Wunsch geäußert herzukommen?"

Sinzheimer antwortete: „Sie ist über jede Stunde Ihres Lebens informiert. Sie weiß, was Sie essen, weiß, wen Sie sprechen, sogar über die Fühlungnahme mit Ihren Brüdern war sie orientiert. Sie fürchtet, wie sie immer wieder wiederholte, dass ihr Besuch Sie aufregen könnte, und ihr zweiter Satz heißt: „Jetzt geht es um ihn, nicht um mich."

„Sie müssen, meint sie, vor allem gesund werden. Auch den Kampf um ihre eigene Rehabilitierung stellt sie zurück, das Wichtigste, und da hat sie ja recht, sei Ihre vollkommene Wiederherstellung."

Fritz richtete sich im Bett auf: „Sogar ihre Rehabilitierung stellt sie zurück? Merkwürdig ... Hat sie mit Emil gesprochen?"

Der Plötzlichkeit der Frage war Sinzheimers rechtschaffene Diplomatie nicht gewachsen. „Ich glaube", stammelte er, „die Brüder haben den Versuch gemacht."

Fritzens kalte Hand musste sich an Sinzheimers blutwarmer Hand festhalten: „Das wäre ja Verrat! Sie kann doch nicht jetzt, wo wir zehn Meter vor dem Sieg stehen, sich mit den Brüdern einigen."

„Herr Doktor Kronstein ... vor allem sind Sie verpflichtet, jede Erregung niederzuhalten. Evelyn ist neugierig, das wissen wir. Sie fühlt sich im Augenblick als Mittelpunkt von Berlin, dazu hat sie im Moment ein gewisses Recht, Herr Emil Kronstein ist, soviel ich weiß, mit dem Entwurf einer Ehrenerklärung angerückt. Das musste sie sich ansehen, wenn ich es auch lieber gesehen hätte, dass wir den Entwurf als die Ersten zu sehen bekommen hätten."

Fritz, vor Erschöpfung in die Kissen zurückgesunken, murmelte einen Satz, den Sinzheimer nicht gleich verstand. Erst als er auf der Treppe stand, fiel ihm dieser leise und verzweifelt gemurmelte Satz Wort für Wort ein: „Schließlich ist sie doch mit mir verlobt."

Sinzheimer brach das Thema Evelyn ab. Er fing ein Gutachten über die Enthebung Fritzens an. Möchte er selbst als Vorsitzender des Aufsichtsrats von der Mehrheit der Brüder abgesetzt werden, die Enthebung vom Amt des geschäftsführenden Generaldirektors war nach ein paar Krankheitstagen unzulässig, eine Menge Urteile des Kammergerichtes wie des Reichsgerichtes bewiesen das.

„Diesen Einspruch bringe ich heute noch ein. Aber ..."

„Was für ein Aber?“, flüsterte Fritz mit einer Stimme, die an Heinrichs heiser-gereiztes Organ erinnerte.

„Aber die Entscheidung kann zwei Monate auf sich warten lassen. In diesen zwei Monaten kann das Haus Kronstein zusammenstürzen.“

„Unsinn, will ich denn nicht verhandeln? Aber unter dem Damoklesschwert einer gerichtlichen Niederlage verhandle ich doch viel besser. Ich will ja nichts Übermäßiges. Ich verlange erstens eine von uns stilisierte oder genehmigte Ehrenerklärung für Evelyn, veröffentlicht in allen großen Blättern, eine entsprechende Sühne für erlittenes Unbill, mindestens 150.000 Mark, sofort zahlbar an Evelyn, und schließlich eine Wiedereinsetzung in die alte Position.“

In diesem Augenblick, wo er diese gehämmerten Vertragspunkte aussprach, war Fritz Kronstein kein Kranker, er war durchzuckt von einem unabänderlichen Willen, er war wieder der Herr des Unternehmens, der es groß gemacht hatte, ein alter Mann, der sich an seiner Vergangenheit aufrichtete und verjüngte, sein Gesicht wurde spitz und mager. Die Adern schwollen an seinen zart-mageren Schläfen an, er war wieder der kühl disponierende Raufbold wie damals vor 42 Jahren, als er die antisemitischen Volksblätter der Konkurrenz, der Stöcker und Ahlwardt, aus den Berliner Portierswohnungen und von der Leipziger Straße verdrängt hatte.

„Viel Glück“, sagte der Justizrat, seine Papiere in der Ledermappe ordnend, „einer Ihrer Brüder, Simon oder Emil, wird wohl heute noch anrücken. Wenn ich raten darf, legen Sie sich auf ihre Bedingungen nicht hundert Prozent fest. Ein schöner Kompromiss schmeckt auf die Dauer besser und wird jedenfalls leichter verdaut als ein harter Sieg.

„Ja, bleiben Sie denn heute nicht bei mir?“, fragte Fritz ganz erstaunt.

„Nein, verehrter Herr Doktor Kronstein“, antwortete Sinzheimer mit ehrlicher Ironie, „es gibt noch mehrere Justiz-Wahnsinnige außer Ihnen. Ich muss in zwölf Minuten beim Kammergericht sein.“

Sinzheimer stand schon an der Tür, als er Fritzens zaghafte Frage vernahm: „Glauben Sie, dass Fräulein Goldscheider heute kommt?“

„Ehrlich gesagt: Wenn Sie sie nicht bitten, kommt sie nicht. Ich habe eher den Verdacht, dass sie sich schon halb aufgegeben glaubt. Der Einzige, der ihr das ausreden könnte, wären Sie selber.“

„Würden Sie mir dazu raten?“

„In solchen Fällen jemandem zu- oder abzuraten habe ich mir abgewöhnt. Höchstens das kann ich sagen: Bequemer wird Ihr Leben verlaufen, wenn Sie allein gehen."

Sinzheimer hatte die Tür hinter sich geschlossen.

Bequemer? Das Wort ging Fritz Kronstein nicht aus dem Kopf. Bequemer wäre es ja auch, die Anteile an die Brüder zu verkaufen und irgendwo in Italien oder an der Riviera nur seinem Kadaver zu leben. Aber gerade die Arbeit und gerade diese Zeitungsarbeit hatte ihn vierzig Jahre lang gefesselt, ehrlich gestanden, mehr als je ein Frauenzimmer. Würde er aus Bequemlichkeit, und wenn er achtzig Jahre alt wäre, die Leitung der Zeitung freiwillig aus der Hand geben? Und wenn durch irgendeine Dummheit, die Evelyn einmal begangen haben konnte, die harte Eventualität an ihn heranträte: Evelyn oder der Verlag? Würde er dann eine Minute schwanken? Nein, zu seiner Arbeit hatte ihn der Vater bestimmt, ihn, nicht den Ältesten, schon seine Kindheit war erfüllt vom Lärm der Rotationspressen und vom Dreck der Druckerschwärze. Dort drinnen, dort drinnen, in diesem Kronsteinhaus war er geboren, dort sein Alter erlebt, dort musste er abkratzen ... Die merkwürdige Folge dieser Gedanken im Bett war, dass er Evelyn nicht anrufen ließ.

Simon trat ein, ohne sich erst lang anmelden zu lassen. Die Brüder drückten sich einfach, nicht ohne echte Brüderlichkeit, die Hand. Simon setzte sich, ohne erst eingeladen zu werden, in einen breiten, gut gepolsterten Fauteuil und zündete sich, ohne viel zu fragen, eine dünne Holländer an. Das war die Konzession ans Krankenbett, er rauchte heute Vormittag leichtere Zigarren.

„Ich sah Sinzheimer aus dem Haus kommen. Na, habt ihr den Friedensvertrag ausgeknobelt?"

„Das können wir nicht", erwiderte Fritz belustigt, „ihr wisst ja noch nicht, dass ihr auf der ganzen Linie besiegt seid."

„Wir besiegt?" Simons Brudergefühl meldete sich noch einmal und korrigierte den Zorn: „Solltest du nicht einen Portwein oder sonst was Stärkendes nehmen?"

„Neee, fühl' mich gar nicht schwach."

„Eh bien, dann will ich dir gleich das Wichtigste sagen: Die Sache mit Evelyn Goldscheider bringt heute Emil in Ordnung. Du sollst sehen, dass wir nicht kleinlich sind. Wir nehmen die Abfindung auf uns, das heißt auf Verlagskonto."

Einen Moment spürte Fritz doch wieder die alten Schmerzen in der Beckengegend.

„Halt!“, sagte er mit halber Stimme. „Überraschungen hat mir der Professor verboten. Ihr könnt doch nichts „in Ordnung bringen“, ehe ich mit Evelyn gesprochen habe.“

„Behaupte ich auch gar nicht. Ruf sie. Du wirst von ihr hören, dass sie von der ganzen Chose genug hat.“

„Hast du die Ehrenerklärung mit?“

„Auch das. Hier ist sie.“

Fritz nahm die Brille vom Nachttisch und las:

> Der Verlag Kronstein A. G. hat mit Bedauern vernommen, dass ihm irgendwelche Zusammenhänge mit den hässlichen und unbegründeten Verleumdungen der Kunstschriftstellerin Fräulein Doktor Evelyn Goldscheider nachgesagt werden. Er stellt fest, dass keine Zeitung des Verlages von diesen unbewiesenen und von vornherein unglaubwürdigen Gerüchten jemals Kenntnis genommen hat oder Kenntnis nehmen wollte. Wir haben an der Ehrenhaftigkeit der aus angesehener Familie stammenden, auch in ihren Berufskreisen hochgeschätzten Dame nie den geringsten Zweifel gehabt oder geäußert und weisen jeden Zusammenhang mit einer skandalfreudigen Presse zurück, die niemals gleiche Wege mit uns gegangen ist.
>
> Der Kronstein-Verlag-A. G.
> Die Redaktionen der Zeitungen
> des Kronsteinverlages

„Na, ist das ritterlich?“, sagte Simon. „Jetzt könntest du mir einen Portwein geben, zur Belohnung.“

Fritz fand nicht gleich das Wort. Die Erklärung war ja wirklich schmählich. Er fragte: „Und was zahlt ihr ihr als Sühne?“

„Wenn sie in Deutschland bleibt, 60, wenn sie ins Ausland auf mindestens drei Jahre zu gehen sich verpflichtet, 100.000 Mark.“

Fritz schloss die Augen und lehnte den Kopf in die Kissen zurück. Der triumphierende Ton Simons verletzte ihn sehr. Endlich sagte er mit schwacher Stimme: „An mich habt ihr dabei gar nicht gedacht. Wie, wenn ich dagegen wäre.“

Simon erschrak, seine Augen suchten rings im Zimmer den Arzt, der nicht da war. Endlich antwortete er im brüderlichsten Ton: „Fritz, wir haben doch alles für dich getan. Du warst, wie soll ich es milde ausdrücken, verblendet. Wir haben dich zum realen Leben zurückgebracht."

Und als Fritz, der Rede nicht mächtig, den Kopf schüttelte, da rief Simon ehrlich beunruhigt: „Sicher kannst du uns den Vergleich noch vermasseln, aber … schließlich ist es ja auch dein Geld, das wir dran geben."

Lange Minuten lag Fritz mit geschlossenen Augen, bleichen Angesichts, in den Kissen und rührte sich nicht. Simon wurde allmählich von Angst, ja Entsetzen gepackt. Er hörte den Bruder atmen, aber er musste doch an den Tod denken. Nach einer langen Pause des Erschreckens öffnete Fritz endlich die blutleeren Lippen: „Hast du noch ein paar schöne Neuigkeiten für mich?"

„Eigentlich ja", entfuhr es Simon.

„Pack aus!"

„Nein, Fritz, ich sehe, es geht dir nicht gut. Wenn der Professor dich gesehen hat, will ich weiterreden. Obwohl es nichts Unangenehmes mehr ist, was ich zu erzählen habe."

„Pack aus!" Das war ein Befehl, dem Simon, der Willensweiche, nicht widerstehen konnte.

„Also … du weißt, dass die Regierungen – wir rutschen ja rasend nach rechts – uns Verbot auf Verbot ins Haus schickt. Es war deine Anregung, den Staatssekretär von Schollwitz für uns zu gewinnen. Nun wäre es soweit, wie du wolltest. Er käme, wenn …"

„Wenn …?"

„Wenn wir einig werden. Mit Rücksicht auf deine Krankheit habe ich vorläufig nur prinzipielle Grundsätze mit ihm besprochen."

„Wieso prinzipiell. Er wird unser höchster Angestellter. Fragt sich, wie hoch er zu bezahlen ist." Fritz hatte sich nach vorn geschoben, er war wieder lebendig. „Ich bin dafür, so einen Mann glänzend zu bezahlen. Nur wenn man ihn mit Haut und Haaren kauft, nutzt er wirklich."

„Gewiss. Aber …"

„Was für ein Aber?"

Wieder dieser herrische Ton, ärger als der ähnliche Heinrichs, dachte Simon, nur noch unerträglicher, weil Fritz sich immer absolut im Recht fühlt.

„Das Aber will ich hören“, wiederholte Fritz.

Simon bekam die Unsicherheitsgefühle eines Schülers vor dem Lehrer: „Von Gehalt will er später reden. Er verlangt unbeschränkte Machtbefugnis.“

Fritz schlug mit der dürren Hand auf die Daunendecke. Er lachte, wahrhaftig, er lachte. „Der Angestellte soll uns befehlen“, sagte er immer noch lachend.

„Nicht uns!“, stammelte Simon. „Wir sollen uns auf das rein Geschäftliche beschränken.“

Fritz legte sich zurück. „Das hast du großartig gemacht, Simon, das hätte unser Vater erleben sollen ... Na, zum Glück ist noch nichts abgemacht.“

Die beiden Telefone in Fritz Kronsteins Zimmer schnarrten fast gleichzeitig.

Fräulein Riebuhr lief von einem Apparat zum anderen. Sie meldete: „Rechts ist Staatssekretär Schollwitz am Apparat, links Fräulein Doktor Goldscheider.“

„Verbinden Sie mich mit Schollwitz“, sagte Fritz ohne lange Überlegung. „Fräulein Doktor Goldscheider soll in einer Viertelstunde nochmals anrufen.“

Simon ging noch nicht, er wollte das Telefongespräch mit Schollwitz noch abwarten. Fräulein Riebuhr reichte Fritz die Sprechmuschel und Simon vernahm: „Guten Tag, Herr Staatssekretär ... Ich danke Ihnen für Ihre verschiedensten Interventionen, und ich werde mich sehr freuen, mich mit Ihnen zu unterhalten ... Mir geht es besser, als meine Brüder sich wünschen. Ja, ich stehe Ihnen auch heute Vormittag zur Verfügung ... Mein Bruder Simon ist da, aber ich glaube, er ist schon im Abgehen ... Na, im Prinzip einig ist wohl etwas zu viel gesagt, aber ich hoffe, wir sind auf dem Wege zum gesunden Kompromiss. Also gut, in einer halben Stunde. Auf Wiedersehen.“

„Soll ich jetzt mit Fräulein Doktor Goldscheider verbinden?“, fragte die Riebuhr.

„Moment“, antwortete Fritz und reichte Simon, zum Abschied auffordernd, die Hand. „Wir telefonieren am Nachmittag miteinander, wenn du es nicht vorziehst, noch einmal herzukommen.“

Simon legte im Vorzimmer langsam seinen Schal um den Hals, in sehr nachdenklichem Tempo verließ er die Villa des Bruders.

„Schließen Sie die Türen fest", sagte Fritz Kronstein zu Fräulein Riebuhr, „und wenn Fräulein Goldscheider und ich verbunden sind, will ich nicht gestört werden. Von niemand! Auch nicht von meinem Bruder Emil."

„Jaaa", begann Fritz das Telefongespräch, „hier bin ich ... Danke ... Es geht ganz gut ... Wenn die Brüder keine Dummheit machten, wäre ich schon ganz gesund. Ihr Hirn schadet meiner Niere ... Na, und du bist ja sehr fröhlich, hör ich, verhandelst auf eigene Faust, leider sogar ohne Sinzheimer, mit Emil, der viel schlauer ist als du. Er ist kein großer Arbeiter, aber er ist sicher der Pfiffigste unter uns. Bist du schon aufgesessen? Hast du eine Ehrenerklärung angenommen? Bist du sicher, dass sie keinen Haken hat? Na, scheen. Und die Buße? Ich hätte dir mindestens 150.000 erwirkt ... Hast du's billiger getan? Schließlich deine Sache ... Ich hoffte, du würdest herkommen, aber du kannst dich beherrschen, seh ich ... Was mit Schollwitz ist? Er kommt heute her ... Im Übrigen ist er froh, dass du mit dem Kram nichts zu tun hast. Boticelli ist jetzt das Beste ... Warum antwortest du denn nicht? ... Bist du noch da? ... Aber natürlich, wenn du kommen willst, ich bin abends allein ... Was? Mit Emil? Und ausgerechnet ins Deutsche Theater? ... Das wird ein Gezische und Geklatsche geben ... Aber ja, ich habe nichts dagegen ... Vom Standpunkt der Rehabilitierung ist es gut? ... Na, das möchte ich nicht unbedingt behaupten ... Eine junge Frau, die neben Emil im Parkett sitzt, ist eher kompromittiert als rehabilitiert ... Verbieten? Ich höre immer verbieten ... Dazu habe ich doch kein Recht ... Außerdem, ich bin ein alter Liberaler, ich verbiete nichts ... Bitter? Na, fürs Süße war ich nie ... Enttäuscht? Liebe Evelyn, ein Mann von meiner Lebenskenntnis kann gar nicht enttäuscht werden ... Der Einzige, dem ich Vorwürfe machen könnte, bin ich gewöhnlich selber ... Ja, es ist zehn Minuten über sieben. Viel Vergnügen ... mit Emil."

Die Sprechmuschel fiel auf die Bettdecke. Fritz Kronstein war nicht imstande, Fräulein Riebuhr zu rufen. Er schloss die Augen und murmelte vor sich hin: „Aus ... aus ... aus." Es waren sicher die bittersten Augenblicke seines Lebens, aber kein Mensch, der das Telefongespräch mitgehört hätte, auch nicht Evelyn, hätten das bemerken können. Seine Stimme war gleichmäßig. Kein Wort war zu hart gewesen, keins zu weich, kein Laut zu hoch, keiner zu heftig.

Er war in seiner Qual mit sich selbst zufrieden. „Nie wissen lassen, was in dir vorgeht“, das hatte schon der Vater dem Dreiundzwanzigjährigen eingebläut. „Du fährst am besten, wenn niemand in dich hineinschaut.“

Nur die Niere fügte sich nicht. Ein heftiger Anfall überfiel ihn jählings. Er läutete und ließ sich von Fräulein Riebuhr einige Beruhigungsmittel reichen.

„Soll ich den Professor rufen?“, fragte die verängstigte, noch mehr ergraute Sekretärin.

„Nein“, rief er mit halber Stimme, „alles geht vorüber.“

Als Schollwitz sich anmelden ließ, war Fritz Kronstein schon wieder empfangs- und verhandlungsfähig. Zwischen den beiden, so verschieden sie waren, herrschte eine Art physischer Sympathie. Friedrich Kronstein, klein, zart, helläugig und dabei kurzsichtig, mit einem schmalen Gesicht, dem ein dünner, zartrosalippiger Mund Geschlossenheit gab, ein sichtlich alter Mann mit rundem Kahlschädel – nur an den Seiten lag seidiges Haar, das auch innere Zartheit verriet –, im Bett durch seine Hinfälligkeit noch geistiger wirkend, und der hoch gewachsene, breitschultrige Freiherr Joachim von Schollwitz, der mit seinen großrunden Augen immer ein wenig kindlich wirkte, ein kräftiger, gutartiger Junge, keineswegs ungeistig, aber doch immer der Habitus eines froh gestimmten Reiters, der gelegentlich auch einen vorwärtstreibenden Gertenschlag knallen ließ, die beiden hätten sich in guten Zeiten ausgezeichnet ergänzt und vertragen, der unjüdische, spekulierende Jude und der nicht germanisch auftrumpfende tatlustige Deutsche.

Heute saßen sie sich vom ersten Augenblick als Gegner gegenüber, obwohl sie sich mehr als artig, fast herzlich begrüßt hatten.

„Es geht schon besser“, sagte Schollwitz, „ich höre es von Ihrem Arzt und sehe es an Ihren geröteten Wangen.“

„Ja“, antwortete Fritz, „danke der Nachfrage. Wer mit meinem Rücktritt gerechnet hat, der hat sich vorläufig verspekuliert.“ Das war schon Kriegsgeplänkel.

„Herr Doktor, wir kennen uns zu lange und ich habe zu viel Respekt vor Ihrer Lebensarbeit, als dass Sie mich in die Reihe plumper und urteilsschwacher Gegner einreihen dürften. Ich war froh, dass man mich zur Aufklärung der Skandalnachrichten über Fräulein Doktor Goldscheider herangezogen hat, weil ich wusste, dass ich die Wahrheit in vierundzwanzig Stunden an den Tag bringen werde. Nachdem ich das Dossier im französischen Ministerium des Innern ..."

„Ah, das ist mir neu."

„... gesehen habe, konnte ich die Schädlinge als solche brandmarken."

„Daher also die großartige Ehrenerklärung, diese beiden mauvais sujets, meine Neffen, hatten das Feuer vorgestern noch in Berlin angezündet."

„Ist mir bekannt. Andererseits darf ich annehmen, dass die Schnelligkeit, mit der der Vergleich angeboten und wenn ich nicht irre, auch schon akzeptiert ist, auf meine unverblümten Vorbehalte zurückzuführen ist."

„Ich muss Ihnen danken, Herr Baron, sowohl für Ihre Energie als auch für Ihr Geschick, aber ich hätte mir gewünscht, Sie wären zu mir als einem Hauptbeteiligten gekommen. Schließlich war auch mein Geschick mit diesen Dingen ein bisschen verknüpft."

Gott ja, er war ja mit der kleinen Evelyn schon verlobt gewesen, dachte Schollwitz, und nun haben ihm seine Brüder das Spielzeug weggenommen. Oder hat er es behalten?

„Wenn ich irgendeinen Lapsus in bester Absicht begangen habe, Herr Doktor Kronstein, so bin ich vielleicht noch immer imstande, ihn zu verbessern. Ihre Herren Brüder, wenigstens die Mehrheit, hören auf mich und mit dem ehrwürdigen Doktor Goldscheider, dem Herrn Vater der Dame, verbindet mich eine alte, ungetrübte Freundschaft."

Einen Moment lang dachte Fritz Kronstein mit geschlossenen Augen, aufrecht im Bett sitzend, nach, einen Moment, der über ein Schicksal entschied. Er sah Evelyn neben seinem Bruder Emil im Theater, und er sagte mit jener waagrecht durch die Luft schneidenden Handbewegung, die so viele Konflikte in ihm zu beenden pflegte: „Nein, das geht jetzt auch in Ordnung. Ich war wahrscheinlich ein Esel."

Schollwitz lachte herzlich. Er dachte an das schöne Judenmädchen, das er in einer Stunde in seinem Büro wiedersehen konnte, und sagte: „Esel sind wir alle, Gott sei Dank."

„Ja, aber nun zu den normalen Geschäften." Kronstein sprach in einem leichten Ton, als fühle er erst jetzt sich in seiner Atmosphäre. „Ich höre, dass mein Bruder Simon vernünftig war, die Verhandlungen über Ihren Eintritt in die Firma fortzusetzen. Wie weit stehen Sie?"

„Ich mache keine Redensarten, Herr Doktor. Man hat mir bei Beginn unserer Verhandlungen gesagt, dass Sie keine Lust mehr hätten, sich mit der Leitung des Verlages abzugeben. Das habe ich begriffen, eine zigjährige Arbeitsleistung wie die Ihre gibt ein Recht auf den stillen Abend des Zuschauers und außerdem sind die Strömungen des Tages dem liberalen Verlagswesen so feindlich, dass einmal frechere Leute in den Graben springen müssen. Geradeheraus gesagt, nur unter diesen Bedingungen habe ich verhandelt."

„Also, nur über meine Leiche geht der Weg."

„Das Gegenteil habe ich gesagt. Nur Ihre Ruhe gäbe mir Aktionsfreiheit und umgekehrt. Für uns beide nebeneinander finde ich keinen Raum und nichts wollte ich so unbedingt vermeiden wie einen Zusammenstoß mit Ihnen."

„Dann ist es vorläufig nichts mit Ihrer Arbeit im Hause Kronstein. Ihre Bedingung ist, solange ich noch Luft schnappe, unerfüllbar. Wollen hoffen, dass Sie nach meinem Abgang die Zügel in die Hand nehmen."

Schollwitz stand auf: „Ich bitte um Entschuldigung – ich war grundfalsch informiert. Darf ich Ihnen baldige Genesung wünschen? Und wenn Sie mich brauchen, stehe ich immer gern zu Diensten."

„Wohlerzogen und wärmer", sagte Fritz später seinem Bruder Simon am Telefon, „konnte der Mann sich nicht zurückziehen." Aber der Bruch unter den Brüdern war nun noch unüberbrückbarer. Jetzt fehlte Evelyn, mindestens als Angriffsobjekt, die umstrittene und doch bestehende Macht Friedrichs war nach dem „Siege" noch größer. Die beiden Neffen büßten durch die Veröffentlichung in der „Abendzeitung" ihr geringes bisschen Ansehen vollends ein, sie wagten kaum im Hause, nie zu den Sitzungen, aufzutauchen, Heinrich hatte sich mit seinen intriganten und ertappten Söhnen viel zu deutlich solidarisiert, er saß in seinem Büro und schmollte, August hatte dem Vergleich mit Evelyn, auf die er seinen Hass konzentrierte, nie zugestimmt und war einfach von einer fünffachen Mehrheit überstimmt worden. Simon, immer nur zuwartend, auch zu mutlos, sich für Schollwitz einzusetzen, ging schweigend durchs Haus. Er erledigte vorläufig nur alles provisorisch, eine Sitzung ohne Friedrich, aber auch mit ihm, wagte er nicht einzuberufen. Dann und wann war er in Versuchung, Ruth Berger in eine vertrauliche Unterhaltung über das Scheitern der Kombination Schollwitz zu ziehen, aber die Sekretärin war oder schien überbürdet, sie hob, wenn er eintrat, kaum das kastanienbraune Haupt, um von der Maschine zu ihm aufzuschauen, und mit dem Schlage der Uhr war Sie verschwunden. Simon, der gerade das von Angestellten entleerte Haus liebte, seine beste Arbeit entstand in diesen stillsten Stunden, hatte oft die Tür zu seiner schönen Sekretärin geöffnet. Vergebens, sie war immer schon fort. Einmal ersuchte er Ruth, Überstunden zu machen. Das Mädchen, das wusste, dass zwar die großen Entscheidungen vertagt wurden, aber keine dringende Arbeit vorlag, bat um Verzeihung, sie mache jetzt einen Englischkurs mit, bei dem sie nicht fernbleiben durfte. Saß Simon an solchen Abenden allein im Hause, so war er in Versuchung, Fritz anzurufen oder zu besuchen, aber seinen Rat einzuholen war jetzt unmöglich, zwischen den beiden leitenden Brüdern war nach der Absägung Evelyns eine Spannung geblieben, die jedes brüderliche Wort mindestens vorläufig verhinderte. Mit August war wegen seiner dürren, bösen Frau nicht zu verkehren, er gab nur einmal im Frühling ein Riesenfest im Garten seiner Villa, bei dem siebzig oder achtzig Leute saßen, besonders aber tranken und sich langweilten, Philipp lebte in diesen Theatergarderoben und Spielklubs, der Einzige, mit dem Simon sich hätte aussprechen können war Emil, sein jüngster Bruder.

„Jedoch Emil ..."

Emil hatte es auf sich genommen, den Kompromiss mit Evelyn unter Dach und Fach zu bringen. An dem Abend, den sie gemeinsam verbracht hatten – ohne Wüst, der „sich als Niete erwies", wie Emil in der schnellabsprechenden Berliner Art so nebenbei bemerkte –, hatte ihr Erscheinen im Parkett einiges Aufsehen erregt. Evelyn, die an ihren guten Tagen schön sein konnte – sie durfte sich wie die meisten zarten Jüdinnen keine Gesetzüberschreitungen oder zu langes Wachsein noch je viel Alkohol gestatten, und sie befolgte diese Zwangsgesetze ihrer empfindlichen Natur –, war in einem tief ausgeschnittenen schwarzen ärmellosen Taftkleid erschienen, ihr halblanges blaudunkles Haar in einem Knoten am Nacken zusammengehalten, ihre Augenbrauen, dünn ausgekämmt, stiegen in kurioser Kühnheit auf ihrer weißen Stirn empor, ihre nackten Arme waren schlank, ihre ganze Figur war Leichtigkeit, Zartheit, Schmalheit. Emil, stets sehr reizbar für Frauenschönheit, saß im Frack neben ihr, auch er kein Riese, sondern ein proportionierter Mann unter Mittelmaß, ein blonder, gut assimilierter Jude, dessen umherirrende, glanzvolle Augen vielleicht das einzige Erbteil seiner Familie waren. Das merkwürdige Paar wurde mit Gläsern und Stechern beguckt und gründlich besichtigt, aber es fühlte sich als Hauptfiguren dieses Theaters im Theater ganz wohl, es lächelte einander zu, flüsterte miteinander, kurz, es benahm sich so unterhaltend, wie es die Zuschauer in den Logen und im Parkett wünschten. Noch vor dem Zeichen zum Beginn der Vorstellung hatte Erna Scholz, die an dem großen Guckloch des Vorhanges lange gestanden und herumgesucht hatte, Emil und seine reizende Begleiterin entdeckt und nach der Pause hatte sie den beiden durch die Garderobiere einen Zettel geschickt: „Ich habe unsere Nische im Theater-Restaurant für uns drei reservieren lassen. Ihr kommt doch bestimmt? Sehr glücklich. Erna Scholz."

Die Aufführung unterhielt die beiden weniger als das Gewoge in den Pausen rund um sie, viele großbürgerliche Frauen und Männer ließen es sich nicht nehmen, sie ostentativ zu begrüßen, die Frauen mit Neugier und gut verhehltem Neid, die Männer voll Bewunderung für die junge Doktorin mit siebzehn Liebhabern und einem Schwager! Ach, hätte man sie an diesem Abend verauktioniert, sie hätten heute den höchsten, nie wieder erreichbaren Preis ihres Lebens erzielt. Dieses Umrauschtsein vom Gerede und Gerücht erwiderte Evelyn mit einer aufgesetzten Miene von Züchtigkeit und Kleinmädchengehabe, das die Weiber entwaffnete und die Männer noch närrischer machen sollte. Nach Schluss der Vorstellung schritt Emil mit Evelyn durch ein Spalier derer, die sie aus der Nähe sehen wollten, durch den Theatervorraum hinab, die Treppe abwärts zum Theater-Restaurant. Erna Scholz hatte sich blitzschnell abgeschminkt und saß in ihrer Helligkeit in einem weißen Abendkleid neben Emil in der Loge. Er fühlte sich mit den beiden an diesem Abend begehrtesten Frauen zur Seite.

Dieser Blick in die Loge bedeutete den Berlinern erst den Höhepunkt des Schauspiels.

„Es fehlt uns noch ein Mann", sagte Evelyn gedankenlos.

„Warum?", fragte Erna.

„Ich meine – bloß aus symmetrischen Gründen. Mir fehlt keiner."

„Denkst du zuweilen noch an deinen Pastor", fragte Evelyn, „mit dem wir zuletzt hier saßen?"

„Nee", antwortete Erna gut berlinerisch, „der muss ja erst eine Erlaubnis der Kirchensynode einholen. Den hab ich ausgestrichen."

„Einen katholischen Pfarrer", sagte Evelyn lächelnd, „kann ich leider nicht auftreiben."

Erna, die schon die erste Flasche Mumm in sich hatte, wurde bösartig: „Was willst du mich denn versorgen? Ich schnapp dir deinen Emil nicht weg."

Sie wäre am liebsten sofort davongerannt.

Das war taktlos, aber es saß zentral. Emil gab dem Kellner einen genauen Auftrag, dessen Verwirklichung zwei Stunden dauern musste. Dann blickte er so ahnungslos wie möglich in die Speisekarte und fragte: „Kinder, ist es hier nicht entzückend?"

Ein junger Mann, mager, blass, mit einem Christusbärtchen, schlotternden Kleidern am Leib, schlich vorbei.

„Ist das nicht der Student", fragte Evelyn, „der immer in Wüsts Wartezimmer sitzt?"

Emil dachte im Nu: Klatsch vermeiden! Er sagte, ohne auf Ernas böse Miene zu achten: „Her mit dem Jüngling."

Der Kellner brachte den Studenten Winkelhagen heran, der ein wenig nach Schnaps roch.

„Winkelhagen", sagte Erna vorwurfsvoll und belustigt zugleich: „Trink dieses Glas, wie kann man denn mit Korn anfangen?"

„Oh, bitte, Korn ist ein deutscher Trank." Nach diesen Worten schüttete er schnell die französische Flüssigkeit in sich hinein: „Im Übrigen bin ich ja viel glücklicher als ihr."

„Wo wohnen Sie denn?", fragte Emil mit unangebrachter Sachlichkeit.

„Das ist Nebensache, Herr!", antwortete Winkelhagen feindselig. „Ich bin glücklich, denn ich habe die schönste deutsche Frau geliebt und besessen, als sie noch halb ein Kind und noch nicht käuflich war."

„Du, hör mal Winkelhagen, willst du ein paar hinter die Ohren?" Erna hatte die Hand erhoben.

In diesem Moment hatte Evelyn, einen Krach fürchtend, den ahnungsvollen Einfall, aufzustehen, die Treppe hinaufzulaufen und mit dem ersten Auto, das sie erreichen konnte, nach Hause zu fahren.

Auch Winkelhagen war zornig geworden: „Willst du leugnen, dass ich dich ein wenig vor Herrn Kronstein besessen habe?"

Eine Ohrfeige klatschte. Niemand außer Emil hatte sie gehört und gesehen.

Winkelhagen ignorierte das Ereignis und wandte sich an Emil: „Geehrter Herr, darf ich Sie noch um ein Glas Sekt bitten oder auch um einen doppelten Korn?"

Törichterweise reichte Emil dem Studenten sein volles Glas. Einen Augenblick später schrie Winkelhagen den Spender an: „Du Schweinehund, willst mich mit Sekt bestechen? Schauspielerinnen kannst du billig kaufen, einen deutschen Studenten nicht."

Jetzt wurde Erna wütend: „Du dummer Junge, wer ist denn hier gekauft?"

Klatsch, folgte die nächste Ohrfeige. „Der Herr Kronstein hier, das ist ein sparsamer, bescheidener Kaufmann. Der möchte seine Zeitungen verkaufen, sonst gar nichts. Wenn du diesen guten Herrn noch einmal beschimpfst", wieder klatschte eine Ohrfeige, „obwohl er dich hier bewirtet hat, so kannst du den Buckel voll kriegen."

Es waren zu viele klatschende Geräusche und zu viel Geschrei. Die Leute aus den Nebenlogen strömten herbei. Winkelhagen begann in seiner Besoffenheit zu stören. Plötzlich rief jemand: „Schutzmann! Ist denn kein Schutzmann da?"

Ein Polizist, wohlgenährt, breitbrüstig, sah einen Verlumpten im Lokal der reichen Leute, er legte dem Betrunkenen die schwere Hand auf die Schulter und kommandierte: „Mitkommen!"

Alles war in zwei Minuten geordnet. Die befrackten Menschen aßen, tranken und schwatzten wieder ungestört in den Logen. Emil saß wortlos neben Erna und beide schluckten Austern. Nur Evelyn war verschwunden.

„Ich muss doch einmal durchs Lokal gehen", sagte Emil, „Evelyn suchen."

„Von mir aus, ich benötige Sie nicht." Die Tragödin wurde jetzt grob wie eine Köchin.

Aber Emil tat einen Anstandsgang, er erfuhr, dass Evelyn im Auto davongefahren war und er sah, dass Erna, während er weg war, eine neue Flasche Mumm hatte öffnen lassen.

Um zwei Uhr sagte sie im Kommandoton: „Ich gehe und du kommst mit.“ Dabei sah sie, obwohl nicht nüchtern, hellblond und schlank wie Gretchen aus.

Als Emil ins Auto stieg, überfiel ihn ein Gedanke, den er nie im Leben irgendeinem Menschen, auch nicht dem allernächsten Freund, eingestanden hätte. Er dachte: Ich habe mir die Toiletten zur Kameliendame erspart, immerhin zehn- bis zwölftausend Mark. Und er lächelte, während er neben Erna, die den Arm um seinen Hals gelegt hatte, im Lift ihres Wohnhauses hinauffuhr.

Die Sache brachte nur eine Verdrießlichkeit. Die „Abendzeitung“, unversöhnlich, wie ihr Chefredakteur war, erzählte am nächsten Spätnachmittag an auffälliger Stelle den Vorfall: die Ohrfeigen, die Verhaftung Winkelhagens. Nur ein Detail war falsch: Evelyn war statt Erna als eigentliche Ursache der Erregung genannt worden. Justizrat Sinzheimer sandte sofort eine Berichtigung im Namen von Fräulein Doktor Goldscheider ab. Aber was nützten Richtigstellungen? Die Redaktion umrahmte sie mit neuen Schmähungen.

Die Veröffentlichung hatte den Nachteil, dass Emil nicht, wie er beabsichtigt hatte, seinen Bruder Friedrich aufsuchen konnte. Nachdem er ihm den richtigen Sachverhalt (versteht sich, mit Hinweglassung des Schlusses) durch Sinzheimer bekanntgegeben hatte, bat er zur Besprechung geschäftlicher Dinge um ein Gespräch mit ihm. Doch Fritz weigerte sich kurzweg, ihn zu empfangen. Auch Simon sah den jüngsten Bruder mürrisch an. Immerhin sagte er, was er dachte: „Wir haben der Öffentlichkeit gerade genug Stoff geliefert, musst du noch diese Dummheit liefern? Jetzt fehlt nur noch, dass irgendeine Geschichte von Philipp platzt.“ Merkwürdigerweise kam keine der Theaterdamengeschichten Philipps je an die Öffentlichkeit. „Merkwürdig?“, antwortete er Simon, als dieser Philipp seine Betrachtung mitteilte, „gar nicht merkwürdig. Ich hasse öffentliche Orgien und ich halte sie für unanständig. Wenn ich mit zwei Damen Sekt trinken will, muss ich es doch nicht öffentlich im Deutschen Theater tun. Emil ist vom selben Schlage wie Friedrich, in Sachen der Lebenskunst ein Dilettant.“

An Erna Scholz sandte Emil ein großes Blumenarrangement und sie lud ihn zu einem heiteren Kollegenabend ein, den der jüngste Kronstein gern besucht haben würde, wenn er nur den Mut dazu aufgebracht hätte. Als er Evelyn telefonisch anrief, ließ sie sich verleugnen. Aber er war beharrlich, rief sie ein drittes Mal an und erreichte sie. Evelyn hatte sich die Abfindungssumme bar auszahlen und durch Freunde in Dollars umwechseln lassen – „man kann in Deutschland nie wissen, was morgen geschieht" – und wollte vorläufig eine Weltreise antreten und zwar schon am nächsten Montag. „Ich habe Berlin satt", sagte sie und meinte in diesem Augenblick: „Ich habe die Familie Kronstein satt."

Eine Kleinigkeit war noch durch die Veröffentlichung der „Abendzeitung" geschehen: Friedrich Wüst hatte ohne Angabe von Gründen um seine sofortige Entlassung gebeten. Emil ließ nach der Ursache des Gesuchs fragen, aber Wüst antwortete dem Abgesandten nur: „Ich vertrage die Zeitungsleute so wenig wie die Zeitungsmache."

XXI.

Joachim von Schollwitz war noch nie in den alten Häusern am Schöneberger Ufer gewesen. Kleine Sackgässchen führten vom Ufer weg, jedes nur drei, vier Häuser lang, dazwischen dieses unbesiegbare Bedürfnis der Berliner, ins Mauer- und Höfegrau ein bisschen Grün, zwei, drei mehr oder minder gedeihende Bäume zu pflanzen. In einem dieser Nebengässchen hoch oben im vierten Stock wohnte die Witwe des verstorbenen Kaufmanns Abraham Berger.

Die Treppe war nicht gut beleuchtet. Das Gelb der Mauer war schon etwas angeschwärzt. Endlich stand Schollwitz vor einer kleinen Tür mit dem Messingschild: A. Berger. Er zögerte zu läuten, klopfte und entschloss sich dann doch, auf den elektrischen Knopf zu drücken. Es geschah etwas, womit er nicht gerechnet hatte. Ruth trat ihm entgegen. Der Vorraum war halbdunkel, aber es hätte Weltfinsternis herrschen können, diesen Schritt, diese Handbewegung, diesen Kopf erkannte er in der ersten Sekunde. Er machte keinen Schritt weiter.

„Ist Ihnen etwas geschehen?", stammelte Ruth.

„Nichts. Ich brauche Ihren Rat."

Ruth drehte sich um und rief in das nächste Zimmer. „Mutter, mach Licht. Herr von Schollwitz will in einer geschäftlichen Sache eine Auskunft von mir."

Als beide eintraten, hatte die Mutter das Zimmer verlassen.

„Nein", sagte Schollwitz, „ich bitte Sie, rufen Sie Ihre Frau Mutter herein, Sie sollen mich ihr mindestens vorstellen."

Ruth holte die etwas zittrige alte Frau herein. „Ich weiß nicht, ob Herr von Schollwitz mir große Geheimnisse anvertrauen will, kann's nicht glauben. Aber jedenfalls solltest du ihn sehen, denn er hat mir nur Freundliches erwiesen und – darf ich das sagen? – er ist zwar ein Mann in hoher Stellung, aber ich glaube, er achtet die Juden."

Komisch, dachte Schollwitz, das ist doch immer die erste Frage und Legitimation: Antisemit oder nicht? Ich habe doch jetzt nur gedacht: Du betrittst das Haus eines schönen Mädchens, das du mehr als achtest, ich habe doch an diese Judengeschichten nicht im Entferntesten gedacht.

Die Mutter reichte ihm die magere Hand: „Ich begrüße Sie, Herr Staatssekretär, im Hause meines seligen Mannes. Meine Tochter hat mir viel von Ihnen erzählt. Sie werden gegen mein Kind, die Einzige, nichts Böses planen. Wir sind allein. Es wäre leicht, uns zwei aus dem gewohnten Geleise zu werfen ... Ich freue mich sehr, dass ich Sie mir ansehen darf. Soll ich Ihnen etwas Dummes sagen?" Sie sah in die großrunden strahlenden Augen und sagte: „Sie haben gute jüdische Augen."

„Mutter!", sagte Ruth nachsichtig.

„Ich danke Ihnen sehr, Frau Berger, Sie sagen mir gewiss das Schönste, was Sie denken, aber ich wüsste nicht, woher ich solche Augen bezogen haben sollte."

Ruth unterbrach: „Nun, setzen Sie sich, Herr Staatssekretär, Sie sind wohl nicht hergekommen, um mit uns Unsinn zu schwatzen."

Leise entschlüpfte die alte Frau: „Ich muss das Abendbrot fertig machen."

„Denken Sie, Ruth, die Sache mit Kronsteins hat sich zerschlagen? Fritz will nicht abdanken und die Brüder spüren ihre Inferiorität. Ich bin darüber gar nicht ungehalten. Ich will eine Weltreise machen, die etwa ein Jahr dauern soll. Und nun kommt das Schönste: „Sie sollen mich als meine Sekretärin begleiten. Ich brauche Ihnen nicht zu sagen, dass jede Zweideutigkeit Ihrer Stellung, wenn Sie wollen, auch vertraglich, vermieden werden wird. Aber ich denke, das kann das schönste Jahr meines Lebens werden, vielleicht auch das nützlichste, denn ich habe außer dem bisschen Paris nicht viel gesehen, und vielleicht, so dachte ich, spüren Sie eine Ahnung einer ähnlichen Regung. Ich will den Vertrag mit Ihnen für mindestens fünf Jahre machen, auch wenn Sie nach Reiseschluss weggehen, aber ich hoffe, Sie werden dann erst recht an meine Arbeit und vielleicht auch an mich gewöhnt sein. Bitte, sagen Sie so schnell als möglich ja."

Ruth hatte den Kopf gesenkt, er konnte ihr nicht ins bewegte Antlitz sehen, das Licht leuchtete rötlich auf ihrem braunen Haar. Nach einer Pause, in der man nur die Küchengeräusche aus dem Nebenraum vernahm, hob Ruth den Kopf und sagte: „Jede von meinen vierhundert Kolleginnen wäre jetzt glücklich, und also muss ich es auch sein. Aber ich muss doch mit Mama beraten ... Essen Sie doch eine Kleinigkeit mit uns, wir wollen dann alles mit Mama besprechen. Mama kennt mich besser, als ich mich selbst kenne."

Der Tisch wurde gedeckt. Auf das weiße Tischtuch wurden die aufgewärmten Reste der Mittagsmahlzeit gestellt, gehackte Fleischklöße mit Gurken, ein paar Radieschen, Butter, Obst.

Nichts liebte Schollwitz weniger als den bürgerlichen Mittagstisch fremder armer Leute, besonders etwas verbrauchte Servietten in bunten Holzringen. Er wäre gern aufgestanden und nach einer halben Stunde wiedergekommen. Aber es war unmöglich, er bekam übrigens als Einziger eine ganz neue Serviette. Schließlich stellte Mutter Berger drei Bierflaschen auf den Tisch. Gegen Bier hatte er als guter Deutscher zu keiner Stunde und in keiner Form etwas einzuwenden. Nur dass Ruth Flaschenbier trinken und Gurken essen sollte, war ihm nicht angenehm, obwohl er die Torheit dieses Vorurteils sich selbst vorhielt. Übrigens schien Ruth etwas von dem Unbegreiflichen zu ahnen, dass gegen seinen Willen in ihm vorging, denn sie bat die Mutter um ein Glas Wasser, schob die Gurken beiseite und biss mit ihren blanken Zähnen krachend in die Radieschen.

Schollwitz war froh, überwand den dummen ersten Widerstand, schenkte sich Bier ein und fand das gehackte Fleisch ausgezeichnet. Er mimte Wohlbehagen, trank Mutter Berger zu und überstand die unerwartete Viertelstunde mit Selbstbeherrschung und Humor. Nur die Zwergbirnen konnte er nicht essen, solches Obst war er nicht gewohnt, er schenkte sich lieber noch ein Bier ein und entschuldigte sich, dass Biertrinker meistens keine Obstler seien.

Mama Berger räumte den Tisch ab und Ruth fragte, ob sie nun erzählen dürfe. Schollwitz wurde gebeten, eine Zigarre anzustecken, und er lauschte dem Bericht der Tochter, lauschte und schämte sich. Nicht mit einem Worte erwähnte Ruth die beruhigende Versicherung, wonach jede Zweideutigkeit ihrer Stellung, eventuell sogar vertraglich, verhindert werden sollte. Im Gegenteil erwähnte sie mit einer Kühnheit, die ihn beglückte, den Hauptgrund, der für die Reise spreche: die wirkliche Freundschaft, die beide verbinde. Wenn sie nach der Weltreise zu Kronsteins zurückkehren würde, so hätte sie doch mit und durch Schollwitz ein Jahr erlebt, das seinen Glanz über ihr ganzes Schattendasein am Schöneberger Ufer werfen könnte.

Mama Berger war, je freimütiger Ruth gesprochen, umso gründlicher verängstigt. Am liebsten hätte sie die unmögliche Frage, die auf dem Grund ihres alten Herzens laut wurde, gefragt: „Und wie, wenn ihr ein Kind bekommt?“ Aber so töricht, so taktlos und so ungehorsam war die alte Frau denn doch nicht. Doch war es unmöglich, ein bestimmtes Wort, geschweige denn eine klare Meinung aus ihr herauszubekommen. „Und wenn ich wieder zurück bin, Mutter ...", halblaut seufzte Mama Berger: „Dann bin ich ja schon längst tot." Da begriff Ruth, dass die gebrechliche alte Frau die Trennung und Bangnis nicht überwinden würde, und in diesem Augenblick stand in dem Mädchen das Nein fest, zu dessen Begründung sie kein weiteres Wort sagte als: „Mama würde es nicht aushalten."

Schollwitz war durch dieses Nein verstört. Er suchte noch nach Auswegen. Ob man die Mutter nicht für diese Zeit nach Italien oder in ein Sanatorium bringen könnte, aber schon der Tonfall, mit dem Frau Berger das Wort Italien aussprach, bedeutete eine unbedingte Ablehnung. Dann erwog er, eine dritte Kabine für die alte Dame zu mieten, doch der Vorschlag verstarb ihm im Munde.

Ruth begleitete den wortlos Gewordenen in den Vorraum.

„Danke, Jost", sagte sie und plötzlich fühlte er die weiche Fülle ihres Arms um seinen Hals. Er wagte nicht, sich zu rühren. An diesem Abend drückte er den ersten Kuss auf ihre Wange.

Der Staatssekretär von Schollwitz, eben entlassen, aus einer großen Position gedrängt, er ging unter den alten Bäumen des Schöneberger und Lützowufers leise singend einher.

XXII.

In einem kleinen Zimmer mit schweren rotseidenen Vorhängen, auch die Tür war durch einen Vorhang von gleicher Farbe und Schwere verhängt, saßen die beiden Staatssekretäre bei Borchardt in der Französischen Straße. Beide waren starke Esser und beide bevorzugten einen schweren Pommard. Der eine hatte sich's auf einem kleinen roten Diwan bequem gemacht, der andere war in einem breiten, tief gepolsterten Lehnstuhl ausgebreitet. Sie waren schon bei schweren Zigarren, Likör und türkischem Café. Die Wärme der starken Mahlzeit hatte ihre Gesichter gerötet, besonders Eysler war stark eingeheizt, Schollwitz schien etwas blässer und weniger rund.

Staatssekretär von Eysler wurde in solchen Verdauungsstunden leicht zornig. Eben fiel ihm die Weigerung Friedrich Kronsteins, zurückzutreten, ein: „Eigentlich, abgesehen von der Blödheit, eine Unverschämtheit dieses Zeitungsjuden, Ihre Hand nicht sofort zu ergreifen, wenn Sie ihn und die Seinen aus der Patsche ziehen wollen. Die Leute wissen noch nicht, wie viel es geschlagen hat."

„Jeder glaubt, solange er kann, an seine Unersetzlichkeit. Der Gaul trabt seit vierzig Jahren seine Straße entlang."

Eysler blies den Zigarrendampf in dicken Wolken in den Raum.

„Ich werde ihm schon beibringen, dass die Zeiten der liberalen Presse vorbei sind. Die Herren müssen doch einsehen lernen, dass wir sie wenigstens noch japsen lassen, nach uns werden sie doch einfach mit nassen Fetzen davongejagt werden. Leute wie sie und ich und vor allem der alte Herr bedeuten nicht bloß eine Erleichterung für alle Kronsteins und Levysohns, sondern geradezu ihre letzte Chance. Aber die bilden sich noch immer ein, uns Belehrungen und Warnungen erteilen zu sollen, statt sich so still und unauffällig als möglich in der Hauptkassa zu verstecken. Ich werde den Kronsteins noch heute Abend einen Rippenstoß versetzen, an den sie denken werden."

Schollwitz konnte ein mitleidiges Lächeln nicht ganz unterdrücken: „Sie fressen Ihnen doch schon aus der Hand."

„Schollwitz, Sie sind mir heute zu sanft. Wir dürfen uns von den Anstreicherleuten nicht nachsagen lassen, dass wir die liberale Presse in internationalen Händen belassen. Wenn Herr Kronstein es wagt, ein Angebot wie das Ihre auszuschlagen, so muss er es zu fühlen bekommen, dass er zu parieren hat. Es ist vielleicht ein Fehler gewesen, dass wir ihre Bilanzen nicht schon früher genau geprüft und ihre enormen Gewinne für den Staat beschnitten haben. Heute käme eine Inseratensteuer schon zu spät, heute geht es um das ganze Objekt."

Ein paar Stunden später hatte die deutschnationale Regierung nicht bloß das letzte der Kronsteinblätter, das „Intelligenzblatt" gleichfalls verboten, und zwar ausgiebig für vier Wochen, sie hatte auch eine Verordnung herausgegeben, die alle Zeitungen, Tages- und Wochenblätter unter Vorzensur stellte, und ein dreimal vom Staatsanwalt beschlagnahmtes Blatt durfte (und sollte) überhaupt eingestellt werden. Das war die Guillotine der selbstständigen, mit Überzeugungen geführten Presse.

Während Simon Kronstein mit dem Chef vom Dienst Neuburger und mit einem Abgeordneten, der im Hauptberuf Anwalt war, die niederdrückende Situation beriet, trat in das Vorzimmer von Simons Büro Fritz Kronstein ein, und ehe noch Ruth Berger den Angekommenen ankündigen konnte, war er schon eingetreten, abgemagert, gelblich-blass, wie er war, mit fiebrig flackernden Augen, er ging gestützt auf einen mit einem Gummiknauf beschwerten Stock einher, brummte etwas Unverständliches, das wahrscheinlich einen Gruß bedeuten sollte und sprach dann mit verletzender Ironie der zwei Nebenpersonen: „Ich möchte dich sofort sprechen, Simon."

Den Beiseitegeschobenen blieb nichts anderes übrig, als sich sogleich zurückzuziehen.

„Schade, dass du die beiden so schroff behandelt hast", sagte Simon, „wir werden sie gleich wieder hereinrufen müssen, weil soeben einige neue Verordnungen und Verbote erlassen wurden, die uns zugrunde richten können."

„Weiß ich. Deshalb bin ich hier."

Simon sah den aus dem Krankenbett aufgestandenen, offenbar fiebernden Bruder an: „Mutest du dir nicht zu viel zu? Du siehst noch nicht ganz gesund aus."

„Bin gesund genug, um unser Haus vor dem Zusammenbruch zu bewahren. Ich will vor allem wissen: Bin ich Generaldirektor oder wollt ihr mich desavouieren, wenn ich mit der Reichskanzlei verhandle?"

Simon stotterte: „Ich weiß nicht ... Das muss ich mit den Brüdern beraten."

Fritz Kronstein stieß den Stock gegen den Boden. „Ich habe euch euren Willen getan. Ich habe Evelyn stehen gelassen, obwohl sie klüger war als die ganze Familie. Was wollt ihr denn noch? Soll ich mir bei den zwei Lausejungen und Heinrich, der nie ein Kirchenlicht war, oder bei Philipp, dem Theaternarren, oder gar bei Emil Unterricht geben lassen: Wie werde ich Zeitungsverleger?"

Simon, der von seinen Brüdern nicht überstimmt werden und deshalb kein Bündnis mit Fritz eingehen wollte, schüttelte den Kopf. Endlich brachte er seinen Vorschlag stockend vor: „Ich will mich mit Ehrenwort verpflichten, jede Aktion mit dir allein zu beraten, aber die Brüder sind zu aufgebracht gegen dich, alle, ich könnte mit dir nur inoffiziell verhandeln, als Bruder, nicht als Aufsichtsratsvorsitzender."

„Und du traust dir zu, mit einem bösartigen Feinde wie dem Staatssekretär von Eysler zu verhandeln, du, der du nie mit einem dieser verschlagenen bösartigen Junker gesprochen hast? Ohne Erfahrung, wie du bist, und ohne politische Stellung?" Die Wut übermannte ihn. „Bist du denn größenwahnsinnig geworden?"

Ehe Simon antworten konnte, stürzte August Kronstein ins Zimmer. Man hatte ihm Fritzens Anwesenheit gemeldet und nun wollte er jeden Kompromiss im Keime ersticken. August, der breite, bauchige Mann, pflanzte sich vor Fritz auf und schrie: „Du wirst doch nicht glauben, dass du uns noch tiefer ins Schlamassel reiten kannst? Siehst du es denn nicht, deine Rolle ist ausgespielt! Meinetwegen hättest du mit der vielgeliebten Dame getrost nach Monte Carlo oder Capri übersiedeln können, wir hätten dann endlich das Haus nach gesunden geschäftlichen Grundsätzen ungestört geführt, wir sind Zeitungsverleger, das heißt Kaufleute, die mit Blättern handeln, das hast du vergessen, du hast den geheimen Bismarck spielen wollen, den Staatslenker, was weiß ich, jedenfalls eine falsche Rolle, und so stehen wir, nachdem du uns vierzig Millionen gekostet hast, vor dem Ende."

Simon, der vielleicht das Erbleichen des kranken Bruders wahrnahm, jedenfalls über die Anmaßung des Inseraten-Leiters verdrossen war, fuhr dazwischen: „Hysterische Übertreibungen nützen uns auch nichts. Wer steht vor dem Ende? Wir nicht! Da müssen sie erst die illustrierten Blätter und die Schnittmuster und die Romanbibliotheken verbieten. Richtig ist, dass die Tagesblätter gefährdet sind. Aber auch da werde ich noch einen Ausweg finden, wenn ihr mich nicht stört."

Fritz griff sich an die rechte Seite. Ach, er wollte jetzt keinem Anfall unterliegen, er musste jetzt Herr seinen Körpers sein, und obwohl bohrende Schmerzen in ihm wühlten, fand er die Kraft, Simon höhnisch zu fragen: „Du? Du willst einen Ausweg finden?"

Simon stand vor seinem Schreibtisch und sagte mit abgewandtem Gesicht: „Wenn du uns nicht störst, Fritz – gewiss."

Plötzlich wankte Friedrich. Aus seinem Mund schrie es, gellende Qualrufe rissen sich aus dem sinnlos mit dem Stock umhertastenden Kranken los, auf einmal fühlte er, dass er nicht mehr stehen und denken konnte. Er sank, als ob letzte Kraft aus ihm entwich, ganz langsam unter gellendem Stöhnen auf einen Lehnstuhl. Dort lag er bewusstlos über die Lehne gefallen, bis Ruth Berger zwei Krankenschwestern, die im Haus dauernd Dienst taten, alarmiert hatte. Sie schleppten den Ohnmächtigen hinaus.

„Fräulein Berger, bitte", murmelte Simon, „sagen Sie den Schwestern, dass er nicht in seine Villa darf, er muss sofort ins Sanatorium gebracht werden, und verständigen Sie Professor Rübner."

Auf dem langen Korridor kam Ruth Berger an Fritz Kronstein vorbei. Er wurde von den Schwestern noch immer geschleppt und schien noch ohnmächtig. Seine Schmerzensschreie lockten Redakteure, Beamte, Diener, Setzer, Schreiberinnen aus den Arbeitsräumen, die Stiege war voll von erregt gaffenden Menschen. Keinem fiel es ein, den Krankenschwestern die Last, die sie schleppten, abzunehmen und den nicht sehr gewichtigen Mann auf die Schultern zu heben und hinunterzutragen. Sie alle starrten auf den Ohnmächtigen und wichen vor ihm zurück, sobald er näher gebracht wurde. Keine Stimme des Mitleids wurde laut, bloß Neugier starrte aus den Gesichtern und so etwas wie Respekt vor der alle, sogar den Chef heimsuchenden Qual der Krankheit. Als Ruth Berger an ihren Arbeitsplatz zurückkehrte, hörte sie Simon in seinem Arbeitszimmer auf- und abmarschieren. Es fiel ihm nicht einmal ein zu fragen, ob der Anfall des Bruders vorüber sei oder ob der Krankenwagen rechtzeitig eingetroffen war. Eine Viertelstunde marschierte Simon auf und ab in seiner Einsamkeit. Dann riss er die Tür auf und sagte heiser: „Verbinden Sie mich mit der Reichskanzlei, Staatssekretär von Eysler. Vergessen Sie um Gottes willen das ‚von' nicht."

Ruth Berger stellte die Verbindung her. Sie hörte, wie Simon Kronstein sich meldete und ergebenst bat, den Herrn Staatssekretär an den Apparat zu rufen. Die Antwort muss ungewöhnlich schroff gewesen sein, das hörte sie aus dem erregten Beben der Stimme ihres Chefs, als hätte er nicht richtig verstanden und er wiederholte: „Schriftlich? Herr Staatssekretär ist in den nächsten Tagen überhaupt nicht zu sprechen?“ Dennoch stammelte er noch: „Danke ...“

Ruth wartete darauf, zum Chef gerufen zu werden. Im Zimmer Simons blieb es still. Er ging auch nicht mehr hin und her. Als ihr die Stille unheimlich wurde, trat sie ungerufen ein. Simon, der in seinem Schreibtischsessel lag, fuhr auf: „Ja, richtig, rufen Sie mir Neuburger und den Abgeordneten ... Wie heißt er? ... Na, Sie wissen schon, wieder herein.“

Die drei berieten in der Dämmerung. Neuburger erwies sich als ganz hilflos, er schlug vor, dass Simon zum Reichspräsidenten gehen solle. Da wurde sogar ein selbstbeherrschter Mann wie Simon Kronstein zornig: „Ich komme doch nicht mal ins Vorzimmer.“ Der Anwalt und Abgeordnete machte sich anheischig, am nächsten Vormittag im Justizministerium vorzusprechen. Sehr viel versprach er sich selbst nicht von dieser Intervention.

August stürzte noch einmal ins Zimmer. Ihn beschäftigte ausschließlich die Frage: „Ist Fritz ausgeschaltet?“ Auch der schwere Leber- und Gallenanfall, der Transport des Bruders ins Sanatorium, beruhigte ihn noch nicht vollkommen. Aber als er die Frage riskierte, ob Fritz nicht vom Krankenhaus sich einmischen könnte, fuhr ihm Simon grob übers Maul: „Geniere dich wenigstens vor Neuburger, wenn du dich schon vor mir so blöde enthüllst.“

Langsam schien August zu begreifen, er fragte kleinlaut: „An das Erscheinen des ‚Intelligenzblattes‘ ist auch morgen nicht zu denken?“

Simon antwortete nicht und die beiden Berater überhörten die Frage.

August trottete hinaus. Auch mit Simon war nicht zu reden, auch er war, wie Fritz, größenwahnsinnig.

Als Simon allein war, trat Ruth Berger ein. Der hilflose alte Mann, der sich nicht entschließen konnte, das ausgestorbene Haus zu verlassen, tat ihr leid.

„Wünschen Sie, Herr Kronstein, dass ich ins Sanatorium telefoniere und mich erkundige?"

Er sah das große Mädchen, das im Dunkeln stand, dankbar an und erwiderte sanft: „Ja, darum wollte ich Sie bitten."

Professor Rübner kam selbst ans Telefon. Der Anfall sei vorbei, der Patient schlafe nach einem kräftigen neuen Mittel, das man ihm einspritzen konnte. Aber vielleicht wäre es doch das Beste, am nächsten Tag zu operieren, ungeachtet der Lebensgefahr.

Simon saß im Dunkeln und dachte noch darüber nach, ob der Bruder operiert werden sollte, ungeachtet der Lebensgefahr ... Es war spät nachts, als er das halb verfinsterte Haus verließ. Die Redaktionsstuben lagen leer, die Telefonglocken schrillten nicht aus den Kabinen, das Niederdrückendste aber waren die großen ausgestorbenen Setzersäle und die ruhenden Kolosse der Rotationspresse.

Seit dreißig Jahren war es im Hause Kronstein nicht so still gewesen.

Als Friedrich Kronstein in dem kleinen weißen Sanatoriumszimmer die Augen aufschlug, stand Professor Rübner an seinem Bett. Der berühmte Arzt hatte den weißen Arztkittel angelegt, die vielleicht zu langen Ärmel waren bis zum Ellbogen aufgekrempelt, derbknochige, behaarte Unterarme kamen zum Vorschein.

„Ausgeschlafen?", fragte der Professor mit leichthumoristischer Anteilnahme. Fritz antwortete nicht. Er spürte die Gleichgültigkeit hinter der jovialen Routine. An der anderen Seite des Bettes stand eine Nonne, die sich schweigend mit einem alten Gesicht voll Güte zu ihm hinunterbeugte. „Keine Schmerzen, nicht wahr?", sagte die katholische Schwester. „Gestern ging es Ihnen schlecht, aber das ist vorbei und kommt nicht wieder."

Jetzt erst erinnerte sich Fritz an die höllischen Qualen vom Vortage, er atmete vorsichtig tief und dann noch tiefer ein. Eine Erinnerung an die Schmerzen saß wohl noch in der rechten Seite des Unterleibes, aber wenn er ruhig und nicht zu tief atmete, dann genoss er den Zustand der Beruhigung. Als er zu sprechen anfing, wunderte er selbst sich, wie leise seine Stimme war.

„Wer hat mich denn hierher gebracht?"

Nicht die fromme Schwester, sondern der weiße Mann mit den

aufgekrempelten Rockärmeln antwortete laut: „Das danken Sie Ihrem Bruder Simon."

Der Kranke drehte den Kopf zu der Nonne, er richtete an sie, die leiser redete, die Frage: „Muss ich lange hier bleiben?"

Wieder antwortete nicht die gute alte Frau, sondern der große schwere Mann im weißen Kittel: „Sie erkennen mich doch, Herr Kronstein?"

Fritz nickte, nur sprechen wollte er nur mit der Schwester.

Jetzt ließ sich Professor Rübner, ohne viel zu fragen, auf einem Sessel neben dem Bett nieder: „Es ist zu hoffen, dass der Anfall nicht wiederkommt." Er ergriff die Hand des Patienten und stellte mehr für sich und die Schwester als für den Kranken fest: „Ihre Temperatur ist noch nicht normal. Das Gescheiteste wäre wohl, gleich zu operieren. Aber das müssen Sie selbst entscheiden. Wenn Sie die Sache radikal los sein wollen, dann lassen sie uns Chirurgen ran."

Fritz hob ein wenig den Kopf, seine kurzsichtigen Augen blinzelten: „Wer würde mich operieren?"

Der schwere Mann im weißen Kittel spürte die Abneigung des Kranken, er antwortete brüsk: „Sie sind ein reicher Mann, Sie können den Operateur wählen."

„Danke", flüsterte Fritz Kronstein. Er verbarg kaum sein Lächeln, das von dem Gedanken geweckt worden war: „Gott sei Dank, diesem Schlächter bin ich also nicht ausgeliefert."

Professor Rübner stand auf: „Überlegen Sie sich die Sache. Diese Leiden gehen oft auch ohne Messer vorbei. Der Jüngste sind Sie auch nicht mehr. Es könnte nur etwas langweilig werden, ich brauche Ihnen nicht zu sagen, alle Aufregungen und Exzesse müssen von Ihnen ferngehalten werden."

Wieder dieses dumme Wort „Exzesse", dachte Fritz und drehte sich von dem Professor weg auf die andere Seite.

In der Tür stehend, sagte Rübner: „Vielleicht geben Sie mir in der Nachmittagsvisite Bescheid ... Tag!"

Im Laufe des Vormittags kam Simon ins Sanatorium, die Schwester erzählte ihm auf dem Gange, dass Fritz heute so gut wie schmerzfrei sei und dass der Professor Besuche, wenn sie nicht aufregend seien, keineswegs untersagt habe. Nur Damen seien nicht erwünscht. Also trat Simon mit einem frischen Morgengruß beim Bruder ein.

„Ich bin glücklich, dass es dir wieder gut geht.“ Das war keine Lüge, die Schreie waren am Vortage Simon durch Mark und Bein gegangen, und der Gedanke, dass Fritz vielleicht durch das Gespräch mit ihm in den grauenhaften Anfall getrieben worden sei, hatte ihn die ganze Nacht bedrückt.

„Du musst gesund werden, Fritz, und alles, was zu diesem Zwecke notwendig ist, muss geschehen.“

„Danke, was meinst du?“

„Alles, was du dir wünschst, meinetwegen heirate, aber ebenso würde ich für eine Operation stimmen, wenn dich das vom Leiden befreit. Jetzt denke nur an dich und dass es dir gut geht.“

Fritz, durch die Wärme der einfachen Worte Simons erquickt, sprach sich seine Sorgen vom Herzen: „Der Professor legt mir die Operation nahe. Aber erstens würde ich da einen anderen Arzt fragen als diesen Schlächter und zweitens glaube ich, es wird auch ohne Messer gehen. In allen Sachen werde ich mich nur mit dir besprechen, Simon, das regt mich nicht auf, selbst wenn wir anderer Meinung sind, wir zwei finden schon einen erträglichen Ton auch für das Unangenehme, das wir uns sagen müssen.“

Simon nickte und in einem Anfall von Brüderlichkeit klopfte er sogar mit seiner patschigen Hand auf die abgezehrte Krankenhand, die auf der Decke lag. Dabei dachte er nicht so vollkommen versöhnlich, zwar vermochte er Fritz gegenüber vermittelnde väterliche Laute zu finden, dieser aber hatte sich in einen herrischen, unbelehrbaren Ton hineingelebt, der seit zehn oder fünfzehn Jahren nicht den leisesten Widerspruch erfuhr.

„Glaubst du, dass du es verträgst, wenn ich dir erzähle, was ich gegen Herrn von Eysler unternehmen will?“

„Natürlich, das macht mir höchstens Spaß, erzähle.“

„Ich will, wenn es dir recht ist, für morgen Nachtmittag eine Versammlung aller Berliner und womöglich aller erreichbaren deutscher Zeitungsverleger einberufen, ihnen kurz die Situation schildern und vorschlagen, dass wir alle, um die reaktionäre Regierung zur Verständigung zu zwingen, solidarisch drei, wenn es sein muss, acht Tage nicht erscheinen. Das wird im Ausland großen Eindruck machen und ebenso im Publikum und wir verlieren nicht zu viel, weil dann eben auch die Konkurrenz ausgeschaltet ist. Es ist das einzige Mittel ...“

Friedrich hörte zu, aufmerksamer, als er dem Bruder je zugehört hatte. Er sagte sich im ersten Augenblick, dass er Simon unterschätzt habe, denn nie würde er ihm eine so schwungvolle und so selbstständige Idee zugetraut haben, im zweiten Augenblick hatte ihn schon die negierende Kritik überfallen und er sagte: „Sehr gescheit, was du da entworfen hast, lieber Simon. Leider wirst du die Erfahrung machen, fürchte ich, dass die ganze Verlegerschaft dich im Stich lassen wird. Diese Leute denken nur an ihre eigene Tasche, und zwar nur für die allernächste Zeit. Drei oder gar acht Tage Nichterscheinen, das kostet jeden von ihnen so und so viel tausend Mark und außerdem noch nimmt es ihnen die Gelegenheit, uns wegzuschnappen, was sie uns in dieser Woche wegnehmen könnten an Inseraten wie an Käufern. Eine solche Gelegenheit finden sie nicht wieder. Dass ihnen morgen ganz dasselbe passieren kann, passieren wird, das geht nicht in ihre Vogelhirne, und dann bedenke die allgemeine deutsche Feigheit. Wenn Herr von Eysler auch nur einen Zeitungsverleger in Haft setzen lässt, fallen alle sofort um. Zu einem solchen Schick gehören Männer, nicht Verleger." Ein Einfall verzögerte seine nächsten Sätze, er sagte langsam und nachdenklich: „Wenn man die ganze Aktion den Chefredakteuren oder überhaupt den Redakteuren zuschieben könnte, das könnte vielleicht Erfolg bringen. Erstens sind sie ans Sitzen mehr gewohnt, zweitens sind sie Schnorrer und deshalb spielen die Geldinteressen keine so große Rolle und schließlich handelt es sich auch nicht nur um ihre Freiheit, sondern um ihr Brot."

Simon war während der Antwort des Bruders zusammengeklappt. Der Gedanke, dass er selbst verhaftet werden könnte und wochenlang in einer schmutzigen Zelle bei Gefängniskost und hartem Lager existieren müsste, zerschlug seinen Verteidigungsplan sofort. Nein, er war ein alter, wenn auch nicht kranker, so doch kränkelnder Mann, zum Märtyrertum gar nicht geeignet. Die grundgescheite Umformung, die Friedrich dem Plane gab, belebte Simon wieder. Wenn die Redakteure in einen Streik für die Freiheit der Presse eintreten wollten, den man im Geheimen mit Geld unterstützen könnte, da hätte sich der Konkurrenzneid nicht so gefräßig kundgetan, ja, Fritz war ihm überlegen, das wäre die einzige aussichtsvolle Lösung.

„Aber wie das den Redakteuren beibringen?", fragte Simon.

„Siehst du, Simon, für solche Zwecke habe ich Klotz vorzüglich verwenden können. Klotz hörte sich gern reden, Klotz fühlte sich, wenn man ihn vernünftig leitete, gern als Führer, Klotz nimmt auch eine unerwartete Stange Geld, aber Klotz habt ihr mir ja weggejagt. Er wäre der ideale Regisseur für so was gewesen. Wo steckt denn Klotz? Wir wollten ihn doch wenigstens im Buchverlag unterbringen? Ist das geschehen? Dann schick ihn mir her oder, besser, sprich du mit ihm. Ich spüre doch noch einige Erinnerungen da unten, in der Galle oder in der Leber. Sprich du gut mit ihm und sei nicht sparsam, Klotz braucht immer Geld und jetzt wird er es doppelt nötig haben."

Simon war keineswegs sicher: „Ich habe mich seit Wochen nicht um ihn gekümmert, du weißt, er hat die Goldscheidersache in Paris arrangiert. Er wird sich gar nicht in unser Haus trauen."*

„Schade um den Mann, aber du hast recht, er ist nicht mehr verwendbar. Wer ist sonst da, der so was führen könnte?"

„Neuburger?"

„Um Gottes willen, der soll wieder Zähne ziehen. Aber da habe ich so einen pathetischen Pfarrer engagiert – wie heißt er gleich? Will, nein Wüst! –, der wäre dafür in all seiner Naivität verwendbar. Lass dir doch den kommen. Pfarrer im Hauptberuf, Liberaler aus Überzeugung, großartiger Redner, sagte man mir, sicher auch geldbedürftig ... Vielleicht kannst du's mit ihm machen. Freilich, er ist sicher noch nicht in der Reichsorganisation, hat unter den Redakteuren noch keinen Anhang ... 's wäre ein Experiment."

Simon machte sich zum Fortgehen bereit. „Rege dich auf keinen Fall auf ... Vielleicht fällt uns im Hause noch etwas Besseres ein. Das Wichtigste ist, du willst die Operation nicht, das werde ich Professor Rübner sagen lassen. Ich komme morgen wieder."

Simon beugte sich zu seinem Bruder hinunter und drückte ihm auf die magere Wange einen breiten, klatschenden Kuss.

„Also adieu, Fritz ... Auf morgen."

Friedrich drehte sich wieder zur Wand und, welches Glück, er fühlte, dass ihm die Augen vor Schlaf zufielen. So lag er ein paar Stunden in einem tiefen, von allen Erdenschmerzen erlösenden Schlaf. Er erwachte, als die Schwester Tee mit Weißbrot und rosarotem Schinken servierte.

„Sie müssen jetzt etwas essen", sagte die Nonne in dem sanft befehlenden Ton der echten Schwester.

* Dies steht im Widerspruch zur vorangegangenen Entlassung von Klotz.

„Oh, dafür bin ich zu haben", antwortete der Kranke fröhlich und ließ sich Tee, Brötchen und Schinken auf einem kleinen Bettkrankentisch servieren.

„Haben Sie noch einen Wunsch, so sagen Sie's nur."

„Schwester", sagte er, die leere Teetasse hinstellend, „bitte, eine Zigarette."

„Ist Ihnen nicht verboten", erwiderte die Schwester froh, „sofort."

„Halt", rief Fritz der schon Enteilenden nach, „bitte, bitte bringen Sie mir auch eine ‚Abendzeitung'."

Die Nonne überlegte: „Das tue ich ungern. Das Gift der Zeitungen wirkt böser als ein bisschen Nikotin. Sie werden sich aufregen über die Lügen und sogar über das Wahre, was in den gottlosen Zeitungen steht. Lassen wir's lieber."

Doch Fritz war durch den Schlaf gestärkt und willensfähig: „Schauen Sie, Schwester, ich bin ja selber so ein Giftfabrikant, nämlich ein Zeitungsmacher, ich bin abgehärtet, es ist mein Geschäft und die Zigarette schmeckt mir besser mit einer Zeitung."

Die Schwester neigte das Haupt mit der großen Haube: „Gut, Herr Doktor, wenn es Ihnen schmeckt."

Einige Minuten später rauchte Fritz seine Zigarette und er überblickte die erste Seite der „Abendzeitung", die mit fett gedruckten Nachrichten oder Lügen über den Kampf zwischen den Deutschnationalen, Konservativen, Katholiken und Nationalsozialisten gefüllt war. Er las, aber die Nachrichten blieben in einem Vorraum seines Gehirns liegen, ganz unbewusst lehnte er es ab, diese aufgeblasenen Wichtigkeiten in das Zentrum seines Denkens einzulassen. Er las und genoss den Rauch seiner Zigarette. Ganz gelassen und ohne Erregung blätterte er das Zeitungsblatt um, die lokalen Nachrichten, die Kunstkritiken überflog er, derlei las er nie. Da fiel sein Blick auf eine kleine, etwas auffällig gesetzte Nachricht:

Eine Europamüde.

Fräulein Evelyn Goldscheider, die Vielgenannte, Doktorin der Kunstgeschichte, die soeben ein Werk über Boticelli vollendete, hat gestern von Bremen aus Deutschland und Europa verlassen. Sie wird voraussichtlich einige Jahre in den USA verbringen, da sie eine Dozentur über italienische Malerei an der New Yorker Universität angenommen hat.

Der Kranke ließ die Zeitung fallen. Nach einigen Zügen legte er die Zigarette weg. War es möglich, dass Evelyn schon fort war? Abgereist, ohne ihn noch einmal aus ihren glänzenden braunen Augen anzusehen? Jetzt war sie abgedampft, nachdem er Simon, den mächtigsten der Brüder, sogar für die Heirat gewonnen hatte. Plötzlich fühlte er wieder dieses entsetzliche Bohren unten in der rechten Seite. Er sah sich um, die Schwester war hinausgegangen. Zum Glück erreichte er die Klingel. Im Nu war die Pflegerin wieder an seinem Bett. Sie hörte sein Stöhnen, das schon in ein gellendes Schreien überging, sie wollte noch sagen: „Diese gottverdammten Zeitungen", aber da drang der schrillste Schrei in ihre Ohren und sie sagte nur: „Ich hole den Professor." Plötzlich stand der große feindliche Mann im weißen Kittel neben seinem Bett. Fritz, noch immer schreiend und zwar jetzt im Tonfall seines Urgroßvaters: „Oi ... Oi ... Oi", murmelte mit ausgetrockneten Lippen: „Operieren, Professor, sofort operieren."

Der Mann im weißen Kittel sagte zur Schwester: „Sie hören es ... Der Patient wünscht sofortige Operation." Dann beugte er sich zu dem sich vor Schmerzen Windenden herunter, es war ein merkwürdiger Moment, denn der Kranke schien einen Augenblick zu erleben, in dem die Qual aussetzte, Fritz spürte den warmen Atem des nahen Professorengesichtes, er hörte seine Frage: „Sagen Sie es noch einmal, wünschen Sie Ihre sofortige Operation?" Fritz sah die Schwester starr an, er murmelte ununterbrochen: „Evelyn ist fort ... Evelyn ist fort." Der Professor wurde eindringlicher: „Sie müssen mir antworten, es warten noch andere Kranke auf mich." Da sagte Fritz mit einem Blick zur Schwester, als nähme er schon vom Leben Abschied: „Ja ... Operieren ... Sofort."

Wie zur Belohnung antwortete der Professor: „Zuerst wollen wir Ihnen mal eine Spritze geben, die Sie von allen Schmerzen befreit." Die Schwester hielt schon die glitzernde Spritze hin, sie reinigte den Arm mit Alkohol, der Stich tat nicht sehr weh ... Und schon wurde das Leiden geringer.

Fritz konnte den Kopf zum Professor drehen und ihm deutlich Dank sagen.

Schon öffnete Professor Rübner die Tür, er selbst rief die Wärter, die auf dem Gang standen, und sagte, auf Fritz Kronstein deutend: „Sofort rauf! ... Assistenten rufen! ... In fünf Minuten wird operiert."

Nachmittags erschien eine elegante junge Dame in der Kanzlei des Sanatoriums und fragte nach der Nummer des Zimmers, in dem Doktor Friedrich Kronstein liege. Als sie im zweiten Stock vor der weißlackierten Tür des Zimmers Nr. 53 stand, fand sie an der Klinke eine Tafel aufgehängt: „Besuche jeder Art verboten." Sie erschrak, fragte eine vorbeigehende Schwester nach dem Zimmer des Professors Rübner und wurde von dem schlecht gelaunten Riesen mürrisch begrüßt. Es nütze ihr gar nichts, dass sie reizend aussah, der übel gesinnte Professor sah nicht ihr tadellos sitzendes blaues Kostüm, nicht die sorgfältig abgestimmte blau-weiß gestreifte Bluse mit ebensolcher Krawatte, nicht den kleinen, kühn sitzenden schwarzen Strohlackhut, nicht ihre zarten Stiefelchen, und als sie Platz genommen hatte, auch nicht ihre feinen Fußknöchel mit dem Ansatz zu einem reizend geformten umflorten Bein.

Der Professor kaute und schmauchte an einem Zigarrenstummel, während er redete: „Die Operation ist glänzend verlaufen, ich konnte einen kinderfaustgroßen Stein entfernen, der ihm tolle Schmerzen verursacht haben muss. Er war oder vielmehr er ist zwar hypersensibel, aber ich möchte ihn keinen Simulanten nennen, obwohl er, wie viele jüdische Patienten, eine gewisse Lust an Schmerzensschreien zeigte. Bei Ariern habe ich diese Freude an Klagelauten nicht beobachtet. Nun, wie gesagt, die Operation ist glänzend gelungen, wir hatten gerade alles genäht, als er aus der Narkose erwachte. Ich gab ihm noch ein leichtes Schlummermittel, hoffentlich geht nun alles in Ordnung. Wenn nur sein Herz nicht auslässt, er ist ein alter Mann, verbrauchter als er nach seinen Jahren sein müsste, aber wir wollen hoffen, dass das Herz standhält. Das Schlimmste ist ja überstanden ... Es wäre ja auch zu ärgerlich. Nachdem man eine Stunde lang an ihm herumgearbeitet und im Bauch gründlich aufgeräumt hat, wenn das alles für die Katz getan wäre."

Evelyn hasste den Professor in diesem Augenblick, seine Anteilnahme war so brutal wie seine Gleichgültigkeit.

Während die beiden noch sprachen, sank Friedrichs Kopf lautlos in die Kissen zurück. Die Nonne vernahm nicht einmal einen Seufzer. Aber als sie nach einigen Minuten wie gewöhnlich nach dem Kranken schaute, fand sie seine Augen starr und seine Hände kalt. Sie warf die Decke ab, das Herz schlug nicht mehr. So viele Tode hatte die Schwester mitgemacht und doch zwang sie das Sterben eines Kranken immer wieder in die Knie. Sie verrichtete am Bette Kronsteins ein inniges Gebet, versah den Toten, obwohl er ein Jude war, mit dem in die Luft gezeichneten Kreuzzeichen und lief die Treppe hinauf zu Professor Rübner.

Der Operateur im weißen Kittel und Evelyn standen allein im Totenzimmer. Rübner schloss dem Toten die Augen, er selbst horchte ihm noch einmal das Herz ab, dann zog er das weiße Leintuch der Daunendecke über den Kopf des Toten. Nun war Friedrich Kronstein dem Antlitz der Menschen für immer entzogen.

Evelyn weinte nicht. Sie stand unbeweglich vor der Leiche und regte sich nicht.

Hinter ihr ging Professor Rübner durchs Zimmer, er nahm Uhr, Ring und Brusttasche des Toten an sich, um alles in der Kanzlei abzuliefern. Plötzlich entdeckte er auf dem Fußboden das Exemplar der letzten Zeitung, die Friedrich Kronstein gelesen hatte.

„Diese verdammten Zeitungen ... haben seinem Herzen auch nichts genutzt."

Plötzlich schien Evelyn aus ihrer Starrheit zu erwachen. „Darf ich mir die Zeitung anschauen?", fragte sie.

„Wenn es Ihnen Vergnügen macht", antwortete der Professor höhnisch. Sie entfaltete die Zeitung nur, um den Titel und den Erscheinungstag festzustellen. Es war wirklich die „Abendzeitung", die die Falschmeldung ihrer verfrühten Abreise gebracht hatte. In diesem Augenblick schluchzte es aus ihr heraus, sie schluckte die bittere Flut, Tränenströme rannen lautlos über ihre Wangen.

Der Professor sah sie verständnislos an. Da bemerkte er, dass sie wankte. Er trat schnell auf sie zu, und da Evelyn das Bewusstsein verloren hatte, packte der starke Mann sie um die Knie und Schultern und legte sie auf den Diwan. Er winkte der Schwester, steckte ein starkes Riechsalz unter die Nase der Ohnmächtigen und sah mit Genugtuung, dass es genügte, um die Bewusstlose zum Erwachen und Augenaufschlagen zu bringen.

Er setzte sich neben sie, ergriff ihren Puls, der wieder ganz normal ging, und sagte automatisch die Formel: „Was sind denn das für Geschichten, mein Kind?"

Die Erwachende hielt in der herabhängenden Hand noch immer die „Abendzeitung".

Während Professor Rübner sich um Evelyn bemühte, war Simon eingetreten. Die Schwester hatte ihm schon auf dem Gang die Trauernachricht zugeflüstert. In Simons Gesicht zerrte das Weh, seine Augen standen in Wasser, sein Mund quälte sich, um Schluchzen zu unterdrücken, sein altes Gesicht war fahl geworden. Da gewahrte er Evelyn: „Sie sind noch hier? Ich dachte, Sie schwimmen schon ..."

Er stockte, denn er sah Evelyn erblassen und zurücksinken.

Rübner zog Simon fort: „Lassen Sie sie ... Ohne Zeugen kommt sie schneller zu sich. Ich kann mir die Szene gar nicht erklären. Sie stand ganz ruhig neben mir, dann nahm sie mir die ‚Abendzeitung' aus der Hand und fiel um."

Simon sah sich die Zeitung an, es war diese verfluchte „Abendzeitung" mit der Nachricht von Evelyns Abreise. Nun war er nicht dazu zu bewegen, Evelyn allein zu lassen.

Nach einer Viertelstunde, während der Evelyn gelabt wurde, begleitete er sie hinunter und brachte sie in seinem Wagen nach Hause. So viel hätte er der neben ihm Schweigenden zu sagen gehabt, vor allem, dass er den Widerstand gegen die Heirat längst aufgegeben hatte, dann ein Fluch über das Zeitungsgesindel, das mit falschen Nachrichten oft entsetzliches Unheil anrichte, aber er brachte kein Wort hervor. Nur als Evelyn aus dem Wagen stieg, küsste er fast demütig ihre Hand und flüsterte: „Wenn Sie mich brauchen, ich bin zu Ihren Diensten."

XXIII.

Schollwitz sah Ruth erst bei dem Leichenbegräbnis von Friedrich Kronstein. Sie ging ein paar Reihen hinter Simon Kronstein, der vollkommen verfallen aussah, offenbar wollte sie ihm nahe sein, wenn er sie nötig hatte. Wenn Ruth ihren Chef ansah, den auf der einen Seite Emil, auf der anderen Seite Philipp stützen mussten, füllten ihre Augen sich mit Tränen. Sie weinte nicht um den Verstorbenen, sie weinte, als sie den lebenden Simon leiden sah.

Der Zug der Trauergäste war groß, aber die meisten blickten herzlich unbeteiligt auf die alten Bäume des jüdischen Friedhofs und den blauen Himmel. Photographen hielten das Bild des von seinen Brüdern geführten Simon für die illustrierte Presse fest, die anderen Brüder wurden herzugeholt, und als ein täppischer Angestellter zu nahe an die trauernde Brudergruppe herantrat, verjagte ihn Emil rasch durch ein zorniges Wort. Auch Heinrich mit seinen Söhnen kam noch auf die Platte, sogar August war da. Nach den Aufnahmen reihten sie sich wieder in den Zug ein. Der Betrieb der Tageszeitungen lag ja still, da war man entbehrlich und es war nach den Skandalaffären, von denen die Berliner Welt noch immer und besonders am Grabe Friedrichs schwatzte, sehr nützlich, dass alle Brüder vereint aufmarschierten, mit Trauerzylindern und ernsten Mienen. Die Neugierigen suchten Evelyn. Sie hatte eine Zeitlang geschwankt, ob sie, schwarz von Kopf bis Fuß, an der Bestattung teilnehmen sollte, aber Emil hatte ihr entschieden abgeraten, sie komme so nur wieder ins Gerede der Menge, es sei besser für sie, fernzubleiben. So sandte sie nur einen Kranz, von dem sie wünschte, dass er an sichtbarster Stelle läge, die Schleife trug nur ihren Namen: Evelyn. Dafür sorgte Emil, und die Neugierigen konnten ihre Augen von der violetten Atlasschleife nicht trennen.

Am Grabe trat Schollwitz auf Simon zu und drückte ihm lange die Hand.

„Kommen Sie bitte morgen zu mir“, flüsterte Simon.

Schollwitz war der Einzige aus der amtlichen Sphäre, der erschienen war. Staatssekretär von Eysler, der drei oder zwei Wochen zuvor noch den Untröstlichen gemimt hatte, war nicht gekommen, auch kein Vertreter der Stadt, für die Friedrich Kronstein, abgesehen von seinen Zeitungen, als Wohltäter einiges getan hatte. Die Reichsregierung ignorierte selbstverständlich den Tod des jüdischen Verlegers. Auch der Verband der Zeitungsherausgeber, seit kurzem von fremdrassigen Elementen gesäubert, hatte keinen Repräsentanten entsandt. Die Redakteure, Schauspieler, Sportgrößen, die in den Zeitungen genannt werden wollten, trabten unter leisen Scherzen und heiteren Gesprächen die Friedhofshalle entlang. Ein protestantischer Pfarrer erregte Aufsehen, es war Pastor Wüst, der dem geschätzten Toten die letzte Ehre geben wollte. Als Simon ihn gewahrte, schickte er Ruth Berger zu ihm und bat ihn für Nachmittag in sein Büro. Wüst sagte erstaunt zu.

Nach Friedrich Kronsteins Beerdigung fuhr Schollwitz in die Reichskanzlei zu Staatssekretär von Eysler. Als er ins Auto einstieg, sah er sich um. Die arme Ruth hatte sehr müde und hergenommen ausgesehen, er hätte sie gern in seinem Wagen nach Hause oder ins Kronsteinhaus gebracht, aber sie war wie vom Erdboden verschluckt. Sie wird mit der Straßenbahn nach Hause gefahren sein, dachte Schollwitz, das sieht ihr ähnlich.

Eysler wunderte sich über das einheitliche Schwarz der Kleidung Schollwitzens. Als er die Ursache erfuhr, sagte er: „Richtig, der Chef der Kronsteins ist tot. Fürchtete schon einen Trauerfall in Ihrer Familie. Übrigens, aufrichtig gesagt, ich an Ihrer Stelle wäre nicht nach Weißensee gegangen. Gibt nur Stoff für die Anstreicher. Wir dürfen uns nie mehr in den Verdacht der Verjudung bringen. Andererseits Leichenbegängnis kompromittiert nicht. Vielleicht ist es sogar richtig, denn ich oder vielmehr der Herr Reichskanzler haben vor, Sie heute noch zum kommissarischen Leiter der Kronsteinbetriebe zu ernennen. Der leitende Kopf ist tot. Die Regierung kann nicht zulassen, dass in dem größten Zeitungskonzern irgendein Herr Kohn als dirigierender Chef eingesetzt wird. Da haben wir beschlossen, Sie zu ernennen, übrigens auch in der Hoffnung, dass Sie verhältnismäßig den geringsten Wiederstand finden werden. Ich verfehle Ihnen nicht, dass damit erst ein Anfang begonnen hat, wir müssen uns der ehemals liberalen Zeitungen vollkommen bemächtigen, auch deshalb, weil sie die Kanäle ins Ausland darstellen ... Sie machen kein sehr vergnügtes Gesicht, Schollwitz ... Wollen Sie uns absagen?“

Schollwitz beeilte sich, das Missverständnis aufzuklären: „Ich habe zugestimmt und ich bin gewohnt, meine Zusagen einzuhalten.

Ich habe nur darüber nachgedacht, welchen Weg Sie weiterhin gehen wollen."

„Das kann ich Ihnen genau sagen", antwortete Eysler, indem er sich breitschenklig niederließ: „Mit einem Wort: Ich will die ganze Familie Kronstein loswerden. Im Augenblick werden sie noch viel zu viel Geld für ihren Laden verlangen. Aber wir werden sie kirre machen. Nächste Woche werde ich ihnen die illustrierten Blätter sperren. Ich nehme an, dass die Brüder in vierzehn Tagen froh sein werden, für einen passablen Preis die ganze Kiste los zu werden."

„Darf ich zur Vorsicht mahnen? Konfiszieren Sie nicht zu viel, Sie ruinieren sich sonst die eigenen Blätter für die Zukunft."

„Ausgezeichnet, Schollwitz. Danke für den Wink. Ich sehe, wir haben den richtigen Mann für diese wichtige Sache gefunden. Ich will Ihnen versprechen, dass nichts geschieht, ohne dass Sie vorher befragte werden."

Schollwitz drehte den Hals nach rechts und links, als beenge ihn etwas: „Nein, bitte, das möchte ich auch nicht. Ich kann nicht Ihr Berater im Kampf gegen den Verlag sein und gleichzeitig der Leiter des Verlages. Solche Doppelrollen liegen mir nicht."

„Auch richtig, Schollwitz, Sie sollen, während ich attackiere, ausschließlich den Mittler machen und schließlich, hoffe ich, die reife Frucht auffangen. Wir sind ganz d'accord und ich freue mich, wie klar und sauber Sie Ihre Mission auffassen."

Trotzdem beide Staatssekretäre ranggleich waren, schlug Eysler einen gönnerhaften Ton an, der Schollwitz leicht verdross, aber er musste ihn schlucken. Eysler war seit Monaten die rechte Hand des Reichspräsidenten, zeitweise regierte er allein.

In der Tür sagte Eysler lächelnd: „Wenn Sie nachmittags zu Kronstein kommen, finden Sie unsere Verordnung schon dort ... Ich kann nicht leugnen, die Austreibung dieses Volkes bereitet mir ein bisschen Spaß, und Spaß braucht man doch. Nicht, Schollwitz?"

Schollwitz fühlte sich gezwungen, ein wenig mitzumeckern, obwohl ihm nicht sehr vergnügt zumute war.

Nach einer telefonischen Verständigung durch Ruth Berger fand sich Pastor Wüst schon um drei Uhr nachmittags in Simons Arbeitszimmer ein. Der von der Trauerfeier noch erschöpfte, nunmehr leitende Chef des Hauses Kronstein hatte sich vor dem

Gespräch mit Wüst dessen Personalakten – über jeden Angestellten gab es eine Akte im Hause – kommen lassen und daraus erst erfahren, dass Wüst kürzlich eigentlich ohne Angaben von Gründen seine Stellung im Hause mit Zustimmung des Verlages verlassen hatte. Er wollte nun vor allem wissen, warum Wüst ausgesprungen war. „Sie hatten doch allerlei Chancen bei uns und Sie sind es doch gewesen, der zu uns wollte. Mein seliger Bruder Fritz (zum ersten Mal sprach Simon von seinem seligen Bruder, aber die Redensart floss leicht über seine Lippen) hat sehr viel von Ihnen gehalten und noch in dem letzten Gespräch vor seinem Tode hat er Sie mir ans Herz gelegt, wahrhaftig." Simon war noch in Friedhofsstimmung, das Wasser trat ihm leicht in die Augen, er trocknete mit einiger Umständlichkeit die tränenden Augen und wartete auf die Antwort des Pastors: „Hatten Sie einen Zusammenstoß mit irgendwem? Ist Ihnen ein Beitrag zurückgewiesen worden? Gab es irgendwelche Meinungsdifferenzen? Oder ... War Ihnen das Gehalt zu klein? Sprechen Sie sich aus, es muss sich doch ein Ausweg finden lassen."

„Nein, danke, Herr Kronstein, ich bin auch Ihrem verstorbenen Bruder bis ins Grab dankbar, ihm besonders, denn ..."

„Warum stocken Sie? Mit mir können Sie gerade so offen wie mit ihm reden."

„Ihr verstorbener Bruder hat mich in unserer ersten Unterhaltung schon auf die Unterschiede zwischen Zeitung und Versammlungsaal aufmerksam gemacht. Eine Zeitung ist nicht dazu da, dem Leser Gesinnungen aufzuzwingen, sagte er mir mit seiner klaren Offenheit. Das habe ich erst ganz allmählich begriffen, aber nun weiß ich es. Wenn ich für die ‚Morgenpost' einen Leitartikel über die deutsch-französische Verständigung schreiben sollte, sagte mir der Chefredakteur: ‚Hundertzwanzig Zeilen, damit der letzte Absatz noch auf die zweite Seite übergeht.' Brachte ich die Sache in achtzig Zeilen fertig, so war das unbequem. Benötigte ich aber zufällig hundertsechzig Zeilen, so wurde der Redakteur, der die Seite umbrach, richtig böse, denn er musste mit dem Raum sparen und konnte mit solchen Überschreitungen nicht rechnen. Da es aber im Hause viele Herren gab, die genau hundertzwanzig Zeilen über jedes verlangte Thema schreiben konnten, drei, vier Zeilen hackten sie im Notfall leicht weg, so sah ich ein, dass ich zum Journalisten nicht tauge."

Simon schüttelte den Kopf: „Mit der Zeit hätten Sie die Kunst der hundertzwanzig Zeilen auch erlernt."

Pfarrer Wüst schwieg.

„Na", ermunterte ihn Simon, „Ihre Antwort sitzt Ihnen doch auf der Zunge. Riskieren Sie's."

Mit einem geradezu fanatischen Gesicht antwortete Wüst: „Ich wollte und will diese Geschicklichkeiten nicht lernen. Ihr Bruder hatte schon recht. Ich habe einen anderen Beruf, dem muss ich gehorchen."

Simon sah ein, dass es aussichtslos war, mit Wüst länger zu theoretisieren. „Schade", sagte er, „aber ich glaube, Sie haben eine zeitungsfeindliche Einstellung."

„Vielleicht. Je mehr ich in die Küche sah, desto weniger schmeckte mir der Braten. Ich bin für das Buch, das Hingebung verlangt, nicht Zerstreuung, und für das tönende Wort, das ins Ohr und ins Innere dringt. Wenn ich auf der Kanzel stünde, würde ich sagen: ‚Die Zeitung hat das Wort entheiligt, wenigstens die deutsche, und daran wird sie sterben.'"

Simon trat mit ausgetreckter Hand auf den Pfarrer zu: „Vom Sterben will ich heute nicht mehr reden hören ... Es tut mir leid, dass Sie den Appetit an uns verloren haben, aber ich kann es nicht ändern."

Dass jemand freiwillig und ohne nachträgliche Reue das Haus Kronstein verlassen konnte, war für Simon und für jeden Kronstein vollkommen unverständlich. War denn hier nicht das Zentrum der Welt? Deshalb trat Simon, nachdem sich Wüst verabschiedet hatte, ins Arbeitszimmerchen von Ruth Berger, lehnte sich an ihren Schreibtisch und fragte: „Sie haben doch früher bei dem Wüst gearbeitet. Haben Sie eine Ahnung, warum er von uns wegging? In der Akte finde ich nichts."

Ruth erwiderte: „Einen Streit hat er nie im Hause gehabt, aber er wurde von Tag zu Tag verdrossener ... Ich glaube, er ist von Natur kein Journalist."

Simon schüttelte den Kopf, er begriff den Fall noch immer nicht: „Dann hätte er es doch lernen und werden können. Verstehen Sie den Mann?"

Ruth hätte antworten können, aber vielleicht hätte ihre Antwort den heute ohnehin sehr hergenommenen alten Herren gekränkt, so begnügte sie sich mit einem kleinen Lächeln: „Wer kennt sich in den Menschen aus?"

Nachmittags fand im Speisesaal der Erfrischungsräume eine Versammlung aller Redakteure sämtlicher Kronsteinblätter statt. Es waren ein paar hundert Herren und ein Dutzend Frauen. Den Vorsitz führte Neuburger, hinter ihm hatte Simon und Emil Kronstein bescheiden und nur für Wenige sichtbar Platz genommen, sie wollten durch diese Platzierung andeuten, dass sie bloß Gäste in dieser beschlussfassenden Versammlung der Redakteure seien. Ehe noch die summende Versammlung eröffnet wurde, brachte ein Bote zwei Zuschriften der Reichskanzlei: Simon riss die Umschläge auf, das eine war ein Verbot der beiden illustrierten Zeitungen des Verlages für je vier Wochen, das andere teilte die Einsetzung Schollwitzens als kommissarisch bestellten, ausschließlichen Leiter des Verlages mit, es umschrieb den vollen Wirkungskreis des Kommissars, dem sowohl die Überwachung der redaktionellen, wie auch der kaufmännischen Geschäfte sowie das Recht der Abberufung oder Neueinstellung aller Hilfskräfte übertragen war.

Nachdem Neuburger durch ein Glockenzeichen die Versammlung eröffnet hatte, erteilte er zu einer kurzen Mitteilung Simon Kronstein das Wort. Simon hatte die Absicht, seinem heute begrabenen Bruder noch ein Wort des Gedenkens vor seinen Mitarbeitern zu widmen, aber sein Gesicht war von Tränen überströmt und seine rechte Hand, welche die Zuschriften der Reichskanzlei hielt, zitterte und zuckte. Einige Minuten atemloser, nur vom Mitschluchzen einiger Damen unterbrochener Stille vergingen, dann unternahm Simon noch einen Versuch zu sprechen, aber Schwäche und Qual erstickten seine Stimme, er redete, aber tonlos und unverständlich. Da trat Emil neben den versagenden Bruder, er bat ihn, sich auszuruhen, nahm ihm die amtlichen Zuschriften aus der Hand und las sie den betroffenen horchenden Redakteuren vor. „Meine Herren", fügte er hinzu, „das sind wohlgezielte Keulenschläge, die nicht nur uns, sondern auch Sie alle betreffen. Da aber Ihre Freiheit und, wie ich im Namen der Firma erklären muss, die Existenz von Ihnen allen auf dem Spiele steht, so möchte der Verlag Ihre Entscheidung in keiner Weise beeinflussen. Wir hoffen, dass Sie auf die Verfügungen der Regierung eine ebenso mutige wie besonnene Antwort finden werden. Die Mitglieder des Aufsichtsrates ziehen sich jetzt von Ihrer Beratung zurück, aber wir verbleiben im Hause und sind zu Ihrer Verfügung." Einiger Applaus, kleinlaut und dürftig, antwortete dem Redner, die noch immer erschrockene Versammlung war nicht in Beifallslaune.

Im Konferenzzimmer der Brüder sagte Heinrich: „Wer hat die Rede von Emil ausgearbeitet?" Er fühlte sich auch in dieser Schicksalsstunde übergangen und beleidigt.

„Du siehst doch, dass Simon nicht weiter konnte", antwortete der Jüngste, „da bin ich eingesprungen und brachte vor, was er mir mittags skizziert hatte."

„Solche Erklärungen wünsche ich nicht improvisiert", herrschte Heinrich den Jüngsten an.

„War ein Fehler drin, so bitte ich, ihn mir zu sagen", erwiderte Emil, „ich werde ihn dann in der Versammlung richtigstellen."

„Berichtigungen vergrößern das Unglück", zischte Heinrich, „das könntest du als Zeitungsmann schon wissen, so jung du bist ... Ich halte es für taktisch falsch, dass du die Redakteure zu mutigem Vorgehen aufgehetzt hast. Sie werden mutig sein – auf unsere Kosten. Ihre Heldenpose kann uns den ganzen Verlag kosten."

Die Debatte hatte Simon ermuntert, er fand die Kraft, sich einzumengen: „Die Redakteure zittern mehr als wir. Ich wollte, sie würden den Streik beschließen, aber ich weiß, die werden eine Deputation an Schollwitz schicken. Übrigens ist Schollwitz nicht der Schrecklichste. Mit ihm kann man reden."

„Willst du vielleicht eine Antrittsvisite bei ihm machen?", fragte Heinrich höhnisch.

„Ich verstehe deine Aggressivität nicht", antwortete Simon so sanft als möglich. „Ignorieren können wir Schollwitz nicht, da ist es doch das Vernünftigste, sich mit ihm auf einen verträglichen Fuß zu stellen."

Heinrich verzichtete auf jede Replik. Das war so seine Art. Er warf ein gewaltiges Wort in die Diskussion, wurde es aufgefangen und widerlegt, so ließ er es ohne ein Wort der Verteidigung fallen. Dafür berief er sich nach Monaten, dass er ja „schon damals alles vorausgesagt habe".

Zum Erstaunen aller Brüder bat Philipp, der sonst nur technische Fragen zu erörtern pflegte, um das Wort.

„Ich beurteile unsere Lage sehr pessimistisch, ich glaube, diese oder gar die nächste noch gewalttätigere Regierung wird uns in vier Wochen lahmgelegt haben. Wäre es nicht klüger, schon heute durch eine uns befreundete Bank dem Ministerium unseren gesamten Aktienbesitz oder 75 Prozent von ihnen anzubieten? Heute würden wir wahrscheinlich einen schlechten Kurs erzielen, in vier Wochen aber einen lächerlichen. Was meine Person anlangt, so bin ich bereit, euch meine Anteile heute noch zu überlassen. Ich finde, Cannes oder San Remo haben jetzt ein gesünderes Klima." Philipp, der auch schon grauhaarig war, der soigniertest der Brüder, sprach ohne Anzeichen der geringsten inneren Bewegung. Auch er hatte gut fünfundzwanzig Jahre am Aufbau des Hauses mitgewirkt, aber er schien das Werk des Vaters, der Brüder und des eigenen verlassen zu wollen wie ein Restaurant, in dem man schlecht bedient worden war. – Etwas verärgert, aber bereit, alles zu vergessen, wenn man auf die Straße trat. – Ihm sekundierte August in der aufgeregten Art der korpulenten Leute, die entweder schläfrig oder aufbrausend sind: „Ich stelle mich ganz auf Philipps Seite. Raus aus der Bude! Raus aus Deutschland! Hier würden wir nur ganz ausgeplündert werden. Auch meine Aktien stehen zur Verfügung. Ich würde, wenn Philipps Anregung unbeachtet bliebe, meine Aktien in der nächsten Woche selbst auf den Markt werfen."

„Oho!", rief Simon, jetzt ganz lebendig. „Das gestattet das Statut nicht! Anteile dürfen nur mit Zustimmung aller Aktionäre verkauft oder belehnt werden. Du wirst gut tun, August, dich von deinem Anwalt informieren zu lassen. Ich möchte übrigens vor Angstverkäufen warnen, zweifellos will uns die Regierung klein kriegen, aber ich lasse mich nicht so schnell einschüchtern. Dagegen will ich die Situation mit der mit uns arbeitenden Großbank besprechen. Vielleicht wäre es das Beste, alle Aktien zu dem kleinen Paket, das die Deutsche Bank schon besitzt, zu legen, natürlich zu einem angemessenen Kurs. Ich möchte bezweifeln, ob die Regierung dann gegen die Deutsche Bank ihre Geschütze auffahren lässt. Das hätte den Vorteil, dass Philipp und August und übrigens wir alle ihre persönliche Aktionsfreiheit erreichen könnten. Wer will, kann dann nach Paris gehen." Er hatte leise zu den aufhorchenden Brüdern gesprochen, manchmal stockte er, offenbar aus Atemnot.

Schweigen. Überlegung. Leises Flüstern.

Endlich sagte Emil: „Simon hat wie immer den Nagel auf den

Kopf getroffen. Ich beantrage, dass wir ihn zu sofortigen Verhandlungen mit der Deutschen Bank ermächtigen."

Simon bat, dass Heinrich sich an seiner Seite bei den Verhandlungen beteiligte. Er wusste, dass ihm sonst später Vorwürfe und Verdächtigungen des ältesten Bruders nicht erspart würden. Aber Heinrich lehnte entschieden ab: „Ich bin in einer schlechten körperlichen Verfassung."

„Und ich?", erwiderte Simon. Sein gefaltetes Gesicht mit den wulstigen Tränensäcken war Antwort genug.

„Du", erwiderte Heinrich unbewegt, „bist sieben Jahre jünger als ich und überdies bist du ein Stehaufmännchen. Dir macht so ein Gefecht Vergnügen, ich kann mit den hohen Bankgaunern nicht verkehren, besonders jetzt, wo nur Arier dran sind oder arisch geschminkte Juden." Niemand hörte dem Schimpfer zu, es wurde beschlossen, Emil an die Seite Simons zu delegieren. Heinrich hatte gehofft, man werde einen seiner Söhne an seiner Stelle betrauen, aber keiner außer ihm dachte auch nur an diesen Ausweg. Die Jungens waren wirklich noch zu unreif.

Simon diktierte der herbeigerufenen Ruth Berger den Beschluss des Aufsichtsrates, der kein einstimmiger war, weil Heinrich mürrisch die Beteiligung der Abstimmung abgewiesen hatte. Während des Diktates hatte sich Neuburger melden lassen, er musste einige Momente warten, dann durfte er eintreten und die Brüder bitten, an der Redaktionsversammlung wieder teilzunehmen.

„Was habt Ihr ausgeknobelt?", fragte Emil.

Neuburger antwortete gewunden: „Sie werden ja selbst gleich hören ... Man kann nicht sagen, dass ideale Einigkeit unter den Redakteuren herrscht. Aber bitte, ich möchte nicht vorgreifen."

Während die Brüder Kronstein, Simon voran, einer hinter dem anderen in den Versammlungsaal einzogen, rief eine freche Stimme aus dem Hintergrund des Saales: „Habt Ihr uns inzwischen schon verkauft?"

Simon drehte sich um: „Wenn der Zwischenrufer genaue Antwort will, soll er den Mut haben, sich persönlich bei mir zu melden."

Einige Leue in der Versammlung klatschten Beifall, die Jüngeren lachten höhnisch, Unordnung, Lärm, ja sogar Chorlieder drohten die Zusammenkunft ganz zu zerreißen, Neuburger läutete heftig und anhaltend, bis die Glocke den Trubel endlich übertönte. Dann ergriff er, an die Kronsteins sich wendend, das Wort: „Meine Herren Verleger! In unserer Beratung sind drei Hauptrichtungen zum Ausdruck gekommen. Ehe wir einen Beschluss fassen, möchten wir wissen, wie Sie, meine Herren Verleger, sich zu diesen Richtungen stellen. Ich werde vorerst den Rednern dieser drei Tendenzen das Wort nacheinander erteilen."

Von der Seite her brüllte jemand: „Zuerst dem nationalen Redner."

Der Ruf löste donnerndes Klatschen, aber auch gellende Pfiffe aus, eine gellende schrille Frauenstimme kreischte über den Tumult hinweg: „Der Jugend das Wort." Mit der Gelassenheit eines Gesangsvereines stimmten einige ganz vorne beim Tisch des Vorsitzenden die Internationale an."

Da erhob sich Simon und hinter ihm die vier Brüder, zuletzt die beiden Neffen. Es schien, als ob sie sich entfernen wollten. Diese Geste bewirkte zuerst neugierige Stille, dann aber allmählich trat Ruhe ein. Neuburger läutete schon wieder stark und dauernd. „Wenn er so gut schriebe, wie er läuten kann", flüsterte Emil seinem Bruder Philipp ins Ohr. Dann erteilte Neuburger dem ersten politischen Redakteur des Intelligenzblattes, einem kleinen Greis, der aussah, wie man sich einen alttestamentarischen Propheten vorstellt und der im Hause den Namen „Nathan der Weise" trug, das Wort, und alle fürchteten die altmodische Weitschweifigkeit seiner allzu wohlgeformten Reden. Die Sache der Freiheit, sagte Nathan der Weise, nicht unserer Freiheit als unbeeinflussbare Männer der Feder sei in Gefahr, außerdem stehen wir vor dem Abgrund der materiellen Vernichtung unserer Existenz. Über die politische Gesinnung der heutigen Regierung wolle er kein Wort verlieren, immerhin habe auch ein Bismarck dem Fortschritt nicht widerstehen können und vorläufig könne er weit und breit keinen Bismarck entdecken. „Vielleicht, weil du blind bist", schrie ihm eine Gassenjungenstimme zu, sodass anhaltendes Gelächter Nathan den Weisen am Weiterreden hinderte … Wir sind geteilter Meinung, fuhr der beschwerliche Greis fort, gut, dann suchen wir das uns alle einigende Band, und er verkündete sozusagen in fetten Lettern: „Wir alle sind Deutsche" … Der Gassenjunge von vorhin quietschte frech dazwischen: „Aber nicht alle aus Palästina." Unbändiges Gelächter, Händeklatschen dankte dem blutjungen Zwischenrufer, einem Volontär der „Mittagspost", der erst seit einigen Monaten angestellt war. Als Nathan der Weise in seiner weit ausholenden pathetischen Rede unbeirrt fortfuhr, ohne dass ein Ende seiner Rede abzusehen war, setzten Schlussrufe ein, der kommunistische Gesangsverein störte durch Absingen eines Refrains, schließlich wurden auch die Chefs ungeduldig und Emil sagte so laut und ungeduldig, dass der greise Redner es hören und erblassen musste, zu Neuburger: „Er soll doch aufhören zu quatschen und zu klaren Vorschlägen kommen." „Nun wohl", hub der freisinnige Greis mit einem langen vorwurfsvollen Blick zu den Sitzen der Kronsteins neuerdings an, „meine Freunde und ich schlagen vor, dass wir ein fünfgliedriges Aktionskomitee wählen, das die Frage der gemeinsamen Arbeitseinstellung prüfe und das Ergebnis dem Herrn Staatssekretär von Schollwitz in einer zu gewährenden Audienz zu unterbreiten habe."

„Audienz! ... Audienz!" Das töricht gewählte Wort wurde in allen Tonarten durch den Saal gerufen, gesungen, gequietscht. Unter dem erbarmungslosen Gelächter der Versammelten trat der Greis vom Rednerpult ab. Vergebens schwang Neuburger unermüdlich seine große Glocke, Ulkstimmung hatte die „ernsten Männer der deutschen Presse" erfasst, sie riefen: „Au ... Au ... Au ... Au ... di ... enz." Als eine grölende Stimme die Anregung, ein engeres Komitee zu wählen, aufnahm, indem sie in den Saal brüllte: „Wahlvorschläge!", antworteten ihr Pfeifen und imitierte Vogelstimmen, Hundegebell und Gelächter.

Endlich bestieg ein kleines mageres Männchen, der Sportredakteur Willi Krause, das Podium, auf dem das Rednerpult stand. Das putzige Kerlchen sah sich imperatorisch nach allen Seiten um, dann schlug er mit geballter Faust so dröhnend auf das Pult, dass die Wasserflasche und ein Glas in die Höhe sprangen und klirrend zu Boden fielen. Das Wasser floss auf den Boden, aber der Faustschlag hatte gewirkt, es trat leidliche Ruhe ein und Willi Krause erklärte im Namen der national gesinnten Redakteure, ein gemeinsames Vorgehen mit den Stammesgenossen des Vorredners sei unmöglich, diese würden ja doch im entscheidenden Moment zu waschlappigen Verrätern, worauf schon das charakteristische Wort „Audienz" hindeute (Gelächter, Klatschen). „Im Übrigen begrüßen die deutschblütigen Schriftleiter das beginnende Säuberungswerk an der vielfach entarteten Großstadtpresse und werden in diesem Sinne Herrn von Schollwitz vertrauensvoll begrüßen. Die Presse müsse deutsch werden, deutsch und noch einmal deutsch." Der theatralische kleine

Mann sah sich triumphierend nach allen Seiten um, brach unvermittelt ab und war plötzlich vom Rednerpult heruntergesprungen. Er hatte sich, während er umherblickte, an die Anwesenheit der Brüder Kronstein erinnert und der Gedanken, sich vielleicht zu früh vor den Herren Chefs entdeckt zu habe, überfiel ihn lähmend. Deshalb näherte er sich den Plätzen der versammelten Brüder, Emil, der den Sportredakteur aus wiederholten Vorschuss-Gesprächen kannte, fühlte, dass der kleine Schreier sich an ihn heranmachen wollte, er erleichterte ihm das Vorhaben, trat auf ihn zu und fragte ironisch: „Wollen Sie heute Abend schon zu säubern beginnen, Herr Krause?"

„Aber Herr Kronstein", flüsterte der ängstlich gewordene Säuberer, „eine Versammlungsrede muss doch ... Wie soll ich sagen ... Nach rhetorischen Gesichtspunkten beurteilt werden."

„Danke für die Aufklärung. Ich fürchtete schon, wir seien Ihnen zu entartet, als dass Sie bei uns arbeiten wollten." Er lächelte.

Willi Krause fing dieses Lächeln auf, er erwiderte es mit einem devoten Angestelltenlächeln, seine Angst vor Entlassung war durch Emils Gewitzel noch gesteigert, deshalb flüsterte er dem jüngsten seiner Chefs schnell zu: „Wenn es gewünscht wird, könnte ich mich immer noch einer gemeinsamen Deputation zu Herrn von Schollwitz anschließen."

Emil antwortete nicht, er ging mit zwei Schritten auf seinen Sessel zurück. Eigentlich wollte er dem kleinen Krause sagen: „Audienz und Deputation, das passt ganz zusammen", aber als er den zappelnden Reporter von oben bis unten betrachtete, verließ ihn die Lust, mit ihm zu polemisieren, er drehte ihm den Rücken zu.

Der plötzliche Abbruch der Rede Krauses ermöglichte es einem großen wohlgenährten Manne mit einem pausbackigen, glattrasierten Vollmondgesicht und verhältnismäßiger Stille das Wort zu ergreifen. Er sprach namens der kommunistischen Kollegen und erklärte, die Redakteure hätten überhaupt nichts allein zu beschließen, das sei Sache der gesamten Arbeiterschaft. Wenn die sogenannten geistigen Arbeiter sich zusammentäten, sei erfahrungsgemäß der organisierte Verrat fertig, deshalb schlage er vor, die Sache einer Betriebsversammlung zu unterbreiten, in der sämtliche siebentausendvierhundert Arbeiter und Angestellte vom graphischen Hilfsarbeiter bis hinab zu den Chefredakteuren („Oho!", rief ein gekränkter Redakteur) pflichtgemäß teilzunehmen hätten. Im Übrigen sei der Tag nicht ferne, an dem in Deutschland sich die Sozialisierung der Presse vollziehen müsse ... Er sprach ohne Erregung, mit jener geschäftsmäßigen Routine, die den vielgeübten Versammlungsredner in Deutschland bald zu eigen wird. Gar vor dieser Bourgeoismehrheit sich anzustrengen fiel ihm nicht ein. Seine Worte lösten neuerlich Gesangsvorträge der kommunistischen Gruppe aus, aber auch dieser Chorus, dem ein Dirigent und eine innere Notwendigkeit fehlte, wirkte nicht hinreißend.

Jetzt hatten die Sprecher der drei Gruppen den Brüdern Kronstein nicht gerade überraschende Standpunkte kundgetan, die Versammlung geriet in Auflösungsstimmung, allgemeines Geschwätz setzte allenthalben ein, Neuburger blickte etwas ratlos zu den Chefs hinüber, er vergaß sogar zu läuten. Nun begann auch die nationale Gruppe zu singen und zwar mit viel dröhnender Gewalt als die Kommunisten, sie waren offenbar schon die stärkere Partei; die älteren Herren, um Nathan den Weisen geschart, vielleicht die noch immer an Köpfen reichste Gruppe, diskutierten und stritten heftig, ob heute und hier eine Deputation gewählt werden solle und könne.

Mitten in der allgemeinen Unruhe schritt Simon auf Emil zu und flüsterte ihm ins Ohr: „Telefoniere dem Wirt, lass ein paar hundert Gläser Bier servieren." Plötzlich ertönte im Hintergrund des Saales freudiges Hallo und Rufe: „Bier her!" Die ersten Kellner waren dort mit schäumenden Bierkrügen aufgetaucht. Alles drehte dem Vorsitzenden und den Verlegern den Rücken zu, die Versammelten drängten nach hinten, die Kellner waren im Nu umlagert, man riss ihnen die vollen Biergläser aus der Hand. Aus den Seitentüren tauchten neue Kellner mit neuen Bierkrügen auf, der Strom der Redakteure drängte nun auch nach rechts und links. Niemand wollte leer ausgehen. Jetzt hatte sich der vordere Teil des Saales, die Gegend um das Rednerpult und die Plätze der Chefs entleert. Niemand beachtete die Brüder Kronstein, alle drängten zum Bier.

„Ich denke, jetzt können wir in aller Stille abgehen", flüsterte Simon den Brüdern zu, „wir benutzen die kleine Treppe vor uns, da bemerkt niemand unseren Abzug."

Als die Herren Kronstein längst wieder in ihrem Konferenzzimmer versammelt waren und alle Redakteure bequem vor ihrem Biere saßen, schwang sich Willi Krause noch einmal auf das Podium und rief mit fröhlicher Stimme: „Ich eröffne den gemütlichen Teil des Abends."

Bald erfuhr man, dass das Bier von der Firma gespendet sei, niemand brauchte zu zahlen und jedem wurde das leere Glas rasch durch ein volles ersetzt, da konnte sogar der rundliche Kommunist sich nicht enthalten, seinem Nachbarn zuzurufen: „Das lasse ich mir gefallen ..." Nathan der Weise, der eigentlich Abstinent war, fühlte sich aus Kollegialität verpflichtet mitzutrinken und Neuburger erwog in vorgerückter Stunde, ob er nicht ein donnerndes Prosit auf die Spender loslassen sollte. Aber nachdem er eine Weile mit sich zu Rate gegangen war, verschluckte er das freundliche Prosit dennoch. Zu seinem Erstaunen hörte er eine halbe Stunde später aus dem hinteren Kreise, der um Willi Krause geschart war, einen kräftigen Bierbass: „Heil Kronstein!" Unzählige Heilrufe, vom Lärm der anstoßenden Gläser begleitet, erschütterten den rauchigen Saal. Gott sei Dank, dachte Neuburger lachend, es gibt doch noch Dankbarkeit unter Deutschen.

Die Brüder hatten nicht mehr viel zu beraten, an eine gefährliche Protestbewegung der Redakteure war nicht mehr zu denken, so überließen sie beruhigt alles Weitere dem Verhandlungstalent Simons, der sicher sowohl gegenüber den Bankdirektoren als auch dem Staatssekretär von Schollwitz den richtigen Ton treffen werde. Sie schieden mit erleichtertem Kopf voneinander, sogar Heinrich näherte sich beim Abschied Simon und sagte die Formel: „Machs gut!" Ja, es geschah, dass er dem ermatteten Bruder die Hand zum Abschied reichte.

Da saß nun Simon allein in seinem braunen, dämmrigen Arbeitszimmer, er hatte sich in dem großen Fauteuil am Kamin niedergelassen und fand nicht die Kraft, sich wieder zu erheben. Nicht einmal für den Weg zum Schreibtisch und zum Läutewerk, durch das er Ruth Berger herbeiholen konnte, brachte er die nötige Energie auf. Er rief zweimal den Namen seiner Sekretärin, aber durch die festen Holztüren drang der Ruf nicht durch. Schließlich nahm er seine ganze Stimme zusammen und schrie: „Fräulein Berger! ... Fräulein Berger!" Die Angerufene schrak zusammen. Warum läutete der Chef nicht wie sonst? Beklommen trat sie in das halbdunkle Zimmer: „Fehlt Ihnen etwas, Herr Kronstein?"

„Ach nein", sagte er über die erschrockene Stimme der Helferin fast erfreut, „ich bin nur zu müde gewesen, aufzustehen. Da rief ich Sie auf diese altmodische Weise herein. Verzeihen Sie, wenn ich Sie erschreckt habe ... Dabei will ich gar nichts von Ihnen. Setzen Sie sich nur ein bisschen nieder."

„Soll ich nicht das Licht andrehen?", fragte Ruth etwas verlegen.

„Lieber nicht. Ich bin entsetzlich müde. Das elektrische Licht sticht in die Augen ... Fürchten Sie sich, bei mir ein bisschen im Dunkeln zu sitzen?"

„Vielleicht könnte ich Ihnen eine Erfrischung bringen?", antwortete das große Mädchen, das noch immer vor dem zusammengesunkenen alten Mann stand.

„Ein Glas Bier?", sagte er lachend, doch mit erlöschender Stimme.

„Nein, zwei ausgedrückte Zitronen, ohne Zucker ... Das erfrischt am besten."

„Ach, nein danke. Setzen Sie sich lieber und bleiben Sie ein bisschen bei mir." Seine Hand tastete in der Richtung zu ihr. „Ich möchte mit Ihnen ein bisschen schwatzen."

Ruth nahm auf einem etwas entfernten Sessel Platz.

„Fritz ist tot", sagte der alte Mann, „heute Nachmittag habe ich es gespürt, dass er weg ist ... Die Toten sterben erst nach und nach in einem ... Ich habe jetzt niemanden mehr, mit dem ich beraten kann ... Vielleicht wird Emil sich allmählich machen ... Sagen Sie, liebes Fräulein Berger, kann ich Sie mal was Aufrichtiges fragen, etwas, das Sie mir allerdings ebenso aufrichtig beantworten müssen."

Ruth fürchtete die Sanftheit des alten Mannes, sie schlug einen gemessenen Ton der Erwiderung an: „Ich weiß nicht, was Sie fragen wollen, Herr Kronstein, aber ich sehe nicht ein, warum ich Ihnen auf eine sachliche Frage nicht sachlich antworten sollte."

„Sachlich ... sachlich", brummte der alte Mann, „habe ich gesagt, dass ich Sie etwas Sachliches fragen will? Im Gegenteil, ich will Sie etwas Persönliches fragen."

„Wenn ich antworten kann", antwortete Ruth stockend.

„Sie brauchen keine indiskrete Frage zu fürchten", antwortete der Chef begütigend. „Sie sind zwar ein sehr schönes Kind, aber ich bin ein alter Mann, zwei Meter vor dem Grabe ... Vielleicht ist es doch etwas Sachliches, das ich Sie fragen will. Sie haben gehört, dass der Staatssekretär von Schollwitz von der Regierung als Diktator in unser Haus eingesetzt wurde. Sie waren doch als Sekretärin mit ihm in Paris. Können Sie mir sagen, was das für ein Charakter ist – nach Ihrer Meinung?"

Ruth hatte den Atem angehalten, als er sie ein schönes Kind genannt hatte. Sie fühlte sich befreit, als Simon sich vom Persönlichen wegwandte, aber nun schoss ihr das Blut erst recht ins Gesicht. Gott sei Dank, dass sie im Dunkeln saßen.

„Er ist ... glaube ich ... ein sehr korrekter Charakter."

„Korrekt? Das ist meistens nur die Fassade. Mehr können Sie von ihm nicht sagen?"

Er spricht so eindringlich leise, der alte Fuchs, dachte Ruth, vielleicht will er mich nur in Verlegenheit bringen, vielleicht ist ein Verdacht in ihm rege geworden.

Doch da befreite sie Simon: „Na, wenn Sie ihn nicht näher kennen, können Sie mir auch keine Aufklärung geben."

Ruth stand. „Wieso sollte ich den Herrn Staatssekretär näher kennen?"

„Liebes Kind, werden Sie mir nur nicht böse." Auch Simon erhob sich. „Ich weiß schon, wer Sie sind und es fällt mir nicht ein, Ihnen nahezutreten ... Ich wollte Sie um Rat fragen, weil Schollwitz ja jetzt über das Schicksal des ganzen Hauses entscheidet."

Es lag ihr auf der Zunge zu sagen: „Vertrauen Sie ihm ruhig."

Aber Vorsicht hielt ihr den Mund versperrt.

„Wenn man zum Beispiel wüsste, ob er auch ein wüster Judenfresser ist", sagte Simon vor sich hin.

„Das, glaube ich, ist er bestimmt nicht", antwortete Ruth hell und zuversichtlich.

Wieder hatte sie das Gefühl, der alte Fuchs umschleiche sie, als er fragte: „Wieso wissen Sie das und gar so bestimmt?"

Verwirrt antwortete sie nach einer Pause: „Darüber haben wir uns im Eisenbahnwagen lange unterhalten."

„Sooo? Das ist ja sehr wichtig. Erzählen Sie."

Nun war ihr der Mund plötzlich wieder versperrt.

Nach einer Wartepause beendete Simon das Gespräch. „Recht haben Sie. Wie sollen Sie mir ein altes Eisenbahngespräch rekonstruieren? Es genügt mir, dass Sie ihn für einen anständigen Mann und keinen Judenfresser halten."

„So ist es", bestätigte Ruth.

„Dann machen wir Schluss für heute ... Packen Sie Ihre Sachen. Ich bringe Sie im Wagen nach Hause."

Im Auto blieb Simon wortlos, er ließ den Kopf nach vorn hängen vor Müdigkeit. Und dennoch dachte er: Wie gern würde ich die Hand dieses schönen Mädchens in meine nehmen ... Doch er war alt und hatte gelernt, sich zu beherrschen. Er streifte nicht einmal den kleinen Finger Ruths.

Den ganzen Weg schwieg er und dachte: Vielleicht versteht sie mein Schweigen.

Als sie ausstieg, sagte Simon: „Empfehlen Sie mich Ihrer Mutter."

Sie dankte ihm mit einem Lächeln ihrer schönen Augen: Es gab in der großen Stadt nicht viele Leute, die jemals an ihre kleine gebeugte Mutter dachten.

XXIV.

Die Tragödin Erna Scholz hatte auch ihre häuslichen Anwandlungen. Da verließ sie ihre Wohnung nicht, sie verbrachte den Tag damit, ihre Wohnung blitzblank zu machen. Sie band sich ein altes Tuch um ihre dichten blonden Locken, zog eine große Arbeitsschürze über das Hauskleid und begnügte sich nicht damit, ihrem Dienstmädchen die nötigen Anordnungen zu erteilen und der Arbeit zuzuschauen, sondern sie schuftete mit kräftigen Armen, als befriedigte es sie, die schönsten Schmuckstücke ihrer Wohnung, Porzellan und Silber und Spiegel selbst in die Hände zu nehmen und zu ihrem hellsten Glanz zu bringen. Einen hohen, vom Fußboden fast bis zur Decke reichenden Spiegel, den sie für häusliche Kostümproben nötig hatte, putzte sie am liebsten selbst mit Paste, Lederlappen und weichen Tüchern. Dazu musste sie auf eine Leiter steigen. Sie stand mit gegrätschten Beinen auf der höchsten Sprosse, als ihre Mutter eintrat und meldete, Jost stehe im Vorzimmer, aber ganz nüchtern und überhaupt mache er heute einen ungewöhnlich guten Eindruck.

„Jost?“, rief Erna von der Leiter herunter. „Wer ist denn Jost? Ich kenne gar keinen Jost.“

„Aber Kind, du kennst doch Winkelhagen, den Studenten. Mach doch deiner Mutter kein Theater vor.“

Erna stieg die Leiter hinab: „Das konntest du doch gleich sagen, dass der Winkelhagen da ist. Woher soll ich denn seinen Vornamen so lange behalten? Das ist doch gut ein Jahr her, dass der einen Vornamen hatte ... Will er Geld?“

„Sssst! Sprich leise, Erna. Er sieht nicht aus, als ob er von dir eine Unterstützung wollte. Im Gegenteil, er sagt, er will dich sprechen, weil er eine Mitteilung für dich hat, die für deine ganze Karriere wichtig ist.“

„Macht sich wichtig, der verbummelte Student ... Aber lass ihn rein, kann ihn ja anhören.“

Sofort, als Winkelhagen eintrat, sah die Schauspielerin, dass eine große Veränderung in dem Studenten vorgegangen war. Das war ja wieder der junge, blonde, wohlgepflegte Germane der ihr damals mit Sicherheit und Frische den Weg ins Deutsche Theater gebahnt hatte. Er war pikfein gekleidet, trug zum dunklen Anzug einen hellgrünen Seidenschlips, ein ebenso grünes Tüchlein guckte kokett aus seiner Brusttasche und er hielt cremefarbene Handschuhe in der Rechten. Sein welliges Goldhaar lag weich in geordnetem Scheitel.

Winkelhagen fand nicht gleich Worte, weil er das alte Du nicht wagte und ein fremdes Sie gerade jetzt ablehnte, er blickte zu Boden. Da hörte er die verwunderte Stimme Ernas: „Du siehst ja brillant aus, Jost. Was ist denn geworden mit dir?“ Sie hatte schon vor dem Eintritt des Studenten das Tuch von ihrem Haar heruntergetan, jetzt riss sie sich die Arbeitsschürze vom Leibe. Dann schickte sie das Mädchen hinaus, setzte sich und lud ihn ein, auf dem Kanapee neben ihr Platz zu nehmen: „Erzähl, dein stummer Auftritt war musterhaft. Bist du vielleicht Kollege geworden? Du weißt, ich habe dich immer für ein großes Bühnentalent gehalten.“

„Das bin ich nicht und mein Weg scheint jetzt ein ganz anderer zu werden.“

„Nanu, jetzt werde ich gespannt wie eine Violinsaite ... Na, was habe ich damit zu tun? Willst du mir einen Heiratsantrag machen? Dann kann ich nur sagen: Schade, dass du noch blonder bist als ich. Blond und blond, das passt nicht zusammen.“

„Diese Meinung wirst du bald und gründlich aufgeben. Ich will dir nur sagen: Es beginnt die Herrschaft der Blonden in Deutschland, mindestens der innerlich Blonden, deshalb bin ich ja gekommen.“

„Bist du Landrat geworden? Oder wirst du Minister?“

„Spotte nicht, Erna, und verkneif dir deine Witze. Du lebst leider weit weg von Politik und so weißt du nicht, dass das Dritte Reich unmittelbar vor seiner Verwirklichung steht ... Ich habe mich seit längerem mit dieser Wandlung und Werdung beschäftigt und ich will dir raten: Stoße rechtzeitig zu uns!“

Erna sah den Studenten mit offenem Mund an. Was meinte er? Und was ging die Politik sie an?

„Ich verstehe dich nicht.“

„Du hast doch wohl in der Zeitung gelesen, dass unser Führer vor einiger Zeit erklärt hat: Es werden Köpfe rollen. Das war symbolisch gemeint, aber doch leibhaftig. Die Zeiten der jüdischen Vorherrschaft, auch im Theater, ist am Ende.“

„Bist du denn plötzlich Judenfeind? Ich verstehe das alles nicht.“

„Nicht plötzlich, aber ich leugne nicht, dass ich den alten liberalen Kram von mir getan habe. An dem Tage, da Pfarrer Wüst aus dem Kronsteinhause schied ..."

„Ist denn Wüst nicht mehr bei Kronstein?"

„Du hörst es doch." (Merkwürdig, sagte sich Erna, was für einen sicheren Ton er sich beigelegt hat.) „Von dem Tage, da selbst ein so gutmütiger Mann wie Wüst mit der liberalistischen Clique nicht mehr arbeiten konnte, sagte ich mir, nun müssen wir der nationalen Bewegung eine feste geistige Basis geben und ich kann sagen, ich wurde mit offenen Armen aufgenommen. Du hast höhnisch gefragt, ob ich Landrat oder Minister geworden bin. Darauf antworte ich dir jetzt: Noch nicht! Aber es wird wohl nicht lange dauern, bis sich mir ein passender Wirkungskreis eröffnet, denn jetzt kommen wir dran, wir wirklichen Deutschen, du und ich."

„Ich? Ich auch?", lächelte Erna. „Mama ist aus einer polnischen Familie."

„Nein", korrigierte Winkelhagen fast streng, „deine Mutter stammt aus einer deutschen Familie, die früher einmal in Polen gelebt hat. Die Formel merke dir gefälligst ... Aber was ich sagen wollte. Auch das Theater wird jetzt rein deutsch werden. Wir werden auch ohne deinen genialen Herrn Goldmann auskommen."

„Wer ist Goldmann?"

„Ach, Erna, wo lebst du? Dein Reinhardt ist ein Wiener Jude und heißt richtig Goldmann."

Erna starrte den Studenten an: „Und deshalb muss er weg?"

„Er wird ersetzt werden, unter uns jungen Deutschen sind in aller Stille ein paar Dutzend Reinhardts herangewachsen ... Übrigens", fügte er mit bösem Lächeln hinzu, „wird auch deine nähere Kollegin Elisabeth Wüllner ihre Tätigkeit nach Palästina verlegen müssen."

„Die Wüllner – muss auch fort?"

Winkelhagen sah Erna an. Was bedeutete das Zittern in ihrer Stimme? War sie glücklich oder empört? Ist es möglich, dass sie den Weggang der Konkurrentin, die ihr nur im Weg stand, nicht mit Freude begrüßte? Er lenkte etwas ein: „Noch sind wir nicht ganz so weit. Es kann noch ein paar Tage oder Wochen oder sogar Monate dauern. Aber wer sich uns jetzt anschließt, das heißt, vor dem äußeren Siege, der wird mit uns die Früchte ernten. Das wollte ich dir sagen. Ich weiß, wie weltfremd du bist. Du glaubst vielleicht, die Herrschaft der Reinhardts und Kronsteins werde nie aufhören.

Wenn du den Leuten einen letzten guten Rat geben willst, sag ihnen, sie sollen sich so schnell als möglich aus dem Staube machen – ehe es zu spät ist. Und ehe das Wort des Führers sich erfüllt."

Die Scholz hielt den Kopf tief gesenkt, es sah aus wie eine Geste des Trotzes, aber Jost, der sie kannte, wusste, dass das die Stellung war, in der sie nachdachte. Sie hatte das einmal bei einer Probe in einem Schauspiel von Gerhart Hauptmann gemacht und Reinhardt hatte ihr vom Parkett aus zugerufen: „Vorzüglich, die Kopfhaltung. Dabei bleiben Sie!" Seitdem pflegte sie auch im privaten Leben, wenn sie mit sich zu Rate ging, das Haupt zu senken, als lausche sie auf eine innere Stimme. Endlich hob sie den Kopf, schüttelte ihre vollen blonden Locken und sagte: „Weißt du, was du bist, Winkelhagen? Ein ganz gemeiner Bursche. Du weißt so gut wie ich, dass die Reinhardts nicht dutzendweise wachsen und auch die Elisabeth Wüllner, wenn sie mir auch im Wege steht, kann man nicht ersetzen, weil sie ein Genie ist. Und denen soll ich sagen: Verduftet, sonst werdet ihr erschlagen – ich, ausgerechnet ich? Ich werde mich hüten, eine solche Schweinerei mitzumachen. Da nimm dir doch eine ahnungslose Provinzkuh, die soll den Mut aufbringen, Reinhardt die Reise nach Palästina zu empfehlen. Und die soll dann auch in Gottesnamen auch zu dir stoßen und zu deinem Maulhelden."

Winkelhagen nahm die Handschuhe zwischen beide Hände, offenbar wollte er damit andeuten, dass er sich nur mit Mühe selbstbeherrsche. (Auch diese kleine Pantomime stammte von Reinhardt.)

„Du bist grob wie immer. Du verstehst wie immer die Rolle nicht, die man dir zudenkt ... Wenn ich nicht wüsste, dass du eine lange Leitung hast und dass es stundenlang dauert, bis du einen Gedanken begreifst, würde ich dich jetzt ganz einfach deinem Schicksaal überlassen, aber du sollst sehen, dass ich dein wahrer Freund bin. Überleg dir alles, was ich gesagt habe, und wenn du zur Vernunft gekommen bist, ruf meine Nummer an: Bismarck 884 und frage nach Gauleiter Winkelhagen, ich stehe dir zu weiteren Ratschlägen zur Verfügung."

Sie konnte nicht leugnen, dass seine Antwort mit einer nicht ganz unberechtigten Überlegenheit ohne Erregung ausgesprochen war und sie bereute deshalb schon halb und halb, dass sie seine Warnung und seinen Rat so derb abgewiesen hatte. Winkelhagen verbeugte sich geradezu offiziell – in einer Haltung, die sie an dem jungen Menschen noch nie wahrgenommen hatte und sie begleitete ihn ins

Vorzimmer bis an die Gangtür. Dort reichte sie ihm die Hand: „Jost, über alles das müsste ich noch einmal ausführlich mit dir sprechen."

„Bitte sehr, meine Nummer ist Bismarck 884."

„Und wieso heißt du dich Gauleiter?"

„Weil ich es bin." Seine Stimme hatte jetzt preußischen Schneid.

„Ja natürlich", antwortete sie eingeschüchtert, „ich werde dich anrufen. Leb wohl, Jost." Der Vorname war ihr schon wieder ganz geläufig.

Sie setzte sich an dieselbe Stelle des Kanapees, aber sie kam nicht zum Nachdenken. Mama huschte herein und wollte wissen, was Winkelhagen eigentlich gewünscht habe, aber Erna war durch die empfangene Kritik unsicher geworden, sie wusste nicht recht zu antworten, stotterte herum und sagte am Ende kurz zusammenfassend: „Die Juden sollen hinausgeschmissen werden, auch aus unserem Theater, sogar Reinhardt selber."

Mama Scholz nahm die Belehrung gelassen auf. „In den Geschäften hört man ähnliche Ankündigungen ... Vielleicht wäre es gar nicht schlecht für uns ... Die Elisabeth Wüllner müsste dann auch weg, glaubst du?"

„Gerade die."

„Das könnte uns nur nützen, Erna ... Aber ich glaube das alles nicht, die Juden sind ja viel zu mächtig ... Vielleicht war der Student doch nicht ganz nüchtern."

„Doch, Mama, nüchtern war er ... Ich möchte nur jemanden fragen, der sich in der Politik auskennt, aber wen?"

Mama Scholz hatte ihre runzligen Hände in den Schoß gelegt und überlegte. Nach einer Pause sagte die alte Frau: „Könntest du nicht den Pastor Wüst fragen?"

Mit einem Laut des Widerwillens schob Erna die Zumutung von sich: „Ach ... der hält nur eine Predigt." Plötzlich sprang sie auf, sie vertraute ihren Einfall gar nicht erst der Mutter an, die sie ja noch weniger verstand als sie selber, und rief im Kronsteinhause an: „Kann ich Herrn Emil Kronstein persönlich sprechen?"

„Einen Augenblick."

Emil war am Telefon zuvorkommender denn je.

„Die Kameliendame ist abgesetzt", sagte er beinahe froh, denn damit war die kostspielige Toilettenfrage endgültig abgetan.

„So? Wir im Theater wussten das noch nicht."

„Es steht schon in den Morgenblättern – nicht in unseren, die sind ja vorläufig noch verboten. Es sollen überhaupt keine französischen Dramen mehr gespielt werden."

„Blöde", antwortet Erna, aber sie spürte, dass das alles sich mit Winkelhagens Warnung deckte. Die Kronsteinzeitungen verboten, die Kameliendame abgesetzt – vielleicht begann jetzt wirklich das deutsche Zeitalter.

„Du", sagte sie langgedehnt, „Duuu ... Könntest du nicht einen Sprung zu mir machen, ich möchte dich etwas fragen."

„Gerne", antwortete Emil, „soll es gleich sein?"

„Wenn du Zeit hast, Lieber."

„Zeit in Fülle, wir sind ja zum Nichtstun gezwungen."

„Dann erwarte ich dich in einer halben Stunde."

Erna hatte gerade noch Zeit, ein besseres als dieses löchrige, nur mehr zum Reinemachen verwendbare Kleid anzuziehen, als es schon klingelte und Mama Herrn Kronstein mit echtem oder gespieltem Erstaunen im Vorraum begrüßte: „Was verschafft uns denn um diese Zeit das Vergnügen?"

Emil antwortete knapp, während er eintrat, einen bisher verborgen gehaltenen Rosenstrauß Erna hinstreckend. Sie genoss die Rosen mit tiefem Einziehen des Duftes, auch dies war eine Art sinnlicher Betäubung, der sie sich hingab. Trotz ihres jungen Ruhmes war sie keineswegs verwöhnt – welche Frau in Norddeutschland wird denn verwöhnt? – und für ungewohnte kleine Galanterien empfänglich, sie gab ihm einen flüchtigen Kuss auf die Wange, den er „Schmetterlingskuss" zu nennen pflegte, weil er leicht war wie die Berührung durch Schmetterlingsflügel. Das Kleid, das Erna trug, war aus dünner schottischer Seide und lag fest an ihrem jungen, noch nicht üppigen Leibe. Er wollte sie einen Augenblick in seinen Armen fühlen, aber sie sträubte sich, Jost war fast noch im Zimmer.

„Ich wollte dich etwas fragen", sagte sie, sich ihm entwindend.

„Du bist sehr sachlich", antwortete er, durch ihre Abwehr verletzt.

Pause.

„Was wolltest du denn fragen?", setzte er nicht mehr im gekränkten Tone hinzu.

„Ach, es ist nicht so wichtig", jetzt schmollte sie.

Noch längere Pause.

„Du Ernachen, ich habe mich für dich freigemacht, aber unbegrenzte Zeit habe ich jetzt nicht. Ich esse bei meinem Bruder und dann haben wir eine wichtige Konferenz."

Es dauerte noch eine Weile, bis Erna ihre Frage ausgedacht hatte.

„Sag mir, was ist eigentlich ein Gauführer?"

Emil lachte herzlich auf: „Das hätte ich dir am Telefon sagen können. Die Hypernationalen haben ihre Führer für jeden Landesteil. Wer diese freiwilligen Soldaten zum Beispiel in Potsdam kommandiert, den nennen sie Gauführer."

„Gibt es so einen Gauführer auch für Berlin?"

„Sicher. Sogar mehrere, glaube ich. Bist du in einen verschossen?"

„Mach keine Witze ... Ich habe mit einem solchen Gauführer gesprochen und er hat mir etwas für Reinhardt und für dich und deine Brüder aufgetragen."

Emil hatte den Klavierdeckel geöffnet und ein bisschen geklimpert. Jetzt ließ er den Deckel fallen, dass der Flügel zu summen begann: „Da bin ich wirklich neugierig. Was soll uns ein deutscher Gauführer sagen lassen?"

„Er meinte, du und deine Brüder sollen rechtzeitig ins Ausland gehen und Reinhardt auch und die Elisabeth Wüllner auch. In ein paar Tagen, meinte er, könnte es zu spät sein."

Jetzt verging dem jüngsten der Brüder Kronstein das Lachen.

„Wie heißt denn der Gauführer, der uns so freundlich warnt?"

„Das ist doch Nebensache."

„Und du hast den Auftrag sofort übernommen?"

„Ich habe gar nichts übernommen, ich habe ihm gesagt, dass ich das alles für gemein halte. Aber ich wollte dich fragen, ob man so einen Gauführer ernst nehmen soll ... Ich müsste die Warnung dann ja auch an Reinhardt bestellen."

Emil hatte sich wieder so weit in der Hand, dass er den Klavierdeckel nochmals öffnen und zu klimpern beginnen konnte. Er überlegte.

„Hör doch mit dem dummen Geklimper auf!", sagte Erna gereizt und schlug so schnell den Deckel zu, dass Emil gerade noch rasch die Hand wegziehen konnte.

„Ich will dir etwas sagen, Liebste, in Deutschland ist alles möglich. Vor drei Monaten hätte ich die Warnung in den Papierkorb geschmissen, aber heute ... Dein Gauführer ist sicher noch keine fünfundzwanzig Jahre alt. Unser Schicksal hängt jetzt von solchen jungen Burschen ab und von hysterischen Versammlungsrednern. Deutschland ist krank, noch immer kriegskrank oder vielmehr kriegskränker denn je."

Emil redete mehr für sich hin, aber gerade dieses Monologisieren, das sie an dem spöttischen Zeitungsmann nie wahrgenommen hatte, ging Erna nahe. Sie war gewohnt, nicht die Gedanken des anderen zu verfolgen, sondern die Art, wie er sie ausdrückte.

„Ich muss dir dankbar sein, deine Warnung ist auch wichtig für unsere Nachmittagskonferenz. Vielleicht sollte man sich wirklich schnell aus dem Staub machen ... Und wenn ich nach Paris ginge, kämst du mit?"

„Ich? Wieso? Die Wüllner wird abdampfen. Aber ich? Ich gehöre doch nach Deutschland."

Emil blieb einen Augenblick unbeweglich vor ihr stehen, dann sah er auf seine Armbanduhr und sagte: „Ich muss gehen."

Sie hielt ihn nicht auf, als er langsam zur Tür ging. Am Ausgang sagte sie wie gewöhnlich: „Rufst du abends an?"

Er überhörte die Frage.

Wenn Emil auf der Treppe gehorcht hätte, er würde Ernas Stimme noch gehört haben, die sich mit der Nummer „Bismarck 884 Gauleiter Winkelhagen" verbinden ließ.

Im Auto war er in Versuchung, umzudrehen, noch einmal zu ihr hinaufzufahren und sie zu fragen: „Ich bin in Berlin geboren – wie du – war sie übrigens in Berlin geboren? Kam sie nicht aus Beuthen oder Kattowitz? – wieso nimmst du an, dass ich und meine Brüder nicht hierhergehören?" Nein, das war Treppenwitz, verspätete Antwort, und übrigens, mochte Erna das Gerede des Gauleiters so viel sie wollte nachplappern, zum Glück war er ihr nicht hörig und vielleicht wäre es nicht einmal sehr angenehm gewesen, sie in Paris auf dem Halse zu haben. Und doch, der Stachel dieser Antwort „Ich gehöre doch nach Deutschland" mit dem unausgesprochenen Nachsatz „Ihr aber ..." hatte ihn getroffen, er war vielleicht zum ersten Mal in seinem Leben von einem Nebenmenschen, noch dazu von einer Frau, die er manche Stunde sogar zu lieben geglaubt hatte, verwundet worden, er, der sich Frauen gegenüber unverwundbar wähnte. Übrigens gab er sich auch jetzt keine deutliche Rechenschaft über den Gram, der ihn plötzlich umschattete. Doch fiel seine verdüsterte Miene Simon, der sich die Gesichter anzusehen pflegte, auf und er fragte schon beim Eintritt des Bruders: „Fehlt dir etwas, Emil?“

„Nichts, ich bin hungrig.“

Emil aß nicht gern bei seinem Bruder. Die Villa im Grunewald war immer kalt und immer leer. Seit fünfundzwanzig Jahren leitete eine Hausdame, Fräulein von Windelband, Simons Haushalt, eine heute alte, immer vornehme, hochgewachsene Dame, die vor einem Menschenalter in Simons Leben eine Rolle gespielt haben mochte, vielleicht aber auch nicht, denn sie trug seit jeher schwarzseidene Kleider, die ihr auch in ihrer Jugend mehr Würde als Anziehungskraft gegeben haben dürften. Im Umgang mit den Brüdern Kronstein behielt sie eine Herablassung, wie sie dem Spross der altwürttembergischen Adelsfamilie zukam. Simon gegenüber zeigte sie eine fürsorglich-mütterliche Strenge, der er sich dankbar fügte. Aber in den fünfundzwanzig Jahren hatte sie nicht verstanden, die sechzehn Zimmer der Villa auch nur einigermaßen zu beleben. Nie war hier ein junger Mensch zu Gast, nie saßen mehr als höchstens sieben Personen, wenn alle Brüder außer Heinrich kamen, um den unbequemen schweren Eichentisch. Die Blattpflanzen, die in diesen braunen, unfrohen riesenräumen aufgestellt waren, schienen zu frieren und, was die Brüder ihr vor allem zum Vorwurf machten, man aß bei Simon miserabel. Die württembergische Küche, deren sie sich anfangs rühmen wollte, war meist schlechter als der Fraß in einem Berliner Bouillonkeller. Wässrige Suppen, schlecht ausgewählte Fleischsorten in reizlosen Tunken, schwere, übersüße Torten und fette Kuchen, dazu gewöhnlich ein saurer, hellroter Tischwein, angeblich der Beste ihrer Heimat, eine wässrige Art Essig. Dünner Kaffee wie braunes Spülwasser beendete jede Mahlzeit. Dabei bildete sie sich auf ihre Unfähigkeit, das Haus und die Küche zu führen, noch eine Menge ein und beschwerte sich bei Simon, dass die Brüder sie zuweilen durch Witze über ihre Kochkunst oder gar durch brüske Zurückweisung misslungener Speisen „herabzusetzen“ versuchten, sie, Fräulein Emma Therese von Windelband.

Solche Mahlzeiten zu dreien, mit Fräulein Windelband in der Hausfrauenfunktion, verliefen besonders trübselig. Die Hausdame im schwarzen Seidenkleid machte Konversation, das heißt, sie erzählte den Zeitungsleuten die Nachrichten aus ihren Morgenblättern, umrahmt von ihrem persönlichen Senf.

An diesem Mittag leitete sie die Konversation durch die intelligente Bemerkung ein, dass das Anschwellen der nationalen Bewegung doch mal ein Zeichen für den unversehrten politischen Instinkt des deutschen Volkes sei, auch in Württemberg stehe ein Regierungswechsel zu Gunsten der wahrhaft national Gesinnten unmittelbar bevor.

Simon bekam einen Hustenanfall, Emil winkte ihm beruhigend zu, als wenn er sagen wollte: Lass sie doch schwatzen.

Als Fräulein von Windelband noch eine Morgenblattmeldung von der Schändung eines jüdischen Friedhofs in Heilbronn mit der Bemerkung versah: „Gewiss sind sogar bei uns einzelne jüdische Geschäftsleute nicht immer reell vorgegangen" – sie wollte zum Belegen ein empörendes Erlebnis aus einem Kaffeehaus in Stuttgart, das ihr vor achtzehn Jahren dort zugestoßen war, zum Besten geben, als Emil, heute empfindlicher als sonst, sie unartig unterbrach und darum bat, den Kaffee im Arbeitszimmer seines Bruders servieren zu lassen, weil er noch dringende Geschäfte mit ihm zu besprechen habe.

Die betroffene Hausdame sah Simon an, als verlange sie sofortige Genugtuung, aber Simon stand vom Tische auf und sagte, auf sein Arbeitszimmer deutend: „Also, bitte, hierher den Mokka."

Das bräunliche Wasser wurde dort serviert. Fräulein von Windelband stieg in den ersten Stock hinauf und holte ihr Tagebuch aus der Schreibtischlade, in dem sie seit Jahren jede grobe Unbill, die ihr in Simons Haus zugefügt worden, ausführlich einzuzeichnen pflegte.

„Höflich warst du nicht gegen sie", sagte Simon, als er mit dem Bruder allein war.

„Verzeih, wenn ich dir Unannehmlichkeiten bereite, aber das Geschwätz der Windelband ging mir auf die Nerven. Ich habe davon schon heute einiges vorgesetzt bekommen und fange wirklich zu glauben an, dass wir in diesem Land Fremdlinge sind, trotz aller Arbeit, die wir geleistet haben, und trotz aller Erfolge, die wir Deutschland brachten. Sie wollen uns einfach davonjagen und dein altes Hausmöbel, die Windelband, würde, wenn es dazu käme, Spalier stehen und Heil rufen vor Freude."

„Was hast du denn? Du bist ja so bitter wie nie. Wer redet denn von Hinausjagen? Schließlich gibt es in Deutschland noch Recht und Gesetz."

„Simon! Bist du blind? Recht und Gesetz hat schon im Krieg aufgehört. Damals sagte man sich, Krieg ist eben Krieg. Aber das Recht, der Sinn für Recht, ist seither nicht wiedergekommen. Hältst du vielleicht die Unterdrückung unserer Blätter für berechtigt? Ja, auch nur für begründbar? Und was das Hinausjagen anlangt, so ist die Warnung eines deutschen Gauführers heute an mich für uns alle bestellt worden, wir sollen über die Grenze, ehe es zu spät ist."

„Das regt dich auf? Was ist das schon, so ein Gauführer? Hast du Angst vor Willi Krause?"

„Nein, vor einem Willi Krause nicht, aber wenn plötzlich die halbe Nation aus lauter Willi Krauses besteht, da vergeht mir der Appetit."

Simon schloss die Augen. Plötzlich sah er seine Berliner Abonnenten, wie er sie kannte, leibhaftig vor sich, durchaus kein Heer von hochgewachsene blonden Germanen, sondern ein Gewimmel von dunkelhaarigen Knirpsen mit slawischen Backenknochen und unschönen langen Ohren, Millionen Willi Krauses, die im Stechschritt auf den Zehenspitzen zu marschieren suchten, um größer zu scheinen, als sie waren. Doch er erwachte: „Ich glaube, du bist reif zur Ausreise, Emil, aber ich bitte dich, vermiese mir Deutschland nicht ganz. Ich bin zu alt zur Umpflanzung, ich gehöre nach Deutschland."

Emil stutzte. Nun hörte er diesen Satz heute schon zum zweiten Mal. Simon sprach ihn allerdings in einem anderen Ton als die Schauspielerin, es war die Resignation eines alten Mannes, der gegen sein Schicksal nicht mehr ankämpfen kann.

„Du hast selber ein bisschen frische Luft nötig, Simon, am besten Schweizer Luft, da hörst du deine unentbehrlichen deutschen Laute und hast doch nicht wie hier das Gefühl, dass du ersticken musst ... Wenn du mit den Herren von der Deutschen Bank verhandelst, vergiss die Warnung des Gauführers nicht. Ich bin überzeugt, dass wir alle in drei Monaten entweder ruiniert oder gar erschlagen sind oder aber im Ausland sitzen."

Simon nahm langsam eine Zigarette und zündete sie an. So gewann er gewöhnlich Zeit zur Überlegung.

„Emil", sagte er schließlich in demselben langsamen Tempo, „du sollst mich nicht niederdrücken, ehe ich mit den Bankleuten spreche. Wenn Herr Direktor Ison mir solche Prophezeiungen zu Beginn der Verhandlung versetzte, würde ich ihm antworten: ‚Mein lieber Herr Direktor Ison, ich verstehe, Sie wollen den Übernahmekurs drücken. Aber das sind illoyale Methoden, bitte, lassen Sie das.' Warum du plötzlich die Rolle des Propheten Jeremias übernommen hast, weiß ich nicht, aber die Wirkung, mich vor den Verhandlungen zu entmutigen, könnte, wenn ich mich von Stimmungen leiten ließe, dieselbe sein. Ich will jetzt solche Unkenrufe nicht hören."

Emil hörte den entschlossenen Ton des älteren Bruders mit Bewunderung. Simon war offenbar im Geiste schon mitten im Verhandlungsduell mit Direktor Ison von der Deutschen Bank, er konnte jetzt auf Warnungen und Angstrufe nicht mehr achten, dafür war gestern noch Platz gewesen, und morgen würde er vielleicht wieder zuhören können. Heute musste er solche Ablenkungen mit breiter Hand vom Verhandlungstisch herunterschieben.

„Du hast recht, ich halte schon den Mund ... Übrigens ist es Zeit, zur Bank zu fahren."

Jetzt traf ein Blick aus Simons kleinen, durch die Tränensäcke noch mehr versteckten Augen Emil. Nichts machte den alten Mann so stutzig, wie wenn ein Partner seinen Widerstand plötzlich aufgab. Da befiel ihn sofort das Bedürfnis, das weggeworfene Argument des anderen aufzuheben und näher anzusehen. Die Brüder saßen schon eine Zeitlang im Auto, als Simon plötzlich sagte: „Vielleicht hattest du recht, Emil, vielleicht baue ich zu fest auf unsere Möglichkeiten in Deutschland."

Die roten Ziegel der Deutschen Bank in der Wilhelmstraße, eigentlich war es eine ganze Gasse von rosaroten Bürohäusern, lag nachmittags ganz still, der Parteienverkehr war längst vorbei. Ein Portier führte sie durch das kalte Foyer zum Lift, denn das Büro des Direktors Ison lag im dritten Stock. Sie wurden in ein altväterliches Wartezimmer mit schwarzen Lederfauteuils geführt, hatten aber kaum Platz genommen, als schon die grüne Polstertür zum eigentlichen Büro Isons geöffnet wurde. Ein kleiner flinker Mann in hellem geckischen Sommeranzug mit weiß gamaschierten Schuhen empfing Simon, mit dem er ununterbrochen in Geschäftsverbindung stand, mit lebhaften Willkommensgesten, Emil, der zum ersten Mal mit verhandeln sollte, wurde Ison erst vorgestellt. Schnell fuhr Isons kleine Hand zu Simons breiter Tatze: „Ich drücke Ihnen nochmals die Hand, mit Ihrem armen Bruder ist es ja ganz unerwartet schnell zu Ende gegangen. Wir haben alle um ihn getrauert, sein Genie werden Sie schwer entbehren können, zum Glück sind Sie noch fünf, lauter am Geschäft interessierte Brüder, solcher Familienbesitz ist eine unerschütterliche Burg."

Simon nahm den kondolierenden Händedruck nicht ohne Ergriffenheit hin, einen Moment traten ihm ein paar Tropfen in die Augen, dann aber horchte er auf: Familienbesitz? Unerschütterliche Burg? Worauf wollte Ison hinaus? Warum rühmte er in diesem Moment die Stärke ihrer Position? Wusste er Bescheid über die Meinungsdifferenzen unter den Brüdern?

„Ach“, setzte Ison mit leichtem Seufzer fort, „es wird für uns alle immer unerquicklicher in Deutschland. Das sage ich, der auch jetzt nicht zu den Schwarzsehern gehört."

Uns alle?, dachte Simon. Meinte er damit: Uns wohlhabende Leute oder sollte er plötzlich wieder sein jüdisches Herz entdeckt haben? Adolf Ison hatte ursprünglich Isaaksohn geheißen. Der kleine, flinke, leider trotz Ölen und Pomade noch immer etwas wollhaarige Herr hatte als Prokurist der Deutschen Bank ein Fräulein von Beseler, die Nichte eines Generals von Beseler, kennen gelernt, und das hellblonde magere Mädchen war, weil sie nicht mehr die Jüngste war, bereit, ihn zu heiraten, wenn er seinen Namen ändere. Dass sein Fräulein von Beseler eine Frau Isaaksohn werde, konnte niemand von ihr verlangen. Frau Ison brachte ein schönes pommersches Gut in die Ehe, und von diesem Tage an wurde Adolf Ison leidenschaftlicher Landwirt. Er stellte die Verbindung zwischen dem pommerschen Landadel und den Berliner Großbanken her und avancierte durch diese Verbindungen bald zum leitenden Direktor der Deutschen Bank. Sein Büro, wie sein Haus im Tiergarten, war an großen Gesellschaftsabenden von preußischen Agrariern ebenso bevölkert wie von jüdischen Bankleuten und Industriellen. Seit einem halben Jahr überwogen die pommerschen Adeligen und die Reichswehrgeneräle, aber das lag wohl auch daran, dass die Finanzwelt überhaupt sich nach und nach ihrer jüdischen Führer zu entledigen trachtete.

„Sie haben mich durch Ihre Andeutungen am Telefon gespannt gemacht“, leitete Ison endlich die sachlichen Verhandlungen ein, „ich habe vergebens darüber nachgedacht, was das Kronsteinhaus zurzeit von uns haben will. Kredite brauchen Sie nicht und das kleine Paket Kronsteinaktien, das wir in unseren Tresoren haben, macht Ihnen doch keine Sorgen, weil wir ja nicht daran denken, es auf den Markt zu bringen."

„Erlauben Sie", unterbrach Simon lächelnd, „das dürften Sie nach unseren Abmachungen gar nicht."

„Stimmt, habe ich übersehen, aber es besteht ja auch nicht das geringste Bedürfnis dazu."

Simon überlegte. Sollte er direkt mit der Sprache heraus? Taktisch war das sicher nicht das Richtige, aber was blieb ihm übrig, als mit offenen Karten zu spielen?

„Ihr kleines Paket Kronsteinaktien spielt ziffernmäßig, im Verhältnis zu unserer Familienmajorität keine Rolle, es ist auch, woran ich nebenbei nochmals erinnern möchte, keinem Aktionär erlaubt, seinen Besitz ohne Zustimmung aller Parteien in andere Hände zu geben."

„Wir denken nicht daran", flocht Ison hurtig ein.

„Von uns denkt gewiss niemand an eine Einzelaktion, noch dazu eine unstatthafte. Aber, lassen Sie mich offen sprechen, es könnte ein Augenblick kommen, wo wir uns gemeinsam unseres Besitzes entledigen wollten. Nehmen Sie an, die ‚Berliner Zeitung' böte uns eine Fusion an, ich spreche rein theoretisch, da müssten wir uns doch auch zum Zwecke einheitlichen Vorgebens in aller Freundschaft verständigen."

„Fusionierungspläne mit dem Verlag der ‚Berliner Zeitung'? Davon höre ich zum ersten Male. Bisher haben doch gerade Sie, Herr Kronstein, auf einem unerbitterlichen Konkurrenzkampf-Standpunkt bestanden und Sie haben, wie ich Ihnen nachträglich einräumen musste, recht gehabt."

„Nun ich habe bloß ein theoretisches Beispiel gewählt. Von Fusionsplänen ist ernsthaft nicht die Rede. Ich werde lieber ein anderes Beispiel wählen. Die heutige katholisch-konservative Regierung tut nach außen hin sehr stark, wir wissen aber beide, dass die extremen Nationalisten (er brachte es nicht über die Lippen, den Namen Hitlers auszusprechen) zusehends stärker werden und wer kann sagen, wie lange der alte Herr (er nannte auch Hindenburg nicht gern) dem Ansturm widerstehen kann? Wenn nun die Regierung ein Interesse daran hätte, die gelesensten Blätter Berlins fest in der Hand zu haben, so müssten wir uns darüber klar werden, ob wir solchen Bemühungen gegenüber ein unabänderliches Nein entgegenhalten sollen oder ob wir gegenüber einem so starken Gegner nicht bestimmte Bedingungen festlegen und sagen sollten: Bitte, das ist unser Preis, dafür kannst du den ganzen Apparat, mit oder ohne Kronsteins, übernehmen. Der Fall ist, das leugne ich nicht, etwas weniger theoretisch als der vorhin erwähnte."

Ison beugte sich von seinem Schreibtischsessel ganz nahe zu Emil hinüber und sagte: „Da können Sie wirklich was lernen, ich halte Ihren Herrn Bruder für den besten Schachspieler auf seinem Gebiet." Dann drehte er sich zu dem daneben sitzenden Simon: „Offen gegen Offen. Wären Sie heute nicht zu mir gekommen, morgen, spätestens übermorgen wäre ich bei Ihnen gewesen. Es besteht kein Zweifel, dass die Regierung ein Auge auf den Kronsteinverlag geworfen hat. Ich habe nur mit meinem Besuch gewartet, weil ich annahm solche Bewerbungen und Verhandlungen würden Ihrerseits nicht in Erwägung gezogen."

Simon antwortete frisch und zynisch: „Warum? Das sind reine Geldfragen. Wir Brüder haben genug geschuftet, Erben, soweit welche vorhanden sind, haben nicht unseren Elan und Fleiß. Wenn die Regierung oder richtiger wenn die Deutsche Bank für die Regierung einen angemessenen Preis bietet, werden wir darüber nachdenken. Ausgeschlossen bleibt selbstverständlich eine Verschleuderung."

In diesem Augenblick wurde Ison im Nebenzimmer ans Telefon gerufen.

„Das Telefongespräch war natürlich bestellt", flüsterte Simon dem Bruder zu, „wahrscheinlich hat er da unten eine Geheimklingel oder einen Knopf für einen fertigen Signalapparat, den er in Bewegung setzt, wenn er weggerufen werden will. Vielleicht holt er sich schon Informationen in der Reichskanzlei."

Ison, flink wie immer, flog unerwartet rasch an seinen Schreibtisch zurück.

„Entschuldigen Sie, ich hab es so schnell wie möglich gemacht, um unser Gespräch nicht zu unterbrechen. Wo sind wir stehen geblieben? Verschleuderung. Richtig. Daran haben wir, ganz abgesehen von unserer jahrzehntelanger Verbindung, schon als Mitaktionär kein Interesse. Ich wüsste nur gern, was Sie sich als einen angemessenen Kurs vorstellen. Unverbindlich, natürlich. Nur um nicht ganz im Dunkeln zu tappen."

Da aber erhob sich Simon und Emil folgte ihm: „Vorläufig war das doch nur eine theoretische Unterhaltung, Ziffern, auch unverbindlich genannt, sind immer Ketten. Wenn Sie mit der Reichskanzlei

Fühlung nehmen, würde ich aber bitten, darauf hinzuweisen, dass die Regierung Verhandlungen unmöglich macht, wenn sie die Verbote nicht zurücknimmt. Sie entwertet sich dadurch eventuell ihr eigenes Objekt und uns macht sie vielleicht starrköpfig."

Ison war aufgesprungen. Er stand mit gespreizten Fingern, durch die er sich auf den Schreibtisch stützte, da, eine etwas unnatürliche Pose, durch die der kleine Herr sich ein wenig zu vergrößern suchte, und sagte in einem merkwürdig scharfen Tone, den er vor dem Telefongespräch nicht gezeigt hatte: „Ich würde vor einer schroffen Ablehnung eines Angebots im Augenblick entschieden warnen." Aber er fand zur konventionellen Liebenswürdigkeit schnell zurück: „Die Ziffer! Die Ziffer! Wann könnte ich von Ihnen Ziffern hören?"

Da wagte Emil den ersten Schwimmversuch, er sagte sehr verbindlich: „An dem Tage, an dem unsere Blätter wieder erscheinen. Nach dem ersten Herauskommen der ‚Mittagspost' würde ich vorschlagen, im Adlon zu frühstücken."

„Im Adlon? Nein, das ist mir zu öffentlich", antwortete Ison, „bei mir speisen Sie ebenso gut. Also, ich hoffe, Sie spätestens übermorgen um zwei Uhr bei mir zu sehen."

„Dein Schlusswort war gut", sagte Simon auf dem Gange, „du hast etwas von Fritz geerbt."

So stiegen die Brüder, miteinander zufrieden, die Treppe hinab.

„Oh weh", Simon sah auf die Uhr der Ausgangstür, „jetzt wartet Schollwitz schon eine halbe Stunde auf mich. Bitte, telefoniere von hier aus, dass wir uns verspätet haben und um Entschuldigung bitten."

Ja, Staatssekretär Schollwitz wartete schon geraume Zeit auf Simon Kronstein. Er saß auf einem unbequemen Sessel im Arbeitszimmer von Ruth Berger und sah dem schönen Mädchen, durch eine hölzerne Barriere getrennt, beim Arbeiten zu. „Lass dich gar nicht stören, liebes Wesen", sagte er aus der weiten Distanz seines Wartestuhls zu ihr hinüber, „ich sehe dir leidenschaftlich gerne zu, wie du den Kopf über das Stenogramm biegst und wie deine schönen weißen Finger über die Tasten der Schreibmaschine fliegen und dann und wann sehe ich auch deine Füße und deine Fußknöchel und den Ansatz deines süß geschwungenen Beines." Ruth gebot ihm, sofort zu schweigen, sein schmeichlerisches Reden brachte sie aus dem Arbeitskonzept und so süß seine Huldigungen klangen, sie musste sie ihm verbieten oder die Barriere-Tür aufreißen und zu ihm hinüberlaufen, um seinen Kopf in ihre Hände zu nehmen. Das aber war unmöglich, denn Simon Kronstein musste ja jeden Augenblick eintreten und Willi Krause hatte schon dreimal den Kopf mit der Frage hineingesteckt: „Ist Herr von Schollwitz gekommen?" Das letzte Mal hatte sie, während der Staatssekretär bereits in der Warteecke saß, verneint, sie hätte nicht genau angeben können, weshalb. Es war ein Instinkt, dem sie folgte, wenn sie die beiden nicht gern beieinander sah. Schollwitz zog eine große englische Zeitung aus der Tasche und las sie, um Ruth nicht zu stören. Plötzlich hörte sie verdächtiges Rascheln hinter der Zeitung, dann stellte sie lachend fest, dass er mit dem Taschenmesser zwei große Löcher in die „Times" geschnitten hatte, durch die er sie ungestört betrachten konnte. Sie nahm davon keine Notiz und tippte fleißig weiter. Hinter der Zeitung wurde seine Stimme laut: „Ich liebe deinen langen Hals, er ist schlank und gewölbt wie bei meiner schönsten Stute und die rötlichen geringelten Haare im Nacken entzücken mich besonders. Es gibt ein Gedicht meines Landmannes Detlev von Liliencron, das hat er für dich geschrieben, Ruth, hör zu:

‚Rötlich kräusliche schimmernde Haare
Sind eine preisliche köstliche Ware,
Kaufe sie rasch Dir, Du närrischer Tor!'

Aber du bist ja nicht käuflich, schöne stolze Ruth aus ältestem Adel.

Aber ich bin käuflich, hochmütige Ährenleserin, kaufe du mich, ich bin für dich billig zu haben und für ewig."

„Verdammt", rief Ruth, „natürlich verschreibe ich mich schon das sechste Mal, wenn du solchen Unsinn redest, noch dazu ohne, dass ich dein Gesicht sehen kann, mit dem du mich verlachst."

Schollwitz faltete die große Zeitung zusammen. „Wenn irgendein Bedürfnis nach meinen edlen Zügen besteht, wohlan. Ich verberge sie nicht und ich wiederhole Aug in Aug mein Angebot: Kaufe mich mit allem, was ich habe und bin, schöne semitische Königstochter."

Ruth klapperte so laut wie möglich auf der Schreibmaschine. Durch den Lärm der Tasten aber hörte er ihre Antwort: „Ihr gefälliges Angebot vom heutigen Tage wird in ernstliche Erwägung gezogen. Übrigens war Papa nicht semitischer König, sonder Zahnarzt in der Potsdamer Straße 123b."

Jetzt litt es Schollwitz nicht länger auf seinem viel zu weit entfernten Wartesessel, er beugte sich über die Barriere, die Ruths Arbeitsplatz umgrenzte. Der große und gelenkige Mann versuchte, sie mit seinem Mund zu erreichen. Ruth konnte gerade in diesem Augenblick ihr Stenogramm nicht lesen, deshalb beugte sie ihren Kopf weit nach vorn, noch ein bisschen weiter, jetzt traf sie der Mund des Besuchers auf den Nacken und seine Lippen verweilten auf ihrem Halse.

„Ist der Herr Staatssekretär schon da?", hörten sie beide sagen und fuhren jäh auseinander.

Willi Krause stand klein und mickrig hinter ihnen, er war lautlos eingetreten, sein mageres Vogelgesicht reckte sich aus dem hohen Stehkragen weit hinaus. Er hatte die Frechheit, zu lächeln. Doch da stand Schollwitz schon dicht vor ihm, zwei Köpfe höher als der Sportredakteur und der große Mann fragte fast drohend: „Womit kann ich dienen, Herr Krause?" Dem kleinen Männlein entschwand sofort das Lächeln, er hüstelte aus Verlegenheit und sagte mit einem scheuen Blick auf Ruth: „Ich habe Ihnen im Namen der national gesinnten Schriftleiter eine Mitteilung zu machen, darf ich Herrn Baron in seinem Amtszimmer aufsuchen?"

„Ich habe noch kein Amtszimmer hier und übrigens ist Fräulein Berger sehr beschäftigt, wie Sie sehen, sie wird uns also nicht stören."

„Gewiss nicht, Herr Baron."

„Lassen Sie den Baron, hier bin ich der eingesetzte Reichskommissar. Sprechen Sie."

„Vielleicht", stotterte Willi Krause, „würde es sich empfehlen, wenn ich rasch die zwei Kollegen, die zur Deputation gehören, herbeihole."

Der Sportredakteur flog schon wieder zur Tür hinaus.

Die Schreibmaschine klapperte, während Ruth sagte: „Ein Glück, dass der unangenehme Kerl nicht seine Kamera bei sich hatte. Er hätte uns gerne geknipst ... Es ist nicht angenehm."

„Ruth ... Wir werden nicht lange verheimlich können, dass wir uns heiraten wollen."

Schollwitz hatte das wie etwas Selbstverständliches halblaut gesagt, aber das Wort „heiraten" war doch zum ersten Mal gefallen und Ruth begann zu glühen. Die Schreibmaschine verstummte.

„Nein", sagte Ruth ganz leise, „ich bitte dich, lass uns im Geheimen bleiben … Vorläufig … Es könnte dir furchtbar schaden … Mein Vater hieß Abraham … Abraham Berger."

Schollwitz antwortete gar nicht sachlich, er sprach den Namen Abraham dreimal aus. „Ja, Ruth, so musste dein Vater heißen, Abraham, nicht Kurt oder Siegfried, sonder Abraham … Deshalb bist du so schön, weil du Abrahams Tochter bist."

Ruth begann wieder zu klappern: „Du bist unheilbar, Liebster … Wie schön, dass du unheilbar bist."

Schollwitz hatte sich nach Krauses Abgang vorgenommen, keine kompromittierende Situation, die beklatscht werden konnte, mehr herbeizuführen. So saß er artig, in die durchlöcherte „Times" vertieft, auf dem Wartestuhl, als Simon atemlos und mit vielen Entschuldigungen eintrat. „Haben Sie mir den Herrn Staatssekretär gut unterhalten, Fräulein Berger, während er hier so sittsam auf seinem Stuhl saß?"

Wieder fühlte Ruth die Fuchsblicke des Alten. Wahrscheinlich schien dem Alten gerade die Zeitungsleserei des Staatssekretärs verdächtig.

„Ich weiß nicht, ob ich imstande wäre, den Herrn Staatssekretär zu unterhalten. Die ‚Times' ist anregender, glaube ich."

„Schrecklich, wie bescheiden die schönen Mädchen heutzutage sind", sagte Simon, während er mit Schollwitz sich in seinem Arbeitszimmer niederließ. „Das macht die Arbeit. Den richtigen Stolz bewahren sich nur die Nichtstuer. Übrigens, Herr Staatssekretär, Sie sind ja selbst ein unverbesserlicher Arbeiter. Wissen Sie, was für eine schwere Last Sie sich mit der Abreit hier in diesem Hause aufgeladen haben?"

„Das Schlimmste an der Sache ist", sagte Schollwitz, „dass man von mir Entscheidungen in Blitztempo erwartet, ich bin aber ein Anhänger der langsam reifenden Entschlüsse. Eigentlich sollte ich ein halbes Jahr mindestens hier zuschauen, ehe ich mir selbst nur einen Schein von Autorität zumessen darf. Ich bin auf Ihre Mitarbeit und die Ihrer Herren Brüder dringend angewiesen und ich werde die Tugenden des lernenden Amateurs nicht außer Augen lassen."

„Ich fürchte, Sie werden uns nicht lange zusehen können, verehrtester Herr von Schollwitz, meine Brüder möchten lieber heut als morgen den Laden schließen und ich, der eigentlich am meisten für die Fortführung der Arbeit war, bin durch die neusten Verbote halb und halb zur Meinung meiner Brüder bekehrt worden. Wenn die Regierung uns vernichten will, dann machen wir lieber selber Harakiri."

Schollwitz wollte solche Äußerungen nicht zur Kenntnis nehmen, schließlich habe ihn ja die Regierung eingesetzt, damit er eine Brücke nach beiden Seiten schlage. Auf Fachautoritäten, wie es die Brüder Kronstein sind, könne das deutsche Zeitungswesen nicht plötzlich verzichten. „Ich möchte auch Sie vor zu schnellen Entschlüssen warnen. Gönnen wir uns beide wenigstens einige Wochen Zeit, vielleicht kann ich ein erträgliches Neben- und Miteinander schaffen."

Schollwitz hatte sich erhoben: Simon streckte ihm die breite Tatze jovial entgegen: „Von meiner Seite werden Ihnen keine Schwierigkeiten gemacht werden."

Nun waren noch einige praktische Fragen zu regeln. Vor allem, wo gab es ein geeignetes Arbeits- und Empfangszimmer für den Staatsekretär? Simon überlegte, aber es blieb ihm nichts anderes übrig, als das frühere Büro von Friedrich vorzuschlagen: „Wir sind dann nur durch einen Raum getrennt, also fast Nachbarn. Das könnte sein Gutes haben."

Schollwitz hätte den Vorschlag gern abgelehnt, es musste die Brüder, besonders Simon, verletzen, das Zimmer des eigentlichen Verlagslenkers knapp nach seinem Tode dem aufgezwungenen Eindringling abzutreten, aber hier, sagte sich der Staatssekretär, wäre Gefühlspolitik unverzeihliche Torheit gewesen, denn Fritzens Büro lag im Zentrum des Hauses, es war im Kontakt mit allen Abteilungen des Verlages und diesen Raum beziehen hieß vor allem Angestellten die neue Herrschaft deklarieren. Sie gingen hinüber in das verlassene Büro des Toten, alle Jalousien waren herabgelassen, sie mussten bei helllichtem Tage die elektrischen Lampen aufdrehen. Überall lagen noch Spuren des Toten herum, im umgebauten Kleiderschrank hing noch sein Arbeitsrock und eine wärmende Jacke, auf dem Schreibtisch lagen noch Pastillen und Medikamente, die Fritz gebraucht hatte. Hier stand noch im großen Silberrahmen eine Photographie Evelyns und an der Wand hing das alte Porträt des bärtigen Mannes, des Vater Kronsteins, der Begründer.

„Wir können die Räume morgen zurecht machen lassen. Wünschen Sie eine neue Tapete? Vielleicht etwas Hellers? Das geht bei uns sehr schnell, wir haben unsere geschulte Einrichtungskolonne im Hause."

„Das überlasse ich alles Ihnen, nur diese Erhöhung hinter der Barriere würde ich bitten, zu entfernen. Das wirkt ja fast wie ein Thron."

„Alles wird nach Wunsch geschehen. Übermorgen können Sie einziehen."

Sie waren in Simons Büro zurückgekehrt.

„Da ist noch eine Sache, die zu regeln wäre", sagte Schollwitz.

„Verfügen Sie über mich."

„Ich brauche eine Sekretärin und zwar eine Dame von unbedingter Zuverlässigkeit, ich müsste sie sogar unter Diensteid setzen. Am liebsten wäre mir natürlich eine Kraft, die ich schon erprobt habe."

Simon rieb sich das rechte Auge. Natürlich hatte es Schollwitz auf die Berger abgesehen. Aber gerade dagegen sträubte er sich entschieden. Seit der Szene, die Fräulein von Windelband mit Emil gehabt hatte, trug er sich mit der Frage, ob ein sehr hohes Salär Ruth Berger nicht doch bewegen konnte, sein Haus im Grunewald zu führen, schlimmstenfalls wollte er sogar Mama Berger in Kauf nehmen.

„Da muss ich mal unseren Personalstand durchgehen. Das ist nicht so leicht zu entscheiden. Wir haben ein paar hundert Damen im Hause und im entscheidenden Augenblick kommen nur vier oder fünf überdurchschnittliche Kräfte in Frage. Darf ich mir die Sache bis morgen überlegen? Ich mache Ihnen morgen einen Vorschlag."

„Selbstredend. Auf einen Tag kommt es nicht an."

Simon geleitete den Staatssekretär hinaus.

Im Arbeitsraum Ruths blieb Schollwitz stehen. „Wenn ich morgen eine dringende Arbeit habe, darf ich vielleicht Fräulein Berger zu mir bitten. Die kennt meine Eigenheiten schon."

Simon verstand. Der Staatssekretär gab ihm zu verstehen, dass er auf Ruth Berger bestand. Nein, nein, nein, dachte der alte Mann, die gebe ich dir nicht!

Während der Unterhaltung zwischen Simon Kronstein und Schollwitz war Willi Krause mit zwei Begleitern zweimal im Arbeitszimmer von Ruth Berger aufgetaucht. Bei dem Chef einzudringen und das Gespräch mit dem Reichskommissar zu stören wagte die Deputation natürlich nicht. Als Willi Krause das zweite Mal unverrichteter Dinge abziehen musste, fühlte er sich der Begleitung wegen zu einer kleinen Demonstration veranlasst.

„Wollen Sie, Fräulein Berger, dem Herr Staatssekretär bestellen, dass meine Parteigenossen, die in der Betriebszelle organisiert sind, im Kasino zu einer Beratung zusammengetreten sind. Ich nehme an, dass es dem Herrn Reichskommissar sehr erwünscht sein wird, mit uns ehestens in Fühlung zu treten."

„Ich notiere es und werde es bestellen."

„Darum möchten wir dringend gebeten haben."

Aber als dann der Staatssekretär mit Simon vorbeikam und Ruth hörte, dass Schollwitz schon für den nächsten Tag um ihre Mitarbeit ersuchte, vergaß sie den Vermerk. Der Staatssekretär hatte schon längst das Haus verlassen, als sich Ruth Berger ihres, wie ihr selber schien, unverzeihlichen Fehlers erinnerte. Sie ließ Willi Krause ans Telefon bitten und erfuhr, dass die nationale Gruppe noch immer auf das Erscheinen des Reichskommissars warte. Zagend brachte sie das Geständnis ihrer Unterlassung vor.

Willi Krause kam entrüstet zu seinen harrenden Parteigenossen ins Kasino zurück. Er warf einen großen Notizblock, den er gewohnheitsgemäß in die Telefonzelle mitgenommen hatte, klatschend auf den Tisch, fuhr sich mit zuckenden Händen in die hochgesträubten Haare und wiederholte keuchend nur das eine Wort: „Skandalös ... Skandalös." Nach und nach gelang es den Umstehenden, Willi Krause zu besänftigen, aber der kleine Wüterich schob die ihn umringenden Bestürmer grob von sich, klirrte mit einem Löffel an ein Wasserglas und holte zu einer kleinen Rede an die Volksgenossen aus. Er habe eine Aussprache mit dem neuernannten Reichskommissar gesucht, aber er muss mit tiefem Bedauern feststellen, dass es den jüdischen Mächten, die dieses Haus noch immer beherrschen, offenbar bereits gelungen sei, Herrn von Schollwitz in ihre Netze zu ziehen. Diese deutschfeindlichen Schachzüge und Intrigen haben die gewünschte Verständigung mit dem Herrn Staatsekretär systematisch verhindert, freilich hätte das nicht geschehen können, wenn der Reichskommissar nicht so rasch den Verführungskünsten einer von den gewissen Hausmächten vorgeschickten Judenschickse erlegen wäre. „Ich will mich vorläufig auf diese Andeutung beschränken", schloss der von Satz zu Satz erregtere Knirps, „aber ich möchte Sie alle bitten, auf der Hut zu bleiben und im Besonderen das Vorzimmer des Herrn Simon

Kronstein, dem Herd der niedrigsten Intrigen, scharf im Auge zu behalten." Einen Moment herrschte Stille unter den hundertfünfzig Herren und Damen, dann stieß eine Kollegin den Name der Sekretärin Simons aus und ein quietschendes, höhnisches Gelächter erhob sich, aus dem der Name „Ruth Berger" im Zusammenhang mit den niedrigsten Beschimpfungen immer wieder auftauchte. Dies geschah in einer Nachmittagsstunde, am Buffet war nur dünner Kaffee zu haben leider nicht das kleinste Glas Bier. Die Kolleginnen waren vergnügt und redefreudig und konnten sich gar nicht genug Geschichten von der erfahrenen jüdischen Verführerin erzählen, deren Künste ja Schollwitz, wie man durch den Kollegen Wendel aus Paris längst erfahren hatte, schon an der Seine erlegen war. Ein Telefonstenograph, der im Pariser Büro gearbeitet hatte, war durch einen der höchst angesehenen Pariser Journalisten – oh, er konnte auch seinen Namen nennen, es war Monsieur Gérard – ganz genau über die Orgien informiert worden, die das feine Paar sozusagen vor den Augen der Pariser Deutschen und zum Schaden des deutschen Ansehens dort aufgeführt hatte. „Sie besuchten gemeinsam sogar das Hotel Ritz, jenes berüchtigte Pariser Lasterlokal, das ein Deutscher, der auf seine Würde hält, geschweige denn ein anständiges deutsches Mädchen, nie betreten würde." Und nun folgte eine Schilderung dieses Pariser Schandhotels, in dem eine große Treppe vom Speisesaal direkt zu den Schlafzimmern der Stundengäste führte, die dort mit dem Preise des Diners gleich die Übernachtungs- oder Benutzungskosten für die raffiniert eingerichteten Schlafstätten zu entrichten pflegten. Übrigens habe auch ein jüdischer Rechtsanwalt an diesen perversen Orgien teilgenommen, der berüchtigte Doktor Sinzheimer. Wenn irgendjemand an seinen Mitteilungen zweifle, so sei er bereit, die Wochenschrift, die Monsieur Gérard herausgebe, den Kollegen vorzulegen. Darin seien alle diese Schmutzereien von einem reinlichkeitsliebenden Franzosen klipp und klar geschildert, von jenem mutigen Publizisten, der auch das Vorleben und Treiben der inzwischen nach Amerika geflohenen Jüdin Evelyn Goldscheider aufgedeckt habe. Die von Ohr zu Ohr gezischelten Erzählungen erreichten auch Willi Krauses Ohr. Er stand von seinem Stuhl auf, auf dem er ohnehin nicht leicht bemerkt werden konnte, und schritt – Willi Krause schritt immer, durch wippenden Gang versuchte er sich größer zu strecken, als er war – auf den Pariser Kollegen zu, um jene

Zeitschrift des Monsieur Gérard zu erbitten, in welcher das Treiben des schamlosen Trios Sinzheimer-Berger-Schollwitz freimütig geschildert worden war. „Die Zeitschrift kann in unserer notwendigen zu erfolgenden Aktion eine Rolle spielen." Willi Krause sprach diese bedeutungsvolle Ankündigung mit besonderer Betonung, alle fühlten, dass der Führer der Betriebszelle in diesem Augenblick einen Teil seines Kriegsplans enthalte. Es hätte der ausdrücklichen Mahnung Krauses nicht bedurft, die Sache vorläufig streng vertraulich zu behandeln, weil sonst der Feind durch Gegenmaßnahmen den richtigen Sachverhalt verwirren könnte. In siegesfroher Laune ging die Versammlung auseinander.

Am nächsten Tage musste Simon sich entscheiden, welche Hilfskraft er zu Schollwitz entsenden sollte. Aber ehe er noch einen Entschluss gefasst hatte, fünf Minuten, nachdem er sein Büro betreten hatte, bat Ruth Berger um eine kurze Unterredung. Sie hatte sich die Nacht über zurechtgelegt, was sie dem Chef sagen wollte und so brachte sie ihre Bitte ohne Schüchternheit und ohne Verlegenheit vor.

„Ich bitte darum, Herrn Staatssekretär von Schollwitz zugeteilt zu werden. Ich habe schon mit ihm gearbeitet, wie Sie wissen, Herr Kronstein, und ich glaube, er hat wirklich Vertrauen zu mir gefasst. Ich habe mir vorgenommen, frei von der Leber weg zu reden. Nun, ich weiß, dass die Gruppe, die unter Führung des Herrn Krause steht, die Arbeit des Herrn Staatssekretärs womöglich stören möchte, diese Leute stecken ihre Parteiparolen über jedes andere Gesetz, sie würden, wenn es ihnen nützlich scheint, auch die vertraulichsten Verhandlungen ihren Betriebs- und Gauführern und noch höher hinauf bekannt geben. Wenn Sie die Arbeit mir übertragen, so wird jedenfalls kein Missbrauch getrieben werden, ich glaube, dass auch der Herr Staatssekretär von meiner Zuverlässigkeit überzeugt ist."

Simon bedeckte den Mund mit seiner breiten Hand, es sah aus, als verhindere er sich damit selbst am Reden und er schwieg noch lange, nachdem Ruth Berger ausgesprochen hatte. Seine kleinen Augen wendeten sich nicht eine Sekunde von dem unerschrockenen, nicht zu irritierenden Gesicht des Mädchens ab. Endlich ließ er die Hand vom Munde fallen und sagte: „Ich muss Ihnen wohl dankbar sein für ihr Anerbieten. Sicher werden Sie die Arbeit bei Schollwitz tadellos verrichten und sicher werden Sie zu schweigen wissen. Soweit kenn ich Sie ... Wenn ich gezögert habe und eigentlich eine andere

Dame delegieren wollte, so geschah das aus einem sehr egoistischen Grunde." Seine Stimme wurde leiser und heiser, dann gewann er plötzlich wieder seine Energie: „Ich gebe sie ungern von mir weg, weil ... nämlich, weil es politisch unklug wäre. Die Krausegruppe wird sofort hinter Schollwitz zischeln. Natürlich muss er eine Jüdin wählen. Sie werden beide einen unnötig schweren Stand in diesem agitatorisch verseuchten Betrieb haben."

Ruth Berger blieb standhaft und lächelte: „Wir fürchten uns nicht."

Simon starrte sie aus etwas vergrößerten Augen an: „Wir? Wir!", wiederholte er. Und wieder fing er sich schnell auf: „Sie haben recht. Man muss die Leute schwätzen lassen. Und das Wichtigste ist, dass eine zuverlässige, tüchtige Kraft bei Schollwitz arbeitet. Also, in Gottes Namen, nach Wunsch bewilligt."

Es hüpfte in ihr, sie hätte den alten Mann die Hand, diese breite, aderige, reiche, gute Tatze küssen mögen, aber sie behielt Haltung und sagte nur: „Ich glaube, Herr Kronstein, Sie werden diese Erlaubnis nicht zu bereuen haben."

Wieder legte Simon die Hand über eine Gesichtshälfte, diesmal über die Augen. Er wollte das Mädchen nicht mehr sehen und nicht mehr von ihm gesehen werden.

„Nun ist alles in Ordnung, nicht? Etwas anderes wünschen Sie wohl nicht. Gehen Sie wieder an die Arbeit ... Ich werde von morgen ab hier eine Ersatzkraft an Ihre Stelle setzen."

Nun heißt es hinausgehen, ohne zu heulen, aber davonlaufen wollte sie doch nicht. Langsam bewegte sich Ruth zur Tür. Als sie schon die Klinke in der Hand hielt, hörte sie den alten Mann dicht hinter sich schwer atmen.

„Leben Sie wohl", sagte er, wieder leise und heiser.

XXV.

Die Brüder saßen bei der regulären Vormittagskonferenz, als Simon ans Telefon gerufen wurde. Er vernahm Ruth Bergers Stimme: „Der Herr Reichskommissar hat Ihnen eine Mitteilung zu machen." Im nächsten Augenblick hörte er Schollwitzens heiteren Bariton: „Ich habe Ihnen die angenehme Mitteilung zu machen, dass der Herr Justizminister das Verbot über sämtliche Kronsteinblätter mit dem morgigen Tag aufgehoben hat. Nur das ‚Illustrierte Blatt' kann vorläufig noch nicht erscheinen. Haben Sie mich verstanden?"

„Ja, und ich danke für die angenehme Mitteilung. Warum, wenn ich fragen darf, bleibt gerade das harmlose Bilderblatt verboten?"

Die Brüder horchten auf.

Schollwitz erwiderte: „Ich werde mir gestatten, mittags vorzusprechen. Die Erörterung eignet sich nicht sehr zum Telefongespräch."

„Und die Tagesblätter, alle, können morgen wieder herauskommen. Ich wiederhole nur der Ordnung halber, heute ist Sonnabend, die Sonntagsblätter liegen uns besonders am Herzen, wir werden sofort das gesamte Personal verständigen."

August Kronstein hatte kaum begriffen, als er schon aufgesprungen und hinausgelaufen war. 10.000 Mark flossen in die Kassen, wenn er die Sonntagsinserate noch einholen lassen konnte. Dreihundert Abonnentenwerber mussten innerhalb von zehn Minuten losschießen.

Die vier zurückgebliebenen Brüder erwachten aus einer Apathie, die sich in den letzten Tagen über die Aufsichtsratssitzungen gelagert hatte. Sogar Heinrich vergaß einige Augenblicke die mürrische Tonart: „Wenn du dem Ison ordentlich einheizt, wie du das offenbar gestern getan hast", sagte er Simon, „werden wir stärker sein als überdeutsche Quatschköpfe."

Auch Emil, der seine Mitwirkungen bei den Verhandlungen mit der Deutschen Bank nicht ganz übersehen lassen wollte, war zuversichtlich: „Wenn die Regierung uns nicht auskaufen will, dann muss ihr unsere Drohung, unseren Laden zu schließen, sehr unangenehm sein."

Unbelehrbar war Philipp. Er hatte die Lust verloren und wollte nach Paris, auch wenn ein Kompromiss gefunden werden sollte. Vielleicht hatte er sogar schon ein lauschiges Absteigequartier in der Umgebung des Place l'etoile gemietet.

Merkwürdigerweise blieb Simon unfroh. Die Aufhebung der Verbote wollte er nicht überschätzen. Jetzt, meinte er, beginne ja der Ringkampf erst. Außerdem habe die Regierung offenbar Schollwitzens Stellung für den Anfang stärken wollen. Zum Optimismus sehe er noch keinen Anlass.

Noch am selben Vormittag kam ein sehr selbstbewusster Anruf von der Deutschen Bank. „Na, arbeite ich nicht prompt?", fragte Ison.

„Ergebensten Dank", erwiderte Emil, den Simon ans Telefon geschickt hatte, „wir haben noch keine offizielle Verständigung über die Aufhebung der Verbote, bloß eine telefonische Mitteilung des Herrn Staatssekretärs von Schollwitz."

„Ach, Schollwitz", sagte Ison, „Schollwitz ist ein sehr braver Mann, aber seinen politischen Einfluss möchte ich nicht überschätzen. Die Blätter können morgen erscheinen, ich habe die Mitteilung von der Reichskanzlei. Wie wär's, Herr Kronstein, wenn Sie und Ihr Herr Bruder schon heute bei mir frühstücken wollten? Sind Sie frei?"

Emil verdeckte den Hörer mit der Hand: „Wollen wir schon heute bei ihm speisen?"

„Meinetwegen", brummte Simon. Im Grunde war er froh, am Mittag nicht in seine verödete Villa hinausfahren zu müssen. Auf dem Wege zu Ison sagte Simon: „Wenn wir gezwungen sein sollten, eine Übernahmeziffer zu nennen, so sprich du sie aus. Ich kann dich dann immer noch dementieren. Unter 2.600.000 Mark darfst du nicht gehen." Emil hörte bescheiden zu.

Bei Ison aß man hochherrschaftlich auf silbernen Tellern, mit zwei servierenden Dienern, allerfeinste französische Küche mit allen irgendwie erreichbaren Primeurs, wunderbaren Braten und Geflügel und deliziösen Nachspeisen. Gute Weine waren da, aber Wirt und Gäste tranken keinen. Die einzige Störung dieses meisterhaft zusammengestellten und ausgeführten Frühstücks bestand darin, dass Ison Suppen laut schlurfend einzog und bei einem erquickenden Stück Braten sehr vernehmlich schmatzte. Simon, von seinem Fräulein von Windelband asketisch erzogen, war gegen diese Fressgeräusche sehr unduldsam, und Emil, der ihn von dieser Seite her kannte, musste ihn mit Blicken beruhigen, ja einmal musste er dem verzweifelt zur Tür Blickenden die Hand auflegen. Zum Glück merkte Ison, in seinen Hasenbraten vertieft, nichts von der Verzweiflung Simons und schmatzte ungestört weiter.

Endlich war man bei schwarzem Café angelangt, die drei Herren übersiedelten in bequemere Stühle und begannen, mit Havannazigarren bewaffnet, das Geschäftsgespräch.

„Nun erfahre ich die Ziffer, auf die ich gespannt bin?"

Der wohlgesättigte kleine Genießer fühlte sich kampfbereit.

Simon, müde seit einigen Tagen, war nach dem ungewohnt reichen Frühstück etwas schläfrig, er blinzelte bloß und deutete auf seinen jüngeren Bruder.

Emil rief erregt aus: „Darf ich fragen, Herr Direktor, ob denn auf Ihrer Seite ein ernstes Kaufinteresse besteht? Darf ich ferner fragen, handelt es sich um eine Aktion der Deutschen Bank oder würden Sie Ihr Angebot auch unter einer anderen Regierung stellen?"

Ison lächelte, nicht ohne Herablassung: „Sie fragen viel, Herr Kronstein, aber viel wissen ist schon Vorrecht der Jugend. Ob wir den Kronsteinverlag auch unter andern Umständen an uns bringen wollten, ist schwer zu sagen. Wahrscheinlich wäre er uns normalerweise zu teuer. Jedenfalls wollen wir heute die Gelegenheit wahrnehmen. An unserem ernsten Kaufinteresse dürfen Sie nicht zweifeln. Für Plaudereien, so anregend sie sein mögen, ist meine Zeit zu teuer."

Der Bankdirektor blickte nicht gekränkt zu Simon herüber, der mit geschlossenen Augen, die Hände über dem Bauch gefaltet, dasaß. Wenn er nicht von Zeit zu Zeit die Havanna aus dem Mund genommen oder den weißgelben Rauch zur Decke hinaufgeblasen hätte, wäre die Annahme, dass er schliefe, nicht ganz unberechtigt gewesen.

„Ich hoffte und durfte hoffen", wandte Ison sich in einem wachen Moment an Simon, heute von Ihnen eine Übernahmeziffer als Basis von Verhandlungen, die naturgemäß kurz sein müssen, zu erhalten."

„Warum so eilig?", antwortete Simon in einer Verschlafenheit, dic zur Hurtigkeit Isons breit kontrastierte. „Im Übrigen haben wir die Verhandlungen meinem Bruder Emil übertragen. Ich bin alt und sehr müde, er als der Jüngste von uns hat stärkere Lebensinteressen."

Die Äußerung verdross Ison. Mit diesem Neuling Emil sollte er verhandeln? War er das Übungs- und Turngerät für den jungen Mann? Und wenn er Emil festgelegt hatte, würde Simon dreinfahren und alles umwerfen. Ison zog sich verletzt zurück, aber er wollte doch zeigen, dass er nicht ohne stacheln war und nicht mit sich spielen ließ.

„Allerdings halte ich ein gewisses Eiltempo der Verhandlungen für nötig und zwar in Ihrem Interesse. Die Rechtsberater der Regierung schrecken vor Erweiterungen der Staatsmacht auch auf wirtschaftlichem Gebiet nicht zurück. Zeitungen, diese Auffassung kristallisiert sich auch bei den neueren Rechtslehrern immer deutlicher heraus, Zeitungen müssen Organe des Staatswillens sein, die liberalistische Periode der sogenannten Pressefreiheit ist vorbei. Wenn Sie, meine Herren, einen befriedigenden Preis erzielen wollen, so werden Sie sich tummeln müssen, ich sehe den Tag kommen, an dem ein Zwangskurs angesetzt sein wird."

Jetzt wurde Simon wach: „Hören Sie mal, verehrter Herr Ison, schrecken lassen wir uns nicht. Die Regierung wird sich hüten, die Presse zu verstaatlichen, der Spaß käme sie sehr teuer zu stehen. Schließlich können sie den Staatsbürger nicht durch Gesetze zwingen, Abonnent oder auch nur Leser zu werden. Ihr könnt es höchstens dahin bringen, dass die Deutschen aufhören, Zeitungen zu lesen. Auf diesem Wege wandeln wir schon dank euren Verboten. Eines Tages wird, glaube ich, das sogar die Regierung bitter bereuen." Er war aufgestanden und begann im Zimmer auf und ab zu gehen.

Die Erregung spürte auch Ison. Um die Sache von einer anderen Ecke anzugehen, sperrte er seinen Schreibtisch auf und holte aus der Lade die Akte „Kronstein-Verlag". Er blätterte in den Bilanzen und Belegen, endlich sagte er, Emil ostentativ heranziehend: „Meine Herren, wissen Sie, dass Sie zu teuer produzieren? Ich will Ihre Papierkäufe nicht kritisieren, obwohl es mir unverständlich ist, dass Sie nicht längst Ihre eigene Papierfabrik besitzen."

„Küken", sagte Simon laut vor sich hin. „Wollen Sie uns heute das Einmaleins beibringen? Wir haben die stärkste Zeitungsfabrik in der Hand. Steuerliche Gründe ..."

„Ich bin schon still", rief Ison. „Also springen wir auf Punkt zwei. Wissen Sie, dass Sie dreimal so viel Redakteure haben wie der Verlag der ‚Berliner Zeitung'?"

„Möglich", sagte Simon.

„Nicht möglich, sondern ziffernmäßig nachweisbar. Sie schleppen ein Drittel zu viel Redakteure mit."

„Sollen wir sie auf die Straße setzen?"

„Das Fatale gerade an diesem Drittel ist, dass es Leute mit überholten Anschauungen sind, nicht bloß Altliberale, sondern auch Altsozialisten. Wenn Sie ernsthaft verhandeln wollen, müssen Sie da vorerst Remedur schaffen. Die Deutsche Bank kann sich nicht mit solchen unpopulären und einschneidenden Entschließungen einführen."

„Hören Sie mal, Ison. Unsere Redakteure sind gar keine Parteimänner, es erscheint kein Wort bei uns, dass wir nicht wollen – ich meine im großen Ganzen. Das einzige Merkmal freisinniger Denkweise ist die Religion einzelner Leute. Sie verlangen, ehrlich gesagt, dass wir alle Juden hinauswerfen."

„Es gibt gewiss auch deutschbewusste, nationale Juden." Ison drehte sich, so deutlich wollte er gar nicht werden.

Simon Kronstein blies den Rauch seiner Havanna ganz hoch hinauf und verfolgte die Wolke, wie sie sich an der Decke zerteilte. Was sollte er dem kleinen Isaaksohn antworten, der plötzlich nach deutschbewussten Juden verlangte. Aber auch: das war vielleicht nur Wichtigmacherei und gehörte vielleicht nur zu den mannigfachen Belagerungsmethode, um die Stimmung für die Preisdrückerei vorzubereiten.

„Ich bin ein Geschäftsmann und Sie sind ein Bankdirektor. Verirren wir uns nicht, wenn wir über die mehr oder minder nationale Einstellung der Redakteure streiten. Wir wollten über den Preis des ganzen Objektes ..."

„Halt!" Ison sprang auf Simon mit einer Aschenschale zu, weil die Hälfte seiner Zigarre, schon verglüht, abzufallen drohte. „Ich bin ganz gewiss kommerziell eingestellt, wie Sie lieber Herr Kronstein, aber ich bin es doch nur innerhalb meines Volkes. Sie vergessen, dass wir nicht nur eine Bank sind, sondern eben die Deutsche Bank!"

Ison sprach das Wort „deutsch" mit gewissermaßen Trompetentönen aus, und da geschah etwas, was alle drei zehn Minuten später nicht mehr begriffen. Simon bekam plötzlich einen roten Kopf, ein mörderischer Husten überfiel ihn, und um sich Luft zu machen, musste er ausspucken, eine dicke Schleimmasse klatschte vor Isons Füße auf den kostbaren Teppich.

„Verzeihen Sie", sagte Simon erleichtert, „ich bin ein kranker Mann und die Entschleimung steht in keinem Zusammenhang mit unserm Gespräch."

Ison hatte gerade dem Diener geläutet, damit der Teppich gesäubert werde, als ihn die zweideutige Entschuldigung des alten Kronstein erreichte. Etwas ratlos wendete sich Ison dem jungen Gast zu: „Ihr Bruder ist wie ich sehe, wirklich nicht ganz auf dem Posten. Vielleicht vertagen wir die Besprechung auf einige Tage … Inzwischen können Sie im Betrieb die organisatorischen Veränderungen treffen, die ich angedeutet habe."

Aber Simon war nicht zu beruhigen. Zum Abschied sagte er mit einem jovialen Lächeln, das seine Erregung kaum verdeckte: „Wenn uns unsere Väter von droben zusähen, meiner und Ihrer, lieber Herr I – (Pause) – sohn, wie wir unsere Stammesgenossen austreiben, ich glaube, sie schickten uns einen kleinen altjüdischen Fluch herunter."

Ison hielt sich an das Lächeln Simons, er lächelte gleichfalls oder vielmehr er imitierte ein Lächeln, das er sogleich wieder einzog.

„Säubern Sie gründlich", sagte er zu dem Diener, der mit Bürsten und Fetzen auf dem Teppich lag.

Simon, der die Treppe am Arm Emils heruntersteigen musste – in dem leeren Palast war kein Liftwärter aufzutreiben – hüstelte noch immer, aber gelinder, ohne Anfall. Auf einem Treppenabsatz blieb er stehen und sagte: „Dieser kleine Isaaksohn – wenn ihn ein nationaler Sturmtrupp mal richtig verhaute – da möchte ich zusehen."

Emil antwortete unfroh: „Wird auch noch kommen, wenn wir uns gedulden. Im Übrigen … Was sollen wir Heinrich berichten? Wenn das Vorverhandlungen waren, so sind wir gerade nicht einander näher gekommen."

Simon sah den Jüngsten an. „Das klang ja fast wie eine Kritik? Vielleicht überlass ich dir nächstens die Besprechungen mit Isaaksohn, ich kann den Kerl nicht hören, wenn er sich national aufbläst."

In diesem Augenblick waren Sie am Tor der Deutschen Bank angelangt. Simon stand in der Einfahrt schwer atmend und Emil sah sich nach ihrem Chauffeur um. Da kam eilig ein kleines Männchen heran, er ging hart an die Mauer gedrängt. Da Simon in seiner vollen Breite den Eingang zur Bank verstellte, musste der kleine Herr ihn bitten, ihn vorbeizulassen. Dabei sah Kronstein dem Eilenden ins Gesicht, der zog tief den Hut: „Tag …, Tag, Herr Kronstein", und verschwand im Dunkeln der Halle.

„Tag, Herr Krause", antwortete Simon lachend, „Herr Direktor Ison erwartet Sie schon."

„Das ist mal ein edles Paar, die zwei, die da oben über uns beraten“, sagte Simon, „jetzt wissen wir wenigstens, wer den guten Ison inspiriert.“

Emil schwieg neben dem Bruder. Zum ersten Mal fühlte er sich dem Älteren überlegen. Dass sie zu viel Redakteure, übrigens auch zu viel Setzer und Hilfsarbeiter beschäftigten, war unzweifelhaft richtig, darin hatte Ison objektiv recht. Ich an Simons Stelle, dachte der Jüngste, hätte das glatt zugegeben. In einem alten Betrieb sammeln sich mit den Jahren überzählige und nicht unbedingt notwendige Kräfte an, sicher auch in der Deutschen Bank. Ich hätte das Ison sagen sollen. Aber warum diese überalterten Leute um jeden Preis halten? Bloß weil viele von ihnen Juden waren und dem Hause seit zwanzig und dreißig Jahren gedient hatten? Als Unternehmer bin ich kein Humanitätsdusler, sondern gelegentlich zu Härte verpflichtet. Simon ist zu alt und zu weich. Auch war der ältere Bruder gehemmt durch die Autorität der Namen, die sich die alten Leitartikler und Kritiker mit den Jahren ersessen hatten. Diese Zeitungsgrößen, deren Ruhm auch nur dadurch entstanden und angewachsen war, dass der Verlag gestattet hatte, dass ihre Namen oder wenigstens ihre Anfangsbuchstaben im Morgen- und Abendblatt den Lesern eingeprägt wurden, fühlten sich geradezu als Herren der Zeitung, eine kalte Dusche unter diesen aufgeblasenen Größen, die Pensionierung der anmaßendsten Größen, wäre kein Unglück gewesen. Man brauchte Isons Forderung keineswegs in Pausch und Bogen abweisen, dürfte dieser Punkt kein entscheidendes Hindernis für das Zustandekommen des Geschäftes sein, schließlich wollten sie ja selber auch aus dem Betrieb heraus ... Emil hütete sich, diese Gedanken Simon sofort anzuvertrauen. Wenn die Verhandlungen wirklich, wie angekündigt, von nun ab durch ihn, Emil Kronstein, weitergeführt werden sollten, so würde sich bald Gelegenheit finden, Ison entsprechend aufzuklären. Die Brüder Heinrich, August, Philipp und auch die Neffen, die nach Fritzens Tod in den Aufsichtsrat gewählt wurden, standen alle auf Emils Seite. Er musste aufpassen, dass Simon nicht noch eine taktische Ungeschicklichkeit beging. Nun ja, das nationale Getue Isons war etwas lächerlich, aber mit den Lächerlichkeiten der anderen musste man rechnen. Im Grunde war aber auch diese nationale Kostümierung zeitgemäßer als Simons höhnische Ablehnung. Es ging im Augenblick nicht ohne nationale Betonungen, kindisch, sich dem Zeitgeist zu widersetzen. Am Ende der Fahrt hatte Emil beschlossen, Willi Krause, da er nun einmal Betriebsführer der nationalen Gruppe war, zu einer Besprechung einzuladen. Den Jungen wollte er sich kaufen.

Am nächsten Tage zog Schollwitz in dem frisch tapezierten Büro Fritzens ein. Ruth Bergers Arbeitsplatz wurde in das Konferenzzimmer verlegt, das zwischen Simons und Schollwitzens Büro lag. Von Zeit zu Zeit schaute eine von den blonden, mageren Fräuleins, die sich als Vorgesetzte der Jüngeren fühlten, in das Konferenzzimmer und eine von ihnen, die älteste Telefonstenographin des Redaktionssekretariats, sagte maliziös: „Guten Platz haben Sie sich da ausgesucht, Fräulein Berger, da sind Sie mit rechts und links immer in Verbindung, Sie sind doch die Geschickteste von uns allen." Es fiel Ruth nicht ein, die Schreibmaschine anzuhalten, weil das spitze Fräulein sie attackieren wollte, und sie hatte auch nicht das geringste Bedürfnis, der liebenswürdigen Kollegin zu antworten. Zufällig läuteten fast gelichzeitig die Signalglocken rechts und links. Ruth stand auf, unschlüssig, ob sie dem Rufe Simon Kronsteins oder dem kurzen Läuten des Staatssekretärs zuerst folgen sollte. „Schwer, zwei Herren zu dienen", sagte das spitze Fräulein. Ruth ging an ihr vorüber – hinein zu Simon. Sie erschrak, als sie den Chef ansah. Die Tränensäcke in seinem breiten Gesicht waren so angeschwollen, dass man den Spalt seiner kleinen Augen kaum sah. Die schlaffen Wangen hingen grau-gelb hinunter, sein Mund war bläulich, auch seine alten Hände, auf denen Adern wie aufgesetzte Würmer krochen, hatten diese blaurote Färbung der Greise mit schlechter Blutzirkulation. Jede seiner Bewegung war unendlich langsam. Wenn er die Lider hob, dauerte es eine Weile, bis der Vorhang von seinen Augen weggezogen war. Seine Hände tasteten langsam am Kinn und an den Wangen herum, als müsse er sich von der Existenz seines Gesichtes überzeugen. Es verging eine erschreckend lange Frist, ehe er vom Eintritt der Sekretärin Platz nahm und sie kurz begrüßte.

„Ja, was wollte ich denn?", sagte Simon, sich besinnend. „Richtig ... Sie sollen ein Zirkularschreiben an meine Brüder und an den Herrn von Schollwitz versehen, indem Sie mitteilen, dass ich mit heutigem Tage auf einige Zeit in ein Sanatorium gehe, nennen Sie keine genaue Adresse, ich bin schwerer hergenommen, als ich wusste. Heute Nacht habe ich mir vorgenommen, sofort auszuspannen. Ich fühle mich hart in der Nähe eines Schlaganfalles. Der trifft mich im Weißen Hirsch besser vorbereitet. Der letzte Satz endete im Gemurmel. Wieder raffte er sich zusammen und fragte: „Ich muss Ihnen doch den Wortlaut nicht diktieren. Sie wissen, was ich will."

„Nicht nötig, Herr Kronstein."

Ruth wollte zurück, sie hörte das zweite Signal von Schollwitz, aber Simon Kronstein hielt sie auf: „Halt! ... Ein paar Zeilen an meinen Bruder Emil will ich Ihnen noch diktieren, bitte, setzen Sie sich." Stockend, mit vielen Pausen der Überlegung, diktierte er:

> Lieber Emil,
> ich nehme mit Grund an, dass du mit meinen gestrigen Verhandlungen mit I. nicht sehr zufrieden warst. Teile dir also mit, dass ich es auch nicht bin. Im Gegenteil, an meiner Gereiztheit erkannte ich heute Nacht, wie verbraucht ich bin. Ein Kaufmann darf sich nie reizen lassen, besonders unserem kleinen deutschen Freund I. sollte das nicht gelingen. Seine Einwendung, dass unser Personalstand zu hoch ist, dürfte übrigens richtig sein, ich hätte ihm anders antworten müssen. Aber mit diesen alten Leuten war ich einmal jung und ich habe nicht mehr die gesunde Rohheit, mit den Genossen meines Alters aufzuräumen. Ich würde auch dir raten, dieses ganze Geschäft der notwendigen Entlassungen und Pensionierungen Schollwitz zuzuschieben. Man hat ihn uns als neuen Besen eingesetzt, mag er auskehren.
> Ich bin sehr glücklich, dass du dich in der kurzen Zeit nach Fritzens Tod als sein Nachfolger in der Leitung des Hauses bewährst – Wirf du keinen der alten Redakteure hinaus, belade deine zukünftige Arbeit mit keinem Hass, sag dir in allen fatalen Situationen vor: Wozu haben wir Schollwitz? Übrigens würde ich es für nützlich halten, wenn wir rasch einen Vertrag mit ihm schließen könnten, der ihm auch einige unerwartete Annehmlichkeiten bietet. Aber das alles weißt du längst so gut wie ich.
> Ich habe die Absicht, noch heute Abend nach Dresden zu reisen. Adresse: Weißer Hirsch, Loschwitz bei Dresden. Wenn du dafür sorgen solltest, dass Frl. Berger mir jeden Tag ein kleines Gesamtbulletin der Lage des Hauses zuschickt, so erleichterst du mir den Aufenthalt.
>
> Herzlich dankbar Dein Bruder

„Wenn Sie das rasch schreiben könnten“, fügte Simon dem Diktat zu, „wäre ich Ihnen zu Dank verpflichtet. Ich möchte rasch aus dem Haus, die Luft tut mir hier nicht gut.“

Ruth verstand schnell, bat den Staatssekretär um Erlaubnis, die Post des Herrn Simon Kronstein zu erledigen, ehe sie sich wieder melde, schrieb das Zirkular und den Brief an Emil so flink als möglich und legte die Mappe zur Unterschrift vor.

Simon unterschrieb mit zuckender Hand.

„Schön ist der Namenszug nicht, aber vielleicht wird er eine Rarität, ich werde hier nicht mehr viel unterschreiben.“

Ruth senkte das Haupt.

„So, liebes Fräulein Berger, jetzt bin ich hier fertig. Ich verschwinde französisch. Aber Sie ... Sie sollen mir Ihre Hand geben ... Hatte einiges mit Ihnen vor ... Nun wird es mit mir begraben werden ... Übrigens sehen wir uns nicht. Wenn Emil mit seinem Auto zurückkommt, muss er Sie mitnehmen. Ich will einmal im Garten mit Ihnen sitzen und meine alten Dummheiten auskramen, Sie werden Augen machen. Vorläufig: Adieu und alles Gute, liebes Kind.“

Als Ruth mit noch etwas verweinten Augen in das Arbeitszimmer von Schollwitz eintrat, brach Willi Krause eine erregte Äußerung jäh ab. Offenbar würdigte er die Sekretärin nicht seines Vertrauens.

„Vielleicht kommen Sie später, Fräulein Berger, ich werde läuten“, sagte Schollwitz und kam sich selbst maßlos geduldig vor.

Sogleich, nachdem Ruth das Zimmer verlassen hatte, sprudelten die Sätze aus dem kleinen Krause: „Ich habe die Zahl der fix angestellten Redakteure bei uns und in anderen Berliner Großbetrieben verglichen und ich gestatte mir, Herr Reichskommissar, Ihnen hier eine unerschütterliche Statistik vorzulegen. Hiernach haben wir um 31 Prozent mehr, an mittleren Betrieben gemessen, sogar eine 43-prozentige Überzahl, ich rede nur von den fix angestellten Redakteuren, dazu kommt noch eine Menge freier, regelmäßiger Mitarbeiter. Ich kann sehr gut verstehen, wenn wirtschaftliche Sachverständige gegen diese übermäßige Belastung protestieren umso mehr, da es sich zum großen Teil um überalterte Kräfte handelt, die längst hätten zur Ruhe gesetzt werden sollen ... Aber Sie lassen mich sprechen, Sie unterbrechen mich nicht einmal, ich weiß nicht, Herr Reichskommissar, wie ich Ihre eiserne Pose auffassen soll.“

„Nun vor allem würde ich Ihnen empfehlen, eine Kritik an mir zu unterlassen. Das Wort Pose kommt Ihnen nicht zu, ich bitte dringend, derlei Wendungen zu unterlassen … Im Übrigen seien Sie froh, dass ich Sie ausreichend zu Wort kommen lasse. Verstehe ich recht, so verlangen Sie von mir, dass ich die älteren Redakteure auf die Straße setze, darunter Herren, die dem Hause vierzig und dreißig Jahre gedient haben."

„Ich verlange durchaus nicht die Zur-Ruhesetzung aller alten Herren, bloß …"

„Vollenden Sie den Satz, bitte."

„Natürlich sind in erster Linie die fremdstämmigen Elemente klarzustellen. Das konnte wohl schon früher begriffen werden."

Schollwitz stand auf. Den sitzenden Kraus überragte er um drei oder vier Kopflängen.

„Sie verkennen, Herr Krause, Ihre Stellung. Ein anmaßender Ton, zu dem Sie sich zwingen müssen, kommt Ihnen nicht zu. Sie sind im Grunde ein bescheidener Mann, wie es Ihren Gaben und Ihrem Wesen entspricht. Wenn Sie einen unartigen Ton forcieren wollen, müsste ich auf das Vergnügen unserer Unterhaltung verzichten."

Willi Krause kroch aus dem Lehnstuhl und richtete sich auf, aber Schollwitz war noch immer ein Riese neben ihm und er genoss seine Länge. (Wir sind alle miteinander Urtiere, das Gefühl, um zehn Zentimeter höher gewachsen zu sein als mein Nachbar, gibt jedem Hochgewachsenen ein natürliches Überlegenheitsgefühl.)

„Übrigens", schloss Schollwitz den Streit, „geht die Sache doch auch die Brüder Kronstein an. Wir wollen die Firmenträger fragen."

Krause fragte, ob dabei seine Anwesenheit erwünscht oder von Nutzen sei.

„Gewiss, Sie sollen Ihre Meinung vortragen und vertreten."

Schollwitz erfuhr nun von Ruth, dass Simon Kronstein sich inzwischen beurlaubt und ins Sanatorium begeben hatte, sie überreichte dem Staatssekretär das Zirkular Simons.

„Dann bitten Sie die anderen Herren Kronstein ins Konferenzzimmer."

Willi Krause betrat zum ersten Mal das Allerheiligste des Verlages, das Beratungszimmer der Brüder.

Es zeigte sich, dass auch Philipp nicht im Hause, wahrscheinlich sogar nicht in Berlin war. August ließ um Entschuldigung bitten, er hatte sein Stimmrecht ebenso wie Simon an Emil übertragen, der sicherer als je auftrat. Der Älteste, Heinrich, kam mit seinen großstadtbleichen Söhnen.

Schollwitz forderte Willi Krause auf, seine Entlassungsvorschläge allen Herren mitzuteilen, aber plötzlich war Krause von einer nicht zu überwindenden Schüchternheit befallen, er bat den Staatssekretär, seine Anregung (nur um eine Anregung konnte es sich handeln) vorzubringen. Das tat Schollwitz. Nach seiner Mitteilung trat eine Pause ein, keiner der Brüder wagte sich an das heikle Thema heran bis Schollwitz das Schweigen durch einen heiter hingeworfenen Vorschlag brach: „Ich glaube, wir machen's wie beim Militär. Die Jüngsten geben ihr Urteil als Erste ab."

Bernhard, unglücklicherweise der plumpe Geist unter Heinrichs Söhnen, platzte heftig mit seiner Meinung heraus. Er sah nur, dass der Verlag beträchtliche Summen ersparen konnte und lobte deshalb den Vorschlag Krauses. „Sicher unterhalten wir ein viel zu großes Personal."

Schollwitz sah sich den jüngsten Kronsteinspross an. Dekadent, wollte sich als Erhalter des Personals aufspielen, dieses gebrechliche Bürschchen, selber das Muster eines unproduktiven, durch die Arbeit anderer ausgehaltenen Schwächlings. Aber Schollwitz hatte jetzt nur zu fragen. Er drehte den Kopf zu Erich, dem zweiten, etwas lebendigeren Sohn Heinrichs, und dieser, wenigstens in der Konversation gewandtere Jüngling, erklärte sich nur zu einer Prüfung der Anregung, nicht zu einer Stellungnahme bereit. Vor allem müsse der Verlag seine Handlungsfreiheit behalten. Er gab zu bedenken, dass sich unter den älteren Redakteuren etliche wertvolle Mitarbeiter befänden, die Konkurrenz könnte diese im Publikum beliebten Kräfte an sich reißen. Ob dann die Sektion nicht von dem Verband der Zeitungsverleger in die Hand genommen werden könnte?

Emil bat, dass sein Bruder Heinrich vor ihm spreche. Heinrich zierte sich ein wenig, dann fühlte er sich verpflichtet, seinen Sohn Bernhard herauszupauken. Jahrelang habe der Verlag die Zügel nicht straff geführt, sicher sei mehr als ein Drittel der Redakteur überflüssig und vor allem die älteren Herren leisten oft verdammt wenig. Er begrüße es, dass ein Redakteur selbst der Katze die Schelle umgehängt habe. Da müsse Ordnung geschaffen werden und zwar schnell.

Schollwitz fügte dieser heftigen Äußerung des ältesten Firmenchefs eine Frage hinzu: „Herr Krause schlägt vor allem die Absetzung der, kurz gesagt, jüdischen Redakteure vor. Haben Sie sich dazu noch äußern wollen?"

Heinrich antwortete mürrisch: „Nein."

Nun nahm Emil das Wort. Er stellte fest, dass er die Krause'sche Anregung schon einmal gehört hatte, allerdings von einem Nicht-Journalisten. Die Äußerung Erichs suchte er als Äußerung eines Bundesgenossen darzustellen. „Wir alle", sagte er, „sind einig, dass eine energische Verringerung des Personalstandes notwendig ist." Er wolle deshalb Herrn Krause den Dank für seine Anregung aussprechen. „Wie diese Anregung verwirklicht werden sollte, das möchten wir dem mit so großen Machtbefugnissen ausgestatteten Herrn Reichskommissar überlassen."

Schollwitz dankte den Anwesenden, er habe ja nur die Meinung aller Beteiligten zu Information einholen wollen, seine Entscheidung werde er nach gründlicher Überlegung fällen. Im Übrigen frage er sich, ob die Herren es nicht für ein Gebot der Billigkeit hielten, einen der vielleicht betroffenen älteren Redakteure anzuhören.

Willi Krause sprang auf, dagegen müsse er entschieden protestieren. Es handele sich darum, der deutschen Presse neues Blut, deutsches Blut zuzuführen. Selbstverständlich widersetzen sich die liberal-sozialistischen Mummelgreise jeder gesunden Auffrischung und Erneuerung.

Auch Heinrich hielt diese Einvernahme für unnötig.

Doch als Schollwitz fragend herumblickte, fand er in Emil einen Bundesgenossen. „Wir müssen ja den alten Herren nicht gleich ihr Todesurteil mitteilen", sagte er und fügte hinzu, „das ja auch noch keineswegs feststeht. Wir wollen ja alle der gerechten Entscheidung des Herrn Reichskommissars nicht vorgreifen. Fällt die Entscheidung gegen die alten Herren aus, so sollten wir ihnen nicht das billige Argument in die Hand geben, man habe sie nicht einmal angehört."

Schollwitz fragte nun, wen er als Wortführer dieser älteren Gruppe heraufbitten solle und Willi Krause antwortete höhnisch: „Dann holen Sie sich unser ältestes Möbel, Nathan den Weisen."

Nathan der Weise, im bürgerlichen Leben und in der Zeitung Professor Gerhart Otto Winternitz genannt, war auf telefonischen Anruf bald zur Stelle. Der schmächtige Greis mit grauweißen Locken und silbernem Haupthaar verbeugte sich höflich nach allen Seiten. Er kannte Schollwitz nicht und der Reichskommissar stellte sich ihm vor, reichte ihm die Hand, bat ihn, sich bequem niederzulassen und umriss in drei Sätzen die Frage, um deren Beantwortung er bat. „Ihre Äußerung, verehrter Herr Professor, bedeutet keine Feststellung, kaum ein Gutachten, weil wir Sie ja überfallen haben, sondern sie sollen nicht mehr als eine Improvisation, höchstens ein Wink für uns sein, der die Lösungsmöglichkeit erleichtert."

Nathan der Weise erwies sich auch in diesem Augenblick als rhetorisches Talent der formgewandten älteren Schule. Er sagte etwas umständlich Dank dafür, dass man ihn fragte, und betonte mit Stolz, dass er aus vierzigjähriger Erfahrung spreche. Die deutsche Presse, und im Besonderen das „Intelligenzblatt", an dessen geistiger Leitung er nicht unbeteiligt sei, befinde sich wie die Presse der ganzen Welt im Krieg mit dem Teufel der Sensation. Die Nachricht an sich werde überschätzt, das Telegramm verdränge die tiefere Betrachtung. „Ich würde den Herren empfehlen, meinen Kollegen, den Leiter des Feuilletons, Professor Ernst Liebermann, zu hören, der Ihnen nachweisen kann, wie der Teil der Zeitung, der den Künsten und der Wissenschaft gewidmet ist, von Monat zu Monat eingeschränkt wurde. Und wozu! Um Fußball- und Schwimmberichte und Mordprozesse in die Zeitung zu setzen. Ich möchte meinen sehr geschätzten Kollegen Krause nicht verletzen, aber ich muss doch feststellen, dass mir der geistige Ertrag des Sportteils kein nennenswerter zu sein scheint."

„Quatsch", sagte Krause ganz laut.

Nathan der Weise überhörte den Zwischenruf. „Wenn wir das geistige Gesicht der deutschen Zeitung wieder herstellen wollen, so müssen wir uns dieser Sensationsberichte entledigen. Ist wirklich das Budget unserer Blätter durch zu viel Personal ungebührlich belastet? Dann müsste meines Erachtens nicht am alten Stamm Hand angelegt werden, sondern es müssten die Auswüchse der Sensation, der Modeberichte, der Sportnachrichten etc. beseitigt werden. Wir Älteren wollen nicht die Selbstgerechten spielen, es war unser Fehler, dass wir nicht seit Jahren eine gründliche Heranbildung der jungen Redakteure im Auge behielten. Mit Sorge blicken wir in die Zukunft, denn es gibt keinen wahrhaft gebildeten Nachwuchs, das Gros der jungen Redakteure stünde besser als Turnlehrer, Schwimmmeister,

Fußballspieler oder als Kriminalbeamter an seinem geeigneten Platz. Muss also der Personalbestand reduziert werden, so sollten nicht die alten Kulturträger der deutschen Presse, die noch dazu meistens Familienväter sind, unter dieser Aktion leiden, die jüngeren, elastischeren, nicht wie wir mit ganzer Seele an unserem Beruf und unsere Berufung hängenden Leute könnten sich den geänderten Umständen viel leichter anpassen."

Die letzten Worte sprach Nathan der Weise mit verschleierter Stimme. Alle Anwesenden fürchteten eine Rührszene und alle empfanden diesen gefühlvollen, an das Gemüt appellierenden Vortrag fast als Behelligung. Mochte der Alte zu Hause schluchzen. Zum Glück schloss der Greis, ehe ihn die Erregung ganz übermannt hatte. Jetzt sah man auf die Uhr: Professor Winternitz hatte fast eine Stunde gesprochen.

Heinrich Kronstein brach mit Gepolter auf und ging auf den noch zitternden Greis zu und sagte in seiner barschen Art, als spräche er mit einem Schwerhörigen: „Viel zu lang war Ihr Vortrag! Wie Ihre Artikel! Sehr schön, aber um die Hälfte zu lang. Das liest heute keine Katze mehr. Sie müssen ‚streichen lernen', Herr Professor." Ohne eine Antwort abzuwarten, eilte er zur Tür, hinter ihm die lächelnden Söhne. Auch Emil verschwand schnell und winkte dem kleinen Krause, ihm zu folgen.

Der greise Redakteur stand da und starrte vor sich hin, bis Schollwitz ihn aus seiner Verdatterung weckte: „Lassen Sie sich nicht erschrecken, Herr Professor, wir sind keine Unmenschen."

„Gewiss nicht, aber haben Sie gehört, was Herr Heinrich Kronstein soeben gesagt hat? Ich, der ich gewohnt bin, das zur Sache Gehörige und Unerlässliche zu sagen, allerdings nicht im geschmacklosen Telegrammstill, ich muss mir von einem ganz amusischen Geschäftsmann Weitschweifigkeit vorwerfen lassen. Wie soll denn da eine Blüte ..."

Aber da musste auch Schollwitz das Gespräch schroff abbrechen. Es war zu befürchten, dass Nathan der Weise noch einen Vortrag loslasse.

„Fräulein Berger", rief Schollwitz, „ich komme schon. Habe Ihnen noch viel zu diktieren."

Endlich wankte der silberhaarige Greis, nachdem er sich vom Reichskommissar sehr förmlich verabschiedet hatte, hinaus.

Schollwitz riss die Fenster auf: „Helfen Sie mir doch", rief er Ruth zu, „wir müssen frische Luft hereinlassen. Und mit dieser Sippschaft soll ich arbeiten? Nee, das ist keine Luft für mich."

Mit großen Schritten durchquerte er das Zimmer. Von Zeit zu Zeit blickte er auf Ruth, die mit zum Schreiben gehaltenen Bleistift, das Stenogrammheft vor sich, geduldig wartete. Es wäre ihr nicht möglich, ein Wort zu sprechen, so leidenschaftlich sie auch innerlich Partei nahm. Aber sie war jetzt nichts als die Sekretärin des Herrn Reichskommissars und das legte einen Luftkreis der Befangenheit um sie. Sie wartete auf das Diktat des Vorgesetzten.

Plötzlich nahm Schollwitz einen doppelt so großen Schritt wie vorher. Mit seinen langen Beinen hätte er nicht mehr als drei solcher Riesenschritte durch das Konferenzzimmer tun können. „Ich habe die Lösung." Er wollte Ruth sagen, aber ihr Name blieb ihm im Halse stecken. Hier war er nicht der Mann, der um das große kastanienbraune Mädchen warb, hier war er ein Beamter, der in seine Pflicht gebannt war.

Er hielt inne, als er den geliebten Namen geschluckt hatte. Ohne Ruth anzublicken, begann er laut zu denken. „Der kleine Krause ist als Intrigant nicht zu unterschätzen, den Wink, die jüdischen Redakteure zu entlassen, hat er gewiss den Herren in der Deutschen Bank gegeben. Oder von ihnen empfangen? Von dort stammt seine saubere Statistik. Wenn die Brüder mir das peinliche Geschäft zuschieben wollen, so will ich noch ein Übriges und mehr tun, als sie verlangen. Aber ich will klug sein, zum ersten Mal schlau in meinem Leben ... Liebes Kind, verbinden Sie mich mit dem Staatssekretär von Eysler."

Es war ganz selbstverständlich, dass er hier im Amt, obwohl sie unter vier Augen waren, Sie sagte. Doch fühlte Ruth, dass sie ein wenig erblasste.

„Bitte", sagte sie nur und ging ans Telefon. Sie hatte die Verbindung hergestellt und verließ das Zimmer. Ruft er mich nicht zurück?, dachte sie noch in der Tür, und während er sehr munter und von seinem Einfall befeuert ins Telefon sprach, dachte draußen Ruth: Ist er so oder ist es Mannesart? Können Männer einmal Du und einmal Sie sagen, während wir an das Du gekettet sind, wenn wir uns erst einmal dazu entschlossen haben? Sie lief aus ihrem Zimmer, durch den langen Korridor, sie stieg in den Lift, der sie hinauf zu den Erfrischungsräumen brachte, aber als sie oben Willi Krause mit seinen ältlichen Blondinen tuscheln sah, tat sie, als suche sie jemanden und lief zum Lift zurück, sie ließ sich bis ins Erdgeschoß hinunterfahren und trat durch die Drehtür an die frische Luft. Nur niemanden von allen Kronstein-Kollegen sehen, von niemandem gesehen werden! Das Gewühl der eiligen Passanten deckte und beschützte sie.

Als Schollwitz sein Gespräch mit Eysler beendet hatte, öffnete er die Tür und rief, nachdem er sich umgesehen hatte, halblaut: „Ruth!" Und noch einmal: „Ruth!"

Er wartete, dass sie wiederkäme, wiederholte den Versuch, sie zu erreichen. Dann wurde er ungeduldig, ja ärgerlich, nahm Hut und Mantel, raste mit dem Lift hinunter, der Chauffeur auf der Straße erblickte ihn schon von Weitem und fuhr vor. Schollwitz saß schon im Wagen, als er Ruth hinter dem Getriebe der Vorübergehenden entdeckte. Sie stand an die Mauer des Kronsteinhauses gelehnt und starrte vor sich hin, blässer als sonst.

Er hätte zurückfahren können, aber da grüßten ihn hintereinander einige Herren, die das Kronsteinhaus verließen. „Wir sind hundertfach bewacht", sagte er sich und sah im Fortfahren noch einmal auf Ruth zurück. Sie hatte, so schien es, seine Abfahrt nicht bemerkt, aber es war ihr zuzutrauen, dass sie nur so tat, als hätte sie seine hastige Abfahrt nicht wahrgenommen. Mit schweren Füßen schritt sie zum Lift zurück, müde öffnete sie die Tür zu ihrem leeren Arbeitszimmer.

XXVI.

Staatssekretär von Eysler war in aufgeräumter Laune, als Schollwitz in sein hellgelbes Arbeitszimmer in der Reichskanzlei eintrat. „Ich habe gute Neuigkeiten für Sie. Denken Sie, Philipp und August Kronstein, der eine mit seiner Freundin aus dem Metropoltheater, der andere mit seiner scheußlichen Frau, haben Auslandspässe verlangt, sie wollen, wird mir berichtet, heute Abend oder morgen früh nach Frankreich. Jetzt bleiben nur drei von den sechs Brüdern übrig. Je weniger, desto besser. Und was bringen Sie schönes?"

Schollwitz berichtete nun von dem Vorstoß von Willi Krause, alle jüdischen oder alle freisinnigen Redakteure sofort hinauszuwerfen und er gestand seine Bedenken, diese rohe Maßregel, noch dazu Hals über Kopf durchzuführen.

Eysler rieb sich nachdenklich das runde Kinn: „Schwere Sache ... Andererseits wollen wir den kleine Krause nicht vor den Kopf stoßen. Wie begründet er denn diesen kollegialen Vorschlag?"

„Er hat von der Deutschen Bank, glaube ich, statistisches Material bekommen, der Verlag arbeite ohne Gewinn, weil er um ein Drittel zu viel Redakteure an sich kleben habe. Da will er die älteren Leute, nicht nur die Juden, raussetzen, offenbar um seine Jungens an ihre Stelle zu setzen. Ein unverblümter Stellungskrieg."

„Sehr unangenehm", sagte Eysler vor sich hin, „gerade jetzt besonders unangenehm. Sie wissen doch, dass das Ministerium wahrscheinlich heute noch demissionieren wird? Bei der Nachgiebigkeit des alten Herrn ist es sehr gut möglich, dass der Anstreicher morgen im Bismarckzimmer sitzt ... Sie haben übrigens ganz richtig vermutet, der Vorstoß geht von Herrn Ison aus, der den kleinen Krause vorschickt, weil er sich Liebkind bei den Anstreicherleuten machen will. Außerdem fühlt er sich schon als Herr des Verlages, wir sollen ihm vorher die unangenehmen Geschäfte abnehmen. Herr Isaaksohn kann doch nicht selber jüdische Redakteure aufs Pflaster setzen. Was werden Sie tun, Schollwitz? Schließlich sind Sie Reichskommissar, nicht ich."

„Ich komme mit einem auf den ersten Blick etwas überraschenden Vorschlag, aber selbst Herr Ison wird ihn schwer ablehnen können. Ich möchte nämlich allen Redakteuren des Verlages kündigen, nicht bloß den alten Herren, sondern auch den jungen. Damit befriedigen wir den Wunsch nach Rationalisierung des Betriebes, wir können ja dann wieder einstellen, wen wir brauchen und können Unfähige jeden Alters zur Ruhe setzen, wie es Herr Ison wünscht. Politisch hat die Maßregel den Vorteil, dass wir vor dem Ausland nicht in den Geruch eines barbarischen Antisemitismus kommen und außerdem halten wir die Schreier des Betriebes, Willi Krause und Konsorten, in Schach. Sie werden stiller sein, wenn das Damoklesschwert der Entlassung auch über ihnen hängt."

„Vor einer Stunde hätte ich Ihnen begeistert zugestimmt, Schollwitz. Wenn aber wirklich der Anstreicher in den Sattel gesetzt wird, kann Ihnen da nicht der kleine Krause sehr unangenehm werden? Es ist ein Jammer, dass der alte Herr so alt ist. Mit vierundachtzig Jahren sollte man nicht mehr regieren dürfen, das ist die eigensinnige Frivolität der Greise ... Ich bin Ihnen sehr dankbar für Ihre Mitteilungen, aber ich will sie nicht gehört haben. Sie sind zur Entscheidung eingesetzt, ich habe weder Ja noch Nein zu sagen. Das alles geht auf Ihre Kappe ... Sie wissen doch, dass Sie sich in dem kleinen Krause einen Todfeind machen!"

„Der kleine Krause ist kein Todfeind", sagte Schollwitz ruhig.

„Na, unterschätzen Sie den Floh nicht. Vielleicht ist die Zeit der deutschen Flöhe gekommen, braune Krauses in allen Gassen, und alle zwicken pünktlich, wenn der Anstreicher es befiehlt."

Schollwitz lachte. „An Flöhen ist noch keiner gestorben, ich hab mich im Felde an sie gewöhnt."

Wenn das Wort „im Felde" fiel, ging in Eysler sogleich eine große Veränderung vor. Sein breites pausbäckiges Gesicht wurde noch runder, sein Arm legte sich um Schollwitzens Schulter: „Ach ja, Schollwitz, das waren noch Zeiten", sagte er gerührt, „da gab es noch Kameradschaft, heute ist jeder der Verräter des Nebenmannes. Wenn Sie einen Tag mit mir hier im Vorzimmer des alten Herrn erlebten, dieses Durcheinander der Verschwörungen und Ränke, jeder will dem anderen ein Bein stellen, und inmitten dieser Intrigen der hilflose Greis, der das alles gar nicht erfassen kann und der jedem recht gibt, weil er keinen mehr recht hört ... Man möchte verzweifeln, wenn man nicht selber sein bisschen Einfluss zum Guten verwenden wollte."

Herr von Eysler, rotwangig und wohlgenährt, schien keineswegs verzweifelt, wenn er von seinem „bisschen Einfluss" redete, eigentlich deutete er an, dass er der mächtigste Mann im Lande war. In dem

Gespinst der Verschwörungen und Ränke waren, Gott sei Dank, seine Fäden immer noch die haltbarsten.

Eysler geleitete den „Kameraden" zur Tür, klopfte ihm aufmunternd auf den Rücken: „Sie werden es schon gut machen, Hals- und Beinbruch."

In der Wilhelmstraße wartete das Auto, aber der ehemalige Staatssekretär bestieg es nicht. Es war ein warmer, sonniger Nachmittag und er beschloss, langsam über die Linden und durch den luft-schattigen Tiergarten zu spazieren. Immer dachte er am besten im Grünen nach. Dem Chauffeur gab er die Weisung, am Lützowufer, bei der Herkulesbrücke, auf ihn zu warten. Während er über die kleinen Seitenwege, abseits der von Autos durchtobten Charlottenburger Chaussee gemächlich vorwärtsschritt, fiel ihm ein, was ihn eigentlich zu diesem Spaziergang und in diese Gegend getrieben hatte. Von hier aus konnte er in einigen Minuten vor Ruths Wohnungstür stehen. Nun litt es ihn nicht mehr, gelassen durch die Anlagen zu schlendern, es drängte ihn aus dem Grünen hinaus, die Häuserreihen entlang und bald stand er vor dem Sackgässchen, in dem das fünfstöckige Wohnhaus lag, dessen vier Treppen er mit großen Schritten, drei Stufen mit einem Satz nehmend, hinauflief. Als er vor der kleinen, so gar nicht hochherrschaftlichen Tür stand, auf der das Schildchen mit dem Namen „A. Berger" angebracht war, hielt ihn eine Scheu zurück, sogleich zu klingeln. Hinter der Tür trappelten Schritte, das konnte nur Mama Berger sein.

Die alte Frau erschrak, als sie den großen fremden Mann im Türrahmen erblickte und ihr Erschrecken wiederholte sich, als Schollwitz im Halbdunkel seinen Namen nannte.

„Ich wollte Ihr Fräulein Tochter sprechen. Höchstens zehn Minuten."

„Ruth ist nicht zu Hause, aber bitte kommen Sie weiter."

Schollwitz ging hinter der alten Dame durch ein winziges Vorzimmer. Dann kamen sie in ein mittelgroßes bürgerliches Zimmer, das ein schwerer, viereckiger Speisetisch ausfüllte. Cremefarbene Vorhänge nahmen dem Raum seine Helligkeit. Aber auf dem Tisch stand eine Glasvase mit fünf prangenden dunkelroten Rosen.

Frau Berger sah den Blick des Gastes auf die Blumen und sagte, um falsche Vermutungen zu zerstören: „Ja, das lässt sich meine Tochter nicht nehmen. Vom ersten Frühling bis in den Herbst bringt sie Blumen nach Hause."

„Würden Sie mir gestatten, dass ich hier ein bisschen warte?“, fragte Schollwitz.

„Oh, bitte, es ist uns eine Ehre, aber dann warten Sie am besten in der Stube meiner Tochter. Das ist unser hellstes Zimmer.“

Zögernd trat er ein und sah sich um. Es stand nicht viel in dem weißen, mit einer zarten Blumentapete geschmückten Raum. Ein Sofa mit vielfarbigen Kissen, daneben ein Bücherschrank mit drei Etagen, am Fenster ein glatter Schreibtisch mit einigen gerahmten Fotografien, an der Seite eine Schreibmaschine.

„Ich bin ein Eindringling, gnädige Frau, aber vielleicht ist es eine Schicksalsfügung, dass ich Sie allein getroffen habe.“ Er hielt inne und sah zu der größten Fotografie hinüber, die auf dem Schreibtisch stand. „Ihr Herr Gemahl?“, fragte er bescheiden.

„Ja, das ist mein Mann, wie er damals ausgesehen hat, gleich nach der Geburt von Ruth, also vor siebenundzwanzig Jahren.“

„Herr Abraham“, sagte er zum Erstaunen der alten Frau.

„Darf ich mir das Bild ansehen?“

Frau Berger reichte ihm die Fotografie.

Da sah er nun auf einen etwas länglichen Herrn mit schwarzem Bratenrock mit gutmütig hängendem Schnurrbart, der gar nicht biblisch, gar nicht wie Abraham aussah. Nur die großen runden Augen erinnerten an die Tochter, aber diese Augen glotzten ein bisschen komisch. Der Herr im Gehrock hielt einen Spazierstock und Handschuhe leger in der Hand, es war die absichtliche Eleganz eines Handlungsreisenden.

„Man sagt, meine Tochter sähe ihrem Vater ähnlich. Finden Sie auch?“

„Eigentlich nicht. Darf ich das Bild daneben ansehen?“

Es war Mama Berger selbst als junge Frau in schwarzem Taft, ein weißes Halskrägelchen machte die starre Seide heiter. Sie trug das reiche Haar glattgescheitelt, wie noch heute, doch eine schwere Flechte lag ihr damals im Nacken. Hängende Ohrringe betonten das lange Oval ihres Kopfes und ...

„Hier sind Ruths Augen – die schweren Lider, der merkwürdige Glanz“, sagte Schollwitz.

Frau Berger fuhr zusammen. Wie kam der pommersche Junker dazu, den Vornamen ihrer Tochter auszusprechen? Wer in aller Welt durfte ihre Ruth noch Ruth nennen?

Schollwitz spürte die Betroffenheit der alten Frau. Er lenkte ab: „Eigentlich müsste Ihre Tochter schon längst aus dem Büro sein."

„Nein. Ich vergaß vorhin, Ihnen zu sagen, dass Ruth telefoniert hat. Im Kronsteinhaus findet nach Büroschluss eine Betriebsversammlung statt. Diese dummen Versammlungen nehmen ihr das bisschen freie Zeit. Aber das ist nun auch schon zwei Stunden her."

„Lassen Sie mich noch ein bisschen warten", sagte der Besucher. „Vielleicht haben Sie Wichtigeres zu tun, als bei mir zu sitzen. Ich unterhalte mich", fügte er lächelnd hinzu, „indes mit Ihrem Jugendbild und durch das Bild mit Ihrer Tochter."

Frau Berger blickte etwas ängstlich zu ihm herüber. Wieder dieser vertrauliche Ton und nun war sie, die Mutter, in diese Vertraulichkeit einbezogen. Sie schwieg.

Endlich raffte sie sich auf und sagte: „Sie haben vorhin die Rosen im Speisezimmer angesehen und vielleicht gedacht, dass sie von einem Verehrer stammen. Aber meine Tochter und ich leben ganz zurückgezogen, manchmal wünsche ich mir, dass sie ein bisschen unter die Menschen kommt. Wenn ich ihr sage, dass es sie doch langweilen muss, immer bloß mit mir alten Frau still zu Hause zu sitzen, dann antwortet sie: ‚Ich habe untertags genug Trubel um mich.' Aber ich meine ja gar nicht den Trubel."

Schollwitz nahm sich zusammen und fragte geradezu: „Kommt sie denn gar nicht mit jungen Leuten zusammen?"

„Früher war sie in einem Tennisklub, aber die jungen Laffen wurden ihr lästig."

„Sie interessiert sich wohl mehr für ältere Herren?" Er hatte einen leichten, allzu leichten Ton angeschlagen und bereute den ausgesprochenen Satz sogleich.

„Ich muss einen Moment nach der Küche sehen", antwortete Frau Berger, den dummen Satz überhörend, „meine Tochter hat noch nicht gegessen."

„Lassen Sie mich nicht zu lange allein, verehrte Frau Berger, obwohl ich mich mit Ihrer Fotografie auch ganz gut unterhalte."

Die alte Frau lächelte und in diesem Augenblick, da ihr Jugendbild mit ihrem leibhaftigen Ausdruck sich verschmolz, sprang Schollwitz die Ähnlichkeit von Mutter und Tochter aus der Fotografie entgegen.

An der Tür sagte Mama Berger leise: „Herr Staatsekretär, Sie dürfen keine Scherze über meine Tochter sagen, da werde ich böse." Aber dazu gab sie ihr Lächeln, das Lächeln ihrer Tochter.

Nach einigen Augenblicken, die Schollwitz allein gesessen hatte, musste er aufstehen und sich umsehen. Er las die Titel der Bücherrücken, aber er wagte nicht, einen einzigen Band aus dem Gestell hinunterzunehmen. Plötzlich befiel ihn eine Unruhe: Ruth hätte längst zu Hause sein müssen. Er öffnete die Tür zum Speisezimmer, wo die alte Frau den Tisch für ihre Tochter deckte und fragte: „Wo ist das Telefon?"

„Haben wir nicht", antwortete die Mutter, „aber wir dürfen beim Nachbar telefonieren. Ich werde fragen."

„Nein, danke, es muss nicht sein." Das fehlte noch, dass er den Klatsch der Nachbarn weckte.

Er schloss die Tür und wartete, bis Frau Berger wieder eintrat.

„Sie langweilen sich wohl sehr, Herr Staatssekretär, soll ich Ihnen die Zeitung bringen?"

„Gott bewahre, keine Zeitungen!", antwortete er lachend. „Sie sollen sich zu mir setzen, gnädige Frau, und Sie sollen mir alles Wichtige aus dem Leben Ihrer Tochter erzählen."

Die alte Frau zog ihren Seidenschal enger um die Schultern. Sie scheute sich nicht, zu zeigen, dass sie zögerte, endlich sagte sie: „Ist es denn nicht etwas Geschäftliches, Herr Staatssekretär, das Sie zu uns hinaufführt?"

„Ja und nein. Ich will mich mit Ruth beraten."

„Sie sagen immer Ruth. Weiß meine Tochter, dass Sie, wenn Sie von ihr sprechen, sie beim Vornamen nennen?"

„Ich spreche mit niemand in der Welt über sie", antwortete er ernst, „ich habe also keine Gelegenheit, den schönen Namen auszusprechen. Aber wenn ich mit mir allein bin, sage ich in Gedanken Ruth … Seien Sie mir deshalb nicht böse, ich kann nicht anders."

„Herr Staatssekretär …"

„Nein, gnädige Frau, wenn ich Ruth sagen darf, können Sie mich nicht mit meinem Titel anreden. Ich heiße Joachim."

Die alte Frau errötete.

Da rückte Joachim von Schollwitz den Sessel näher an Mama Berger heran. „Darf ich aussprechen, was Sie ohnehin wissen? … Geben Sie mir Ihren Segen liebe gnädige Frau, ich möchte mein Leben mit dem Ihrer Tochter verbinden."

Das Ungenaue erschreckte die jüdische alte Frau. Sie sagte langsam, leise und feierlich: „Sie wollen sie heiraten, Herr ... Joachim?“

„Gott sei Dank“, sagte er erleichtert und lachend, „nun wissen Sie alles.“

Es klingelte dreimal.

Mama Berger sprang auf: „Das ist Ruth.“

Schollwitz hörte undeutlich ein hastiges Gespräch von Mutter und Tochter, und schon wurde die Tür aufgerissen. Ruth stürzte herein, die Locken schüttelnd, mit hochroten Wangen, die Augen blitzend, fiel auf einen Sessel, sie brach in ein Schluchzen aus. Noch ehe Schollwitz fragen konnte, kam es stoßweise aus ihrem Munde ... „Sie haben ... Nathan den Weisen blutig geschlagen ... Dieses Ekel gab das Zeichen zum Überfall auf den alten Mann ... Natürlich Krause ... Der alte Mann blutete und wurde hinausgetragen.“

Schollwitz holte ein Glas Wasser und brachte es an ihre Lippen. Ruth wurde ruhiger. Allmählich konnte sie erzählen: „Die Betriebsversammlung war schon vor der Eröffnung erregt und gespannt. Ein Berichterstatter hatte unter tosendem Geschrei gebrüllt: ‚Hitler ist Reichskanzler.‘ Die Leute brüllten wie Betrunkene. Dann verkündete ein Inseratensammler, der auf einen Sessel gestiegen war, dass die Kronsteins Simon, August und Philipp Berlin verlassen hätten. Wahnwitziges Geheul brach los. Als der Tumult sich etwas legte, schrie eine von den spitzigen Blondinen an Krauses Tisch gellend: ‚Juden hinaus‘, ich blieb natürlich, alle blieben. Dann sah man den alten Professor Winternitz zum Rednerpult treten, sein Mut erzwang sich einen Moment Stille, aber sowie er den Mund auftat, umflogen ihn die Beschimpfungen: ‚Juden raus! Kusch, Jude! Haut ihn runter!‘ Der Professor blieb am Pult und wartete. Plötzlich trat Willi Krause neben ihn, stieß ihn zur Seite und rief, auf ihn mit dem Finger zeigend: ‚Dieser freche Jude hat gestern dem Reichskommissar die Entlassung der Jugend, also der arischen Redakteure, zu verlangen gewagt.‘ Winternitz hob protestierend die Hand, da schlug sie jemand hinunter. Und sofort regnete es Biergläser, Kaffetassen, Wasserflaschen, alles auf den alten Mann gerichtet. Ich wollte zu ihm nach vorn stürzen, da hielt mich eine fremde Hand eisern fest, es war wohl einer der alten Redakteure. Plötzlich sah ich, dass Winternitz blutete. Sein rechtes Auge und seine Wange waren voller Blut, und dann stürzte er nieder. Ich wundere mich, dass die Rasenden ihn nicht zertreten haben, aber dann sah ich, dass ein paar von den alten Redakteuren ihn durch das Gewühl heraustrugen."

„Und?", fragte Schollwitz, keinen Blick von ihr lassend. „Haben sie dir etwas getan?"

„Nein", sagte sie flammend, „ich hätte es keinem geraten. Ich hatte ein Messer vom Tisch genommen und ich schwöre dir, ich hätte jeden niedergestochen, der mich berührt hätte. Sie schrien mir allerhand Gemeinheiten zu, aber niemand ist mir in den Weg getreten, als ich quer durch den Saal zum Ausgang ging."

Schollwitz nahm die heiße Hand der Erregten.

Ruth wehrte sich nicht, es kam Friede von seiner besänftigenden Hand, sie schickte nur einen Blick zur Mutter hin.

„Sie weiß alles", sagte Joachim, „wir wollen Schluss machen mit aller Heimlichtuerei."

Die Mutter hieß Ruth, sich auszuruhen und dann zu essen. Inzwischen wollte Schollwitz doch zum Nachbar hinübergehen, um in der Wohnung des Professor Winternitz Erkundigung über den Zustand des alten Herren einzuholen. Das Gespräch dauerte länger, als er annahm – Er stellte sich den Angehörigen des attackierten Redakteurs vor als der eingesetzte Reichskommissar, aber eine weiblich Stimme antwortete ihm nur: „Ja, ja", und selbst diese Silben erst nach längerem Zögern. Offenbar war die Frau des Überfallenen am Telefon und die alte Dame fürchtete sich, offen zu antworten. Dann sagte die Stimme am Telefon: „Warten Sie, ich werde meinen Mann fragen." Und nun erst, nachdem sie Rat des Gatten eingeholt hatte, teilte sie mit, dass der Arzt keine schwere Verletzung festgestellt habe, bloß der überstandenen Aufregung wegen habe der Doktor Bettruhe angeordnet. Schollwitz ließ bestellen, dass er heute noch die strengsten Untersuchungen der Vorfälle anordnen und die Schuldigen unnachsichtlich den Behörden zur Bestrafung übergeben werde. „Den Behörden?", antwortete die weiblich Stimme in gedehntem Frageton. „Wer sind heute noch die Behörden?" Solcher Zweifel ging gegen alle Überzeugungen und Erfahrungen eines hohen Reichsbeamten und so hängte Schollwitz etwas verärgert die Telefonmuschel rasch ein. Als er in die Berger'sche Wohnung zurückkam, fand er Ruth frisch, froh, ganz verändert und nicht mehr erregt. „Ich habe einen Mordshunger gehabt", sagte sie fröhlich, „verzeih den nervösen Anfall vorhin. Jetzt habe ich gegessen und alle Hysterie ist weg."

„Das war gar nicht hysterisch", erwiderte Joachim, „so eine Pöbelbande kann aus hundert Leuten bestehen, von denen jeder für sich allein ein ganz anständiges Individuum ist. In Versammlungen aber vermag ein gewissenloser Hetzer, alle sogleich in Fieber und Unzurechnungsfähigkeit zu versetzen."

Während Mama Berger taktvoll im Nebenzimmer oder in der Küche hantierte, saß Ruth an ihrem Schreibtisch dem Gast gegenüber und hatte seine Hand in die ihre gelegt.

„Wieso kamst du her? Du wusstest doch von der Schlägerei nichts. Wie ist dir denn das eingefallen?" Das Du, das sie gestern noch zögernd gesagt hatte, glitt jetzt ganz leicht über ihre Lippen.

„Ich muss deinen Rat einholen, meine Situation ist im Augenblick nicht ganz leicht. Ich habe meinen ersten Entschluss als eingesetzter Kommissar des Verlages gefasst und ich will hören, was du dazu sagst. Morgen werde ich allen Redakteuren, jungen und alten, die Kündigung zum nächsten Termin zustellen lassen. Es bleibt mir kein anderer Ausweg. Den jüdischen Herren, fast lauter Familienvätern allein zu kündigen, ist mir unmöglich. Andererseits ist es wirklich wahrscheinlich, dass der Personalstand reduziert werden muss. Ich gewinne Zeit, wenn ich gleichmäßig vorgehe und nehme an, dass Willi Krause und seine Leute etwas stiller werden, wenn ich ihnen auch den blauen Brief schicke. Übrigens habe ich den Plan in der Reichskanzlei vorgetragen. Herr von Eysler sagte nicht Nein dazu."

„Hat er zugestimmt?", fragte Ruth.

„Dazu fehlt ihm die Traute. Er sagte nicht Nein und nicht Ja. Aber er ermunterte mich, auf eigene Verantwortung zu handeln."

„Ist er dir gut gesinnt?"

„Wir haben in einem Regiment gedient, im Felde lag er drei Monate mit mir im gleichen Graben, aber dann war er in der Reichskanzlei unbedingt nötig und dort oben im Vorzimmer des Präsidenten muss man nach allen Seiten lachen, wenn man wie er unbedingt am Ruder bleiben will. Eine Schule für Treue und Redlichkeit ist dieses Vorzimmer gerade nicht."

„Mit einem Wort, er wird dich sofort im Stich lassen, wenn die Hetze gegen dich losgehen wird."

„Na, so ungefähr“, sagte Joachim gelassen.

„Am schönsten wär's, wenn du dich selber auch entlassen könntest“, sagte Ruth heiter. Du bist mir noch Paris schuldig. Damals habe ich ja nur daran gerochen. Übrigens hat mir die Krause-Bande in der Versammlung auch das Hotel Ritz vorgeworfen. Jemand aus Berlin muss uns dort gesehen haben.“

Sie warf das nur so leicht hin, aber Schollwitz wurde aufmerksam.

„Was sagten sie denn?“, fragte er etwas erregt. „Haben Sie etwa verboten, im Ritz zu essen?“

„Joachim“, antwortete Ruth, „wir wollen uns in die Hand schwören, dass wir uns über das Gesindel nicht ärgern wollen, ich nicht und du auch nicht. Ich wollte nur, du wärst schon aus dem Kronsteinhause fort.“

„Nein“, erwiderte er mit einer gewissen Verbissenheit, „jetzt möchte ich justament bleiben. Diese Menagerie will ich bändigen. Du wirst sehen, wie klein der Willi Krause morgen sein wird. Wenn ich Zeugen dafür habe, dass er zu Gewalttätigkeiten gegen den alten Nathan den Weisen aufgereizt hat, so lass ich ihn verhaften.“

„Du wirst alles überschlafen und überlegen. Hoffentlich behindert dich der Regierungswechsel nicht. Wenn der Herr von Eysler dich morgen schon verrät.“

„So schlimm ist das auch nicht“, begütigte er sie, „Eysler ist auch kein Freund der Anstreicher, wie er sie nennt. Übrigens muss doch Herr Ison glücklich sein über meine Lösung. Ich gebe ihm freie Bahn und schütze seine Religionsgenossen.“

„Joachim“, sie strich ihm über Stirn und Haar, „ich fürchte du bist menschengläubiger als ich.“

Mama Berger trat ins Zimmer und fragte, ob Herr von Schollwitz an ihrem bescheidenen Abendessen teilnehmen wolle. Eigentlich war sie nicht deshalb reingekommen, sondern weil sie es für schicklich hielt, die jungen Leute einen Augenblick zu stören. Aber die beiden saßen da und redeten ruhig und wenn Ruth nicht ihre Hand in seine gelegt hätte, so wäre ihnen keine Spur bräutlichen Beisammenseins anzumerken gewesen. Schollwitz bat, bleiben zu dürfen.

„Dann muss ich einen Sprung hinunter machen, noch Einiges einzuholen. Du musst auf die Klingel achten, Ruth.“

Die Dämmerung kam. Ruth saß neben Schollwitz, er küsste sie

nur einmal auf den Hals, dann ließ er sogar ihre Hand frei, denn er fühlte, dass Ruth nicht ganz bei ihm war.

„Du weißt nicht“, sagte Ruth, „was es für Mama bedeutet, dass sie jetzt fortging. Sie hält mich noch immer für ein Kind, das sie behüten muss, und nun vertraut sie mich dir an. Es ist sicher ihre schwerste Stunde seit dem Tode meines Vaters.“

Als Mama Berger zurückkehrte, war sie erstaunt, wie still es in der Wohnung war. Sie lauschte einen Augenblick an der Tür von Ruths Zimmer, dann öffnete sie langsam die Tür, jetzt vernahm sie das leise Gespräch der jungen Leute und trat bei ihnen ein.

„Ruth“, sagte die Mutter, „es ist ja schon ganz dunkel, warum sparst du mit dem Licht“, und sie drehte die elektrische Stehlampe an, die neben dem Schreibtisch aufgestellt war. Sie konstatierte mit Genugtuung, dass die jungen Leute in derselben Stellung einander gegenübersaßen wie in dem Augenblick, da die alte Frau das Haus verlassen hatte, eher noch ein bisschen weiter voneinander als vorher. Die Mutter blickte in Ruths Gesicht.

„So ernst?“, fragte sie und zu Schollwitz gewendet: „Haben Sie Sorgen, Herr … Joachim?“

„Nicht der Rede wert“, antwortete Schollwitz, „aber Hunger.“

Frau Berger hatte Esswaren eingekauft, von denen sie meinte, sie müssten dem Geschmack eines christlichen Magens entsprechen, also Schinken, den sie für sich selber aus alter Gewohnheit ablehnte, Sardinen, Jagdwurst, etwas Aal in Gelee, Stolper Käse und eine Flasche Mosel.

„Wir können Ihnen nur ein kaltes Abendessen servieren, ich war ja nicht vorbereitet auf so hohen Besuch.“

Etwas später saßen die drei um den harten, viereckigen Tisch im Speisezimmer. Schollwitz hatte den Mosel entkorkt und schenkte ein.

„Uns nur wenig“, sagte die Mutter, „wir sind keine Weintrinker.“

„Wir müssen doch anstoßen und diese Stunde feiern, liebe …“ Seine Zunge gehorchte ihm noch nicht recht.

Die Gläser wurden gefüllt. Joachim hatte sich erhoben.

„Ihr Wohl, liebe … Mama“, sagte er, der alten Frau in ihre schönen, dunkelglänzenden Ruth-Augen sehend.

Die Damen versuchten zu trinken, wenigstens einen kleinen Schluck.

Joachim hatte das Weinglas geleert. Verdammt saurer Kratzer, dachte er, na ja, die Marke war mehr billig als berühmt.

Aber dann hob Mutter Berger ihr Glas, wahrhaftig, sie stand auf und wollte eine kleine Rede halten, aber sie sagte bloß: „Herr Joachim ... Geben Sie acht auf mein Kind!“, und als er sie mit guten Augen lange ansah, stieß sie ihr Glas an das seine und stammelte: „Ich bin sehr glücklich.“

XXVII.

Ein sattblauer Himmel, von hunderttausenden Sternen durchglitzert, leuchtete herab, als Schollwitz aus der Sackgasse auf das Schöneberger Ufer hinaustrat. Von fernher hörte er hinter dem Brausen der Autos, Straßenbahnen, Stadtbahnlokomotiven ein anschwellendes Singen, durch wilde Schreie übertönt, durch Pfiffe zerrissen. Auf der Fahrstraße radelten in rasender Hast einzeln und in Gruppen junge Männer, fast noch Knaben, dem Potsdamer Platz zu. Rufe von Zeitungsverkäufern, die er im Dunkeln nicht sehen konnte, hallten zu ihm herüber. Dann vernahm er die Trompetenstöße einer marschierenden Musikkapelle, hinter ihr dröhnte es dumpf und gleichmäßig, das war der Gleichschritt kommandierter Massen. Joachim beschloss, nicht die Richtung nach Hause zu nehmen, wie er es beabsichtigt und Ruth angekündigt hatte, sondern aus dem Dunkel der Uferstraße weg zur Helligkeit der Potsdamer und Leipziger Straße zu gelangen. Immer lauter schwoll der tausendstimmige Chorus der marschierenden an, die er nicht sah, er kam endlich zur Bellevuestraße vor ein großes Café, hier tobten schon im Vorgarten Gäste und sie umringende Zuschauer wie Betrunkene, eine Musikkapelle schmetterte vaterländische Lieder zu den grölenden Massen hin. Plötzlich wurde ihm von rückwärts der Hut vom Kopf geschlagen. Ein kleiner Stöpsel von zwölf oder dreizehn Jahren rief ihm zu: „Hut ab, Jude, wenn wir singen." Jetzt erreichte er endlich einen Zeitungsverkäufer, er las in der Extraausgabe, dass der Reichspräsident soeben Adolf Hitler zum Kanzler und Herrn Gottfried von Eysler zum Vizekanzler ernannt habe. Lächelnd las er die zweite Meldung und dachte: Hat er's also doch geschafft. Wird er der Vormund seines Anstreichers werden wie er der Berater und Lenker seines vierundachtzigjährigen Herrn gewesen? Viel Vergnügen zu dieser Erzieherarbeit. Auf dem Potsdamer Platz kam ihm ein unabsehbarer Zug entgegen, aus dessen schwarzem Gewimmel Fackeln himmelwärts loderten. Die Luft war voll von brausenden Liedern, gellenden Zwischenrufen, Pfiffen, Musikkapellenlärm und dann und wann brachte der Wind ein paar Redefetzen zu ihm herüber. Da drüben auf dem Dach eines Autos stand ein kleines Männchen und schrie. War das Willi Krause? Nein, die Stimme war heller, durchdringender, es war einer von den tausenden Willi Krause, die heute Nacht als Bismarcks

Erbe und Retter der heiligen deutschen Nation aufgestanden waren. Der gestockte Zug setzte sich allmählich wieder in Bewegung. Hinter den regelrecht kommandierten Abteilungen marschierten jetzt weniger stramme Bataillone, in deren Reihen Frauen, viele mit Kindern an der Hand mittrabten, der Lärm, das Gesinge und Geheule war hier noch toller, es gab Weiber, die, als wären sie besoffen, Schreie ausstießen, daneben wieder Frauen, die neben ihren Männern gottergeben und schweigend mitzogen, Aufseherinnen ihrer Männer, die den Gatten in der allgemeinen Trunkenheit nicht allein lassen wollten. Schollwitz hatte sich unter eine Haustornische gestellt, so bekam er etwas Distanz zu den Demonstranten. Unwillkürlich erinnerte er sich an einen anderen, einen Sommerabend, an dem ein begeistertes oder, wenn man es böse ansah, ebenso beduseltes Volk unter den Linden bis zum königlichen Schloss tobte, bis endlich Seine Majestät auf dem Balkon erschien, Gottes Hilfe zum kommenden Sieg erbat und damit hatte Deutschland damals den Weltkrieg fast schon gewonnen. Er hatte seit dieser Sommernacht ein bisschen Misstrauen vor Volkskundgebungen, die allgemeine Trunkenheit der Geister oder gar der Massen beweist sehr wenig ...

Schollwitz konnte das tolle Toben nicht länger mit ansehen, er strebte von dem Gedränge und Geschrei weg – in fast verödeten Straßen. Binnen einiger Minuten hatte er das Kronsteinhaus erreicht. Die Front von vielen hundert erhellten Fenstern leuchtete ihm schon aus einiger Entfernung entgegen. Er sah Schatten hinter den Fenstern, Schatten von riesigen Maschinen, Schatten von Menschen, er sah in Setzersäle und Redaktionsräume, in die Zeitungsexpeditionen und dann, als er näher kam, in die großen Höfe, wo hunderte von geschlossenen und offenen Lastenautos, hunderte von Motorrädern und Fahrrädern auf den Augenblick der Verteilung der Blätter warteten, die in den Maschinenräumen von den dumpfen stampfenden Rotationspressen automatisch ausgespien wurden, zusammengefaltet und säuberlich aneinandergereiht, hunderttausende in der Stunde. Er umschritt das Gebäude, das sich über das Gassengeviert ausdehnte, er blickte in die beleuchteten Keller, wo die schwersten Druckerpressen standen, er ging durch die dunklen Höfe und mengte sich in die Menge der angestellten Zeitungsverkäufer, die heute besonders vergnügt waren, weil Extrablätter Extraverdienst brachten. „Von mir aus täglich eene Kanzlerkrise“, sagte ein Berliner

Junge, „det fördert det Jeschäft." Schollwitz lachte. Da war in einem Satz die innerste Stellung des Zeitungsgewerbes zur Politik formuliert.

Die Emsigkeit der Nachtarbeiter wirkte ansteckend auf ihn, er beschloss, in sein Büro hinaufzugehen und sich die wichtigsten Meldungen zeigen zu lassen. Aber als er endlich vor der großen Treppe stand, der Lift war nicht eingestellt, trat ihm ein breiter Nachtportier in den Weg und fragte mit preußischer Strenge: „Wer sind Sie? Wohin wollen Sie?" Vergebens nannte er seinen Namen und sein Amt, der ehemalige Unteroffizier schüttelte den Kopf: „Das kann jeder sagen. Wenn Sie keine Legitimation vom Hause haben, darf ich Sie nicht weiterlassen." Zum Glück lief in diesem Augenblick Emil Kronstein vorbei, er bemerkte den Zwischenfall, der Nachtportier zog die Kappe vor dem jüngsten der Brüder, und als Emil sagte: „Den Herrn können Sie immer passieren lassen, das ist der neue Leiter des Verlages", entschuldigte sich der misstrauische Wächter aufs Unterwürfigste, bis Emil ihn unterbrach: „Uns ist es nur recht, wenn Sie scharf aufpassen. Sie haben Ihre Pflicht erfüllt." Emil Kronstein geleitete Schollwitz über die verdunkelten Treppen, durch den langen Korridor in sein Büro, das ehemals Fritz'sche Zimmer, das er mit einem Griff erhellte.

„Sind Sie so spät noch an der Arbeit?", fragte Schollwitz.

„Heute trieb es mich her. Man will doch wissen, was geschieht. An solchen historischen Tagen waren wir Brüder immer bis tief in die Nacht im Hause versammelt. Nun ist Simon krank und abgereist und Sie werden vielleicht schon gehört haben, dass meine Brüder Philipp und August etwas plötzlich nach Frankreich gefahren sind. Da musste ich mich wenigstens in der Inseratenabteilung umsehen und dem technischen Personal zeigen, dass wenigstens einer von uns da ist."

„Darf ich fragen, warum Ihre Herren Brüder so unvermutet fortgefahren sind?"

„Sie haben, fürchte ich, die Nerven verloren, jeder von uns bekommt jetzt täglich einen Stoß Drohbriefe, die zwar anonym sind, aber zuweilen doch nicht ganz übersehen werden dürfen. So hat August unlängst einen Brief bekommen, in dem ihm die Demolierung seiner Villa im Grunewald angekündigt wurde. Vorgestern Nacht sind ihm tatsächlich alle Fenster eingeschmissen worden und ein halber Ziegelstein flog ins Schlafzimmer seiner Frau ins Bett, die leicht erregbar ist und von dieser Stunde an keine Ruhe mehr gegeben hat, bis August in die Abreise einwilligte. Und Philipp, das dürften Sie ja wissen, ist das, was man einen Lebenskünstler oder einen Viveur nennt. Der wollte schon seit Monaten weg. Beide sind auch für den Verkauf unserer Blätter. Aber Simon und ich sind Gott sei Dank die Stärkeren und auch die Zäheren. Ich glaube diesen dummen Drohungen nicht, die in anonymen Briefen stehen, ich kann mir Deutschland nur als Rechtsstaat vorstellen, deshalb bleibe ich da."

Nichts lag dem jüngsten Kronstein ferner als irgendein Pathos. Wenn er von Deutschland als unerschütterlichem Rechtsstaat redete, hob sich seine Stimme nicht, er blieb nüchtern, auch wenn er seinen Glauben verkündete.

„Haben Sie eine ausführliche Schilderung von den Rohheiten in der heutigen Betriebsversammlung bekommen?", fragte Schollwitz.

„Eben wollte ich darauf zu sprechen kommen, ich dachte, Sie wüssten darüber noch nichts. Ich sehe mit Vergnügen, dass Sie, Herr Reichskommissar, auch über die Vorgänge unterrichtet werden, die sich in Ihrer Abwesenheit abspielen ... Wir werden uns übrigens noch erkundigen müssen, wie es dem alten Professor Winternitz geht."

„Das kann ich Ihnen sagen", antwortete Schollwitz, „er hatte zufällig keine schwere Verletzung davongetragen und nur der Nervenschock hat seinen Arzt veranlasst, dem alten Mann Bettruhe zu verordnen."

„Gott sei Dank, es wäre fatal gewesen, jetzt eine große Gerichtsverhandlung mitmachen zu müssen. Ich habe schon die Riesenüberschriften in der nationalistischen Presse vor mir gesehen: ‚Blutige Zusammenstöße im Kronsteinhause' und dergleichen. So kann man über den kleinen Exzess hinwegsehen."

„Das ist nicht meine Absicht", sprach Schollwitz sehr bestimmt.

„Aber ich bitte Sie, Herr Reichskommissar", antwortete Emil etwas ängstlich, „gegen wen wollen Sie denn vorgehen?"

„Gegen den Hauptschreier natürlich, gegen den kleinen Willi Krause."

„Heute? An dem Tage, da sein Führer Reichskanzler wurde?"

„Sie sagten doch selbst vor einer Minute, dass Sie sich Deutschland nur als Rechtsstaat vorstellen können. Halten Sie es für möglich, dass deutsche Richter Tendenzurteile zugunsten bestimmter Politiker fällen könnten?"

Emil, der in einem kleinen Fauteuil zusammengekauert saß, blickte von der Seite her auf den großgewachsenen Mann, der mit der ungebrochenen Sicherheit eines gläubigen Kindes redete. Natürlich glaubte auch Emil Kronstein im Großen und Ganzen an den Rechtsstaat, aber in Tagen der politischen Besoffenheit wie jetzt mochte er doch lieber keine Experimente anstellen.

„Übrigens", sagte Schollwitz, „bin ich verpflichtet, Herrn Krause anzuhören, ehe ich die Anzeige erstatte. Glauben Sie, dass er jetzt noch hier ist?"

„Natürlich. Jetzt kommen die ausländischen Sporttelegramme. Ich will ihn rufen."

Emil Kronstein ließ sich mit der Leitung des Sportbüros der Blätter verbinden, leider war Herr Krause nicht anwesend.

„Dann bitte ich um seinen Stellvertreter", sagte Emil, entschlossen Herrn Krause mitteilen zu lassen, dass er dieses unentschuldigte Ausbleiben vom Dienst nicht billigen kann. Aber auch der Stellvertreter Krauses war nicht aufzutreiben.

„Wer ist denn da von der Sportredaktion?", fragte Emil.

Eine Damenstimme, offenbar die einer Stenographin, antwortete zögernd: „Die Herren kommen erst später."

Emil wurde wütend. Er ließ Neuburger, den Chef des Nachrichtendienstes bitten, sofort herzukommen.

Der dickliche kleine Mann blieb etwas verzagt an der Tür stehen.

„Sagen Sie, Neuburger was sind das für Sitten, dass um zehn Uhr abends kein Sportredakteur im Haus ist?" Emil war ehrlich zornig und verheimlichte die Gründe seines Zornes nicht: „Die wissen, dass die Setzer ab zehn Uhr ihren Nachtzuschlag fordern. Die Herren Sportredakteure vergnügen sich also auf Verlagskosten."

„Ich möchte die Herren nicht entschuldigen", antwortete der Zahnarzt besänftigend, „aber vermutlich sind sie alle beim Fackelzug. Sie durften wohl nicht fehlen, die ganze Betriebszelle ist korporativ abmarschiert."

„So? Die ganze Betriebszelle? Sind auch die Setzer mit marschiert?"

„Die Arbeiter gehören vorläufig nicht dazu."

„Und ob die Blätter morgen erscheinen“, schrie Emil noch immer nicht beruhigt, „darum kümmert sich die Betriebszelle nicht. Und Sie, Herr Neuburger, wozu haben wir Sie eingesetzt? Sie melden uns derartige haarsträubende Betriebsstörungen nicht einmal.“

„Ach Gott“, seufzte der alte Redakteur, „unsereins muss froh sein, wenn er nicht erschlagen wird.“

Nun trat Schollwitz zwischen Emil Kronstein und Neuburger. „Es wird Abhilfe geschaffen werden und zwar schleunigst, darauf können Sie sich verlassen, und ich möchte, dass Sie das allen Herren im Hause sagen. Der gemeine Überfall auf den greisen Professor Winternitz wird rasch gesühnt werden.“

Der Zahnarzt nahm eine gebeugte Stellung ein, als ob er dem Reichskommissar die Hand drücken oder gar küssen wollte. Schollwitz trat schnell zwei Schritte zurück und verabschiedete den eingeschüchterten Chefredakteur: „Wir danken für Ihre Auskunft. Gute Nacht.“

Als Neuburger das Zimmer verlassen hatte, hielt Schollwitz den Augenblick für gekommen, um Emil Kronstein in seinen Entschluss einzuweihen. Er setzte sich dem noch immer zusammengekauerten Emil gegenüber und sagte ohne besonderen Stimmaufwand: „Morgen werde ich sämtlichen Redakteuren kündigen. Die Vorgänge der heutigen Nacht, dieses pflichtwidrige Verlassen der Arbeitsplätze, bestärken mich in meinem Vorsatz. Ich kann nicht der Handlanger des Herrn Krause sein, und da eine Personalreduzierung nötig ist, so soll sie individuell, nach Leistung und Entbehrlichkeit, erfolgen. Es wäre mir wertvoll, Ihre Meinung zu hören, ehe die blauen Briefe hinausgehen.“

Emil Kronstein hatte sich noch tiefer in seinen kleinen Lehnstuhl gekauert, mit den Armen hielt er seine hochgezogenen Beine fest, es sah aus, als erleide er einen Krampf.

„Na“, sagte Schollwitz heiter, „hat es Ihnen ganz die Rede verschlagen?“

Emil hielt mit seiner Antwort zurück. Endlich brachte er ein paar Worte heraus: „Sie sind sehr mutig, Herr Reichskommissar!“

„Ach was, Mut, ich tue das Notwendige.“

Doch Emil blieb eigensinnig in seinem Gedankengeleise: „Nein, nein, das ist mehr als man von Ihnen verlangt, wenigstens heute, das ist eine sehr mutige Maßnahme, vielleicht, aufrichtig gesagt, zu mutig, vielleicht erleichtern Sie dadurch die Minierarbeit Ihrer Feinde."

Feinde?, wollte Schollwitz fragen, wie er schon einmal gefragt hatte, als von Willi Krause, dem Floh, die Rede gewesen, aber da drang plötzlich vom Hofe her ein brausender Chor hinauf. Er öffnete das Fenster, sah die schwarze Masse der Demonstranten einziehen, ein paar lodernde Fackeln leuchteten durch die Finsternis und im Schein dieser flackernden Lichter stand plötzlich der kleine Willi Krause auf einem Lastauto und schrie mit schriller, fast zerspringender Stimme: „Heil der deutschen Presse ... Juden raus!" Heil- und Heulrufe, Singen und Pfiffe, Knallerbsen und splitterndes Glas, dahinter langsam aufsteigender Gesang. Schollwitz horchte. Jetzt vernahm man den Text des Marschliedes ganz deutlich: „Siegreich wolln wir Frankreich schlagen." Er schloss das Fenster, ließ eine hölzerne Jalousie herunterknattern und erblickte etwas erstaunt Emil Kronstein neben sich.

„Herr Reichskommissar, Sie überschlafen doch die Sache mit der Gesamtkündigung? Ich würde besondere Vorsicht und dreifache Überlegung empfehlen."

Schollwitz lachte: „Vielleicht dreimal überschlafen? Bisschen viel Schlaf verlangen Sie von mir! ... Jetzt will ich noch hören, was der kleine Krause zu den Vorfällen in der Betriebsversammlung sagt."

Emil telefonierte in die Sportredaktion. Auf die Einladung, sofort ins Büro des Reichskommissars zu kommen, antwortete Stille – eben hatte man noch schwatzende und lachende Stimmen gehört – dann kam wieder die Stenographin von vorhin ans Telefon: „Herr Krause ist leider schon wieder fortgegangen."

„Da hat er seine Arbeit überraschend schnell erledigt", sagte Emil, „legen Sie einen Zettle auf seinen Schreibtisch, dass ihn der Herr Reichskommissar morgen um ein Uhr Mittag in seinem Büro erwartet."

Emil hatte, wie alle Kronsteins, die Gewohnheit, immer einen Moment am Telefon zu warten, ehe er abhängt. Man hörte da oft interessante Gesprächsergänzungen. Diesmal glaubte er ein herausplatzendes Lachen deutlich zu vernehmen.

Die beiden verabschiedeten sich. Schollwitz fuhr im Auto direkt nach Hause, Emil lungerte noch eine Zeitlang im Hause herum, er hockte in Neuburgers Büro und las die übertreibenden Jubelberichte, welche die neue Regierung über die abendliche Volkshuldigung an die Zeitung mit dem Vermerk: „Muss ohne Streichung erscheinen", versandt hatte. Dann bestimmte er im Einvernehmen mit dem Druckereileiter die Höhe der Auflage der Morgenblätter, man konnte getrost 80.000 Blätter mehr als sonst drucken, die Bestellungen der Zeitungshändler ließen den erhöhten Absatz gesichert erscheinen, und schließlich bummelte er in die Maschinenräume und wartete den Augenblick ab, da die geölten schwarzen Maschinenkolosse sich mit einem Ruck in Bewegung setzten. Diese Geburtsstunde der Zeitung erlebte er immer wieder mit einer unerklärlichen Freude. Es tat ihm wohl zuzusehen, wie der endlose Papierstreifen die schweren Walzen der Maschine erst langsam und allmählich immer schneller durchlief und er beneidete die Frauen, welche die ausgeworfenen, zusammengefalteten Zeitung mit raschem Handgriff aus den Speichen rafften und in hohem Pack auftürmten, hundert neben hundert. Als die ersten sauberen, noch von der Druckerschwärze nassen Exemplare vorlagen, ließ er sich vom Maschinenmeister einige reichen, überflog die erste, wichtige Seite, deren fette Aufschriften über den Absatz am Morgen entschieden, und ging dann, froh gelaunt, die frischen Zeitungen in der aufgeblähten Brusttasche, aus dem Hause.

Emil war nicht im Geringsten müde. Es war der erste Tag, an dem er allein, von keinem Bruder gehemmt, alles Nötige hatte anordnen können. Fritz war tot, sagte er sich, während er die ausgestorbene dunkle Straße in der Richtung zum Stadtzentrum entlangging, Simon ist sehr leidend und müde und kaum noch aktiv, Philipp und August sind davongefahren, Heinrich, dessen störendes Hineinpfuschen er sonst besänftigen musste, war offenbar verängstigt zu Hause geblieben, und die „Knaben" – so nannte er seine schwunglosen Neffen Erich und Bernhard – kannten das schöne Fieber des Journalismus nicht und waren sicher zu blutleer, um es je erleben zu können. An diesem Tage, da ein großer Teil seiner Redakteure im Hofe des Kronsteinhauses „Juden raus" geschrien hatte, fühlte er sich als künftiger Alleinherrscher des Verlages und er genoss dieses Machtgefühl und wollte es irgendwo feiern. Unmöglich, heute wie an anderen Tagen vom Geschäft weg direkt ins Bett zu gehen. Er war überwach und musste unter Menschen.

Auch der Potsdamer Platz war leer. Beschmutzte Papierfähnchen, abgebrannte zertretene Fackeln, zerrissene bunte Lampions lagen auf dem Asphalt. Erloschene Begeisterung von gestern, noch wirksamer: Begeisterung und Straßendreck. Ein offenes Auto fuhr rasch an ihm vorbei, ein einzelner Herr saß drin. War das Schollwitz? Die Erinnerung an den Reichskommissar weckte unbehagliche Gefühle in ihm. Zum Teufel, diese anständige Menschenseele stand ihm im Wege. War es nicht stupide, gerade morgen den Kampf mit dem sicher noch siegesbesoffenen Willi Krause aufzunehmen? Natürlich musste der widerwärtige Knirps hinausgesetzt werden, aber man müsste den Tag abwarten, an dem [es günstig] war, nicht morgen, wo er noch die ganze Fackelmenge und den neugebackenen Kanzler hinter sich fühlte. Er musste die Aktion Schollwitz morgen oder eigentlich heute in aller Früh verhindern. Zwei Leute gab es, die der jüngste Kronstein zu Hilfe rufen konnte, Ison, aber der benützte jede Gelegenheit, um die Aktien billig an sich zu reißen, der habgierige Räuber, und Simon, dem er die Aktien von Philipp und August lieber überlassen wollte, weil er weniger scharfe Zähne hatte als Ison, und er beschloss, um neun Uhr früh bei dem neuen Vizekanzler Herrn von Eysler zu erscheinen.

Einen Augenblick dachte er nach, wie er sich die Sache heute noch zurechtlegen konnte, denn natürlich musste er Eysler mit einem vollkommen ausgearbeiteten Angebot kommen. Emil Kronstein sah sich um. Weit und breit kein geöffnetes Café, kein helles Wirtshaus. Er stand auf dem Potsdamer Platz und blickte über die graue Glätte der Leipziger Straße herunter, auf der weit hinten ein fahles Licht schimmerte. Er drehte sich um – die Potsdamer Straße ebenso tot. Plötzlich fiel ihm ein, dass es nur ein einziges Lokal gab, das offen sein konnte. Er winkte dem Chauffeur einer Autodroschke und fuhr zum Kellerrestaurant des Deutschen Theaters.

Ehe noch die Droschke hielt, vernahm er schon Gelächter, Singen, Teller- und Gläserklingen. Als er zu dem Restaurant herabstieg, schlug ihm auf der Stiege eine Welle von Dunst, Schweiß, Bier- und Speisegeruch entgegen, drunten waren nicht nur alle Nischen voll, alle Tische besetzt, um den Ausschank drängten sich außerdem eine Menge aneinander gepresster Männer und Frauen. Emil sah sich um und suchte ein bekanntes Gesicht. Aber es war, als hätte schon in dieser Nacht eine neue Klasse ihre Herrschaft angetreten. Keiner von den Stammgästen des Deutschen Theaters, keiner von den hier sonst sumpfenden Künstlern war da. Was hier zusammengepfropft saß und sang und soff, das waren beleibte Unterbeamte, korrekt angezogene Assessoren, die wieder wagten, das Monokel ins Auge zu klemmen, daneben kleine, aufgeregte Bürovorsteher, zwischen ihnen kugelrunde Frauen, deren Vollbusen hinter abgeschmackten Seidenblusen schlabberte, dann wieder jener noch zahlreichere Typ der allzu bescheidenen, dürren Beamtenfrau, die heute, des nationalen Feiertags wegen, das Gefängnis ihrer dumpfen Hausfrauenexistenz verlassen durfte. Die Mehrheit der hochvergnügten, angeheiterten Männer aber waren junge Burschen in gelbgrünen Windjacken oder braunen Phantasieuniformen, behende kleine Preußen von mehr slawischem als blondem Charakter, lauter Willi Krauses. Emil wollte vor allem ein Glas Bier trinken und mischte sich also in das Gedränge an der Schank. Wenn er nach vorn wollte, wurde er zuweilen zurückgestoßen, aber niemand fiel es ein, ihn als Juden anzuschreien und vor der Menge zu denunzieren. Warum auch? Er war blond, viel blonder als die meisten Nationalenthusiasten hier, seine Nase war eher eine Stups- als eine Hakennase und sein Schnurrbärtchen war englisch gestutzt, fast so lächerlich wie das komische Bärtchen des „Führers". Auf dieses unjüdische Aussehen tat er sich von jeher viel zugute, als wäre es sein Verdienst. Auch vor den eigenen Brüdern rühmte er sich zuweilen seines arischen Aussehens, war er doch der Einzige von den sechs, dem man das Judentum unmöglich von der Nase ablesen konnte. Über die Ursache dieses assimilierten Aussehens machte er sich keine Gedanken, er war eben ein Deutscher und sah so aus, fertig. Umso mehr erschrak Emil, als er aus einer Nische plötzlich seinen Namen rufen hörte. „Kronstein!" Der Name hatte noch verdächtige Ghettofarbe. Emil überhörte den Ruf, er hatte gar keine Lust, sich hier zu erkennen zu geben. Einen Moment ruckte ihm die Erinnerung durchs Hirn, dass er schon vor vier Jahren beantragt hatte, die Familie solle ihren jüdisch klingenden Namen aufgeben und sich „Kronen" statt „Kronstein" nennen, das hätte nebenbei den Vorteil gehabt, dass damit ihr Verlag in „Kronen-Verlag" umgetauft worden wäre, eine Abänderung, die wahrscheinlich für den Bücherabsatz in der Provinz, wo das nationale Bürgertum königstreu geblieben war, nur von Vorteil gewesen wäre. Fritz und insbesondere Simon hatten sich gegen den begründeten Vorschlag gestemmt, sie wollten eigensinnig und selbstbewusst den Namen ihres Vaters nicht ablegen und übrigens versprachen sie sich geschäftlich von der Änderung des Firmenschildes mehr Verwirrung als Gewinn ... Immer noch drängte sich Emil vor dem Ausschank, aber nun konnte er über einen Vordermann hinweg wenigstens ein volles Bierglas erwischen. Während er es an den Mund setzte, hörte er wieder den Ruf: „Kronstein!" herüberschallen, diesmal rief ihn eine helle Frauenstimme und zwar eine ihm wohlbekannte. Mit Mühe gelang es ihm, sein Bierglas vor sich tragend, sich dem Gedränge zu entwinden. Als er endlich freistand, zog er seine Fernglasbrille aus der Brusttasche, setzte sie auf und suchte nach der Ruferin. Ganz in der Ecke entdeckte er endlich den hellblonden Lockenkopf von Erna Scholz, aber neben ihr, ach, dieser widerwärtige Willi Krause und ein fremder junger Mensch, den er nicht kannte, obwohl er ihn schon einmal gesehen zu haben glaubte. Nein, so gern er neben Erna Scholz Platz genommen hätte, mit diesem Willi Krause, der ja vorläufig noch sein Angestellter und nur ein untergeordneter war, wollte er nicht an einem Tisch sitzen. Doch Erna hatte seinen suchenden Blick bemerkt, sie war aufgestanden und winkte ihm mit flatternden Händen herüberzukommen. Ärgerliche Situation, dachte Emil, und gab der Schauspielerin pantomimisch zu erkennen, dass er zwar zu ihr möchte, aber nicht gut könne. Erna verstand seine Blick- und Gebärdensprache nicht, aber sie war es nicht gewohnt, sich eine dramatische Situation, die ihr Spaß machte, zu versagen, so zwängte sie sich zwischen Tischkante und Willi Krause heraus, durch das Menschengewoge hindurch und stand bald neben Emil. Sie legte ihren Arm in den seinen und sagte mit ihrem schönen blauen Blick fast zärtlich: „Setz dich doch zu uns, Emil." Die Wärme ihres Körpers, der sich im Gedränge an ihn presste, tat ihm noch mehr wohl als die Sanftheit ihrer einladenden Stimme und die schöne Bläue ihres braun bewimperten Auges.

„Ich käme so gern an deinen Tisch, Erna, aber dieser Kerl neben dir ... Nein, das geht nicht."

„Meinst du den Gauführer Winkelhagen, meinen alten Freund Jost? Der hatte dich zuerst entdeckt und gerufen. Das ist ein sehr gebildeter angenehmer Mensch und wenn du vielleicht glaubst, dass zwischen uns irgendetwas los ist ..."

„Nein, nein", unterbrach Emil lächelnd, „so genau wollen wir's ja gar nicht wissen. Der ist es auch gar nicht. Neben dem anderen möchte ich mich nicht niederlassen, das ist ein kleiner Redakteur von uns, ein gewisser Krause."

„Ein kleiner Redakteur?" Erna musste fürchterlich lachen. „Und an unserem Tisch hat er getan, als wäre er der eigentliche Herr des Hauses Kronstein."

„Siehst du, Ernachen, deshalb will ich nicht an den Tisch. Ich müsste ihm grob übers Maul hauen."

„Ach, du bist doch der so viel Klügere, lass ihn schwatzen, er hat übrigens Bier und Wein durcheinandergetrunken, ist ziemlich voll und wenn du willst, trinken Jost und ich ihn in fünf Minuten vollkommen unter den Tisch ... Denk doch an mich, Emil, und nicht an den kleinen Redakteur. Übrigens ist Jost der Gauführer, der euch durch mich die Warnung zukommen ließ. Du solltest nicht hochmütig gegen ihn scheinen, der hat wirklich von morgen an eine wichtige Stimme im Ministerium, ich weiß nicht, in welchem, aber weder ich noch du sollen es sich mit ihm verderben. Komm doch, Liebster."

Sie drückte seine Hand sanft an ihre Brust, sie hatte „Liebster" gesagt, ein Wort, das Emil nicht oft in seinem Leben zu hören bekommen hatte, und außerdem war alles sehr vernünftig und freundschaftlich, was Erna sprach. Er setzte sich an ihrem Arm langsam in Bewegung. Ein paar Schritte vor dem Tisch Ernas wiederholte Emil: „Schaff uns den kleinen Krause vom Hals."

„Verlass dich auf mich."

Emil wurde Jost Winkelhagen vorgestellt, der höflich bemerkte: „Hatte schon den Vorzug, einmal, durch Herrn Pastor Wüst."* Die Begrüßung Krauses fiel frostig aus, aber der kleine Redakteur, der sich bemühte, formelle Haltung zu markieren, stand schon auf so unsicheren Füßen, dass er während der paar Begrüßungsworte auf seinen Sessel herunterrutschte.

„Was trinken wir?", fragte Erna, die offenbar einen gewaltigen Saufexzess plante. „Was schlagen Sie vor, Herr Verlagsdirektor Krause?" Sie zerbiss sich die Lippen bei dieser Anspielung auf die Großredereien, die der Knirps in Abwesenheit Emils ausgestoßen hatte.

„Verlagsdirektor?", lallte Krause. „Sehr schön. Verlagsdirektor ab morgen. Ich schlage zur Abwechslung einen simplen Steinhäger vor."

* Dies steht allerdings im Widerspruch zur Passage, in welcher beide einen Abend bei Erna Scholz verbracht haben.

„Angenommen“, rief Erna, „Kellner, vier große Steinhäger oder besser, stellen Sie die Flasche im Eiskühler her, das sind so schöne Steinkrüge.“

Große runde Schnapsgläser, sogenannte Postillongläser, wurden mit dem wasserhellen Branntwein gefüllt. Jost Winkelhagen erhob sich und sagte: „Skol!“, denn seit heute Abend war nordisch Trumpf, und Erna fügte mit einem zwinkernden Blick auf Krause hinzu: „Ex!“

Emil hasste Schnäpse, er wusste es geschickt einzurichten, dass der Inhalt seines Glases nicht in seinen Mund, sondern auf den Holzboden rann. Jost hatte, trotz Ernas Aufforderung, bloß ein halbes Glas getrunken und mit raschem Griff verhindert, dass Erna das ganze Postillonglas leerte. Bloß Krause war der Parole gefolgt. „Brennt höchst angenehm“, knurrte er, indes ihm Erna schon wieder das Glas füllte. Aber er hatte noch einen Rest von Bewusstsein und grinste Erna mit seinen braungelben Zähnen an: „Wollen Gnädigste mich zu einer Leiche machen? Wird Ihnen kaum gelingen. Eher selber ertrunken, Gnädigste.“ Er schob das leere Glas von sich und war einen Moment entschlossen, die Reste seiner Nüchternheit zu entfalten. Noch wirkte sich der letzte Steinhäger nicht aus. Die plötzliche Anwesenheit des jüdischen Chefs hätte ihn fast ernüchtert, wenn der Branntwein nicht die Gegenwirkung gehabt hätte. Während er über den Beginn eines raffiniert diplomatischen Gespräches mit Emil Kronstein nachdachte, hatte Erna sein Schnapsglas, ohne viel zu reden, frisch gefüllt und ihm näher gerückt.

Endlich hatte Willi Krause die Form gefunden, in der er Emil auf politisches Glatteis führen wollte: „Dürfte ich mir die Frage erlauben, verehrter Herr Kronstein, wie Ihre Blätter sich in die Tatsache der nationalen Umwälzung hineinzufinden versuchen werden?“

„Darüber soll sich der Herr Reichskommissar von Schollwitz Gedanken machen, zu diesem Zweck hat ihn die Regierung eingesetzt“, antwortete Emil gelassen.

„Pardon, die frühere Regierung. Es wird Ihnen nicht unbekannt sein, dass mit dem heutigen Tage eine neue Reichsführung eingesetzt hat.“

Erna schien auf diesen Satz gewartet zu haben: „Darauf müssen wir anstoßen. Heil Hitler.“

Alle griffen zu den Gläsern. Bei so feierlichem Anlass konnte Willi Krause nicht fernbleiben, er hörte das Ex-Kommando Ernas und schüttete schon das brennende Wasser durch den Schlund. Jost hatte das halbe Glas geleert und auch Emil hütete sich zu simulieren. Er hielt nur Ernas Hand, als sie ihm mehr als das halbe Glas einschenken wollte. Dieser zweite jäh hinuntergestürzte Steinhäger brach den nüchternen Willen Krauses. Kaum hatte er das Glas hingestellt, so griff er selber schon zu dem kalten Tonkrug und schüttete sich das dritte Glas voll.

„Sie sind immer der erträglichste von allen Kronsteins gewesen", träumte er mit ungehemmter Vertraulichkeit, „von Ihnen hat man am ehesten eine Vorschussanweisung bekommen können. Und doch, es tut mir aufrichtig leid, auch Ihr Kopf muss rollen, der Führer will es."

Diese freundliche Ankündigung entzückte Erna. „Prosit, Krauschen, darauf wollen wir den letzten Steinhäger trinken", und schon schob sie ihm das Glas in die Hand und stieß mit ihm an.

„Auf baldiges Köpferollen", lallte Krause. Dann schloss er die Augen und einige Augenblicke, nachdem er das dritte Schnapsglas auf einen Zug geleert hatte, sank er halb und halb unter den Tisch. „Erledigt", meldete Erna ganz laut, man braucht nicht mehr vorsichtig zu sein.

„Was ist eigentlich aus Pastor Wüst geworden?", Emil wendete sich fragend an Winkelhagen. „Ich weiß gar nicht, warum er uns Knall und Fall verlassen hatte."

„Theologe bleibt Theologe", antwortete Jost. „Er hatte nicht die innere Leichtigkeit, die zum Redakteur nötig ist."

Emil stutzte. Ein so verständnisvolles Wort hatte er heute nicht und gar in diesem Lokal nicht erwartet. Er sah den jungen Mann an und die Liebe, die der Berliner Jude allen sogenannten germanischen Typen entgegenbringt, diese unbewusste Neigung zu allen Blonden, überkam ihn. Wie Winkelhagen so dasaß, schien er eher ein Bruder als ein Liebhaber Ernas, nur war sein Mund schmal und dünnlippig, während Ernas Lippen schwellend blühten.

„Ja", sagte Emil, „innere Leichtigkeit ist zum Journalismus nötig. Das wissen aber nur die Wenigsten. Auch den älteren Zeitungsschreibern mit ihrem Hang zum Dozieren und Belehren fehlt diese leichte Hand. Da man als Zeitungsmensch einem so verständnisvollen Urteil selten begegnet, darf ich mir die Frage gestatten, ob Sie selbst vielleicht vom Handwerk sind?"

„Nein“, antwortete Winkelhagen, „ich bin kein Journalist, aber ich bin so wenig und so viel, dass ich noch nicht genau weiß, was aus mir werden wird. Vorläufig bin ich zur Dienstleistung bei dem neuen Vizekanzler von Eysler kommandiert.“

Emil rückt dem neuen Bekannten näher, der blonde Mensch wurde von Satz zu Satz spannender für ihn.

„Dann werden sich unsere Wege oft kreuzen, ich bin Zeitungsverleger.“

„Das ist mir bekannt“, antwortete Winkelhagen, „deshalb bat ich ja Fräulein Scholz, Sie zu uns zu bitten. Wir – ich meine die Männer und die Gehilfen der neuen Reichsführung – werden noch einiges von den Zeitungsgelehrten, von den praktischen, zu lernen haben. Deshalb finde ich das blöde Geschwätz von solchen Dummköpfen wie dem, der da unter dem Tisch liegt, nicht nur roh, sondern auch verächtlich.“

Krause gab einen Schmachtlaut von sich, er war gerade ganz zu Boden gerutscht.

Die Pause im Gespräch der Männer nutzte Erna, um zu protestieren: „Kinder, galant seid ihr ja beide nicht gerade. Ich bin wohl überhaupt nicht mehr auf der Welt?“

„Verzeih“, antwortete Jost mit einer merkwürdigen Kälte, „wir waren unhöflich, aber wenn Menschen, die aus so entgegengesetzten Weltgegenden stammen, ich meine das, Herr Kronstein, in rein geistigem Sinne, dann haben sie sich sehr viel zu sagen. Hör doch bisschen zu, das kann dir nicht schaden.“

„Ihr fachsimpelt ja.“

„Fräulein Scholz hat recht“, sagte Emil, „wir wollen es auf morgen vertagen. Morgen oder richtiger heute früh um neun Uhr muss ich bei Herrn von Eysler vorsprechen. Da habe ich das Vergnügen, Ihnen wieder zu begegnen?“

„Wenn Sie nicht vorgemerkt sind, werden Sie Herrn von Eysler kaum antreffen. Um neun Uhr beginnt übrigens der erste Ministerrat. Handelt es sich denn um eine so wichtige Sache?“

„Was ist heute wichtig?“, erwiderte Emil und Jost fühlte zum ersten Mal in diesem Gespräch ein ihm fremdes Element. „Wichtig ist heutzutage nur, dass man am Leben bleibt und womöglich unter erträglichen Bedingungen.“

„Nicht einmal das ist wichtig“, sagte Jost ruhig ohne Pathos, „gegen einen anständigen tapferen Tod ist nichts einzuwenden und was die Lebensbedingungen anlangt, du lieber Gott, vor sechs Wochen hatte ich in Berlin keine feste Bleibe – nicht wahr, Erna? – und morgen ziehe ich in eine kleine Villa in Dahlem ein. Etwas dramatische Veränderung, das braucht man, das ist sogar das Wichtigste."

Na, dachte Emil, ein großes Bedürfnis nach dramatischen Veränderungen habe ich für meine Person nicht und eine Existenz ohne festes Quartier, vielleicht verjagt aus Berlin, danach habe ich auch kein dringendes Bedürfnis.

„Heutzutage ist nur eine Sorte von Menschen steinunglücklich", Jost setzte seine kleine Prinzipienerklärung von vorhin fort, „das sind die unbeweglichen, nur auf Bequemlichkeit des Lebens erpichten Bourgeois. Bequem – das Wort muss man heute aus seinem Wortschatz streichen. Damals als wir in Schlamm und Dreck des Unterstandes hausen und schlafen gelernt haben hörte der Begriff Bequemlichkeit für uns auf und er wird wohl in den nächsten fünf oder zehn oder zwanzig Jahren nicht wiederkehren. Die Franzosen müssen untergehen, weil sie noch immer an die unbedingte Notwendigkeit gut gefederter Betten und pünktlich ausgezahlter Renten glauben."

Das Restaurant war indes ziemlich leer geworden, durch die hohen Kellerfenster schimmerte schon ein fahles Licht in das Gewölbe. Erna, die vergebens nach Bekannten oder Kollegen an einem anderen Tisch ausgelugt hatte, war mit aufgestützten Ellenbogen der letzten Rede Jost Winkelhagens aufmerksam gefolgt: „Dann wird das Leben ja wieder hochdramatisch", sagte sie mit einem bewundernden Blick zu Jost, „dann hört auch dieser dumme Hoftheaterklimbim auf, denn auch unser Deutsches Theater ist ja mit der Zeit ein Hoftheater geworden. Dann gebe ich diese blöde Achtzimmerwohnung auf und hause, wie es sich gehört, in einem Wanderwagen mit den anderen herumziehenden Mitgliedern der Truppe. Dann freilich können wir auf Herrn Goldmann und seine Witze pfeifen."

„Wer ist Herr Goldmann?", fragte der unbeschlagene Emil.

Jost antwortete kühl: „Sie gehen ernsthaft auf diese Phantasien unserer schönen Freundin ein? Goldmann ist Max Reinhardts wirklicher Name, zum Leiter eines bescheidenen Wandertheaters mit Zelt und Wagen hat er allerdings kein Talent, aber ehe es zur notwendigen Auflösung der ungesunden Riesenstädte kommt, wird

Reinhardt/Goldmann wohl schon längst abgelöst sein. Er gehörte in die Blütezeit der Bourgeoisie und die ist allerdings abgelaufen. Es gilt die saubere, schlichte Kultur eines verarmten Volkes aufzubauen, das seinen Segen wieder der heimischen Erde verdankt."

Emil putzte sich seine Brille und sah sich den blonden Prediger genauer an.

„Wäre er nicht ein wunderbarer Schauspieler geworden?", rief Erna. „Wenn ich ihn so reden höre, sehe ich ihn als Egmont vor mir oder, noch besser, als jungen Faust. Wie schade, dass ein solches Talent sich in die Politik verirrt hat."

Winkelhagens Gesicht wurde streng. Sein dünner Mund presste sich noch fester zusammen, auf seiner gut gewölbten Stirn entstanden zwei Zornesfalten. Nach einer Pause der Indignation fand er erst den Frieden seiner Rede wieder: „Frauen", sagte er mit einem nicht sehr achtungsvollen Seitenblick auf Erna, „können Männer-Entwicklungen selten mitmachen. Sie glauben, wir bleiben immer dieselben. Auch Erna sieht in mir noch immer den tastenden Jüngling, der ich vielleicht vor einem Jahr noch war. Vielleicht werde ich in ein paar Jahren schon zum alten Eisen geworfen. Ich glaube, keine Epoche war so menschenfresserisch wie die unsere. Deshalb muss der Kluge seine Zeit nutzen. Finden Sie nicht, Herr Kronstein?"

Emil sah, dass Erna, geärgert oder verletzt, vom Tische aufgestanden war.

„Wollen Sie aufbrechen?", fragte er, plötzlich fehlte ihm der Mut oder die Lust, die Freundin vor dem etwas unerklärlichen Fremden zu duzen.

„Ich will nur nach Hause telefonieren", antwortete Erna kurz und ging zur Treppe.

Emil Kronstein, zu weltanschaulichen Gesprächen nicht geneigt und kaum befähigt, durch Ernas Fernsein eher aber erleichtert als besorgt, knüpfte das Gespräch wieder bei dem Morgenbesuch an, den er Herrn von Eysler machen wollte.

„Darf ich Sie mit dem Anliegen behelligen, dass ich dem Herrn Vizekanzler vortragen will? Es handelt sich um meine, richtiger um unsere Blätter, um den ganzen Verlag."

„Das interessiert mich im höchsten Grade. Es fällt wahrscheinlich in mein künftiges Ressort. Ich werde in Herrn von Eyslers Pressestelle als vermutlicher Leiter arbeiten."

Emil ging auf sein Ziel los: „Kennen Sie Herrn Reichskommissar von Schollwitz?"

Jost erwiderte: „Flüchtig", aber er errötete.

„Halten Sie ihn für den geeigneten Mann, unseren Verlag, den größten Deutschlands, entscheidend zu beraten?"

Fatal, ich erröte noch stärker, fühlte Jost, und der Gedanke, dass der andere sein tiefes Erröten wahrnehmen könnte, hinderte ihn zu antworten.

Zum Glück war Emil Kronstein so sehr mit sich und der Frage, wie weit er Winkelhagen in seine Pläne einweihen sollte, beschäftigt, dass er weder das Erröten noch das Schweigen des Partners bemerkte. Er fuhr fort: „Das ist die große Frage, die ich Herrn von Eysler vorlegen will, allerdings zugleich mit meiner Meinung über Herrn von Schollwitz, die ziemlich negativ gehalten sein wird."

Jost hielt den Atem an. Vielleicht war das etwas für ihn? Noch wusste er nicht, ob er im Büro des Herrn von Eysler eine höhere Stelle einnehmen werde, freilich kannte er auch den Wirkungskreis des Herrn von Schollwitz, den er nie im Leben gesehen hatte, auch im Kronsteinhause nicht. Wer waren seine Protektoren – und auf seine „Schirmherren" kam es heute an. Aber das alles musste er doch dem vertrauensvollen Zeitungsjuden herauskitzeln können.

„Wollen wir nicht aufbrechen?", sagte Winkelhagen. „Ich glaube, wir sind die letzten Gäste."

„Ja, aber wo ist denn Fräulein Scholz Sie kann doch nicht noch immer telefonieren?"

Der Zahlkellner beruhigte die beiden: „Fräulein Scholz lässt grüßen, sie war schon müde und ist nach Hause gefahren."

„Wir haben sie vielleicht verletzt", sagte Emil, „weil wir fortwährend von unseren Geschäften geredet haben."

Jost: „Sie wird's überleben! Die Frauen müssen wieder lernen, bei Männergesprächen still zu sitzen, so haben es unsere Mütter geübt."

Der Zahlkellner hatte alles auf eine Rechnung geschrieben, er schwankte, welchem der beiden Herren er die Note überreichen wollte.

„Geben sie her", Emil Kronstein zog die Brieftasche.

„Verzeihen Sie, aber mein Teil", markierte Jost.

„Ach", antwortete Emil, „das nächste Mal bin ich ihr Gast."

Die Rechnung für fünf Personen schien Emil etwas gepfeffert, aber diesen avancierten Gauführer im Büro des Vizekanzlers konnte man vermutlich bald brauchen, wahrscheinlich schon heute. Die Zeche war gut angelegtes Geld, Emil nahm sich übrigens vor, den Betrag auf Geschäftsspesen zu buchen und so traf ihn die Rechnung nicht mehr sehr hart.

Ehe sie weggingen, zeigte Winkelhagen dem Kellner den unter dem Tisch fest schnarchenden Willi Krause: „Wecken Sie den Mann erst, wenn wir fort sind", sagte Jost lachend.

Als sie auf die Straße hinaustraten, standen sie im hellen Morgenlicht.

„Es lohnt sich nicht mehr, schlafen zu gehen", sagte Winkelhagen, „trinken wir im Café Josty einen kräftigen Mokka und machen wir dann einen Spaziergang durch den Tiergarten. Sie können mir dabei Ihre ganze Verlagsgeschichte erzählen. Vielleicht kann ich Ihnen irgendwie nutzen."

„Gern", antwortete Emil, er schätzte die freundliche Aufforderung des Gauführers schon als halbes Angebot ein.

Sie hatten mehr als drei Stunden Zeit, einig zu werden.

Vizekanzler von Eysler empfing Emil Kronstein erst um elf Uhr, dafür war er, als das Gespräch begann, über das Thema vollkommen informiert.

„Herr von Schollwitz hat mir den Plan, der gesamten Schriftleitung zu kündigen, gestern entwickelt, ich habe ihm geantwortet: ‚Handeln Sie nach Gutdünken, auf eigene Verantwortung, ich kann mich um solche Details der Amtsführung nicht kümmern.' Seine Vollmachten sind groß genug."

„Ich möchte doch darauf hinweisen, dass die politischen Voraussetzungen sich von gestern auf heute wesentlich verschoben haben."

„Danke für die Belehrung", Eysler wurde ungeduldig, „was wünschen Sie also, Herr Kronstein? Soll ich Schollwitz die Anweisung geben, dass er nur die alten jüdischen Redakteure aufs Pflaster werfen darf. Bitte, präzisieren Sie Ihre Wünsche."

Emil Kronstein wagte einen vorsichtigen Schritt in die Richtung seiner Absichten: „Es fragt sich, ob der gegenwärtige Herr Reichskommissar für ein richtiges Ziel nicht eine unrichtige Taktik anwendet."

Da wurde Eysler zornig: „Wollen Sie, Herr Kronstein, einen erprobten preußischen Generalstabsoffizier in Taktik unterweisen?"

Der Verleger schwieg betroffen. Gott weiß, welche Fäden die beiden Offiziere miteinander verbinden, Fäden, von denen der junge, neu eingesetzte Winkelhagen wahrscheinlich nichts ahnte. Er wagte sich keinen Schritt weiter. Aus seinem betroffenen Schweigen wurde Emil erlöst, als er Eyslers Stimme wieder beruhigt und besänftigt vernahm: „Gesetzt, Schollwitz purzelt über eine Ungeschicklichkeit. Sie glauben doch nicht, dass Sie ohne einen Reichskommissar wie in vergangenen liberalen Zeiten wirtschaften und schreiben lassen können, was Ihnen und Ihren Bankleuten passt?"

Aus diesem Satz hörte Emil Kronstein hauptsächlich das Wort „purzeln" heraus. Das gab ihm den Mut, sich wieder einen Schritt weiter zu wagen.

„Ich sehe nicht ein", sagte er leise, „warum so viele Zwischeninstanzen zwischen Regierung und Verlag eingeschaltet sein sollten. Wir Kronsteins würden uns mit Ihnen, Exzellenz, oder einem Ihrer Herren, zum Beispiel mit dem sehr geschickten Gauführer Winkelhagen wahrscheinlich sehr schnell verständigen."

„Meine Zeit ist leider zu Ende", Eysler hatte nach der Uhr gesehen und brach das Gespräch etwas brüsk ab, „in zwei Minuten habe ich eine andere Sitzung." Aber er geleitete Kronstein liebenswürdig an die Tür und sagte dort: „Ich werde mir Ihre Anregungen durch den Kopf gehen lassen."

Im Nebenzimmer passte ihn Winkelhagen ab: „Haben Sie sich mit Exzellenz verständigt?"

„Ich weiß nicht, woran ich bin", antwortete Emil fast klagend, „erst kam eine kalte Dusche, dann plötzlich eine Wärme und schließlich ein lauer, freundlicher Abschied."

Vorbildlich, dachte Winkelhagen, Eysler lässt sich nie in die Karten schauen. Doch den irritierten Emil Kronstein beruhigte er: „Überlassen Sie alles weitere mir, die Sache wird heute noch zur Sprache kommen."

XXVIII.

Für zwölf Uhr Mittag waren alle dienstfreien Boten in das Konferenzzimmer des Hauses Kronsteins bestellt, das neben dem Büro des Reichskommissars lag. Herr von Schollwitz hatte alle Kündigungsbriefe eigenhändig unterschrieben und nun wurden sie den Boten eingehändigt, die sie jedem einzelnen Redakteur in ihren Büros gegen Quittung auszufolgen hatten.

Im langen Korridor schlichen die nationalen Schriftleiter an den alten Juden und an den jungen, kommunistischen angehauchten schweigend vorbei. Keiner hatte innere Freiheit, den anderen offen zu fragen: „Du auch?" Nach und nach sammelten sich die Redakteure oben im fünften Stock im Speisesaal und in den Erfrischungsräumen an, wie immer nach Parteien geordnet. Die alten liberalen Herren waren am tiefsten niedergeschlagen, sie sahen in ihrer Kollektiventlassung eine Nachwirkung des gestrigen Regierungs- und Systemwechsels und sie richteten sich erst wieder auf und spürten sogar gewisse Freudigkeit, als sie wahrnehmen, dass auch die nationalistischen Kollegen sich mit niedergeschlagenen oder wütenden Gesichtern im Nebenraum versammelten, einige hatten denselben blauen Brief in Händen wie sie selber. Als die dritte, die kleine radikale Gruppe, der man geheime kommunistische Gesinnung nachsagte, sich in der Ecke des Speisesaales zusammenfand, war es nachgerade allen klar, dass ein gemeinsames Schicksal auf sie herabgesaust war. Die Radikalen waren es, die ihre Abgesandten zu den alten Liberalen und auch zu den Nationalisten mit der Einladung zu gemeinsamer Beratung entsendeten. Die gebrochenen alten Herren kamen sogleich herüber, die Nationalisten zögerten, weil der Zellenleiter Willi Krause noch nicht angekommen und trotz wiederholter Telefonanrufe auch in seiner Wohnung nicht zu erreichen war. Schließlich zogen auch die Nationalisten in den Speisesaal, um an der Beratung aller Betroffenen teilzunehmen.

Da traf Willi Krause ein. Einer seiner engeren Freunde hatte ihn endlich in einem kleinen schäbigen Hotel in der Friedrichstraße aufgestöbert, wo er öfters nach stürmischen Nächten sich auszupennen pflegte. Der kleine Kerl hatte rasende Kopfschmerzen, er trug das im Keller beschmutzte Hemd vom Vortag und sein hoher Stehkragen war noch von Kellernässe erweicht und erst halb getrocknet. Sein

Anzug beschmiert und zerdrückt. Aber er vermochte, kerzengerade zu gehen und war imstande, logische Antworten zu erteilen. Kaum war Krause eingetreten, so lief ihm ein schon auf ihn wartender Bote entgegen und überreichte ihm den blauen, von Schollwitz unterzeichneten Brief. Sofort hatte sich ein dichter Kreis von Kollegen um ihn gebildet, die neugierig darauf wartete, wie der Zellenobmann auf das Kündigungsschreiben reagieren werde.

Der Bote reichte Willi Krause das Bestätigungsbuch mit dem Bleistift und bat um seine quittierende Unterschrift.

„Das ist meine Quittung", rief Krause und schleuderte das Bestätigungsbuch mit einem Stoß in die Ecke, „sag deinem Herrn von Schollwitz, er kann mir den Buckel runterrutschen."

Willi Krause blickte triumphierend um sich, aber was war das? Kaum einer seiner Zellengenossen wagte ein Beifallwort, die kühne Beleidigung des Reichskommissars wurde nicht bejubelt? Willi Krause sah sich um. Natürlich, seine Leute waren schwach genug gewesen, sich mit den undeutschen Kollegen an einen gemeinsamen Tisch zu setzen, nun hatte aller deutsche Kampfesmut sie verlassen.

Willi Krause stieg auf einen Sessel: „Die arischen Kollegen versammeln sich zu gesonderter Beratung im Nebenraum!" Mit Feldherrngeste wies der Stöpsel auf die Tür, durch die sein Anhang abzuziehen hatte.

Einer aus der radikal-kommunistischen Gruppe rief Krause, der immer noch mit ausgestrecktem Arm auf dem Sessel stand, zu: „Was zahlt dir Kronstein für die Zerstörung unserer Einigkeit?" Doch der kleine Sportredakteur erwiderte voll tönender Verachtung: „Der Jude hat zu schweigen." Er kletterte, indem er sich auf die Schulter eines Hochgewachsenen Kollegen stütze, von dem Sessel herab und ordnete an, dass ein Posten die Tür zu dem Zimmer bewache, in dem die nationale Betriebszelle getrennt von allen anderen beriet. Nach einer halben Stunde verließ Willi Krause mit zwei Kollegen das Beratungszimmer, die drei schritten im Gleichschritt dröhnend über den Korridor und machten halt an Emils Büro. Krause ließ sich als „Deputation der arischen Schriftleiter" anmelden.

Emil Kronstein kam den drei Herren sehr höflich entgegen, lud sie ein, Platz zu nehmen, und war erstaunt zu erfahren, dass der Herr Reichskommissar einen so bedeutungsvollen Schritt unternommen habe, ohne sich mit den Vertrauensmännern der Betriebszelle vorher ausgesprochen zu haben, „von uns Verlegern, die schließlich an dem Bestand der Zeitungen noch ein wenig interessiert sind, nicht zu sprechen."

„Soso", sagte Krause und setzte ein gewichtiges, ein staatsmännisches Gesicht auf, „dann ständen wir Schriftsteller gewissermaßen auf einem Punk, wo wir mit den Herren Verlegern gemeinsam vorgehen könnten."

„Gewiss, gewiss", Emil beeilte sich, dieser Auffassung zuzustimmen, doch fühlte er sich verpflichtet, darauf hinzuweisen, dass er ja nur einer von sechs, pardon, fünf Brüdern sei, von denen drei derzeit außerhalb Berlins weilten, im Besonderen müsse er die Meinung Heinrichs, des ältesten Bruders, einholen, der allerdings von seinem rein kaufmännischen Gesichtspunkt schon längst eine energische Reduzierung der Redaktionskräfte vorgeschlagen habe.

„Soosooo", wiederholte Krause wieder in Gedanken versunken, „Ihr Herr Bruder Heinrich ist uns fremd, eine Sphynx sozusagen, nicht nur dem Blute nach ist er uns fernstehend, er hat wie fast alle undeutschen Unternehmer nie Fühlung mit seinen Mitarbeitern gesucht."

„Wenn dieser Vorwurf auch gegen mich gemünzt sein solle, so möchte ich ..."

„Nein, nein, Herr Emil Kronstein, Sie sind derjenige unter den bisherigen Eigentümern des Verlages, mit dem wir den besten Kontakt hatten." Mit einem Grinsen fügte der kleine Krause hinzu: „Ich hatte ja auch gestern Abend Gelegenheit, mich an einem Tisch mit Ihnen über Zeitungsfragen zu unterhalten."

„Darf ich als nicht ganz Unbeteiligter fragen, was Sie unternehmen wollen?"

„Erstens mal werden wir Schollwitz aufsuchen, er soll uns Rede stehen, wie er es verantworten kann, in dieser Zeit die Besten der nationalen Presse aufs Pflaster zu werfen, dann werde ich auch sogleich beim Führer vorsprechen oder bei seinem Stellvertreter."

„Ich würde Ihnen raten, sich sogleich an Herrn von Eysler zu wenden, diese Fragen fallen, wenn ich recht informiert bin, in sein Ressort und verständigen Sie mich von dem Ergebnis. Es besteht ja wirklich die Möglichkeit eines gemeinsamen Vorgehens, wie Sie richtig bemerkten, ich will mich indes mit meinen Brüdern in Verbindung setzen. Schon heute darf ich sagen, dass sie alle Gegner eines so harten und summarischen Vorgehens sind."

„Danke! … Heil!" Willi Krause verabschiedete sich von Emil mit einem kräftigen Händedruck, die beiden Deputationsmitglieder verbeugten sich formell und hochachtungsvoll.

„Das klappt ja vorzüglich", sagte Willi Krause zu den Begleitern auf dem Korridor, „nun werden wir mal den verjudeten Herrn von Schollwitz Mores lehren."

Die Deputation ließ sich anmelden. Aber Schollwitz war gerade anderweitig beschäftigt und ließ die Herren ersuchen, auf dem Korridor zu warten.

„Soso", sagte Willi Krause wieder, dieses Mal mit zornesgeladener Stimme, „man lässt uns antichambrieren." Er war zu erregt, um sich niederzusetzen, sondern schritt mit kurzen Beinen den Korridor auf und ab.

Nach einer Viertelstunde kam Neuburger mit zur Seite geneigtem Kopf aus dem Büro des Herrn Reichkommissars. Er holte Willi Krause auf seiner Korridorwanderung ein, winkte den beiden Deputationsmitgliedern, näherzutreten und sagte endlich in teilnahmsvollem, fast klagendem Ton: „Der Herr Reichskommissar weigert sich, Herrn Krause zu empfangen."

„Wie?", schrie Krause, als hätte er nicht richtig verstanden.

„Es ist dem Reichskommissar gemeldet worden, dass Herr Kollege Krause bei Entgegennahme des Kündigungsbriefes eine Herrn von Schollwitz beleidigende Äußerung getan haben soll. Ehe Herr Krause diese beleidigende Äußerung nicht zurücknimmt, kann ihn der Herr Reichskommissar, sagt er, nicht empfangen."

„Er kann … mir den Buckel herunterrutschen. Jawohl, das habe ich gesagt, und ich wiederhole dieses deutsche Wort. Wir werden Herrn von Schollwitz schon noch kleinkriegen. Gehen wir, meine Herren, wir haben hier nichts zu suchen."

Willi Krause versuchte, sich mit möglichst großen Schritten zu entfernen, die Begleiter eilten ihm nach. „Ob es taktisch richtig war, den Reichskommissar noch einmal zu beleidigen", wagte einer der Begleiter zu bemerken.

„Schlappschwanz!", rief Krause voll Verachtung. „Schollwitz überlasse getrost mir, der Mann ist erledigt. Wir leben, Gott sei Dank, im Dritten Reich."

„Herr Krause! Herr Krause!", scholl es über den Korridor. Es war Neuburger, der ihnen nachrief und nachlief.

Die Deputation blieb stehen. Neuburger erreichte sie keuchend.

„Das Wichtigste, Herr Krause, habe ich in der Aufregung vergessen. Der Herr Reichskommissar ersucht Sie, noch heute eine Darstellung der blutigen Vorfälle in der Betriebsversammlung zu geben. Im Befinden unseres Kollegen Professor Winternitz ist leider heute Nacht eine plötzliche Verschlimmerung eingetreten, der Herr Reichskommissar erbittet Ihre Darstellung umgehend, weil er heute noch die Anzeige bei der Staatsanwaltschaft erstatten will.

Schweigen.

Andauerndes Schweigen. Die Deputationsmitglieder sahen erwartungsvoll auf Willi Krause. Würde er auch jetzt den Mund voll nehmen?

„Ich stehe den zuständigen Behörden zur Verfügung", sagte Willi Krause erregt und nicht ohne Würde. Das Wort „zuständig" hatte er auffällig betont.

Die beiden Deputationsmitglieder sahen sich betreten an. Neuburger watschelte den Korridor mit seitlich geneigtem Kopf zurück.

„Das Gesicht des Zahnarztes möchte ich jetzt sehen", sagte der eine arische Redakteur zum anderen.

Heinrich Kronstein hatte nur den Abzug der Deputation abgewartet, um bei Emil einzudringen. Er hatte sich mit seinen blassen Söhnen beraten, diese wieder waren schon seit dem Vortage durch Telegramme Philipps, der auch im Namen von August sprach, in nicht geringe Erregung versetzt. Die flüchtigen Brüder verlangten, dass Heinrich und seine Söhne Emil scharf auf die Finger schauen sollten, sie seien nicht gesonnen, sich dem Diktat des Jüngsten einfach zu fügen, der ähnlich wie der tote Fritz zu diktatorischen Schritten geneigt sei. Erich und Bernhard hatten, nachdem sie sich mit Freunden im Deutschen Klub besprochen, den aufgeregten Onkeln, die vorläufig noch in Zürich Station machten, empfohlen, einen energischen Anwalt, nicht etwa den schlappen Sinzheimer, mit ihrer Vertretung zu betrauen, um auf diese Weise den Herrschgelüsten Emils von vornherein eine feste Schraube entgegenzustellen. Im Deutschen Klub war ihnen der nationale Justizrat Lübbenau empfohlen worden.

Heinrich polterte, auf seinem bleibeschwerten Stock gestützt, ohne vorherige Anmeldung, in Emils teppichbelegtes gedämpftes Büro hinein.

„Na was sagst du zu den schönen Neuigkeiten seit gestern? Glaubst du, dass wir existieren können unter dem neuen Regime? Ich fürchte, Philipp und August haben die bessere Witterung gehabt. Wir können gar nicht schnell genug fort."

„Eine solche Flucht könnte uns teuer zu stehen kommen", antwortete Emil kurz.

„Glaubst du? Aber hierbleiben kann einen noch höheren Preis kosten, wenn nicht das Leben – Ich höre übrigens, dass der alte Winternitz in den letzten Zügen liegt – so doch den Verlag, den diese verfluchte Bande uns einfach im Verordnungswege konfiszieren kann. Ich würde es für das Klügste halten, wenn wir alle, ich und du und Simon, ins Ausland gingen, nachdem wir natürlich vorher einem Anwalt, und zwar keinem jüdischen, sondern einem verlässlichen arischen Anwalt, Vollmacht geben, für uns zu verhandeln. Wenn wir zum Beispiel dem Justizrat Lübbenau, der beinahe in die neue Regierung gekommen wäre, einen größeren Vorschuss gäben und ihm klarmachten, dass er bei einem günstigen Abschluss noch kräftiger verdienen kann, so könnten wir verhältnismäßig ruhig abreisen. Bist du meiner Meinung?"

„Nein!"

„Möchtest du dich nicht entschließen, uns deinen Rettungsplan zu offenbaren? Viel Zeit haben wir nicht. Ein schnelles Handeln ist nötig, besonders seit dieser Esel, der Schollwitz, den arischen Redakteuren, auf die wir uns hätten stützen können, mit den jüdischen gekündigt hat … Möchtest du nicht den Mund aufmachen und uns in deine und, wie ich annehme, auch Simons Absichten einweihen? Vor allem leg das Papiermesser aus der Hand, dieses Spielen mit dem Messer macht mich nervös."

„Bitte", antwortete Emil lächelnd und legte das Elfenbeinmesser auf den Schreibtisch, „ich wollte dich nicht bedrohen. Im Gegenteil, ich schlage dir vor, die Führung unserer Geschäfte selbst in die Hand zu nehmen. Du bist der Älteste, es kommt dir zu. Verhandele mit Ison, verhandele du mit dem Vizekanzler von Eysler, versuche du, Schollwitz zu belehren. Du hast zwei erwachsene Söhne, sie werden dich unterstützen."

„Unsinn, ich bin ein kranker Mann, ich bin nicht gewohnt, im Vorzimmer herumzusitzen. Wenn ich Ison sehe, steigt mir der Kaffee hoch und mit diesem Eysler, der sicherlich ein bösartiger Judenfresser ist, kann ich nicht verhandeln. Du bist der Jüngere und Elastischere und siehst arisch aus, deine Nerven sind noch nicht verbraucht, allerdings hast du eine Neigung zur Selbstherrlichkeit. Alles wäre viel einfacher, wenn du mit meinen Söhnen oder wenigstens mit Erich zusammenarbeiten wolltest."

„Meinst du das im Ernst?" Die bloße Zumutung trieb Emil das Blut zu Kopf. „Deine Söhne haben sich bisher ein einziges Mal ausgezeichnet, damals als sie die unhaltbare Geschichte mit Evelyn Goldscheider in die ‚Abendzeitung' brachten, wahrscheinlich für schweres Geld."

„Lass doch die alten Chosen. Junge Leute können sich mal vergreifen."

„Stimmt. Nur gerade jetzt dürfen wir uns nicht vergreifen. Wenn wir unseren Besitz retten wollen, dürfen wir jetzt nicht Knabenerfahrung sprechen lassen."

„Du bist arrogant."

„Und du verlierst alle Kritik, wenn von deinen Söhnen die Rede ist."

„Schön, lassen wir sie aus dem Spiel. Aber der Vorschlag, Justizrat Lübbenau für uns zu gewinnen, was sagst du dazu?"

„Er würde uns vorerst 100.000 Mark kosten und uns dann um ein Spottgeld verkaufen."

„Auch wenn wir ihn an der Verkaufssumme partizipieren lassen?"

„Auch dann, denn die Gegenseite wird sich ihm für den Spottpreis erkenntlich zeigen und sie ist, besonders wenn wir alle davonlaufen, ganz ohne Gegenspieler allmächtig."

„Also, was willst du tun?"

„Hierbleiben und verhandeln. Genaueres kann ich dir nicht sagen. Deine Söhne wären schlau genug, meinen Plan in der ‚Abendzeitung' zu enthüllen."

„Ich verbiete dir so dumme Beschimpfungen."

„Du musst doch zugeben, die Jungens können das Wasser nicht halten. Sie müssen mindestens im Klub schwätzen. Der Vorschlag Lübbenau wurde mir gestern schon erzählt."

Heinrich hob den bleibeschwerten Stock, Emil wich schnell einige Schritte zurück. Diesem unbeherrschten Wüterich war es zuzutrauen, dass er losschlug.

Heinrich drehte sich um und näherte sich schweren Schrittes der Tür. Ohne Emil anzusehen, sagte er: „Du zwingst uns, nicht nur mich, sondern auch Philipp und August, getrennte Wege zu gehen. Wir drei werden Lübbenau heute Vollmacht geben."

Emil erwiderte: „Dann werdet ihr wenigstens nur euer eigenes Geld hinauswerfen."

„Dummer Junge!" Es war Heinrichs letztes Wort an den jüngeren Bruder.

Nach einigen Minuten ungestörter Überlegung läutete Emil, um Ruth Berger einen Eilbrief an Simon zu diktieren. Als die Sekretärin trotz wiederholtem Signal nicht erschien, fragte er im Büro des Reichskommissars nach, ob Fräulein Berger dort arbeite. Es antwortete eine Stenotypistin, dann kam Schollwitz selbst an den Apparat.

„Ich habe Fräulein Berger beurlaubt."

Emil antwortete ärgerlich: „Darf ich Sie bitten, Herr Reichskommissar, solche Urlaubsbewilligungen in der Verlagszentrale bekanntzugeben? Die Urlaubszeiten von zweitausend Angestellten müssen in Evidenz gehalten werden, wenn nicht ein vollkommenes Durcheinander im Betrieb entstehen soll."

Schollwitz antwortete entwaffnend: „Sie haben recht, ich habe einen Fehler begangen, entschuldigen Sie."

Das plötzliche Wegbleiben von Ruth Berger verdross Emil sehr.

Wem sollte er den streng vertraulichen Brief an Simon diktieren? Einer von diesen ältlichen Blondinen, die den Inhalt sofort an Willi Krause weitergeben würde? Und wen hatte Simon im Weißen Hirsch für die Antwort zur Verfügung? Gott weiß, wie lange – bei Simons Schreibfaulheit – die Antwort ausbleiben würde. Dank Fritzens Testament, der seine Anteile Simon hinterlassen hatte, waren die zwei noch immer stärker als die drei. Aber Eile tut not, er brauchte Simons Vollmacht und beschloss, mit dem nächsten Zug nach Dresden zu fahren.

Das Sanatorium lag auf der Anhöhe von Loschwitz. Man musste einen großen Park mit schönen alten Buchen und Linden durchschreiten, ehe man an das zweistöckige weiße Haus kam, das auf weiten Terrassen im Parterre und auf langen Balkonreihen in den beiden Etagen den Luft- und Sonnenhunger der Patienten befriedigte.

Emil traf nach dem Mittagessen ein. Der Chefarzt, der ihn begrüßte, musste nach Simon nicht lange suchen. Er saß im schwarzen seidenen Schlafrock, unter dem ein heller Pyjama hervorguckte, im Park an einem kleinen Spieltisch und hielt in seiner alten, vielgeäderten Hand „ein gutes Blatt" Spielkarten. Rechts und links von ihm, an je einer Tischkannte, hatten sich zwei Frauen, gleichfalls in luftiger Kleidung, eine ältere beleibte, braunhaarige Dame, sie wurde als Baronin Dircksen vorgestellt, und ein blondes, schmales, etwas leidend aussehendes Fräulein, niedergelassen. Die Junge war die geschiedene Frau des Opernsängers Pinelli. Simon gegenüber saß ein Herr im blauen Sakkoanzug, wie sich später herausstellte, der stellvertretende Chefarzt. Simon sah erholt und frisch aus, die schweren Tränensäcke in seinem geröteten Gesicht waren abgeschwollen. Er begrüßte den jüngeren Bruder mit einem freundschaftlichen Klaps auf die Wange, zu welchem Zweck er zuerst seine Havanna auf den Aschenbecher legen musste, aber da er gerade zum Stich kam, musste er sich sogleich wieder dem Kartenspiel zuwenden. Er hatte zu schnell ausgespielt, die korpulente Dame legte ein höheres Atout auf und strich die drei Karten siegreich ein.

„Du wirst mir doch nicht Pech bringen?", sagte Simon, zum ersten Mal Emil genauer betrachtend. „Du siehst ein bisschen müde aus. Willst du dich nicht eine halbe Stunde niederlegen? Inzwischen bringe ich hier die Partie zu Ende."

Der Vorschlag war annehmbar, Emil, der in der Nacht kein Auge zugetan und in der Bahn nicht schlafen konnte, wurde im Park auf einen Liegestuhl gebettet und schlief fast zwei Stunden. Als er erwachte und den Bruder auf seinem Zimmer besuchen wollte, wurde ihm mitgeteilt, dass Simon noch immer im Park an dem Kartentisch sitze, die Partie war noch nicht beendet. Aber da die Nachmittagssonne kräftig herunterbrannte, hatte Simon den schwarzseidenen Schlafrock aufgeknöpft, die Luft spielte kühlend durch sein hellblauen Pyjama und auch die anderen Damen hatten im Eifer des Kartenspiels ihre Kleidung etwas gelockert. Die ältere vollschlanke Dame hatte den Schlafrock über den Anzug anbehalten, aber die junge, blonde, nun etwas gerötete Opernsängerfrau saß im weißseidenen Pyjama da, dessen oberster Knopf sich aus dem Knopfloch gelöst hatte. Emil sah einen schönen schmalen Hals und den leise geschwellten Ansatz einer regelmäßigen unter der Seide atmenden Mädchenbrust.

„Bleibst du heute Nacht hier, Emil, oder willst du noch nach Berlin zurück?", fragte Simon, ohne von den Karten aufzublicken. „Ich kann dir meinen Wagen leihen, wenn du ihn brauchst."

Komisch, dachte Emil, ich habe ihn kaum gesehen und er ist schon um meine Rückreise besorgt. Mit einem erzwungenen Lachen antwortete er: Ich hätte dich vor der Heimreise eigentlich ganz gern gesprochen, und ich muss heute Nacht wieder in Berlin sein."

„Wollen Sie unsere Partie stören?", rief beinah vorwurfsvoll die ältere Dame, die Baronin. „Wissen Sie, dass Ihr Herr Bruder ununterbrochen im Gewinn ist? Er ist uns Revanche schuldig."

„Nur eine halbe Stunde, bitte, leihen Sie mir meinen Bruder, dann steht er Ihnen wieder ungestört zur Verfügung. Es ist seit gestern einiges vorgegangen in der Welt und ich brauche Simons Rat."

Jetzt mischte sich der stellvertretende Chefarzt ins Gespräch: „Wir treten Ihnen unseren Patienten nur ungern ab und eine halbe Stunde ist viel. An den Gittern unseres Sanatoriums hört die Weltgeschichte auf! Das ist ein Hauptgrundsatz dieser Heilstätte. Hierher dringt keine Revolution und sogar den Krieg haben wir nur von fern gehört. Ich bin dazu bestellt, Aufregungen von unseren Patienten fernzuhalten. Mir wäre es lieber, Ihr Herr Bruder spielte weiter, besonders da er im Glück ist und seine beiden Partnerinnen um den letzten Pfennig bringt.

Doch Simon hatte sich erhoben: „In einer halben Stunde spätestens stehe ich wieder zur Verfügung." Er band sich den seidenen Schlafrock enger um den Bauch und Emil dachte, nun werde er in einem abgeschlossenen Zimmer, durch keine fremden Blicke gestört, die Schicksalsfragen des Verlages besprechen können. Aber Simon sah sich um: „Können wir nicht im Freien bleiben? Dort drüben in der Laube stehen zwei bequeme Gartenstühle", und mit einer charmanten Abschiedsgeste zu den Damen sagte der alte Mann: „Von dort aus kann ich sie wenigstens mit den Augen genießen."

Der stellvertretende Chefarzt nahm Simons Stuhl ein und das Kartenspiel zu dreien ging weiter.

Die Brüder ließen sich ausgestreckt auf Liegestühlen in der Laube nieder, eine Stellung oder Lage, die Emil in diesem Augenblick nicht vertrug, weil er das Gesicht des älteren Bruders bei dieser Besprechung sehen wollte, er konnte die wichtigen Dinge, die er zu erzählen hatte, nicht einfach in die Luft hinaufsagen. Deshalb richtete er sich in dem Liegestuhl auf, ohne dass sein Beispiel Simon zur Nachahmung verlockt hätte. Im Gegenteil, der Ältere schien den Bericht des Jüngeren mit geschlossenen Augen anzuhören. Emil erzählte zuerst die unüberlegte Flucht Augusts und Philipps, dann berichtete er über die allgemeine Kündigung der Redakteure – schließlich, behutsam, über seine Unterhaltung mit Eysler, seinem Gehilfen Winkelhagen und die voraussichtlich jetzt gerade von Willi Krause dem Vizekanzler vorgetragene Beschwerde über Schollwitz. Simon unterbrach den Bruder nicht, Emil fand im Stillen, dass dieses Schweigen etwas apathisch sei.

Von dem Spieltisch der drei hörte man plötzlich die kreischende Stimme der Baronin, der die junge blonde Frau erregt assistierte.

Jetzt richtete sich Simon aus der Liegestellung auf und rief belustigt hinüber: „Streitet ihr schon? Kann ich euch denn nicht fünf Minuten mit dem Doktor allein lassen?"

„Er mogelt", rief die Opernsängersgattin.

Der Doktor protestierte beleidigt: „Solche Witze bitte ich zu unterlassen!"

Die Baronin gab ihrem mächtigen Leib einen Ruck und drehte sich Simon zu: „Kommen Sie rüber und entscheiden Sie als Unparteiischer."

Simon wollte sich schon in Bewegung setzen, als Emil seine Hand ergriff: „Du bleibst, bitte. Ich habe noch ernste Dinge mit dir zu besprechen."

„Du bist strenge", sagte Simon und setzte sich nieder, „aber so war auch Fritz. Viel Pflichtgefühl, wenig Humor. Was befiehlst du, was habe ich zu tun?"

„Vor allem sollst du mir zuhören. Darf ich dich bitten, dass wir in dein Zimmer gehen, da sind wir ungestört."

„Wenn es sein muss", sagte Simon und stand gehorsam auf, „es ist der erste schöne Tag, den ich nicht im Freien verbringe."

Sie gingen an dem Spieltisch vorbei. Die dicke Baronin rief: „In zehn Minuten ist Ihr Urlaub um. Wir erwarten Sie hier."

Gott sei Dank, dachte Emil, als er die Tür des Appartements schloss. Sie brauchten sich nicht im Schlafzimmer, sondern in einem anstoßenden gelbseidenen Empfangsraum niederzulassen. Jetzt konnte Emil etwas mehr aus sich herausgehen: „Ich will eine Vollmacht von dir. Wir zwei zusammen haben mit den dir hinterlassenen Anteilen von Fritz die Mehrheit der Aktien in Händen. Ich glaube einen Weg gefunden zu haben, auf dem wir auch mit der neuen Regierung auskommen können, allerdings darf uns Schollwitz nicht stören, die Entlassung der arischen Redakteure wirkt heute als Provokation, doch glaube ich, dass wir Schollwitz rechtzeitig absägen können."

„Schollwitz halte ich für einen sehr anständigen Mann", sagte Simon bedächtig.

Simon ist wirklich etwas vertrottelt, dachte Emil, was nutzt mir jetzt Anständigkeit, wir brauchen im Augenblick anpassungsfähige Naturen.

Simon beharrte mit dem Eigensinn alter Leute auf seine Einwendung: „Ich würde Schollwitz an deiner Stelle nicht absägen, Gott weiß, was für ein Lump dann an seine Stelle tritt."

„Schollwitz sägt sich selber ab", antwortete Emil, „oder vielmehr, er hat sich schon abgesägt. Ich gebe ihm keine Woche mehr. Ihm fehlt das Talent, vernünftige Kompromisse zu schließen."

Simon wurde lebendig: „Mit wem willst du heute Kompromisse schließen? Du bist doch von Totfeinden umgeben."

Es war schwer möglich, auf diesen unwiderlegbaren Vorhalt zu antworten. Sollte Emil zugestehen, dass er im Inneren hoffte, Eysler in die Tasche zu stecken? Das hätte ruhmredig geklungen.

Aber als ob Simon die schweigenden Gedanken des Bruders gehört hätte, sagte er: „Dieser Herr von Eysler ist zehnmal schlauer als du. Der hat in seinem Vorzimmer ganz andere Partner als uns zur Strecke gebracht."

Klopfen an der Tür unterbrach das Gespräch, ein Botenjunge überbrachte Simon ein Telegramm.

„Auch hier hat man keine Ruhe", murrte Simon, während er die Depesche aufbrach.

„Da hast du es", sagte er, dem Bruder das Telegramm reichend: „Heinrich, August, Philipp bitten umgehend Vollmacht an Justizrat Lübbenau behufs sofortiger höchst aussichtsreicher Verkaufsverhandlungen zu senden. Sofortige Erledigung unerlässlich."

„Lübbenau?", fragte Simon. „Ist das nicht der Führer der antisemitischen Rechtsanwälte?"

„Allerdings."

„Ausgerechnet dem soll ich plein pouvoir geben? Wer hat diese geniale Idee ausgeheckt? Heinrich?"

„Noch schlimmer, seine Söhne ... Sie haben mich gestern für diese Kateridee gewinnen wollen."

Wieder klopfte es an der Tür. Diesmal trat die blonde Opernsängersfrau, übrigens angekleidet in einem duftigen, groß geblumten Sommerkleid, ein. „Störe ich?", zwitscherte Sie. „Ich will nur darauf aufmerksam machen, dass ihre Urlaubstunde längst überschritten ist, lieber Freund."

Emil antwortete ungeduldig: „Verzeihen Sie, gnädige Frau, aber wir haben noch wichtige Dinge zu besprechen."

„Wichtig", wiederholte Simon, „was man in Berlin für wichtig hält. Geld und Arbeit. Von den wirklichen Dingen weiß man ja in Berlin nichts, vom Faulsein und jungen Damen."

Emil knirschte vor Wut. Statt diese blonde Gans schnell hinauszuwerfen, ließ sich der abgeschmackte alte Kerl auf galante Plaudereien ein.

„Ihr Herr Bruder", zwitscherte die Blonde, „wirft mich mit den Augen hinaus. Ich will nur sagen: Wir erwarten Sie auf der Terrasse." Sie verschwand schnell.

„Gott sei Dank!", konnte Emil sich nicht enthalten, auszurufen.

„Sei nicht unhöflich gegen die Damen, ich verdanke ihnen das bisschen gute Laune."

„Zur Sache!" Emil konnte seine Ungeduld kaum bezähmen. „Willst du mir die Vollmacht geben oder Lübbenau?"

„Lübbenau auf keinen Fall, und dir ... das muss ich mir überlegen. Vielleicht komme ich nächste Woche auf einen Tag nach Berlin."

„Vielleicht? Und nächste Woche? Sei mir nicht böse, Simon, aber du bist nicht im Bilde. Dein Tempo ist aus einem anderen Jahrhundert."

„Du wirst mich nicht mehr umändern. So bin ich. Wenn etwas sehr dringendes vorfällt, dann kannst du immer noch telefonieren. In drei Stunden kann ich bei dir sein."

„Also, mit einem Wort, abgelehnt. Jetzt fehlt nur, dass du umfällst, wenn der Lübbenau dich heimsucht."

„Den empfange ich nicht."

„Das würde ich auch für einen Fehler halten, der Mann, so widerwärtig er ist, heute hat er Einfluss. Zum ausgesprochenen Feind würde ich ihn mir nicht machen. Ich empfehle dir, auch Heinrich nicht ganz ablehnend zu antworten."

„Falsch. Dann habe ich ihn morgen mit seinen Söhnen hier auf dem Halse. Er ist imstande und mietet sich hier ein, aber ...", Simon begann zu schreien, „... ich will mich hier erholen! Ich mag nicht alle Berliner Sorgen hier beherbergen! Ich bin krank, ich bin müde, ich habe nicht mehr viel Zeit zu leben! Gebt mir doch Ruhe!!!"

Während Simon den Bruder durch den Park zum Auto begleitete, entschuldigte er sich: „Sei mir nicht böse, dass ich meine Urlaubserholung zu verteidigen suche, du darfst ruhig denken, mit Simon ist nichts mehr anzufangen. Ich bin verbraucht, gerade noch gut genug zum Rummy-Spiel mit Damen. Ich kann die Berliner Situation nicht mehr überblicken, aber ich vertraue dir, du bist Fritz sehr ähnlich. Nur bist du noch zu jung, du traust dir vielleicht zu viel zu ... Schreib mir. Telegrafier nur, wenn es unbedingt nötig ist, jede Depesche erschreckt mich, und ans Telefon darfst du mich nur im äußersten Notfall rufen, ich hasse das Telefon ... Wenn ich dir ein letztes Wort sagen soll: Auch ich bin für raschen Verkauf, jeder Tag verschlechtert unsere Chancen."

Ohne die gewünschte Vollmacht, niedergeschlagen über den Zustand Simons, dessen Sensibilität offenkundig war, stieg Emil in den breiten offenen Mercedeswagen des Bruders. Er hieß den Chauffeur den Sitz neben dem Steuerrade einzunehmen und es tat ihm wohl, in einem Tempo von hundertzwanzig, zeitweise hundertvierzig Kilometern über die nächtliche leere Straße zu rasen. Sein Hut flog ihm vom Kopf ins Wageninnere, kühlender Wind, allmählich zum Sturm gesteigert, umblies ihn. Der Himmel war schwarz, ein erlösendes Gewitter kündigte sich in fernen Blitzen an. In einem Dorf überfuhr er eine schleichende Katze, aber er hielt sich nicht einmal in Gedanken dabei auf. Erste Tropfen fielen, das beschleunigte seine Eilwut, er wollte vor dem großen Gewitterregen in Berlin sein. Durch Staubwolken, die der Sturm emporquetschte, raste er nach Hause. Als er die ersten Vorstadthäuser erreicht hatte konnte er sich Zeit lassen. Er stoppte und überlegte, ob er noch ins Büro oder direkt in seine Wohnung fahren sollte. Im Kronsteinhaus, das wusste er, wartete Willi Krause ungeduldig auf ihn, wahrscheinlich um den „gemeinsamen Schritt" gegen Schollwitz mit ihm zu beraten, es tat ihm wohl, den kleinen Wichtigtuer vergebens knurren zu lassen, er landete, ehe das Gewitter losbrach, vor dem Hause, in dem er wohnte. Sein Diener empfing ihn – seit einigen Wochen hatte er statt einer alten Haushälterin einen Diener angestellt, der immer mit geladenem Revolver in der Hintertasche herumging – mit der Aufzählung der Telefonanrufe des Nachmittags und Abends. Ison hatte zweimal angeklingelt, ein Herr Winkelhagen hatte dringend nach ihm verlangt und soeben hatte Redakteur Krause gebeten, Herr Kronstein möge ihn möglichst noch heute, eventuell nachts, im Restaurant des Deutschen Theaters anrufen. Unter der eingelaufenen Post war ein Brief des Justizrates Lübbenau, der Emil am nächsten Tag um zehn Uhr in seiner Wohnung besuchen wollte. „Mit Rücksicht auf den strengvertraulichen Charakter der Unterredung bitte ich, mir zu gestatten, Sie, geehrter Herr, nicht in Ihrem Verlagsbüro, sondern in Ihrer Wohnung aufsuchen zu dürfen." Dann war noch ein Brief aus Amerika da, er kannte die mutige Steilschrift der Schreiberin und hatte nicht nötig, erst den Namen der Absenderin auf der Rückseite des Umschlages zu lesen: Evelyn Goldscheider, New York. Der Brief war dick und er beschloss, ihn in aller Ruhe im Bett zu lesen. Schnell entkleidete er sich, stellte sich unter die Brause, schlüpfte in einen Nachtanzug und kroch ins Bett. Auf seinem Nachtkästchen lag immer etwas Obst und Bäckerei, an manchen Tagen, wie heute, vergisst er das Abendessen und dann griff er nachts nach dem Teller neben dem Bett. Während er in eine saftige Birne biss, las er Evelyns Brief:

> Lieber Freund – so darf ich Sie doch nennen – nach der guten und herzlichen Gesinnung, die Sie mir mindestens in den letzten Berliner Tagen entgegengebracht haben. Hinzu kommt, dass ich ein Bild des armen Fritz auf meinem Schreibtisch stehen habe, worauf er Ihnen verblüffend ähnelt oder Sie ihm, nur, dass der Eindeutschungsprozess (scheußliches Wort) bei Ihnen noch weiter fortgeschritten ist, Sie sind derjenige Kronstein, der schon ein bisschen in die Hitlergegend hinüberreicht, nur sind Sie blonder als der Führer und haben statt seiner Basedow-Augen einen klugen, guten jüdischen Blick. (Auf so viel Kilometer darf man Komplimente machen.)
> Lieber Emil, ich könnte jetzt einen sentimentalen Seufzer über den Ozean schicken. Tatsächlich bin ich hier sehr einsam, allerdings spüre ich das nur abends, bei Tage bin ich mitten im Gewimmel der City. Ich habe mein bisschen Geld, das ich mitnehmen konnte, hier im Bankhause Warburg angelegt, an dessen Chef ich Empfehlungen aus Frankfurt und Hamburg mit-

brachte und – denken Sie, im Verlauf eines längeren Gesprächs mit den leitenden Herren des Hauses haben sie mir den Antrag gemacht, als Bankvolontär mit Aussicht auf einen selbstständigen Wirkungskreis in der europäischen Abteilung einzutreten. Die Arbeit macht mir Spaß, sie ist anregend, ich bin dauernd mit den Chefs in Fühlung und kann meine französischen und italienischen Kenntnisse – deutsche Geschäfte kommen ja kaum mehr in Frage – gut verwerten. Wenn Fritz noch lebte, würde er meine Tüchtigkeit anerkennen und sich darüber freuen, dass ich hier Karriere mache. Ich verdiene schon jetzt, obwohl formell nur Volontär, 800 Dollar im Monat und alle Bankjünglinge beneiden mich. Das alles verdanke ich meinem lieben alten Papa, der hier mehr geschätzt wird als zu Hause und der mir jede Woche einen langen Brief mit Belehrungen und Typs schickt, er ist sicher der bedeutendste internationale Finanzgelehrte, war immer nur Theoretiker, ich aber, seine realistische Tochter, werde seine Weisheit in blankes Geld umsetzen. In spätestens drei Monaten werde ich in unserer Firma Leiterin der europäischen Abteilung sein und, wenn ich Glück habe, werde ich in zwei Jahren meinen eigenen, gar nicht bescheidenen Laden in der 5th Avenue eröffnen. Ich glaube, ich bin jetzt in meinem Element. Dabei habe ich meine alten Steckenpferde nicht weggeworfen. In drei Wochen erscheinen meine Boticelli-Studien mit wunderbaren Reproduktionen in dem angesehensten Kunstverlag. Ich muss Ihnen sagen, lieber Emil, wir wissen in Deutschland gar nichts von der wirklichen Kultur Amerikas. Wir kennen nur diese dummen Filme, an denen übrigens vor allem eingewanderte europäische Juden schuld sind, wir wissen ein bisschen von ihren Farmen und ihren musterhaften Obstpflanzungen, wir kennen einige hübsche amerikanische Puppengesichter, aber das wissen wir nicht, dass das beste Europa seine Zuflucht in Amerika gefunden hat. Ich werde Ihnen jetzt ein Paradoxon aufschreiben, mit dem Sie Aufsehen machen werden: Der beste, letzte Rest von Europa ist in Amerika vor den Barbaren geboren! Hier wird wissenschaftlich gearbeitet wie nirgends in Europa, hier ist eine neue weltbürgerliche Literatur entstanden, turmhoch über den veralteten Heimatkünsten der verdummten Europäer, das Theater der jungen Generation steht

auf einem Niveau, hoch über Berlin, Paris und Moskau und dabei ist die alte, in Europa geschändete Humanität hier neu entflammt. Es gibt ein junges, empfindliches soziales Gewissen, das sogar in die Häuser der Milliardäre eingedrungen ist. In ein paar Jahren wird Amerika seiner Gesittung und Gesinnung nach das idealste Europa darstellen. Parfümierte Barbaren wie euer Nietzsche oder gar der Tierbändiger Oswald Spengler würden und werden hier mit dem höflichen Lächeln, das wir aus Japan bezogen haben, beiseitegelegt. Dabei ist so viel Kraft in dieser Jugend, Geistes-, Leibes- und Liebeskraft. Aber sogar ihre Athleten sind nicht plump, sondern bei Bärenkräften anmutig. Ich bin glücklich, in dieses Land eingepflanzt zu sein, in dem eine natürliche Aristokratie von einer instinktsicheren Demokratie gestützt und nicht gehemmt wird.
Nun habe ich Ihnen, lieber Emil, eine kleine Abhandlung geschrieben, die Sie hoffentlich nicht zu sehr langweilen wird. Aber wissen Sie, warum ich diese lange Schilderung unternommen habe? Um Sie herüberzulocken! Wenn Sie eitel genug sind, können Sie denken: Um Sie zu mir herüberzulocken. Sie sind der jüngste und deshalb der einzige Kronstein, der noch ein neues Werk aufbauen könnte. Aber nicht in diesem hoffnungslos dem Feldwebelgeist verfallenen Deutschland. Eine Energie wie die Ihre, Ihre Organisationskraft und Ihre Berufsleidenschaft sollte sich nicht auf dem sandigen Boden der Mark abmüden, hier würden Sie ernten nicht nur säen.
Glauben Sie aber um Gottes willen nicht, dass ich diesen Prospekt für Amerika Amerikas wegen geschrieben habe. Oh nein, ich, ganz offen geredet, ich möchte Sie hier haben, ich brauche einen Deutschen in meiner Nähe, aber keinen Uniformdeutschen und keinen jammernden Emigranten, sondern einen, der hier hochkommen kann und mit dem man die langen, langen Abende zu Hause wegplaudern kann, wenn man den Broadway-Lärm satt hat und die eisgekühlten Drinks und alle blutigen Beefsteaks. Ich habe schon daran gedacht, ein kleines Haus mit großem Garten am Meer zu mieten, mit meinem Wagen wäre ich in einer halben Stunde an der schönsten Badeküste. Aber allein --- brrrr! Hören Sie, ich bin bereit, Ihnen zwei Zimmer mit Balkon (Aussicht auf den Ozean) anzubieten. Aber Sie müssten

sich schnell entschließen. Denn das Leben fließt hier sehr rasch und plötzlich könnte ich einen amerikanischen Mieter gefunden haben, der freilich nicht weiß, wo die Zeil in Frankfurt liegt und die Eppenheimer Landstraße, wo Papa seit 31 Jahren wohnt und der nicht einmal Wannsee kennt.
Es kann für Sie nicht mehr lebenswert in Berlin sein. Kommen Sie, die Niederlassung der Hapag ist wohl noch im Hotel Adlon Unter den Linden. Fragen Sie morgen, wann das nächste große Schiff geht und telegrafieren Sie ihre Ankunft.
Ich werde Sie am Hafen erwarten und Sie umarmen und begrüßen als das einzige Stück Deutschland, das ich bei mir haben möchte.

Vom Herzen,

Ihre, ja! Ihre

Evelyn

Emil las den Brief zweimal und als er die Nachtlampe neben sich ausgelöscht hatte, drehte er sie nochmals an und las die letzten Sätze noch einmal. „Sie kann schreiben", sagte er sich, „sie kann schriftlich, glaube ich, mehr hergeben als mündlich. Weiß ich denn noch, wie sie aussieht?" Er sprang aus dem Bett, sperrte die Schreibtischlade auf und holte das silbern umrahmte Bild hervor, das seinen Platz auf Fritzens Arbeitstisch gehabt hatte. Auf der Fotografie hatte sie das Kinn in die aufgestützte Hand gelegt, ihre Locken umrahmten wellig ihr schmales Gesicht, ihre hellen Augen lächelten und lockten ihn an, die schönen Zähne glänzten. Eigentlich war sie hübsch. Warum nur „eigentlich" und warum „war"? Er brauchte ja wirklich nur am nächsten Tag im Büro der Hapag zu fragen und in zehn, ach was, in sieben Tagen konnte er im Hafen ihre schönen, wohlgerundeten Arme um seinen Hals fühlen. Plötzlich dachte er: Armer Fritz, und ein dunkler Vorwurf gegen die neue Amerikanerin stieg in ihm auf. Sie schrieb so heiter und war doch beinahe die Witwe seines jüngst verstorbenen Bruders. Trauerkleider trug sie kaum. Aber wer trägt noch Trauerkleider? Übrigens war sie nicht die angetraute Frau, sie hatte gar kein Recht auf schwarze Tracht. Wenn sie die angetraute Witwe Fritzens wäre, so hätte er nach jüdischem Ritus die Pflicht gehabt, die verlassene zu heiraten. Er? Nein, ein Bruder. Es hätte auch Simon sein können und vielleicht hätte sie in ihrer Klugheit den älteren und viel reicheren Bruder genommen ... Nein, sagte er sich, ich bin ungerecht. Der Brief ist an mich gerichtet, an keinen anderen. Warum verdächtige ich sie? Im nächsten Augenblick dachte er: Vielleicht braucht sie mein Geld, um ein eigenes Bankgeschäft aufzumachen? Nun, antwortete er sich selbst, auch das wäre kein Verbrechen. Wahrscheinlich war das Geld dort drüben sicherer angelegt als in dem zerrissenen und zerstörten Deutschland ... Er sah auf die Uhr, es war schon ein Viertel auf drei. Wieder eine durchwachte Nacht. Nochmals nahm er den Brief zur Hand, nochmals las er in ihrer großen herrlichen Schrift: „Ich werde Sie am Hafen erwarten und Sie umarmen." Dann griff er, was er nur im äußersten Falle aufgeregter Nerven zu tun pflegte, zu einem Schlafmittel. Noch einmal betrachtete er das von Fritz geerbte, vielmehr angeeignete Bild im Silberrahmen, dann löschte er die Lampe aus. Er schlief ein, im Traum war er auf dem Meer, das Schiff schaukelte, nie war eine Küste zu sehen, nur Meer, Meer, Meer.

Emil erwachte, weil eine Schiffsglocke an Bord Sturm geläutet hatte, der Glockenlärm ging in Geklingel über, Emil öffnete die Augen, sah nach der Uhr, es war sieben Minuten nach zehn Uhr Vormittag. Es wurde ihm klar: Justizrat Lübbenau hatte soeben an der Gangtür geklingelt und schon hörte Emil die Stimme seines Dieners, der einen Herrn in das anstoßende Empfangszimmer einführte. Nach wenigen Minuten war Emil angekleidet, er trank hastig eine Tasse Tee, biss mehrere Male in einen Schinkensemmel und wollte schon in das Empfangszimmer hinüber, als er sich erinnerte, dass auf dem Nachttischchen neben seinem Bett Evelyns Brief liegen geblieben war. Er lief zurück und steckte den Brief in die rechte Seitentasche, sodass er ihn in jedem Augenblick in seiner Hand fühlen konnte. Ein Satz ging ihm wie eine Melodie durch den Kopf: „Ich werde am Hafen stehen und Sie umarmen." Der Satz summte noch in ihm, als er in das Nebenzimmer trat und den Justizrat Lübbenau unter vielen Entschuldigungen herzlicher begrüßte, als er eigentlich wollte, Emil war wunderbar ausgeruht, fühlte den Brief in der Seitentasche und ein Satz sang in ihm: „... und Sie umarmen."

„Sie verzeihen meine Unpünktlichkeit, wir Kronsteins sind sonst verlässlich wie Schweizer Uhren, aber ich hatte die Nacht vorher durchwacht und bin in dieser Nacht erst spät im Auto heimgekehrt."

„Herr Kronstein, ich kenne die Tradition der Pünktlichkeit in Ihrem Hause, man hat mir davon berichtet, die paar Minuten Alleinsein habe ich zur Sammlung und Überlegung verwendet, denn ich habe die Absicht, Ihnen einen großzügigen Vorschlag zu unterbreiten. Ich bin mir bewusst, mit dem jüngsten, aber gleichzeitig entscheidenden Kopf der Firma Kronstein zu verhandeln und ich will diese bedeutungsvolle Minute nutzen."

Emil lächelte ein klein wenig. War das der erbitterte Judenfresser, der jetzt so schmeichlerisch mit ihm sprach? War das der Volksredner, der Massenversammlungen in Blutrausch versetzen konnte? Dieser leise, liebenswürdige, elegante, glattrasierte Bonvivant mit wohlgepflegter Tolle, die er zuweilen mit einem Ruck aus der Stirn warf.

„Darf ich fragen, warum Sie lächeln?", fragte Edgar Lübbenau verbindlich.

Emil lächelte noch deutlicher: „Sie sehen einem unserer verehrtesten Filmstars sehr ähnlich.

Der junge Justizrat, der ein dankbares Schmunzeln kaum verbarg, antwortete: „Ja, das sagt man mir öfters. [...]* Die neue Regierung hat, wie ich Ihnen autoritativ versichern kann, kein Interesse, den Erwerb, wenn überhaupt ein Erwerb in Frage kommt, durch Herrn Isaaksohn tätigen zu lassen. Das würde das Geschäft wesentlich verteuern, noch dazu ein Geschäft, das nach dem letzten Verordnungswege viel einfacher zu lösen wäre."

Emil spürte die hinterhältige Drohung, dennoch fragte er höflich und ohne eine Spur nachweisbarer Erregung: „Darf ich Sie um eine nähere Erklärung der letzten Worte bitten?"

„Mit Vergnügen!", der Bonvivant-Ton klang jetzt etwas höhnisch. „Die neue Regierung plant, ihrem Programme gemäß, eine Reform des Pressegesetzes. Herausgeber und Redakteure werden binnen kurzem nur nachweislich deutsche Staatsbürger, ich meine arischen Geblütes sein können."

„Das ist eine Drohung, die ich beherzigen soll", antwortete Emil, immer im leisesten Ton, ohne Stimmaufwand, „ich fürchte die Regierung wird Ihren – verzeihen Sie – dilettantischen Mut im Kampf

* An dieser Stelle weist das Typoskript eine Lücke in der Rede auf. Der Argumentationslogik wegen wurde der unvollständige Halbsatz hier weggelassen.

gegen die Presse und Banken, bald, aber vielleicht zu spät erkennen. Bolschewistische Konfiskationen führen zwangsläufig zu einem bolschewistischen System."

Plötzlich war Lübbenau wieder ganz Bonvivant, ganz Harry Liedtke: „Ich habe das Wort Konfiskation nicht ausgesprochen. Niemand will das Privateigentum aufheben. Ich komme ja zu Ihnen, um einen Modus Vivendi ausfindig zu machen, der Ihrem Interesse und den Interessen Ihrer Brüder, mit denen ich ja in dauerndem freundschaftlichstem Kontakt stehe, dienen soll. Ich glaube, ein anderer Weg als der Verhandlungsweg durch mich steht Ihnen nicht offen."

Nach einer Pause entschloss sich Emil zwei Worte zu sagen: „Glauben Sie?"

Die kurze Frage wirkte. Lübbenau stand: „Wenn Sie meinen, einen aussichtsvolleren Weg gehen zu können, so hat mein Verhandeln keinen Zweck."

Emil lenkte ein. „Aber, bester Herr Justizrat, warum gleich alle Schiffe verbrennen? Ich weiß ja noch nicht einmal, was Sie für unsere Aktien bieten."

„Richtig. Ich biete Ihnen mehr als Ison. Das heißt ich gebe Ihnen nicht einen bestimmten Aktienkurs, der vielleicht insgesamt auf dem Papier ein Millionenvermögen ausmachen würde, das Sie aber nicht über die Grenze bringen könnten, woran einigen Ihrer Herren Brüder und vielleicht auch Ihnen einiges gelegen sein dürfte."

„Mir? Gar nichts. Meinem Bruder Simon auch nicht. Wir wollen in Deutschland bleiben – solange es geht." Dabei fühlte seine Hand den Brief in der rechten Seitentasch und plötzlich hörte er in seinem Kopf wieder die Melodie: „Ich werde am Hafen stehen und Sie umarmen."

„Ja, ja, solange es geht", wiederholte Lübbenau, „ich hoffe zuversichtlich, dass wir die Herrschaft über die Massen nie verlieren ... Für einige Herren Kronstein wäre es wichtig, eine Ausfuhrbewilligung der Reichsbank zu erhalten, damit sie über Ihr Vermögen im Ausland ungestört verfügen können. Diese Zustimmung der Reichsbank könnte ich Ihnen garantieren."

„Aber ich will ja Deutschland gar nicht verlassen", sagte er, die Hand an dem amerikanischen Brief in der Tasche.

„Desto besser. Ich hörte von Ihren Herren Brüdern, dass auch ihr Bruder Simon in Deutschland verbleiben will. Die Regierung weiß diese Landestreue zu schätzen, aber die Situation kann sich ändern und ich unterbreite Ihnen einen Alternativvorschlag. Die Reichsregierung übernimmt Ihren gesamten Aktienbesitz und bietet jedem der fünf Herren einen durch Reichsbanksicherheiten garantierten Jahresbetrag, über den wir uns noch zu einigen haben werden und zwar bis ans Lebensende der Verlagsbesitzer. Wenn Sie jedoch Deutschland verlassen wollen, so sind wir bereit, diese staatliche Rente zu kapitalisieren, das heißt einen, sagen wir das Fünfzehnfache Ihres neuen Jahreseinkommens umfassenden Betrag in bar, in Devisen oder Reichsschuldscheinen zur Auszahlung zu bringen. Ich nehme an, dass dieser Vorschlag, der von Konfiskation oder bolschewistischen Methoden weit entfernt ist, mindestens Ihre eingehende Prüfung verdient."

Emil wollte nicht verbergen, dass Lübbenaus Angebot seinen Eindruck auf ihn nicht verfehlte. Das Verlockende daran war das Zweitürensystem des Vorschlages. Er wusste mit dem Brief in der Tasche nicht, ob er in Deutschland bleiben oder übers Wasser gehen sollte, auch wenn ihn niemand am Hafen erwarten und umarmen würde, und gerade dieser Unentschlossenheit trug Lübbenaus Vorschlag Rechnung.

„Was die Höhe der Jahresrente anlangt ...", begann Lübbenau.

Emil unterbrach ihn: „So weit sind wir noch nicht, darüber möchte ich heute nicht sprechen. Ich nehme an, die Bilanzen der letzten fünf Jahre, die ich Ihnen zugänglich machen woll ..."

„Ich besitze schon die entscheidenden Ziffern."

„... dass unsere Bilanzen Ihnen einen Anhaltspunkt für die Prosperität des Verlages geben."

Lübbenau wurde bedenklich: „Ich möchte Sie schon heute vor Illusionen warnen. Das Inseratengeschäft ist rapide zurückgegangen und ein großer Teil der alten demokratischen Abonnenten wird in Hinkunft wegfallen. Wir müssen mit einer wesentlich verschlechterten Bilanz rechnen."

„Das kommt doch auch auf die künftige Leitung des Verlages an. Auch die stille Opposition der Republikaner will ihre Zeitung lesen, diese Stillen im Lande sind sogar, möchte ich trotz aller Umzüge und Wahlsiege glauben, noch immer etwa die Hälfte aller Deutschen. Sie sind nur inaktiv, unpolitisch, vielleicht auch entmutigt. Eine gut redigierte Rätselecke, pflegte mein Bruder Fritz zu sagen, ist für die breite Masse wichtiger als ein forscher Leitartikel ... Wenn ich fragen darf, haben Sie jemanden, der als Kapitän das Verlagsschiff zwischen den Gegensätzen durchzusegeln vermag? Die Blätter müssen ja auch in ihrer Farbe verschieden abgetönt sein. An der ‚Morgenpost', die den Gesichtskreis des mit allen Parteien verträglichen Portiers Rechnung trägt, würde ich nicht viel ändern, die ‚Mittagspost' muss dem Jockey und Tennisspieler Rechnung tragen und das ‚Intelligenzblatt', das ohnedies mit Defizit arbeitet, können Sie zum Organ der Regierung machen, obwohl …"

„Sie sind sehr gütig", Lübbenau fand wieder seinen mildesten Ton, „Ihre Meinungen und Ratschläge werden uns unschätzbar sein, obwohl wir auch auf dem Gebiet des Zeitungswesens grundlegende Änderungen planen. Die ständische Verfassung, die wir durchführen werden, ergibt ganz neue Grundlagen für die ökonomische Sicherung der Zeitung. Der ständisch organisierte Staatsbürger wird pflichtgemäß sein Blatt halten und lesen müssen."

„Um Gottes willen. Zwangsabonnement."

„Sie verschärfen meine Definition. Das Zeitunglesen wird für ein national bewusstes Volk eine Pflicht, deren Ausübung im Interesse des Einzelnen liegt, ein Zwang wird kaum nötig sein."

Lübbenau dozierte jetzt. Er gab offenbar eine widerholte abgehaltene Vorlesung zum Besten. Aber Emil hörte mit halbem Ohr zu. Wenn das Zeitunglesen Pflicht werden sollte, hörte es auf, ein Vergnügen zu sein. Pflicht, Pflicht, Pflicht – mit diesem öden Wort tötet man in Preußen die Freude und den Spaß. Morgen werden sie die zum Kinderkriegen nötige Vorarbeit vorschreiben, das wird nicht mit Lust, sondern zur pflichtgemachten Erfüllung nationaler Belange geschehen. Er fühlte seinen lockenden amerikanischen Brief in der Seitentasche und war entschlossen, den Alternativvorschlag anzunehmen. Heute noch wollte er im Büro der Hapag anfragen oder, vorsichtiger, vielleicht würde er überwacht, anfragen lassen. In seinem Gesicht war die innere Umstellung, die er soeben vorgenommen hatte, nicht abzulesen.

Jetzt, da Emil entschlossen war, auf Lübbenaus Vorschlag im Prinzip einzugehen, warf er eine den Justizrat verwirrende Karte auf den Tisch: „Ist Herr Vizekanzler von Eysler über Ihre Verhandlungen unterrichtet?"

Lübbenau stotterte, Emil hatte die Achillesferse getroffen. Eysler war unzweifelhaft der gefährlichste Gegner des ganzen Projektes, er hatte, so munkelte man, eine andere Lösung im Rückhalt. „Nein, Herr von Eysler ist nicht Parteimitglied. Aber der oberste Führer ist im Bilde, das genügt." Auch das war gelogen. Immerhin wollte Lübbenau noch heute Abend im Reichskanzlerpalais vorsprechen und er nahm also nur einen Zustand vorweg, der in zehn oder zwölf Stunden eintreten musste.

Lübbenau hatte sich vom Schock der jähen Frage Emils erholt und sagte nachlässig: „Ich halte Herrn von Eyslers Position für nicht ganz gesichert. Er hat ja lange im alten System gepackelt, das Misstrauen gegen ihn ist enorm."

„Wer wird denn heute ohne Misstrauen angesehen?"

„Nun, da möchte ich Ihnen doch antworten: Der Führer!" Plötzlich blies Lübbenau die Volksversammlungstrompete: „Das deutsche Volk besteht nicht wie die Engländer aus Händlern und Rechnern, auch die Zweifelsucht und Ironie der Franzosen ist uns fremd, ich möchte sagen, das deutsche Volk ist gläubig wie eine junge Braut und es erwartet alles von dem Einen, dem es die ganze Macht in die Hand gelegt hat."

Das Pathos des Redners hatte die umgekehrte Wirkung auf Emil. Ein längst vergessenes, seit Jahrzehnten nicht gebrauchtes Jargonwort kam über seine Lippen: „Maseltoff!" Auf Deutsch: Viel Vergnügen.

„Wie meinen Sie?", fragte Lübbenau, der das fremde Wort kaum gehört, jedenfalls nicht verstanden hatte.

„Ach nichts, ein alter Glückwunsch", antwortete Emil lächelnd.

Die fast freundliche Stimmung benutzte Lübbenau zum Aufbruch.

„Wie verbleiben wir?", fragte der Justizrat.

„Ich melde mich ehestens."

„Am besten morgen. Ich komme sehr gern wieder zu Ihnen. Mein Büro ist leider wie das Ihre ein öffentliches Lokal. Zu viel neugierige Zuschauer."

„Ich rufe morgen mindestens an."

„Sie trennten sich mit einem herzlichen, festen und treuen Händedruck. Lübbenau sah um sich. Ein Fotograf war nicht in der Nähe.

Auf der Treppe erschrak Lübbenau, zwei Herren grüßten ihn, aber in der Nähe waren es Heinrich Kronsteins Söhne, Erich und Bernhard.

„Na, wie steht's?", fragte Erich.

„Nicht schlecht. Günstiger, als ich annahm."

Der Justizrat bemerkte nicht, dass die Brüder etwas beklommen schwiegen. Bernhard kündigte ihm für Nachmittag ihren Besuch an: „Wichtige Sache", assistierte Erich.

Emil Kronstein empfing die Neffen etwas erstaunt. Es war das erste Mal, dass „die beiden Jungens" seine Wohnung betraten. Die Unterhaltung mit Lübbenau hatte ihn nicht um die gute Laune gebracht, im Gegenteil, seine Segel waren geschwellt und so versuchte er von seiner vegetativen Fröhlichkeit etwas auf seine blassen Neffen zu übertragen.

„Was kann ich euch denn anbieten? Wollt ihr Obst? Ich habe prachtvolle Grapefruits hier, mit einem Spritzer Rum."

„Nein, danke."

„Ich kann euch schnell ein paar Hammelkoteletts braten lassen."

„Nein, danke."

„Einen türkischen Kaffee."

Die Brüder nickten. Ja, sie waren, obwohl der Tag kaum begonnen hatte schon etwas müde.

„Du musst wissen, Onkel", sagte Erich, der magerere und blassere von beiden, „die Verhandlungen mit Lübbenau beschäftigen uns Tag und Nacht. Leider ...", er stockte.

„Na, was – leider?", fragte Emil. „Habt doch ein bisschen Vertrauen, Herrgott!"

„Gestatte, dass ich das Wort nehme", sagte Bernhard zu Erich, „du kannst mich ja korrigieren, wenn ich eine unrichtige Bemerkung tue. Leider ... nämlich ... wir sind vom Vorschlag Lübbenaus nach längerer Überlegung abgekommen und haben uns deinem ablehnenden Standpunkt angenähert."

„Ah, und warum, wenn ich fragen darf?"

„Es ist Gefühlssache", sagte Bernhard, „unser Instinkt ..."

„Kinder, damit dürft ihr mir nicht kommen. Ihr seid die Söhne eures Vaters und ich kenne euch, seit ihr in den Windeln lagt. Gefühle! Gefühlssache? Wo es um das große Geschäft eures und unseres Lebens geht. Nein, so dämlich dürft ihr nicht daherreden."

Erich nickte, und schnitt dem Bruder das Wort ab: „Allerdings, die Sache ist auch geschäftlich nicht lockend – für uns zwei, für Bernhard und mich."

Eine dunkle Ahnung der Ursache des Besuches stieg in Emil auf: „Aber euer Vater hat doch noch gestern dringlichst an Simon telegrafiert."

„Ja", sagte Erich und schwieg sofort, von einem Blick Bernhards getroffen. Aber diesen Blick hatte Emil aufgefangen. Er sah sich die plötzlich schweigenden Neffen an und konnte seine Vermutung nicht mehr zurückhalten: „Ach so, ihr seid mit eurem Vater nicht mehr d'accord. Zwistigkeiten zwischen euch und Heinrich."

„Zwistigkeiten", sagte Erich, „Zwistigkeiten darfst du nicht sagen, Meinungsverschiedenheiten. Papa ist unbedingt für Lübbenaus Vorschlag, wir nicht. Am liebsten möchten wir wissen, ob du einen besseren Weg im Auge hast."

„Weiß Heinrich, dass ihr bei mir seid?"

Erich versuchte harmlos zu antworten: „Das ist uns erst vor einer Viertelstunde eingefallen. Wir werden Papa, wenn du es bei seinem erregbaren und misstrauischen Temperament für nötig hältst, nachträglich berichten."

„Heinrich – erregbar und misstrauisch, Kinder, ihr habt ein unbeirrbar nüchternes Urteil über euren Vater ... Aber lassen wir das. Was missfällt euch, gerade heraus gesagt, an dem Vorschlag Lübbenaus?"

Erich sah Bernhard, Bernhard sah Erich an. Sollten sie sich mit ihrem Einwand herauswagen? War denn Emil ein Bundesgenosse? Aber eine Antwort auf diese Kernfrage war notwendig.

„Erich, bitte, du sprichst präziser."

„Nein, nein, Bernhard, wir wollen uns offen Onkel Emil anvertrauen, sprich nur."

Endlich entschloss sich Bernhard zu antworten: „Papa will in Deutschland bleiben. Der Alternativvorschlag, der Onkel Philipp und August, vielleicht auch dich lockt, interessiert Papa nicht. Bleibt er aber in Deutschland, so sind wir ganz auf seine Gnade oder Freigebigkeit angewiesen, denn uns gehört ja nicht eine einzige Aktie. Wenn aber, Gott behüte, Papa stirbt, so erlischt die Rente und wir sind die Opfer des Arrangements und müssen mit dem bisschen Privatvermögen auskommen, das wir erben. Viel ist das wahrhaftig nicht."

Emil konnte die kaltblütige Logik dieser vorausschauenden Erwägung nicht bestreiten.

„Sehr scharfsinnig", sagte er, „und jede Eventualität mit klarem Verstand ins Auge gefasst. Wenn Heinrich mit der fünfzehnfachen Jahresabfertigung ins Ausland ginge und sagen wir in Italien von seinen Zinsen lebte, wäre der Vorschlag Lübbenaus für euch bedeutend reizvoller. Ich verstehe jetzt alles. Begreife auch, dass ihr das schwer mit eurem Vater besprechen könnt. Arme Kinder."

Erich meinte, Emil spotte und wollte sofort aufbrechen, aber Bernhard fand, dass jedes Wort des Onkels goldrichtig sei und wenn Onkel Emil sie bedauere, so seien wohl genug objektive Gründe dafür vorhanden.

„Wir wollen heute Nachmittag Lübbenau zu einer Umänderung bewegen."

Doch Emil widersprach: „Jungens, das würde ich nicht tun. Das macht nach außen einen schlechten Eindruck. Schließlich könnt ihr nicht gegen euren Vater Stellung nehmen, wir alle sind Kronsteins. Überlasst das mir, es sieht viel besser aus, wenn ich das von Lübbenau verlange."

Erich sah Bernhard, Bernhard sah Erich an. Sollten sie sich dem Onkel anvertrauen? Unentschlossenheit stand so deutlich auf ihren Gesichtern, dass Emil herauslachen musste, das steigerte die Unentschlossenheit der Brüder, bis Emil das Zimmer verließ: „Ich muss meinem Diener noch einige Weisungen geben."

„Esel!", sagte Bernhard zu Erich. „Du hast ihn direkt beleidigt, natürlich hättest du seinen Vorschlag sofort begeistert zustimmen sollen."

„Ochse, kein Mensch hat dich gehindert, das für uns zu tun."

„Doch, du dummer Kopf wärst imstande, mir zu widersprechen, du denkst ja nicht zehn Schritte weit. Dabei hättest du dir doch sagen können: Wenn er bei Lübbenau nichts erreicht, können wir selber noch immer den Justizrat und Papa bearbeiten."

„Allerdings."

Als Emil eintrat, fand er die Neffen in verschiedenen Ecken des Zimmers, als hätten sie nie die Köpfe zusammengetan und getuschelt.

„Nun?", fragte Emil. „Seid ihr wenigstens untereinander einig?"

„Selbstverständlich, und wir wären dir sehr dankbar, wenn du Lübbenau unsere Korrektur vorschlagen wolltest, als wenn sie dein Wunsch wäre."

„Gemacht!“, sagte Emil fröhlich und hielt den Brüdern, einem nach dem anderen, die Hand hin. Sie schlugen ein oder vielmehr sie legten langsam ihre Hände in die seine, aber Emils Lustigkeit irritierte die Neffen. Was für einen geheimen Grund zur Lustigkeit mochte er haben? Glaubte er am Ende gar nicht an das Projekt Lübbenau? Und warum hatte er seinen eigenen Plan vollkommen verschwiegen? Missmutig stiegen sie die Treppe hinunter und trennten sich am Tore voneinander.

XXIX.

Redakteur Willi Krause hatte das alte Büro des Herrn von Eysler in der Wilhelmstraße aufgesucht, aber der neu ernannte Vizekanzler war, um das notwendige Personal unterzubringen und würdiger zu repräsentieren, in ein Palais in derselben Straße übergesiedelt, das bisher von einem preußischen Ministerium benutzt worden war. Die Fassade wurde erneuert, die Treppen mit grünem Laufteppich belegt, im Innern des Palais wurde auf Gerüsten gestrichen und gemalt, in den Zimmern arbeiteten Tapezierer, hämmerten Telefon- und Telegrafenarbeiter, alte Möbel und Schränke wurden abtransportiert und neue hereingetragen. Das Haus dröhnte von Hammerschlägen, Lautsignalen und Kommandorufen der überwachenden Handwerksmeister und Ingenieure. Durch diesen Wirrwarr drängten Boten, Soldaten, Gesuchsteller, aber auch Besucher von hochmütigem Aussehen über die Treppe hinab und hinauf.

Endlich hatte Willi Krause, der im schwarzen Gehrock und mit einem Zylinder, der seine Figur verlängern sollte, das Wartezimmer gefunden, in dem alle, die den neuen Vizekanzler sprechen wollten, mit jener gottergebenen Warte-Miene, die nur Deutsche aufbringen, auf unbequemen Holzstühlen und Sesseln Platz genommen hatten. Ein Diener notierte Namen, Adressen und Anliegen jedes Ankömmlings, drückte ihm ein verschmutztes Passstück mit einer Nummer in die Hand. Nur Auserwählte, die sich mit einem Einladungsbrief des Vizekanzlers ausweisen konnten, oder Persönlichkeiten, die so anmaßend auftraten, dass der Diener ihnen keine Nummer anzubieten wagte, wurden in einen anstoßenden Empfangssaal geführt. Willi Krause erhielt trotz Gehrock und Zylinder die Nummer 58 in die Hand gedrückt. „Setzen Sie sich, bis Sie gerufen werden." Willi Krause unternahm, nachdem er eine halbe Stunde mit langem Gesicht auf seinem Stühlchen ausgeharrt hatte, einen Anlauf, den Diener von der eminenten Wichtigkeit seines Besuches und also von der Zulassung in den Salon der Auserwählten zu überzeugen.

„Ich bin der Leiter der Betriebszelle des Verlages Kronstein", flüsterte er dem Diener zu, ohne den Mut der Auserwählten aufzubringen, die solche Vorstellungen mit einem in die Dienerhand gedrückten Taler zu begleiten wussten. Er dachte, im Dritten Reich seien die Trinkgelder abgeschafft.

„Kronstein?", brummte der Diener, der Name kam ihm verdächtig vor, „kennen wir nicht. Bleiben Sie nur schön sitzen, bis Sie aufgerufen werden."

Alle Deutschen wissen, dass man in den Amtsräumen der Hochgestellten Geduld haben und lange warten muss. So setzte sich Willi Krause gottergeben wieder auf sein Stühlchen, schloss die Augen und wartete in dem Dämmerzustand des gehorsamen Preußen und Parteigenossen auf den Augenblick, da die Nummer 58 aufgerufen wurde.

Das Ereignis trat nach zwei Stunden in später Mittagsstunde ein. Er durfte in ein Zimmer eintreten, in dem hinter einem Schreibtisch ein junger blonder Mensch saß, der nur aufblickte, als Willi Krause zu ihm hereingelassen wurde.

„Ministerialrat Winkelhagen", sagte der junge Beamte, ohne aufzustehen.

„Betriebszellenobmann Krause, Kronsteinhaus."

„Was wünschen Sie?"

„Ich möchte mein Anliegen dem Herrn Vizekanzler vortragen."

„Haben Sie gesehen, wie viele Leute draußen warten? Alle auf Herrn Eysler! Wollen Sie Ihr Begehren oder Gesuch nicht mir anvertrauen? Ich bin der Referent für Presse-Angelegenheiten, die Sache kommt jedenfalls auf meinen Schreibtisch."

Der kleine Krause überlegte: „Nach dem Beschluss der Betriebsversammlung soll ich den Vizekanzler persönlich informieren."

Winkelhagen entschloss sich, aufzustehen und dem Betriebsleiter näherzutreten: „Es läge wohl in Ihrem Interesse, wenn Sie mir bekanntgeben wollten, was Sie wünschen. Der Herr Vizekanzler hat nur einen Kopf. Vor Ihnen waren schon siebenundfünfzig Bittsteller oder Bewerber hier, etwa dreißig kommen noch dran."

Willi Krause reckte sich: „Ich bin kein Bittsteller."

Winkelhagen zuckte die Achseln: „Bitte, nehmen Sie Platz", dann verschwand er hinter einer Doppeltür – Nun saß Krause wieder auf einem Wartestuhl und nach einigen Minuten der Erwartung und Enttäuschung schloss er wieder die Augen. Unerwartet rasch weckte ihn Winkelhagens Stimme aus dem Dämmerzustand: „Der Herr Vizekanzler lässt bitten."

Krause griff nach seinem Zylinder, den er unter dem Stuhl sorgfältig deponiert hatte und trat in einen vielfenstrigen glatt parkettierten

Saal ein, in dessen entferntester Ecke ein breitschultriger Herr mit rundem Gesicht und pomadisierter Frisur saß.

„Von Eysler", sagte der entfernte Herr, „sagen Sie kurz, was Sie wollen. Ich habe nur vier Minuten Zeit."

„Ich komme", stotterte Krause, „um die Situation im Verlage Kronstein darzulegen."

„Das erzählen Sie Herrn Ministerialrat Winkelhagen – Haben Sie noch was?"

„Allerdings."

„Können Sie das nicht meinem Referente erzählen?"

„Ich würde es vorziehen, Exzellenz ..."

„Also los ... Sie haben noch drei Minuten."

„Es handelt sich um den Regierungskommissar von Schollwitz. Er hat gestern sämtlichen arischen Redakteuren des Verlages gekündigt."

„Sapperlot! Ist das richtig?"

„Ich bürge dafür."

Nach einem Moment der Überlegung fragte Eysler: „Und nur die jüdischen Redakteure verbleiben?"

„Nein", stammelte Krause, „auch sie wurden gekündigt."

Eysler stand auf, kam näher, sein rundes Gesicht färbte sich rot: „Also, Schollwitz hat allen ohne Ausnahme gekündigt. Warum sagen Sie das nicht gleich?"

„Ich komme nur im Auftrage der arischen Schriftleiter."

„Noch was?", fragte Eysler über Krause hinweg auf die Straße sehend.

„Herr von Schollwitz hat eine jüdische Sekretärin gewählt, obwohl ihm im Hause bewährte deutsche Hilfskräfte zur Verfügung gestanden hätten."

Jetzt hatte Eysler genug. Er pflanzte sich breitschultrig dicht vor den kleinen Redakteur: „Kommen Sie nur her, um den von der Regierung angesetzten Kommissar zu verpetzen? Glauben Sie wirklich, dass ich heute nichts Wichtigeres zu tun habe?"

Der Vizekanzler öffnete die Tür: „Winkelhagen, nehmen Sie die Beschwerde dieses Herrn auf, ganz kurz ... Schollwitz passt ihm nicht."

Die Tür blieb offen, Krause war verabschiedet.

„Was habe ich Ihnen gesagt, Herr Redakteur? Sie haben Ihrer

Sache nur geschadet. Nun wiedeholen Sie die ganze Anzeige nochmals. Das Wichtige werde ich notieren."

Krause wiederholte mit Beharrlichkeit, allen arischen Schriftstellern sei gekündigt worden. Zu seinem Erstaunen antwortete Winkelhagen: „Ach, Quatsch, es ist ja allen, Ariern und Nichtariern, gekündigt worden. Das ist für den Neu-Aufbau notwendig ... Haben Sie noch was?"

„Der Herr Reichskommissar begünstigt das jüdische Element. Zu seiner Sekretärin hat er eine Urjüdin, so eine Rachel oder Rebekka, ausgesucht.

Winkelhagen: „Ist sie hübsch?"

Krause: „Ich habe keinen Sinn für diese Rasse."

„Nanana", begütigte Winkelhagen den Empörten, „es soll schon mal vorgekommen sein, dass ein Parteigenosse eine Jüdin schön gefunden hat."

Krause reckte sich, er hätte gern den Zylinder aufgesetzt: „Ich werde der Betriebsversammlung berichten."

Da legte ihm Winkelhagen die Hand auf die Schulter: „Herr Krause, ich würde an Ihrer Stelle vorsichtig sein. Herr von Schollwitz ist nicht der Erstbeste. Haben Sie schon versucht, sich mit ihm zu verständigen? Nein? Das würde ich Ihnen aber dringend empfehlen."

Auf der Treppe wurde Krause von einem Diener zurückgerufen. Winkelhagen wollte für seinen Bericht den Namen der jüdischen Sekretärin wissen.

„Fräulein Berger."

„Vorname?"

Krause dachte nach: „'n jüdischer Name. Rahel oder Ruth."

„Hat Herr von Schollwitz die neu ins Haus gebracht?"

„Nee, die ist schon sechs oder sieben Jahre da. Aber er war mit ihr in Paris. Man hat sie sogar im Hotel Ritz zusammen gesehen."

„Schauderhaft. Waren Sie schon mal im Ritz?"

„Seit Versailles existiert Paris nicht für mich."

„Wacker!", sagte Winkelhagen, während er den kleinen Redakteur fast umfangend zur Tür geleitete. „Aber wenigstens einen Baedeker sollten Sie lesen."

Einen Augenblick stand Krause ratlos in der Wilhelmstraße und wusste nicht, in welcher Richtung er weitergehen sollte. Mit einem Mal schien ihn eine Erleuchtung zu durchzucken, mit napoleonischer Festigkeit durchschritt er die Straße in der Richtung zur Deutschen Bank.

Eine Stunde nach Krauses Abgang trat Eysler etwas missmutig ins Nebenzimmer.

„Winkelhagen, wir müssen einen Bericht über die Situation im Kronsteinhaus direkt an das Büro des Reichskanzlers senden ... Der kleine Querulant scheint ja durch Schlüssellöcher zu schlüpfen. Warum lächeln Sie, Winkelhagen?"

„Krause hat im Kronsteinhaus den Spitznamen: der Floh."

„Uns wird er nicht lange zwicken, aber klingeln Sie Schollwitz an, ich will ihn doch warnen."

„Jawohl, Herr Vizekanzler." Eysler liebte es, wenn seine Beamten stramm standen oder wenigstens mit militärischer Haltung seine Weisung entgegennahmen.

Eysler empfing Schollwitz mit breiter Kameradschaftlichkeit.

„Cognac gefällig?"

„Danke."

„Darf ich mich zu Ihnen aufs Kanapee setzen?", fragte Eysler in herzlichem Ton und stützte sich im Niederlassen auf das Knie des alten Kriegsgenossen.

„Sie haben allen Kronsteinredakteuren zum ersten Januar gekündigt, ohne Unterschied, Juden wie Ariern. Mit wem wollen Sie denn die Zeitung machen?"

„Mit den richtigen Leuten, die ich nicht weglasse."

„Hm ... hm ... Habt ihr nicht bisschen viele Juden in den Redaktionen?"

„Vielleicht, aber ich habe gefunden, dass Juden ein verdammtes Talent zu diesem Beruf haben. Sie denken hurtig und schreiben fix. Man kann sie aufdrehen wie Wasserleitungen."

„Drehen Sie uns mal nicht zu viele Hähne auf, Schollwitz. Seit vorgestern können wir uns Zeit lassen", sagte der Vizekanzler langsam, „ich finde die meisten Juden etwas stark kritisch. So viel Kritik wirkt leicht zersetzend ... Vielleicht würde es sich empfehlen, das ruhigere Temperament der christlichen Schriftsteller zu begünstigen, auch wenn der Arier nicht so hurtig denkt."

Schollwitz antwortete nicht.

„Ich hätte an Ihrer Stelle, Schollwitz, einen Teil der arischen

Redakteure nicht gekündigt. Sie hätten es vermieden, eine arische Einheitsfront gegen sich zu schaffen. Sie hätten zwanzig oder fünfzig Herren auf Ihrer Seite gehabt. Divide et impera. Wäre vielleicht schlauer gewesen."

Schollwitz hörte noch immer mit gesenktem Kopf zu.

„Und dann ... dieser Floh, ich meine den kleinen Anführer, erzählt überall von Begünstigungen jüdischer Angestellter."

„Auch den jüdischen Redakteuren wurde ausnahmslos gekündigt."

„Sie sollen, erzählt der Floh, aus einer Rauferei mit einem jüdischen Redakteur, ich glaube, er heißt Winternitz, eine große Affäre mit Polizei und Staatsanwalt gemacht haben."

„Dieser Winternitz, dreiundsiebzig Jahre alt, Professor und gelehrtes Haus, ist heute Nacht seinen Verletzungen erlegen."

„So? Das muss Winkelhagen notieren. Aber trotzdem ... Wenn ich bitten darf, nicht zu viel Demonstration für den Toten! Alles zu seiner Zeit. Wir können jetzt keine jüdischen Märtyrer brauchen."

„Aber ..."

„Nein, kein Aber, lieber Schollwitz." Eysler sprach jetzt fast wie ein alter Regimentskommandeur. „Werfen Sie den Schuldigen in aller Stille raus, aber erst nach der drei oder mehrwöchentlichen Untersuchung, und halten Sie dem toten Professor keine Grabrede, Sie stehen ohnehin im Verdacht jüdischer Sympathie."

„Ich?"

„Na, schauen Sie mich nicht so erstaunt an. Was ist's mit der jüdischen Sekretärin? Soll eine schöne Rahel sein."

„Ich möchte bitten ... Herr Vizekanzler ... Die Dame ist meine Braut, übrigens vom Dienst bereits beurlaubt."

Eyslers Gesicht verzog sich zu einer Grimasse: „Braut ... Wirklich Braut?"

„Ich bitte, nicht daran zu zweifeln." Der Satz klang fast drohend.

„Dann gratuliere ich ... Gratuliere auch zu der Zivilcourage."

Schollwitz vergaß zu danken.

Eysler stand auf. „Ich möchte Sie gern halten, Schollwitz, das wissen Sie."

„Die Arbeit interessiert mich. Ich glaube, den Weg gefunden zu haben, dem Reich in Kürze ein gesundes Unternehmen zu übergeben."

Eysler sagte noch: „Heiraten Sie nicht zu schnell ... Lassen Sie sich das offene Wort von einem alten Kameraden sagen: Die Strömung ist jetzt gegen solche Verbindungen."

Es zuckte in Schollwitzens Gesicht, er überlegte, dann sagte er ganz ruhig: „Solche Strömungen sind mir für mein privates Leben piepe."

Das Wort sauste wie ein dünner Peitschenschlag nieder.

Ohne Schollwitz anzusehen, sagte der Vizekanzler kurz: „Auf Wiedersehen."

Eysler hörte die schnellen, verhallenden Schritte des Kameraden. Als er die Luft rein wusste, trat er an Winkelhagens Schreibtisch: „Ich glaube, wir werden Schollwitz nicht halten könne." Er durchquerte einige Male das Zimmer und blieb endlich vor Winkelhagen stehen: „Das wäre eigentlich eine Aufgabe für Sie."

„Melde gehorsamst, Exzellenz, ich glaube, ich würde es schaffen."

Am Abend kündigte Schollwitz Ruth am Telefon an, er wolle ihr am nächsten Tag das Gut seiner Eltern zeigen, er werde in der Früh gegen neun mit seinem Auto am Lützowufer warten. Die Fahrt dauere, da der Landsitz in Mecklenburg, hinter Schwerin, liege, etwa zweieinhalb Stunden, das Gut liege am Düritzsee, sie könnten den halben Tag am Wasser liegen und abends heimkehren, aber es könne spät werden, das möge sie ihrer alten Dame ankündigen, damit Mama Berger sich wegen später Heimkehr keine unnötigen Sorgen mache.

Das Telefongespräch, durch die Güte der Nachbarn ermöglicht, fand am Spätnachmittag statt, gerade während eine alte, treue Hausschneiderin ihr ein neues Sommerkleid anprobieren wollte, und zwar ein weißes. Seit Jahren hatte sich Ruth ein weißes Kleid gewünscht, aber es als unpraktisch verworfen. Nun hatte Mama Berger zwei Tage zuvor in der Leipziger Straße einen weißen Seiden-Wollstoff aufgestöbert und die bewährte Schneiderin sogleich ins Haus gerufen. Das Kleid war duftig und leicht geworden, es modellierte den schönen Leib der Trägerin diskret, es ließ durch weite Ärmel die schönen Arme, durch einen taktvollen ovalen Ausschnitt den Ansatz ihres schlanken Halses frei. Ruth stand während der Anprobe vor einem von der Wand herabgenommenen, auf den Boden schräg gestellten Spiegel und gab der Schneiderin die letzten Anweisungen. Die Spannung des schmiegsamen Stoffes durfte über der Brust nicht zu eng, aber auch nicht zu weit sein und die Glocken des vom Knie abwärts sich erweiternden Rockes durften nicht zu breit werden.

Im Spiegel entdeckte Ruth ein Lächeln der sachverständigen zuschauenden Mutter.

„Lachst du mich aus?"

„Gott bewahre, Kindchen, aber ich denke wie lange es her ist, dass du so ausdauernd vor dem Spiegel gestanden bist. Das Kleid wird ein Wunder und du hast noch nie so schön ausgesehen. Weiß ist deine Farbe."

Um sieben Uhr abends wollte die Schneiderin Schluss machen, aber Mama Berger winkte dem alten Fräulein ins Nebenzimmer und flüsterte ihr zu: „Das Kleid muss heute fertig werden, meine Tochter braucht es morgen für ein Fest."

Ruth, die sonst so aufmerksame, bemerkte nicht, dass die alte Hausschneiderin bis Mitternacht nähte, glättete und probierte. Das Glück macht egoistisch, dachte Mama Berger, während die Schneiderin die Nadel nicht aus der Hand ließ, stand Ruth im Badezimmer, rief die Mutter hinein und Mama Berger wusch das kastanienbraune Haar, dessen Locken von hellbraun bis ins dunkelbraun rot schimmerten. „Ich hätte zum Friseur gehen sollen", sagte sie zu ihrem Spiegelbild, „würde ich die richtigen Wellen haben?" Aber es erwies sich, dass Mama Berger geschickter als ein Damenfriseur war, Ruth musste zur Bändigung der sorgfältig gelegten Locken und Wellen über Nacht ein breites Seidenband fest übers Haar spannen.

„Immer lächelst du?", sagte Ruth. „Bin ich so lächerlich?"

Die alte kleine Frau nahm den Kopf des Kindes und legte ihre gute weiche Hand auf ihre Wange: „Du bist wieder meine kleine Ruth, die sich gern im Spiegel sah. Viele Jahre hast du das vergessen."

„Schade", sagte Ruth, „dass ich morgen einen Hut aufsetzen muss. Aber ich habe wenigstens einen mitgebracht, der zum Kleide passt." Es war ein heller Strohhut mit sehr breiter, wippender Krempe. Nur ein braunrotes Band zierte ihn, dasselbe Braunrot, das sich auch um die Mitte des duftigen weißen Kleides legte.

Mama Berger wollte, etwas erschrocken, fragen: „Was kostet der Hut?" Aber sie schluckte die Frage rechtzeitig hinunter und bewunderte das feine Strohgeflecht.

Fünf Minuten vor neun Uhr war Ruth ausgangsbereit. Der Himmel war bewölkt, leichter Sturm durchwehte und durchschüttelte die Wipfel der Bäume am Lützowufer.

„Du musst den Regenmantel umnehmen", sagte die Mutter.

„Oh Gott, den alten abgeblassten, blauen Gummimantel!“ So eingehüllt in den kalten Gummi sollte sie neben Joachim Platz nehmen?

„Ruth, ich kann hinunterlaufen und Herrn Schollwitz heraufholen, damit er dich wenigstens einen Augenblick in diesem schönen Kleid sieht, ehe ihr abfahrt.“

„Nein, bitte nicht, Mama. Ich werde den langweiligen Mantel draußen im Freien ablegen und ihn mit meiner weißen Eleganz plötzlich überraschen. Auf der ganzen Fahrt werde ich mich auf diesen Augenblick freuen.“

Aber der breite Strohhut passte doch gar nicht zu dem alten Gummimantel und jetzt fand Ruth auch ihre schwarzen, etwas abgenutzten Schuhe beschämend.

„Die Schuhchen sind noch sehr gut“, tröstete die Mama, „dein Fuß sitzt gut drin und das Leder ist blank.“

Da läutete es. Schollwitz trat ein. Im Vorzimmer sagte Mama Berger: „Wie schön, dass Sie das Kind holen. Dafür bekommen Sie eine Belohnung, warten Sie einen Augenblick.“

Ruth hörte Joachims Stimme, riss sich aus dem Gummimantel, setzte den Strohhut vor dem Spiegel auf, dann rief sie: „Herein.“

Joachim trat in das Wohnzimmer, alle Vorhänge, die sonst das Zimmer in milde Dämmerung hüllten, waren von den Fenstern fortgezogen, der Raum war lichtdurchflutet und in der Sonne stand Ruth wie in eine duftige Wolke gehüllt, sie hob den Kopf und fragte mit einem fröhlichen Mut, den Joachim noch nie an ihr wahrgenommen hatte: „Gefällt dir … das Kleid?“

Joachim trat einen Schritt näher, er wagte nicht, ganz dicht an Ruth heranzutreten, eine unbeschreibliche Seligkeit durchströmte ihn und er stammelte: „Ruth … Bist du schön … Du … Tochter Abrahams.“

Mama Berger war draußen geblieben. Jetzt trat sie ein, sie sah Schollwitz stumm-andächtig vor ihrem Mädchen stehen und sagte lächelnd: „Heute dürfen Sie ihr einen Kuss auf die Wange geben.“

„Mama“, sagte Ruth mit einem leichten Venus-Lächeln, „du bist kühner als wir.“ Aber im nächsten Augenblick trat sie einen Schritt zu Joachim und nahm seinen Kopf und legte ihn an ihren Hals, an die Stelle, an der sie schon einmal seinen Kopf bebend gefühlt hatte.

Die Mutter mahnte zum Aufbruch: „Sonst kommt ihr mir zu spät zurück. Und jetzt kann ich dich ja wieder verpacken in deinem alten

Mantel. Wegen des Straßenstaubes, wenn ihr im Auto sitzt. Sonst kommt sie in einem grauen Kleid an."

„Ich bin sehr stolz darauf", sagte Joachim, während sie die Treppe hinabstiegen, „dass deine Mutter so fröhlich ist. Ich glaube, sie vertraut mir, trotzdem ich aus einer für sie fremden Gegend komme."

„Mama ist verliebt in dich."

Schollwitz reichte Ruth beim Einsteigen in den Wagen einen Leinen-Helm, den sie vorsichtig über die Ohren zog. Den Strohhut legte sie auf einen der rückwärtigen Sitzplätze. Joachim nahm das Steuerrad in seine sehnigen Hände. Sie flogen aus der Stadt, sie rasten über die Avus, es wurde ihm schwer, auf den Landstraßen ein etwas gemäßigteres Tempo einzuhalten. Die Havelseen glitten an ihnen vorbei, durch Ortschaften mit schlechten Straßen, durch gemischte Wälder mit grünem Unterholz, an hochstehenden Kornfeldern und immer wieder an besonnten Seen mit Segelschiffen und Fischerbooten flogen sie vorbei. Joachim gehörte dem Steuerrad, das er in festen Händen hielt, und nur selten konnte er Ruth einen lachenden Blick zusenden. Sie sprachen nicht, aber es war auch kein Wort zwischen ihnen nötig.

Jetzt fuhren sie durch dichten Nadelwald, zersplitterte Bäume in ungeordnetem Durcheinander, Krummholz neben hochstrebenden Stämmen, unberührt, wirr zusammengewachsene Waldwelt, aus der eine dumpfe Hitze qualmte.

„Schändlich", sagte Schollwitz laut vor sich hin, „verwahrloster Wald ist eine Schande, und dies alles gehört mir und ich habe es verlottern lassen."

Ruth sah sein Gesicht, das vor Zorn zuckte und einen Moment erblasste. Plötzlich stoppte Schollwitz den Wagen, er sah in eine ziemlich ausgedehnte Lichtung, die ausgeholzt war. „Das muss ich mir ansehen", sagte er knirschend, „bitte, warte einen Augenblick." Er stieg so schnell es ging über krachendes Krüppelholz der Lichtung zu. War es möglich? Hier war ein kleiner Wald förmlich ausgerodet, der Frevel hatte sich bei dünnen Stämmen nicht einmal die Mühe genommen, mit der Axt nachzuhelfen, um den Stumpf zu glätten. Wie abgebrochen starrten die kleinen niedrigen Baumstümpfe in die Luft. Und nirgends auch nur der Ansatz zu einer Neupflanzung oder Aufforstung! So ähnlich barbarisch zerstörte Wälder hatte er im Kriege gesehen ... Er kehrte sich rasch ab von seinem geschändeten Besitz, aber Ruth erschrak, als sie in sein noch immer oder wieder erblasstes, verzerrtes Gesicht sah. Schweigend setzte er sich an das Steuerrad, schweigend fuhren sie die holprige Waldstraße hinauf.

Plötzlich schimmerte etwas Weißes durch das Grün.

„Wir sind da", sagte Schollwitz. Der Wagen hielt vor einem ausgestorbenen Herrenhaus. Ein zweistöckiger weißgelber Bau, zu dessen Eingang eine etwas abgebröckelte sechsstufige Steintreppe führte. Steinerne Säulen trugen einen langen Balkon mit rostigem Gitter im ersten Stock. Die Front war mindestens zwanzig Fenster lang – grün, seit Jahren nicht geöffnet und nicht geputzt.

Schollwitz stieg die sechs Stufen hinauf. Er rüttelte an dem großen Gittertor, es war wenigstens gut versperrt. Er entdeckte einen altväterlich Glockenzug, den er in Bewegung setzte. Ein bisschen Lärm wie von aufeinander geschlagenen [Topfdeckeln] entstand. Weit und breit kein Pförtner, kein Diener, kein Verwalter.

Joachim trat ans Auto: „Verzeih, es sieht hier ziemlich unbewohnt und unbewohnbar aus. Dass wir nicht hineinkönnen, ist meine Schuld. Ich wollte überraschend kommen, habe absichtlich nicht telegrafiert und nun sehe ich die Verwahrlosung ... Wenn das mein Vater sähe! – Willst du im Wagen bleiben? Die Wege sind sehr schlecht, aber ich muss den Verwalter suchen."

Nein, sie bat, mitkommen zu dürfen. Joachim bog in das Gestrüpp ein, er bog Zweige zur Seite oder brach sie zornig ab, er zertrat Zwergholz, das über den Wildpfad wucherte, damit sie mit ihren schwarzen Halbschuhen durchkam. Trat sie auf den mit grünen und braunen Nadeln übersäten Boden, so fühlte sie es weich und angenehm unter ihren Füßen. Zwischen den wegversperrenden Zweigen hingen Spinnennetze, wie Ruth sie nie gesehen hatte, und ein Summen und Brodeln schwang durch die stickige Luft. Dann und wann reichte ihr Joachim die Hand, um ihr über einen kleinen Graben hinüberzuhelfen. Der Weg durch diese Wildnis ermüdete sie, das Krachen der Äste, das jähe Auffliegen von kleineren und größeren Vögeln erschreckte das Stadtkind, endlich standen sie vor einem grünen, einstöckigen Haus, sie sahen Rauch aufsteigen und Joachim sagte, indem er ihre Hand in seinen Arm legte: „Hier hast du wieder Menschen."

Eine breite, saubere Vierzigerin in kurzem, blauen Leinenrock rief, als sie Joachim ansichtig wurde: „Jesus, Herr von Schollwitz!", und lief, denn sie hatte nur Rock und Hemd an und musste die nackte Fülle ihres prangenden Busens und Nackens im Hause rasch bedecken.

Ruth sah sich um. Vor einem schmalen Gange führte eine niedere Tür zur Küche, in der die Halbbekleidete gerade gekocht hatte. Das längliche Vorzimmer war mit vielen Weihen geschmückt. „Kommen Sie nur weiter, ich bin gleich wieder da", rief die überraschte Frau. „Nein, so was. Herr von Schollwitz ist da!"

Joachim und Ruth traten in ein etwas dumpfes, dreifenstriges Zimmer, das mit einer schönen, grün bespannten Garnitur und hellen alten Schränken gut aussah. Bloß eine triviale Zimmerbemalung störte. Ruth öffnete ein Fenster, indes Joachim sich mit zorniger Stirn umsah.

„Sie haben die Garnitur aus dem Schloss herübergeholt?", fragte er, als die Verwaltersfrau eintrat. „Hier sieht es vornehm aus", bemerkte er nicht ohne Hinterhältigkeit.

„Sind Sie deshalb böse, gnädiger Herr? Wir haben die guten Sachen heruntergestellt, damit wir sie in Ordnung halten können. Im Schloss oben hätten wir sie nicht so gut reinigen könne."

„Warum denn nicht?"

„Das Schloss ist doch versperrt, gnädiger Herr, im Winter war es ungeheizt."

Schollwitz musste schweigen.

„Wo ist denn Ihr Mann?", fragte er nach einer Pause.

„Nach Schwerin gefahren. Er hatte eine Vorladung zur Forstverwaltung."

„Das kann ich mir denken – der Wald sieht ja verlottert aus."

„Gnädiger Herr verzeihen, aber mein Mann wusste nicht, ob gnädiger Herr in den Besitz noch mehr hineinstecken wollte."

Joachim wollte mit der Frau nicht streiten. Er nahm Ruth bei der Hand und stellte sie der Verwaltersfrau vor: „Meine Braut."

Zum ersten Mal hörte Ruth das Wort aus seinem Munde. Um nicht nachzugeben und um ihre Ergriffenheit zu verbergen, fragte sie schnell: „Können wir in der Nähe etwas zu essen bekommen?"

Die Verwalterin bedauerte unendlich, dass sie selbst nichts Richtiges anzubieten habe, aber unten beim Seewirt esse man vorzüglich, gut mecklenburgisch. Wenn der gnädige Herr gestatte, wolle sie sofort hinuntertelefonieren.

„Haben Sie denn ein Telefon?“, fragte Schollwitz erstaunt.

„Ja, seit einem halben Jahr. Hat das mein Mann nicht berichtet?“

„Wahrscheinlich ... Aber wir möchten doch, wenn es dir recht ist, Ruth, zuerst das Schloss sehen und erst dann essen. Sie haben doch die Schlüssel?“

„Ja natürlich. Ich hätte gern, gnädiger Herr, erst bisschen reine gemacht und die Säle gelüftet, damit die Herrschaften einen angenehmen Eindruck haben.“

„Nein“, antwortete Schollwitz in einem Ton, der jede Erwiderung abschnitt, „wir wollen sofort ins Schloss.“

„Haben der gnädige Herr den Wagen da?“

„Der steht vor dem Schlosstor.“

„Dann sind gnädiger Herr und das gnädige Fräulein Braut den schlechten Weg durch den Wald gegangen? Schade. Wir haben ja jetzt eine gute Fahrstraße vom Schloss hierher.“

„Das wusste ich nicht.“

„Aber das hat mein Mann sicher berichtet ... Ich könnte rasch hinauflaufen und das Auto herschaffen.“

„Chauffieren Sie denn?“

„So ’n bisschen. Wir haben uns nämlich einen alten Fordwagen angeschafft. Es war eine Occasion. Ganz billig.“

Das Gespräch begann ungemütlich zu werden. Die Frau war froh, zum Schloss hinaufzulaufen zu können, um den Wagen auf der neuen Straße, die hinter dem grünen Haus verlief, herunterzuschaffen.

„Setz dich, Ruth ... Siehst du, das ist ein norddeutscher Gutsverwalter. Er hat meinen Wald geplündert, als wäre es Feindesland. Bei jeder Frage an die Frau komme ich auf einen Schwindel oder eine Hinterziehung. Wenn dieser semmelblonde Mann, der sich hier mit meinen Möbeln vornehm einrichtete, sich ein Auto anschafft und für mein Geld eine Fahrstraße bauen lässt, wenn das ein Jude wäre, was würden die Krauses für ein Geschrei machen. Dabei gibt es kein Gut in Norddeutschland, wo der Verwalter nicht stiehlt, besonders wenn der Besitzer in Berlin sitzt und sich um seinen Wohnsitz nicht kümmert ... Aber wir wollen heute nicht mürrisch werden und wenn sie das halbe Schloss weggetragen hätten.“

Das Auto tutete. Sie umschritten das Haus, das mit einem reichen buntblumigen Garten umgeben war, und stiegen in den Wagen. Das Eingangstor des Schlosses stand weit offen. Ruth betrat als erste die weite steingepflasterte Halle, die im ersten Stock von einer Holzgalerie umfasst war, zu der eine breite, geschnitzte Treppe hinaufführte. Auf dieser Galerie mündete Tür an Tür. Ruth sah hinauf und wollte zählen: „Das sind Gästezimmer gewesen", sagte Schollwitz, „die mecklenburgischen Ritter freuten sich wenn sie eine möglichst große Gesellschaft beherbergen konnten. Die grüne Garnitur, die der Herr Verwalter der besseren Reinigung wegen in sein gutes Zimmer gestellt hat, stammt aus einem dieser Gastzimmer. Meine Eltern und wir Kinder lebten nur hier unten. Alle Räume hier sind groß, sogar das Zimmer meiner Mutter, das kleinste hier unten, ist geräumig. Sperren Sie's auf, Frau Verwalter. Das Zimmer mit der Terrasse zum Garten."

Das junge Paar trat in das bunt tapezierte Muttergemach. Hier stand in einer tiefen Mauernische ein breiter Lehnstuhl, vor ihm ein altväterliches Nachttischchen, drauf ein silberner Kerzenleuchter.

Wenn man sich hier niedersetzte, konnte man den ganzen Garten bis zum See überblicken. Hier war eine lange Glastür, durch die Mutter am schnellsten in den Garten kam. Sie ist jetzt mit Brettern verbarrikadiert, wie du siehst."

„Wegen des Windes im Winter", sagte die Verwalterin, „der Sturm pfeift ja durch das ganze Schloss. Mein Mann achtet auf alles."

Hier stand eine breite Kredenz aus Nussholz, die großen Glasscheiben waren trübe, man konnte nicht sehen, ob das Prachtmöbel leer war.

„Hier hatte Mutter ihr bestes Porzellan. Es ist wohl noch da, Frau Verwalter?"

„Sicher, sicher, bei uns kommt nichts weg." Aber sie schloss die Glasflügel der Kredenz nicht auf und als Joachim die Hand auf den Schrankschlüssel legen wollte, hielt ihn Ruth zurück: „Heute nicht, bitte."

Die Verwalterin zeigte das breitfenstrige weiße Schlafzimmer der Eltern, das von einem überdimensionierten Doppelbett und einem gegenüberliegenden Riesenschrank ausgefüllt war. Ein breiter bauchiger Rokoko-Ofen füllte eine Ecke aus. In der anderen Ecke stand ein heute angefertigter gemeiner Waschtisch mit imitierter Marmorplatte. Schollwitz bemerkte das störende Stück sofort: „Wie kommt denn das hier her, zum Donnerwetter?"

„Der alte Waschtisch wird beim Tischler in der Reparatur sein." Die Antwort klang etwas unsicher.

Ruth ergriff Joachims Hand. „Heute nicht“, wiederholte sie leise.

Die Verwalterin wollte noch das Arbeitszimmer des gnädigen Herrn Vaters zeigen, aber es war versperrt und in dem Schlüsselbund wollte sich der richtige Schlüssel nicht finden. Dagegen war das Spielzimmer mit einem großen, leidlich erhaltenen Billard zu sehen. Dann hätten sie noch ein großes, dreifenstriges Kinderzimmer sehen können mit dem anstoßenden kleinräumigen Kabinett für den Hofmeister oder die Bonne. Schließlich gab es noch drei große, vollkommen ausgeräumte, saalähnliche Zimmer, jedes mit glasglitzernden Kronleuchtern versehen, die durch die Leinwandverpackung durchschimmerten, auch die Küche war ein Saal und der Herd mit vielen Öffnungen und Röhren bewies durch seinen Umfang, dass er festlichen Gelegenheiten gewachsen war. Es gab sogar ein Badezimmer und zwar war es wegen des Wassertransportes neben der Küche angelegt, durch die weite Halle vom Schlafzimmer getrennt.

„Wollen die Herrschaften auch die oberen Räume besichtigen?“, fragte die Verwalterin, sie konnte ihre Unsicherheit nicht ganz verbergen.

„Nein, danke, wir wollen essen“, antwortete Ruth, „ich habe einen Riesenhunger.“

Zögernd gab Joachim nach.

Das Auto brachte sie auf dem neuen Fahrweg zum Wirtshaus am See. Der Wirt, ein kleines, rundliches Männchen, war schon von Schollwitz’ Ankunft verständigt, er stand am Torflur seines breit gemauerten, schindelgedeckten Parterrehäuschens und lachte mit breitem Mund. Freude strahlte aus seinem gut gepolsterten Wirtsgesicht, er bot dem „jungen Herren“ die Hand und streckte sie ebenso selbstverständlich dem „Fräulein Braut“ entgegen. In dem sauberen hellblau getünchten Gastzimmer war für die Herrschaften schon gedeckt, sogar ein frisches weißes Tischtuch hing über dem länglichen Holztisch und ein Strauß mit knalligen bunten Bauerngartenblumen stand vor den Tellern.

„Wie schön, dass das Zimmer blau gestrichen ist“, sagte Ruth, „da kann ich endlich meinen abscheulichen Gummimantel ablegen.“

Sie stand da, in ihrem weißen Wolkenkleid, und zog langsam die Leinenkappe vom Kopf. Das Wasserblau des Zimmers gab ihrem Weiß und dem schimmernden Kastanienbraun ihrer Locken einen wunderbaren Hintergrund.

„Siehst du, wie gut dir eine echte alte Mecklenburger Stube steht", sagte Joachim, während er sie bewundernd betrachtete.

Sie hätte erwidern können: „Besser als dein unbewahrbares Schloss", aber es kam nicht in Frage, einen so unfreundlichen Gedanken zu äußern.

Der Wirt näherte sich in demütiger Haltung, seine roten Backen schimmerten jetzt noch rundlicher, die kleinen Äugelein blinzelten verheißungsvoll.

„Gnädiger Herr müssen mit dem vorlieb nehmen, was da ist." Er ließ zuerst einen Aal in grün servieren, hier im See gefangen, ein etwas schweres Gericht, mit allerlei Grünkräutern vorzüglich zubereitet. Dann gab es, wie der Wirt versicherte, ein einfaches Beefsteak mit Hindernissen. Das war ein saftiger, etwas blutiger Braten, umsäumt von Sardellen, harten Eiern, Radieschen, Tomaten, gebratenen Zwiebeln, Krebsschwänzen, gebratenen Kartoffelklößchen und noch ein Dutzend verlockender Hindernisse.

Der rundliche Wirt strahlte, als er die überladene Schüssel präsentierte und Joachim konnte ein Lächeln nicht verbeißen.

„Das nenne ich eine mecklenburgische Schüssel", sagte er dankend zu dem Wirt, dann zu Ruth: „Hier lernt man sich richtig satt essen … So ein Steak aß mein Vater allein auf, allerdings nicht ohne Burgunder."

„Schon da." Der Wirt hob vorsichtig eine grau umsponnene, in einen Strohsack gebundene Flasche hoch: „Werden Sie glauben, dass das noch die Marke Ihres Vaters ist? Ich habe noch dreißig Flaschen davon unten. In all den Jahren nach dem Krieg hat sie niemand verlangt."

Joachim schenkte Ruth nur ein halbes Glas, sich selbst ein volles ein: „Der verlangt Übung. Du musst ihn langsam und in kleinen Schlucken trinken. Einiges wirst du hier lernen, Liebste." Dann hob er sein Glas und trank dem wohlwollenden Wirt zu.

Ruths Riesenhunger war bald befriedigt. Schon nach dem Aal hatte sie geseufzt und vom Rumpsteak und seinen Hindernissen hatte sie nicht mehr viel auf ihren Teller laden können. Umso erstaunter war sie über die Portionen, die Joachim vertilgen konnte.

„Das gnädige Fräulein ist nicht von hier", sagte der Wirt mehr mitleidsvoll als neugierig.

Sie sah verwundert, wie Joachim fast alle „Hindernisse" nahm und das saftige Steak mit Lust zerschnitt und vertilgte.

„Wie musst du abends bei uns gehungert haben“, sagte sie, „wir essen ja wie die Spatzen.“

„Solche Leistungen bringt man nur zu Hause fertig. Danke, Herr Wirt, es war wirklich vorzüglich. Und nun setzen Sie sich einmal zu uns, trinken ein Glas Wein mit uns und beantworten mir ein paar Fragen.

„Wenn das gnädige Fräulein gestattet“, antwortet der Wirt, indem er sich mit einer linkischen Anmut vor Ruth verbeugte, „und worauf soll ich antworten?“

„Sie sollen mir sagen, lieber Freund, und Ihre Antwort bleibt unter uns, ob mein Verwalter nicht mehr als üblich mich bestiehlt?“

Der Wirt spitzte seinen vollen Mund, wie wenn er pfeifen wollte, dann knipste er mit Daumen und Mittelfinger, um nicht gleich antworten zu müssen. Endlich fragte er mit seitlich geneigtem Kopf: „Haben der gnädige Herr das Schloss schon besichtigt?“

„Die unteren Räume oberflächlich.“

Der Wirt: „Schade.“

Schollwitz schenkte das Glas des Wirtes noch einmal voll.

Doch der Wirt schob das gefüllte Weinglas von sich: „Ich antworte Ihnen schon ... Es ist nämlich, wenn der gnädige Herr die Wahrheit wissen will, eine Schande. Der Mann gehört ins Kittchen.“

Nach einer Weile sagte Schollwitz: „Wenn ich könnte, würde ich heute noch hierbleiben und mir den Mann vornehmen.“

„Da müssen Sie schon mehrere Tage bleiben. Wenn der Verwalter vereist, bleibt er mindestens die halbe Woche weg.“

„Und wer vertritt ihn da? Wer verteilt die Arbeit?“

Der Wirt zuckte die Achseln: „Ich glaube, seine Frau.“

Schollwitz stellte keine Frage mehr.

Es war der Wirt, der das Gespräch wieder in Gang brachte: „Wollen der gnädige Herr das Schloss instand setzen?“

„Ich hatte die Absicht.“

„Tun Sie’s nur, gnädige Herr. In einem Vierteljahr kann es wieder instand sein, in drei Monaten ist ja auch das Haus des Verwalters, das ehemalige Försterhaus, in Ordnung gebracht worden und das ist jetzt pikfein hergerichtet, mit Telefon, Eiskasten und Dauerbrandofen und mit den schönsten alten Möbeln aus dem Schloss. Besonders das Arbeitszimmer des Herrn Verwalters, wo der schöne Schreibtisch vom Herrn Vater steht ...“

„Donnerwetter."

„Die Sachen, das muss man dem Verwalter lassen, werden gut gehalten. Wenn man kein Schlossherr wäre, möchte man in dem alten Försterhaus wohnen."

Die Sonne sank schon.

„Wollen wir nicht einmal zum See gehen?", fragte Ruth.

„Richtig. Verzeih. Ich war nur in meinen Streit vertieft." Der Wirt empfahl, den Verwalter nicht all zu scharf anzupacken, er sei ein bösartiger Bursche.

Ruth sprang aus dem dumpf gewordenen Gastzimmer. Der Wirt wies den Weg zum See, der durch Weiden und Schilf verdeckt war. Über nasse Wiesen, durch einen Wald von gelben, übermannshohem Schilf arbeiteten sie sich durch, plötzlich standen sie am Ufer. Der See war hier schmal, die metallisch graue Fläche vom Winde leicht getippt, ein verwitterter Holzsteg, den Schollwitz zuerst erprobte, führte auf den See hinaus. Vom äußersten Punkt dieses Stegs aus übersah man den See in seiner strahlenden Breite. Kein einziges Boot war zu sehen, der See, umsäumt von grünenden Weiden, umbuscht von grünem Strauchwerk, lag reglos da, nur dann und wann durch einen ins Wasser stürzenden Tauchvogel gestört. Hitze brütete über dem grauseidend schimmernden Wasser. Stille, Stille ...

Ruth bat Joachim, sich einen Moment neben ihr auf dem Stegrande niederzulassen.

„Aber dein weißes Kleid?", sagte er lächelnd und hatte schon seinen Rock für sie ausgebreitet.

„Hier möchte ich bleiben", sagte sie leise, „kein Mensch in der Nähe, kein Kronstein, kein Willi Krause, kein Eysler."

„Auf dem Steg?", fragte er lächelnd.

„Am liebsten direkt hier. Warum steht das Försterhaus nicht Hier?", fragte sie ahnungslos.

„Es ist nicht so Sitte", antwortete Joachim ernst, „man hat die Försterhäuser gewöhnlich in den Wald gebaut. Aber ..."

Sie sah ihn an und erriet seinen Gedanken. „Ja, hier zu leben, wäre schöner als im Schloss. Dorthin gehören wir, nein, dorthin gehöre ich nicht oder noch nicht. Aber ein kleines Haus mit blauen Zimmern, mit einem Holzbalkon zum See, hier am Steg, wäre das schön!"

Eine halbe Stunde später saßen sie im Wagen. Joachim fuhr jetzt wesentlich ruhiger als auf der Ausfahrt. Er beantwortete ihre Fragen, trotzdem er auf den Weg achtete. Ruth fragte: „Wie lange baut man an einem einstöckigen weißen Häuschen mit fünf, höchstens sechs Zimmern? Was kostet der Bau eines solchen Häuschens? Kann man eine äußere Holztreppe anbringen, die direkt ins Wasser führt? Wäre es möglich, neben dem Hauptbalkon in der Front des Hauses noch einen kleinen Nebenbalkon auf der Sonnenseite anzubringen? Für wen glaubst du? Wird sich Mama langweilen, wenn wir sie dann und wann allein auf ihrem Balkon sitzen lassen? Kann man in einem solchen Häuschen, wenn es gut geheizt ist, auch im Winter leben? Würde dir das Kronsteinhaus fehlen? Aber die Wilhelmstraße? Können wir, wenn es uns gelüstet, wieder nach Berlin ziehen, dieses Häuschen am See vermieten?"

„Wir könnten wohl", war Joachims letzte, höchst ernsthafte Antwort, „aber wir werden es nicht tun, ich will keine fremden Leute auf unserem Balkon sitzen sehen."

XXX.

Als Schollwitz am nächsten Morgen über den langen Korridor im Kronsteinhaus zu seinem Büro schritt, hörte er hinter sich die Botenjungen, die Schreibfräulein, aber auch Redakteure wispern: „Er ist da. Na siehste." Während er, der sein eintägiges Wegbleiben korrekt angezeigt hatte, sein Mecklenburger Zuhause wiedergesehen hatte, war in dem vielkammerigen Verlagshause irgendwo das Gerücht aufgeflogen: Schollwitz kommt nicht wieder. Nach zwei Stunden hieß es schon: Schollwitz ist ins Ausland abgedampft. Nachmittags befand sich Schollwitz in Schutzhaft ... Und nun ging er mit gemächlichen, nicht übereilten Schritten über den langen Korridor.

Auf seinem Schreibtisch fand der Reichskommissar die Liste der Leute, die ihn am Vortage telefonisch zu erreichen versucht hatten, er las:

> Das Büro des Reichskanzlers (zweimal)
> Die Witwe des verstorbenen Redakteurs Professor Winternitz, die Tag und Stunde des Leichenbegängnisses auf dem jüdischen Friedhof in Weißensee bekannt gab
> Betriebszellenleiter Krause (dreimal) noch um ein Uhr nachts (dringendst)
> Simon Kronstein aus dem Sanatorium in Loschwitz
> Vizekanzler von Eysler (persönlich)
> Ministerialrat Winkelhagen (zweimal)
> Justizrat Lübbenau
> Emil Kronstein
> Ein Nachtanruf aus Schwerin vom Gutsverwalter des Herrn von Schollwitz

Kaum hatte sich Schollwitz in seinem Büro halbwegs installiert und sich an den Berg von Briefen und Berichten herangemacht, ließ sich schon Willi Krause anmelden. Der Wink, den er im Büro Winkelhagen empfangen, hatte gewirkt, der Betreibszellenleiter trat bescheiden, leise und friedfertig auf. Er wollte den Herrn Reichskommissar nur seiner und seiner Freunde tätigen Mitarbeit versichern, denn deutsch sein heißt eine Sache um ihrer selbst willen tun, wie schon Richard Wagner gesagt hat.

„Ich danke Ihnen und ich danke besonders Ihren Kollegen. Da ist allerdings noch eine schwere Sache zu bereinigen. Sie wissen, dass Herr Professor Winternitz vorgestern verschieden ist. Die Obduktion hat, wie ich gerade sehe, ergeben, dass er an einer Hirnverletzung gestorben ist, die offenbar durch eines der Wurfgeschosse, eine Flasche oder ein Glas, entstanden ist. Man hat in seiner Kopfwunde Glassplitter gefunden."

Willi Krause sah zu Boden, er hatte nicht die Absicht, sich zu der peinlichen Angelegenheit zu äußern.

Schollwitz, der hinter seinem Schreibtisch aufgestanden war, fragte: „Haben Sie der Witwe schon kondoliert?"

Die Frage traf Krause ganz unerwartet. Wieso? Wie kam er dazu? Handelte es sich denn nicht um einen der jüdischen Redakteure, die weggeräumt werden mussten? Schließlich hatte er doch selber keine Flasche oder kein Glas geschleudert. Aber dies alles äußerte er nicht, er antworte nur halblaut: „Einen Beschluss hierüber muss die nationale Betriebszelle in einer Versammlung beschließen."

„Ich würde Ihnen empfehlen, Herr Krause, einen solchen Beschluss noch heute zu fassen. Und noch eins: Professor Winternitz war achtunddreißig Jahre Redakteur des Hauses. Ich nehme an, dass auch die arischen Kollegen dem Leichenbegängnis eines Mannes, der so viele Jahre in Frieden an ihrer Seite gearbeitet hat, nicht fern bleiben werden. Das Begräbnis, notieren Sie sich das, findet morgen um zwölf Uhr auf dem jüdischen Friedhof in Weißensee statt. Ich würde es für ein Zeichen von Führerbewusstsein und für einen Beweis maßvoller Gesinnung halten, wenn Sie selbst sich in Weißensee sehen ließen."

Krause, teils geschmeichelt, teils empört über die Zumutung, erwiderte: „Gewiss, gewiss ... Wenn die Vollversammlung ..."

Schollwitz trat einen Schritt vor: „Lassen Sie mal das Spiel mit der Vollversammlung. Sind Sie Führer oder nicht? Beim Tod des armen Winternitz haben Sie sich als Führer oder Regisseur sehr aktiv beteiligt, ich will die Sache im Augenblick nicht genauer untersuchen, obwohl das Ergebnis kaum zweifelhaft wäre. Sie haben allen Grund, eine versöhnliche Gesinnung zu bekunden. Deshalb wünsche ich, Sie am Grabe des ermordeten Greises zu sehen, den Angehörigen des Toten erweise ich damit keinen Dienst. Auf Wiedersehen, Herr Krause."

Der kleine Krause taumelte zur Tür. Draußen blieb er unwillkürlich stehen. Hatte ihn Schollwitz nicht beinahe offen des Mordes oder wenigstens der Mordanstiftung geziehen? War der verjudete Adelige nicht imstande, das „nicht zweifelhafte Ergebnis" dem Staatsanwalt zu übergeben? Bekundete Krause nicht sein gutes Gewissen, wenn er an dem Grabe des alten Winternitz zu erscheinen wagte. War er es nicht seiner politischen Stellung schuldig, sich von der Teilnahme zu drücken? Er nahm sich vor, ohne Vollversammlung, mit zwei verlässlichen arischen Kollegen an dem Leichenbegängnis teilzunehmen, und er beschloss, Schollwitz von diesem eben gefassten Plan sogleich zu verständigen. Er stand noch vor der festen Holztür, die in das Büro des Reichskommissars führte und klopfte bescheiden. Keine Antwort. Er klopfte ein zweites Mal kräftiger an die Tür, lauschte, keine Antwort. Schließlich klopfte er ein drittes Mal so scharf an, dass ihm die Knöchel schmerzten. Da wurde die Tür aufgerissen, Schollwitz in seiner widerwärtigen Länge stand dicht vor dem kleinen Redakteur: „Was wollen Sie denn? Ich rufe schon dreimal herein."

„Bedauere ... Habe nichts gehört ... Wollte nur die gewünschte Mitteilung machen, dass ich an dem Leichenbegängnis des verstorbenen Kollegen Winternitz teilnehmen werde. Wünschen Herr Reichskommissar, dass ich im Namen der Betriebszelle einige einfache deutsche Worte am Grabe ..."

„Behüte, nein, Ihr Erscheinen genügt. Adieu, Herr Krause."

Der Betriebszellenleiter musste sich sagen, dass das Benehmen des Herrn Reichskommissars nicht liebenswürdig, ja, genau genommen, verletzend war. Leider ... Krauses Stunde war noch nicht gekommen.

Gegen Mittag kam Emil Kronstein auf einen Sprung zu Schollwitz herüber. Er wollte nur gratulieren, im Büro des Vizekanzlers war ihm erzählt worden, dass Schollwitz sich mit Ruth Berger verlobt habe. Einige schmeichelhafte Worte über sie fügte er hinzu.

„Darf ich Ihnen sagen, dass Sie ein mutiger Mann sind, Herr Reichskommissar?"

Schollwitz wollte das nicht gelten lassen. „Mutig ist ein Mann, der eine Kokotte heiratet! Aber was für ein Mut gehört denn dazu, ein sehr intelligentes, sehr schönes, charaktervolles Mädchen zu heiraten? Sie ist eine Jüdin, richtig, aber dieses moussierende Element wird das schwerere mecklenburgische ausgezeichnet ergänzen."

„Ich dachte nur an die politische Situation."

Schollwitz schaute auf seine inneren Handflächen, als müsse er dort seine Antwort herauslesen: „Ich kann warten. Ich bin achtunddreißig Jahre. Gestern habe ich mir das Gut meiner Eltern angesehen. Ein Haufen Arbeit wartet da auf mich."

„Und das Kronsteinhaus?"

„Ich dachte vorgestern noch an ein Bündnis von uns beiden. Wir zwei hätten es schon geschafft. Heute bin ich ungläubiger ... für mich und für Sie."

Emil Kronstein konnte kaum sprechen. Der andere konnte leichten Herzens aus dem Kronsteinhause gehen und in Mecklenburg warten. Er hatte nicht siebzehn Jahre, Tag und Nacht, zwischen den Redaktionen und Maschinenräumen herumgependelt, vom Keller bis zur Radiostation auf dem Dache, überall war Emil zu Hause. Plötzlich begriff er seine Situation, er musste, wenn er sich nicht einem Nervenzusammenbruch überlassen wollte, Schollwitz' Büro verlassen.

Für Nachmittag ein Uhr hatte sich Justizrat Lübbenau in Emils Wohnung angesagt. Als Emil nach Hause kam, wartete der behende, zappelige Lübbenau schon lange. Er hatte Emils Zigarrenkasten gefunden und rauchte bereits die fünfte Zigarette.

„Ja, ich bin ungeduldig und war viel zu früh hier, verzeihen Sie. Aber heute muss die Entscheidung in unserer Sache fallen. Ich habe direkte Marschroute von der entscheidenden Stelle vorgeschrieben bekommen. (Er liebte solche Andeutungen seiner hoch hinaufreichenden Beziehungen) Ihr Herr Bruder Simon, den ich gestern schon hierher bat, hat leider abtelefoniert, aber er ist über den Kaufpreis seiner Anteile genau im Bilde und hat mir heute für Sie eine Vollmacht geschickt, sie können in seinem Namen abschließen oder ablehnen. Dafür habe ich mir von der Reichsregierung Ermächtigung zu einem wesentlich verbesserten Angebot geben lassen. Da der Zwischengewinn, den Herr Isaaksohn eingeheimst hätte, wegfällt, kann ich Ihnen nicht das Fünfzehn-, sondern das Siebzehnfache der Jahresrente für den Fall, dass Sie und Ihre Herren Brüder sofortige Auszahlung wünschen, anbieten. Das würde, bei einem Jahresgewinn von 35.000 Mark für Ihre Person, rund 600.000 ausmachen. Sie könnten, so schwer uns diese Bedingung fällt, darüber auch in fremden Devisen verfügen. Ihre Brüder Heinrich, Philipp und August haben ihr Einverständnis erklärt.

„Nein“, sagte Emil im bestimmendsten Ton, „das verlockt mich nicht. In Pfund umgerechnet ist das nichts. Es hat übrigens kein Jahr gegeben, das mir bloß 35.000 Mark abgeworfen hätte.“

„Vom laufenden abgesehen“, erwiderte Lübbenau trocken. Im nächsten Augenblick begann er, durch das Zimmer zu tänzeln. Der elegante Mann war in guter Laune und entschlossen, das Pferd von einer anderen Seite aufzuzäumen.

„Auch Ihr Bruder Simon, dem nach seinem Aktienbesitz eine wesentlich größere Summe zufällt, über eine Million, schien nicht so unbedingt abgeneigt. Er will übrigens im Lande bleiben, es scheint, dass Loschwitz ihm gut bekommt, und er möchte sich die Ablösung drei Jahre vorbehalten. Auch das konnte ich ihm konzedieren.“

Eine Frage drängte sich Emil immer wieder auf, aber er wagte nicht, sie zu stellen. War Schollwitz schon abgetan? Wer sollte ihn ersetzen? Hatte Eysler mit der Sache nichts zu tun?

Lübbenau tänzelte noch immer durchs Zimmer, einmal stützte er sich auf die Lehnen von zwei Sesseln, als wollte er sich auf ihnen wie auf einem Barren hochziehen, dann begann er heiter zu plappern.

„Die höchste Regierungsstelle, nicht etwa der Herr von Eysler, der kein Parteigenosse ist, will ja mit der ganzen unsicheren Zeitungsspekulation aufräumen. Gelingt es ihr und ich zweifle nicht daran, das ganze Volk von Thyssen bis zum letzten Landarbeiter in einer umfassenden Arbeitsfront zu organisieren, so ist nicht einzusehen, warum der Einzelne nicht mit seinem Organisationsbeitrag auch das Zeitungsgeld monatlich entrichten soll. Die Zeitung, die liberalistischen Zeitalter auf Sensation und Unterhaltung und Anlockung der Leser eingestellt, wird im nationalistischen Staat Pflichtlektüre! Der Arbeitsmarkt wird der entscheidende Teil der Zeitung, daneben – aber nicht so wichtig – mögen die alten Kinkerlitzchen, natürlich vom neuen Geiste beseelt, beibehalten bleiben. Wir werden deutsche Romane bringen, deutschen Esprit – wenn das Wort gestattet ist – zum Besten geben, wir werden auf die Weltanschauung des Lesers zu wirken wissen. Sagen Sie selbst: Liest der Deutsche mehr in der Zeitung oder in der Bibel?“

„Um Gottes willen, wollen Sie die Zeitung zur Bibel machen?“

„Erschrecken Sie nicht, Herr Kronstein, wir werden das deutsche Volk zur Tiefe des Denkens führen! – Darf ich noch eine Zigarette nehmen? – Die Kluft zwischen dem Volk und seinen besten Denkern muss die Zeitung ausfüllen. Schopenhauer, Dühring, der Verkannte, Chamberlain, warum sollte die Zeitung nicht die heilige Pflicht erfüllen, sie dem geistig erneuerten Volk nahezubringen?"

„Neben dem Inseratenteil?"

Lübbenau überhörte in seinem Eifer den eigentlich unverkennbaren Hohn dieses Zwischensatzes.

„Auch das Anzeigenwesen wird von Grund auf gereinigt und erneuert werden. Das Heiratsinserat oder sogar, ich wage es, das Liebesinserat, wenn es auf eugenisch richtigen Grundlagen beruht, wird in größtem Maßstab erweitert werden. Freilich muss auch die Liebesannonce den rassischen Grundsätzen entsprechen." Lübbenau redete sich in einen phantastischen Schwips. „Ich habe die Absicht, die Heiratsannoncen mit Fotografien des Inserenten einzuführen. Was sagen Sie als Fachmann zu diesem Einfall? Wenn das Rassenamt die Fortpflanzung gewisser germanischer Typen will, warum soll ich dann einen bildergeschmückten Heiratsmarkt in der Zeitung nicht zulassen?"

Emil lächelte. Der tänzelnde, dunkelhaarige Elegant da sah gar nicht so aus, wie es das Rassenamt vorschrieb. Aber sagte der Justizrat nicht fortwährend: „Ich habe vor ... Ich will ... Ich plane ... Mein Einfall ..."? Das berechtigte Emil zu der Frage: „Wollen Sie sich denn selbst mit der Tätigkeit im Verlag beschweren?"

„Warum denn nicht, lieber Kronstein? Schollwitz ist so gut wie erledigt, das kann ich Ihnen im Vertrauen sagen. Die Leitung des größten deutschen, vielleicht des überhaupt größten Zeitungskonzernes würde mich verlocken."

„Aber ich darf mir vielleicht die Bemerkung gestatten, dass Ihnen der Betrieb doch vorläufig noch fremd ist. Und es ist unleugbar, ein so eingefahrenes Riesen-Unternehmen hat seine Gesetze in sich, es gehorcht dem Fachmann wie das Pferd dem Reiter. Aber es genügt nicht, sich in den Sattel zu setzen, man muss auch reiten können."

„Sie werden mich nicht einschüchtern, lieber Kronstein. Ich glaube nicht an die Überschätzung des Fachmanns. Und Deutschlands Erneuerung bliebe stecken, wenn wir uns von den sogenannten Fachleuten unterkriegen ließen. Übrigens werde ich einen erfahrenen Zeitungsmann als Verlagsleiter an meiner Seite haben."

„Darf ich, ohne indiskret sein zu wollen, sozusagen aus Liebe zur Sache fragen, wer dieser Fachmann ist?"

„Sie dürfen, lieber Kronstein, und ich will nichts vor Ihnen verbergen. Raten Sie mal, wen ich zum Verlagsleiter bestellt habe?"

Emil Kronstein überlegte: „Doktor Neuburger?"

„Nee. Der hat einen Geburtsfehler. Raten Sie nochmal!"

„Ich weiß wirklich nicht … Doch halt, den früheren Chefredakteur Klotz."

„Klotz? Den Französling? Ich könnte ihn sofort bekommen, aber wir haben eine Abneigung gegen Überläufer. Nein, ein Mann, der noch im Hause wirkt, einen kleinen, aber sehr ruhigen Herrn. Na, jetzt müssen Sie's schon erraten haben. Willi Krause, den Führer der Betriebszelle! Was sagen Sie nun?"

Emil Kronstein sagte nichts. Wäre er nicht in seiner eigenen Wohnung gewesen, so hätte er sich jetzt empfohlen. Auch sein Schweigen fiel nicht auf, denn Lübbenau war soeben von einem ganz neuen Einfall heimgesucht: „Hören Sie, lieber Kronstein. Ich mache Ihnen einen vernünftigen Vorschlag. Wir haben Ersatz für Schollwitz, wir haben einen Verlagsdirektor für die Schriftleitung. Was uns fehlt, ist ein geschäftlicher Betriebsleiter, der den Papiereinkauf, die technischen Belange, meinetwegen auch das Inseratengeschäft, dieses im Kontakt mit mir, überwacht und führt. Wollen Sie bleiben? Ich könnte Ihnen als dem Einzigen der Brüder eine Ausnahmestellung einräumen. Und ich wäre bereit, Ihnen nicht nur ein gesichertes Einkommen, sondern eine Gewinnbeteiligung anzubieten."

„Gewinnbeteiligung", wiederholte Emil fast ohne zu lächeln, „das gibt es im Dritten Reich? Bei Pflichtabonnenten?"

„Spaßen Sie nicht, Kronstein, wir sind keine Kommunisten. Natürlich arbeiten wir auf Gewinn los … Also, entscheiden Sie sich. Ich habe vor einer Stunde mit Krause abgeschlossen. Wenn ich Sie auch noch neben mir hätte, wäre die Leitung geschlossen."

Der Name Krause genügte. „Danke, nein", sagte Emil mit unabänderlicher Festigkeit.

Diese Starrköpfigkeit verdarb Lübbenaus Laune. „Das ist das zweite schroffe Nein, das Sie mir und damit der obersten Reichsleitung sagen. Hoffentlich werden Sie diese intransigente Haltung nie zu bereuen haben."

„Wollen Sie mir drohen, Herr Justizrat?"

„Drohen? I wo werde ich … Wenn ich heute meine Mission

zurücklege, kann ich allerdings nicht dafür bürgen, dass die Verhandlungen von meinem Nachfolger in so freundschaftlichem Tone geführt werden. Der Führer ist von einem eisernen Willen beseelt und auf diese Sache ist er versessen. Um Ihnen mein Entgegenkommen zu zeigen, biete ich Ihnen, wenn Sie durchaus ausscheiden wollen, als letztes Angebot eine Abfertigung von einer runden Million an. Aber Ihre Entscheidung muss in zehn Minuten fallen. Ich habe nur bis heute Abend Vollmacht."

In diesem Augenblick brachte der Diener ein eben eingelangtes Telegramm herein.

„Verzeihen Sie", sagte Emil, „einen Augenblick."

„Ungern", antwortete Lübbenau, der eine Ablenkung fürchtete.

Emil brach das Telegramm auf, es war heute früh in New York aufgegeben: „Warum antwortest du nicht telegraphisch auf meinen Brief? stop Würde es bedauern, wenn du ankämst und ich verreist wäre stop Drahte wann ich dich am Hafen erwarten soll. Deine E." Er las und las den Text noch einmal. Jetzt erst bemerkte er, dass die Rückantwort bezahlt war. Er wollte sich an den Schreibtisch setzen und seine freudige Antwort formulieren. Da begann Lübbenau zu pfeifen. Emil blickte auf.

„Sie können jetzt kein anderes Geschäft erledigen. Ich stehe hier mit der Uhr in der Hand. Ja oder Nein?"

Emil faltete sorgfältig das Telegramm und dann das Antwortformular zusammen. Dann sagte er leise: „Eine Million ... abgemacht!"

„Auch dies", Lübbenau reichte ihm die ringgeschmückte kleine Hand, Emil schlug ein.

Der Justizrat setzte sich, als wäre er zu Hause, an Emils Schreibtisch. „Der Ordnung halber wollen wir doch einige Zeilen schriftlich abmachen."

„Wenn Sie es für nötig halten, bitte ..."

„Wissen Sie, in großen Geschäften liebe ich die schriftlichen Abmachungen. Eine Sekretärin, der man diktieren kann, haben Sie nicht hier? Na scheen, muss ich selber schreiben."

Während Lübbenau mit aufgesetzter Brille schrieb, las Emil das Telegramm. Er ging ins Vorzimmer und fragte im Büro der Hamburg-Amerika-Linie, wie lange es geöffnet sei. Er konnte heute noch hinkommen.

Als Emil hereintrat, legte ihm Lübbenau die Vereinbarung vor. „Nur eine kleine Ergänzung bitte ich noch hinzuzufügen: Zahlbar in Dollars."

Lübbenau schob die Brille auf die Stirn und sah in an: „Ich dachte in Pfunden."

„Nein, meine Situation hat sich geändert. Ich gehe nach Amerika." Lübbenau war jetzt kreuzfidel: „Sie sehen ja ganz vergnügt aus, lieber Kronstein, die Trennung von der Heimat scheint Sie nicht sehr zu erschüttern."

„Lübbenau", antwortete Emil mit einer kecken Vertraulichkeit, die er vor einer halben Stunde nicht gewagt hätte, „werden Sie nicht aggressiv. Vielleicht werden Sie mich noch brauchen, wenn ich drüben bin."

„Alles möglich heutzutage", meckerte der Justizrat, „reservieren Sie mir in der Wallstreet ein Plätzchen."

Als Lübbenau zum Hut griff, fiel es Emil ein zu fragen: „Waren meine Neffen bei Ihnen?"

„Diese Lausejungen, ja. Denken Sie, die wollten im letzten Moment das Geschäft hintertreiben. Sie drohten mit der ‚Abendzeitung'. Vorsichtsweise haben wir das Blatt für zehn Tage eingestellt. Ist sowieso nur ne Konkurrenz."

„Und die Jungens. Sind sie leer ausgegangen?"

„Ach, was denken Sie. Ein Kronstein geht doch nicht leer aus. Sie haben Papas Rente angeknabbert. Der Alte muss zahlen und ich habe auch noch eine Kleinigkeit dazugegeben."

So endete dieses fast dreistündige Gespräch mit einem aufrichtigen beiderseitigen Gelächter. Sie stiegen, zwei gut gelaunte Geschäftsfreunde, zusammen die Treppe hinunter. Emils Chauffeur war nicht zur Stelle.

„Ich bringe Sie, wohin Sie wollen", sagte Lübbenau.

„Zum Hotel Adlon."

Nachdem Lübbenau sich verabschiedet hatte, fuhr er noch nicht gleich weg, er wollte sehen, wohin Kronstein ging. Direkt ins Büro der Hamburg-Amerika-Linie. Der hat es ja eilig, dachte der Justizrat, da hätte ich mit mehr Ausdauer vielleicht doch einen billigeren Preis erzielen könne.

Im Büro der Hapag formulierte Emil das Antworttelegramm an Evelyn: „Eintreff 9. September mit „Bremen" in New York stop

Erwarte mich am Hafen stop Hoffe mich in deiner Nähe anzusiedeln stop Dank und Hoffnung Emil."

Nach einiger Überlegung leitete er die Depesche mit der Mitteilung ein: „Verkaufsverhandlungen heute verhältnismäßig günstig beendet."

XXXI.

Großes Erstaunen aller Botenjungen, Botenmeister, Schreiberinnen und Telestenographen, als Schollwitz früher als sonst, nämlich um zehn Uhr vormittags, zu einer Zeit, als erst einige Redakteure der „Mittagspost" im Kronsteinhause die ersten Depeschen und Telefonate einrichteten, mit seinen bekannten Goliathschritten durch den langen Korridor zu seinem Arbeitszimmer schritt. Er trug heute eine große gelbe Schweinslederttasche in der Hand. Als er die Tür seines Büros öffnete, stieß er zu seinem Erstaunen auf zwei kleine Herren, die sich eben aus seinem Zimmer entfernen wollten. „Was ist denn das? Besuch in meiner Abwesenheit?", sagte er halb erstaunt, halb drohend. Doch es stellte sich heraus, dass der eine der beiden Besucher Willi Krause war und der andere der neuerdings oft genannte Lübbenau, der heute gerade das Kronsteinhaus besichtigen wollte. Krause machte die beiden Herren miteinander bekannt. „Ich würde es doch für wünschenswert halten, Krause, wenn Räume, die mir zugeteilt sind, nur in meiner Gegenwart besichtigt werden." Lübbenau beeilte sich, eine langwierige Entschuldigung vorzubringen, sein Tag sei genau eingeteilt, nur diese frühe Stunde habe ihm zur Verfügung gestanden. „Die Entschuldigung kommt Krause zu, der Sie unbefugt eingeführt hat", antwortete Schollwitz.

„Ich bin für Sie, Herr von Schollwitz, nicht Krause, sondern Herr Krause, wenn Sie schon das Unglück haben, mich nicht als Parteigenosse Krause ansprechen zu können."

Schollwitz stutzte. War es schon so weit, dass der kleine Kerl frech werden konnte? Er musste seine ganze Kraft der Selbstbeherrschung aufwenden, um Krause nicht am Kragen zu packen und hinauszuwerfen, so begnügte er sich mit der groben Aufforderung: „Beeilen Sie sich, Krause, ich könnte ungemütlich werden."

Justizrat Lübbenau empfahl sich sehr artig, Krause lief murrend hinter ihm. Ehe er das Zimmer verließ, warf er, ohne sich umzusehen, die Bemerkung hin: „Zu dem jüdischen Leichenbegängnis kann ich leider nicht kommen, ich habe eine dienstliche Verhinderung."

„Konnt mir's denken", sagte Schollwitz, „Sie haben mir's ja gestern in die Hand versprochen."

„Gestern", höhnte Krause abzugsbereit, in der Tür stehend, „inzwischen hat sich einiges geändert."

Schollwitz ging mit seinen großen, gemächlichen Schritten auf die Tür zu. Es war niemand mehr an der Tür, als der Reichskommissar, die Klinke in die Hand nahm, um das Zimmer fest zu verschließen.

Joachim war ein Freund geordneter Schreibtische. Er zog alle Laden auf und legte alle Papiere, die sein Eigentum und seine Privatnotizen darstellten, nach Materien geordnet zuerst in Maschen und diese in die schweinslederne Tasche.

Am Telefon meldete sich Emil Kronsteins Stimme: „Darf ich einen Moment zu Ihnen kommen?"

Schollwitz begrüßte den Eintretenden.

„Sie sind schon am Packen?", sagte Emil traurig und verwundert.

„Ja, ich bin heute das letzte Mal hier. Habe heute früh mein Abschiedsgesuch überreicht. Ich gehe auf jeden Fall."

„Ich habe nicht viel zu packen", sagte Emil, „die Korrespondenzen, die ich hier führte, gehören zum Hause. Nur ein Bild hatte ich von meinem Schreibtisch wegzunehmen." Er hatte das Bedürfnis, Evelyns Fotografie, die einstens auf Fritzens Schreibtisch gestanden, Schollwitz zu zeigen.

„Ein graziöser Kopf und ein feines Lächeln", sagte Schollwitz. „Dabei ... kann man ein richtiges Lächeln gar nicht fotografieren. Es gefriert auf der Platte. Aber ich hoffe, Sie werden dieses Lächeln sehen, wenn Sie nach New York kommen."

Bei diesen Worten zog er sein Reisebillett, ein grünes Heft mit mehreren Blättern, aus der Tasche und schwenkte es fröhlich in der Luft: „In drei Tagen geht die ‚Bremen' ab. Wollen Sie nicht mitkommen, Herr von Schollwitz? Es gibt noch leere Kabinen. Für einen Mann wie Sie ist doch im Willi-Krause-Deutschland nichts mehr zu holen."

„Nein", sagte Schollwitz gelassen. „Ich bleibe hier. Die Willi-Krause-Zeit überspringe ich. Ich habe Zeit."

„Ich nicht", rief Emil Kronstein fast ausgelassen. „Ich will in einem halben Jahr die Vereinigten Staaten mit Kronsteinblättern überschütten. Übrigens haben Sie im Moment auch keine Zeit, der Weg nach Weißensee ist lang, wir müssen aufbrechen. Fahren wir zusammen?"

„Gern. Ich warte nur auf Fräulein Berger."

Sie trat ein. Nicht in einem schwarzen Kleid, das besaß sie nicht, sondern in einem tiefdunkelblauen Jackenkleid, das ihre schlanke Gestalt noch betonte. Ein Hütchen von gleichem Blau saß auf ihren kastanienbraunen Locken, die nicht ganz zu bändigen waren. Sie hatte einen hauchdünnen schwarzen Schleier um das elfenbeinweiße Gesicht gezogen und dieser Schleier genügte, um ihre Trauer anzuzeigen. Ihre Hände bedeckten fast durchsichtige schwarze Seidenhandschuhe.

Schollwitz sah mit seinen runden frohen Augen zu ihr hinüber.

„Ich weiß, ich bin nicht richtig gekleidet, verzeih."

„Dieses dunkle Blau ist deine Farbe", sagte er aus der Entfernung sachverständig.

„Vorgestern war Weiß meine Farbe", sie lächelte unter dem schwarzen Schleier und schob den duftigen Schleier bis zur Nase hinauf. „Eigentlich ist nämlich Rotbraun meine Farbe, das wünsche ich mir seit Jahren."

„Und Grün?", rief Joachim von der Vorstellung, Ruth in Grün zu sehen, begeister: „Grün in allen Nuancen – vom hellen Seegrün bis zum tiefen Atlasgrün, Grün ist deine ideale Farbe."

„Herrschaften", mahnte Emil freundlich, „wir müssen die Farbenlehre beenden, der Weg zum Friedhof ist sehr weit."

Die Lebenden halten sich die Toten vom Leibe, alle Friedhöfe liegen weit draußen, an der äußersten Peripherie der Städte, und der Weg zu den Totenstätten geht meistens durch die grauen Straßen der Armut. Schlecht gepflasterte Wege, baumlos, an vertrockneten kümmerlichen Wiesen vorbei, durch armselige Ortschaften mit Grabsteingeschäften und Steinlagern. Endlich stand das Auto vor dem Eingang zum jüdischen Friedhof. Hier erwartete eine größere Gruppe von Redakteuren die drei. Schollwitz trug einen Kranz mit frischen Rosen, auf der Schleife stand: „Dem deutschen Nathan". Kronsteins Schleife zu einem immergrünen Kranz trug die Worte: „Unserem treuen Mitarbeiter. Brüder Kronstein". Doktor Neuburger, im schwarzen Gehrock, Zylinder an der Brust, näherte sich ihnen: „Darf ich Ihnen die Kränze abnehmen?", fragte der Zahnarzt beflissen.

Zurückgekehrt fragte er: „Wollen Sie den Toten noch einmal sehen? Sie finden die Witwe dort."

Unmöglich, dieser Einladung abzusagen. Sie traten in die ziegelrote, maurische, hochgewölbte Leichenhalle. Auf einer dreistufigen Erhöhung stand der Sarg, neben ihm betend die Witwe Winternitz, eine stattliche, wohlgenährte Frau, ehemals Heroine am Nollendorftheater, wo ihr verblichener Gatte sie als Kritiker kennen gelernt und der Bühne abspenstig gemacht hatte. Den Namen „Nathan der Weise“ hatte sie, eine vollbusige Jungfrau von Orleans nach dem Geschmack ihrer Zeit, dem Professor gegeben, Winternitz hieß mit Vornamen Gerhart Otto. Gerhart weil den böhmischen Eltern der altdeutsche Name gefiel, Otto zu Ehren Bismarcks. Das Trauerkleid mit dem zurückgeschlagenen langen Schleier stand der heroischen Dame wohl an.

Die drei traten näher an den Sarg. Schollwitz sprach als Erster der Witwe sein Beileid aus. Sie antwortete mit großen gläsernen Augen tränenlos: „Ihr Erscheinen hätte meinen armen Mann beglückt.“ Auch Emil näherte sich der Witwe mit teilnehmenden Worten. Als er sagte: „Zugleich verabschiede ich mich von Ihnen, ich gehe nach Amerika“, brachen der Witwe die Tränen aus den Augen: „So ist dieser Tag auch das Ende des Hauses Kronstein.“ Sie schluchzte bei diesen Worten laut auf und überließ sich ihrem Schluchzen.

„Es gibt kein Ende“, versuchte Schollwitz zu trösten, „alles steht wieder auf.“

„Bei euch“, sagte Frau Winternitz abweisend, „bei uns ist der Tod der Tod.“ Sie wandte sich zum Sarge. Den hatten Tempeldiener soeben geöffnet und nun sahen alle Nathan den Weisen noch einmal. Der Sarg war aus ungehobelten Brettern zusammengehämmert, in ihm lag der kleine Leib des graubärtigen Greises nur in ein grob gewebtes Leinentuch gehüllt, der bedeutende Kopf, aus dem die hakige Nase noch kühner als im Leben hervorzuspringen schien, lag ein wenig erhöht auf einem kleinem Brett, dessen Härte durch Holzschnitzel etwas gemindert schien. Die hohe ausgearbeitete Stirn, die in das kahle Haupt überging, zwang den Betrachter zur Ehrfurcht. Der Mund des Toten, sonst unter der allgemeinen Bärtigkeit des Greises unsichtbar, war sanft geschlossen, kein Zeichen von Kampf oder gar Erbitterung war in dem milden Prophetenantlitz mit den über hochgewölbten Augäpfeln geschlossenen Lidern wahrzunehmen.

„Gerhart Otto sagten Sie“, flüsterte Schollwitz dem Zahnarzt zu, „wie merkwürdig, offenbar haben schon die Eltern sich als Deutsche gefühlt.“

Im nächsten Augenblick traten drei Herren an den Sarg, die einen Kranz mit schwarz-weiß-roter-Schleife trugen, es waren drei, nicht mehr ganz junge Kollegen des Verstorbenen, Nationalisten offenbar, aber ihre hängenden Köpfe drückten Teilnahme und Trauer aus. Einer wagte es, sich der Witwe Winternitz zu nähern und ihr nicht ohne Stocken zu gestehen: „Ich habe zwölf Jahre Tisch an Tisch mit Ihrem Gatten gearbeitet, ich werde ihn immer am Nachbartisch sehen. Im Namen ..."

Erregung hinderte ihn, den Satz zu vollenden. Die Witwe, im ersten Augenblick der Annäherung des deutschnationalen Redakteurs zur Abwehr, ja zur Brüskierung entschlossen, reichte dem noch immer fassungslosen Manne die Hand und er, obwohl ihm jüdische und arische Kollegen aufmerksam zusahen, beugte sich über die Hand der Trauernden und küsste sie. Gerade jetzt setzte von einer bisher unbeachtet gebliebenen Galerie ein Choral ein, ein hebräisches Klagelied. Unwillkürlich zog Schollwitz den Zylinder ab. „Hut aufbehalten", flüsterte ihm Neuburger zu. Ein Kantor trat auf die erste Stufe der Erhöhung und sang mit hellem Tenor einen Psalm – hebräisch – den keiner verstand. Nur der allgemeine Klageton ergriff alle.

Der Sarg wurde geschlossen. Vier phlegmatische Träger nahmen die gelichgültige Last auf ihre Schultern. Der Zug setzte sich in Bewegung bis zu dem aufgeschaufelten Grabe, in welches der Sarg, der nun auf Gurten Lag, langsam gesenkt wurde. Eine Pause trat ein. Der Rabbiner, ein weißbärtiger Mann, der Winternitz etwas ähnlich war, trat an das Grab, es war heute schon sein viertes Begräbnis, er war über den Toten offenbar nicht ausreichend unterrichtet worden und sprach Worte, die auf das Ableben jedes alten und arbeitsamen Mannes, der eine Witwe hinterlässt, gesagt werden konnten. Aus der ausgehobenen Erde warf er die erste Schaufel dröhnend auf den Sarg. Als der Rabbiner zurücktrat, entstand wieder eine Pause, die Trauergäste sahen sich etwas ratlos um, endlich trat Neuburger an das Grab. Er nannte den Toten, in ein hohes Pathos verfallend, einen Märtyrer, ein Wort, das der Witwe naheging, denn sie schluchzte einige Augenblicke auf, dann schien sie sich zu beherrschen. Aber Neuburger, durch dieses Schluchzen aufgestachelt, erinnerte an die Wunde, die dem edlen Kopf des Toten von weniger edlen Fanatikern geschlagen worden war und nun stieß die Witwe Klagerufe von erschütternder Gewalt aus. Einen solchen Schrei hatte die Heroin seit ihrem letzten Auftreten als Lady Macbeth nicht ausgestoßen, er gellte über den Friedhof, während Neuburger zurücktrat. Alle Trauergäste blickten auf Schollwitz, dem längst das Wort zugefallen wäre. Aber er wartete, sah sich um, sein Blick fiel auf den deutschnationalen Redakteur, der im Leichenhause der Witwe kondoliert hatte und unter dem großen mahnenden Blick Joachims trat der arische Redakteur an das offene Grab und sagte einfach: „Ruhe aus, alter Kamerad, ruhe drüben aus, wo die Gegensätze dieser grausamen Welt hinfällig und töricht sind. Gott gebe deiner milden Seele den Frieden." Die Hand des Redners bebte, als er die Schaufel voll Erde aufhob und sein unsicherer Wurf traf nicht den Sarg. Aber als der ungeschickte Mann zurücktrat und vor Verlegenheit seinen abgenutzten Überzieher fortwährend zuzuknöpfen versuchte, streckten sich ihm viele Hände entgegen, jüdische und arische, er drückte, noch benommen und unbewusst, jede, die sich ihm darbot. Allmählich wurde es wieder still und noch stiller, als Schollwitz ans Grab trat und mit halblauter, dennoch bis zu Friedhofsmauer hörbaren Stimme ruhig sprach: „Gerhart Otto Winternitz, den wir alle Nathan den Weisen nannten, du warst ein Deutscher und du warst ein Jude. Beides hat Platz in einer geräumigen Seele und beide kräftigen einander. Ich spreche in deinem und meinem Geist, verehrter Nathan, wenn ich, vom Persönlichen abgesehen, an deinem Grabe sage: Wer aus dem Boden des deutschen Volkes den Juden roh entwurzeln, aus Deutschland hinaus und in eine andere Erde drängen will, der weiß nicht, um wie viel er Deutschland ärmer macht. Ich will hier nicht als Lobredner des jüdischen Volkes auftreten. Weder zu Lob noch zu Tadel maß ich mir ein Recht an, am allerwenigsten aber zu blinder Feindschaft. Die Juden zu kritisieren, hat nur einer das Recht: der Jude selbst, und er hat von diesem Recht Gebrauch gemacht, von den alten Propheten bis zu den neuen, Marx und Rathenau. Wir werden dich und Deinesgleichen vermissen, armer Nathan, Gerhart, Otto. Jener große Otto, nach dem deine deutschen Eltern dich nannten, hat einmal gesagt: Dem Deutschen fehlt eine Flasche Sekt im Blut. Ich habe in der Zusammenarbeit mit jüdischen Geistern immer wieder gefunden, dass die deutschen Juden jene Flasche Sekt besitzen oder gar selber sind, die dem besten Deutschen sooft fehlt. Wehe uns, wenn uns Hinz und Kunz (spätere Erzähler und Ausschmücker behaupteten, Schollwitz habe hier gesagt: Hinz und Kunz und

Krause, aber das ist haltlose Legende) glauben, das deutschjüdische Geisterbündnis, das jahrhundertalte, jäh zerreißen zu können. Wir würden ohne Juden im Geiste verkümmern und in der Seele verdorren. Wir brauchen dich, guter Nathan, dich und Deinesgleichen. Wer deshalb Hand anlegt ans deutsche Judentum, der verwundet und vergreift sich am deutschen Geist. Aber du und die Deinen können nicht ausgerottet werden, sie müssen nur warten können. Dieses Bekenntnis glaubte ich dir schuldig zu sein, weiser Nathan, Otto, Gerhart, dass Demagogen, an denen wir im Augenblick nicht arm sind, dieses Dankeswort am Grabe eines alten deutschen Juden verhöhnen, umlügen und verzerren werden. Aber ich glaube an das schweigende Deutschland, an das im Stillen wachsende, an das ewige Deutschland, für das du, edler Nathan, gearbeitet hast, für das du ohne Anklage gestorben bist. Friede sei mit dir."

Kein Schluchzen wurde hörbar, aber auch kein geflüstertes Wort. Alle hielten den Atem an. Diese Worte, das fühlten die Zuhörer, würden weitergegeben werden von Mund zu Mund. Joachim trat vom Grabe zurück. Da hörte er ein unterdrücktes Weinen. Er sah nach der Witwe, sie, die noch immer mit gläsernen Augen auf ihn starrte, war jetzt tränenlos. Da bemerkte er eine Bewegung hinter den Trauergästen, dort, wo Ruth sich verborgen hatte. Er schob sich langsam in und durch dieses Gedränge und hörte noch, wie Emil sagte: „Aber liebes Fräulein Ruth, diese Rede hat uns allen doch nur Mut gemacht, wenn ich nicht mein Amerikabillett schon in der Tasche hätte, wahrhaftig, ich würde auf das ewige Deutschland warten." Ruth antwortete wieder heiter mit klaren Augen und klarer Stirn: „Es war nur ein dummer Anfall von Angst um Joachim, aber er ist vorbei, wie Sie sehen", und sie drehte ihm ihr aufgeheitertes Gesicht mit den braunglänzenden Augen zu. Hinter ihnen sagte jemand: „Ich glaube, wir können gehen." Beide erkannten voll Freude Joachims Stimme hinter sich. Als die drei auf den breiten Ausgangsweg kamen, wurde Emil Kronstein von seinen ehemaligen Redakteuren, Christen, Juden, Liberalen und Kommunisten, umdrängt: „Ist es wahr, dass alle Brüder aus dem Kronsteinhause scheiden? Sie auch, Herr Emil? Warum denn Sie? Die neuen Herren hätten doch froh sein müssen, wenn Sie blieben. Und Sie können gehen? Das Haus war doch alles für Sie."

„Ihre einzige Geliebte", scherzte einer.

Emil hob mit einem Ruck den Kopf und blickte zu dem Witzbold hinüber: „Woher wissen Sie das? Und übrigens gibt es Verhältnisse, die einen auch zum Bruch mit der ‚einzigen Geliebten' zwingen können, zum Beispiel, wenn man sie mit Herrn Kollegen Krause teilen müsste."

Wieso teilen? Der kleine Krause kann doch gar nicht in Frage kommen? Die Redakteure bestürmten Emil mit Fragen, mit Bitten, mit Treueversicherungen, Arier wie Juden, Kommunisten und Liberale. Er musste jedenfalls antworten. Schließlich schickte Emil einen Boten an das Auto zu Schollwitz und Ruth, sie mögen nicht auf ihn warten, er habe sich noch von den Redakteuren zu verabschieden und das dauere länger als er angenommen hatte.

Joachim und Ruth saßen vorn im Auto, hinten auf den Kissen lag eine große Rolle, sorgfältig verpackt.

„Weißt du, was diese Rolle enthält?"

„Ich kann mir's denken, die Pläne für das Haus am See."

„Weißt du auch, dass wir morgen früh Berlin verlassen?"

„Das wollte ich gerade von dir erbitten. In Mecklenburg wirst du leichter vergessen werden und ich wünsche mir, dass du jetzt ganz in Vergessenheit gerätst."

„Das Haus am See kann in zwei Monaten fertig, das heißt beziehbar sein, fertig wird es schon etwas früher sein. Wir werden uns vorläufig bei dem dicken Gastwirt einquartieren. Vorher bleiben wir ein paar Tage in Schwerin. Es hat ein sehr nett eingerichtetes Standesamt."

Als das Auto die Berliner Stadtgrenze überschritten hatte, bat Ruth, Joachim möge ganz langsam fahren. Nun glitt der Wagen im bequemen Tempo vorwärts. In der Leipziger Straße, während er auf das Gewirr der Wagen, Motorräder und Radfahrer achten musste, sagte Schollwitz mit der heiteren Gelassenheit, die ihn nie verließ: „Du hast recht, Kind, wir wollen uns Berlin noch einmal genau anschauen. Es wird vielleicht ein paar Jahre dauern, bis uns das andere, das ewige Deutschland zurückrufen wird, dich und mich. Aber wir können warten."